JN011643

追放された元王子様を拾ったら懐かれて結婚して家族になりました

Maya Kayamori

萱森まや

Contents

登場人物紹介
リュシオン
偽聖女と浮気をした挙句、元婚約者を断罪しようとするも、失敗に終わって王都を追放された元王子。何もかもを失って行き倒れていたところをシャルルに拾われ、命を救われることになる。
シャルル
両親を亡くし、人里離れた一軒家でひっそりと暮らす天涯孤独の青年。家の前で行き倒れていたリュシオンを拾って面倒を見ることになるが、彼との賑やかな日々によって次第に孤独が癒されていき…？

✦ソフィア✦
破天荒で天然な性格だが、病に倒れてこの世を去った。その血筋にはなにやら秘密があるようで…？
✦アレクシス✦
ソフィア至上主義の天才魔道具師。最愛の妻が先立ってしまった悲しみの最中に事故に遭い逝去。
✦メアリ✦
傲慢な性格の偽聖女で、リュシオンを裏切り国を混乱に陥れる。その後修道院に入れられるが、脱走して足取りが途絶えている。
✦エレオノーラ✦
卒業パーティーでリュシオンより婚約破棄の憂き目に遭うが、その後シュライアスと婚約を結び直した才色兼備で完璧な淑女。
✦シュライアス✦
グランドール王国の現王太子。兄であるリュシオンを心から慕っていたため、追放後も兄のことを気にかけていた。

追放された元王子様を拾ったら
懐かれて結婚して家族になりました

玄関前に行き倒れていた男を拾いました

天涯孤独となって二年。

厳しかった寒さが少しましになってきた早春。今日は母の命日だった。そして七日後は父の命日だ。

いつもどおり過ごそうとしたけれど、やっぱり言葉では表しきれない寂しさや孤独感がぐるぐると胸中に渦巻いてしまい、いつもどおりにはとても過ごせそうになくて。だけど暗い顔をしていたら両親に喝を入れられそうな気もして。よし、と無理やり顔を上げて出かける準備をした。

僕の住む家は町から少し離れたところにある。徒歩だと朝出発して昼に着くくらいの距離だ。町より森の方が近い。一番近い家まで徒歩二時間はかかる。大自然の中にぽつんと建つ一軒家という感じ。

周辺には家も店も何もない。同年代の子どももどころかそもそもご近所さんがいないから、僕には友達もいない。進学もしなかったしね。

どうしてこんな中途半端に辺鄙なところに居を構えたんだろう？　と子供心にも不思議に思い両親に尋ねると『母さんがモテすぎるから攫ってきたんだ』『自給自足の生活に憧れてたの』と、なんともふわっとした、納得いくようないかないような微妙な答えが返された。今でもあれは本音だったのか、ごまかしだったのか分からない。

便利な生活ではないと思う。町はいつでも賑わっていて、キラキラしていて、美味しいものも便利な魔道具もきれいな衣服もたくさんある。ここにはないものばかりだ。

でも僕は生まれた時からここに住んでいるから、特段不便を感じたりはしない。一人になってからも、町に移り住もうとは一度も考えなかった。

三人で暮らしていた頃と同じようにここで生きて、ここで死んでいくんだろうなあと、ぼんやりとだけれど当たり前のように思っている。

町へ行くのは買い出しと買取りをお願いする時だけだ。両親がいた頃は父が狩りをしてくれていたから肉は買わなくても手に入っていたけれど、僕はそっち方面はからっきし。肉が食べたくなったら買いに行く。

　肉や生活用品を買うためにはお金が必要だから、母に教わった軟膏(なんこう)やジャムやポプリをせっせと作り、売る。大金が手に入るわけじゃないものの、ほとんど使わないから、気がつけばそこそこ貯まっていた。

　とにかく、だ。うじうじした一日にしないためにも肉、とりあえず美味しい肉を食べよう。

　特に趣味もないため単純にそう考え、硬貨を詰めた壺(つぼ)から銀貨数枚を抜き出し、かごを引(ひ)っ掴(つか)んで町へ向かった。

　着いた頃にはもうすっかり太陽は中天。賑わう町中を肉屋目指して進む。途中、いつも僕の手作り軟膏などを買い取ってくれる店をちらりと覗(のぞ)いた。

「お、シャルル！　買取りか？」

「ううん、肉買いに来ただけ」

「なーんだ。次はいつくらいに来る？　軟膏の在庫なくなっちまったんだ。作り置きはないか？」

「ないよ。どのくらい必要？　急ぎ？」

「急ぎじゃねえよ、でも早めがいい」

「それって急ぎだよね。分かった、出来次第持ってくるよ。あ、軟膏の入れ物が少なくなってきたから、次来た時に欲しいな」

　おう、任せとけ！　と、歯を見せて笑った店主に手を振り、肉屋へ向かった。

　肉屋のおかみさんは僕の顔を見ると「シャルルじゃないか！」とパッと笑い、僕が注文する前に、慣れた様子で今日一番おすすめだという塊の肉を裏へ持っていった。数分後、ほどよいサイズにカットされた状態で包まれた肉を手に戻ってくる。

「お待たせ、いつもどおりだよ」

「ありがとう、助かります」

「このくらい手間でもなんでもないからいいんだ

よ！　たんとお食べ！」

肉と銀貨を交換し、そうっとかごへ。肉の重みで持ち手が関節に食い込む。結構重い。

用も済んだし帰ろうとした。でも足が自然と賑わいの方へと向かっていた。いつもならまっすぐ帰るところなのに、今日は本当になんとなく。

人混みが好きなわけじゃないのに、他人がたくさんいる中にいると少しだけほっとした。

散策中、何気なく花屋の店先で足を止めた。家の周りには咲いていない花がたくさん売られている。

「シャルルじゃないか。珍しいね、買っていくかい？」

「きれいだけど、うち、花瓶がないんだ」

「じゃあ鉢で持って行きな」

これなんかどうだい？　と薄ピンク色の小ぶりな鉢植えの花を勧められた。咲いている数より蕾(つぼみ)の方が多い。これからどんどん咲くよと店主が笑う。

色合いか、控えめな花のサイズ感からか、それとも今日という日だからか。その花を見ていると母を思い出した。

普段は花を買ったりしない。住み処(すみか)が自然の中にぽつんと建っているだけあって、花はそこらじゅうに咲いている。僕の中では花は買うものじゃなく、そこらに咲いているのを見るものだった。

でも花屋を後にした僕の左手は鉢で塞(ふさ)がっていた。花を買ったのは生まれて初めての経験だった。

声をかけてくれる人たちと挨拶(あいさつ)を交わしながら歩き、かごと鉢を抱えて帰路につく。

右腕にかけたかごが重くてちょっと痛い上に、手が塞がっていて歩きにくい。

ただ、行きよりも確実に疲れる道中なのに、ほんの少しだけ心は軽い。時々ふわりと香る花のにおいがやたら瑞々(みずみず)しくて、不思議なくらい清々(すがすが)しい気持ちになる。

歩いているうちに太陽の位置が少しずつ変わっていく。景色が徐々にオレンジ色になり、それが薄紫色に変わり始めた頃、ようやく我が家が見えてきた。

重くなってきた両脚を無視してずんずん進む。すると、ドアの下あたりに何かが見えた。配達を頼んだ覚えはないし、獣だろうか。

少し警戒しながら近づく。だんだんとはっきり見えてきたそれを睨むようにじいっと観察してみると。

「…………人？」

真っ黒な布に覆われた物体は、どう見ても人だった。

何故か僕の家の玄関先でうつ伏せに倒れている。体格からしてたぶん男だ。なんで？

一瞬無視しようかな、と考えたけれど、家のど真ん前だ。こんなところに転がしておくのも不気味だし邪魔くさい。

それにここはご近所さんなんていない場所。玄関先にいるなんて、どう見てもうちに用があったとしか思えない。客人(？)を放置するのは寝覚めが悪い気もする。どうして倒れているのかは謎だけれども。

「そもそも生きてる？　死んでる？」

死体だったらどうしよう。

鉢をそっと地面に置いて覗き込んでみても、薄暗いのもあってよく分からない。うつ伏せだから顔も見えない。

ひっくり返していきなり飛びかかってこられても怖いから、そのへんに落ちていた枝でつんつんしてみる。ぴくりと肩が微かに動き、聞き間違いかと思うくらい小さな呻き声が聞こえた。

生きてはいるらしい。つついても飛びかかってはこないようだし、なんだか弱っている。強盗には見えない。本当にただの客人(？)なのかもしれない。

少し悩み、枝を放った。

腕を持ち上げてみるも、僕より体格がいいし、ぐったりしているからか重くて引き上げられない。仕方なくドアを開け放ち、荷物を置いてから男の両腕を持ってそのまま引きずって家の中へ。

ずるずる引きずりながらやっとこさ居間に到着し、よいしょっとひっくり返す。深く被っていたフードを取り外してみると、ぼさぼさで、あちこちもつれた灰色の髪が現れた。土や葉っぱも絡んでいるし、かなり汚れている。

　髪と同じ色の眉は苦しげに寄せられていた。青白い肌色に、げっそりと痩せこけた頬、カラカラに乾いてひび割れた唇。どこからどう見ても、ひどい栄養失調の男だった。

　ざっと見た感じ怪我はしていなさそうだ。それより、ちょっと臭う。脂臭いというか、獣みたいな臭いがする。いったい何日湯浴みしていないんだか。

　湯浴みが先か、食事が先か。

　うんうん悩み、まずは食事かな、と痩けた頬をつつく。

「あのぉ、ごはんどうします？　食べれるなら何か作りますけど」

　苦悶に歪む顔を覗き込みつつ、一応問いかけてみた。すると、乾いた唇が微かに動いた。

「…………、……」

「ごめんなさい、もう一回いい？　聞こえなかった」

「……、…………ず……」

「ず？　……水？」

　瞼が震え、ゆっくりと開いていく。ハッとするような真っ青な瞳がぼんやりと僕を見上げた。

　また唇がほんの少しだけ動く。声は聞き取れない。声が出ないとたぶん自分でも気付いているんだろう。男は一度瞬きをして、また目を閉じてしまった。

　勝手に肯定と解釈し、コップに水を汲んで戻った。寝そべったままでは飲めそうにないから、脱脂綿に浸して唇に当てる。これでいいのか分からないが、喉が動いているからたぶん飲めているんだろう。

　コップ一杯分の水を与えているうちに、きつく寄っていた眉間のしわが薄くなり、男は人心地がついたような表情になった。

「起き上がれます？」

　今度は瞬きではなく少しだけ頭が動く。

　からになったコップと脱脂綿を置き、背中を支えながら上体を起こしてやる。ソファの側面に寄りかからせると、またあの青い瞳がじっと僕を見て、床に置いたコップへと視線が動いた。

「もっと飲みます？」

こくり。頷く。飲みたいんですね、よしきたまかせろ。

キッチンへ戻り、二つのコップにたっぷりと水を入れて男の元へ。腕を持ち上げるのもしんどそうだから、ゆっくりゆっくりコップを傾け飲ませてみる。脱脂綿を使わなくても飲めたことに安心して、男の気が済むまで飲ませた。

結局コップ五杯分の水を飲み干し、ようやく落ち着いたらしい。満足そうに瞬きで感謝を伝えられた。たぶん、感謝だと思う。

「スープでも作りましょうか。そのあと風呂かな」

布で清める程度じゃきれいになりそうにない男の全身をざっと観察し、とりあえず胃に優しそうなスープ作りに取りかかった。

料理は得意でも苦手でもない。やらざるをえないからやっている程度の腕前でしかないから、味に関しては期待しないでほしい。

そんな風に心の中で言い訳しながら、野菜と肉、それから滋養効果のある薬草もぽいぽいと鍋に放り込み、コトコトと煮込んだ。

風邪なんてめったに引かないし大怪我もしないから、この家にはポーションはおろか薬もない。あるのは手作り軟膏くらいだ。こういう時のために一つくらいポーションを用意しておくべきか。いや、こういう時なんてまずないか。宝の持ち腐れになりそうだ。

ある程度のところで一人前くらいの量を小鍋に移し、具材を潰しながらさらに煮込む。これでいいんだろうか？　看病なんて久しぶりすぎて加減が難しい。とりあえず全部潰してトロトロにすれば飲めるかな？　飲めなかったらまた考えよう。

完成したごった煮どろどろスープを皿によそい、

うんともすんとも言わずにソファの横に寄りかかった状態のままでいる男の傍に腰を下ろした。

「まずかったらごめんなさい。栄養はたっぷりです」

たぶん、と心の中で補足し、ふうふうして、スプーンを口元へ。ひび割れた唇がわずかに開く。慎重に傾け、少しずつ飲ませていった。

結構な時間がかかったけれど、味についての文句は特にない様子。気づけば皿はからっぽだ。ガリガリの男から、ごくごく控えめで、だけどとても満足げなため息がこぼれた。最後に濡れた唇を布で拭ってやる。

今更だけど、唇のひび割れがとても痛々しい。水とスープは滲みなかっただろうか。いや、全身がこの状態ならひび割れなんて気にしていられないか。

「じゃあ次は風呂。準備するから待ってて」

皿を片付けて、手早く入浴の準備を整えた。掃除は昨夜のうちにしているから簡単で大丈夫。問題は服だ。体をきれいにしても服がアレでは意味がない。迷ったけれど、しまっておいた父の寝巻きを引っ張り出した。きっと父も許してくれるはず。下着はさすがに貸せないから我慢してもらって、明日にでも買いに行こう。

次の問題はどうやって浴槽に突っ込むかだ。持ち上げられる気がしない。

「……しょうがない。自力で動けるようになるまでは浸かるのは諦めてもらお」

あっさり諦め、浴室の床に厚手のバスタオルを二枚重ねて敷く。冷たいタイルに長時間直に座らせるのはしのびない。あんなにガリガリでぼろぼろの状態で風邪でも引いたら、冗談ではなく死んでしまいそうな気がする。

準備を整え、男を居間から浴室まで再びずるずると引きずる。雑な移動だけど男は無抵抗だった。

ボロ切れと化している服をすべて脱がせると、予想通りガリッガリ。骸骨に薄い皮を貼りつけたみたいな体つきだった。腹なんてぺったんこどころか抉

れていた。

　元々こうなのか、食べられずにこうなったのかは分からないけれど、くっきりと浮かび上がった肋骨は昼以上に痛々しい。触らなくても骨の数を数えられる。見た目だけで人間の骨格がこうも明確に分かるなんて恐ろしい話だ。

　敷いたタオルの上に寝かせてから上体を起こし、背後から抱え込むようにして僕に寄りかからせた。

　まずは頭だ。くしで葉っぱやゴミ、土汚れをある程度落としてから、ぼさぼさすぎる髪を丁寧に洗い流すと、お湯が真っ黒になった。びっくりした。あまり洗いすぎるのはよくないと母に教わったけれど、そんな教えに構っている場合じゃない。

　もつれも厄介だ。指通りは悪いどころじゃなく、どこもかしこも引っかかる。こんがらがった毛糸の方がよっぽど簡単にほどける。かたまってフェルト状になっている部分さえあって、濡らしたことで余計にときにくくなってしまった。ほんと、何日洗ってないの？　気持ち悪くないの？

　手だけではどうにもならず、再びくしも使う。四苦八苦しながらなんとかもつれをすべてほどき、フェルトみたいに平べったくかたまった部分も根気よくほぐして、泡が真っ白になるまでしっかり洗った。終わった時の達成感たるや、筆舌に尽くしがたい。ただ頭を洗っただけなのにすっかり汗だくだ。

　するするになった髪が嬉しくて、ことさら丁寧に泡を洗い流してみると、曇天みたいにどんよりとした灰色の髪は見事な銀髪へと生まれ変わった。

　きれいな色だ。母の髪の色に似ている。自分が凡庸な榛色だからとても羨ましくて、ちょっとだけ見惚れた。

　お次は体。今度は浴槽に寄りかからせ、せっせとスポンジを滑らせていく。

　上半身を終え、下半身。若干躊躇いつつ、ご立派なあれもしっかり洗った。全身ピカピカにした頃にはぐったりだ。

当然僕自身もびしょ濡れだから、全部脱いで頭と体を手早く洗う。浴槽に寄りかかった男は、そんな僕をぼんやりと見ていた。

自分の身支度をさくっと終わらせ、全裸でぼーっとしている男をタオルでしっかり拭き、父の寝巻きを着せる。

「下着は明日買ってきます。今日だけ我慢して。脱いだ服どうします？　洗っていいならやっとくけど」

正直うちのシーツのほうがよほど立派な布だと思うくらいにはボロ切れ状態の服ではあるものの、勝手に捨てるわけにもいかない。

男からこくりと軽い頷きが返ってきたため、からっぽの浴槽にぽいぽいしておいた。あとで洗おう。

「ちょっとここで待ってて」

男を壁に寄りかからせ、引きずるだろうコースを水拭きした。あらかたきれいにしてから再び引きずる。平屋構造に感謝したのは初めてだ。

こぢんまりとした我が家には、居間の他に個室が三つ。

一つは僕の部屋、一つは両親の部屋、一つは兄弟が増えた時のための部屋らしかったけれど、結局僕は一人っ子のままだったから物置化している部屋だ。

どこに寝かせよう。両親の部屋はないとして、居間か物置か僕の部屋か。廊下で少し悩み、僕の部屋に運び込んだ。

「ベッド乗れます？　……無理だよね。床でもいい？」

一応訊いてみると、何か言いたげな青い瞳がじっと見上げてくる。カスカスな声で「ここでへいき」と、途切れがちにだが答えてくれた。

両親の部屋から寝具を運び、引きずったり転がしたりとなんとか寝かせて毛布をかける。すると、また口が動いた。

「……り、が……」

全部は聞き取れなかった。でも表情と、拾えた音から、きっと感謝の言葉だと解釈する。

「どういたしまして。寝ててください。食べて寝ていればそのうち回復します。きっと」

寝かせておこうと立ち上がると、縋るように見上げられ、うっとたじろいでしまう。なんだろう、この捨てられた子犬感。僕より体の大きい男で子犬要素などどこにもないのに。

数秒見つめ合い、枕元にしゃがむ。まだ少し湿っている銀色の頭を撫でてみると、ほっとしたのか青い目を細めた。

初対面も初対面だし、素性も何も分からない栄養失調の行き倒れさんにこんなことを思うのはおかしいけれど、ちょっと可愛い。

*

翌朝。いつもどおりの時間に目が覚め、寝返りを打つ。

床に敷いた布団にはこんもりとした小山があった。昨日拾った行き倒れさんだ。人を拾ったのは現実だったようだ。

行き倒れさんはまだ眠っていた。魘されているのか、眉間を寄せて呻いている。苦悶する骸骨。

ベッドから降りて、きついしわを指でぐりぐりと伸ばした。変化なし。次は、寝かせた時のように頭を撫でてみる。するとしわがすうっと薄くなり、苦しげな呻きも聞こえなくなった。

しばらくよしよしと撫で続けていたら、長い銀色のまつ毛が震えた。ゆっくりと瞼が開き、真っ青なガラス玉が僕を見上げる。目元が落ちくぼんでいるせいか、ぎょろっとした動きだ。ちょっと怖い。

動きはホラーだが瞳の色はきれい。本当にガラス玉みたいだ。眼球って丸いんだなあと、あさってな感想が浮かぶ。

「…………？」

「おはよ。朝だよ。動けそう？」

はくはくと乾いた唇が動くものの音は出てこない。

とりあえず上体を起こし、水差しの水を手渡した。昨日はほとんど動けなかったけれど、今日はちゃんと自分でコップを持てた。でもカタカタと手が震えている。震えに合わせて水も波立ち、見ていてすごく不安。

彼の手ごとコップを持ち、口元まで運んだ。くっきりと張り出た喉仏（のどぼとけ）が上下する。

寝巻きの隙間から見えた鎖骨は気の毒なほど浮き出ている。昨夜確認した痩せ具合を思い出し、それもまた不安になった。

コップをからにした男は、はあ、と息をついた。ただの水なのに、まるで「生き返った」と言わんばかりの満足げなため息だ。

「助かった……礼を言う」

初めてまともに喋（しゃべ）った。僕は驚き、こくこくと頷く。

「朝食作るけど、食べられそう？」

「ああ」

「固形はきつい？　きついなら昨日のスープ持ってくる」

「食べられる物ならなんでもいい」

寝起きだからか、それとも一日ぶり(?)にまともに喋ったからか、声はカッスカスだ。でも嫌な感じはしない。じっと僕を見つめる様子は、昨夜感じたように子犬みたいでちょっと可愛らしかった。こういうのを庇護欲（ひごよく）をそそられると言うんだろうか。

部屋食を辞退した男に肩を貸しながら居間へ。立ち上がらせた彼は僕より頭一つ分以上背が高かった。僕が百六十と少し——最後に測ったのが三年前だから、今はもう少し伸びていると信じたい——だから、百九十はありそうだ。見上げないと視線が合わない。覚束（おぼつか）無い足取りながらも足を動かしてくれるだけで引きずるよりずっと楽。それを言ったら「実は骨が擦れて痛かった」とちょっと困った顔で片頬を持ち上げた。笑う骸骨。不思議と不気味さは感じない。

昨日のスープを温め、ベーコンと卵を焼き、サラダを作る。パンも少しだけ温めた。完成した皿からダイニングテーブルに並べていく。

居間のソファにくったりと沈んでいる男は、キッチンとダイニングを何度も往復する僕を見るともなしに眺めていた。

準備を終えてから、ソファから椅子までの短い距離を再び支えて運び、向かい合わせに座る。

「どうぞ。いただきます」

「……いた、だきます」

なんだか言い慣れてそうにない様子で復唱した男は、スプーンを持ち、スープを掬った。手もスプーンもプルプルしている。口に運ぶまでの間に、掬ったスープは半分以下になっていた。何故かこっちがハラハラする。

ほとんど残っていないスープを飲んだ男は、それでもほっとしたように目元をほころばせた。

「うまい」

「よかった。よかったけど、食べられる？　手伝う？」

「いや、大丈夫だ」

起き抜けよりはハッキリした声でそう言って、二口目を掬う。だけどやっぱり手が震えているせいで口に入る量は微々たるもの。見ていられなくて隣へ移動し、自分のスプーンで掬ったスープをせっせと男の口へと運んだ。

男は文句も言わず素直に口を開け、介助を受け入れている。今は子犬感より雛鳥感のほうが強い。親鳥気分を味わいながら、ふふっと笑ってしまった。

パンをちぎるのも難儀しているから代わりにちぎってやる。他は時間をかければ自力で食べられそうだったから、横目で様子を見つつ、僕も自分の食事を進めた。

食べている間僕らは無言だった。たまにカトラリーが食器とぶつかる微かな音と咀嚼音、窓の外の鳥の声。音はそれしかない。

隣にいるのは名も知らない行き倒れの男だけれど、一人じゃない食事は久しぶりで、代わり映えのしない朝食なのにいつもより少しだけ美味しく感じた。


片付けを終え、二人分の紅茶をいれて居間のローテーブルに並べる。僕が動き回っている間、行き倒れさんはやっぱり大人しくソファに凭れていた。

彼の隣に座り、湯気の立つマグカップを持つ。

「あのさ、質問してもいい？」

「……ああ」

「なんでうちの前で倒れてたの？」

男は言葉を探すようにどこか遠くを見ながら、ぼそりと答えた。

「歩いていて……空腹が限界で。家が見えて、せめて水をもらえないかと」

「それでうちの前で力尽きたってこと？」

男は自嘲するように声もなく笑う。なるほど。よっぽど限界だったんだな。

「町には寄らなかったの？　あったでしょ、徒歩圏内に」

僕の足で数時間かかるとはいえ、町からここまでは空腹で行き倒れるほどの距離じゃない。この家に来るにはあの町を通過するはずだしと首を傾げると、

「……物取りにすべて持って行かれて、手持ちがなかった」

悲しげな告白が痛ましくて、つい頭を撫でてしまった。空腹で、目の前に美味しそうな食べ物はたくさんあるのに、お金がないばかりに手が出せないなんて。それはもう地獄だろう。気の毒に。

気の毒すぎて、僕の好物である飴を進呈した。痩けた頬が飴の形にぽこぽこと膨らむ。甘いと笑う男はやっぱり雛鳥より子犬っぽかった。

「食料も水も持ってなかったの？」

「ここへ来るまでに尽きた」

「あらま。狩りはできないの？」

「空腹すぎて魔法も剣もろくに使えず……」

その剣も物取りに奪われたらしい。気の毒すぎる。

詳しく聞いてみると、この人はどうやら半年以上一人旅(?)をしていたみたいだ。

途中物取りに遭い、着ていた服以外はすべて持って行かれ途方に暮れた。食料を買う金もなければ換金するものもなく、かといって気力も体力もなく狩りもできない。宿などもちろん借りられない。

自衛もままならないためにおちおち睡眠も取れず、疲労困憊。

水分はほとんど雨水頼り。なのにここ数日は晴天で、雨水すら補給できず、意識朦朧としながら歩いているうちにこの家が見え、何か恵んでもらおうとノックをしようとして力尽きた、と。そういうことらしかった。想像よりずっと厳しい旅路だったらしい。

かける言葉に迷い、慰めがわりに二個目の飴を気の毒な旅人の口に押し込んだ。

「まともに動けるようになるまでここにいなよ。何もないけど、休息くらいはできるよ。回復したら家に帰れば?」

あまりに不憫でそう提案すると、元々陰のあった表情が一層暗くなった。

「帰る家は……ない」

「え?」

「ないんだ。俺は、追放された身だから」

嚙み締めるように吐き出し、目を閉じてしまう。

追放。何故。

何したの? どこから追放されたの? 何をしたら追放なんて事態になるの? ――たくさんの疑問が一瞬にして脳内を埋め尽くし、

「……犯罪者?」

「違う」

即答され安堵した、けれど。

「違う……が、そうだ。罪を犯したから追放された」

「犯罪者だね」

「ぐっ……。そ、うだな。俺は犯罪者だ……」

打ちひしがれる男のあまりの悲愴さに、慌ててその銀色の頭をよしよし。何かのっぴきならない事情があるのかもしれない。きっとそうだ、うん。きっと。

「何したの？　人殺し？　強盗？　強姦？」

「…………………き」

「え？」

　無抵抗でされるがままの男はぐすりと鼻を啜り、どろりと濁った目で僕を見つめた。自嘲とか後悔とかそういうのを煮詰めたような病んだ視線だ。昨日作ったごった煮スープよりどろどろしている。底が見えない沼みたいに。

　ごくりと息をのみ続きを待つ僕に向かって、今度ははっきりと口にした。

「婚約破棄」

　自業自得、因果応報とはこのこと

「婚約破棄？」

「……婚約、破棄……」

　三回聞き直した。だけど答えは同じだった。

「婚約破棄って犯罪だったっけ？」

　勝手に破棄するのは契約違反？　かもしれないけれど、それって犯罪なの？　追放処分を受けるほど？　そもそも追放って何。勘当じゃなくて？

　僕がぽんぽんと疑問を口にすると、すでに三回も言わされて青白い顔色をもっと悪くさせていた男は、ぐっと言葉を詰まらせて項垂れる。

　本人はとっても言いづらそうだし、ひと様の事情に興味本位で首を突っ込むものじゃない。と、理性では分かっていても正直とっても気になる。こんな場所に住んでいて、娯楽も他人との交流もほぼない僕からすると、ちょっと面白そうというか、わくわくしてしまった。あと単純に凶悪殺人犯じゃなくてよかった。

そんな不埒な気持ちが顔に出てしまっていたらしい。覚悟したように目を開けた男は、今か今かと前のめりで告白を待つ僕を見て頬を引きつらせた。

「面白い話じゃないぞ……」

「すでに面白いから安心して。何がどうなってそうなったの？」

「だから、面白い話では……はぁ。いいか……助けてもらった恩があるしな……」

諦めたように口元だけを笑みの形に歪めた男によると。

男の名はリュシオン。これは今の名前。

元々はリュシオン・レールハルト・グランドールというご大層な名前らしい。

ん？ と男を覗き込む。

「グランドール？」

「ああ」

「国の名前だね」

「そうだな」

端的に返された答えを飲み込み、きちんと理解するまで数秒要した。国の名前を名乗っていたとは、つまり。

「……王族？」

「……元、な」

まじまじと見つめる僕から逃げるように顔を背けた。僕も乗り出していた体を引く。いったん冷静になろう。

彼の頭の天辺から足元までをじっくりと観察してみる。

月の光のような輝く銀髪。深い青の瞳。げっそりと頬が痩せこけ目がぎょろっとして見えるものの、パーツ一つ一つの作りや配置は整っている。今は骸骨でも肉付きが戻ればがらりと変わるかもしれない。それこそ、王子様のように。

整っているだろう造形、見上げるほどの長身。奪われたとはいえ剣も使えるし、魔法も使えるらしい。

　生きているのが不思議なくらいの栄養失調っぷりが目立つせいでそれ以外に目が行かなかったが、まともな状態なら結構なスペックなのではなかろうか。

　予想スペックはさておき。

　国名を名乗れるのは王族だけ。いや、正確には王様とその家族だけ。王族はそこそこいるが、国名そのままを名乗れるのは王様と王妃様、その子どもだけだった気がする。

　そして今の王様には子どもが二人。二人とも僕と年の近い王子様だ。

「まさかとは思うけど、王子様だったりする？」

「元、な」

　まったく同じ答えが返され、なんとも言えない微妙な空気が居間に満ちる。

　このガリガリの骸骨めいた行き倒れさんが王子様。

信じられない。でも詐称なんて恐ろしいことはしないだろう。する意味もない。

　つまり、たぶんでもおそらくでもなく、本当に本物の王子様。

　貴族にもめったに遭遇しない平民(ぼく)からすれば雲の上のさらに上の身分。元、みたいだけれど。

「婚約破棄したら元がついたわけ？」

「そういうことになるな……」

「なんで？」

　元王子様は一瞬声を詰まらせ、

「婚約者を蔑ろ(ないがし)にして恋人を作り、その恋人の主張を全面的に信じて婚約者を詰り(なじ)罪を裁こうとした上に、王命である婚約を勝手に破棄したからだな」

　流れるように罪を告白した。その表情はとっても虚(うつ)ろ。

「婚約者の家が後ろ盾の筆頭だった。それを失ったばかりか、数々の事業や、それに関わっていた者に影響が出た。恋人の主張すらすべて嘘(うそ)。つまりろくに調べもしないまま婚約者に冤罪(えんざい)を吹っかけたわけだ。あろうことか婚姻まであと三ヶ月という時期に、卒業パーティーという公の場で断罪した。側近候補たちとともに取り囲み、たった一人を。真実の愛を盾に、十年以上の付き合いだった婚約者の名誉を大勢の前で著しく貶め、その努力と献身を無駄にし、傷物にしてしまった」

　懺悔するように話しながらどんどん雰囲気が暗くなっていく。背中どころか全身に影を背負う男を前に、僕はもう「うわあ……」としか言えない。

「その一連の流れはもちろんだが、これまでの生活態度や評価などすべて鑑みて王太子の資質なしと判断され廃嫡。身分剥奪の上、王都追放となった」

　話し終えると、しん……と居間に気まずい沈黙が落ちる。

　静まり返る中、上の王子様だったかと変に冷静なもう一人の自分が頭の片隅でぽつりと感想を呟いた。

　うん……なんというか。

「自業自得だね」

「ごもっとも……」

　両手で顔を覆った男が鼻を啜る。いや、あなたに泣く資格ある？　ないと思う。

「婚約者さん可哀相すぎない？　自分は浮気したくせにその人のこと責めたの？　人前で？　複数人で女の子一人囲んで？　クズすぎない？」

「ぐっ……、うぅ……」

「その浮気相手はなんて言って、どんなことで婚約者さんのこと責めたの？」

「……教科書を破られたとか、悪い噂を流されたとか、俺たちといることをひどく責められたとか、階段から突き落とされたとか……」

「婚約者さんに確かめたの？」

　ふるふると首を振る。

「うわぁ。浮気した上に確かめもしないで決めつけたわけ？　自分の浮気棚上げして？　婚約者持ちに近づく浮気相手もどうかと思うけど」

「そう、だな……」

「責めたっていうのが事実だったとしてもさ、自分の婚約者を略奪しようとしてる人に注意することの何がいけないの？　突き落とされたなんて、事実なら犯罪じゃん。どうしてちゃんと調べなかったの？」

「返す言葉もない……」

「ちゃんと謝った？」

「うう……っ、展開がめまぐるしすぎて……」

「まさか謝ってもいないの？　機会がなかった？」

「地下牢にいた間、一度だけ面会した。けどその時はまだその扱いが不当だと思っていて……その……」

大きな体を小さく丸めて、「過ちに気付いたのは追放後だった」と白状し俯く。

ぐすぐすしている元王子様に全力で引いてしまった。謝罪もしていないのか。ほんと最低だなこの人。

「そもそも婚約者がいるのにどうして浮気したの？」

引きながらも追及すると、ものすごく小さな声でぼそぼそと何か言っている。聞き取れなくて二度三度と聞き直したら、自棄になったように「セックスしたかった」と叫んだ。ドン引き待ったなし。

どうやら婚約者との触れ合いは、〝結婚するまではエスコート程度の最低限〟が暗黙の了解だったらしい。それ以前に、触れ合いどころか数年前からろくに会話もしていなかったとか。そして若さゆえの性欲を持て余し、浮気に走ってしまったご様子。もう一度言いたい。最低。

しかも、その浮気相手の女の子もすごい。この人だけにとどまらず、この人の側近候補四人や、他の貴族子息たちとの関係も同時進行していたみたいだ。それでよく揉め事にならなかったものだとある意味感心してしまう。

「いや、揉め事はあった。破談になった婚約も多い」

「それを知ってて、どうしてそんな地雷みたいな人と浮気するかな。あ、真実の愛？」

「うっ、……っ、はい……っ」

げにおそろしきは《真実の愛》だ。一国の王太子様をも盲目にしてしまうとは。

元王子様が言うことには、貴族の婚約は家同士の契約だから、当事者間の「やーめた」だけでは済まない。婚約が白紙になることで事業などに影響が及ぶと、ひどいと路頭に迷う人まで出てくる。傾いた家もあるとかないとか。

僕はこの通りの生活だから知らなかったけれど、一連の騒動は王都周辺では有名だったらしい。王族の大醜聞だし、与えた影響は貴族子息の比じゃないだろうことは世間知らずな僕でも想像に難くない。

騒動が知れ渡ると批判や罵倒を浴びまくった。たとえ追放されなくても、王都にはいられないくらいの騒ぎだったらしい。

そうしていざ追放となると、ゴミみたいに大門からつまみ出された。あれよあれよと放浪生活が始まり、紆余曲折を経て、最終的に国の端であるこの地域へ流れ着いた、と。

聞けば聞くほど自業自得としか思えず、そして話せば話すだけ元王子様の雰囲気はどんよりしていく。

「その浮気相手と側近候補って人たちは今どうしてるの？　お咎めなしってわけじゃないよね？」

「全員除籍の上、二人は平民として家から叩き出され、一人は北の砦に送られ、一人は魔の森の調査隊に放り込まれた。浮気相手は……」

ようやく両手を外した元王子様は、虚ろな瞳を天井へ向けた。

「俺が王族でなくなると知った瞬間、俺を捨てて逃走しようとした」

「…………」

「こんなはずじゃなかった、王妃になれると思ったのに、王子じゃないあんたなんかいらない！　と。そう叫びながら連行されていった。それから姿を見ていない」

「真実の愛はどこいったの」

「…………どこ、だろうなぁ」

自業自得。因果応報。

確かにそうなんだけれど、廃人のような虚ろな横顔があまりにも……あまりにも哀れで。

なんだかたまらなくなり、気づけば銀色の頭をまた撫(な)でていた。

やらかしを告白した元王子様は魂が抜けたようにソファに沈んでいる。ちょっと声をかけにくい雰囲気だ。かける言葉も思いつかないので、そっとしておく。

ぼうっと窓の外を見ているのを横目に、僕は掃除やら洗濯やら、畑の水撒(みずま)きやらを済ませた。

室内に戻ってからふと思い出し、玄関前に放置してしまっていた鉢を回収。日当たりのいい窓際にそっと置いた。

「……その花は？」

「昨日買ったんだけど、外に置き忘れちゃってて」

「花が好きなのか？」

「好きでも嫌いでもない。買ったのも初めてだよ」

コップに水を入れ、慎重に土を湿らせていく。加減なんて分からないから、ほんのちょっとにしておいた。

「俺も質問していいか」

「どうぞ」

「魔法を使わないのか？　昨日からきみが使っているところを見ていない」

まだ水の残っているコップを手に振り返る。元王子様は純粋に不思議そうにしていた。

「魔力少ないんで。下手(へた)に魔法で頑張るより、自力でやった方が早いんだ」

魔力がないわけじゃないし、魔法が使えないわけじゃない。生活魔法程度なら使える。でも魔力を消耗すると家事をする以上に疲れるし、それなら自分で動いた方が楽だ。

もちろん生活を助ける魔道具は活用している。料理も洗濯も入浴も魔道具ありき。

我が家の魔道具は結構優秀で、家事を担っていた母が少しでも楽になるようにと、魔道具師だった父が丹精込めた特別製。魔力消費は一般的な魔道具とは比較にならないくらい少なくて済む。

　そんな事情を説明していると、元王子様がふらりと立ち上がった。だけど脚に力が入らないのかよろめく。慌てて支えれば、申し訳なさそうに眉を下げ、ゆっくり窓際へ近づいた。

　右手を鉢の花に翳す。骨ばった掌の下にブンッと魔法陣が出現し、そこから柔らかなシャワーのような水が降り注いだ。

　魔法だ。こんなに間近で見たのは久しぶりだった。

「すごいね、無詠唱で使えるんだ！」

「この程度なら」

「元王子様は魔法上手なんだねえ」

「その呼び方はやめてくれ……」

　がっくりと肩を落とした元王子様を再びソファに座らせ、読みかけの本を手に僕も隣に腰を下ろした。昼にはまだ早いし、少し休憩だ。午後は頼まれた軟膏を作ろう。

　栞を挟んでいたところから読み始める。一文字一文字目で追う間も隣から視線を感じる。集中できないほどじゃないから放置した。

　他人の気配がある中で読書するのも久しぶりで、少しむず痒い気持ちになった。その気配の主は昨日まで見知らぬ他人だったというのに、沈黙も不思議と嫌なものではない。本当に不思議だけれど。

「——名前は？」

　静かに問われ、本から顔を上げる。

「きみの名前」

「シャルル。言ってなかったっけ」

　シャルル、と舌や喉になじませるように何度か呼ばれた。

「家族は？」

「両親と暮らしてたけど、死んだからもういない。今は一人暮らしだよ」

「歳は？」

「来月十六になります」

意外でもなかったようで、すんなりと納得された。

「あなたは？」

「十八。今年十九になる」

予想通りの回答だった。成人済み、三歳年上だ。

「学生……ではないよな。この時期に王都にいないなら」

「うん。行ってない」

彼が想像しているだろう〝学校〟と僕の想像する〝学校〟はきっと違う。

王族が通うのは王侯貴族の子息子女のための学校。平民は平民のための学校に通う。場所はどちらも王都にあるものの、身分で明確に分かれている。物語のように、平民と王族が学び舎で出会って恋に落ちるなんてことは、現実にはありえない。

「学校には行かないのか？」

「行くつもりで手続きしたけど、入学前に両親が死んだから取り止めた」

バタバタだった当時を思い出し苦笑してしまった。

最初は母。一見生命力に満ち溢れているような人だったけれど、体は強い方ではなかった。風邪をこじらせ、あっという間に逝ってしまった。

次に父。最愛の妻を亡くしてしばらく茫然としていたが、僕のためにいつもどおりを演じた。空元気で森に入り、魔獣に深手を負わされ、それが原因で死んでしまった。母を亡くして七日後の話だ。

入学どころではなくなり、届いた制服は役目を果たすことなく寄付に回した。

袖を通したのは一度きり。真新しい制服を着た僕と両親とで家族写真を撮った。入学したら寮に入る予定だったから、その写真を持っていこうと思っていた。長期休み以外は戻れないし、寂しくなりそうだからと。結局、この時の写真が最後の家族写真になってしまった。

お金はある程度貯まっているし、今からでも行こうと思えば行けないこともない。でも、その間この家を放置したくない。行く意味も見失ってしまった今、家を数年空けてまで行く気にはならなかった。

かいつまんで話せば、元王子様はさらに質問をしてきた。

「どんなご両親だったんだ?」

「楽天家。相思相愛。父さんは母さんが大好きで、いつでも母さんの味方で、母さんにとことん甘かった。母さんは大人げないし、いろいろやらかす人だったけど、パワフルで、身内の贔屓目なしに超美人だったよ。よく父さんが捕まえられたなって思うくらい」

「へえ。写真はないのか?」

「あるよ。見る?」

見たいと即答され、戸棚に飾ってあった写真立てを手に戻った。軽く埃を払って手渡す。

そこには例の、最後の家族写真が入っている。

うちの庭を背景にして父と母が笑っている。二人に挟まれた今よりほんの少し幼い僕も、制服を着て笑っている。

元気だった頃の両親――母を指差し、ふふんと胸を張る。

「どう? 美人でしょ」

元王子様は僕の身内自慢には反応せず、何故か食い入るように写真を凝視していた。


リュシオン様――と呼んだら非常に嫌そうな顔をされたため、ルーシーと呼ぶことにした。様付けは否応なしに過去が思い出され胸を掻き乱され大声で叫びたくなるらしい。厄介なトラウマってやつかもしれない。そんな奇行に走られるよりは愛称呼びの方がましだ。

ルーシーと呼んだら「そう呼ばれるのは初めてだ」とちょっと照れくさそうに笑った。生きた骸骨みたいな相貌なのにさすがは元王子様。笑うだけで背後に花が見えた。

読書をする僕の隣で、ルーシーはぼんやりしていた。所在なさげにするでもなく、ただぼんやりと。紙を捲る音が大きく聞こえるくらい、室内は静かだった。

たまに水分を取らせ、飴を食べさせる。どの味が好き？　と訊くと、全部美味いと目を細めていた。

日が高くなり、本を閉じた。

「何食べたい？」

「なんでもいい」

「なんでもいいが一番困るんだよ。じゃあ、パンとリゾットならどっち？」

「シャルルの食べたい方でいい」

困った元王子様だ。

仕方なく腰を上げ、読みかけの本を手渡した。

「暇つぶしに読む？　あ、栞はそのままにしておいて」

素直に受け取ったルーシーの頭をひと撫でして庭へ向かった。朝撒いた水はすでに乾いていて、日差しを受けた葉や実りがキラキラと輝いている。菜の花とキャベツとアスパラを、服を受け皿にして使う分だけ収穫。ふと振り返ると、窓越しに骸骨と目が合った。せっかく貸したのに、彼は本ではなくじっとこっちを見ていた。

とりあえずあの骸骨っぷりをなんとかしたい。健康的に太らせよう——そんなお節介な考えを巡らせつつ家に戻る。

収穫した野菜をきれいに洗い、数日前採ったタラの芽も使い、母が書き遺したレシピを何度も確認しながら、春野菜とチーズたっぷりのリゾットを作った。時々手を止め、ルーシーに水分と飴の補給をさせる。飴を押し込むたびに親鳥の気分を味わった。

振り返れば必ず目が合う。背中を向けていても視線を感じる。僕の動きに合わせて視線もついてくる。ずっと見られているのは気恥ずかしいものがあるけれど、すっかり一人に慣れていた僕にはそれも新鮮だった。

ダイニングテーブルにリゾットとカットした果物

とレモン水を並べ、ルーシーに肩を貸して着席。今度は向かいではなく、最初から隣に座った。

まだ震える手でどうにか口に運ぶ様子を見守り、僕も食べる。僕の皿の中身が半分程度に減っても、ルーシーはまだ三口程しか食べられていない。それもごく少量の三口だ。筋力や握力が弱ると〝食べる〟というだけでも一苦労なんだと、彼の観察を通して初めて知った。

掻き込むように自分の皿をカラにして、彼の補助をした。ふうふう冷まして、素直に開けた口へ差し込む。一口食べるごとに「うまい」と律儀に感想をくれて、嬉しいというか照れるというか……やっぱり、そう、むず痒い。

昼食の後は軟膏作りに励んだ。刻んだ数種類の薬草をごりごり潰して、特殊な小鍋で煮詰める。この小鍋も魔道具だ。母曰く、これで作るからこそよく効く薬になるという。理屈は分からない。教わった手順通りに作るだけだ。

「何を作っているんだ？」

「軟膏。切り傷、擦り傷、火傷にもよく効くんだよ」

「薬師なのか？」

「違うよ。僕が作れるのはこれだけ」

正直この軟膏作りに必要な薬草以外の知識は乏しい。だから薬師なんて高尚な職業はとても名乗れない。ジャムもポプリもそうで、ただの小遣い稼ぎだ。まともに働いているとは言えない。

そんな説明をぽつぽつとしながら作業を進めた。

ルーシーは僕の手元を興味深そうに覗き込んでいる。時々質問をされたけれど、ろくに答えられなかった。だって僕が知っているのは材料と手順だけだ。ルーシーもそれを理解すると、薬については尋ねなくなった。

最初はさらさらだった精製水も、煮詰めているうちに徐々に粘り気が出てくる。焦げつかないように掻き回す単調な作業は地味に疲れるから、腕がだるくなってくると逆の手に持ち替える。左右の手を交互に使い、無心でぐるぐる。薄い色がだんだんと濃くなっていくごとに粘り気も増し、重くなっていく。

「色が変わってきたな」

「うん。もっと変わるよ。真緑になったら完成」

「疲れないか？」

「疲れた。でも途中で休んじゃだめなんだ。時間を置くとただの水飴みたいになっちゃうから」

「俺も手伝う」

「一人でスープが飲めるようになったらお願い」

　からかうように言えば、ちょっとムッとしていたけれど、確かにそうだと納得してくれた。粘り気が出てからは結構力作業なのだ。完成間近には両手を使わないと器具が動かないくらいになる。スプーンもまともに使えない握力ではどうにもならない。

「ルーシーはさ、元気になったらどこかに行きたいとかあるの？　ギルドカード作れば身分証問題は解決するでしょ。行きたい国とかあるの？」

「国からは……、いや、特にない。王都以外ならどこでも」

「王都かぁ。王都からここまでずっと歩き？」

「ああ。数日分の食料と僅かな硬貨と剣だけ持たされて放り出されたからな。移動に使ったらすぐ底を突く程度の資金しかなかったし、歩くしかなかった。転移するにも王都外にはマーカーしていなかったし」

「転移魔法使えるの!?」

　思わず手を止め振り返る。とんでもないことをさらりと告げた張本人は、くすりと笑い、止めちゃだめなんだろう、と僕の手にそっと自分の手を重ねて軽く前後させた。

　転移魔法を使える人なんて初めて見た。促されるままに作業続行しながらも、どうしたって胸がドキドキする。

　水魔法もお手の物だった上に転移までできるなんて。すごい、これも元王子様だからなのか。王族ってすごい。

　僕の期待と尊敬に満ちた眼差しを受けた彼は、手を震わせながらレモン水を一口飲んだ。

「魔法、他にも使えるの？」

「聖魔法以外は使える」

これまたさらりと言っているけれど、とんでもないどころじゃない、すごいことだ。

聖魔法を使えるのはひと握りの神官だけ。最たるものは聖女だ。だけどこの数百年は聖女なんて誕生していない。二年くらい前(?)に聖女の噂(うわさ)を耳にしたけれど、それも最近では聞かなくなった。

そんな特別な聖魔法が使えないとしても、それ以外は使えるなんてとんでもない。大抵は適性のある属性の魔法がいくつか使える程度なのだ。あらゆる魔法が使えるなんて、物語の中の人物か、現実では最高峰の魔導師が集められた機関である白の塔の魔導師か、賢者くらいだと思っていた。目の前の人がそうだなんて語彙(ごい)が吹っ飛ぶくらいすごい。

僕はますます興奮し、小鍋の中身をぐるぐる掻き混ぜながら叫ぶ。

「すごい！　すごいね、冒険者になれば!?」

興奮のままに提案したら、ルーシーは途端に表情を曇らせた。

「……登録してすぐカードをスられた。再登録するにはあと半年以上かかる」

「……どんまい」

ずーんと沈んだ彼の頭を、空いた片手でよしよしと撫(な)でた。なんだか昨夜から撫でてばかりだ。癖になりかけているのかもしれない。

冒険者登録にそんなルールがあるなんて知らなかった。

登録自体は年齢さえクリアしていれば誰でもできる。冒険者として生計を立てなくても、小遣い稼ぎにもなるし登録者は多い。父も登録していた。

登録後発行されるカードはとても便利な世界共通身分証のようなものだ。だからこそ管理を徹底しなければならない。紛失、盗難、破損するのはそれだけで信用問題。貸し借りや質入れなど以(もっ)ての外(ほか)。

カードがないと未登録扱いになるため、登録者は命の次くらいにカードを大切にする。

再登録は審査がとても厳しく、届け出から一年は期間をあけた上で、試験に合格しなければ再登録不可。諦めてほかの職を探すしかない。シビアだがそれだけ大切な物ということ。それさえ管理できない者に依頼は受けさせないというスタンスらしい。

そういうルールからあと半年以上は試験すら受けられないと悲愴な面持ちで教えてくれた。日銭すらろくに稼げなかった理由が切なすぎる。始まりは自業自得とはいえ、運が悪いというか、運に見放されているというか。

「よく生きてこれたね……」

「奇跡だよな……」

元王子様は乾いた笑みを浮かべ遠くを見つめた。

この人もしかすると、僕とトントンくらいで世間知らずなのでは？　聞く限り魔法の才能はとんでもないのに、本当にもう……優秀なんだかポンコツなんだか分からないな。

「試験受けられるようになるまでここにいればいいよ。ゆっくり療養して、万全の状態で試験受けたら？　きっと合格できるよ。そしたらどこにだって行けるし、なんにだってなれる」

たぶんね、と付け足して、小鍋を覗く。さっきより随分色が濃くなってきている。あともう少しというところ。

「シャルルはそれでいいのか？　こんな見ず知らずの人間を簡単にテリトリーに入れるなんて無用心だぞ」

「今更それ言う？　僕は構わないよ、どうせ一人だし。なんかそこまで悪い人じゃなさそうだしね。やらかしたことは最低だと思うけど」

「そうだな……俺は最低なクズ人間だ……」

またも両手で顔を覆ってぐすぐすし始めたから、軽く笑い飛ばしてやった。

「それにしても、聖魔法が使えたら完璧だね。剣も使えるんでしょ?」

「振るう剣がないけどな……」

「稼いだら買えばいいよ。聖魔法かあ。そういえば聖女様ってどうなったんだろ? 最近噂聞かないけど。ルーシー知ってる? 王都にいるんでしょ? 会ったことある?」

興味本位に質問したけれど、返答がない。

鼻を啜りながら無言を貫く隣の人物を不思議に思いつつ、真緑になった小鍋の中身を専用の入れ物に注ぐ。この状態で一晩冷ましたら完成だ。明日にでも売りに行こう。

手元にある容器すべて使い切っても薬は余ってしまった。仕方なく適当な小瓶に移し替える。こっちは僕用にしてしまえばいい。

そうだ、下着も調達しなければ。今日行くつもりだったのにすっかり忘れていた。

あとは服も。あのボロ布状態の服は一応洗濯したけれど、かなり傷んでいたから着せるのはしのびない。かといってずっと父の寝巻きというのも微妙だ。

その寝巻きだってサイズが合っていない。痩せ細った体が服の中で泳いでしまっている。大人の服を着せられた子どもみたいに。ズボンの丈も足りていない。元王子様は手足が長いのだ。

「——聖女は」

「うん?」

質問したことを忘れた頃に、絞り出すような声が聞こえた。

作業と片付けを済ませ、ようやく自由になった両手をぶらぶらストレッチさせつつ続きを待つ。

たっぷりと間を置き、ルーシーは悲壮な面持ちで口を開いた。

「……元恋人が、聖女だった……」

「お、おぅ」

「それも嘘だったけどな……聖女なんかじゃなかった。欲をかいた大神官の嘘だった」

当時を思い出しているのか、青の瞳から光が消える。

「聖女だと思って浮気したら、根本から全部嘘で、最終的に捨てられたってこと？」

うん。と、子どもみたいな返事をしたルーシーは、一拍置いて、わあっと泣き出してしまった。

よしよし、何もかも嘘だったなんてさすがに可哀相(かわいそう)だね。だけど。

「相手が聖女でも魔女でも悪女でも熟女でも浮気は浮気だよ。嘘をついた人も悪いけど、浮気したルーシーが悪い」

「うう……、わかって、る……っ」

「ルーシーも傷ついたかもしれないけど、一番傷ついたのは婚約者さんだよ。目の前で堂々と浮気された上に、浮気相手の話だけ聞いて自分は信じてもらえなかったなんて、どれだけ悲しかったことか。しかも真実の愛って。僕ならじゃあ自分はなんなんだろうって思うよ。他の人相手にそんなこと言ってる人と結婚しなきゃいけないのかって。挙句の果てに、話し合いするでもなく、大勢の前で複数人で取り囲んで糾弾したんでしょ？　怖かっただろうな。それなのに謝りもしないなんて最低です」

「ごべんなざい……っ」

本格的に泣き出してしまった彼の頭を抱えるように抱き込みつつ、感じたそのままを淡々と話した。

服の胸元がじんわり湿っていく。

大の男がこんなに大泣きするなんて。少し可哀相だけれど同情はできない。あなたは悪くないよ、なんてまったく思えなかった。どう考えたってこの人が悪い。

それでもすでに追放されてしまっている。散々な目に遭った婚約者さんはこの人を詰(なじ)ることもできない。

ルーシーにしても後悔し続けるんだろう。謝罪の機会もない。どうにもならない後悔と罪悪感を持ち続けるのは、きっとしんどい。それも罰と言えばそうなんだろうけれど――。

腕の中でえぐえぐ泣いている元王子様を見下ろし、苦笑した。

不運が重なりあわや餓死寸前というところまで追い詰められ、見ず知らずの無関係な年下の平民にまで責められ、こうして素直にごめんなさいをして、泣いている。

同情はできない。だけど、もういいんじゃないかな、とも思ってしまうのは当事者じゃないからこそなんだろう。迷惑を被った人たちからすると、とんでもない発想かもしれない。

でも、ルーシーは家族も身分もお金も剣も健康も、何もかもを失っている。聞く限りかなりの高スペックだし、元の身分が身分なだけに、自尊心も高かったことだろう。それさえへし折られたのだ。この人にはきっともう何も残っていない。

帰る場所もなく、国に見限られた上に謝罪も許されていない。謝罪したところで起きてしまった出来事はなかったことにはならないし、許される日は来ないかもしれない。

もう誰にも許されないのなら、せめて僕だけでもと思ってしまった。気休めだけど、一人くらいそんな人間がいてもいいんじゃないか、と。

だってきっと、一人はさみしい。どこにも居場所がないのだって、きっとさみしくてつらい。

ガリガリの背中をぽんぽんとやさしく叩く。縋るように僕の背に回された両腕にはまったく力が入っていない。子犬でも雛鳥でもなく、ただの幼な子のようだった。

——顔も名前も知らない元婚約者さん。

あなたの代わりにたっぷり弄っておくから、こんな最低男のことなんてすっぽり忘れてどうか幸せになってください。

散々に振り回されたらしい元婚約者さんに向けて、心の中でそう語りかけた。

どうやら懐かれたらしい

泣きじゃくる大の男を抱っこしてあやしつつ、読みかけの本を読んだ。泣き声はなかなか止まず、ちょっといじめすぎたかな、なんて。

嗚咽すら出なくなるほど号泣したルーシーは、やっと顔を上げたと思えば目と鼻を真っ赤にしていた。泣きすぎたのか抜け殻のようだ。魂がどこかへ散歩に出てしまったみたいに。その表情はどこかあどけなくて、やっぱり子どもみたいだった。

窓の外を見れば、いつの間にか日差しが弱くなっている。風も出てきたようだし、そろそろ日が落ちる頃だ。

本を閉じて、しがみついている痩せ細った両腕をぽんと軽く叩く。

「畑の草むしりしてくる。少し眠れば？」

「俺も、行く……」

「動けないでしょ。寝てなよ」

「……離れたくない」

服の背中をきゅうっと掴まれる。うっ。だから、この捨て犬感なんなの。絆されそうになる。

「はぁ。分かった、じゃあベンチに座ってて」

「……うん」

「草むしりなんて見てても面白くないと思うけどなあ？」

同行を許したからか、今度は素直に腕を離してくれた。

そうと決まれば準備だ。水筒にレモン水を入れ、小さなガラス瓶に飴玉を詰めた。

この数時間ですっかりひっつき虫と化した男を支えながら庭へ。ベンチに座らせ、水筒とガラス瓶を渡す。少し肌寒いから父のカーディガンを羽織らせて、膝にはブランケットをかけた。

「しんどくなったら言って。ちゃんと水分取るんだよ。飴も食べてね」

「ああ」

　素直に頷いたルーシーをその場に残し、軍手をして草むしり開始。

　我が家の畑は家庭菜園と呼ぶには広く、商売をするには狭い。そんな規模。母が管理していた当時より畑として機能している範囲も縮小している。

　それでも草むしりは骨が折れる。一気にやると腰が悲鳴をあげてしまうから毎日少しずつ進めている。

　でも夏はこうはいかない。雑草はどんどん伸びるしガンガン増える。あっという間に草原だ。抜いても抜いても終わりが見えず、降り注ぐ日差しと虫の大合唱の中、途方に暮れる時もある。

　孤独で地味な夏の戦いを回想してちょっと憂鬱になりつつ雑草を引っこ抜く。ふと振り返れば、病人のような骸骨と目が合った。手を振ると、力なく振り返される。

　ほっこりしたが、その膝の上に置かれたガラス瓶の中身は減っていない。呆れて軍手を外した。

「食べてって言ったよ。ちっとも減ってないじゃん。水筒は？　ちゃんと飲んでる？」

　持ち上げた水筒は重く、こっちもまるで減っていない。

　嘆息する僕を見上げたルーシーは、言いにくそうにぼそりと呟いた。

「……蓋が開かなかった」

「……それは、うん……ごめんね」

　早急に握力を取り戻したほうがよさそうです。

　しょんぼりする銀の頭をくしゃくしゃに掻き混ぜて、蓋を開けたガラス瓶から水色の飴玉をひとつ取り出す。蓋は被せるだけにしておきました。なんだか切ない。

「口開けて。あーん」

　素直に開かれた口の中へ押し込む。ついでに僕もひとつつまむ。ルーシーは「甘い」と表情を緩めた。

　次は水筒だ。こっちも蓋を開けた状態で握らせた。これなら自力でどうにかできるだろう。まさか重くて持ち上げられないなんてことはない……よね？

大丈夫だよね？

不安になり、飲んでみてと促すと、両手を震わせながら顎の辺りまで持ち上げた。だけどそこから傾けるという動きに繋がらない。ルーシーはもう涙目だった。

「ごめん。力戻るまでは半分くらいにするね」

なんだかもう言葉にならないほど気の毒になり、震える手に手を添えて飲ませてやった。飴の味と混ざったのか変な顔をしたけれど、文句は言わない。

飲んだ分だけ水筒が軽くなると、ようやく自力で飲めるようになった。まったく、世話の焼ける人だ。

そんなルーシーの顔色は、昨夜よりはましになっているように見えた。当然まだ頬は痩けているけれど、死人のような顔色ではない。少し安心して、柔らかくなった銀髪をそうっと撫でる。

「もう少ししたら切り上げるから待ってて。ちゃんと食べて飲んでてね」

「わかった。……シャルル」

「何？」

無言で腹に抱きつかれる。数秒後、何も言わず離れていった。なんだったんだ。

首を傾げつつ畑に戻った。夕暮れ時まで無心で雑草を抜き続け、きりのいいところでうーんと腰を伸ばす。今日はこれくらいにしておこう。

土まみれの軍手を外してベンチへ向かえば、ルーシーはすうすうと寝息を立てていた。何だかんだ言っても疲労が溜まっているんだろう。顔色はましになっていても一日二日で全回復するはずがない。

寝かせておきたいのはやまやまでも場所が悪い。言うまでもなく外だし、ベンチは硬い。体を痛めそうだ。だけど起こすのも引きずるのも可哀相だし、かと言って放置はもっと可哀相。

少し逡巡するも、諦めて隣に座り、骨ばった体を僕の方へと慎重に横たえる。ブランケットをかけ直すと、もぞりと身動ぎ、落ち着く場所に収まった。

膝を貸しながら、畑や沈んでいく太陽を眺めた。

オレンジ色に染まる景色。山や森へ帰っていく鳥たち。

話し声のしない庭はとても静かだった。だけど不思議と退屈とは感じない。膝に載る重みとあたたかさが心地よくて、健やかな寝息を聞いているだけで僕の心まで穏やかになる。

吹き抜ける風が少しずつ冷たくなっていく。昨夜悪戦苦闘した末にさらさらになった銀髪が風に揺れた。なびく毛先は夕陽色に染まり、キラキラときらめく。

指通りのよくなった髪を梳くように撫でているうちに、僕もうつらうつらしてしまった。寝てはだめだと分かっているのに、瞼はどんどん重くなっていった。

とっぷり日が暮れた頃に目が覚め、冷たい空気にぶるっと身震いした。濃藍の空には満天の星。すっかり夜だ。


膝にはまだ頭が載っている。いつの間にか腰に抱きつかれていた。

「ルーシー、起きて。夜だよ」

「起きてる。もう少し……」

「だめ。寒いし風邪引くよ、中戻ろう」

駄々っ子のような男の頭や肩をぽんぽんと叩くと、渋々顔を上げた。軽くなった水筒とガラス瓶を持ち、支えながらゆっくりと歩く。

心なしか朝より足取りがしっかりしているような気がする。食事と睡眠効果だろうか。

室内は外より暗かった。明かりをつけ、ルーシーはソファにご案内。

「体冷えちゃったから先にお風呂にしよう。準備してくるから待ってて」

「俺も……」

「準備するだけだから」

本当にそれだけなのに、眉を下げてじっと見つめられる。うっと言葉に詰まり、結局僕が折れた。どうやら僕はこの表情と雰囲気に弱いらしい。

一人で作業すればものの数分で終わるところを、十分以上かけてルーシーを引っ付かせたまま準備した。邪魔(じゃま)くさい。

「下着は明日買いに行くから、今日もそのままで我慢してね」

「寝る時は元々穿(は)かないから」

「え。寝る時裸派？」

「裸でも気にならない派」

なんてことだ。それは予想外でした。

世の中には色んな人がいるなあ、なんて感心しつつ寝巻きを脱がせ、浴室用の椅子に座らせる。

「浴槽跨(また)げるならお湯溜めるよ。ゆっくり浸(つ)かった方が疲れ取れると思うけど、どう？」

「そのくらいはできる。と、思う」

「なら溜める。先に頭と体洗っちゃおう」

魔道具を作動させてお湯を出す。一般的な魔道具だとお湯じゃなく水が出て、溜まってから別の魔道具で温めるらしい。我が家のものは適温のお湯が出る仕様。とても便利でありがたいけれど、シャワーと同時進行だとちょっとずつしか出ないのが難点だ。

溜まるまでそこそこかかるし、その間にルーシーを洗ってしまおう。そこまで手伝えばあとは自力で大丈夫なはず。

ズボンの裾(すそ)を上げ、腕まくりをして洗髪用の石鹸(せっけん)を泡立てていると、肩越しに不思議そうに見上げてきた。

「シャルルは脱がないのか？」

「僕はあとで入るからいいの」

「昨日は一緒だったろう」

「昨日は抱えてびしょ濡(ぬ)れになったから。今日は平気でしょ」

じっと見上げてくる青い双眸(そうぼう)。言葉はなくても何て言っているかは手に取るように分かった。……分かったからそんな目で見ないで。

数秒で諦め、立てた泡を銀色の頭にすべて載せた。

僕も服をすべて脱ぎ、脱衣所に放り投げる。そんな僕をルーシーは満足そうにふふっと笑った。なんだかしてやられた気分です。

汚れももつれもなくなった髪を洗う。昨日頑張ったかいあって、あの格闘が嘘のような短時間で洗い終えた。洗っている間中、ルーシーは気持ちよさそうに目を閉じていた。

泡を洗い流した後は、泡立てたスポンジで骨の浮いた体をごしごし。力加減を間違えれば皮膚を破ってしまいそうで、髪より気をつかった。

一通り泡まみれにしてから、スポンジを手渡す。

「ここは自分で洗って」

ご立派な息子さんを指すも、ふるりと首を振られる。やれと。……まあ、昨夜も洗ったし今更か。

心を無にして、取り戻したスポンジをあてる。

昨夜は意識朦朧としていただろうし、僕も汚れを落とす作業に集中していたから気にしていなかったけれど、今日は違う。すっごく視線を感じる。すっごくだ。熱視線と言ってもいい。変に気まずくなるから止めてもらいたい。

さっさと終わらせようと手早く洗い清めていたら、むくむくと形が変わってきた。ぎょっとして顔を上げると、青い瞳がとろりとしている。

「ちょっとルーシー！　洗ってるだけなんだから勃たせないでよ！」

「シャルルの手が気持ちいいせい」

「変態。今すぐおさめなさい」

「無理、ごめん」

「冷水かければおさまるかな……」

シャワーを摑もうとした手首を取られ、くっと引っ張られた。力はそんなに入っていなかったけれど焦っていたせいか抱きついてしまった。

頬に当たるのは薄っぺらの骨ばった胸板。はあ、と熱を帯びた吐息が頭にかかり、僕まで変にドキドキしてしまう。あと下半身の感触が生々しい。

もがけば簡単に突き放せる。でも皮膚と一緒だ。

加減を間違えると怪我をさせそうで恐ろしい。

肉の薄い胸元からうるさいくらい強く叩く心音が聞こえてくる。つられるように僕の心臓もはやくなっていく。

昨日だってお互い全裸で、洗うためとは言え素肌で触れ合っていたのに、これはなんだか違う。なんだこの空気。無性に恥ずかしい。

妙な気恥ずかしさと緊張感に身悶えそうになっていると、そうっと囁かれた。

「シャルル、その」

「な、なんでしょう?」

声が上擦ってしまった。吐息が掠るたびに耳がぞわぞわする。

ルーシーは次の言葉をたっぷり迷ってから、

「キスしてもいい……?」

「やですけど」

浴室がしん……と静かになる。一瞬前の妙な空気も霧散し、妙に熱かった体温もスンッと元通り。

まったく何を言い出すんだこの男は。血迷ったのか。おかげで冷静になれたけれども。

離れようとしたら抱きしめる両腕がきゅっと締まった。しょんぼりする尻尾の幻覚と、くーん……とか細い鳴き声の幻聴が聞こえてくる。

たじろいだのを見逃さず、「シャルル」と悲しげに呼ばれて、何故か可哀相なことを強いている気分になってしまった。

「キスは好きな人とするものって知らないの? 王都では違うの?」

「違わない。だからしたい」

また名を呼ばれて反射的に顔を上げると、「お願い」と切なげに懇願された。せっかく霧散したはずのむず痒い空気が戻ってきてしまう。

「……僕、したことないんだけど」

目を泳がせる僕に、動揺の元凶はぱあっと嬉しそうに笑った。青い瞳がキラキラしている。なんで。

「興味もない?」

「なくもない、けど」

自分でも情けないくらい語尾が小さくなる。

興味がないわけじゃない。僕だってこれでも一応年頃の男だ。そういうのに縁がないだけ。

「シャルル、キスしてもいい？」

さっきと同じ台詞を、砂糖にハチミツをかけたような甘い声で囁かれる。さっきは即座に拒否できたのに一瞬間があいた。嫌だと言えなかった口に、そうっとルーシーのが重なった。

最初は触れるだけ。たったそれだけなのに、体のどこを触れ合わせるよりドキドキした。

一度離れて、ゼロ距離で目が合い、慌てて閉じる。閉じた瞼の向こうで笑う気配がして、また触れる。

人生初めてのキスをまさかこんな場所で、こんなタイミングですることになるなんて。

見た目はかさついている唇は、濡れているからかしっとりしていた。

くっつけては離れる。それだけでも羞恥やらいろいろ限界だったのに、うかがいを立てるように唇を軽く舐められた。驚いて小さく見開いた視界が、声より甘ったるい青でいっぱいになる。

余裕のない僕を追い詰めすぎないように、そうっと舌が差し込まれた。感触も温度も生々しくて、生理的な涙が滲む。

息苦しいし、どうしていいか分からない。生温かい舌に自分のを絡め取られると腰の辺りにぞわぞわしたものが走った。

突き飛ばせば簡単に離れると頭では分かっているのに、気持ちよくて体に力が入らない。口を合わせているだけなのに……キスってこんなに気持ちいいものなのか。

朦朧としながら再び目を開くとルーシーもそうしていて、真っ青なガラス玉に、彼に負けないくらいとろんとした顔の自分が映っていた。

「……かわいい。シャルル、キス気持ちいいんだ？」

「気持ちいい……何これ」

「何って。キスだよ」

可笑しそうに笑い、また塞がれる。角度を変えながら何度も。

最後にお湯とは違う水音を立てて解放された。へなへなと床に沈んだ僕を、ルーシーは心から満足そうに見つめ、

「ありがと。可愛かった」

頭の上でちゅっと可愛らしい音が鳴った。

「もっと気持ちよくさせたいんだけど……体が動かない。回復するまで待ってて」

「しなくていいです……」

「俺がシャルルに触りたい。キスもたくさんしたい」

「遠慮、します……」

これ以上は勘弁と首を振るも、ルーシーは余裕の表情。さすが経験者は違いますね、と嫌みが喉まで出かかったものの、結局言葉にはしなかった。

「シャルルもちょっと勃ってるな？　嬉しい」

「やかましいです」

誤作動中の下肢をきゅっと隠す。反面、ルーシーはそのご立派なご子息様を平然と晒していて隠しもしない。挙句に「男ならこうなって当然」と言い切る始末。いっそ清々しい。あまりにも堂々としていて、隠している僕がおかしいのかな？　なんて混乱してしまった。

とりあえずほっぺたをつねってやった。いてて、なんて言いながらもその顔は緩い。腹が立つほどゆるっゆるだ。骸骨のくせに可愛いなんて卑怯だ。

慌てて頭を振り、今度こそ体を離す。勢いよくシャワーをぶっかけてやったら、水圧でひっくり返りそうになりながら「降参！」と叫んで笑った。僕もつられて笑う。

容赦ないなあなんてくすくす笑っているルーシーの下半身をちらっと確認すると、泡の消えたそこは大人しくなっていた。僕の方もだ。よかった。本当によかった。

「もう。とにかくお湯溜まるまでちょっと待ってて」

「ああ、いいよ。あとは俺がやる」

「え？」

言うが早いか作動中の魔道具を止めると、足首辺りまでお湯が溜まった浴槽へ向けて手を翳(かざ)す。水やりの時同様に魔法陣が浮かび、一瞬にして浴槽内は温かそうなお湯で満たされた。思わず拍手してしまう。

「すごい。水魔法と火魔法？　同時に？　すごい！」

「俺天才だから」

「自分で言わないの。でもすごい！」

すごいすごいと連呼する僕を、ルーシーは優しい顔をして見つめている。子犬感はない。

手を貸して浴槽に浸からせると、ふう……と気持ちよさそうに息をついた。何が面白いんだか、火照(ほて)りをごまかすようにせっせと体や頭を洗っている僕を緩んだ面持ちのまま眺めている。

「終わったらシャルルも入って」

「狭いから僕はいいよ」

「くっつけば平気」

「くっついたらまたちょっかい出されそうだから嫌」

「出さないから」

くすくす笑う。信用できない。

絶対だよと念押ししてから浴槽にお邪魔すると、あっという間に足の間に引きずり込まれ、背中から抱きしめられた。まあ、このくらいなら許容範囲だ。すっかりひっつき虫だしね。

「落ち着く……なあ、シャルルは男の子だよな」

「見れば分かるでしょうよ」

「なんで男なのにこんなに癒やされるんだろう」

「知るか」

投げやりに答えたというのに、背後のルーシーは楽しそうだ。かぷりと首筋を甘噛(あまが)みされてぞわっと肌が粟立(あわだ)つ。

平常心平常心。気にしたら負けだ。

三回深呼吸をしたら落ち着いた。その間にも痛くない強さでがじがじされていたし、胸元をさわさわされていたけれど放置。いちいち気にしていたらきりがない。きっとスキンシップが好きなんだ。王都民はこのくらい普通なのかもしれない。

現実逃避しかけながらも、これだけはと口を開く。

「反省したんじゃなかったの。欲に素直すぎるでしょ」

うっと呻き、肌を這っていた手もぴたりと止まる。

「大体、ルーシーは女の子が好きなんでしょ。僕なんかに触って楽しいわけ？」

「楽しい。癒やされる。シャルルなら抱ける」

「抱かなくていいです」

食い気味に即答してしまった。性欲で身を滅ぼしたというのに反省していないのかこの男は。

呆れていると、だって、と言い訳し始めた。

「人肌恋しかったのは否定しない。けど、シャルルだから。誰かじゃなくて、シャルルに触っていたい。シャルルだから、キスしたかった」

「何それ」

とん、と僕の肩に額を埋めて、

「他人と会話したのも久しぶりだった。優しくされたのも。王都は針のむしろだったし、王都に近い町でも邪険にされた。物取りに遭ってからは特にそうだった。そのうち汚物を見るような目で見られるようになって……俺は本当に、身分だけだったんだなと」

声のトーンがどんどん暗くなっていく。

王都はもちろん、顔を知られている王都近くの町では後ろ指をさされ、石や生ゴミを投げられたり、町に入るどころか追い立てられたりもしたそうだ。まるで疫病神扱い。

所持金をなくしてからはろくに湯浴みもできず、疲れと栄養不足で人相もどんどん変わっていき、今度は王族と気付かれなくても煙たがられた。泥沼。身から出た錆でしかないけれど、それでもその状況を想像すると同情してしまう。

腹に回されたガリガリの腕を慰め代わりにぽんぽ

んと叩く。縋りつくようにきゅっと締まった。

「ここは王都からかなり離れてるし、近くの町もいい人多いよ。もう風呂だって自由に入れるし、しっかり休んで食べてれば人相だってそのうち戻る。反省は別として、悪意は気にしすぎない方がいいよ」

元王子様とバレたらそれはそれで何か言われそうな気がしないでもないけれど。

それは言わずに励ましていると、耳元で「うん」と子どもみたいな頼りなげな返事が。拠り所がないような小さな声で、無性に優しくしたくなる。

「あ、そうだ。明日は朝から町に行ってくる。夕方帰ってくるから、それまで好きに過ごしてて。うちにある物は自由に使っていいよ」

「朝から夕方まで……？　嫌だ、行くな」

「だって行かないと軟膏渡せないし。ルーシー用の下着と服も買えないよ」

「服なんていらない。軟膏は……日持ちしないのか？」

「するけど、急ぎらしいから」

うう……と背後の人が唸る。いい大人なんだから半日離れるくらい平気だろうに。

と、考えているのは僕だけのようで、どうしても離れたくないらしく、眉間に盛大なしわを寄せ悩みまくっている。しかめっ面の骸骨。可愛くない。

「……絶対帰ってくるか？」

散々悩んだ末に迷子の子どもみたいな顔をして問われ、ふっと吹き出してしまった。

「当たり前。ここ、僕の家だよ」

「絶対か。夕方までにだぞ」

「用済ませたらすぐ帰るよ。歩くと数時間かかるから、急いだってどうしても夕方になっちゃうんだ。ちゃんと帰るから、あったかくしてゆっくり寝てなよ」

骨ばった腕をさすってやる。ルーシーの顔には「納得したくありません」と書いてあった。成人済みの大人だというのに、ほんと、まるで子どもだ。

話していたら結構な長湯をしてしまった。それもこれもルーシーが優秀なのが悪い。お湯がぬるくなってくるとすかさず適温まで温めてくれるのだ。おかげですっかり出時を失ってしまった。

浸かっている間中ずっと抱きしめられていた。それもいつの間にか慣れてしまい、僕から寄りかかったり、僕より大きな手を指圧してみたりと、自分からも触れていた。

不本意だけれどルーシーの気持ちが少しわかった。僕も人肌が恋しかったのかもしれない。

心地よい温度のお湯に浸かりながら素肌を合わせ、なんてことない他愛ない会話をする。たったそれだけで体も心もほぐれた。癒やされたのはルーシーだけじゃなかったのだ。

夕食は肉にした。力をつけるなら肉だろうという雑な考え。昨日買い出ししておいてよかった。

冷蔵庫にあった肉の残り全部を豪快に焼き、塩と胡椒で簡単に味つける。ざっと炒めた付け合わせの野菜と一緒に皿に盛り付け、パンとスープとサラダも用意した。

こんなにいろいろ作ったのは久しぶりだ。普段の夕食は米かパン、肉と野菜のごった煮スープが多い。大鍋いっぱい作って二日、三日かけて鍋を空けるなんてこともザラ。味見だってろくにしない。自分の腹に入れるだけならそんなものだ。

自分以外に食べさせるとなるとそれなりに気合いが入る。品数もそうだし、もちろん味見もする。

テーブルに並べた、気合いたっぷりの夕食を前に、ルーシーは目を輝かせた。

「肉だ」

「肉です」

「肉だ――……」

噛み締めるように呟き天井を仰ぐ。涙さえ流しそうな勢いで。食うに困っていたくらいだから肉なんて久々なんだろう。よしよし、たんとお食べ。もっと小さく切るから」

「咀嚼がしんどかったら言って。もっと小さく切るから」

「ああ、ありがとう」

「どういたしまして。いただきます」

昼食の時のように僕らは横並びで座り、食べ始めた。しっかり火の通った肉は旨みたっぷりでとても美味しい。身にしみる。肉屋のおかみさん、ありがとう。

いつもその日一番のおすすめを出してくれるおかみさんに感謝しつつふた切れ目を堪能している僕の傍ら、ルーシーは無言で肉をもぐもぐしていた。その両目は潤んでいる。

元王子様は感激しているご様子。お城ではもっといい物を食べていただろうに、焼いただけの肉で涙目になってしまうなんて。放浪生活がどれだけ悲惨だったか知れる。なんだか僕までもらい泣きしそうだ。

頬を膨らませて一生懸命咀嚼する骸骨さん。絵面は可愛くないのになんとも微笑ましい。

「美味しいね」

「うん……美味ひぃ……」

口調まで幼くなっている。いいこいいこしたくなる。気分は保護者だ。この人の方が年上だけれども。

「食べられそう?」

こくりと頷き、咀嚼続行。痩けた頬がぽこぽこと動く。

もぐもぐ。もぐもぐ。もぐもぐもぐもぐ……エンドレス。

「……飲み込めないの?」

さっきよりうるうるな目でイエスを訴えてきた。幼児か。感激じゃなくて困惑だったのだろうか。

「じゃあペッして。残りの小さく切ってくるから」

今度はイヤイヤと首を振る。久しぶりの肉をゴミにするのはどうしても嫌らしい。

そうは言っても咀嚼し続けていると顎も疲れるだ

ろうし、それだけでぐったりしそうだ。しっかり食べてもらうためにも出してもらわねば。

「ルーシー、まだあるから。出して」

「いやら」

「噛んでるだけでお腹いっぱいになったら困る。出して。出しなさい」

布巾を手にぐいっと迫れば、抵抗するように背を仰け反らせる。この野郎。

食べ物を大切にするのは悪いことじゃない。でも今はちゃんと食べてしっかり栄養をとってほしい。

どうしたら――ふっと浮かんだ妙案に自分がダメージを受けた。……たぶん、いや、間違いなく、状況を変えられる。そう確信出来てしまうことがもう恥ずかしい。

うろたえかけた目元を腕で覆い隠し、大きく深呼吸した。平常心、平常心。食べさせるのが優先。

照れくささは脇に追いやり、布巾を突き出す。

「ちゃんとペッしたらキスしていいよ」

ルーシーの反応は早かった。交換条件を出した途端布巾に出して、丁寧に折りたたみ、お行儀よくテーブルの隅に置いたのだ。この野郎。

「シャルル、キス」

「食べ終わったらね」

どんだけキスが好きなんだ。とは突っ込まず、ルーシーの分の肉にナイフを入れる。ゴキゲンなルーシーは「ありがとう」「約束だからな」とにっこにこだ。

自分で言い出したとはいえ腑に落ちないものを感じつつ、黙々と幼児サイズにカットしていった。


デザートのいちごまでぺろりと食べたルーシーの機嫌とテンションは、肉の一件からちっとも変わらず、その表情にも眼差しにも期待が満ち満ちている。

いや、だから、どんだけキスが好きなのこの人。相手は可愛い女の子じゃなく僕だというのに。食べているうちに忘れないかなあ、なんて期待はするだけ無駄だったようだ。

まだ？　まだ？　と言いたげな視線に気づかないふりをして、とりあえず戸締まりをして回る。

玄関、居間、勝手口。きちんと点検してから、居間で待っていたルーシーを回収して僕の部屋へ。

窓の施錠を確認し、カーテンを閉める。たたんでおいた寝具をひろげようとしたところでルーシーから待ったがかかった。

「ベッドで一緒に」

「却下。狭いもん」

「じゃあ布団で一緒に」

「変わらないよ。どっちも一人用です」

「シャルルは小さいから問題ない」

「小さくない。昨夜だって別々だったんだから――」

「シャルル」

またあの目だ。僕がこの捨てられた子犬顔に弱いと絶対に気がついている。絶対わざとだ。お願いとか頼むとか言わずに目で訴えてくるところがずるい。あざとい。

数秒無言の攻防が続いた。折れたのはやっぱり僕だ。もはや勝てる気がしない。

添い寝、添い寝。ペットと寝るようなもの。風呂にも一緒に入ったんだから、寝るくらいどうってことない。

そう内心で呪文のように唱え、晴れやかに笑うルーシーとともにベッドに横たわる。一応壁側をルーシーに譲った。落ちたら冗談じゃなく骨折しそうだからね。

一人用のベッドは男二人で使うには当然狭い。ひとつの枕を分け合い、自然と身を寄せ合う形になった。二人で仰向けになると余計狭いから向かい合わせだ。

「シャルル。約束」

「はぁ……。そんなにキス好きなの？」

「シャルルとするのが好きだ。癖になりそう」

なるな。と言う前に唇が重なった。

ちゅっちゅっと可愛らしい音を立てながら何度か啄まれ、小鳥につつかれる木の実や果実の気分を味わった。何言っているのか分からないね。僕も分からない。たぶん静かに混乱している。

浴室では舌を侵入させてきたわりに、この曰く〝ご褒美のキス〟ではそうしなかった。ただ楽しそうに何度もちゅっちゅちゅちゅっちゅするだけ。

やがてとても満たされた顔で「可愛かった」と微笑んだルーシーに、身構えていた僕はなんだか拍子抜けしたのだった。

それはそうと——。

唇へのキスは止んだけれど、頬や額、鼻、耳と次から次にキスが降る。まるで唇だけを避けるように。キス後の作法みたいなものだろうか。

「そんなちゅっちゅして楽しい？」

「楽しい。可愛い」

「そうですか」

されすぎて僕は無の境地ですけどね。

好き放題されながら、ふと思う。

(可愛い、か)

よみがえったのは両親の笑顔だった。

『可愛いシャーリィ。わたしたちのもとへ来てくれてありがとう』

まだ両親と眠っていた頃、就寝前によく言われた言葉。

愛おしげに僕の頭を撫でる母の手の感触は忘れてしまったけれど、とても優しい手つきだったのは覚えている。

両親は、息子の僕から見てもとても仲のいい夫婦だった。

いつも笑っていて、喧嘩している姿など見たことがない。お互いベタ惚れという感じで、僕がその場にいようといまいと、お互いへの好意を隠そうともしていなかった。

一人息子の僕をとても愛して、可愛がってくれていた。実の親ながら、あたたかい人たちだった。

シャーリィと呼ぶ人はもういない。

　立て続けに亡くしてしまったのは寂しい。でも、番みたいな夫婦だったから、それが両親にとっての自然だったのかもしれないと、最近ようやく考えられるようになった。

「シャルル？　どうした」

「ん？　ああ、うん。両親のこと考えてた」

「どんなこと？」

「仲が良かったなあって。昨日が母さんの命日だったんだ」

　相槌みたいに額に口づけがひとつ。くすぐったい。

「六日後が父さんの命日。去年は両方ぼうっとしてただけで終わっちゃってたんだけど」

「今年は？」

「行き倒れの元王子様を拾って世話してる。変なの」

　言いながらとんでもないなと改めて思い、くすくすと笑ってしまう。ルーシーも笑った。長い人生、こんな経験もなかなかないだろう。

「悲しい日にはならなかったか」

「あたふたした日になったかな」

「床を引きずられたのは初めての経験だった」

「僕も人を引きずって廊下歩いたのは初めてだった」

　面白い話ではないのに、何故か二人して吹き出すように笑い合った。

　去年は心が現実と乖離したように、世界と自分の間に分厚い透明の膜があるかのように、気持ちが不安定だった。何かを考えていても次の瞬間には霧散してしまって、何を考えていたのか分からなくなる。

　心は〝悲しい〟より〝虚しい〟でいっぱいだった。母の最期の姿を思い出しては思考停止してしまい、気づけば一日が終わっていた。

　それなのに今年はどうだ。

　気分転換の買い出し後、ルーシーを拾って、世話をして。気づけば夜というのは同じだけれど、悲しさも虚しさもない。髪をきれいに洗い上げた時なんて、やってやった！　という達成感でいっぱいだった。寝る直前に「そういえば母さんの命日なんだった」と思い出したくらいだ。

それもこれも。

「ルーシーのおかげで、寂しい一日にはならなかったよ」

心地よい体温に浸りながら、感謝を伝える。楽しい一日とまでは言えないものの、気が紛れたのは確かだったから。

「シャルルのおかげで、命も心も助かったよ」

後頭部を撫でる手つきは弱々しい。だけどあたたかかった。

ほうっと息をつく。骨ばった薄い胸元からとくとくと鼓動が聞こえた。音に合わせて呼吸をすると、まだ距離のあった眠気が急速に近づいてくる。

「あったかい。心音、落ち着く」

俺もだよ、と耳に流し込むように囁かれた。

今日名前を知ったばかりの他人なのに不思議だ。こうして身を寄せ合っていても不自然さがない。

まるで何年も一緒にいたかのように、最初からそう作られているように、ルーシーの腕の中はおさまりがよかった。

「おやすみ、シャーリィ。また明日」

――どうしてあなたがそう呼ぶの。

もう誰も呼ばない愛称にじんわりと心があたたまる。

泣きたくなるくらいの懐かしさと愛おしさを感じながら、あたたかい体温に包まれ眠りについた。

はじめてのお留守番と町の噂

朝日が眩しい今日この頃。今日もいい天気になりそうだと、まだ白が強い空を遠い目で見上げる。

現実逃避しかけている僕に、背後からひっしとしがみつく長身の男。はい、安定の元王太子殿下です。

ブーツに履き替えてからどれくらい経ったっけ。

いい加減諦めてくれないかな。というか、納得したんじゃなかったんですか。

「ルーシー、早く出発しないとそれだけ帰りが遅くなるんだよ」

「それは嫌だ。だが行かせたくない……！」

「さっと行ってさっと帰ってくるから」

「離れたくない」

「そんなこと言ったって、行かなきゃだし。ルーシーはまだ長距離なんてとても歩けないでしょ。大人なんだから聞き分けてくださいな」

　おんぶおばけのように抱きついて離れない困ったさんの腕をぽんぽん叩く。唸りながら、渋々、本当に渋々、嫌だけどでも……！　といった様子でやっと解放してくれた。

　くるりと振り返る。眉間にしわを寄せた骸骨が、苦渋の決断とでも言いたげな表情で唇を噛みしめていた。

　まるで今生の別れだ。ただのおつかいだってば。

「ゆっくりしてて。僕が出たら鍵をかけて」

「本当に行くのか……？」

「行くってば。一週間分くらいの服も買ってくるよ。デザインについての文句は受けつけません」

「服なんていらないから早く帰ってきてくれ。危ないから暗くなる前にだぞ。襲われたら全力で逃げて」

「大袈裟だなあ。大丈夫、夕方にはちゃんと帰るから。何かあったら連絡して。僕もそうするから」

　腕輪型魔道具を翳す。同じ物がルーシーの手首にも装着されている。父特製の通信機だ。

　これがあればいつでも連絡を取り合える。安心材料になればと渡してみたものの……ならないんだろうな、今の様子を見る限り。

　軽く背伸びをしてよしよしと銀色の頭を撫でる。気持ちよさそうに目を細めたけれど、やっぱり心配と不安は尽きないのか、すぐに眉がハの字になってしまった。行かないで……と潤んだ青が訴えてくる。定期的に出してくる子犬感にたじろぐ。なんだか子犬をいじめている気分……。

（いや、負けるな。このままじゃいつまでも出発できない！）

　僕は心を鬼にして、捨てられ子犬モードのルーシーから目を背け、軟膏を詰めたかごを手に家を飛び出した。

「シャルル……ッ」

　許せ子犬、お土産持って帰ってくるから――！

　振り返ったら絆される予感しかせず、僕はそのまま駆け足で町へ向かった。

　遠ざかっていく小柄な背中を見えなくなるまで見送り、完全に消えてしまってからがっくりと肩を落とした。ため息が自覚するほど重苦しい。

　名残惜しんでもシャルルは帰ってこない。いや、夕方には帰ってくるらしいが。

　言いつけ通り玄関扉を施錠し、壁伝いに廊下を歩く。装着した腕輪が微かに揺れた。

　昨日より楽に体が動くようになった。手の震えがましになり、朝食のスープもしっかり飲めた。シャルルの助けがなくてもそれなりに歩ける。中級程度の魔法なら連発しても問題ないくらいには回復した。

　まともな食事と睡眠、安眠できる環境。人間らしい生活とはかくも大切なのだと思い知った。死を覚悟した状態からたった三日でここまで回復するなんて自分でも驚きだ。

　それもこれも、あの世話焼きで、お人好しな、年下の可愛い家主のおかげ。

　しんとした廊下を鈍速で進む。時々休憩を挟みながらたどり着いたのは誰もいない居間。今この家には自分しかいないと分かっているのに、あの優しい榛色がどこかに見えないかと、目が勝手に探してしまう。

　居間とひと続きになっているキッチンを見やる。

小鍋の中には俺のための昼食が、小鍋の横には皿とカトラリーまで用意されている。

お人好しの家主は、留守を託す俺へひとつひとつ説明してくれた。

『シチュー作ったから食べる時に温めて。ここに触れば火がつくからね。もし皿に移すのが大変だったら鍋のまま食べて。こっちの鍋にもあるから足りなかったらおかわりどうぞ。洗い物はしなくていいよ』

『パンはここ。少しかためだから、シチューにつけて食べて。飲み物は冷蔵庫。好きなもの飲んでいいからね。いちごも洗ってあるからデザートにどうぞ』

『この本面白かったよ。興味あれば読んでみて』

『はい、通信機。あげるから好きに使って』

早起きして作ってくれたらしいホワイトシチュー、かごに入ったパン。テーブルには飴玉が詰まった小瓶。冷蔵庫の中には水や果実水、いびつな形のいちごがあった。

分かりやすい場所に置かれたマグカップと紅茶の茶葉。退屈しないようにと選んでくれた本。不安にさせないためにと渡された大切な魔道具。

家主不在の家の中は、家主の優しさと気遣いでいっぱいだった。

そんな室内を改めて見回す。

この家は、かつての自室にすっぽり収まってしまいそうなほどこぢんまりとしている。間取りもシンプルで、部屋は三つしかない。書斎も応接室も撞球室もない。個室には鍵や備え付けのシャワールームもない。

ここで人間三人が暮らしていたなんて正直驚きだが、嫌じゃない。鍵のない個室も、二人で座ると肩が触れそうになるソファも、椅子が四脚しかないダイニングテーブルも、足を伸ばせない浴槽も、窮屈なセミダブルのベッドも、まったく嫌じゃない。

あの心優しい家主が手を伸ばせば触れられる距離に常にいるのは、嫌どころかとても心地がいい。

この家も、シャルルの傍も、呼吸がしやすかった。

出会って間もない他人に対してそんな風に思う自分にも驚く。

シャルルの部屋へ戻り、ベッドに横たわる。起きてから時間が経っているせいか、シーツはすっかり冷えていた。それが妙に寂しくて、身代わりの枕を抱き込み、二度目のため息を吐き出す。

見送ったばかりなのにもう会いたい。雰囲気そのままの柔らかな声を思い出せば寂しさが募り、心には隙間風どころか寒風がびゅうびゅうと吹きつける。

シャルルは同性だ。優しげな顔立ちをしていても女には見えないし、声だって男にしては高い方だがちゃんと声変わりはしている。らしい。声変わりしてあれか……可愛すぎないか……。

それに当然同じものがついている。それさえ可愛いサイズだったが。下生えも薄かった。産毛程度だった。あれで十六歳目前、すでに結婚可能な年齢だなんて反則だ。

まずもって、男の股間を見て可愛いと思う己が信じられない。断罪とともに頭のネジが数本抜けてしまったのだろうか。

試しに他の男の裸体を想像してみる。上半身はいいとして、下半身を思い浮かべた瞬間に映像を掻き消したくなって終わった。上書きするように想像を女に切り替える。嫌悪感はない。女嫌いになったわけでも、性嗜好が変化したわけでもないみたいだ。

そうして昨夜のシャルルを思い返してみた。キスでとろとろになっていた姿を思い出した途端たまらなくなって、抱えた枕に頭突きをした。

心臓が痛い。甘苦しい痛みだった。体がまともに動くならベッド中を転げまわっているところだ。

心臓と股間がズキズキと痛む。体も顔も発火したみたいに熱い。

これまで同性をそういう対象として見たことはなかった。

当然だ。俺は次期国王で、冷え切っていたとは言え幼少時から婚約者もいた。世継ぎを期待されるのが当たり前の環境にいたのだ。貴族や平民の間では聞くが、王族で同性婚をした者もいない。

　遊び感覚で誘われたことはあったし、実際楽しんでいる者もいたが、俺は「男は対象外」とはなから決めつけていた。異性がいるのにわざわざ同性に手を出す意味が分からない、興味もない、その気になれないと。

　それなのに――。

（……男だからなんだ。シャルルは優しくて可愛い。それがすべてだ）

　そもそもシャルルは容姿も可愛らしい。

　雪のように白い肌はすべすべだし、透明感もあってつい触れたくなる。優しい榛色の髪はふわふわで柔らかく、癖になる手触り。翡翠色の大きな瞳はよく見ると金色が混じり、まるで星が鏤められたようだ。至近距離で覗かなければ分からない星屑に気付いた時、その距離を許されたことに心が躍った。

　容姿だけじゃなく内面だって素晴らしい。

　俺はもう王族でも、王太子でもない。自慢だった容姿も所持金も剣も、身分を証明するものも、何もない。

　そんなないない尽くしで、出会った時は死体一歩手前。不潔で、ろくに口もきけなかった。

　行き交う人間は誰も彼もが目を背けるか嫌悪し避けた、雑巾よりひどい状態だった俺に、シャルルだけがまったく臆さず手を差し伸べてくれた。見ず知らずの浮浪者を介抱し、食事と寝床を与え、このまま留まっていいとまで言ってくれた。優しさと書いてシャルルと読むのだと本気で思う。

　久しぶりに口にしたまともな料理に泣きそうになった。涙さえ出ないほど干からびていたせいで泣かずに済んだけれど、心では大号泣だった。

　誰かと触れ合い会話をするなど、もうないと諦めていた。飲ませてもらった水も、具材がどろどろに煮込まれたスープも、優しい味のリゾットも、これまでの人生で一番美味しく感じた。きっとあれ以上のものはもう味わえない。

追放の理由を話しても軽蔑されなかった。いや、されたかもしれないが、それで追い出したり虐げたりはしなかった。結構辛辣だったけれども。

王都にいた頃、シャルルのような者が傍にいれば、状況はまた違っていたのだろうか——いや、俺だからな。傲慢を具現化したようなクズだったのだ。シャルルの尊さなどあの頃の俺にはきっと理解できなかったに違いない。

枕に顎を埋めながら、かつての自分を嗤う。

シャルルに何度も言われたが、客観的に見た過去の自分は本当に最低だった。

父である陛下も、母である妃殿下も、弟も、元婚約者も。

近しい者は何度も振る舞いや言動を諫めてくれていたのに聞く耳を持たなかった。なんでも人並み以上にできただけに天狗になっていたのだ。周りを見下す鼻持ちならない奴だったと思う。

元婚約者は才色兼備の完璧な淑女だった。幼い頃から努力を怠らず、誰もが認める次期王妃の器たる女性だった。

そんな彼女を煙たがるようになったのはいつからだろう。

性格的に合わないのは元々だ。それでも昔は最低限の会話や交流はあったし、いがみ合うまではいっていなかった。

卒業後の婚姻は絶対。だから在学期間は最後の自由時間と思い込んでいた。自由を満喫するには婚約者の存在は鬱陶しく、邪魔とまで思っていた。いつからか憎悪に近い感情さえ抱いていた。この女さえいなければ、と。

最低だ。そんな身勝手な思考回路だからすべて失ったのだろう。

陛下の沙汰が下った時の元婚約者や妃殿下や弟の冷め切った目が忘れられない。生まれてからのすべての時間をかけて培ってきた王族としての自分が死んだ瞬間だった。

すべてを得ようと欲張った結果、この手には何も残らなかった。

庭のようだった王都は針のむしろ。大門から出る寸前まで、貴族も民も俺を仇敵のように睨みつけ、さっさと消えろ、二度と戻るなと石を投げた。もしかすると大神官や偽聖女への当たりはもっと強かったかもしれない。

彼らの処遇は知らない。知らないが、ろくな末路は辿っていないはずだ。

目的地も定まらないままあてどなく彷徨っているうちに、いつの間にか十八になっていた。成人したところで、と考えた時にようやく、この状況は現実なのだと本当の意味で理解した。

ブーツがすり減っていくのに比例して心が摩耗し、麻痺していく。

森でたまたま遭遇した冒険者と少しの間ともに過ごした。討伐に付き合い、分け前として数枚の硬貨を得た。久しぶりのベッドは硬くて寝心地は最悪だったが、それでもほっとした。夢も見ずに泥のように眠った。

面倒見のいい冒険者に勧められ、思った以上に簡単に手に入ったカード。これで飢えを凌げる、生活していけると安堵したというのに、半年も経たずあっさり盗まれ、茫然自失しているうちに剣も所持金も何もかもを奪われ。

パンひとつ手に入らない日々。

魔力操作ができなくなってからは本当に悲惨だった。これまでの放浪生活が順風満帆にさえ思えるほどに。冬を越せたのは奇跡だ。

当たり前のように使っていた、子どもでも使える生活魔法さえ使えない。川や沼で体を洗えばヒルに吸いつかれ、血とともに気力まで吸い取られた。

狩りをしようにも、魔法や武器や罠もなしに捕まる獣などいない。追いかけ回す体力もない。むしろ丸腰の俺は獣からすれば食料。狩るどころか狩られそうになり、人も獣も警戒しなければならなかった。

空腹のあまり、硬い木の実やそこらに生えている草を食べたり、剝がした樹皮を齧って空腹を紛らわせた。腹をくだしたことも、死ぬかと思うくらい吐いたこともある。

雨が降ったら空へ向け口をあけた。そうまでして生きながらえようとする自分がみじめだった。

この家の前で膝から崩れ落ちた時、やっと死ねると思った。同じくらい死にたくないとも思った。

たぶん、シャルルがもう少し遅く帰宅していたら、発見された俺は〝行き倒れの人間〟ではなく〝不審者の死体〟だったはずだ。

あんなにひどい状態だった俺を、嫌厭せず人間扱いしてくれた。それがどれだけ嬉しかったか、きっとシャルルには分からない。

それに、こんな国の端っこであの人の子に出会えるなんて。我が目を疑ったし、二度と使いたくない言葉が浮かぶくらいこの縁に驚いた。


《運命》――なんて。

（……いや。そんなのは二の次だ。後づけだ）

恩だの愛だの恋だの、運命だの、そんな括りはどうでもいい。シャルルは俺の天使なのだ。

拾われた翌朝、優しい感触で目が覚めた。頭を撫でるシャルルと目が合った瞬間泣きたくなった。ただの「おはよう」が福音みたいに聞こえた。

あの瞬間に心は決まった。

俺のこれからの人生は天使を守るために使う。何もかもを捧げる。誰よりも幸福な一生を送ってもらう。そのためならなんだってする、と。

「はやく体を戻す。まずはそれだ」

口に出して気を引き締める。決意を新たに、枕を抱く両腕にぎゅうっと力を込めた。ここにはいない天使と同じ石鹸の香りがふわりと立ち上り、胸がしめつけられる。

体力と筋力を取り戻す。喫緊の課題はそれだ。

そのためにはまずは休息。しっかり食べ、休み、一から鍛え直す必要がある。魔法もそうだが剣を振り回せるくらいまで体を戻さなければいざと言う時に守れない。権力がない分、物理的にシャルルのすべてを守りきれるようにならなければ。

　このままシャルルにおんぶにだっこな状態なのも男として受け入れ難い。秋には再登録試験を受けられる。討伐メインで働き、とにかく稼ぐ。そうすればシャルルが小遣い稼ぎをしなくてもよくなる。それ以前に、動けるようになれば町へも同行できる。片時も離れずにいられる。

　そこまで考え、じんわりと目頭が熱くなった。

「うう……、シャルル……もう会いたい……っ」

　残り香をよすがに枕を濡らす。魔道具を起動させようとして、寸前で堪えた。

　夕方なんてまだまだ先だ。さすがに連絡をするには早すぎる。間違いなく呆れられる。

　シャルルの両親は何故町から離れたこんな場所に家を構えたのだ。いや、シャルルさえここにいるなら町が遠かろうと近かろうとどちらでも構わないんだが。

　寂しさからの、ぶつけどころのない不満を呟いているうちに、だんだんと不安になってきた。

　ああ。不埒な輩に絡まれていないだろうか。

　俺の天使が無防備に一人歩きなど心配でたまらない。目をつけられたり後をつけられたり人目のない路地に連れ込まれたり連れ去られたりしてもおかしくない。天使だからな。

　シャルルは小柄だ。力もそこまで強くないし、魔法もあまり得意じゃないそうだし、やろうと思えば簡単に抑え込める。あと押しに弱い。

　これまで問題なく過ごしていたと知っている。知っているが、昨日大丈夫だったからと言って今日も大丈夫とは限らない。

　あの子は隙だらけなのだ。ろくに知りもしない他人に上等な魔道具をぽんとくれたり、留守を任せてしまうくらいには無防備。それに加えてお人好しな性格。困ったふりで近づかれても警戒せず普通に対応しそうだ。気付いた時には誘拐完了なんて事態になっていそうで恐ろしい。心配するなという方が無理がある。

もし俺の天使に手を出す輩がいたらどうしてくれよう。

八つ裂きじゃ済まさない。脳天に特級の雷魔法でも落として消し炭にしてやろう。

唸りながらふと冷静になる。

かつての知り合いが今の俺を見たら泡を吹いて倒れそうだな、なんて考えたらちょっと笑えた。

◇◇◇

一昨日訪れたばかりの町は今日も賑わっていた。

まっすぐにお得意様の店へ向かう。ドアベルが鳴ると、新聞を読んでいた店主が顔を上げた。

「おっ、シャルル。軟膏か？」

「うん。急ぎなんでしょ。容器足りなくていつもより少ないんだけど」

「あるだけ全部買い取るぜ。どんくらいできた？」

かごを渡すと店主はすぐに数え、ニカッと歯を見せた。

「十分だ。急かしてすまん、ありがとな」

代金を受け取り、袋に詰める。

「頼まれてた容器な、入荷はもうちっと先になりそうだ。入ったら届けてやるよ」

「え、いいの？　手間じゃない？　助かるけど」

「気にすんな。いつもいい品持ってきてくれる礼だ」

人のいい店主はかっかっか！　と快活に笑う。入れ物は重くないけれどかさばるから、届けてもらえるならその方が助かる。

店主は今買い取ったばかりの軟膏を陳列しながら、惜しむように言った。

「お前さえよければ、定期的に納品って形で専属契約したいんだがなあ」

「うーん。毎度数揃えるのは大変だから。作り手は僕一人だし、そこまでがっつり稼がなくても生活できるし」

「欲がねえな。若いんだからよ、ぱあっと遊んどけ！　せめて夢と希望を持て！」

「夢と希望ねえ。んー。のんびり暮らせればそれでいいよ」

「欲がねえな！」

二回も言われ、愛想笑いを返して店を出た。

長い付き合いの店主は、たまに買取りを頼みにくるだけの僕を親戚の子どものように心配してくれる。

元々買取りをお願いしていたのは母だ。だから僕のことは僕が母のお腹の中にいる頃から知っている。だからこそ今でもこうして気にかけてくれるんだろう。

それはあの人に限らない。両親と付き合いのあった人たちは店主と同じように僕に接してくれる。肉屋のおかみさんもそのうちの一人だ。

それがどんな形であれ、心配してくれる人がいるというのはありがたいことだ。

身内はもういないけれど、自分は本当の意味で一人ではないのだと実感できる。それはすごく大切で、尊いことだと思う。

なんて、少し感傷的になりながらさくさく歩き、馴染みの服屋に入った。

どんな服がいいかな。銀髪碧眼だから寒色系かモノトーンがいいだろうか。肉付きが戻ればなんでも着こなしてしまいそうだ。

シンプルなデザインのものや柄物、生地が薄いもの、厚いもの、ツルツルしたもの。目がチカチカするほどたくさんの服をじっくり見て、触っては戻し、次の服に手をかける。新品から古着まで数がありすぎて逆に決めきれない。

服の山を前に悩んでいたら、店の奥から女店主がやってきた。

「シャルルじゃないか。そんなに悩むなんて珍しいね。やっと身だしなみに興味が出たのかい？」

「僕のじゃないんだ。自分のなら悩まないよ」

「へえ？　イイ人でもできた？」

「ううん。拾った人の。とりあえず今の時期に着れるやつを上下一週間分は欲しい」

「は？」

「父さんの服だと横はぶかぶかで縦が足りないんだ。そのくらいのサイズ感でいいのないかな。羽織りものもあった方がいいかも」

妙な柄のシャツを手放し、生成りのシャツを手に取る。ひろげるとフリルたっぷりですぐ戻した。これは違う。

別の服へ手を伸ばした時、女店主が僕の両肩をがしっと摑んだ。

「ちょっとお待ち。詳しく聞かせな。変な人間じゃないだろうね？」

「変な……？　ワケありだけど、変ではないよ。そのワケもちゃんと話してくれたし」

「ワケあり……？」

「うん。僕が勝手に言うわけにはいかないけど。身元もちゃんとしてるよ」

ある意味これ以上ないほどちゃんとしている。

とは言えないものの、断言したからか女店主は怪訝そうにしながらも一応納得してくれた。

「体格のイメージはなんとなくわかったよ。そいつの髪色と肌色、目の色は？」

「銀髪碧眼、肌は僕と同じような色」

「銀髪？　……ふぅん。歳と雰囲気は？」

「十八歳。雰囲気は……うーん……骸骨っぽい王子様、いや、捨てられた子犬？」

「なんだいそれは」

呆れ顔をされたけれど、さすがはプロ。かなり大雑把な説明だったのに、服の山からすいすいと何着も候補を抜き出してくれた。

「下着と寝巻きも欲しいんだ」

「はいよ。結構な荷物になるけど運べるかい？　三日後でいいなら配達してやろうか」

「いいの？」

「いいさ。配達料はジャムでいいよ」

「やった！　助かるよ、ありがとう。いちごでいい？」

「いいねえ。うちのも好きなんだ。大瓶で頼むよ」

取引成立。僕らはがっちりと握手を交わした。

服と下着を三日分だけ紙袋に詰めてもらい、残りは配達してもらうことにした。選んでもらった上に配達までしてくれるんだ。いちごの他にも何かでジャムを作ろう。

いい買い物ができた。浮き足立ちそうになるのを堪えて、次は靴屋へ向かう。頑丈そうなブーツと、家の周りで使えるようなサンダルを見て回り、ハッとした。足のサイズが分からない。履けなければ無意味だし、残念だけど靴はまた今度にしよう。

店主に声をかけられる前にすごすごと店を出て、果物屋でりんごを買い込む。三日分の服より重い。すでに両手はりんごの詰まったかごと紙袋でいっぱいだけれど、大事な買い物が残っている。肉だ。肉を買い足さなければ。

気合いを入れ直し、最後に肉屋へ寄った。

「おや？　珍しいね、一昨日来たばっかりなのに」

「もうなくなっちゃったから買い足しておきたくて」

「いいよいいよ、待ってな。すぐ用意するからね」

「あっ！　いつもの倍くらい欲しい」

おかみさんは目をぱちくりさせたあと、大らかに笑って了承してくれた。

数分後、いつものように処理してくれた肉の包み二つを手に戻ってくる。僕の両手の埋まり具合をちらっと確認したおかみさんは、何も言わず大きなかごを用意し、りんごと肉の包みをまとめて入れてくれた。

「貸してくれるの？　ありがと」

「いいよ。まとめちまえば少しは楽だろ？　そっちのかごは置いていきな。預かっておくよ」

今度来た時にでも交換しようと寛大に笑うおかみ

さんにもう一度礼をしたところで、彼女は思い出したみたいに「そういえば」と言った。

「シャルル、あんたここへの行き帰り大丈夫かい？」

「なんで？」

片手を頬に添えたおかみさんは、少し心配そうな顔をして僕を見た。

「小汚い格好した亡霊みたいな不審者が出たんだってさ」

それってまさか。

「えっと……」

その不審者、うちにいるかもしれない。

と喉まで出かかったけれど、おかみさんが続けた内容に言葉を飲み込んだ。

「なんでも、宝石とか金目のもの見ると奇声をあげて飛びついてきたり、若い女の子に襲いかかってくるらしいんだ。隣町でひどい目に遭った子がいてねえ。こっちに流れてるかもしれない。あんたは男の子だけど華奢だし顔立ちも可愛いから間違えられるかも。夜道は特に気をつけるんだよ」

両手いっぱいの荷物を抱えて帰路につく。頭の中は、おかみさんから聞いた噂話で占められていた。

（一瞬ルーシーのことかと思ったけど……）

いくらなんでも女の子に襲いかかったりはしないだろう。そんな元気もなさそうだったし。なにせ行き倒れていたくらいだ。襲いかかる元気があるなら狩りをして食いつないでいただろう。宝石に飛びつく姿も想像できない。

「不審者ねえ……」

夜道で出くわしたら腰を抜かすかもな。

ぼんやり考えながらも無意識に早足になっていた。だんだんと日が暮れてくる。今頃ルーシーはどうしているだろう。一度も連絡がなかったのは意外だった。寝てるのかな。シチューはちゃんと食べただろうか。渡した本は読んだかな。退屈していなければばいいけれど。

　不審者の噂を、留守番中のルーシーの一日を想像することで頭の隅に追いやる。明るい時間帯は平気だったのに、夕方になるとちょっと胸がざわついた。

　考えすぎて現実になったらたまらない。早足を小走りに変えて、家までの道を急いだ。

　息切れしながら到着した家は朝と変わりない。扉はきちんと施錠されていた。鍵をあけて中へ入り、しっかり施錠する。鍵はかけたのにもやもやとした不安が消えず、陶器の傘立てを扉の前へ移動させた。

　家の中は薄暗く、静まり返っていた。人の気配がない。

　居間に荷物を置き、部屋へ向かう。ゆっくり静かに、音を立てないように扉を開けると、真っ暗な中ベッドで丸くなっている人物を発見した。すうすうと寝息を立てている。ほっとして肩の力が抜けた。

　忍び足で近づき、ベッドの脇にしゃがむ。

　長くて濃いまつ毛は髪と同じ銀色だ。痩けた頬は少しましになってきているように見えた。血色がよくなってきたからそう感じるのかもしれない。

　ルーシーは枕を抱きしめて眠っていた。

　いつから眠っているのか分からないから起こすのは可哀相だけれど……なんだろう、なんだか無性に「ただいま」って言いたい。「おかえり」って言ってほしい。

　でも、それだけのために起こすのは身勝手すぎる。せっかく眠れているならそっとしておくべきだ。

　つい伸びそうになる手を引っ込めて、部屋を出た。

　購入したものを整理しながらふと調理台を見ると、小鍋はきれいに洗われ、流しの横に逆さ向きにして置いてあった。スプーンやコップも洗ってあるし、流しもピカピカだ。水滴ひとつ見当たらない。

「そのままでいいよって言ったのに」

　元王子様なのに洗い物や掃除までしてくれたのか。

　作業中の姿を想像して、似合わないな、なんてふふっと笑ってしまった。

さて、今日は何を作ろう。

肉はたっぷりある。昨夜みたいに焼くだけだとまた食べるのに難儀するかもしれないし、挽いてハンバーグでも作ろうか。そのままよりは食べやすそうだ。うん、そうしよう。

居間の戸棚から母のレシピノートを取り出し、パラパラと捲っていく。絵付きで丁寧にまとめられたハンバーグの作り方、アレンジの仕方をふんふんと読み込み、さっそく取りかかる。

流しの上の戸棚から肉も挽ける魔道具を引っ張り出した。随分使っていなかったそれは埃を被っていて、まずはきれいに洗浄するところからだった。

スポンジでごしごしと丁寧に洗う。肉を前にして目を輝かせていた横顔を思い出しながら、鼻歌まじりに作業を進めていった。

◆　◆　◆

いい匂いがする。耳に心地いい生活音も聞こえてくる。

匂いと音につられて目を覚まし、瞼が半分閉じた状態でふらふらと廊下を進むと、キッチンの方が明るくなっていた。小柄な背中が見えた瞬間、ばちっと覚醒。

「ふんふんふーん」

ご機嫌な様子で鼻歌というには少し大きめな声で歌っている。ちょっと体も揺れているし、たまに調子が外れるのがなんとも尊い。なんだあれ可愛い。

天使の手元では、赤みがかった物体がリズミカルに行き来していた。

そうっと近づき、上機嫌な背中を抱きしめる。ひょわっ！　と変な悲鳴をあげて飛び上がった。

「び、っくりした……おはよ、ルーシー」

「おはよう、シャルル。おかえり」

「ただいま。よく眠れた？」

「ああ。これ、何してるの」

「タネの空気を抜いてるんだよ」

「タネ？　空気？」

ハンバーグのタネだよ、と見せてくれた。手本のように、ぱんぱんと右手から左手へ、左手から右手へと往復させる。

「ハンバーグ……完成前を見たのは初めてだ」

「やってみる？　握力なくてもできるよ、たぶん」

作業しながらシャルルが肩越しに振り返る。翡翠色の瞳の中に金の星屑が見えて、それだけできゅんとした。俺の天使が可愛すぎる。

やってみたいと答えたら、成形から丁寧に教えてくれた。

この状態の肉を見るのも触れるのも初めてだ。手本とシャルルの手元を何度も確認しながら、おっかなびっくり見様見真似で作ってみる。最初はべしゃっと潰れてしまったが、繰り返すうちに要領を摑んだ。なるほど、これは結構楽しい。シャルルの隣で同じ作業をするというこの状況も楽しい。

「いい感じだね。あと三回くらい往復させたら完成でよさそう」

「そうか？　……そうか」

褒められた。こんな小さなことでもなんだか嬉しく、作業に熱が入る。

「町は楽しかったか？」

「いい買い物ができたよ。今度靴を買いに行こう。サイズが分からないから買えなかったんだ」

「靴？　今あるので十分だぞ」

「ボロボロじゃん。服も一新したんだし、靴も揃えよう。靴がピカピカだと気分も変わるよ」

にこにこと笑いかけられ、心臓がぎゅんっと収縮した。

笑顔が尊い。天使か。天使だった、知ってる。神も神官も聖女も嫌いだが今無性に、ものすごく誰かに感謝したい気分だ。

小さな幸福を噛みしめながら作業を進め、ボウルの中にあった大量のミンチ肉すべて丸めた。

二人で作ったタネをシャルルが焼いていく。フライパンの中からじゅわじゅわと美味そうな音が立つ。

　完成前の状態を見るのが初めてなら、焼く工程を見るのも初めてで。油が飛ぶたび「あちっ」とシャルルが漏らすものだから、火傷しないかとハラハラしてしまう。

　心配しつつも俺は手持ち無沙汰。焼き作業に勤しむシャルルを抱きしめていると、動きにくい、暇ならレタスをちぎれとボウルを渡された。大人しくちぎる。

　俺でもできそうな作業を手伝わせてくれることが嬉しい。邪魔だから出て行け、大人しく座っていろと言われないのも嬉しかった。

「シャルル、ちぎれた。他は何かあるか?」

「ありがと。じゃあ次はゆで卵切ってくれる? 殻は剝いてあるから」

　言いながら見本用にとひとつ切ってくれた。場所を交代し、さっそく挑戦してみる。

　包丁を握るのも初めてだ。シャルルは柄を握れるかどうか心配していたようだった。大した力は入らないものの、このくらいなら問題なさそうだ。

　見本を参考に、真っ白な卵に慎重に刃を入れた。左手を添え忘れてつるりと逃げられてしまう。手まで切らないように端っこを押さえ、再挑戦。今度はちゃんと切れた。まだ半分に切っただけなのに、ちょっと感動した。

「シャルル、切れた」

「上手だね。指切らないようにだけ気をつけて」

　切ったからなんだ、できて当然だろうと言わないこの子がとても好きだと思った。

　むずむずする気持ちを飲み込み、卵の形を崩さないように細心の注意を払って切っていく。魔法でとは考えなかった。シャルルと同じように、同じ目線で作業したい。

　そうして完成したスライスしたゆで卵は、見本通りとはいかなかったものの、初めてにしては上出来な部類だ。たぶん。

「そんな感じであと二つもお願いします」

「ああ、任せろ」

シャルルこそ俺のモチベーションを上げるのが上手い。気持ちよく褒められ取り掛かった二つ目は、さっきよりずっと上手く切れた。

俺がゆで卵に夢中になっている間に、シャルルはハンバーグを焼きながらスープや付け合わせを同時進行で作り、ちぎったレタスを楕円形の深皿に敷き詰めた。レタスの上にトマトとアスパラ、俺が切ったゆで卵を見栄えするよう盛り付け、脇にそっと菜の花を添える。

完成したものからどんどん運んでいく。俺の天使は手際がいい上に働き者だ。小動物のように動き回っている。

「もう終わるから、手洗ったら座ってていいよ。手伝ってくれてありがとう」

「そうする。楽しかった。また教えてくれ」

掠めるように唇にキスをすれば、真っ赤になって「ばか」と罵られた。

俺の天使は今夜もとても尊い。

◇◇◇

結構ボリュームのあった夕食を、時間をかけてすべて腹におさめ、しばしの休憩。

ルーシーの食事の介助はもう必要なさそうだった。スープも問題なく飲めているし、ハンバーグも自力でカットしていた。足取りも随分しっかりしてきたし、夕食作りだって手伝ってくれた。三日目でここまで回復できたなら上々だろう。よかった。

ソファに横並びで腰掛け食後の紅茶を飲みつつ、まったりとした時間を過ごした。僕は読書、ルーシーは僕の髪を梳いたり指に巻きつけたり手遊びしている。

「もう少し休んだらお風呂準備するから、先に入っていいよ」

「一緒に」

「もう一人で入れるでしょ」

「一緒に」

譲らないなあと呆れ半分で笑う。本当にくっついているのが好きなんだな。拒絶しない僕も大概だけれど。

主張を通したルーシーはとても満足そうだ。髪どころか耳を触ったり、挟んだり、くすぐったり。いたずらの範囲をひろげて僕で遊び始めた。

「あ。そういえばさ……」

膝に載せた本を開いたまま顔を上げる。こてんと小首を傾げる仕草が可愛くて、うぐっと変な声が漏れた。違う違う、今はきゅんきゅんしている場合ではない。

わざとらしい咳払いをして、気を取り直してちゃんと向かい合う。

「今日肉屋のおかみさんに聞いたんだけど、不審者が出たんだって」

「不審者？」

「うん。小汚い格好した亡霊みたいな不審者。奇声あげながら宝石とか金目のものに飛びついて、女の子に襲いかかるんだって。隣町でひどい目に遭った子がいるらしいよ」

「まごうかたなき不審者だな。俺がまともに動けるようになるまで家にこもっててくれ。町に行くのもだめだ。目の届く場所にいてくれ」

流れるような外出禁止宣言につい笑ってしまった。

「最初、ルーシーのことかと思ったんだけど」

「俺はそんな奇行はしていない」

「分かってるよ。早く捕まればいいな。女の子はおちおち出歩けないね。何かあってからじゃ遅いし」

「シャルルもだめだからな。シャルルは可愛いから狙われてもおかしくない」

「おかみさんにも、こっちに流れてるかもしれないから気をつけなって言われた。でもさすがに女の子には見えないでしょ。宝石も持ってないし、きっと平気だよ」

僕は母似だ。髪色と目の色は父譲り。どうせなら体格も父に似たかった。

顔立ちが似ていても、色合いが違うと随分印象が変わる。僕に母のような美人感はない。それでも客観的に見れば母似、女顔とも言う。だけど背格好や声は男だし、性別を間違われたことはない。

だから大丈夫だと笑っても、ルーシーは渋い顔で外出禁止を強く主張した。反発するほどの用事もないし、とりあえず頷いておく。

「肉の調達ができなくなるけど、いいの？」

「シャルルの安全にはかえられない」

「心配性だなあ。なら、ハンバーグにしなかった分の肉は干しておこうか。そしたら少しは日持ちするから。あ、釣りに行こうかな。町とは逆方向だからいいでしょ？」

「釣り？」

「うん。この先に小さめの湖があるんだ。魚もいるんだよ」

肉がだめなら魚だ。少しでも栄養を摂ってほしい。

ルーシーは〝釣り〟にピンときていないご様子。餌をつけた糸を垂らして魚を釣るんだと説明したら、分かっているんだかいないんだか、だけど興味深そうに頷いてくれた。ただし自分も同行すると、そこだけは頑として譲らなかったけれども。

近々案内すると約束して、風呂の準備をし、いざ入浴。今日のルーシーは手伝いなしで自力で脱いだ。その堂々とした脱ぎっぷりに思わず感心してしまう。

そういえばこの人、初日から裸を晒すことにまったく抵抗がなさそうだった。今も恥じらう気配がまるでない。男同士だから？

でも僕は多少気まずい。昨夜のいろいろを思い出し、ひろがりかけた妄想をぶんぶんと手で払った。

「どうかした？」

「ルーシーは全裸晒すの恥ずかしくないの？」

「生まれた時から何をするにも人の手が入っていたから慣れてる」

なるほど。すごく納得した。さすが生粋の王族。

「シャルルだってあまり照れていないだろう」

「そんなことないけど……介助気分だったから？」

「なるほど？」

話を切り上げ浴室へ。今夜もルーシーが魔法でお湯を溜めてくれた。洗面台の下から発掘した入浴剤を投入すると、シュワシュワと気泡を立てながらお湯の色が透明から乳白色へと変化していく。甘いミルクの香りが浴室にふわりと充満した。

「お腹すく匂いだね。あがったら甘いもの食べよう」

「さっき夕飯食べたばかりじゃないか。この細い体のどこに入ってるんだ」

「甘いものは別腹だよ。はい、座って。こっちの石鹸が髪用、こっちが体用、これは顔用だから」

三種類の色の違う石鹸を紹介して、さっさと泡立て頭を洗う。そんな僕をじっと見つめる元王子様。

……うん、分かる。なんとなく分かるよ。やれって言いたいんだね。元王子様だものね。動けない云々以前に自分で洗うことなんてなかったんだろうね。このお貴族様が。いや、元王族様か。

これが高貴な青い血かあ、と遠い目をしつつ手を動かしていると、体用の石鹸を元に戻したルーシーが、おもむろに僕の頭へと手を伸ばしてきた。

「俺がやる。やらせて？」

どうやら僕は視線の意味を読み間違えたらしい。

わしゃわしゃと絶妙な力加減で洗われていく。元の身分的に、他人の頭を洗うなど経験がないだろうに、何故かとても上手。とても気持ちがいい。頭皮をマッサージされているみたいで、心地よさについついほうっとため息をついてしまった。

「気持ちいい。上手。ルーシーは器用だねえ……ハンバーグこねるのも卵切るのも上手だったし」

「シャルルに褒められるのは嬉しい。また手伝いたい。あと、髪と体は俺が毎日きれいにするから」

「へ？」

「うん？」

振り返ると、何か問題でも？　と言わんばかりの有無を言わせない笑顔を浮かべていらっしゃった。

毎日一緒に入るのは決定なんですね。これが俗に言う〝イエス・オア・はい〟か。すごいなロイヤルスマイル。痩せこけていても攻撃力が高い。否定も拒絶もしにくい。

諦めて前を向く。手持ち無沙汰だから顔を洗った。ちなみに体を洗おうとしたらスポンジを手に取ろうとした段階で取り上げられました。お強い。

「この上質な石鹸はどこで買ってるんだ？　泡立ちもいいし、きめも細かい。王宮でも見かけなかった」

「これ？　母さんの手作り」

「石鹸って作れるのか。シャルルも作れる？」

「作り方は教わったけど、まだストックたくさんあるから作ったことない」

「そうか。料理にしろ石鹸にしろ、御母堂は器用な方だったんだな」

「御母堂って。そんな大層な呼び方が似合う人じゃなかったよ」

吹き出した拍子に泡が飛び散り、少し目に入ってギャッと悲鳴を上げた。慌てたルーシーがすぐ洗い流してくれて痛みは引いたのに、「大丈夫？」「まだ痛い？」とおろおろする様子が可愛くて性懲りもなくまた笑ってしまう。

「もう平気。ちょっとだけだったから」

「本当に？　何かこう、泡が目に入らないような対策をするべきか」

「そこまで深刻にならなくていいです。もう流していい？」

「目の周りだけでも水魔法で覆うか……？　それより顔の表面に薄い結界を」

「おーい、ルーシーさんや、流していいですかー？」

あさっての方向に悩みだしたルーシーを放置し、さくっと洗い流す。すかさず「俺がしたかったのに！」と嘆きのような文句が飛んできたけど、知るか。洗い流すくらい自分でやりますわ。

濡れた前髪を掻き上げ振り返れば、すっかり拗ねてしまっていた。しょうもない、ごほん、しょうがない人だ。

　再び髪用の石鹸を泡立て、ルーシーの正面に立ち、湿気でしっとりした銀髪をわしゃわしゃと洗ってやる。一瞬きょとんとしたけれど、嬉しそうに大人しく首を下げてくれた。

「かゆいところはございませんか？」

「ありません」

「ふふ。指が通る。頑張ったかいがあった。スルスルのさらさらだ」

「苦労かけた。ひどかっただろう？」

「もの凄かった。王子様も人間なんだなあ」

「どういう感想なんだ、それは」

「王族だろうと平民だろうと、手入れしなければ髪も絡まるし、埃も皮脂も溜まるんだなっていう感想」

　ありのままの率直な感想だというのにルーシーはぶふっと吹き出し肩を震わせた。

「触りたくもなかったんじゃないか？」

「そんなこと言ったって、きれいにしなきゃひどくなるばっかりでしょ。いいんだよ、あれはあれでやりがいあったから。泡が真っ白になった時の達成感たるや」

「好き」

「ありがと」

　抱きつかれ、腹にちゅっちゅされた。くすぐったい。いたずらが好きだな本当に。

　好きにさせながらも頭を洗う手は止めない。さっきのルーシーの手つきを真似て頭皮を揉むように洗っていく。すっかりさらさらになった髪は指通りがよくて、洗うのがとても楽しい。

　腹への止まないキスのお返しに、泡立てた髪をツノみたいに立たせたり、ハリネズミみたいにあちこち尖らせたり、おかしな形にしたりと好き放題遊んでやった。

　ルーシーはおもちゃにされても文句を言わず、何が楽しいのか熱心にキスを繰り返していた。時々針で刺した程度の痛みが走る。気にしているときりがないし放置一択です。

　泡を洗い流している時もちゅっちゅされていた。今ならいけるかも、と体用の石鹸をスポンジに擦りつける。

　さっさと洗ってしまおうとしたけれど甘かった。するりとスポンジを抜き取られ、あっという間にルーシーの足の間に座らせられていた。なんて早業。

「自分で洗えますすけど」

「俺がしたい」

「そんな一気に動いたら疲れるよ？」

「これも訓練のうちだから。握力自体はかなり戻ってきた」

　ほら、と目の前でグーパーする。申告どおりしっかり握り込めていた。震えもない。今まで非力すぎたのは、単純に餓死寸前まで空腹を極めて力が出なかっただけなのかもしれない。

「な。大丈夫だろ」

「うん。平気そうだ。痺れとかもない？」

「問題ない。今日一日、読書しながらずっと動かすようにしていたら慣れた」

　ふうん、なんて生返事しつつ、目の前に翳された手に手を重ねてみた。こうしてちゃんと重ねてみると、僕よりふた回りは大きい。

「手、大きいね。身長高いからかな」

「関係ある？　……ああああシャルルの手小さい可愛い小さい……！」

「そこまで小さくありません」

　少なくとも母よりは大きかった。ふんっと胸を張り、そう主張したら背後の人が崩れ落ちた。「比較対象が母なのも可愛い……！」なんて叫び声が浴室に反響する。やかましいです。あとテンションの上がり下がりが目まぐるしい。大丈夫ですか？　落ち着いて元王子様。血管切れちゃうよ。

僕の呆れ混じりの心配をよそに、ひとしきり悶え て復活したルーシーは、まるで宝物を磨くように丁寧に僕の全身へスポンジを滑らせていった。

自分でやる時はゴシゴシガシガシ雑に擦るだけ。それに比べてルーシーの手つきはとっても滑らかで、これまたマッサージされているような心地よさ。洗い方ひとつでこうも変わるのかと驚くくらいだ。やっぱり器用だな、この人。

上半身も下半身も終わり、残すところはあそこのみ。そこはさすがに自分で！　と主張したけれど笑顔で却下された。無慈悲。

「自分でやるってば」

「むしろここがメインでしょう。大人しく洗われて」

「変態変態変態」

「褒め言葉だな」

洗うだけだよ？　と爽やかな笑みを浮かべる骸骨が憎らしい。

後ろから回った手が恭しく僕のを持ち上げる。こんな場所に対して〝恭しく〟なんて表現をする日が来ようとは。一生来なくてよかったのに。

しかもスポンジは床に放られている。当然のように素手で洗う気ですよこの人。恥ずかしくないのか。いや、恥ずかしいのは僕だけか。ひどい。

心の中は大荒れだけれど、口を開いたら変な声が出そうできつく唇を結ぶ。洗っているんだか刺激しているんだかという強さで緩く動かされて、たまらず両手で顔を覆った。

自慰なんてほとんどしない。つらくなったらしろと父に教わったものの、試したのは数回だ。気持ちいいけれどそこまで必要じゃないと思っていた。

他人の手がここまで気持ちいいなんて、知らなかった。

くちゅくちゅと小さな音がルーシーの手の中から聞こえてくる。泡のせいだと主張しにくい、少し粘り気のある音だ。顔が熱い。恥ずかしい。

意識しないようにすればするほど甘い痺れが走り、熱が溜まっていく。見なくても反応してしまっているのがわかっていたたまれない。

「シャルル、手外して」

耳元で囁かれ首を振る。もう一度同じ台詞を囁かれた。今度は一度目よりずっと甘ったるい声で、耳を甘噛みしながらだ。

耐性のない僕は一発で陥落し、熱い顔を覆っていた両手を外した。

「真っ赤。かわいい」

「うるさい、んっ」

「声も可愛い。ここも可愛い」

「可愛い可愛いうるさい。あとそれ絶対褒め言葉じゃないからっ」

ここ、と言いながらしごかれたのはもちろんあれです。王族サイズの自分のと比べないでほしい。王族サイズってなんだって話だけれども。

余計なことを考えるようにしても刺激はごまかせない。

粘ついた水音はさっきよりも大きくなり、僕の抑えた息遣いと一緒に浴室に響く。状況と音に羞恥心を煽られる。

背中からすっぽりと抱き込まれているせいで逃げ場もなく、飛び出そうになる声を必死で堪えた。

「……っ、ふ、っ」

「唇噛むな。シャルル、こっち向いて」

我慢しすぎてもう涙目だ。潤んだ視界にとろけそうな表情をしたルーシーが映り、噛みしめていた唇を塞がれた。同時に先端部分にぐりっと親指を押し込まれ、我慢に我慢を重ねていたものが決壊して、ルーシーの掌をどろりと汚してしまった。

悲鳴はすべて犯人に食べられた。

やっぱりこの男、最低最悪の凶悪犯だ。

その後ルーシーは、へそを曲げた僕のご機嫌取りに必死になった。今もそうだ。

昨夜と同じ体勢で乳白色の湯に浸かりつつ「やり過ぎた」「ごめんな」「可愛かった」と首筋にちゅっちゅしている。

反省しているんだかいないんだか……してないんだろうな。さっきから胸元触ってるし、キスは止まないし、その……尻に当たっている。気づかないふりも難しいくらい分かりやすく。

「……ルーシー、当たってる」

「男の性。シャルルが可愛いのが悪い。何もしないから気にしないで」

「はぁ。もう、溜まってるなら抜いていいから。それか娼館代立て替えてあげようか？」

「必要ない。もうシャルル以外に勃つ気がしない」

「どうしてそうなった」

会話している間も硬度は変わらずだ。うぅ、でかい。熱い。生々しい。王族こわい。

だけどまあ、僕も男なので。こうなってしまえば自然とおさまるのを待つか手っ取り早く出すかしないとどうにもならないと知っている。さっきの自分だってそうだった。

覚悟を決めてくるりと体の向きを反転させた。キス魔な子犬はきょとんとして、だけどしっかり僕の腰へ腕を回す。

「一回出しちゃえ。気になって仕方ない」

「シャルルが積極的になるとは……ありがとう」

「僕がするなんて言ってませんけど!?」

「だってこっち向いたから。後ろ手よりやりやすいからだろ？」

意地悪くニヤニヤしているはずなのに、王族補正なのか微笑んでいるように見える。ずるい。なんだその補正。しかも当たりだからもっと悔しい。

「冗談だ。何もしなくていい。勃つのだけ見逃して」

尖らせた口に人差し指を当てられる。その指を甘噛みしてやったら、青い目を丸くした。

主張の激しい御子息を両手で摑む。

　これは仕返し。僕だけなんてフェアじゃない。男同士だ、どうってことない——自分に対しての言い訳を繰り返しながら、湯船の中で両手を上下させる。

「っ、シャルルの手が……」

　小さい、可愛い、気持ちいい。

　その単語しか知らないかのように呟く目の前の元王子様にこっちが恥ずかしくなってくる。ルーシーの呼吸が色づくごとに、青い瞳が潤むごとに、落ち着いたはずの僕まで煽られて息が苦しい。

　お湯が乳白色だから見えないけれど、必死に擦るそこはもうこれ以上は大きくならないだろうというくらい膨らんでいる。熱はもちろん、浮き出た血管の感触さえ掌に伝わって、ごくりと息をのんだ。

「っ、シャーリィ、キスしたい」

　言うが早いか後頭部を引き寄せられ、塞がれる。お戯れのような可愛いものじゃなく、最初からぐちゃぐちゃにされるあれだ。歯列をなぞるように舌が動き、引っ込んでいた僕の舌を絡め取る。背筋がぞわっとした。

　頭を固定された状態で、力の抜けた体までもう片方の腕に引き寄せられた。ルーシーの体を跨ぐように乗せられると、僕のとルーシーのが重なった。それだけでビクッと肩が跳ねる。

「んっ、あ……、っ」

　必死に呼吸していたら、大きな両手がへなっとした腰を強く摑んだ。そのまま緩やかに前後に動かされる。重なった性器同士が擦れ、さっき一度出したはずなのにあっという間に勃ち上がってしまった。

　というか、これじゃあまるで。

「んっ！　あ、や」

「は、シャルルも勃ってる。気持ちいいな？」

「気持ち、い、からっ、だめ、おしまい……っ」

「無理。可愛い、自分で腰動かせる？」

　ぶんぶんと首を振って、ルーシーの首にしがみついた。キスだけでも脱力してしまうくらい気持ちいいのに、下肢への刺激は反則だ。こんなの、気持ちよくないはずがない。

ぴたりと密着した肌が、自分以外のものが、強制的に動かされるせいで擦れる。ただそれだけなのに身悶えするほどどうしようもなく気持ちがいい。

「あっ、あ、ルー、シィ、ルーシ、ィ、きもちい、んっ、こわい」

自慰の延長のようなやり方なのにセックスしているみたいだ。

「怖くない。大丈夫、可愛いから」

何が大丈夫なんだ。可愛いと言えば何でも許されると思っているのか。

そんな文句を大声で言ってやりたいけれど、始めたのは僕だ。逃げないのも、嫌だと突き放さないのも僕。心が嫌がっていないのが分かる。

口から漏れるのは文句でも拒絶でもなく耳を塞ぎたくなるような掠れた嬌声だけだ。しにたい。

「はぁ……。やばい、気持ちいい。シャーリィ、両手でまとめて持てる？」

「んっ……、もてる」

両手でふたつのものを摑む。僕のもルーシーのも発火しているみたいに熱くて硬い。

「可愛い。そのまま握ってて」

キスをしながら、摑んだ腰を揺さぶられる。さっきより摩擦が強くなり、快感が跳ね上がった。塞がれた口の中からくぐもった声がひっきりなしに漏れてしまう。

自慰とは比較にもならないくらいの快感と、絡めた舌の生々しい感触と、漏れる二人分の吐息。揺れに合わせて波立つお湯。熱気。熱が上昇するごとに頭はぼうっとする。

垂れた唾液まで舐めとられ、啜られた。だんだん「気持ちいい」しかわからなくなって――。

舌を強く吸われた瞬間、びくっと全身が硬直し、僕は再び吐き出していた。ルーシーもきつく眉を寄せて、自分にめり込ませるみたいに僕を抱きしめる。

全力疾走後のような荒い息遣いが浴室にこだまする。お互い肩で息をしながら、こつんと額を合わせた。

「気持ちよかった。ありがとう、シャルル」

「僕……も、気持ちよかった……」

合わせるだけのキスをした。離れる間際、小さな声で「可愛い」とまた囁かれる。何度も繰り返されると、本当に自分が〝可愛い生き物〟になったような気になる。

骨ばった腕に抱きしめられた。骨は当たるし、不安になるほど細いのに、何故か居心地がいい。

昨夜と同じだ。やっぱりルーシーの腕の中はおさまりがよくて、不思議なほど落ち着く。

僕の両手も自然とルーシーを抱き返していた。


疲れを取るための時間でさらに疲労するというなんとも本末転倒な入浴後。


着替えながら鏡を覗いて仰天した。首や腹まわりに虫刺されのような赤い痕が無数に散っていたのだ。気持ち悪すぎて「ぎゃあ！」と叫んだ僕の背後には、ひどく満足げなルーシーさんが。

鏡越しに目を合わせながら、つうっと痕を撫でられ、

「これで変な虫はつかないな」

と、微笑みあそばされた。高貴な血が流れる御方の思考回路は謎すぎる。高等すぎて僕には理解不能です。

何かの病に冒されたような体にドン引きしながら着替えを済ませて居間へ。肉を挽いた魔道具にいちごとミルク、ちょびっとだけハチミツを入れる。

起動三秒で即席の甘い飲み物が完成した。マグカップに注ぎ、ソファで待っていたルーシーに手渡す。

「こういうの飲める？　まずくはないと思うよ」

「飲む。ありがとう」

伸ばされた両手にしっかりとカップを持たせ、隣に座る。

作りたてのジュースは入浴剤の香りほど甘くない。入れたはずのハチミツの味はしなかった。でもこれはこれで美味しい。普段は紅茶か果実水が多いし、たまにはこういうのもいい。

「俺、甘いものってあまり得意じゃないんだけど、これは美味しい」

「甘いの苦手だったんだ？　飴やだった？」

「シャルルの飴は平気」

「市販の飴です」

「シャルルが食べさせてくれたからシャルルの飴」

「何それ」

笑った拍子にマグカップの中身が揺れる。

「これが平気なら、今度違う果物でも作ろう。何が一番美味しいか、いろいろ試してみよっか」

「楽しみ。このいちごもシャルルが育てたのか？」

「うん。売ってるやつはもっと甘いよね。母さんが作ってた頃ももっと甘かった気がする。僕の手入れが悪いのかな」

年々小ぶりになっている気もする。ミルクと混ざり合った赤いかけらを見つめつつぼやくと、軽く肩を叩かれた。

「誰かにコツを聞いてみたらいいんじゃないか？」

「コツ……そっか、今度園芸店の店主に聞いてみる」

「町にあるのか？」

「あるよ。母さんはよく行ってた」

一人になってからというもの、畑はかなり縮小した。新たな作物に挑戦したりもしていない。

食べるのが自分一人だと少量で事足りる。作りすぎても消費が追いつかない。そんな風に自分に言い訳をして。実際、問題はなかった。

母が管理していた頃は美味しそうな野菜や果物がごろごろしていた。豊作の年は『消費しきるまでこの野菜メインになるからね！』と、三食、下手したらデザートまでその野菜を使ったメニューになったりしたものだ。そうして母のアレンジ料理は増え、レシピノートのナンバーも数を重ねていった。

暗い窓の外から隣へと目を向ける。顔色のよくなった骸骨さんが、こてんと小首を傾げた。

「シャルル？　どうかした？」

　もう一人じゃない。いつまでかは分からないけれど、しばらくはこの人がいる。

　自分一人じゃないなら、縮小してしまった畑の規模をもう少しひろげてみようか。園芸店の店主に相談して、栄養価の高い野菜を育ててみようか。ルーシーの好きな作物を植えてみてもいいかもしれない。

「好きな野菜ある？　果物でもいいよ」

「シャルルの作った野菜は全部美味しい。けど……そうだな、キャベツが甘くて美味しかった」

　また食べたいと、ふにゃりと相好を崩す元王子様。

　肥えた舌には物足りないのでは、なんて卑屈になるだけ無駄。そう思えるくらい、ルーシーの態度からは嘘やおべっかを感じなかった。

「動けるようになったら一緒に苗選ぼっか」

「選んだことも育てたこともないから、一から教えてくれ」

　楽しみだとさらに笑顔になったルーシーにつられて頬が緩む。「楽しみだね」と返しながら、甘いジュースを飲み干した。

*

　ルーシーの、寝巻きとノーパン生活卒業前日。

　早朝からジャム作りに励んだ。まずは配達料のいちごジャム。母の教え通りのレシピはもう頭に入っている。いちごジャムも今年はこれが作り納めだ。

　作業中、ルーシーはずっと背中にひっついていた。邪魔くさかったけれど、離れようとするとあのうるうるな目で訴えてくるものだから放置だ。

　大きなひっつき虫はジャム作りも初見だったようで、「においが甘い」とか「そんなに砂糖を使うのか」とか、驚いたり感心したり忙しかった。

　日中は平和そのもの。問題は夜だ。

抜き合いをしてからというもの、浴室でのお戯れが定番になりかけている。

しっかり拒めばルーシーだって無理強いはしないと思う。触れ合いが続いているのは僕が拒絶しないからだ。ルーシーと触りっこするのはとても気持ちがよくて、「変態」と詰りながらも興じてしまう。

今夜もそうだった。

「んうっ、そこ、やだ。すぐ出ちゃう……っ」

背後から回された手が決壊寸前の陰茎をぐちゅぐちゅと擦り、過敏な先端を重点的に責められる。尻に当てられている昂りにも煽られた。たまらず弱音を吐いても、耳元で「可愛い、出していいよ」と返されるだけ。手は止めてもらえない。

淫蕩に耽る僕らを咎めるように湯が波立つ。

「こっち向いて。イくところ見たい」

「見なくていいっ、です！　あっ、み、な……でっ」

顎を摑まれ、強制的に後ろへ向けられる。青い瞳の中の自分と目が合い、カッと熱が上昇した。

見ないで、見ないでとなけなしの理性で懇願すると、食いつくみたいなキスをされた。体勢の苦しさなんて一瞬で吹き飛び、湯の中に吐精してしまう。

はあ、はあ、と乱れた呼吸が浴室に響いていた。

熱い。暑い。疲れた。だるい。なんでこんなことをしているんだっけ——射精した途端そんな冷めた感想ばかりが脳内をぐるぐると駆け巡る。

ずるずると湯に沈みかけた体をしっかり抱かれ、尻を突き出すような体勢を取らされた。

「ルーシー……？　な、に？　もう」

「そのまま手ついてて」

わけも分からず浴槽の縁にしがみつく。

僕の両足を閉じさせたルーシーは、太ももの隙間へ滾りきった自分の性器をねじり込んだ。さっきとは違う刺激にヒッと喉が引き攣る。

「シャーリィ、可愛い、シャーリィ」

背後から腰を打ち付けながら譫言のように繰り返す。火傷しそうなくらい熱くて逞しいルーシーのものが、勃ってしまった僕のそれや睾丸（こうがん）までごりごりと刺激して、何がなんだか分からないうちに二度目の射精をしてしまっていた。それでも解放されない。

「あっ、待っ、ルー、出た、出ちゃったから、あっ」

「は、っ、もう少し付き合って。いい子だから……あー、太腿（ふともも）気持ちいい。柔らかい」

「ば、か、ほんと、ばかっ、あっ、あっあ」

　揺さぶられながら必死に詰った。

　お湯が波立って飛沫（ひまつ）が飛び散る。お湯の音とは違う、ばちゅん、ばちゅん、と肌同士がぶつかる生々しい音が浴室に響き渡る。

　摩擦される内ももが熱い。発火しそうだ。

　ルーシーが放出する頃には僕はもうぐったり。湯あたりなのかいかがわしい行為のせいなのか分からないくらい、全力でぐったりだ。しかもルーシーまで力尽きた。湯に沈み込んだ彼の遺言は「悔いも体力もない」だった。阿呆（あほう）だ。

　と、まあ遺言は悪い冗談として。

　毎夜いかがわしい行為をしてしまっているけれども、今夜のはだめだ。いかがわしいレベルが抜き合いの比じゃない。この刺激に慣れてしまうと一人に戻った時どうにもならなくなってしまいそうだ。すでに危ない領域に達していそうな気はするが、それは置いておく。

　とにかく、二度と一緒に風呂（ふろ）など入らないとかたく心に誓った。キスはともかく、ルーシーは何故か風呂でしかちょっかいを出して来ないから別々に入れば回避できる。明日からは別々にしよう、絶対に。

　——そう誓ったけれども、翌日以降も当然のように一緒に入ることになるとは、この時の僕はまだ知らない。

　入浴を終えると、やたら清々（すがすが）しい表情をしたルーシーにベッドへと引きずり込まれ、喜々として抱きしめられる。それはもうお気に入りの抱き枕の如（ごと）くぎゅうぎゅうと。

「変態。すけべ。手が早い」

「そこに食べ頃のシャルルがいるから仕方ない」

「言い訳にもならない言い訳しないでもらえますか」

ねちねちと嫌みと小言を繰り出すものの、そのすべてをにこにこで受け止められてしまえばダメージも与えられない上に意味もない。

「俺はしたいけど、シャルルが嫌ならしない。嫌？」

「…………」

嫌じゃないから困っているんです。

悔しくて浮き出た鎖骨をがじがじ噛んだり爪を立てたりと地味な攻撃をしてはみたが効果は薄い。なんだかどうでもよくなり、最後に少し深めの歯形をつけてから解放した。

「王都では友達同士でああいうことするのが普通なの？　みんなやってる？」

「ど、うだろうな？　なくもない……かもしれないかもな」

かもばかりじゃないか。ごまかし下手な骸骨をじとっと見上げる。ルーシーの視線は元気よく泳いだ。

「……ま、いっか。気持ちよかったし」

「シャルルのそういうところも好きだ」

「どういうところ？」

「いい意味で雑なところ」

雑にいい意味なんてあるのだろうか。ていうかこの人僕のこと好きなのか。そうか。

小さな疑問を抱くも、一定のリズムでトントンと背中を叩かれているうちに眠くなってきた。あくびをすれば、ルーシーもあくびをする。伝染った、と笑った彼の目尻には涙が滲んでいた。指の背で拭ってやると、僕の目尻も同じように拭ってくれた。

ひたひたと睡魔がやってくる。頼りない腕の中で再びこみ上げたあくびを噛み殺し、

「誰彼構わず手を出すから追放されるんだよ……」

うぐ、と苦しげな呻きが間近に聞こえた。咳払いする気配も。

「誰彼構わずじゃない。前にも言ったけど、シャルルだから手を出した。でもシャルルが嫌ならしないっていうのも本心」

「ふぅん……」

「シャルルだから触りたいし、体が戻ったら正直抱きたい。よがらせて泣かせたいし、俺専用にしたいし、欲を言うなら孕ませたい。そういう魔法を開発しようかここ最近本気で考えて模索してた」

ばちっと眠気が吹っ飛んだ。元王子様は真顔だった。

「……何がどうしてそうなったの」

「シャルルは天使だから。地上に繋ぎとめておくには翼をもぐか腹が休む暇ないくらい孕ませ続けるのが確実だろう?」

一息で言い切りこてんと首を倒す。

曇りなき眼だ。この人世迷い言を本気の本気で言っている。こわい。

「いやいやいや。僕男なので。孕めませんので」

「安心しろ。魔法の開発はわりと得意な方だ」

「どこに安心する要素が？　不安しかないんだけど」

ひとの下腹部をうっとりと撫でるな。やめなさい。そんな世紀の開発はしなくてよろしい。

骨ばった手をパシパシ叩いて抗議すると、ルーシーは危なげな雰囲気を苦笑ひとつで霧散させた。

「希望はそうだが、現実的には難しい」

「そうだろうね」

「開発がどうこうじゃない。俺が魔法で断種されているから」

「へ？」

聞き慣れない単語が飛び出し、思わず間抜けな声が出る。

「追放されたとはいえこれでも直系の王族だ。あちこちに種をばら蒔かないよう処置されている。解こうと思えば解けるが白の塔の魔導師にすぐ察知される。そうなれば処刑になる可能性もあるからな」

下手なことはできないんだと微かに笑う。なんてことないように話しているけれど、少し……ほんの少しだけ切なそうだった。

　そりゃあそうだろう。この先好きな人ができても子どもを望めないのだ。もう王族ではないのに、流れる血はしっかり王族なせいで、自分の子を抱ける日は一生来ない。

　どんな言葉をかけるべきか迷う。励ませばいいのか、自業自得と突き放すべきなのか——だけど何も思いつかず、黙って痩けた頬を撫でた。

「だから考えたんだ。単純に精子を必要とする生殖ではなく、魔力同士をかけ合わせて子作りできないものなのかと。魔力核を子宮に見立ててシャルルに埋め込み、精子の代わりに魔力を流し込んでどうにかならないかと」

「馬鹿アホ変態。おやすみなさい」

　どこまでいってもルーシーはルーシーでした。励まそうとして損した。

◆◆◆

　宣言通りさっさと寝てしまった、腕の中にいる可愛い可愛い俺の天使。体温や寝息すら尊いとは何事だ。

「はぁ……可愛い……語彙力消え失せる……可愛い」

　脳裏を過るのは浴室で見せた艶やかな痴態。危うく突っ込んでしまうところだった。素股で堪えた自分を褒め讃えたい。

　まだだめだ。いくら可愛かろうとシャルルは男。繋がるためにはそれなりに準備をしなければ。怪我をさせて流血沙汰など絶対に回避。最初が肝心なのだ。怖がって次を拒まれたら泣く自信がある。

　いや、それ以前にまだ同意を得ていない。まずはそこからだ。ここ数日「嫌」の一言がないことにつけ込んで触りまくっていたが、さすがに無理やり組み敷くつもりはない。

今のところ本気で嫌がられてはいないものの、シャルルが本気で拒絶するなら耐えてみせ……みせるとも。絶対に。天使に無理強いなんて罰当たりなことはしない。しないぞ、しないったらしない。耐えろ自分。欲をかいて失うのはもうごめんだ。

（穴、小さかったな……）

反省と誓いを胸に秘めつつも、ついつい思考は煩悩方面へ流れていく。

初めて目にした穴は小さく、狭そうだった。きゅっと締まっていて固く閉じていた。

経験はなくても同性同士の性行為で使う場所くらいは知っている。知っているが……あんなに小さく硬そうな場所に入るのか。ほぐせばどうにかなるものなのだろうか。いや、世の中にはその道の専門家もいるんだ。どうにかはなるんだろう。

いつか来るかもしれないその日のために、早急に情報を集めなければ。これは天使を心ゆくまで愛でるためには絶対に必要な知識だ。努力だ。体力回復と同等レベルで大切な課題だ。

愛らしすぎた喘ぎと柔らかで程よい弾力のあった太腿の感触を噛みしめるように回想しているうちに、下肢に熱が集まってきた。見る間に硬くなっていく。そこに我ながら呆れてしまう。

性行為は好きだ。気持ちいいことは好きだ。

それが原因で身を滅ぼしたところでそこは変わらない――と言うと引かれるか叱られるかしそうだから口が裂けても言わないが。

偽聖女に愛を囁いていた頃は、彼女を愛おしいと思っていたし堂々と口にしていた。今考えれば、よくもまぁペラペラと歯の浮くような台詞が次から次へと出てきたなと感心してしまうほどに。

女の柔らかな体は触り心地がよく、抱けば気持ちいいし、一度出せばすっきりする。事後の甘ったるい雰囲気だけは好きになれなかったものの、やることをやって出すものを出せばそれで満足していた。

それなのに今はどうだ。

相手が心に決めた天使だからだろうか。

過去あれだけ口が回ったはずの自分が「可愛い」しか言えず、一度で満足どころか不足して悶々としている。

キスの息継ぎが下手で、酸欠になってしまうシャルルがこの上なく愛おしい。名前を呼ばれるだけでたまらない。事後のとろっとろなシャルルを愛でるのは楽しいいし、なんでもしてやりたくなる。もっといろんな表情を見てみたいと欲張りになってしまう。

常に傍にいたいし、目の届くところにいてほしい。触れていたい。甘やかしたいし、甘やかされたい。

生まれて初めての料理がそうだったように、シャルルとなら畑仕事もきっと楽しい。隣で読書をするだけでもいい。沈黙も気にならない。傍にいるだけで落ち着く。

俺は他人に対してそんな風に思える人間ではなかったはずなのに。

出会ってたった五日だ。それなのに自分でも信じられないほど執着している。

生物学上無理で、塔が絡めば確実に面倒な事態になるのに、どうにかして孕ませたいと真剣に考えてしまうくらいには。

(シャルルの子か……間違いなく可愛いな……)

この絶妙に世間から隔離された家で、家族を亡くしたシャルルと、家族を失った俺と、子どもと、三人で慎ましく暮らせたら——なんて夢物語のような未来を夢想してしまうくらいにはシャルルを離したくないし、出会って五日目にしてこの生活を手放したくないと強く思う。

シャルルとの絶対的な繋がりが欲しい。

だけどそれ以上に、シャルルの語る《家族像》に強烈に憧れた。

物語の中でしか見聞きしたことのないような、作り物みたいなあたたかい家族。額縁に飾られたすまし顔の集合写真ではなく、アルバムや写真立てを彩る日常を切り取った写真。

笑ったり怒ったり泣いたり、遊んだり、喧嘩したり、仲直りをしたり。そういう普通の暮らしが、シャルルの話の中には詰まっている。食事風景ひとつ取っても俺の知る〝身内との食事〟とはまるで違う。

すべて過去という現実を思えば切ない。だけどシャルルも、俺も、生きている。一緒にいれば、かつてのシャルルの家族みたいな関係になっていけるんじゃないか、俺もその〝物語〟の一員になれるんじゃないか……なんて。以前の自分なら「馬鹿らしい」と一蹴しそうな夢を本気で思い描いてしまう。

まあ、ごちゃごちゃ理由付けをしたところで、ようはシャルルと一緒にいたいだけだ。その一言に尽きる。

俺にとっての結婚は義務だった。決められた相手と、決められた時期に結婚し、監視の目がある中で計画的に子作りをし、次代を残す。そこには夢も希望も何もない。ただ、そうするものだった。

所変われば……ではないが、夢も希望もなかった〝結婚〟の二文字に、今は憧れる。こんな状態ではとても言い出せないけれど、いつか、と。

妄想と願望をたっぷりこめたため息は、妙に熱を孕んでいた。

どうにか煩悩を鎮めようと考え事に耽ってはみたがどうにもならない。愛おしさが増しただけだった。

起きる気配のない天使をぐっと抱きしめる。

「あー……おさまらない……いい匂いする……」

抜きに行きたいがこの状態を崩したくもない。

このどうしようもなさを、白い首筋にキスをすることでなんとかごまかした。

食料調達と書いてデートと読む

翌朝も早い時間からジャム作りに励んだ。昨日は配達料のいちごジャム、今日はお礼のりんごジャムだ。りんごを買っておいて大正解だった。いちご以外にジャムに出来そうな作物が家周辺にはない。

　熱々のジャムを瓶に詰める。いちごは大瓶、りんごは小瓶数個に分けた。ひとつはお礼用、残りは自宅用だ。売りに、と一応提案してはみたが即座に却下された。最後まで言わせてももらえなかった。不審者が捕まるまで外出禁止令は解除されそうにない。

　今日の瓶詰め作業はルーシーも手伝ってくれた。心なしか楽しそうに。三角巾をしてうきうきとジャムを瓶詰めする元王子様、現骸骨。冷静に考えるとものすごく珍妙だ。

「これで終わり？」

「うん。あとは冷ますだけ。手伝ってくれてありがと。お昼はこれ使ってサンドイッチでも作ろうか」

　髪をしまっていた三角巾を外す。ふるふると頭を振れば、ルーシーは残念そうに言った。

「取るのか？　可愛かったのに」

「取るよ、作業終わったもん」

「毎日すればいいのに。また見たい」

「ひと様の口に入るもの作るからしてるだけ。いつもなんて面倒くさいよ」

「俺も『ひと様』じゃないか？」

「同居人は含みません」

　腹に回った手が邪魔くさくてエプロンの紐がほどけない。ぺしぺし叩くと少し体を離してほどいてくれた。僕もルーシーの三角巾を外し、ぺたっとしてしまった銀髪を手櫛で直す。

　とりあえず今日の重要任務は終了。天気もいいし、シーツでも洗濯しようかな。

　今後の予定を頭の中で組み立てていると、放置された子犬が首筋にぐりぐりと頭をこすりつけてきた。

「ルーシー、どうどう。どうした」

「休憩はまだか」

「まだだね。シーツ洗って干して、掃除して、畑もやらないとだし、昼食の支度もしないと。枕と毛布も干そう。ふかふかになるよ」

「俺の天使がとても働き者……！」

「怠け者よりましでしょ。はい、行きますよー」

くるりと方向転換すれば、ルーシーも大人しくついてくる。抱きついたまま。歩きにくいし重いし邪魔くさいけれど、だんだん慣れてきてしまった自分がいる。カルガモか背後霊か筋トレだと思えば、まあ、なんてことはない。

「シャルル、何か手伝うことは……」

「洗うのは洗濯機任せだし……あ、干すの手伝ってくれたら助かる」

大判のシーツを干すのは少し大変なのだ。一番高い竿に引っ掛けないと地面についてしまうから踏み台必須。父がいた頃はシーツは父担当だった。

「はぁ。俺のシャルルが竿って……もう一度言って」

「なんか不埒な気配がするから嫌」

振り返り、煩悩退散！　とデコピンをお見舞いしてやった。

朝からルーシーはこの調子なのだ。俺のとか、可愛いとか、天使とか、そんな台詞をぽんぽんと吐き出しては甘ったるい空気を醸し出してくる。

それに、一緒に寝たはずなのに寝不足らしく、起き抜けからかったるそうだった。そのかったるそうな様子が猥りがわしいというか、フェロモンだだ漏れで困ってしまう。端的に言って、とんでもなく色っぽい。浴室でのお戯れ中の雰囲気に似ている。瓶詰め作業時は普通だったのに、終わったらまた戻ってしまった。

「もう。なんで急に僕相手にそんな風になったんだ」

「急じゃない。初日から触りたかった。湯浴みの時は朦朧としながらも愛らしい淡いピンクの乳首を記憶にすり込むことに必死だった」

「わあ。知りたくなかった」

「シャルル。君の乳首は国宝指定してもいいくらい愛らしい。絶対に他の男に見せるな」

「キリッとした顔してしょうもないこと言わないでください」

もうだめだこの人。元王子様としての矜持はないのか。どこへ落っことしてきた。早急に探してきてほしい。

くだらない雑談を交わしながら、まずは大物をやっつける。剝ぎ取ったシーツを洗濯機に放り込み魔道具を起動。あとは放っておけばいい。

唸りながら中でぐるぐる回りだしたシーツを、ルーシーは今日も興味深そうに覗いていた。

「はい、じゃあ裏庭行くよ。枕か毛布、どっちか貸して」

「いい。両方俺が持つ」

「そう？　ありがと」

にこっと笑えば、同じように返される。たったそれだけのやり取りがなんだか嬉しく、心がぽかぽかした。

裏庭には低中高の順に物干し竿が並んでいる。

「毛布は一番高い竿にかけてほしいんだけど、できる？　結構重いでしょ」

「余裕」

さすが長身。踏み台なんて使わず、ひょいっと一発でかけてくれた。見た目より重い毛布もなんのその。スプーンで手を震わせていたルーシーはもういない。

「ありがと、助かった。僕だと踏み台使わないと干せないんだ」

「シャルルは小さいからな」

「小さくない。ルーシーが大きいだけ」

「もう一回言って。ルーシーのがって」

「不埒な気配がするから嫌です」

おっさんか。本当にこの人は、まったくもう。

しらっとした目を向けてもちっともダメージは与えられず「そんな顔も可愛い」と微笑むだけ。昨日今日だけで何回「可愛い」を聞いただろう。数えるのも面倒なくらい言われている気がする。

「どうせなら格好いいって言われたい」

「シャルルは格好いい。その百倍可愛いだけだ」

「最後の一言いらなかったなあ」

枕をベンチに置き、室内へ戻って掃除開始。ルーシーに掃き掃除をしてもらい、僕が雑巾がけしていく。二人で行うと、いつもの半分の時間で家中の床がピカピカになった。

次はキッチンの片付けだ。我が家では生ゴミは捨てずに肥料にする。やり方は簡単。勝手口の外にある専用魔道具の中へポイっと放る。以上。一見ただの鉄の箱のような魔道具だけれど、これに入れるだけで翌日には肥料になるという優れモノだ。これも父謹製。

「何度見ても仕組みが分からない」

「そんなに？　王都にはないの？」

「少なくとも俺は知らない。大体、魔道具は素人が作れるものなのか？　義父上は何者なんだ」

「素人じゃないよ。父さんの本職は魔道具師」

見た目はルーシーとは真逆の印象で、どう見ても筋骨隆々な歴戦の冒険者。でもれっきとした職人だ。

ルーシーは感心しつつ、何の変哲もなさそうな箱の観察を続けている。何度も何度も首を傾げながら。

「ルーシーにあげた腕輪もそうだけど、うちにある魔道具は父さんが作ったものだよ。全部半永久的に使えるようになってる」

「は？　魔力補充も魔石交換もなしにか？」

ぎょっと振り返ったルーシーへ肯定を返せば、信じられないものを見るような目で凝視された。

気持ちは分かる。僕もそれがとても非常識なことなのだと両親の死後知ったのだ。それまではそれが普通だと思っていた。

「……とんだ天才魔道具師だな。王都にもそんな職人はいないぞ。いや、世界のどこにもいない」

「うーん。前話したと思うけど、父さんは母さんのことが大好きだったんだ。だから母さんのためならなんだって作り出すんだよ。すごいよね。愛の力ってやつらしいよ」

「義父上に負けていられないな。俺もシャルルのために不可能も可能にする」

キリッと凜々しい表情で告げられ、空笑いでやり過ごした。その不可能が昨夜話したあれやこれやに関してなら可能にしてほしくはない。……と口にすれば延々と語られそうな予感しかしないから、賢明な僕は沈黙を貫いた。

「よし、シーツ干したら休憩しよう。服受け取ったら出かけます」

「どこへ」

「この前話した湖だよ」

「湖畔デートか」

「食料調達です」

洗いたてのシーツを干し、読みかけの本を手に居間へ。ルーシーも昨日貸した本を持ち込んだ。僕が紅茶をいれている間に、ルーシーは鉢植えの花の水やりをしてくれていた。

ソファに座――ろうとしたら、横向きで膝の上に乗せられた。

「重くないの」

「筋トレ代わりだ。協力してくれ」

「そういうことなら、うん」

いいのか？　とちょっと疑問に思いつつ、ルーシーの膝抱っこで読書開始。僕を抱え込んだルーシーも静かに表紙を開いた。

ぺら……、ぺら……と、各々のタイミングでページを捲る音が耳に心地いい。

窓から射し込む陽光は柔らかく、寄りかかった右半身はルーシーの体温でぽかぽか。

紙が擦れる音と、肌で感じる落ち着いた心音に眠気を誘われ、小さな文字がぐにゃりと歪む。

「眠いか？　朝早かったんだ。少し寝てしまえ」

「ん……、でも、配達……」

「俺が受け取っておく。おやすみ、シャーリィ」

後で起こすよと優しく囁かれ、素直に目を閉じた。

僕がはっきり覚えているのはそこまでだ。

少し眠ったら頭も目もスッキリぱっちり冴えた。

ルーシーは受け取った新しい服にさっそく着替えていた。服屋の女店主のセンスはさすがでサイズもぴったり。

そんなルーシーは僕が眠っている間に見様見真似で二回目の洗濯を回し、干してくれていた。なんなら目覚ましの紅茶もいれてくれた。ありがたい。

軽くなった体で、張り切って昼食作りに取りかかった。予告どおりサンドイッチだ。りんごジャムはまだ若干ゆるかったが大目に見てほしい。

二人分のたくさんのサンドイッチと水筒を、肉屋のおかみさんに借りたかごに詰め込んで、肩がけバッグを持ち、しっかり戸締まり。いざ食料調達へ！

意気揚々と歩き出してから気がついた。示し合わせたわけじゃないのに、僕らは自然と手を繋いでいた。あまりに違和感がなくて、手を繋いでいた事実よりそっちに驚いたくらいだ。

繋いだ手を軽く揺らすと、ルーシーも同じようにやり返してきた。離す気配はない。……いいか、このままでも。

「歩くとどのくらいなんだ？」

「一時間半くらいかな」

「遠いが町よりは近いんだな」

「うん。うちに住んでると片道一時間半ならご近所って思うようになるよ」

なにせ一番近い民家まで徒歩二時間かかる。それよりかからないなら立派なご近所だ。ルーシーは珍しく声に出して笑った。

「歩き回るだけで体力がつきそうだ」

「むしろ体力ないとうちには住めないよ」

「馬や馬車は使わないんだな」

「平民は所有してないのが普通だよ」

「なるほど。そのうち町の近くとあの家を転移魔法陣で結ぼうと思う。湖はともかく、町への移動時間が短縮されたら便利だろう？」

「えっ！　そんなことできるの？」

あっさり肯定され、思わず拍手してしまった。すごい。転移魔法陣ってそんな「結ぼうかな」くらいの気軽さで設置可能な代物なの？　いや、絶対違う。この人が規格外なだけな気がする。

僕は改めて、ゆっくり隣を歩くルーシーの全身を上から下までじっくりと観察した。

魔法の腕はピカイチ。頭の回転も早いし、物覚えもよく、剣だって使える。予想だけれど見目もよくて、やらしいけれど優しくて、時々可愛らしい。まめだし、器用だ。――結論。

「ルーシーは女の子で破滅しなければ立派な王様になってたかもしれないねえ」

「ぐっ……、いや、どうだかな。忠言に耳を貸さない傲慢な王など、ろくでもないと思わないか？」

「ああ、確かに。意地悪で自分勝手で、常に女の子侍らせてるような王様はちょっと嫌かな。物語だと大抵主人公に討たれるタイプの王様だね」

「胸が痛い……っ」

くっ！　と胸を押さえて苦しげに歯を食いしばる。

そんな元王子様を笑いながら、繋いだ手をぶんぶんと大きく振った。

「ルーシーはさ、断種されたから男に走ったの？」

「突然なんてことを言い出すんだこの天使は。断じて違う」

「じゃあ女の子がだめになったわけじゃないんだ」

「今の俺はシャルル以外に興味がないから。性別どうこうではない気がする」

さらりと答えてくれたけれど、少し引っかかった。

今はそうなら先は分からないということだ。触りたいとか抱きたいとか子作りとか、ちゃっかり義父上と呼んでいたりとか、突っ込みどころ満載ではあるものの、一過性にすぎない可能性があるということだ。

僕が家主だからという理由もあるかもしれない。ご機嫌取り的な？　……いや、それはないか。たぶん。ないと思いたい。

取り入るため、ご機嫌取りや宿賃代わり――だったらちょっと切ない。想像だけで悲しくなった。

軽く頭を振って、嫌な想像を追い払う。

「もう浮気相手の聖女様は好きじゃないの？」

「断罪と同時に気持ちも存在も俺の中からきれいさっぱり消えたな」

「真実の愛とは。なかなかしょっぱいね……」

「言うな……」

きゅーんと弱った鳴き声の幻聴と、ぺたんと垂れた耳の幻覚が見えた。よしよし、弄ってごめんね。でも勝手に元婚約者さんに誓ったから、ちょくちょく弄っていくからね。反省は大事だからね。

「元婚約者さんは？　好きじゃないの？」

どんよりしていたルーシーは、ふっと空を見上げた。言葉を探すためか数秒沈黙し、静かに答える。

「恋愛じゃなかった。政略だからというわけじゃなく、そうだな……最初はきっと、同志のような感じだったんだろうな。向こうもそうだったと思う。お互い逃げられる立場ではなかったし」

過去を見つめるように青空のどこかへと目を細める。横顔には、懐かしさと後悔と、彼女に対する申し訳なさのようなものも滲んでいた。

「どうしてあんなに嫌っていたのか、どうしてあんな暴挙に出たのか、今更だが自分がよく分からない。シャルルが言っていたみたいに、普通は話し合いの場を設けるものだ。頭がわいていたとしか」

「恋って怖いねえ」

「そ、うだな」

頬をピクピクさせながら同意したルーシーの顔色は若干青い。それは仕方ないとして。

環境と体調が落ち着くとともに冷静に過去を振り返れるようになったんだろうか。拾ったのはたった数日前なのに、泣かずに話せるなんて随分変わったと思う。

「元婚約者さん、幸せになってくれるといいね。恋するなら、今度は浮気せず彼女を尊重してくれるような誠実な紳士と」

「うぐっ。そ、うだな……俺も、心から、そう思うよ……」

あははと笑えば、この数十分で心を負傷したらしいルーシーもつられて口角を緩めた。笑顔ではないけれど、ギリギリ合格ラインの表情だ。

立ち止まり、背伸びをして痩(こ)けた頰に親愛のキスを贈る。

別れた彼女の幸せを心から願えるなら、今のルーシーはやらかした時のルーシーとは違うよ。たった数日で様子が変化したみたいに、きっと変わっていけるよ、という気持ちを込めて。

耳まで赤く染めて頰を押さえる元王子様は、伝わったんだか伝わっていないんだか、青い瞳(ひとみ)をうるうると潤ませてがばりと抱きついてきた。

「意地悪言ってごめんね。元婚約者さんだけじゃなくて、ルーシーもルーシーなりの幸せを見つけてくださいな」

「もう見つけたから大丈夫……っ」

吠(ほ)えるように叫び、今のルーシーの全力で抱きしめられた。まだ僕でも振り払えそうな全力の抱擁だ。背中をトントン叩(たた)き、抱擁を返す代わりに手を繋ぎ直す。

えぐえぐする大きな子どもの手を引きながら、湖までの道をゆっくりと歩いた。

鳥の群れが優雅に空を横切っていく。一糸乱れぬ動きはまるで熟練の軍人みたいだった。

少し前まで一面真っ白だったのに、遠くの山にうっすら残っている程度で、雪はほとんど溶けている。乾ききっていない朝露に濡(ぬ)れた草が陽光にきらめく。

踏んだ草からバッタがぴょんと飛んで逃げ出した。あたたかくなってきた風に野花が揺れる。本格的な春の訪れを予感させる風だった。

タンポポとオオイヌノフグリが群生した場所があり、黄色と小さな青紫の組み合わせが爽(さわ)やかできれいだった。幼い頃、蜜(みつ)を吸って遊んだ紫色の花もちらほらと咲いている。名前は忘れてしまった。

見慣れているはずの景色ひとつひとつが目新しく映る。いつもなら気にも留めず通過するだけなのに、まるで初めて見る景色みたいに新鮮。

隣を盗み見る。目元と鼻の頭をうっすら赤くしたルーシーも、もう顔をあげて景色を眺めていた。僕の緑とは違う青には、この風景はどんな風に映っているんだろう。

王都のような煌びやかさはないけれど、この土地が少しでも、何もかもを失くしたルーシーの心を癒やして、軽くしてくれるといい。

そうして、僕の生まれ育ったこの土地を好きになってくれたら嬉しいなと、漠然とそう思った。


「到着！　ここです！」

どうだ！　と両手をひろげる。

「小さいな」

「小さいって言ったじゃん」

目の前にひろがるのは澄んだ青緑色の小さな湖だ。たぶんルーシーが想像していた〝湖〟の三分の一程度の規模しかないだろう。でもれっきとした湖なので文句は受け付けません。

「それで、どうするんだ？　道具がいるんだろう」

「ふふーん。もちろんだとも。小屋にあるよ」

湖の端っこにある掘っ立て小屋を指差す。怪訝そうに目を細めるルーシーを連れて小屋へ向かい、ボートと釣り道具を湖畔まで運んだ。

「ルーシーは魚好き？　食べられる？」

「ああ。特に好き嫌いはない」

「えらいえらい。じゃあ頑張って今夜の夕飯のメイン食材釣り上げてくださいな」

「努力する」

とりあえずボートに乗ってもらい、お尻部分をよいしょっと湖の中へと押し込む。がこんと大きく揺れた瞬間、ルーシーは慌てて縁に掴まった。焦ってる。可愛い。

　ボートを湖に浮かべてから僕も乗り込み、ハンドルを握る。ハンドルの真ん中にある魔石に魔力を流せば準備完了だ。ゆっくりゆっくりとボートは動き始めた。

「すごいな。櫂いらずなのか」

「すごいでしょ。これも父さんが作ったんだ。あ、櫂がいるタイプもあるよ」

「これがあれば必要ないんじゃないか？」

「ゆっくり櫂を漕いでのんびりまったりイチャイチャするのが湖上デートの醍醐味なんだってさ。時々二人で恋人ごっこしてた」

「それはまた……なんとも羨ましい夫婦だな……」

　心なしかルーシーの表情が恍惚としている。そういう夫婦像に憧れでもあるのだろうか。

「俺もシャルルとそうなりたい。高齢期に湖上デートがしたい」

「その前に僕らは夫婦じゃないので」

「式は俺が資金を稼いでからになるが、籍ならいつでも入れられるぞ。いつがいい？」

「落ち着いて。その人生設計初耳だから」

　はい深呼吸してー、と促すとすんなり従ってくれた。自称傲慢な元王子様は結構素直。

　三回深呼吸をして湖の新鮮な空気をたっぷり取り込んだルーシーは、すっきりした面持ちで言った。

「俺はあの一件以来神官が嫌いだ反吐が出るほど大嫌いだ神なんて存在しない。だから式挙げるなら二人きりでいいか？」

「落ち着いてそれなの？」

　うん、と可愛らしく頷かれ僕はもう諦めた。いや、人生は諦めていない。この場でルーシーに正気を取り戻させることを諦めました。

「いつでもは言い過ぎだったな。俺はまだ使い物にならないし。体を戻して定職に就いたら結婚したい」

「いや時期の話じゃないです」

「年齢的には俺もシャルルもいつでも入籍できる」

「そういう話でもないんだなあ」

　ボートを操作しながら遠くを見つめてしまった。わざとかと疑いたくなるくらい噛み合わない。いっそ清々しいほどに。

　ちらりと横目でうかがった噛み合わない人の瞳はとっても澄んでいる。昨夜と同じだ。嘘でも冗談でもとぼけているわけでもなく、本気で言っている。

　その純粋さにたじろぎつつ、なんとか口を開いた。

「そんなに好きなの？　本気？　結婚したいほど？　え、ていうか好きなの？」

「好き」

　あまりにもさらりと自然に、当然のことのように告げられ閉口。内心「お、おう、そうか」なんて挙動不審になる。

　告白ってこう、もっと熱量があったり甘酸っぱかったりするものじゃないの？　ルーシーの今の「好き」からは「ハンバーグが好き」と同程度の熱量しか感じられなかった。

　そもそも出会ってまだ数日。結婚を考えるほど好きになれるものなのだろうか——とは、思っても言わない。猛反論された上にあさっての方向にいきそうな予感がする。

「なんで僕なのかなあ。不思議」

「シャルルだからだな。俺の天使。幸せにする」

「その天使っていうのもよく分からないし。突っ込むと面倒そうだから聞き流してたんだけどさ」

「天使は天使だ。俺の残りの人生はシャルルを守ることに使うと決めた」

「そっかあ、決めちゃったかあ」

　なんだかとっても幸せそうな顔をしていらっしゃるから無下に却下するのも心苦しい。

（というか、却下する必要あるのかな……？）

　ふとそんな考えが過った。

　結婚云々は置いておいて。僕にとってこの人はアリかナシかで言ったらどっちなんだろう。

　水面に反射する日差しで普段より煌めいている銀

髪が風に揺れる。眩しい水面へ目を細めているその横顔に、過去を語る時に浮かべる悲愴感はない。今は、目標を見定めたみたいな顔つきをしていた。

骸骨、骸骨と形容しているものの、だんだんとましになってきてはいる。まだ頬は痩けているが目の周りの雰囲気が初日とは違う。初めは落ちくぼんでいるように見えていたのに、それが薄れてきた。

見た目はどうでもいい。じゃあ中身は？

たった数日で内面を知り尽くすなんて無理だ。でも、きっと優しい人なんだろうと思う。少なくとも、僕に対しては優しい。

元の身分が身分なのに平民を馬鹿にしたりしないし、上から目線で命じるようなこともない。お願いはされても強制はされない。過去の話から察するに、僕が思う〝王侯貴族〟の悪い代表例みたいな人だったのに。

たとえそれが助けた・助けられたの関係だったからだとしても、皆が皆こうはならないだろう。変わらない人も変えられない人もきっといる。

一緒にいても息苦しくならない。寄り添ってほしい時には何も言わずそうしてくれる。

隙あらば変態行為に及ぶし、あざといし、いやらしく解釈した台詞を言わせようとするし、ひっつき虫な上に泣き虫だし、さみしがりで、特大地雷級のワケあり男だけれど――。

「……うん。アリかナシかなら、アリだな」

「なんの話だ？」

「ルーシーの話。ここに行き着くまでのあなたのことは好きになる要素皆無というかマイナス百二十点だけど、知り合ってからのルーシーは好きだよ。変態だけど。ルーシーとキスするのも結構好きだよ。ところ構わずしすぎだけど」

「んぐぅ……っ！」

突然呻き、胸を押さえてボートに沈んだ。大丈夫？　いつもの黒歴史発作？

息も絶え絶えな様子で手を伸ばしてきた。なんだかよく分からないけれどとりあえず握ってみる。繋いだ瞬間ぐっと強く引かれ、体が傾くと同時にボートがぐらりと揺らいだ。

「ばっ……！　転覆するっ！」

大きく傾き、ぐるんっ！　と勢いよくひっくり返った。

体が浮き、ボートから離れ——そのわずか二秒足らずが体感的にはとてもゆっくりと流れ——盛大な水しぶきをあげ、僕らは冷たい湖に放り出された。

沈んだのは一瞬。抱き抱える力強い腕にしっかり支えられ、すぐに水面へ顔を出せた。

「…………」

「…………」

足のつかない湖の中、抱き合ったまま無言で向かい合う。

冷たい。水遊びをするような季節じゃないから当然だ。お互いびしょ濡れだ。全身ぐっしょりだ。

ルーシーの背後で、ひっくり返ったボートがゆらゆらと揺れている。釣り道具や昼食入りのバスケットも水面を優雅に漂っていた。

よくよく見ればそれらをぼんやりとした青白い光が覆っている。まさか結界だろうか。いつの間に？　あの一瞬で？　というか持ち物に結界を張るくらいなら何故人間には張ってくれなかったのか。

数秒のうちに様々なことが浮かんでは消え、そしてまたびしょ濡れのルーシーを見上げる。

芸術品のように美しい銀糸の一部に、緑色のメッシュが入っていた。

「ぷっ。ルーシー、ふふ、頭に、藻が、載っ……っ」

こらえきれずに吹き出し、濡れた銀髪にへばりついた藻を笑いながらつまみ取る。ルーシーも笑った。

シャルルにもついてると、とっても可笑しそうに。

「ふふっ、あはは、あーおっかしい。もう、ルーシーが引っ張るから大惨事になっちゃったじゃん」

「ごめん。ふふ、あまりに動転して。あー幸せ。今なら空飛べそう。もう一度言って、シャーリィ」

「ボートに戻ってからね」

顎を上げてキスをした。勢い余って口の端を掠めただけだった。

体勢が不安定なせいだと言い訳した僕へ、泣きそうな顔をしたルーシーはお手本のようなキスを返してくれた。


謎の高性能結界のおかげで道具とランチは無事だった。無事じゃなかったのは僕らだけ。ちなみにボートも無事。

全身濡れ鼠で、独特なにおいと藻が絡む結構な惨状だったけれど、ルーシーがちょちょいのちょいできれいにしてくれた。魔法万歳。

適当な場所で停止し、釣り糸を垂らしたままサンドイッチをかじる。作りたてのジャムは特別美味しく感じた。他のサンドイッチも、レタスがシャキシャキしていて美味しい。

隣ではルーシーもサンドイッチを頰張っていた。食べながらも、ちらちらと僕を見てくる。

転覆後からずっとこの調子なのだ。ボートに戻ったらと答えたのに、いまだその話題に触れていないから、ずっとそわそわしている。僕が言い出すのを律儀に待っているのだろう。可愛い人だ。

「ルーシーとキスするの結構好きだよ」

期待に応えると、ぱあっと花が咲くように笑った。単純。可愛らしい。……でも。

「今のルーシーも、ルーシーとするキスも好きだし、触りっこも嫌じゃない。き、気持ちいいし。でも、真実の愛かは分かんないよ。この『好き』が恋人とか夫婦の『好き』かもよく分かんない」

「真実の愛なんてどうでもいい。そんな言葉は跡形もなく記憶から抹消してくれ」

「自分で言ったくせに」

「自分に酔っていた時にな」

ふっと自嘲するように嗤い、一転して真剣な、でもどこか期待に満ちた少年のようなキラキラした目をして、きゅっと両手を握られた。

「今はそれでいい。正直クソ鈍いなと思わなくもないがそれでいい。十分だ」

「すんごく正直だなあ。別に鈍くはないと思うけど」

鈍い鋭いの話じゃない。〝特別な好き〟と〝普通の好き〟の分別が難しいだけだ。

今まで僕の〝好き〟には普通も特別もなかった。

明るい母、穏やかな父。二人へ向ける〝好き〟しか知らないんだ。両親を除くと、すごく好きな人も、すごく嫌いな人もいない。他人との関わりが最低限な生活も少なからず影響している気がする。

「シャルルはそのままでいい。むしろそのままでいてくれ。他の男となんて関わらなくていい」

「なんで男限定なのさ」

「見た目的に異性より同性に好かれると見た。異性からは弟のように可愛がられるタイプだ」

やけにはっきり断言されて頬が引き攣る。好きな子がいるわけでも、過去好きになった子がいるわけでもないからいいけれども……断言されると複雑だ。

「僕も色んな人と交流してみるべきかなあ。学校に行ってみたり」

「却下。勉強なら俺が教える」

「旅に出てみたり」

「行くなら俺も同行する」

「王都に行ってみた――」

「全力で阻止する」

食い気味に却下したルーシーの目は据わっていた。ごめんね。王都は同行不可能だもんね。

「友達いないし、関わる人もごくわずか。こんなんじゃ他人に対する細々した感情なんて分かるはずないよね」

「そうだな……たとえばだが、軟膏を買い取ってくれる店主とキスできるか？」

「絶対無理」

「よし。肉屋のおかみとは？」

「無理」

再びよし、と力強く頷く。いや、あの人たちとは無理でしょうよ。検証対象がおかしい。

食べかけのサンドイッチを三口で食べきり、三つめへ手を伸ばす。

デザート代わりの甘いサンドイッチを味わっていると、そっと肩を引き寄せられた。転覆しないようにか、今度は本当にそっと。

骨ばった左肩にこてんと頭を載せる。骸骨は抜け出し始めたが、まだまだ身より骨の方が目立つ。もっと太らせなければ。

（この肩が逞しくなる頃、ルーシーはまだここにいるのかな）

再試験を受けられるようになるまでいなよ、と言ったのは僕だ。あれ以来具体的な話はしていない。

再びカードを得て稼げるようになったら？　そうなったらルーシーは拠点を移すのかな。

あの家を、この国を出たりするのだろうか。国を出たとして、苦い思い出がたくさんあるだろうこの国に戻って来ることはあるのだろうか——。

そこまで考え、胸がじくじくズキズキと痛んだ。二年かけて一人に慣れたはずなのに、たった六日で元通りになってしまった。

きっとルーシーが出て行ったら寂しく思うんだろう。両親と違ってルーシーは生きている。だからこそ、戻ってくる日をいつまでも待ってしまいそうだ。たとえそんな日が来なくても。そんな自分がはっきり想像できて、少し気持ちが沈んだ。

「シャルル、今何を考えてる？」

「ルーシーが出て行ったら寂しいだろうなって。帰って来るのをずっと待っちゃいそうだなって」

「探しに出てはくれないのか？」

「だって僕はこの土地しか知らないから。きっとどこを探していいのかも分からなくて、すれ違って、そのうちおじいちゃんになっちゃうよ。それか人攫いに遭って売られちゃうとか。迷子になって力尽き

ると か」

「俺がいない時は敷地から出るな。外出禁止だ。絶対にだめだからな。飴(あめ)をくれると言われても見知らぬ人間にはついて行くなよ」

つらつらとノンブレスで注意され、ははっと笑う。どうしたって外出禁止なんですね。特に困らないから構わないけれど。

「けど、そうか。俺がいなくなるのは寂しいのか」

「だろうね。ルーシーは存在感がありすぎるくらいあるから。なんかもう濃いから」

「褒められてるのか貶(けな)されてるのか判断に迷うな」

「事実です。まさか家の前に元王子様が半死体で転がっているとは思わないし」

「そう言われると、まあ、うん……濃いな」

「でしょ」

虚(うつ)ろに笑うルーシーを軽い調子で励ましていると、垂らしていた糸がくんっと張った。

「ルーシー、たぶんかかったよ。柄を持って。慎重にね、手首だけ軽く動かして、もっと餌に食いつかせて……」

「この糸の先に魚がいるんだろう？」

「たぶんね」

「それならこうした方が早い」

柄を握ったまま反対の手を湖へ翳(かざ)す。ぶんっと魔法陣が出現し、湖面が波立つ。

ザバーッと水が盛り上がり、大量の水は空中でみるみるうちに球体へと形を変えた。その即席の水の檻(おり)の中に、水流に絡め取られるように複数の魚が泳いでいる。開いた口が塞(ふさ)がらない。

「釣れたぞ」

「これは釣りとは言えません」

魔法上手な元王子様の実力がとどまるところを知らない。

なんにせよ、今日明日はお魚パーティーが決定しました。

◆　◆　◆

せっかくだからここで食べていこうと言い出したのはシャルルだった。

人生初の〝釣り〟の成果をシャルルがさばき、串を刺していく。串打ちと言うらしい。俺もやってみたが、魚と目が合った気がして刺せなかった。及び腰になる俺をシャルルはカラカラと笑い飛ばし、俺に石集めの任務を言い渡した。

集めた石の隙間に串を立てて焼いていく。串打ちで役立たずだったから、火の管理は俺が全面的に請け負った。着火しただけでシャルルに「すごい！」と褒められ鼻高々。

初級魔法で褒めてもらえるなんて初めてだ。少しくすぐったくもあった。

他に誰もいない静かな湖畔で、シャルルと二人で魚を焼き、地べたに座って食べる。

串に刺した魚を齧るのも初体験。塩を振っただけのシンプルな焼き魚なのに、特別美味しく感じた。

「どう？」

「美味い。王宮の凝った魚料理よりずっと美味い」

「大袈裟だなあ」

口ではそう言いながらも、シャルルは嬉しそうに自分の手元の魚に齧りついた。「あちっ」と言いながら、リスみたいな小さな歯型を魚につけている。

美味いなと話しかければ、美味しいねと返される。たったそれだけだ。食べている間、他に会話らしい会話はなかった。

それでも。こんな風にずっと過ごせたら――そう思わずにはいられない、幸せな時間だった。

n回目のプロポーズ

暖かくなり、花が咲き、虫や動物が活動を再開した春。僕は十六歳になった。

今年は何もできないと申し訳なさそうにしたルーシーだったけれど、できることで『おめでとう』をしてくれた。その日は朝から甘やかされ、掃除も洗濯も料理もルーシーがしてくれた。暇すぎて困惑したくらいだ。料理に関しては本人的に及第点に達していなかったらしく、『ごめん』『次はもっと上手くやるから』としょんぼりしていた。繋がったキュウリも、辛すぎる玉ねぎも、芯が残った芋も、ちょっとしょっぱい煮物も、僕は全部嬉しかったのに。

夜になると、魔法で夜空に花火を咲かせ、光の粒で作られた動物や幻獣を駆け回らせてくれた。夢中になってはしゃぎ、すごいすごいと彼の腕をブンブン揺さぶった。

何もできないなんてとんでもない。何もかも忘れられないすてきな一日になった。

そうこうしているうちに、拾った人間との奇妙な共同生活——ルーシー曰くラブラブ同棲生活——が始まってからふた月ほどが経過していた。

新緑が眩しくなってきても僕とルーシーの距離感は相変わらずで、毎日どこに行くにも一緒にいるし、風呂も寝るのも一緒。つまるところルーシーにおはようからおやすみまで見守られている。いや、ひっつかれている。

このふた月で僕が町に行ったのはたったの三回。

それもすごく、すごぉく渋られたものの、体力がついてきたルーシーの同行を条件に許可が出たのだ。まあ、初回の帰りは疲労困憊で呼吸を荒げていたけれど。それはそうだろう。湖までの往復とはかかる時間がまるで違うのだから。

同じ距離を歩いてケロッとしている僕に対し、『健脚なシャルルも愛おしい……っ』

と、汗だくな上に蒼白な顔つきでのたまっていた。

愉快で可愛い人だ。

そんなルーシーだけれど、拾った頃の状態が嘘みたいに肉付きがよくなった。もちろん健康的に。

骸骨のように痩けていた頬はふっくらしてきた。

今では〝三徹で普段より顔つきがシャープになってるけど美形は美形〟と表現できるくらいに回復している。よく分からない？　僕も分かっていないから大丈夫。こういうのはニュアンスだ。言ったもん勝ちだ。

つまり、彼の外見を説明する時の〝たぶん見目はいいはず〟のたぶんが取り払われた。予想どおり立派な美青年です。お美しいです。

肉付きはよくなってきたとはいえ、いまだほっそりしている分、ちょっと影のある美形に見えるのがずるい。影なんてまったくないのに。

体つきもそうだ。拾った当初は骸骨に皮を貼り付けたような痩せ具合だったが、彼は頑張った。とても頑張った。

毎日ひっつき虫業務に励む傍ら、早朝に太い棒きれで素振りをしたり、僕を腹や背中に乗っけて筋トレをしたり、僕を抱っこして家の中を徘徊したり、お風呂で変態行為に及んだりしながら地道に鍛錬を重ね、痩せているから腹筋割れて見える、なんて笑えなくなったくらいきちんと筋肉がついてきた。

ちなみにどうして変態行為に及ぶのは風呂限定なのか訊いてみたところ、とても爽やかな笑顔で、

『浮力を活用しないと動けなかったから。腕立てと腹筋が余裕になったらもちろんベッドでじっくり可愛がる予定だ』

と宣言された。腕の筋傷めればいいのに。

……とまあそれは冗談として。

僕らはそんな感じで、毎日のんびりマイペースに暮らしている。

ふた月も一緒にいればお互いのいいところも悪いところもよく見え……いや、ルーシーのだめなとこ

ろはわりと最初から全開って勢いで見ているか。とにかくそんな感じ。

　ギルドカードがないと魔物や魔獣を討伐しても買取り不可だから、ルーシーは畑仕事の手伝いや力仕事、軟膏作りを担当してくれている。店主が容器をたっぷり届けてくれたから、午後の一時（いっとき）を軟膏作りにあてて作ってくれているのだ。ルーシーが作った分はルーシーの報酬にと提案したものの固辞されてしまった。家の収入としてカウントしてくれと。いつかの日のために貯金した方がいいのではと一応言ってはみたけれど、ルーシーは首を縦には振らなかった。

　それから、同店主の紹介で翻訳の仕事も始めた。

　ルーシーは頭がいいし、何ヶ国語も習得しているらしく、絵本から専門書まで依頼があれば幅広く請け負っている。

　それを機に、物置と化していた部屋を片付けてルーシーの仕事部屋に改装した。大きな本棚はルーシー渾身（こんしん）の手作りだ。おまえは職人かと突っ込みたくなるほど素晴らしい完成度となったその本棚には、翻訳関係の本や、趣味の本などが詰まっている。

　ルーシーも読書は好きみたいで、おすすめの本を紹介し合ったりしている。着々と本棚の空きスペースが埋まっていくのを観察するのもまた楽しい。

　新聞をとるようになった。仕事を始めたことで、僕だけだったルーシーの世界が少しずつひろがってきた。最近のルーシーは以前にも増して生き生きしているように見える。

　つまり、ええと、うん。仲良く暮らしています。

「ルーシー！　ごはんー！」

　居間の窓をあけて声を張る。畑の真ん中あたりに麦わら帽子の先端が見え、すぐに緑の中ににょきっと人間が生えた。

「すぐ行く。足りない食材は？」

「トマト二、三個採ってきてほしいな！」

　了解と片手が上がったのを確認し、ダイニングテーブルに皿を運んでいく。

今日の昼食はルーシーの好きな春野菜パスタとオニオンスープ。もう春野菜も食べ納めだ。

付け合わせはなし。その代わりデザートは頑張った。三種類のベリーといちごジャムを使ったゼリーだ。ちょっと失敗して思ったような硬さにならなかったが、初挑戦ということで許してほしい。

「レシピ通りに作ったはずなのに。どうして固まらなかったんだろ？」

失敗の原因を考えながら食卓の準備を進めた。毎食のことなのに、改めて見ると横並びのランチョンマットがなんだかくすぐったい。

介助の必要がなくなっても、僕らは向かい合わせじゃなく肩を並べて食事をしている。

なんとなくこの距離感に落ち着いてしまった。隣にいることが普通というか。今更向かい合わせの席につく方が照れくさい。

スライスしたオレンジを浮かべた水のグラスとフォークを、パスタ皿の前に並べる。これでよし。

見計らったようなタイミングで玄関の方から扉の開閉音が聞こえ、ルーシーが戻ってきた。

「おかえり」

「ただいま。トマトどうする？　そのままか」

「半分に切ってパスタに載せようかなって」

「やっておく。待ってて」

「ありがと」

気軽に応じてくれたルーシーはその足でキッチンに立ち、手馴れた様子で作業する。

ふた月前初めて包丁を握ったというのに、今ではすっかりお手のもの。シチューとリゾットに関しては僕より上手に作る。元々の器用さをいかんなく発揮している感じだ。

どうしてその二品なのかといえば、僕が最初の頃に作ったメニューだから、らしい。天にも昇るほど美味しかったから自分も極めたいとかなんとか。大袈裟。

でもスープだけは作らない。スープは絶対に僕の手作りがいいと主張し続けている。よく分からない。

そんな独自のこだわりを持つ彼は、小皿に半分に切った黄色と赤のミニトマトを載せてやってきた。

二色のトマトを一つずつ皿に飾る。それだけで彩りがよくなり、自分で言うのもあれだけれど、とても美味しそうな一品に変身した。

「いただきます」

声を揃え、食事開始。

育った環境が環境だからか、ルーシーの食べ方はとてもきれいだ。音を立てない。姿勢もいいし、ただフォークをくるくるしているだけでも上品に見える。

パスタを優雅に食べる美青年。とても絵になる。そこだけ切り取って飾っておきたいくらい美しい。

じっと見つめていたら、こてんと小首を傾げた。途端に美しいから可愛いへ天秤が傾く。どちらも甲乙つけがたい。どっちも優勝。……ではなくて。

「相変わらず食べ方がきれいだなって」

「作法は厳しく躾けられたからな」

「さすが王族。僕はちゃんとしたマナー知らないし、見苦しかったらごめんね」

「俺個人としては、食事マナーは同席者を不快にさせなければそれでいいと思ってる。気にしすぎるとせっかくの食事も味がしなくなる。それに」

ベビーコーンをフォークに刺し、僕の方へ向けた。

「あーん」と言われたら反射のように口があく。シャキシャキぷちぷちした食感が楽しい。美味しい。

にこにこしているとルーシーも楽しそうに、愛おしそうに目を細めた。

「こんなこと、マナーを気にしていたらできないだろう?」

「ふふ。そうだね。ありがと」

「どういたしまして」

お返しにキャベツをあーんした。

この甘くて美味しい春キャベツも食べ納めと思う

と惜しい。ルーシーもすっかりお気に入りになっていたのに。また春キャベツくらい好きな野菜を探さなければ。

特別な好きはあっても基本的に好き嫌いがないルーシーは、何を出しても美味しいと言ってくれるし、残さず食べてくれるから作るのが楽しい。

一人暮らしの頃は腹が満たされればそれでよかった。同居するようになってからは、美味しいものを作って、二人で食べたいと思うようになった。

もちろん健康的に太らせたかったのもある。でも、いつからだろう。目的よりも状況を楽しむようになっていた。ルーシーも変わったが、僕も変わったのかもしれない。

結構盛ったのに、今日もルーシーはぺろりと完食してくれた。いつ見てもいい食べっぷりだ。

満足げに「ごちそうさま」と手を合わせた彼は、健康を取り戻しただけじゃなく肌ツヤもいい。やっぱり人間は衣食住をしっかりしないとだめなんだろうな。死にかけの骸骨だったふた月前を思えば感慨深いものがある。

ちょっと失敗したデザートも「これはこれで美味しい」と残さず食べてくれた。優しい。

片付けまで終えると、恒例の食後の紅茶タイムだ。

支度はルーシーの仕事と化している。紅茶をいれるのは僕より格段に上手なのだ。さすがは生家で本格的な紅茶を飲み続けていただけはある。

そんな美味しい紅茶を頻繁にいれてもらえるというのに、うちにはティーカップなんて洒落(しゃれ)たものはないから、使うのはマグカップ。ありがたみが薄れてしまうようで少しもったいない。今度美味しい紅茶に似合いのすてきなカップを探してみようかな。

ソファに座り、いれたての紅茶を一口含む。膨れた腹にも優しい味わいに、ほうっと息を吐いた。

ルーシーも隣に腰掛け、左手でダンベルを上下させる。右手は僕の腰に回された。

「今何キロ使ってるんだっけ」

「五キロ」

「もっと重くするの？」

「いや、とりあえずこれでいい。シャルル」

ん？　と顔を上げたらキスをされた。

唇、鼻、瞼。三ヶ所にちゅっちゅして、次は頭。髪に鼻先を埋めてすうはあしている。嗅ぐな。筋トレをするかいたずらするかどっちかにしてほしい。

まあ、これもいつものことだ。毎日こんな調子だからさすがにもう慣れた。

「同じ石鹸を使ってるはずなのにシャルルの匂いは甘く感じる」

「気のせいだよ。同じ石鹸なんだから」

「やっぱりフェロモンか？」

「やっぱりって何。お色気フェロモン出してるのはルーシーの方でしょ。起き抜けは特に卑猥だもん」

「卑猥」

「卑猥」

復唱し、こくりと頷く。なんとも表現しにくい表情を浮かべながら「卑猥かあ……」と呟きつつ、左手はくいくいとダンベルを上下させていた。

腹を休めたあとは軽くシャワーを浴びて、日課の散歩に出かけた。特に目的があるわけじゃない。日に一度、ルーシーの体作りがてら、二人でぶらぶらと歩くのだ。

決まったコースはなく、気の向くままに歩く。手を繋いでゆっくりと。気になったものがあれば立ち止まり、また歩く。

家の周りには自然以外に何もないけれど、僕らは毎日飽きることなくこのまったり散歩を続けていた。

「そろそろ狩りをしてみようかと思う」

「それは賛成だけど、血抜きとかの処理できるの？」

「随分前だけどやったことはあるよ」

「そっかあ。僕も教わったけど苦手なんだよね、あの作業。というかさばくのも苦手」

「魚はさばけてたのに？　あー、でも、俺も売り物のようにきれいにはできないな」

「それなら肉屋に持っていけばいいよ。旦那さんがやってくれるから」

「それはいいな。プロに任せた方が間違いない」

目標は何にするか。得物はどうするか。まだ剣がないからやっぱり魔法かな、なんて話しながら森に沿って歩いた。

途中、食べられる野草やきのこを見つけては夕飯用に採取する。しゃがんで摘んで、目が合ったらキスをして、また歩く。

(うーん……なんだか幸せかも、しれない……)

繋いだ手にきゅっと力をこめれば、加減してきゅっと握り返してくれる。

見上げれば目が合い、優しい声で「どうした？」と声がかかる。——うん。かもしれないじゃない。僕は今日も幸せです。

「絆されたなあ……」

「式挙げるか？」

「早い早い。お付き合いすっ飛ばして結婚しようとしないで」

「お付き合い……夜の諸々含め同棲しておいて今更？」

「ごもっとも。や、違う。同棲じゃない、同居です」

「家族だから同居でもいいな。まあ、そのうち結婚するからどっちでもいい」

「確定未来なんですね。知ってた」

茶化しながらも、家族と断言されて頬がじんわり熱くなった。結婚云々は前から言われていたけれど、そうだ。結婚するということは、家族になるということなんだ。

僕らは他人だけれど、家族にはなれる。

家族。その響きがもう尊い。嬉しいし、むずむずする。早歩きしたくなる。

そわそわしていたら、指を組むように握り直された。

ルーシーが優しい顔をして笑っている。

ああ、この表情がとても好きだなあと思った。きっとルーシーの目に映る僕も同じような表情をしているはずだ。

僕は人付き合いの幅が極端に狭いし、経験値もない。身内以外の他人と生活するのも、こんなに深く関わるのも、ルーシーが初めてだ。

今でもこの〝好き〟が、両親が互いに注ぎ合っていたような、愛に繋がる〝好き〟なのか、家族や友人に対する〝好き〟なのか自分でも分かっていない。

でも、こうして手を繋いで散歩をして、思い出したように触れ合って、他愛(たわい)ない会話をするのは、その相手は、ルーシーがいいなと思う。

それくらい一緒にいる今が自然で、違和感がない。この人の体温にすっかり慣れてしまった。

「羽織ものがいらなくなってきたな」

「そうだね。でも雨季の朝晩は冷えるよ」

「雨続きだと散歩ができないな」

「できるよ。雨の森も悪くないよ。独特なにおいも、僕は嫌いじゃない」

ゆっくり、ゆっくり歩いた。会話はしたり、しなかったりだ。沈黙が苦にならない空気感を共有するのは気が楽で、この人と出会ってまだふた月という事実にたまに驚く。

初めて一緒に湖へ行った日、ルーシーの熱意と勢いは一過性のものだと思っていた。

あれからふた月。一過性でしょ、とは言えなくなってきたし、言いたくなくなってきた。

〝好き〟の意味はいまだ摑(つか)みきれていないのに、ずっとこのままでいられたらと考えてしまう。

いつかルーシーが出て行く日を想像するとやっぱり寂しいし、出て行くならここへ戻って来てほしい。帰る場所にしてくれたら嬉しい。

でも、できればどこへも行かずにとどまってほしい。まだ一緒にいたい。

それこそ今更、一人の生活に戻るのは寂しすぎる。

「シャルル。今何考えてた？　可愛い顔してる」

「んー？　ずっと一緒にいられたらいいなあって」

「散歩コース変えるか。このまま役所行こう」

「早い早い展開が早い」

婚姻証明書はその場で即発行してもらえるんだったか？　なんて大真面目に悩み始めてしまったルーシーの肩をぽんぽん叩く。落ち着いて。

「籍だけでも入れないか？　式はほら、やるにしてもシャルルの衣装作るのに時間も金もかかるから」

「そんな焦らなくていいよ。指輪とピアスもないし」

「……っ!?　待ってて。サファイアと翡翠の原石探して研磨してくる！」

「まさかの石から。既製品でいいよ」

「だめだ。大切な一生ものなんだ。素材から厳選する。シャルルに一等似合うものを、ええと、ああもう！　抱っこしていい？　キスもしたい。あとベッドに行きたい」

「欲がダダ漏れすぎません？」

言うが早いか抱き上げられ、顔中にキスの嵐が。

やたらはしゃいでいる。とっても嬉しそう。

あまりの喜びようを不思議に思っていたら、目が合ったルーシーはへにゃりと相好を崩した。

「やっとシャルルから前向きな答えが聞けた！」

とろっとろな眼差しと喜びに満ちた甘ったるい声で、声高に叫ぶ。

言われてみればそうかもしれない。

こういう話はいつも冗談の延長線上にあったというか、突っ込みどころが多すぎてまともに答えていなかった。

——いや、きっと。ルーシーの真意を測りかねていたのだ。本気か冗談か、一過性の感情か、打算か。自分の感情と同じくらい摑みきれなかった。

だけど一過性と言えなくなってきたのと同じ。冗談みたいな気軽さで飛んでくる〝結婚〟も〝好き〟も、今は嘘のない気持ちなのだと信じられる。

嬉しそうにやや赤らんだ頬を両手で包む。

「ルーシーといるの楽しいよ。母さんたちと同じ〝好き〟かは分からない。でも、前よりはっきり好きだなって思うよ。楽しいし、落ち着くし、ずっとここにいてほしい」

言葉にすると腑に落ちた。曖昧だったものが驚くほど呆気なく、視界が開けるように明確になる。

僕はきっと、自覚する以上にこの人が好きで、一緒にいたいと願っているんだろう。

たったふた月。されどふた月。

ふた月の間、ほとんど片時も離れず過ごしてきた。すぐ傍で人となりを見て、会話をし、笑い合い、たまに口喧嘩とも言えない些細な言い合いをしたり、秒で仲直りしたり。昨日と同じようで少し違う、穏やかな今日をたくさん重ねてきた。

だから信じられる。打算なんて寂しい疑いを持つことも、もうない。

「シャルル……俺の頬つねってくれ」

呆然と呟く仕方がない人のリクエストに応え、包んでいた頬を軽くつねる。みにょーんとチーズみたいに伸びた。せっかくの美形が台無しだ。

ルーシーは間の抜けた顔のまま破顔した。

「夢じゃない」

「直前で破棄しないでね」

「うぐ……っ。ぜ、絶対しない。全力で幸せにする。だからシャルル、君も俺を幸せにしてくれ」

「あ。それいいね。すてきなプロポーズだ」

「ふふ。まあ俺はシャルルがいればいつだって幸せなんだけど。あー幸せ。もうすでに幸せ。役所行く？」

「そのうちね」

テンションがぎゅん！　と上がったルーシーをくすくす笑っていると、僕を片腕に抱いたままずんずん森へ入っていった。

連れて行かれたのは一面の花畑だ。春も終盤だが、色とりどりの花が咲き乱れていた。

奥の方は絨毯を敷き詰めたような青一色。ネモフィラだ。手前にはシロツメクサが群生し、可愛らしい白い花で埋め尽くされている。この場所だけ御伽噺の世界みたいだった。

「なんで花畑？」

「プロポーズの場所は美しい方がいいだろう？」

「いやそれする前に気にしなよ。もう事後じゃん」

「ぐっ……、いや、そうなんだが。あーもう、だめだ今まともに頭が働いてない。好きだシャルル。シャーリィ。愛してる。結婚しよう？　役所行こう？」

「そこはかとなく残念臭漂う感じがルーシーらしくていいと思うよ。そんなポンコツなルーシーが好きだよ」

下ろしてもらい、シロツメクサを摘んで茎を編む。あっという間にお手軽な指輪の完成だ。

プロポーズなら指輪かピアスが必要でしょう。

ルーシーの左手薬指にはめたら、青い瞳からボロッと大粒の涙がこぼれて、僕の方がびっくりして固まってしまった。

「ル、ルーシー？　え、今泣くところ？」

「……指輪だ」

「う、うん。製作時間三十秒のお手軽指輪でごめんね」

「指輪だ……」

ポロポロ、ポロポロ。

宝石みたいな瞳から次から次へと涙をこぼしながら、白い花の指輪を見つめている。

指輪だ、指輪だ。そう呟きながら。

なんだか僕までたまらなくなって、ふっくらしてきた頬に両手を添えた。

「リュシオン。おじいちゃんになったら、一緒に櫂漕いで湖上デートしようね」

背伸びをしてちゅっと軽く口付けたら、すでにぐずぐずなルーシーの両目からぶわっと濁流のように涙が溢れた。

「っ、する……っ！　毎日する……っ！」

「いや毎日は遠慮しときます」

「なんでっ」

「せめて毎月で。湖以外も行こうよ」

極端なんだからなあ、本当にもう。どうしようもない人だ。

大号泣してしまったルーシーを抱きしめ、泣き止むまでよしよし慰めた。

スペックは素晴らしいのにポンコツで、泣き虫で、欲に素直だし、大概しょうもない。

でも僕のことが世界で一番大切で大好きなんだと泣きながら豪語するルーシーが可愛くて、愛おしかった。

ここからは余談。

シロツメクサの指輪に感激しまくって泣きじゃくってしまったルーシーさん。残念なことにシロツメクサは肌に合わなかったらしく、薬指が真っ赤に腫れてかぶれて大変なことになってしまった。

手当てもさせてくれず「宝物だから外したくない！」と三歳児のように駄々をこね続け、説得に説得を重ねてようやく、泣く泣く外した。

「一生大切にする」

きれいな小瓶に入れた指輪には、丁寧に状態保存魔法を重ねがけし、さらに結界まで張っていた。そこらに生えていたシロツメクサで作ったお手軽指輪にここまでするなんて、才能の無駄遣いが過ぎる。

呆れる僕をよそに、ルーシーは小瓶を国宝みたいに恭しく掌に載せ、幸せそうに青い瞳を煌めかせていた。痒そうな薬指に軟膏を塗り込みながら、仕方がない人だと、何度思ったか知れない感想を抱いたのだった。

キラキラと光り輝く小瓶を飽くことなく見つめ、ほうっと甘い吐息を漏らす。
キッチンからはトントン、トントンと包丁がまな板に当たる音が絶え間なく聞こえてくる。鍋からは白い湯気と食欲をそそられる匂いが立ち、フライパンはじゅうじゅうと美味そうな音を立てている。
こちらに背を向けて夕飯作りに没頭しているのは、

未来のお嫁さんが確定した愛しい愛しい俺の天使。

　小瓶の中には、そんな天使から授かった俺の新たな宝物――シロツメクサの指輪が収められている。

　薬指は痒いが悔いはない。三日は腫れが引かないかもとシャルルは申し訳なさそうにしていたが、そんな瑣末(さまつ)なことはどうだっていい。というか俺を心配するシャルルも可愛かった。安定の天使だった。

『リュシオン』

「はあ……幸せ……溶けそう……これ現実か……？」

　初めて呼んでくれた名前。

　初めて返してくれた明確な気持ち。

　初めての贈り物。……いや、俺はもらってばかりだが。

　こうして形に残る手作りのものを、それも指輪という大切なものを贈られたのは初めてだ。

　こんなに幸せでいいんだろうか。あれだけ迷惑をかけ国を混乱させた、罪人である俺が。

　そんなほの暗い気持ちは確かにある。あるが、花の指輪をはめてくれたシャルルを思い出すだけで胸がいっぱいになる。十年は寿命が延びた気がする。

　長生きしよう。シャルルと一緒に。しわが増えても、髪が真っ白になっても、よぼよぼになっても、あの小さな湖でデートするのだ。きっと年老いたら櫂(かい)を漕(こ)ぐのも一苦労だから、手を重ねて一緒に。なんと素敵な未来図。

　いつ死んでも悔いは……だめだ、死ぬのはだめだ。俺は絶対シャルルより一秒だけ長く生きる。シャルルを看取(みと)って死ぬ。遺骨は一緒に埋めてほしい。散骨はだめだシャルルと離れ離れになってしまう。そうだ今のうちに遺言状を作成しておこう。リレー死予定だから俺たちの遺体の処理を誰かに頼んでおかなければ。お互い報(しら)せるような身内はいないから誰に頼むべきか厳選に厳選を重ねて――。

「――ィ、ルーシー？」

「っ！　ど、どうした？　手伝いか？」

「ううん。ごはんできたよ。大丈夫？　指痒い？」

「問題ない。愛してる」

「……大丈夫？」

シャルルの視線が指から頭へと移ったが気にしない。頭の中身も問題ない。たぶん。かろうじて。わいているとは思うが。

痛いものを見るような目を向けてくるシャルルの隣の椅子を引き、一緒に食べ始める。

今日のスープはミネストローネだ。これも美味い。俺の天使の手作りスープは世界一美味い。

メインはカットステーキだった。俺が状態保存魔法をこれでもかと振るって保管していた上等な肉。

ああ、この魔法の存在を教えた時のシャルルは可愛かった。大きな翡翠色の瞳をまんまるくして「ルーシーすごい！　そんなこともできるの!?」と褒め讃えてくれたのだ。以来、足のはやい食材は丁寧に丁寧に状態保存を重ねがけしている。

俺のこの白の塔の魔導師にも引けを取らない膨大な魔力と習得した数多の魔法はシャルルとの生活のためにあったのだ。過去の俺、よくやった。今後も精進しよう。

肉汁まで美味いステーキを二つの意味で噛みしめていると、隣から視線を感じた。うかがうような視線だ。どうした天使。今日も最高に美味いぞ。

「本当に大丈夫？」

「何が？」

「さっきから全部口に出てるけど」

「そうか。本心だ」

「だと思った」

渾身のキメ顔をあっさり流してステーキを食べ始めた。そんなドライなところも愛おしい。

幸せすぎて腹がいっぱい――ということはなく、作ってくれた料理はすべて完食。

思えば、餓死寸前の限界ギリギリまで肉も魂も削ぎ落とされた状態からここまで回復したのは、ひとえに天使の献身のおかげ。

シャルルが育てた野菜をふんだんに使ったシャル

ルの手料理を食べ、シャルルを補給することで心を満たし、シャルルとの共同作業で筋力をつけ……つまり今の俺を構成するすべてはシャルルということだ。それはつまり俺は……シャルルだった……？

「そんなわけないでしょ。ルーシーはルーシー。僕は僕。そろそろ戻っておいで」

「俺の帰る場所はいつだってシャルルだ」

「意味分かんないこと言ってないで、ほらお風呂行くよ。置いてくよー」

　居間を出ていこうとするシャルルを捕まえて抱き上げる。すべすべの白いほっぺたに頬ずりすると、くすぐったいとケラケラ笑ってくれた。

　ああ可愛い。可愛すぎて叫びたい。無性に大声で叫びたいし、ぶっ倒れるまで走りたい。家中の床という床を高速で転げ回りたい。

「旦那様がそんな奇行に走ったらさすがにドン引く」

「！　だ、んなさま……」

「そのうちそうなるんでしょ」

　違うの？　と覗き込む天使を思いっきり抱きしめた。可愛すぎて昇天しそう。

「シャルルが可愛い……可愛い、可愛いよぉ」

「戻ってきてルーシー。キャラ崩壊してるよ」

「俺の体裁なんてどうでもいい。可愛い。頭から丸かじりしたい。腹におさめたい」

「それ最終的には下から出て――」

「出さない！　どんなことをしてでも永遠に留めておく！」

「そんな無駄な努力するくらいならお風呂入ろう。はい脱いで、ばんざーい」

　おっとそうだった。これから至福タイムだ。いや毎日毎分毎秒幸せを噛みしめているが。

　両手をあげたら脱がせてくれた。俺を剝いてから自分も脱ぐ。脱いだ二人分の服をテキパキと白物と色物に分けるデキる天使。可愛い。

　この天使がお嫁さんか……嫁？　俺が旦那様で、シャルルがお嫁さん……？　最期まで添い遂げるお嫁さん……？

「シャルル。明日遺言状作成しよう」

「構わないけど、ほんと突拍子もないね。ほら、風邪引くよ。早く入ろう。湯船お願いします」

「きみのためなら喜んで」

「大袈裟なんだからなあ、もう」

　めいっぱい呆れた苦笑だったけれど、その雰囲気は優しさに満ちていた。お湯は張り切って溜めた。

　シャルルの髪を洗うのが好きだ。

　癖のない榛色の髪を丁寧に泡立て、頭皮をマッサージするように優しく指を立てる。そうするとシャルルは心から気持ちよさそうに息を吐く。それを聞くのがとても好きだ。

　泡を洗い流すと、今度はシャルルが俺の頭を洗ってくれる。この時間も好き。

　俺より小さな手が丁寧に、労るように洗い上げていく。

　俺がシャルルの髪を好んでいるように、シャルルも俺の髪が好きらしい。指通りがお気に入りなのだとか。初日の達成感を思い出すとその思いも一入らしい。苦労をかけた。

「ルーシー、顔ゆるっゆる」

「今日は……いや、今日からは見逃してくれ」

「そんなに嬉しかったの？」

「嬉しいに決まってる。夢みたいだ。ずっと聞き流してただろう？　嫌われてはいないと思ってたけど、こんなにはやく応えてもらえるとは……最高にいい意味で予想外」

「あんなにしょっちゅう籍入れようとか役所行こうとか言っておいて」

　調子がいいと、泡だらけの両手に頬をむにーっと伸ばされた。ごめんなと笑えば、台詞と表情が合っていないとさらに揉みしだかれる。咎め方も可愛らしくて、気持ちも顔もだらしなく緩んでしまった。

「せっかくの美形が台無しなご面相になってますよ」

「見逃して。幸せすぎて昇天しそうなんだ」

「やめてよ。籍も入れてないのに寡婦にしないでくれないかな。あれ？　僕、男だから寡夫？」

どっちでもいいかと、絞ったシャワーで泡を洗い流す。シャルルがやりやすいように頭を下げながら、浴室の床に流れていく泡を目で追った。……はあ、至福のひとときが終わってしまった。楽しい時間はあっという間だ。

競うようにいたずらし合いながら互いの体を洗い、湯船に浸かった。くったりとした愛しの天使は、今夜も俺の足の間にすっぽりはまっている。華奢な白い肩が美味そう。

濡れて色濃い髪は出会った頃よりほんの少し伸びた。その襟足の隙間からうなじがちらりと覗き、甘噛みしたい衝動に駆られる。

「髪、少し伸びたな。このまま伸ばすのか？」

「鬱陶しくなったら切るよ」

「町まで行くのか？　それかこの家に招く？」

「誰を？」

「専門家を？」

「なんで？　ちょっと切るだけだし自分でできるよ」

振り返ったシャルルは本当に、心底不思議そうにしていた。ぎょっとして一瞬答えに詰まってしまう。

「……まさか今まで自分で切っていた、とか？」

「まさかも何もそうだよ。前は母さんが切ってくれてたけど」

「どうやって……？」

「えっと、髪摑んで、ハサミでジャキッと」

「あああああっ！　絶対だめだ、金輪際禁止！　俺が、俺がやる！　こんなにきれいな髪をそんな雑に扱うなんて絶対だめだ、絶対に！」

嘘だろう!?　そんな雑な切り方あるか!?

むしろそんな切り方をしていたのに特におかしなところがない今がすごい！　どんな奇跡だ！

ぜえはあと息も声も荒らげた俺に対し、当の本人はきょとんとしている。きっと「そんなに？」とか「たかが髪なのに」とか「お願いできるならしたいな」とか考えているんだろう。ふふん、俺もシャルルの気持ちが読めるようになってきた。

「いいの？　お願いできるならそうしたいなあ。前髪はともかく、後ろは見えないからさ」

ほら見ろ。さすが俺。

「もちろんだ。俺にすべて任せて」

「ルーシー器用だもんね。髪も切れるなんてすごい」

いや、髪を切ったことなんてないド素人だが。これからありとあらゆる知識を頭に叩き込み、道具を揃え、練習して本番に備えるつもりなんだが——

喉まで出かかったそんないろいろをぐっと飲み込み、湯から出ている白い肩にお湯をかけてやる。

「ルーシーは？　伸ばすの？」

「シャルルの好みは？」

「特にない。なんでもいいよ。長くても短くてもルーシーはルーシーだし」

「好き」

「ありがと」

天使をぎゅっと抱きしめ、白いうなじにキスをした。いくつか痕を残してから放し、己の横髪をひと束つまむ。

「髪、か……」

まっすぐ伸ばしてみると、一番長い部分は鎖骨に届きそうだった。

改めて考えると幼少時から長さも基本的なスタイルも変えていない。うなじが隠れるくらいの長さで固定されていた。たぶん今がこれまでの人生で最も長い。

そう伝えると、「似合いそう。それも見てみたい」と明るく笑ってくれた。

「でも今の髪型で見慣れてるから、最初は別人みたいに感じてドキドキするかもなあ」

「よしきた後で切る。存分にドキドキしてくれ」

「動機が不純」

いいんだ。不純でも純粋でもなんでもいい。シャルルの頭の中を占領したいだけなのだから。

小柄な体を引き寄せるようにもう一度抱きしめ、点々と赤い痕のついた首筋に鼻先を埋めた。

幸せすぎてこわい。

噂の不審者さん？

ルーシーの浮かれポンチ具合も日に日に落ち着き……なんてことはなく、毎日お花を背負っている。

シャルルと呼ぶ声が常に甘い。元々甘めな声質なのにそこに気持ちがたっぷり乗せられるせいで、名前を呼ばれるだけで赤面もの。心なしか口調も柔らかくなったからとんでもない。いい加減慣れないと、とは思うのに、どうにもあの声に弱くていけない。

声だけじゃない。態度も空気も甘ったるい。毎分毎秒、何をするにも口説かれている気分になるくらいに。何かにつけて「好き」「愛してる」「可愛い」「天使」と囁かれ、言葉以上に甘ったるい視線を寄越され、はいはいと聞き流すのもちょっと大変だ。

ちなみにまともに受け止めてしまうともっと大変なことになる。腰が立たなくなるくらいキスをされたことがあって、それ以来聞き流すに徹している。

甘さに拍車がかかったあの日から数日。結婚の約束はしたものの、具体的な時期は未定のままだ。

まだ出会って間もないから、ではなく、ある日読書中に何気なく『恋人ってどんな感じなのかな』と口にしたら、しっかり拾ったルーシーは尻尾をぶんぶん振りながら『結婚するまで恋人期間を楽しもう！』と提案してきた。だから今はその恋人期間とやらを満喫中なのだ。

とは言っても、特別変わったことはしていない。これまでと変わらず、毎日一緒にいるだけ。ただ、日課の散歩はデートになった。それくらいだ。

そんな、のほほんとしたとある日。

ルーシーは一人で町へ行くことになった。新規で入った翻訳依頼の打ち合わせのためだ。

「いい？　必ず戸締まりして。俺が帰るまで庭にも出ないで。ずっと家の中にいるんだよ。一歩も出ないで。洗濯もゴミ出しもだめ。誰か訪ねてきても居留守使って。何かあればすぐ連絡！」

珍しくフォーマルな格好をしたルーシーは、書類と資料を詰めたかばんを片手に玄関から動かない。この注意もしつこいくらい繰り返されている。

見た目だけなら上級貴族なんだけどな。いや、正真正銘王族だった。奇行が目立つせいで最近すっかりその背景を忘れていた。

元がつくとは言え、こういう格好をすると生まれが滲み出る。体格がまともになってきたのもあるけれど、高貴なオーラをまとっているというか、平民にはとても見えない。

たぶん、伸びっぱなし状態だった髪を整えたのも一因だ。王子様感が増した。今は前髪を軽く上げたお仕事仕様だ。格好いい。何度でも見惚れてしまう。

いや、見惚れている場合じゃなかった。早いところ送り出さなければ約束に遅れてしまう。

「シャルル？　聞いてる？」

「はいはい。聞いてる聞いてる。大丈夫だから、気をつけていってらっしゃい」

「〝はい〟は一回。……はぁ、心配。終わったらすぐ帰るから、本当に気をつけて。鍵という鍵すべて施錠して。腕輪は？　ちゃんとしてる？」

「してるしてる。心配しすぎ、大丈夫だってば。これでも二年一人暮らししてたんだから」

いつまで経っても出発しない心配性の背中をグイグイ押して玄関の外へ運んでいく。素直に足を動かしつつも、とってもとっても後ろ髪を引かれているご様子。せっかく格好よく決めているのに心配と不安で情けない顔になってしまっているし……よし。

「ルーシー、ちょっと屈んで」

「ん？」

背伸びをして激励の口づけをひとつ。

「いってらっしゃい。僕は大丈夫だから、道中気をつけて」

「――っ！　新妻からのいってらっしゃいのキス最高すぎか……っ！」

「妻じゃないです。ほら早く行きな。夕飯作って待ってる」

何度も振り返りながら歩いていくルーシーの姿が完全に見えなくなるまで見送る。そうしないとたぶんダッシュで戻ってきそうな気がして。……考えすぎだと誰か言って。

「さ、ルーシーも行ったし、家から出ちゃだめらしいし、今日は何しようかな」

ぐーっと伸びをして玄関を閉めた。しっかり施錠し、キッチンへ。洗い物はもう終わっているし、流しもきれい。冷蔵庫の中身も整頓（せいとん）されている。

花の水やりもルーシーがしてくれたし、掃除もした。洗濯はするなと厳命が下っている。

納品予定の軟膏（なんこう）は作ったばかり。ジャムとポプリの材料は外。……詰んだ？

やることを探して室内を見回す。僕が動きを止めると途端に静寂に包まれる。

しーんと静まり返った家の中。静かすぎて、世界に一人ぽつんと取り残された気分になる。

「……読みかけの本でも読もうかな。読み終わったら昼寝しよう」

『俺も付き合うよ。今日はゆっくりしよう』

きっとルーシーならそう答えてくれるだろうな、なんて。

喋（しゃべ）っても返事がないことにちょっとだけしゅんとしながら、とぼとぼと自室へ向かった。

◆　◆　◆

――ああ、早く終われ早く終われ早く終われ。

表情にはおくびにも出さず、心の中で呪文のように繰り返す。

町の一角にあるカフェにて。

正面には今回の仕事の依頼人と、その代理人が座っている。本格的に進める前にまず顔合わせを、というか、いう話だったが、これはもう顔合わせというか、たぶん俺の素性を知って探りを入れに来たんだろう。さっきからわざとらしく名前に〝殿下〟をつけそうになっては止めたり、遠回しな嫌みを織り交ぜてくる。俺の現在の生活状況がよほど気になるらしい。

気を抜くと青筋を立ててしまいそうになるが、こういうのはわりと得意だ。表面さえ取り繕っていれば大抵どうにかなる。これも昔の環境のおかげだな。

頭の大半を最愛の天使のメモリアル映像で埋めつつ、相手の煽りを聞き流し、淡々と事務的に仕事の流れを確認していく。

こちとらさっさと終わらせて家に帰りたいんだ。徒歩数時間だぞ数時間。一分一秒だって無駄にできないんだ早く終わらせろハゲ。……ごほん。いかん、他人の見た目をあげつらってはならないと俺の天使が言っていた。

ああシャルル、会いたい。今何をしているんだろう。俺がいなくて少しくらいは寂しいと思ってくれているだろうか。ああああ帰りたい一刻も早く帰りたい。……ん？　待てよ帰りは転移で帰れば……ああああ！　だめだあの家をマークしていない！　俺としたことがしくじった最悪だ。帰ったら即やろう。

脳内で頭を抱えるという器用なことをしているうちに話はまとまった。よし帰ろう。さっさと帰ろう。

資料を揃えてかばんにしまっていると、依頼人が下手に切り出した。

「ところでリュシオン殿は、その、やはり尊いお血筋の、あの……？」

「ええ、そうですが。それが何か？」

ようやく投げられた核心を突く質問へおざなりに答えると、相手は好奇心丸出しの下世話さを、安堵の表情にきれいに覆い隠した。

「いえいえ。はあ、事実だったのですね。まさかあなた様が翻訳家へ転身されているとは。いやはや、こうして実際にお姿を拝見するまでは半信半疑でございました。ご健勝そうで何よりです」

「お気遣い痛み入ります。今は身分も爵位も持たない身の上です。どうぞお楽になさってください」

「いえいえ、そんな。爵位など持たずとも殿下、いえ、リュシオン殿におかれましては――」

わざとらしい。その表情の裏側――心の声が手に取るように分かる。

俺は対外用の微笑を貼り付けたまま、のらりくらりとどうとでも取れるような回答を繰り返す。

俺としては、馬鹿なことをしでかして放り出された元王族と揶揄されようが一向に構わない。事実でしかないからだ。だがシャルルに迷惑をかけるような事態は絶対に避けたい。興味本位であの家に押しかけられるのも嫌だ。穏やかな暮らしを邪魔されたくないのはもちろんだが、〝シャルル〟という存在を可能な限り隠しておきたい。露見すれば面倒なことになるのは目に見えている。

そうだ、敷地まるごと結界で覆ってその外側に認識阻害魔法でもかけるか？　そうすれば部外者の訪問をすべてシャットアウトできる……だめだな、手紙やら配達やらもある。すべてではなく一部を除いて弾くように改良できないだろうか。

依頼人との雑談が続く中、まったく関係ないことをひたすら考えていた。というか本題終わったならとっとと帰れハゲ。ごほん。天使天使。俺の可愛いシャルル。

俺が心中で最愛の嫁の名前を繰り返しているうちに、依頼人と代理人は席を立っていた。あとは仲介してくれた店主のところに顔を出せば終了だ。

カフェを出て足早に店へ向かう。入店すると、カウンターにいた店主はすぐに気付いてくれた。

「おう、リュシオン。終わったか」

「終わりました。紹介ありがとうございます」

「いいってことよ。お前の仕事は丁寧だって評判いいんだ。この調子で頼むぜ」

人柄が滲み出ているようなサッパリした笑い方に、俺もつられてしまった。

「そういやシャルルは元気にやってるか？　最近顔見せないな」

「元気ですよ。二、三日中に軟膏を持ってきます」

「おっ！　どんくらいだ？」

「前回と同じくらいですね」

「本当か！　助かるぜ、入荷待ちしてる連中が結構いてな。全部買い取るから都合いい時に頼む」

「わかりました。ああ、容器を頼めますか？　たぶん次は足りなくなる」

「おうよ。持ってきた時に渡せるようにしておく。そうだ、シャルルに虫除けポプリも頼んでおいてくれるか？　そろそろ出始めるから一気に注文入るぜ。軟膏と一緒にいくつか持ってきてくれるといいな」

了承すると、店主は嬉しそうに「頼む」と笑い、新聞をひろげた。会釈をして店を出る。

見上げた空はまだ十分に明るい。さっさと帰れば日が落ちるまでには帰れるはずだ。

片手で眩しい日差しを遮りながら、あの家で待っている愛しの天使の姿を思い描く。

ああ、会いたい。たった数時間で癒やし成分が枯渇した。深刻なシャルル不足だ。帰ったら抱きしめて思う存分吸おう。そうしよう。

かたく誓い歩き出す。

足は重いが心は行きより断然軽い。一歩進むごとにあの家へ近づいていると思えば、片道数時間の距離も苦にはならなかった。

昼寝をしようとベッドに横になったはいいが、まったく眠れない。さっきから何度も無駄に寝返りを打つばかり。

せっかく時間があるのに読書も捗らなかった。開いても文字が滑って頭に入って来ないのだ。何度も何度も同じ一文を読んでは、内容がすうっと抜けていく。無意味すぎて早々に閉じてしまった。

「ルーシー早く帰ってこないかなあ……」

ふた月以上ずっと一緒にいた弊害だ。絶対にそうだ。いないと落ちつかない。家のどこを探してもあの銀色が見つからないことがこんなに寂しいなんて。たったの半日離れるだけなのに。なんだろうこれ。そうだ、喪失感に似ている。

同居を始めた頃僕が一人で町に行った時、ルーシーもこんな気分になったのだろうか。あの頃より距離が縮まった分、今の方がしんどいのかな。

たった半日くらいなんてことないと思い込んでいた。だって一人暮らししていた時期もあるんだ。自分は大丈夫と思っていた。ルーシーは大袈裟だなあなんて窘める余裕さえあったというのに。これじゃルーシーのことを言えない。

ルーシーがここを住み処と定めてくれてよかった。彼が旅立ちを選択していたらどうなっていたことか。寂しいどころじゃなかったかもしれない。

窓の外は明るい。時計を確認すると、ルーシーの帰宅予想時間まではまだ三時間ほどありそうだった。

照明の脇に置いた腕輪をちらりと見て、何十回目かのため息を落とし、昼寝を諦めベッドを下りた。居間で紅茶でも飲もう。

薄手のカーディガンを羽織り、腕輪を持って部屋を出た。手首へくぐらせようとした時、玄関からノックの音が響いた。

(居留守使えって言われたよなあ)

来客などほぼない。訪ねて来るのは手紙や荷物の配達人くらいだ。このノックがもしもその人たちなら、わざわざ来たのに用を済ませられないのは申し訳ない。だけどルーシーに心配をかけるのも微妙だ。

きっと配達人だろうし、こんな辺鄙な場所に建つ家に強盗に入ろうとする者なんていないと思ってはいても、あれだけ気をつけろと念を押されたせいか変に警戒してしまう。

どうしようかと迷っているうちに、再びノックされた。今度はさっきより少し強めだ。

(どうしようかな。でもならず者はノックなんかしないよな？　……出よう。大丈夫、きっと配達人だ)

決心し、再び叩かれないようにパタパタと駆け足で玄関へ向かう。

開錠し、慎重にノブを回す。ゆっくり、そうっと扉を開いていくと、キイ……と蝶番が鳴った。

拳一つ分ほど開けたところで、突然ガクンと体を持って行かれた。外側から開け放たれたのだと気付いた時には、バランスを崩し玄関にぺしゃっとへたりこんでいた。

カシャン、と何かが床に落ちる。腕輪だと分かったのに視線さえ向けられない。

強引に扉を開けた誰かは、僕を押しのけるようにして玄関の内側へと侵入した。理解が追いつかない。わけも分からないまま、その誰かを呆然と見上げる。

(えっ、何、え？)

真っ黒なローブを頭から被った人物が、そこに立っていた。

へたりこんだ僕をじっと見下ろしている。ルーシーと同じくらいか、彼より上背があるかもしれない。大きい。まとう空気も重苦しい。

「っ、あ……」

突然の暴挙に声帯が機能停止したかのようにまともに声が出ない。いや、叫んだところで誰もいない。近辺にはこの家しかないのだから。

そもそも誰、え？　誰？　どうして中に入ってきたの。強盗？　こんな田舎の、周囲に何もない家にわざわざ？

頭が真っ白だった。その真っ白な頭は疑問符で埋め尽くされていた。だけど、僕を見下ろす誰かがじりっとつま先を動かした途端、停止しかけた脳が再起動した。

誰かも、理由も分からない。分からなくてもどうにかしなければ。今は僕しかいないんだから。

戦う？　無理だ。その術がない。

なら逃げないと。すぐに立て。立て、立て！

「────っ」

なけなしの根性を振り絞り、引っ摑んだ陶器の傘立てを侵入者へ向かって転がした。ガツッと鈍い音と押し殺した呻き声があがる。侵入者が痛みで膝を折った瞬間、立ち上がって、全速力で裏口へ向かって走る。「おい！」と低い男の声が背中にかかった。息が詰まるほど怖くて振り返れない。

ドスドスと苛立ったような足音が追いかけてくる。両足が重い。足の裏に接着剤でもついているように進まない。裏口までは大した距離じゃないのに途方もなく遠く感じた。

泣きそうになりながらカンヌキに手をかけるも、慣れた作業のはずが手が震えて上手く動かせない。怖い。早く早く。早く逃げないと追いつかれる。

やっと開錠できて、体当たりするようにドアを開き、死に物狂いで駆け出した。物干し場から庭の方へまわり、とにかく町方面へと重い両脚を必死で回転させる。

町へ向かえばどこかでルーシーと合流できるはず。絶対そう。用を済ませたらすぐに帰ってくるはずだから。早く帰ると言っていたから。連絡、だめだ腕輪がない。どうして拾わなかったんだ。

「っ、は、あ……ッ」

怖い、怖い、怖い。息が上がる。もっと速く走らなきゃいけないのに、足が重い。思ったように動いてくれない。走りにくい。室内履きのままだから当たり前だ。ブーツなら逃げ切れたかもしれないのに。

配達人じゃなかった。どうしてうちに？　やっぱり強盗？　でもうちに盗るものなんて──。

恐怖と疑問で頭がいっぱいになる。走っても走っても町までは遠く、ご近所さんの家さえ見えて来ない。声と足音が追ってくる。傘立てをぶつけたからだろうか。まだ距離があることだけが救いだった。

どれだけ走っただろう。小石に躓いた拍子につま先の生地がぐにゅりと曲がり、足がもつれて転んでしまった。

早く立て。とにかく逃げないと。ルーシーに会えればきっとなんとかなる。あともう少し走れば家が見えるはず。

浅く乱れた呼吸を胸元を摑むことで懸命に宥め、震える両脚を叩き、立ち上がる。汚れた室内履きは脱ぎ捨てた。裸足の方がいくらかましだ。

駆け出す前に振り返れば、すぐそこまであの黒ローブの男が迫ってきていた。

ヒッと喉が引き攣る。

せっかく立ち上がれたのに、一歩が踏み出せない。僕が金縛りのようになっている間にも、男はどんどん距離を詰めてくる。

（ルーシー。たすけて——ああ、どうして僕には戦う術がないんだろう）

僕もルーシーくらい魔法が使えたら。父くらい上手に得物を扱えれば。父みたいな体つきだったら。

カタカタと震える僕の目の前で、男は足を止めた。相対してみると男の上背がよく分かる。ルーシーより大きい。

「だ、だれ。なんで、僕の家に」

「………」

「なんで、追いかけて」

「お前が逃げるからだ」

は？　と思わず言いかけた。

この男は何を言っているんだろう。

無理やり押し入る不審者を前にしたら、隠れられない以上逃げるに決まっている。

「お前、男か？　男だよな？」

「み、れば分かるだろ」

よし、さっきよりは声も出る。

声は出たが、どうしよう。逃げても歩幅が違う。きっと捕まる。会話が成立するなら下手に逃げるよりここでルーシーを待った方がいいんだろうか。

どうしたらいい？　正解が分からない。

嫌な汗が背中を伝う。フードで顔半分が見えない男は僕を見下ろしたまま口を開いた。

「男、なあ。まあ、女には見えねえな」

「………」

「探している女がいる。黒髪翠眼のとびきりの美女だ。お前、何か知ってるか」

「知らない、見かけたこともない」

「チッ、ここもかよ。最近女も捕まらねえし最悪だ」

口汚くなった男の台詞に、ふと、以前肉屋のおかみさんから聞いた不審者の話が脳裏を過った。

「あんた、例の女の子に襲いかかる不審者?」

「はあ?」

「宝石と金目のものに飛びつくっていう?」

「なんのことだ」

怪訝そうな声だった。噂になっていた不審者じゃないのだろうか。でも、女の子が捕まらないって。

(別人なら、新たな不審者出現ってこと? なんでこんな辺鄙な地域に……勘弁してくれ……)

短い膠着状態を破ったのはフードの男だった。

じりっと僕の方へ一歩踏み出す。余計な一切が吹き飛び、心臓が縮み上がった。僕も半歩下がる。

「食い物と金を寄越せ。あるだけな。素直に聞きゃあ犯すだけにしておいてやる」

一瞬、脳が理解を拒んだ。

食料とお金はいい。だけど。

「……男だって言っただろ」

「女がいないんだ。お前なら代わりくらいにはなりそうだ」

「気色悪い、絶対嫌だ。一人で抜いてろ」

「ああ?」

あまりの嫌悪感に語気が強くなってしまった。男は苛立ったように低く凄み、しまったと冷や汗が流れる。

煽ったらだめだ。激昂されたら何をされるかわかったもんじゃない。最悪殺される。

男が距離を縮めるたび、僕も少しずつ下がる。

吐きそうなほど空気が張り詰めている。男が舌打ちした。伸ばされた手に捕まる前に踵を返し、一目散に逃げ出した。

無理無理、会話で引き伸ばすなんて無理だ。悠長に構えていたら捕まって犯される。それだけは絶対に嫌だ。殴られる方がずっとましだ。

男が追ってきているのが分かる。何か叫んでいる。聞き取る余裕なんてない。とにかく走って走って、無我夢中で走った。ご近所さんの家はまだ見えない。

ナイフでも包丁でもフォークでも鍬でもスコップでも、なんでもいいから持ち出せばよかった。こんなの捕まった瞬間終了だ。あんなデカい男に伸し掛かられたら僕なんて簡単に押さえ込まれてしまう。

お金も食料も好きに持っていけばいい。でも、暴かれるのだけは嫌だ。それだけは、絶対に、嫌だ。

泣くつもりなんてないのに、走るのに邪魔なのに、ぼろぼろ涙がこぼれた。恐怖で泣くなんて初めてだ。こんな初体験いらない。怖い。怖くて怖くて頭がどうにかなりそうだ。

「ルーシー、ルーシー、こわい、こわい……っ」

助けて。誰でもいいから通りかかって。

怒声とともに足音が迫ってくる。必死に逃げながら、耳を塞いでしまいたくなった。

実は昼寝に成功していて、これは悪夢で、現実の僕はまだベッドで眠っているんじゃないか。混乱の中、そんな現実逃避までしてしまった。

「逃げてんじゃねえぞ！」

さっきよりずっと声が近い。唸るようなドスのきいた、獣のような声だ。いっそう恐怖を煽られて涙が溢れた。

どうして今日だったんだ。なんで、よりにもよって、ルーシーがいない日に。どうして。

どれだけ走ってもまだまだ町は遠い。ルーシーの姿も見えない。当然だ、まだ三時間もあった。こんなところまで来ているはずがない。

「も、やだ、こわい、誰か……ッ」

神に縋るように声を絞り出した。だけど当然神は助けてくれないし、背中の服を摑まれた瞬間、もう神になんて祈らない、と絶望した。

強く摑まれ、乱暴に地面へと叩きつけられた。背中をしたたかに打ち付け一瞬呼吸が止まる。

「っ！　かはっ、いっ、……ッ」

痛みで声さえ出ない。走ったせいか、苛立ちからか、息を荒げた男は僕の上に馬乗りになった。

身動きが取れない。でも無抵抗で好き放題されるなんて絶対に嫌だ。四肢をめちゃくちゃに振り回し、あらん限りの力で抵抗した。何を叫んでいるのか自分でも分からなかった。やめろとか、どけとか、触るなとか。きっとそんなことを叫び続けていた。喉が裂けそうなくらいの大声で。

「クソッ、暴れんじゃねえ！」

「嫌だ、触るな！　ルーシー、ルーシー！」

「はっ、てめえそっちの奴か？　男のくせに股開いてんのか。ならいいじゃねえか、慣れてんだろ？」

嘲るように吐き捨てられ、シャツをちぎられボタンが弾け飛ぶ。あらわになった肌を見て、男はごくりと生唾を飲み込んだ。

「すっげえ痕。やっぱ慣れてんじゃねえか。なあ？　昨夜もお楽しみだったのかよ」

「さわるな、みるな、ルーシーッ！　たすけ――」

くっと首に男の片手がかかり、言葉尻が消えた。フードの下、唯一見える口元が怪しく歪む。

「みっともねえなあ。男なのに男に助け求めるしかできねえなんてよ。ああ、男じゃねえのか。雌だもんな？」

「……ぁ……ッ」

苦しい。息が、呼吸が。浅い。

視界と頭の中がパッと万華鏡のようにカラフルになり、血の色になり、やがて白くなっていった。

眼球の表面でパチパチと光が弾けている。こめかみの血管がビクンビクンと脈打つ。

男の手を引っ掻いた。力が入りにくくなってきたけれど、爪を立て、手を丸める。

怖い。殺される。待ってるって、夕飯作って待ってるって、言ったのに。

片手で首を絞めながら、片手は僕のズボンを下着ごと引きちぎるように雑に抜き去った。弾みで浮いた両脚が力なく地面に落ちる。

乾いた指が後孔に触れた。男は舌打ちし、狭いと詰った。八つ当たりするように指がねじ込まれる。

痛みはない。息苦しさが上回っていた。

ここにはいない彼の姿が浮かぶ。

触られたことはあった。でも『まだしない』『準備がいる』と言って、僕が『無理でしょ』と返せば『きっと無理じゃない。準備がいるだけ』『怖い？』と覗き込まれた。僕はなんて答えたんだっけ。ルーシーが情けない顔をして笑ったのは覚えている。

いつか受け入れてほしいと、そうっと腹を撫でた掌の熱さを思い出した。今そこを強引にこじ開けようとしている太い指は、氷のように冷たかった。

可愛い、愛していると、ルーシーが毎夜丁寧に触れてほぐす体は、男にとってはただの一時的な欲求解消の道具なのだと、朦朧とした意識の中で悟る。

苦しい。苦しい。息が、もう。

「……ィ、……ュ、………」

「狭すぎんだろ。慣れてんじゃねえのかよ」

男は悪態をつきながら、僕の下肢へ唾を吐いた。

苦しい。だめだ、落ちる。

「……て、……たす、け………リュ、シオ……」

首を絞めていた手からほんのわずかに力が抜けた。微かな空気の通り道が出来て、ヒューヒューと糸のような呼吸を繰り返す。

「たす、け、ルー、シ――……」

視界が白み、狭窄していく。

意識が落ちる直前、ぶわりと風が吹き抜けていった。

◆　◆　◆

虫のしらせ、というのだろうか。

家までの道のりを大股で進んでいた時だった。

頭の中は留守番しているシャルルのことでいっぱいだった。夕飯はなんだろうとか、ゆっくり休めただろうかとか、無事に過ごしているだろうか、とか。土産に肉でも買い足すべきだったかな、なんて少し後悔したりして。

道すがらそんなことばかりを考えていた。

だからだろうか。突然悪寒が走り、バッと道の先を凝視した。何もない、ただの田舎道だ。曲がりくねってはいるもののあの家までは一本道。まだまだ距離がある。

だが、なんだろう。

肌が粟立つ。内臓を直接撫でられているような、ぞわぞわとした強烈な不快感に総毛立った。

嫌な予感がした。放置したら絶対に後悔する、そんな警告めいた予感だ。

すぐに走り出した。頭の奥でガンガンと警鐘が鳴り響いている。

急き立てられるようにとにかく足を動かした。ハッとして魔道具を起動させたが応答はない。何度試しても結果は変わらなかった。

「どうして繋がらない？　出てくれシャルル……ッ」

何かあったのだろうか。いや、起こった？　分からない。分からないけれど。

――たすけて、リュシオン――。

そんな声が聞こえた気がして。

「やってやれないことはない！　シャルル！　今すぐ行く！」

走りながら己を鼓舞するように叫び、愛しい者の姿をはっきりと脳裏に浮かべ、魔力を全開にして早口で詠唱した。

対の陣はない。直接跳ぶ。

成功確率なんざどうでもいい。不可能を可能にしてやると大言壮語を吐いたんだ。今やってやる！

詠唱を終えた瞬間、景色がブレた。地上から数メートル上空へ放り出され、風魔法で軌道修正する。

眼下に人影がふたつ。地面に組み敷かれている存在に気付いた瞬間、頭のどこかでぶちっと何かが切れる音がした。

「シャーリィ――――ッ!」

俺のシャルルに、俺の唯一に馬乗りになっていた輩が、弾かれたように顔を上げた。

右手に風魔法をまとわせ、思い切り振り払う。それだけでその輩は吹き飛ばされた。俺の感情の昂りに呼応するかのように空が曇り、雷鳴が轟く。

「クソ野郎が、俺のもんに何しやがった!」

空にバチバチと紫電が走る。叫ぶと同時にビシャアアアンッ! と耳を劈くような轟音が鳴り響き、吹っ飛ばした男を雷が襲った。

地に足がついた瞬間駆け出す。倒れたままぴくりとも動かない最愛の元へと。

「シャルル、シャルル!」

抱き上げてもぐったりしたまま。瞼は中途半端に閉ざされ指先さえ動かない。星屑の散る翡翠からは光が失われていた。

胸に耳を当てる。自分の心音がうるさすぎて音が聞き取れない。必死に耳を澄ませた。

弱いがまだ鼓動はあった。脈もある。

大丈夫、落ちつけ、シャルルは生きている。

片腕で抱きながら、脱いだ上着を剝き出しの下肢にかけた。

生きている。意識がないだけだ。そう理解していても手の震えが止まらない。

「シャルル、シャーリィ、なんで、こんな」

細い首にはくっきりと指の痕が残っている。腕も足も土にまみれ、擦り傷や赤みが至るところに点在していた。破られた服はボロボロで、俺がつけた痕だらけの肌も晒されていた。

今の姿に、見送ってくれた時の姿が重なった。

ほんの数時間前まで笑っていたのに。夕飯を作って待っているからと、送り出してくれたのに。

くたりとした最愛を、胸元に押し当てるように強く抱きしめた。手も唇も震え、ガチガチと歯が鳴る。吐きそうなくらいの怒りが渦巻き、強く唇を噛んだ。意識のないシャルルを抱き上げ、地表が焼け焦げた場所へ近づく。

焦げた人間が転がっていた。生死は分からない。体を蹴り上げ仰向けにし、焼けたフードをつま先で捲り上げる。

面晒せ。死んでいても殺してやる。煮え滾るマグマのような怒りを込め、その顔を覗き込む。

「――は？」

間の抜けた声が漏れた。

シャルルを襲った生死不明のクソ野郎は、俺のよく知る人物と同じ顔をしていた。

※　※　※

緊急連絡などめったに入らない平和で穏やかな町の自警団事務所にて。

朝から晴天だったはずが突如として雷雲が出現し、すべてを薙ぎ払うかのような落雷の轟音が響き渡った直後、めったに作動しない緊急連絡用の魔道具がビー！　ビー！　とけたたましく鳴り響いた。

馬を駆り急行したのは、凄まじい雷が落ちた場所。墨を撒いたように黒く焦げた地表。その中心に黒い物体が転がり、その傍には長身の男が立っていた。

「緊急連絡を入れたのはあなたでしょうか！」

「……そうです。恋人が襲われ、殺されかけました。この男に」

忌々しげに黒い物体――おそらく雷の直撃を受けたであろう人間を蹴飛ばす。通報者のぞんざいなその仕草に鳥肌が立った。

「まだ生きています。かろうじてですが」

「捕縛します。その、あなたの恋人は」

通報者である彼はその腕に小柄な人間を抱いてい

た。おそらく襲われたという恋人なのだろう。

通報者の胸元に押し当てられるように隠されていたため、被害者の顔は確認できなかった。だらりと力なくぶら下がる両足は白く、裸足の足の裏は傷だらけだった。

搬送するか、神官か治癒術師を呼ぶかと尋ねたが、通報者は両方拒絶した。まるで誰であろうと触れさせないと言わんばかりの強い拒絶だった。

見ていられず目を逸らした。生きているかも分からない。どうか助けが間に合っていてほしい。

黒焦げの男は大柄で、三人がかりで事務所へ運び込んだ。急遽呼び出した神官と治癒術師にみせたところ、やはりあの落雷が直撃したのだろうという見解だった。

全身の大火傷はどう見ても致命傷。術師たちによる懸命な処置は三日三晩に渡り、そのかいあって、捕縛時すでに虫の息だった犯人の男は峠を越えた。まだ治療は必要で、油断はできないが、おそらく快方に向かうだろう。

短時間ならと聴取の許可が下りたのは、それから二週間後のことだった。

目元と口元以外を包帯に覆われた男は、こちらの質問に答えることはなく、譫言のようにただ一人の名を呼んでいた。

リュシオン殿下――と。

◆　◆　◆

自警団が現着するまでの時間は恐ろしく長く感じられた。早急にシャルルを連れ帰りたい、清めてやりたい、寝かせてやりたい。よっぽど立ち去ろうかと思った。あと少し遅ければたぶん実行していた。

苛立ちと焦りがピークに達する寸前、嘶きが聞こえた。駆けつけた自警団員から事情を訊かれたが答えられることはない。俺も状況が分からず、表には出さずとも頭の中は混乱を極めていた。

連絡先を告げ、何かあればまず自分へと強く念押しをした。家の場所も伝えたが、極力訪ねないでほしいと。担当の男は俺の勢いに気圧されたようで、全身を緊張させ何度も頷いていた。

　シャルルたちはあの場所でずっと生活している。

　町の顔なじみはいい。だが、今更かもしれないが、やはりシャルルの存在を知られたくない。こんな事件絡みとなればなおさらだ。根掘り葉掘り調べられれば、どう考えても面倒な事態になる。俺の存在もまたその面倒に拍車をかけそうな気がしてならない。

　話を終え、残りの魔力を確かめた。

　特定の人物を的にした無茶な転移に雷魔法。結構な消耗具合だが……感覚的に、対の陣なしの転移はできそうな気がした。やけくそ気味だったとはいえ一度まずまず成功したからだろうか。なんとなくの勘だがいける気がする。歩くより跳んだ方が早い。

　自警団員がバタついている中、目を閉じ詠唱した。あの急き立てられるような焦りがない分、組み立てた術式ひとつひとつの魔力の流れもしっかりと感じ取れる。

「ああ！　あなた、何を――」

　俺が何かしていると気付いた隊員が慌てて駆け寄ってきたが、展開の方が早かった。

　恙無く魔法は発動し、驚愕する隊員の目の前で俺とシャルルは眩い光に包まれ、消えた。

　ついたのは玄関前だ。扉は開きっぱなし。玄関には陶器の傘立てが横向きに転がっていた。

　視界の端に光が映り込む。揃いの腕輪が虚しく転がっていた。

　あちこちに土が落ちている。いつもシャルルがきれいに掃除している廊下は土と足跡で汚されていた。

　それを踏まないよう辿っていく。足跡は裏口へ続いていた。裏口の扉も開いたままだ。

　ざっと家の中を確認したところ、玄関と廊下以外に異常は見当たらなかった。荒らされた形跡もない。逃げたシャルルを追うことを優先したのだろうか。

そもそも何故あいつがここに——それはどうでもいいか。もう報復はした。あれで死のうと助かろうと、これ以上は関わらない方がいい。次に対面することがあればきっと今度こそ殺してしまう。

浴室へ向かい、かけていた自分の上着とボロボロにされたシャツを脱がせた。

抱いたままなるべく刺激しないようゆっくりと湯をかけ、汗や汚れを落としていく。

「しみたらごめんな」

擦り傷部分にはシャワーではなく手で湯をかけた。赤くなっている箇所は打ち身だろうか。あざになってしまいそうだ。

両手の爪の中には濃い灰色の汚れが詰まっている。皮膚か垢に見えた。爪の中だから洗い流せなかった。あとで切ってやらなければ。

朝別れた時には整えられていた髪には土や葉が絡まり、ぼさぼさだった。真っ黒な足の裏には細かな傷がたくさんついている。小石も埋まったまま。

危惧した大切な場所は赤く腫れ、裂けてしまったのか黒く変色し始めた血が少量こびりついていた。必死で抵抗したんだろう。今のシャルルを見れば一目瞭然だった。

心配や不安、悔しさと怒り、後悔。

丁寧に洗い清めながら、さまざまな感情でいっぱいになり、気づけば泣いていた。泣きたいのはシャルルだ。そう自分を詰っても止まらなかった。

ひくりと瞼が震えた。ゆっくりと持ち上がり、翡翠色の瞳が半分ほど見えた。

きょろ、と緩慢に動き、やがてぼんやりとそこに俺を映す。

「——……ルー、シ……」

掠れた声。眉を寄せ、けほ、と小さく咳き込む。

再び俺を見上げた翡翠は、しっかりと意思が感じられる色になっていた。

「ルーシー、だ。家……？」

「ああ。力抜いていて。まだ途中だから」

シャルルは素直に頷き、ふう……と自分を落ちつかせるように息を吐く。俺に寄りかかり、胸元にすりっと頬を押しつけた。小さな声で「おかえり」と言われ、止まりかけていた涙がこぼれ落ちていく。

天井を向いてぎゅっと両目を強く閉じてから、深く呼吸をする。声が震えないよう細心の注意を払い、俺が知る限りの状況説明をした。

「俺が駆けつけた時にはシャルルの意識はもうなかった。君に乱暴したあの男は自警団に引き渡した。瀕死だったからこの先どうなるかは不明。あとのことは自警団に任せて、俺たちは家に戻った。何かあれば俺に連絡を寄越すように伝えてある」

黙って説明を聞いていたシャルルの第一声は、ため息混じりの「ごめん」だ。

「僕が言いつけ守らなかったせいなんだ」

「何があった?」

「ノックされたんだ。迷ったんだけど、強盗がノックするとは思えなくて。配達だったら無視したら悪いなって」

言いつけどおり居留守を使えばよかったと、後悔を滲ませて呟く。

シャルルの気持ちは分からないでもない。お行儀よく訪問するならず者は多くないだろう。

「ほんの少しあけて、誰か確認しようとしたんだ。そしたら外から勢いよく扉開かれて、こけちゃって。僕がフリーズしてる間に玄関の中に入られた」

「怖かっただろう」

「うん。その時は怖いより混乱が先に来たかも。腰抜けちゃって。でも逃げないとって、傘立て転がしたら上手いこと脛に当たったみたい」

やってやったのだと口元をにんまりとさせたシャルルの頭を「よくやった」と撫でる。

得意げにくふっと笑ったシャルルを抱き上げ、浴槽に湯を張り、ゆっくりと下ろしてやった。ゆったり足を伸ばしてくれたらと思ったけれど、袖を引かれた。意を汲み、俺も脱いで中へ。ふだんのように後ろから抱き抱えると、濡れた頭が肩口にトンと当てられた。

「腕輪落としたのが痛かったな。あればルーシーに連絡できたのに。逃げなきゃ！　って焦りすぎて腕輪の存在忘れてた」

洗い流しきれていなかった汚れが湯に漂う。シャルルは天井を見上げながら、続きを語った。

「裏口から出て、町の方に向かった。どこかでルーシーに会えるかなって。精一杯逃げたんだけど、転んで追いつかれて。少し話をした」

「話？　……どんな？」

記憶の中の見慣れた顔と、黒く焦げた顔が重なる。

「女の子を探してるって言ってた。黒髪翠眼の美女を知らないかって」

「…………」

「最近女の子が捕まらない、食料と金を寄越せ、素直に聞けば犯すだけにしてやるって。僕は女の子の代わりだって」

「……ごめん」

「なんでルーシーが謝るの？」

不思議そうに振り返ったシャルルを抱きしめる。

シャルルを害した男の正体を俺は知っている。探しているという人物にも、心当たりがあった。

大元の原因は俺にある。つまりはシャルルの身に起こった災いは俺の責任と言えた。

「犯すって言われて鳥肌ぶわあってなった。気持ち悪くて、ついキツめに言い返しちゃったんだ。捕まりそうになったから逃げて、でも結局引き倒された。暴れたんだけど、体格差はどうにもならなくて。首絞められてからはろくに抵抗出来なかった」

「頑張ったな。よく諦めなかった」

「無抵抗で好き放題されるのだけは嫌だったから。服破られて、下も脱がされて、お尻にたぶん指？　突っ込まれた。狭いって文句言われた辺りまでは覚えてる。苦しくて、頭真っ白になって、気付いたらルーシーがいた」

腕の中にいたシャルルはくるりと体ごと振り返り、正面から抱きついてきた。俺も抱きしめ、きれいにした濡れた髪に鼻先を埋める。

「神様に助けてって祈っても助けてくれなかったけど、ルーシーに助けてって言ったら助けてもらえた」

嬉しそうに、安心したように声を弾ませる。

そんな風に言ってもらえる資格は俺にはない。巻き込んだ上に、助けられなかった。こんなに傷だらけにしてしまった。

悔しくて、だけどそれ以上に愛おしくて、頭がどうにかなりそうだ。

「……、言っただろ。神なんて存在しない」

「ふふ。うん。もう神様になんて祈るもんかって思った」

「全部俺に願えばいい。全部叶えるから」

「そうする。来てくれて、助けてくれてありがとう」

笑顔を見せてくれた。もうそれだけで奇跡のように思えた。

シャルルに戦う力はない。小柄なシャルルからすれば、あの男は見上げるほどの巨体だったはずだ。そんな体格差のある男に脅され、追い回されるなんて、恐怖でしかなかっただろう。

不安だった。命も貞操も無事だったとはいえ、もう笑えなくなってしまうのではないかと。

そうなったらなったで支えるだけだ。それに、笑顔を見せてくれたからといって、傷ついていないわけでは決してない。

そうは思うのに、不謹慎にも安堵してしまった。

「シャルル、落ち着いたら引っ越そうか」

「え？　うーん、この家は手放したくないんだよね」

「分かってる。家ごと引っ越さないか？」

「家ごと」

「家ごと」

鸚鵡返しした俺を、シャルルは目を点にして見上げる。天井から落ちてきた水滴が、ぽちゃんと微かな音を立て小さな波紋を作った。

両親との思い出が詰まった大切なこの家をシャルルが手放すことはない。それなら家ごと、敷地ごと、どこか遠くに転移させてしまえないか、なんて。

机上の空論だ。実現させるとなれば問題は山のようにある。そうできたらいいなという話。

誰も俺たちを知らない土地に行けたらいい。ここにいると、シャルルはいつまでも今日の出来事を忘れられないかもしれない。ここではない、ここに似た土地で、同じように暮らす。そうできたらいい。

俺の話をシャルルはぽかんと口を開けたまま聞いていた。

「……そんなこと現実的に可能なの？」

「分からない。けど義父上と同じだ。俺もシャルルのためなら不可能を可能にすると決めた」

ふんと胸を張れば、惚けていたシャルルがぷっと吹き出した。

「父さんと同じなんて。愛が重いってこと？　あの人目標にするのは大変だよ？」

「望むところだ。それについさっき、不可能と言われていることを一つ覆したぞ」

「ふっ、ふふ、何したの？」

「二つの魔法陣を繋いだ転移じゃなく、任意の場所に転移した。俺が急行できたのはそれが成功したからだ。家に戻ったのも同じ方法」

「えっ！　すごいねルーシー！　転移魔法使えるってだけでもすごいのに！　あっ、じゃあ、湖や町まで一瞬で行けるってこと!?」

「たぶんな。行き先の座標ないしイメージがはっきりしていれば可能だと思う。とんでもなく魔力食うけど。たぶん消費魔力は距離と比例してる。効率悪くて改良の余地ありまくりでも成功は成功だ」

ほうほうと感心するシャルルの頭や頬に掌を滑らせる。

最初に行使した時はやけくそだった。座標も何もあったもんじゃない。ただシャルルを強く想い、構築・展開しただけだ。多少のずれはあったし、空中に出てしまったが、五体満足で成功したのは奇跡だと自分でも思う。

本来座標不明の場所に転移など不可能だ。既存の転移魔法も、はっきり言えば転移というより二点間移動のようなもの。あの成功は、後先考えず注ぎ込んだ魔力と火事場の馬鹿力と運が上手いこと噛み合った結果だろう。

「つまり俺がシャルルを心から愛してるからこそ起きた奇跡だな」

「あははっ、そうかもねえ。ありがとルーシー。役所行く?」

「っ! 行く!」

落ち着いたら行こうか、とひどく穏やかな表情と声音でシャルルは囁き、俺の頬に両手を添えてキスをくれた。

性感を煽るようなものじゃない。優しく、労りに満ちた、触れるだけのキスだ。

性懲りもなく泣きたくなる。

この手に無事戻ってきてくれた奇跡を噛みしめた。言い表せないほどのさまざまな感情が、心が伝わるように、そっとキスを返した。

◇　◇　◇

お風呂を出たあともルーシーはかいがいしく、何くれとなく世話を焼いてくれた。

疲れきった体をくるっとバスタオルで包むと、横抱きで僕の部屋もとい二人の寝室へ運び、昼寝を諦めた時のままのベッドに僕を寝かせた。一度部屋を出て戻ってきた時の彼の手には、自宅用の軟膏を詰めた瓶があった。

掛けてくれた毛布がぺらりと捲られる。真緑の軟膏を指で掬うと、大きな擦り傷に塗りこんでくれた。少ししみたが声を出すほどではない。

「シャルル。嫌かもしれないけど、後ろも傷になってるから塗ろう」

「自分で……」

「見えないだろう？　俺がやる」

そう言われてしまえば納得するしかない。

巻いていたバスタオルを取られた。片足を肩に担ぐように持ち上げられる。こんな時に不謹慎だけれど、どうしたって少しずつ鼓動が早くなっていく。

これは医療行為。ただ薬を塗るだけ。

自分に言い聞かせながらバクバクする心臓を宥めるも、とんでもない場所を見られていると思うと、否応なしに顔に熱が集まってしまう。見られるのも触られるのもまるっきり初めてじゃないし、そもそもお互いの裸なんて見慣れているのに。いや、ベッドの上では初めてだけれど。

「ル、ルーシー、その」

「うん？　どうした？」

「ぎゅ、ぎゅってして。あんまり見ないで。明るいし、さすがに恥ずかしい……っ」

両腕を伸ばせば、眉を下げ、すぐに願いを叶えてくれた。覆い被さるように抱き込まれる。これならいくらかましだ。なんとか耐えられる。

「思い出したくないかもしれないが、ひとつ教えてくれ。指、どの辺りまで入れられた？」

「分かんない。朦朧としてたし……でも、たぶんそんなに入らなかったと思うよ。狭いって怒ってたし。第一関節くらいじゃないかな」

「分かった。中も傷ついてるかもしれないから、その辺りまで薬塗る。ゆっくり息吐いて」

ゆっくり深呼吸をする。気を紛らわそうとしてくれているのか、ルーシーは褒めながら耳を食んだり、頬にキスをくれたりと気遣ってくれた。

激しく叩いていた鼓動が落ち着いてきた頃、ズキズキと鈍痛が続く箇所にそっと指が触れた。無意識に肩が跳ねたけれど、大丈夫だと大きな掌に撫でられ、力を抜く。

「シャーリィ、こっち向いて」

甘やかに囁かれ正面を向けば、啄むようなキスをされた。薄く口を開けば肉厚な舌が差し込まれ、ゆったりと僕のものと絡まる。

そうしているうちに、傷ついているらしい後孔やその周囲を円を描くように優しく触られた。

ねち、と糸を引く音がする。しみたり、ひどい痛みはなかった。軟膏を塗られているんだろう。

「んぅ……、ルーシ、ぃ、なか……」

「うん。少し入れるから、このまとろとろになってて」

舌を出してと言われ、痺れてきた舌を出す。青い瞳は愛おしそうに細められ、また唇が重なった。

体も心もほぐれるようなキスだった。

気持ちいい。やっぱりルーシーとするキスは好きだ。

甘やかされるたびに、角度が変わるたびに、吐息が絡まるたびに、気持ちまで流れ込んでくるような。お互いに差し出した心をそっと重ねるような。ただ唇を合わせているだけなのに、泣きたくなるような。

薄目をあけると、示し合わせたようにルーシーもそうした。

僕だけじゃなく、間近に見える青色もゆらゆらと歪んでいる。きっと同じ気持ちを共有しているのだと、なんとなく感じた。

つぷ、と指先が中へ入ってくる。その瞬間だけはビクついてしまったけれど、こめかみを撫でられ、舌を吸われているうちに下肢の緊張はとけた。

ふちに近い内側でちゅくちゅくと前後される。やっぱり傷ついているのか少しだけ痛んだ。頑張れば我慢できる程度の痛みだ。

一度指が抜かれ、軟膏を掬い、再び中へ差し込まれる。

指を入れるという行為は変わらないのに、まるで違う。比較するのもおこがましいほどに別物だった。ルーシーがする行為なら暴力じゃない。自分でも驚くほど心が受け入れている。

「ルー、シー」

「うん？」

「いつか、ちゃんとしよう、ね」

自然とそう口にしていた。見開かれた青の中の僕は恥ずかしくなるくらい幸せそうに微笑んでいた。

「……怖くないか。痛かっただろう？」

「痛いより、苦しくて。だからあの時はそんなに痛み、感じなかったんだ」

少し息を乱しながら告げると、ルーシーは苦しげに眉を寄せた。

「そこ、狭い？」

「ああ。そうだな……狭いよ。性器じゃないんだ、それは仕方ない」

「ルーシーの、入るように、なる？」

「うぐっ、なんてこと言うんだ悪い天使め可愛いなもう一度言って？」

「ふ、あ、はは、やぁだよ」

薬を塗り広げながら、顔を真っ赤にしてルーシーは唸った。可愛い人だ。


「傷が治ったら慣らしてもいいか？」

ここで繋がれるように、と中で指先をくんと曲げられる。んっと喉が震えた。

「いーよ、でも」

「でも？」

「ルーシーの、入れるのは、初夜に……がいいなあ」

ぐっと低く唸ったルーシーはバシッと勢いよく顔半分を手で覆った。ぱちぱち瞬きしていると、指の隙間からたらりと血が。えっ。

「ルーシー、血！　鼻血!?」

「……っ、へ、いき。ごめん、もう……。はぁ……、無理。シャルルが可愛い……無理……しぬ……」

「落ち着いて。えっと、布、何か押さえるもの」

「平気、むしろ出した方がいい。頭に血がのぼりすぎてる」

情けなくてごめんと、へにゃりと眉が下がる。

「情けないなんて思わない。可愛いとは思うけど」

「可愛いのはきみだ」

「そこだけ真顔で言わないでください」

塗布も済んだことだし指を抜いてもらって、上体を起こした。少しふらついたけれど、気合いで堪（こら）えて戸棚からハンカチを取り出す。

手を外させ、真っ赤な鼻にハンカチを当てた。

「少し下向いて。鼻の上の方押さえて……そうそう。そのうち止まるから」

「俺の天使の手際がいい……」

「父さんもたまに鼻血出してたから。母さんが好きすぎて」

「ご存命だったら是非話したかった。義父上（ちちうえ）とは話が合いそうだ」

「あはは、確かに。父さんとルーシー、ちょっと似てるよ」

よしよしと頭を撫でると、赤かった耳がさらに赤みを増した。

「……シャルル、その、さっきの話」

「初夜の話？」

「うっ、……はあ、落ち着け俺。……そう。何か理由でもあるのか」

すうはあと少しやり難そうに呼吸をして、ちらりと上目で僕を見る。

理由——改めて訊（き）かれると迷ってしまう。

けじめというわけじゃないけれど、きちんとしてから繋がりたい。ただそれだけだ。

母が言っていた。性行為は生涯この人だけと確信できるくらい想える人としなさいと。遊びなんて以（もっ）ての外（ほか）。大切な人とだけだと。

初夜を夢見る女の子は多い。結婚するまでは信頼や関係を深めること。大切に大切にして、そうして迎えた初夜は一生の思い出に残るくらい特別な夜になるからと。

大切にする側としての心構えを説いてくれた母だが、まさか僕がされる側になるとは思ってもみなかったはずだ。される側……だろうな、間違いなく。

目が合った彼は不思議そうにまばたきをした。

母が今の僕らを見たら驚くかもしれない。でも笑って受け入れてくれそうな気がした。

思えば思春期の一人息子にとんでもない話をする人だったな。しかも父も同席していた。

うんうんと頷きながら、あの日のことは今も鮮明に覚えている、とても幸せだった、母のことが愛おしくてたまらなかったと、噛みしめるように語っていた。母も母だが父もとんでもない。

そんな説明をすると、ルーシーは「やっぱり義父上とは話が合いそうだ」と鼻を押さえながら笑った。

そうして双眸をやわらげ、大切にするよと頷いてくれたのだった。

エラい人がやってきた

事件のあったあの日から一日に三回、朝昼晩に軟膏を塗るという日課が加わった。朝晩、いや晩だけでもいいんじゃないかと言ってみたけれど、念のためだからと。

そんなわけで僕はここのところ毎日とろっとろ。思考も体もだ。家事はなんとかこなせているが、数時間置きにとろかされるおかげで、ルーシーに名前を呼ばれるだけで体が震えるようになってしまった。由々しき事態だ。

ルーシーは僕に、これは愛撫だと言い聞かせた。塗布という目的はあるけれど、自分が僕に触りたいから、愛したいからだと。だから僕は何も気にせず愛されていればいいと。

繰り返し言い聞かされているうちに、あの日の暴力の記憶はどんどん遠ざかっていった。

残ったのはルーシーの思いやりと愛だけ。

ああ、幸せだなあと。

僕よりも僕を大切にしてくれる、こんな風に想ってくれる人に出会えた自分は果報者だと、心からそう思えた。

*

事件から三週間近く経ち、短い雨季に入った。今日も窓の外では糸みたいな雨がしとしと降っている。

　この三週間、僕は一度も敷地外へ出ていない。それもこれも、諸用はルーシーがすべて引き受けてくれたからだ。

『もう後悔したくない』

　かたい声でそう言って、居間と町の近くに転移用の魔法陣を埋め込んだのが始まり。自警団の聴取、買い出しや納品、自分の仕事。僕を休ませるためにあらゆることを一人でこなした。その上で僕の面倒もみていたのだ。倒れやしないかと心配になるくらいだった。

　あんなことがあっても僕がくさくさせずにいられるのはルーシーがいてくれるからだ。

　改めて献身に感謝していると、僕を後ろから抱いた状態で新聞を読んでいたルーシーが、独り言のように呟いた。

「この家に人を招いてもいいか？」

「うん？　構わないけど。誰？」

　自分で言い出しといて、ルーシーはひどく躊躇っているようだった。苦渋の決断って雰囲気だ。

　しかも納得しきってはいないらしい。

「……やっぱりやめよう。別の場所で……だめだ、人目は避けないと面倒なことになる。でも嫌だ」

　畳んだ新聞を脇に放り、僕を抱え込む。そこは自分の頭を抱えるところじゃないのか、と思いつつ紅茶を一口啜った。

　散々唸って、ブツブツと独り言をこぼし、ようやくルーシーのシンキングタイムは終了した。

　眉間に深い谷みたいなしわを刻みながら絞り出す。

「……嫌だけど。すごく、とても、心の底から嫌だけど。招いていいか……？」

「だから構わないってば」

「あああ嫌だ。この家に誰も入れたくない。俺とシャルルの愛の巣なのに……っ」

「愛の巣って」

ははっと笑えば、笑い事じゃないとさらにぎゅうぎゅうされた。

渋りまくるルーシーを宥めて話を聞き出してみると、どうやら招きたい人物とはルーシーの弟さんらしい。

つまり王子様。現役の。つまり。

「……現王太子殿下？」

「そうなるな」

「……マグカップで紅茶出しても怒られない？」

「文句を言うようなら叩き出せばいいだけだ」

静かに会話をし、目を合わせる。

「……お茶請け、パンナコッタでもいい？」


そんな話をした二日後。バタバタと準備を整え、ついにその日を迎えた。展開が早い。

二日前に話を聞くまで僕は気付きもしていなかったが、事件後に弟さんから連絡があったのだとか。

弟さんも魔法が得意らしい。僕があげた腕輪型魔道具はすでにルーシーの魔力に染まっていて、それを辿ってどうのこうの。

連絡を取ったのは追放されてから初めてのことだと苦々しい顔をしていた。なんでも、捕まった不審者がルーシーのことを知っていたようだ。巡り巡って弟さんへ話が伝わり、連絡に至ったと。そういうことらしかった。

あの不審者に心当たりあるの？　と訊くと、ルーシーは眉間に深いしわを寄せて肯定していた。

そんなこんなで。

ルーシーは腕輪をはめ、とてもとても嫌そうに、心底気乗りしないといった表情でそれを起動させた。

《——兄上？》

涼やかな声が聞こえると、これみよがしに嘆息する。聞こえちゃうでしょう、やめなさい。

「準備と人払いは済んだか」

《もちろん。いつでもいいですよ》

ああ嫌だ、とぼやきながら振り返り「すぐ戻る」と言い残して光とともに姿を消した。転移だ。

一瞬浮かび上がった魔法陣はすぐに消失した。話が出てから二日後にお迎えなんて強行スケジュールは、ルーシーがいてこそ実現可能なこと。

王宮の元自室に転移用の魔法陣が設置してあるらしい。夜遊びに有効活用していたとか。とんだ不良王子様だ。

魔法に明るくない僕にはよく分からないけれど、向こうにいる弟さんの協力の元、その魔法陣と居間を繋いでどうのこうの。結果、王都からこの地まで一瞬で移動可能となった。そうでなければ弟さんとの再会は雨季の終わりか初夏に差し掛かっていたと思う。それくらいここは王都から離れているから。


そんな魔法陣が消えた五秒後、再び居間の床が光り輝き、シュッと人影が出現。もちろんルーシーです。その隣には、ルーシーより少し背の低い、銀髪赤眼の青年がいた。

陣から出てきたその人は僕の前で足を止めた。ちなみにルーシーはすでに僕の背後にまわり、ぎゅうぎゅうと抱きしめ髪をすんすんしている。五秒しか離れていないのに困った人だ。

そんな様子に正面の彼は目を丸くしたあと、朗らかに微笑んだ。

「初めまして。あなたがシャルル殿ですね」

「は、じめまして。シャルルと申します。あの、殿とか慣れないので、普通でいいです。えーっと、あの……あ、どうぞおかけください」

本物の王子様相手に戸惑(とまど)いつつ、とりあえずダイニングの椅子を勧めた。

弟さんは気を悪くした様子もなく、勧めた席についてくれた。ほっとしながら、ルーシーをひっつかせたまま準備していた紅茶やお菓子をテーブルに並べる。

余談だがパンナコッタは強く反対された。失礼とか手作りがだめとかじゃなく、単純に僕の作ったものを他の人に食べさせたくないと。心が狭い。

というわけで、出したお菓子は町で調達したマカロンやクッキーだ。この際ティーカップを買うか迷ったけれど、そこまで気遣わなくていいと断言され、結局普段通り。

母のお気に入りだった、ミモザが描かれた可憐なマグカップを弟さんの前に置く。

「ありがとうございます。……美味しい」

仕草が優雅だ。マグカップが高級なティーカップに見える。さすが本物の王子様。いや、僕の背後にも本物の元王子様はいるけれども。

「ルーシー、ほら座って」

「天使補充中」

「あとでにしなさい。お客様待たせたらだめでしょ」

ぺしぺし腕を叩いて座らせ、僕もその隣の椅子を引いた。ルーシーの正面の席についている弟さんは、そんな様子にも驚いているようだった。

「兄から少し聞いていましたが、とても仲が良いんですね」

「はい。仲良しです」

「うっ、素直可愛い」

「奇行は気にしないでください。お菓子もどうぞ」

わっと顔を覆ったルーシーは見ないふりをして、カラフルなお菓子を勧める。弟さんは奇行に走る兄をまじまじと凝視しつつ、白いマカロンを手に取った。バニラ味のマカロンだ。甘い物が好きなのか、食べた瞬間彼の表情はほころんだ。

ああ、本当に兄弟なんだな。好きなものを食べた時の嬉しそうなその顔はルーシーとよく似ている。

あっという間にバニラのマカロンをたいらげた弟さんは、次はピンク色のマカロンをつまんだ。あれはラズベリー味だ。今更だけど毒見とか気にしないんだろうか。何も言われないから平気なのかな。

「食べながらで申し訳ない。このまま本題に入ってもいいでしょうか?」

「はい、もちろん」

　弟さんがピンク色のマカロンをかじる。ルビーのような真っ赤な瞳が「美味しい」と語っていた。お気に召していただけたようでよかった。

「先日、大体の聴取が終わりました。今日お邪魔したのは兄にも関わりがあるからです。兄とシャルルさんの話も聞かせていただきたいのですが、兄の王都入りは許されていません。ですので僕がお邪魔する形になりました」

　目礼とともに簡単な説明をされ、僕も頷く。ようやく平常心を取り戻したルーシーも弟さんとまっすぐ向かい合った。

「まず、シャルルさん。ご無事で何よりでした。お怪我の方は?」

「もう大丈夫です。元気です。ご心配いただきありがとうございます」

　ぺこりと礼をすると、非公式な場だし、自分相手に堅苦しくしなくて大丈夫と鷹揚に微笑んでくれた。

　優しく、平民相手にも気遣いを忘れない物腰柔らかな王子様。すてき。

「改めまして。シュライアス・レールライト・グランドールと申します。兄の二つ下の弟です」

「ルーシーの二つ下……十六歳?　ですか?」

「はい。今秋十七になります。シャルルさんは?」

「春で十六になりました。シュライアス殿下の一つ下?　になるのかな?」

「ああ、殿下とかいいですよ。普通にしてください」

　気楽にと掌を見せた弟さん。やっぱり優しい。気さく。会って数分で好感度がぎゅんと上昇した。

「そういえば、ルーシーの誕生日っていつ?　まだだよね?」

「まだだな。夏だ」

「意外。全体的に冬生まれっぽい色合いなのにね」

「シャルルは春が似合ってる。雰囲気も容姿も、存在そのものが春の光みたいにあたたかい。好き」

好意全開ですんすんといたるところを嗅がれ、くすぐったさに身をよじった。じゃれていると、

「誕生日って……そんな基本的な情報も話してなかったんですか？」

黄色いマカロンをつまみながら心底引いたという表情で自分の兄を見る。マカロン本当に好きなんですね。

「誕生日なんて些細なことを気にするような状況じゃなかったんです。拾った時のこの人、かろうじて息のある死体って感じだったので」

「えっ」

「骸骨みたいだったんですよ。今は普通の人間になりましたけど」

「えっ」

「シャルルのおかげだ。ありがとう、愛してる」

「ありがと。ルーシーが頑張ったからだよ」


にこにこと微笑み合う僕らを、弟さんは黄緑色のマカロンを手に呆然と見つめていた。マカロン補充した方がいいかもな。

弟さん改めシュライアス様を心の中で「マカロン殿下」と呼びつつ、僕らのおやつ用に買っておいたマカロンを補充する。シュライアス様の赤い瞳がきらりと嬉しそうに輝いたのは見逃さなかった。やっぱりマカロン殿下だ。

誰も手をつけないクッキーを齧りつつ、兄弟をちらっと交互に見比べる。

顔立ちは少し似ている程度。シュライアス様の方が優しげで穏やかそうなお顔をしている。たれ目だからそう見えるのだろうか。ルーシーの目元はシュッとした切れ長だし、銀髪碧眼という色目もあって、パッと見の印象だと冷たそう。穏やかな印象のシュライアス様とは真逆で、切れ味の鋭いナイフみたいな印象なのだ。銀髪という共通点があるのに不思議。

そして系統は違うものの、二人ともお美しい。眩

しい。目の保養を通り越して目が潰れそうな麗しい兄弟だった。

「捕縛した男は町の自警団から王都の騎士団へと身柄を移しました。事情が事情だけに、自警団では手に負えないので」

「それで？　刑はどうなる」

「それはこれから。ただ、今度は北の砦どころじゃないでしょうね。あそこからの脱走も罪ですけど、シャルルさんに対しての殺人未遂に強姦未遂、脅迫罪に不法侵入。余罪もあります。複数の地域で強姦、強盗を繰り返していたようなので」

「じゃあやっぱりあの人が噂の不審者だったんだ」

　ルーシーは厳しい面持ちで頷く。よかった、これで町の人も安心して出歩ける。僕の外出禁止も緩和され……ないかもしれない。期待はしないでおこう。

「なんにせよ、よかったです。本人が否定してたので、また別にいるのかと」

「否定していた？」

「あ、はい。女の子に関してはそうでもなかったんですけど、宝石や金目のものに飛びつくって話をしたら、何だそれって」

　対峙した時の様子を思い出しながら話すと、シュライアス様は難しい顔をして黙り込んだ。

「……物取りという意味ではまあ、飛びつくと言えなくもないでしょうけど……宝石、ですか」

「肉屋のおかみさんはそう言ってました」

　シュライアス様が焦茶のマカロンを齧る。ココア味。僕は柑橘の香りが爽やかなクッキーを齧る。甘さ控えめで美味しい。ルーシーが好きそうな味だ。

　ますます険しい顔つきになっていたルーシーへ差し出す。ぱくりと食べた途端、ふわっと笑顔になった。美味しいよね。

「どうあれ、あの男は二度と表には出てこられません。脱走に関しては砦側の監督責任もありますけど。騎士団長も今度こそ退任待ったなしって感じかなと」

どことなく機嫌よさげに、彼は再びピンク色のマカロンに手を伸ばした。気に入ったのかな。

「あ、そうだ。あの人の探してる女の子は大丈夫なんでしょうか。被害者とか？」

「探してる？」

「あれ？　聴取終わったんじゃ……ルーシー、伝えてないの？」

「……黒髪翠眼の美女を探しているとシャルルに話したらしい。分かるだろう？」

シュライアス様は目を見開き、ピンク色のマカロンをごくりと飲み込んだ。

「偽聖女」

「たぶんな。いや、あいつが探すその特徴の女なら間違いなくあいつだ」

苦々しげに吐き捨て、口をかたく引き結ぶ。シュライアス様はオレンジ色のマカロンを指先で遊ばせながら嘆息した。

「……なるほど。聴取によれば脱走してから食うに困り盗みを繰り返した、強姦については否定、あくまで合意ということでした。まあ信じてませんけど。脱走は偽聖女探しのためだったのかもしれませんね。彼はあの偽聖女に随分傾倒していたので」

「偽聖女。ルーシーの浮気相手だ」

隣の人物がうっと胸を押さえ俯く。シュライアス様はきょとんとしたあと、面白いものでも見るかのようににんまりと口角を上げた。

「シャルルさんはどこまで話を聞いてますか？」

「大体？　婚約者を蔑ろにして浮気した挙句、卒業パーティーの場で婚約破棄を言い渡したら廃嫡、王都追放になって、王族じゃなくなったら浮気相手にも捨てられた。って」

「大体全部ですね」

シュライアス様がにっこりと笑う。隣からどんよりした空気が漂ってきた。

「ついでに言うと、兄が追放されてから調べが進み、刑が軽くなる可能性が出てきました」

「え？」

「は？」

僕も、どんよりしていたルーシーも、パッと顔を上げシュライアス様を凝視。オレンジ色のマカロンを二口で食べきった彼は、ゆったりと紅茶を飲み、ふうと一息ついた。

「どうにもおかしいと思いまして、追放後も調査を続けていたんです。だって、一人の女性に複数の男が群がるばかりか、共有することを受け入れるなんて。しかも筆頭は兄上です。確かに兄上の女癖はよくなかったですが、あの偽聖女以外は遊びと割り切っていたでしょう。エレオノーラ嬢に対しても最低限の義理は果たしていましたし」

「え、浮気って偽聖女だけじゃなかったの？」

「シャルルすまないあとで全部話す」

早口で言いながらも僕の目は見ない。代わりにテーブルの下できゅっと手を握られた。手汗がすごい。

そんなに緊張しなくても今更過去の女性関係を責めるつもりはない。そして意外でもなかったです。

「だからおかしいなと。まあ、当時の兄上は気が触(ふ)れたのかと疑うくらい頭おかしかったですけど」

実の弟に正気を疑われた兄が「うっ」と呻(うめ)く。どんまい。

「現在エレオノーラ嬢以上に王太子妃、王妃の器の女性はいません。それも妃教育済み。兄上もそれは理解していたはずです。あんな頭の中がお花畑の、股(また)が緩く話し方も礼儀も何もなっていない非常識な女性を選ぶなど、兄上だからこそありえないと思いまして。エレオノーラ嬢を切って彼女を選ぶメリットは何もない」

「シュライアス様は偽聖女がお嫌いなんですね」

にっこり。うん、偽聖女に対するシュライアス様の感情は大体把握しました。

「本気で偽聖女を娶(めと)りたかったなら、頭さえ正常な兄上であれば正妃にエレオノーラ嬢を置いて偽聖女を愛妾にするはずです。それならば百万歩譲って実現も可能でした。妃と名の付く地位にあんな阿婆、奔放な女性を置こうとするはずがないんです」

　今阿婆擦れって言いかけたなこの人。

　失言をなかったことにしたシュライアス様はコトリとマグカップを置いた。

「そういうわけで、兄上が追放となってからも調査を続けました。一年近くかかってしまい申し訳ありません。早急な収束が望まれたとはいえ、すべて調べ終えてからの執行とならず、そこも申し訳ないと思っています」

「いや、それはいい。相応の罰と納得している」

「ありがとうございます。それで、ですね。あの偽聖女ですが、魅了魔法と、思考が鈍る作用のある薬を兄上たちに使用していました。一種の毒ですね」

「は……？」

　さらりと告げられた内容に僕とルーシーは息をのんだ。毒、って。

「兄上もおかしかったですが、側近候補や他の者は信者のようだったでしょう？　効きの違いはおそらく、毒耐性の有無です。兄上に毒は効きにくいので」

　ルーシーは絶句していた。僕は僕で、毒耐性あるなんてすごいな、なんてあさってなことを考えた。

「それを踏まえ、兄上たちに関しては減刑が妥当なのではという話になっています。今更ではありますが、おそらく追放は撤回になるかと。罪がなくなるわけではないので王族籍に戻すのは難しく、爵位も、公爵ではなくよくて伯爵——」

「シュライアス」

　ルーシーはさっきシュライアス様がやったように掌を見せ、彼の言葉を止めた。そうしてとても静かな声色で、

「俺はこのままで構わない。爵位も領地も不要だ」

「え？　で、でも」

「お前がある意味で俺を評価してくれていたこと、調査を続行してくれていたことには感謝している。

それを公にすれば多少の名誉回復にはなるだろう。それ以上は望まない」

　シュライアス様は戸惑いながら兄を、僕を見た。まるで迷子の子どものような表情だった。あまり似ていないのに、いつかのルーシーを思い出させる。

　僕が首を突っ込んでいいような内容ではない。だけど縋るような眼差しを無視できず、ルーシーと繋いでいる左手をきゅっと握り直した。

「シュライアス様。ルーシー、翻訳の仕事をしてるんです。仕事が丁寧だと評判もよくて。軟膏作りも上手で、最近はポプリ作りも手伝ってくれています」

　突然の話題転換に、シュライアス様は視線を僕とルーシーの間で彷徨わせた。構わず続ける。

「紅茶をいれるのは僕よりずっと上手です。料理も覚えました。シチューとリゾットなんて絶品なんですよ。キャベツの千切りは僕より上手だし、笑っちゃうほど早業です。ズダダダーって、目にも見えないスピードで刻むんです」

「…………」

「畑の手入れも一緒にやっています。食べ頃の野菜を見分けるのも上手になりました。野菜の芽や薬草を雑草と間違えて引っこ抜くこともなくなりました」

「……、……」

「背が高いので、シーツを干す時や高いところの物を取ってもらう時とても助かってます。最近は雨続きだから部屋干しするんですけど、ロープ張るのもお手の物です。部屋や物をきれいに大切に使ってくれるし、掃除も嫌がらず協力してくれて、僕が一人でやるより半分の時間で家中ピカピカになります」

　シュライアス様の表情がぐしゃりと歪んだ。

　僕はそんな彼としっかり向き合い、兄想いの心優しい弟さんへ微笑んでみせた。

「だから大丈夫ですよ。ルーシーはここでちゃんと生きていけます」

　しばらく僕を見つめていたシュライアス様は、やがて俯き、片手で顔を覆った。

ルーシーから聞いていた話では、もう彼は家族から見限られているのだと思っていた。追放と縁切りを歓迎しているかのような印象だった。

でもそんなことはなかったのだ。

少なくとも、追放後も調査を続け、こうして直接話をしにくるくらい、シュライアス様はルーシーを想っている。

シュライアス様は現王太子だ。それも立太子してからそう経っていない。きっと忙しいはずだし、単独行動が許される身分でもないはずだ。

今日シュライアス様が語った内容は、彼でなければ説明できない内容じゃない。説明や聞き取りだけなら事情を知る人を派遣すればいいだけの話だ。

それなのに彼はここにいる。時の王太子殿下が護衛も連れず、たった一人で。それがすべてのような気がした。

「――兄上」

「なんだ」

「今、幸せですか？」

震えた声で、絞り出すように問う。

ルーシーは、場違いなくらい穏やかに微笑んだ。

「ああ。毎日『人生で一番の幸せ』を更新している」

繋いだ左手を揺すられた。目を合わせ、ふふっと笑う。

細く長く息を吐いたシュライアス様は、込み上げるものを必死に堪えるように天井を見上げた。

そうして苦しさと安堵と切なさと、たくさんの感情が複雑に混ざり合ったような表情で、だけどとても美しい笑みを浮かべた。

「兄上は頭がよすぎて馬鹿なんだ」

「すごい毒の吐き方」

ぷふっと吹き出してしまう。

居間へ場所を移し、僕とシュライアス様は肩を並べソファに腰掛けていた。ルーシーは畑で夕飯用の野菜を物色中。

　シュライアス様とは一歳違いなこともあり、出会い頭よりかなり打ち解けた。彼の気質もあるかもしれない。ルーシーの家族なら自分とも家族だ、兄や友人と思ってくれと笑ってくれた。やっぱり気さくで優しい人だ。

「あの兄上が農作業を率先して行うなんて……父が見たら玉座ごとひっくり返りそうだ」

「王様がひっくり返ったら大騒ぎになりそうだねえ」

　くすくすと笑い合う。シュライアス様は日が傾き始めた窓の外――たぶん、畑にいるルーシーへと目を細め、そっと両瞼を下ろした。

「安心した。なんでもできる人だけど、市井で生きるなんて無理だろうと思ってたんだ。不自由するのは当たり前。でも人に頭を下げるなんてプライドの高いあの人がするわけないし、下手したら野垂れ死ぬんじゃないかと……追放した時はまだ頭がおかしかった頃だしね」

「あはは、それ引っ張るね」

「だって本当に別人だったから。いくら冷戦状態だったとはいえ、あんな風に槍玉にあげるほど憎み合ってはいなかったんだ」

「ああ、婚約者だった人と？」

「そう。そんな頭の悪い行動に出るなんて、目の前で見ていても信じられなかった」

　閉じていた両目を開けたシュライアス様は、いれ直した紅茶に口をつけた。膝の上でマグカップを持ち、僕を覗き込んでくる。

「兄上を拾った時のことを教えてもらえないかな？」

　僕は頷き、玄関前で行き倒れていた人間を発見したところから話して聞かせた。

　シュライアス様は最初は痛ましそうにしていたけれど、ルーシーの言動を聞くと肩を震わせて笑ったり、意外そうに目を丸めたり、感心したように頷いたり。ころころ表情を変えながら、自分の知らない兄の生活を楽しそうに、先の言葉通り安心したように聞いていた。

ルーシーが戻ってきたのは、プロポーズの話が終わった辺り。シュライアス様はひいひい笑いながら涙目になっていた。あの兄上がそんな情けないプロポーズをするなんて！　と。あの兄上がどんな人物だったのか非常に気になるところです。

「ただいま」

「おかえりー。食べたいもの決まった？」

「迷ってる。シャルルは？」

「僕は兄上のリゾットを食べてみたいな」

はい！　と元気よく挙手したシュライアス様を、ルーシーはとても嫌そうに睨みつける。

「何普通に参加してるんだ。帰れ。仕事に戻れ」

「問題ありません。今日の仕事は片付けましたし、飛び込みに関しては婚約者が請け負ってくれたので」

「はぁ。……まあ、あいつなら大丈夫だろうが」

かしかしと頭を掻きながら、それ以上言わず野菜かごを持ってキッチンへ向かった。

「シュライアス様の婚約者さん、ルーシーとも仲がいいの？」

あいつ、と言うからには人となりを知っていそうな感じだ。しかも結構能力を買っていそう。

シュライアス様はふふふと笑い、

「仲は良くないけど、よく知っている人だよ。なにせ、兄上の元婚約者だからね」

「え――――っ！」

大声で叫ぶ。シュライアス様はいたずらが成功したと言わんばかりに腹を抱えた。

戻ってきたルーシーは驚きに硬直していた僕をひょいっと抱き上げ、どうどうと背中を撫でる。

「え……、ええ？　そんなことあるの？」

「あいつに関してはあるな。シュライアスも言ってただろう、今現在あいつ以上に相応しい人間はいない。国や王宮のいろいろを知っているために外へ放るわけにもいかない。シュライアスの婚約者候補もいたが――」

「候補だからね。彼女がフリーになるなら打診しない手はない。かっ攫われる前にお願いしたんだ」

「すごい世界だなあ……シュライアス様とその人はそれでいいんですか？」

「うん。最終的には王命だったけど、僕はもちろん、彼女も納得してくれてる。幼馴染みのようなものだし、かけ値なしに尊敬できる人なんだ」

「それならよかった、のかな？　ルーシーはどうして知ってたの？」

「新聞に載ってた」

　そりゃあそうか。一大ニュースだ。

　婚約者だった女性に対して「誠実な人と幸せになってほしい」なんてふんわり願っていたけれど、まさかそのお相手が今目の前にいるなんて。

　ルーシーの腕の中から、お相手であるシュライアス様をじーっと見つめる。

「言いたいことがありそうだね？」

「浮気はだめですよ」

「あはは！　しないよ！　兄上じゃあるまいし！」

　流れ弾が当たったルーシーは、しゅんとしながら僕の肩に鼻先を埋めた。よしよしと慰めつつも笑ってしまったのだった。

◆◆◆

　リゾットを作り終え、いつものように手伝おうとしたものの「あとは大丈夫だから兄弟水入らずで話してきなよ」と送り出されてしまった。

　渋々キッチンを出て居間へ向かう。弟はソファでのんびりと寛ぎつつ、家の中をじっくり観察していた。なじみすぎ。呆れながら隣に腰掛ける。

「お前、本当に大丈夫なんだろうな？」

「もちろん。日々真面目に励んでいますから、多少羽を伸ばすくらいは大目に見てもらえます」

　飄々と答えた弟に嘆息。まあいい。シャルルが受け入れたんだ。俺に否は……多少あるが堪える。

「……いい人ですね」

弟は、キッチンでせかせかと動き回る小柄な背中を見つめ、ぼそりと呟いた。

「まあ、善人だな。見ず知らずの人間を住まわせて世話をするくらいだ」

善人というか天使だからな。

ああ可愛い。前傾姿勢になると服が捲れて白い腰がちらっと見える。かじりたい。しゃがむと尻が見え……そうで見えない。きわどい。隙間に手を突っ込んでまさぐりたい。

「少し聞きました。当初とてもひどい状態だったと」

「ここへ辿り着くまでにいろいろあったからな」

「苦労しましたか？」

「死にかけるくらいには」

ふっと笑えば、弟の雰囲気も軽くなった。

「本当に爵位も領地もいりませんか？」

「いらない。というか邪魔だな。俺はここでシャルルと暮らしたい」

「この土地を含めた領地を与えると言われても？」

「ああ。今の生活を手放したくない。それからシャルルを王侯貴族に関わらせるつもりもない」

きっぱり拒否すると、弟は切なげに眉を寄せた。

納得しつつも、しきってはいないといったところか。それもたぶん俺を心配してのこと。

あんな失態を演じた兄に対し、よくここまで思いやれるなと正直意外に感じる。あの騒動でわりを食った一人なのに。いち王子と王太子では何もかもが違う。俺の廃嫡によって人生が大きく変わり、重圧が一身に掛かる立場に押し上げられてしまった。俺に対し、恨み言の一つや二つ吐いても許される立場だというのに。

横目でシャルルの様子を確認し、居間の戸棚に飾られている写真立てを手に戻った。怪訝そうにする弟へ手渡す。

「シャルルの家族写真？　って、え……っ!?」

「分かるだろ。それが関わらせたくない理由だ」

「え、えっ、兄上、この人……！」

うろたえ、写真立てを強く握り凝視する。俺も最初に見た時は同じような反応をしたからよく分かる。

信じられない。その一言に尽きる。

「ソフィア様――……」

ルビーの瞳を限界まで見開き、写真の中で美しく微笑む人物の名を愕然として呼んだ。

「……待って、兄上、ということは」

「ああ。シャルルは俺たちの従兄弟だ」

「嘘でしょ……こんなところにいらっしゃったんですか。国を出たはずじゃ……」

「国内は盲点だったよな。しかもこんな国の端だ。見つからないわけだ」

言葉を失っている弟の手から写真立てを抜き取る。

写っているのは三人。もちろんシャルルと両親だ。通うはずだった学校の制服を着たシャルルを真ん中に、三人とも笑顔でこっちを向いている。

シャルルの母は現王、つまり俺たち兄弟の父である陛下の末の妹だ。

陛下は四人兄妹。次男は公爵、長女は他国に嫁いでいる。末のソフィア姫は生まれつき体が弱く、子は望めない体と診断されていた。だから婚姻はせず生涯離宮で暮らす予定だった。それを長兄である陛下は望んでいたし、周りもそう考えていた。

ある日突然、置き手紙ひとつ残して彼女が姿を消すまでは。

陛下に宛てた手紙には、これまでの気遣いに対する感謝と、苦労をかけたこと、王家に生まれながら義務を果たせないふがいなさや謝罪などが便箋七枚分に渡り綴られていたという。最後に、それほど長くは生きられないだろうから、自分を知る人のいない場所で、愛した人と静かに暮らしたい、と。

もちろん捜索はした。だが何も望まなかった姫の最後の願いだ。陛下もある程度で打ち切りを決断し、以後末の姫の失踪に関しては誰も口にしなくなった。

積極的な捜索はしないが、彼女を忘れた者はいない。彼女との思い出がないシュライアスも、残された肖像画や思い出話を折に触れて見聞きしている。姫が離宮にいた頃、俺は一度だけ彼女と会っている。姫が失踪したのはそのすぐあとだ。

幼少期に会った彼女は、この写真の中の〝母〟よりずっと儚げで、風が吹けば消えてしまいそうな弱々しい雰囲気の、とても静かな女性だった。

会ったと言ってもさすがに幼すぎて曖昧な部分の方が多いが、場面場面の印象は残っている。シャルルから聞く思い出話の中の母と、俺の知る彼女は合致しない。こうして写真に残っていなければ同一人物とは考えられないほどに印象が違う。

深呼吸をした弟は、真剣な表情で俺と向き合った。

「事情は理解しました。この件に関して、僕は何も知りません。そういうことにします」

「ああ、そうしてくれ」

「父上が知れば溺愛するでしょうね。可愛がっていた妹姫の忘れ形見なんて」

「知らせる気はない。シャルルはここで生きてここで死ぬ。たぶん、ソフィア様もそれを望んでる」

「僕もそう思います。……そっか、従兄弟かあ。言われてみればソフィア様の面影がありますね。髪や目の色が違うから印象はまるで違いますけど」

「そうだな。色合いは義父上譲りだから」

小声で会話しながら、スープの味見をしている背中を見つめる。弟はいたずらっぽく目元を歪め、

「でも、仲間外れは気の毒です。他者には秘密という約束で、父上だけにでも伝えませんか？」

「却下」

「明かせばシャルルだって天涯孤独ではなくなりますよ。兄上と結婚して家族になっても、血縁はいないと思い込んでいるんでしょうし」

「……考えておく」

苦虫を噛み潰したような顔になっている自覚はある。弟は笑いながら「そんなに嫌そうにしなくても」と俺の肩を叩いた。

「それはそうと、いつ頃籍を入れるんですか？」

「指輪とピアスを用意してからだな。俺は明日にでも入れたいが。むしろ今からでもいい」

「あはは、熱烈！　証人は？」

「馴染みの店主か肉屋のおかみか……まだ決めてないが、たぶんその辺りになるだろうな」

シャルルも俺も証人を頼める人物など限られている。弟はむっと口を尖らせた。

「ここにいるでしょう。僕がサインします」

「お前未婚で未成年だろ。却下」

「成人と同時に婚姻する予定なのであと一年待っていてください」

「ぜ……ったい嫌だ！　今日にでもって言っただろうが！　断固拒否する！」

吠えたことでシャルルが振り返り、どうしたの？と首を傾げた。俺たちは揃って首を振り、なんでもないと笑顔を作る。

「そう？　もうすぐできるからねー」

「テーブルやっておく。シュライアス、話は終わりだ。お前も動け」

「喜んで。何をすればいいですか？」

「テーブル拭いたら座ってろ」

濡れ布巾を弟へ投げ渡し、俺はカトラリーや飲み物の準備に取りかかる。慣れない様子でテーブルを拭く弟へ目を細め、よそう前にリゾットを温めた。

並び立ったシャルルはスープをよそっている。今日は野菜たっぷりの卵スープだ。

火を使ってほんのり上気した働き者の頬にキスをした。くすぐったそうに首を竦めたシャルルも「お返し」と背伸びをする。屈まずにいると、持ち上げたかかとをプルプルさせながら俺の胸ぐらを摑み、顎の先にキスを返してくれた。背伸びをしても頬に届かない……可愛すぎ、つらい。

込み上げる衝動のままにリゾットそっちのけで抱きしめた。戯れを目撃したらしい弟が、背後で笑ったような気がした。

せっかくのお客様だからと、父秘蔵のワインを開けることにした。そんなものがあったのかとルーシーは驚き、ルーシーが驚いていることにシュライアス様は驚いていた。

小さなワインセラーは両親の部屋にある。あの部屋にはルーシーは入らないし、僕も定期的な掃除以外では立ち入らないから知らなくて当然だ。

三人分のワイングラスに赤ワインを注ぐ。

「いただきます」

僕とルーシーが声を揃え、シュライアス様も「いただきます」と遅れて続く。

優しい味のリゾットに舌鼓を打ちながらワインをちびちび飲んだ。初の飲酒だ。美味しい、とはちょっと言いにくい。ぶどうジュースの方が美味しい。

横から伸びた手が中身の減らないグラスをすっと抜き取っていった。代わりにレモン水のグラスを手渡される。気付くのが早い。

「シャルルはワイン初めて？　その歳で珍しいね」

「味見程度ならあるけど、ちゃんとは初めて」

ワイン煮は美味しく食べられるのに、ワインそのものは微妙と感じるなんておかしな話だ。慣れたらそんなこともなくなるんだろうか。

ルーシー作のリゾットをきれいにたいらげたシュライアス様は、スプーンを置き、

「半信半疑でしたが……兄上、本当に料理ができるんですね。とても美味しかったです」

「リゾットとシチューだけな」

「そんなことないよ。流れを教えるとすぐ覚えちゃうんだ。凝り性だからどんどん上達するし、アレンジも上手なんだよ」

「さすが兄上。万能ですね」

「ね。すごいよね。おかわりいる？」

「いただきますっ」

二杯目のリゾットを「美味しいです、兄上」と幸せそうに食べ始めた弟へ、ルーシーは「そうか」とだけ返し、黙々とスプーンを動かす。これは照れてる。耳の先端がほんの少し赤い。可愛い……。

「今度はシチューが食べたいです」

「おい」

「ぜひぜひ！　とっても美味しいから！　シュライアス様はブラウンとホワイトどっちが好き？」

「どちらかと言えばブラウンかな。でも両方好きだよ」

「じゃあ美味しい肉が入ったら知らせるからまた来て。ルーシー、頑張れっ」

ぐっと拳を握ると、言葉を詰まらせながらも渋々了承してくれた。

せっかく和解(?)したんだし、シュライアス様が必死に離すまいと掴んでいたこの縁を、家族を、大切にしてほしい——なんて、お節介にも願ってしまう。シュライアス様の言動の端々から兄を慕っていると伝わってくるからだろうか。ルーシーもまんざらでもなさそうなのが、なんだか僕まで嬉しい。

それから麗しい兄弟はワインを飲みながらぽつぽつと会話をしていた。

近況だったり、昔話だったり。どんな兄弟仲だったかは分からないけれど、会話の内容的に、少なくとも数年はまともに関わっていなかったみたいだ。

王宮ではない国の端の田舎の家で、美味しいリゾットとお酒の力を借り、兄弟は数年の空白を埋めようとしている。

シュライアス様が嬉しそうなのも、ルーシーが少し気まずそうに、だけど穏やかな表情でいることも、ルーシーの弟さんを交えて食卓を囲めていることも、すべてがなんだか幸せだった。

少し酒が回ったのか、ほんのりと頬を染めたシュライアス様がデザートのメロンのパンナコッタをつつきながらふふっと笑う。いや、へらっとかもしれない。溶けてしまいそうなくらい緩い。パンナコッタに関しての一悶着（ひともんちゃく）は割愛します。

「シャルル、シャル？　ルゥ？　どれがいい？」

「どれでもいいよ。好きに呼んで」

「兄上はなんて呼んでるんです？」

「シャルル」

「たまにシャーリィって呼んでくれるよ」

「じゃあ僕はルゥって呼ぼう。シャーリィって呼んだら兄上に射殺されそう」

　上機嫌に笑い、ルゥ、ルゥと連呼する。あまり酒は強くないらしい。酔っている自覚はあるらしく、「仕事の時はまったく酔わないよ」と胸を張っていた。王太子様も大変だ。

「ルゥは兄上のどこが好きなの？」

「うーん。ポンコツなところ」

　ポンコツって！　とケラケラ笑うシュライアス様に対し、ルーシーは心外！　と言いたそうな顔で僕へ振り返った。だって事実ですから。

「シュライアス様は婚約者さんをそういう意味で好きになれそう？」

「んー？　好きだよ。幼馴染（おさななじ）みとしても、相棒としても、女性としても。僕の初恋の人だからね」

「えっ」

「は？」

　僕とルーシーが声を揃えたことにもシュライアス様は笑った。笑い上戸なのだろうか。

「初対面が兄上の婚約者としての顔合わせだったからね。一目惚（ひとめぼ）れの初恋だけど、同時に失恋決定。なかなか切なかったなあ」

「うわあ……メロンあげます」

「ありがと。だから兄上には感謝してるんです、これでも。兄上が馬鹿やってくれなければ、彼女と結婚なんて夢のまた夢だったから」

　あげたメロンをぱくりと食べ、甘くて美味しいと頬に手を当てた。仕草も表情もいちいち可愛い。

「それは……いいんだか悪いんだか……いや、いいんだろうな。俺もあれがなければシャルルと出会うこともなかったから」

「やったことは最低だけどね」

「うぐっ。そ、そうだな。ちゃんと分かってる……」

「あはは！　ルゥ、ちょいちょい弄るよね」

「反省は大事だと思うので。元婚約者さんが詰れない分僕がと勝手に思ってたんだけど、そんな感じならもう必要なさそうだね」

　笑いかけると、シュライアス様はワイン片手に心から幸せそうに頷いた。

　ゆっくり語り合いながら酌み交わしていた兄弟だが、時間が時間だ。名残惜しいけれどと、少しフラつきながらシュライアス様が席を立ち、僕らは魔法陣まで移動した。

　中心に立つルーシーの隣にはにこにこと笑うシュライアス様。心のつかえが取れたみたいな力感のなさだからか、来た時より幼く見える。

「またね、ルゥ。美味しい夕飯をありがとう。楽しかった」

「こちらこそ。たくさん話せて楽しかったよ。いつでも遊びに来てください」

　手を振り合う。行くぞ、というルーシーの声を合図に陣が光り輝き、二人の姿は一瞬にして消えた。

　だけど今度は五秒経過しても光らない。

　ソファに腰掛け、仲直りできた兄弟たちを想った。

　今度マカロン作りに挑戦してみようかな、なんてくすくす笑いながら。

かぞくになろうよ

　頬があたたかい。

　ぱちりと目を開き時計を確認すると、いつもよりずっと遅い時間だった。というかもうすぐ昼だ。完全に寝坊。

　僕を抱き込んでいるルーシーも寝入っている。朝は僕より早いのに珍しい。飲酒したせいだろうか。

起こすかどうか少し迷い、もぞもぞと体勢を直して目を閉じた。心安らぐ腕の檻の中でする二度寝ほど最高なものはない。

　次に目覚めたのは二時間後。なんだかくすぐったいなあ、と重い瞼を少しずつ持ち上げると、顔や頭、耳、首とあちこちにちゅっちゅされていた。

「おはよ、キス魔さん」

「おはよう。今日も可愛い、俺の天使」

「まだ寝ぼけてる？」

「通常運転」

「知ってる」

　水を飲もうと手を伸ばすと、察したルーシーが取ってくれた。自分でくいっと飲み、そのまま僕へ口移し。レモンのさっぱり感が喉に心地いい。

　二度、三度、と繰り返しているうちにだんだん水を介さないキスになってきた。頭を撫でながらされるとさらに思考がとろける。僕がそれを好んでいると知っていてやるんだからずるい。

「は、……んっ、……」

「かわいい。シャーリィ、キス気持ちいいな？」

「ん。きもちい……もっと」

　ねだるように首に腕を回す。僕と同じくらいとろっとろの甘い表情になっているルーシーは、嬉しそうに再開してくれた。

　大きな掌が頭から頬へと滑り、親指が何度もそこを撫でる。優しい手つきだ。この人はいつもいつも、宝物を愛でるように僕に触れる。

　寝起きだし、キスは気持ちいいしで、当然のようにお互いの昂りに気がついた。

「シャーリィ、少し触ってもいい？」

「ん、いーよ。僕もする」

「えっ」

「いつもしてもらうばっかりだし」

　下手だったらごめんと一応断りを入れ、ルーシーがフリーズしているうちにもぞもぞと毛布の中へ潜り込み、暗がりの中手探りでそれを掴んだ。

もう何度も見ているし触っているけれど、相変わらずご立派。自分のと比べるのもおこがましい。目の当たりにするたびに「王族すごい」と謎の感想を抱いてしまう。もはや感動さえしている。

脈打つ御子息を両手で支え、そっと舌を出した。先端を舐めてみると独特な味がしてちょっとだけ眉を顰める。

まさか同性の性器を舐める日が来るとは。人生何があるか分からないなあ――なんて頭の隅っこで考えつつ、膨らんだ亀頭をぱくりと口に含んだ。

「しゃ、シャーリィッ！　そんなことしなくていいから！」

毛布の向こうから焦ったような声が聞こえてきたけれど無視。

咥えてみたものの大きすぎて亀頭しか口に入らない。顎がかこんと鳴った。これはだめだ。これ以上は口も顎も痛くなりそう。顎が外れそうで怖い。

あっさり諦め、先端を吸ったり舐めたりしながら両手を上下させた。咥えられなくてごめんね。それ以外で頑張るから許してほしい。

毛布の向こう側でルーシーが息を詰めているのが分かる。時々腹がビクッと跳ねたり、抑え切れてない荒い息遣いを感じる。ほんと、可愛い人だ。

ルーシーを可愛いと思う気持ちをたっぷり込めて、開始当初より硬くなったものを可愛がった。忌避感がないのが自分でも不思議。変な味がするし、顎も手も疲れるのに。

忌避感も嫌悪感もないが、しいて言うなら熱がこもって暑い。毛布取っちゃおうかな。

そう考えたと同時に毛布が飛んでいった。一気に熱気は霧散し、涼しい空気が肌を撫でる。

先端を咥えたまま上目で見上げると、首まで真っ赤に染めたルーシーがこっちを凝視していた。信じられない、と見開かれた青い瞳が叫んでいる。

「ひもひぃ？」

「そこで喋るな……ッ」

性的な触れ合いでこんなに余裕をなくすルーシーも珍しい。と……っても可愛らしい。百点満点。

なんだかますますやる気がわいてきて、気合いを入れ直しせっせとご奉仕。裏筋も重そうな双球もすべて舐めた。上擦った呻きに気分がよくなる。

左手で扱き、右手で双球をコロコロと揉み込むように転がしながら、ふと、こんなに重たいのに子作りはできないんだなあと切なくなった。

断種の魔法ってどんな代物なんだろう。いつもちゃんと射精はしているのに。子種が死んでるのかな。デリケートな事情だけに本人にはちょっと訊きにくい。シュライアス様なら知っているだろうか。

「シャーリィ、もう出そうだから放して」

首を振る。ここまでして放置なんてそんな殺生なことはいたしませんとも。

両手で御子息を支え直す。濡れた先端にキスをすると、ルーシーは乙女のような悲鳴を上げた。

最後までするよ、出していいよ、と目で訴え、ちゅこちゅこ扱く。限界まで張り詰めた性器がビクビクと震えた。もうちょっとかな。

濡れた先端をぱくりと咥え、強めに吸ってみる。

「――ッ、く、シャーリィ、放し、っ」

ルーシーが熱い吐息を漏らした。

先走りと一緒に呼吸を飲み込んだと同時に、喉の奥にビューッと勢いよく注がれ、目を白黒させつつ少量ずつこくこく飲み込んでいく。

腹と腰の震えと連動しているみたいに射精は長く続いた。出すたびにどくどく脈打っている。最後の一滴まで含み、白濁をこぼさなくなった先端にキスをして体を起こした。

「シャーリィ……」

肩で息をするルーシーはりんごみたいに真っ赤っか。顔も耳も首もだ。余裕を根こそぎ奪えた実感に、内心にんまりしてしまう。

「まずいだろ、出して。口もすすがないと」

片手を皿のようにして差し出される。ぱかっと口を開き、からっぽの口腔を見せたら、声にならない声で絶叫。ついでに鼻血も噴出した。

うん。未来の旦那様は今日もとても可愛らしい。


乱れた昼を過ごし、朝昼兼用の食事を軽くとってから外へ出た。今日は曇り空。雨は降っていないし、草むしりするなら今のうちだ。一日休むだけで結構生えるから、こまめに抜いてしまうのが吉。

ルーシーと二人でせっせと抜いていく。

「夕飯どうする？　何食べたい？」

「んー。さっき食べたばかりで今まったく浮かばない。シャルルは？」

「同じくー。あ、たまには外で食べようか」

「シャルルの飯以外は食べたくない」

「違うよ、外。ここで」

「ああ、そういう」

納得したのか、賛成と笑ってくれた。

キリのいいところで作業を止めて腰を伸ばす。手や腕もだるいが、腰はもっとだ。

ルーシーは心配そうに僕の腰をさすった。

「大事な腰だ。労ってあげないと」

「ルーシーが言うといやらしい意味に聞こえるんだよなあ」

「いやらしい意味で言ってるからな」

そのまま引き寄せられ、少し熱くなっていた鼻先にキスをされた。こめかみにもちゅっちゅ。汗かいてるからやめてほしい。そう主張したところでルーシーはお構いなしだ。

しょっぱいと笑い、張り付いた前髪を掻き上げ、汗ばんだ額にも口づけられた。

家に戻り、浴室へ直行する。いつものように洗いっこして、くっついて湯船に浸かる。

明るい時間の入浴って、どうして特別感があるんだろう。時間が違うだけなのに贅沢をしている気分になる。不思議だ。

寄りかかった胸板にはもうしっかり筋肉がついていた。ふた月前は骨と皮だったなんて信じられないくらいしっかりした体つきになっている。でも父のような重量級の筋骨隆々タイプではない。

「シャルル？　どうかした？」

「体、まともになったなって。いい感じに筋肉ついたね。もう骨も浮いてない」

「必死だったからな。早くシャルルとベッドで運動したくて」

「えっち」

「もう一回言って録音するから」

　魔法を発動させようとしているだめな左手をぺしっと叩(たた)き落(お)とす。才能の無駄遣い反対。

　油断するとすぐしょうもない方面に能力を発揮させる人だけど、魔法の才能は本物だ。立場や状況が違えば白の塔からお声が掛かってもおかしくないほど、ルーシーの魔法は突出している。

　ふうっと息を吐き出し、腕を伸ばしつつもたれかかる。回された手が不埒(ふらち)に蠢(うごめ)くのを放置し、首を後ろへと倒した。

「ルーシーはさ、まだ再試験受けたいと思ってる？」

「選択肢の一つくらいだな。翻訳の稼ぎが思ったよりいいし。まあ、カードはあれば便利だと思う。討伐は稼げるから食(く)い扶持(ぶち)に困らない」

「危ないよ？」

「特級十体同時とかはキツそうだけど、それ以外はいける」

「そんな世界の危機なんてそうそう起こらないだろうけどさ」

　さらりととんでもないことを言わないでほしい。特級なんて最上級(プラチナ)冒険者しか対応不可能なレベルの魔物だ。出現報告なんてあった日には国家規模で討伐隊が組まれて……待てよ？

「ルーシー、前の時のランクは？」

「中級(シルバー)」

「登録したてで!?」

「ああ。最初からそうだったぞ」

ありえない。通常なら一律駆け出し(グレー)スタートだ。僕でも知っている。登録時に何があったんだろう。

ランクに身分は関係ない。純粋に実力だけで判断される。ランクを基準に受ける依頼のレベルも決まるのだからそれも当然の話。登録者の命にかかわるから、審査は厳正と聞いた覚えがある。

登録したてで中級(シルバー)なんて聞いたことがない。さっきの台詞(せりふ)が、言葉の綾(あや)と思えなくなってきた。

唖然(あぜん)とする僕を不思議そうに見つめている目の前のこの人は、きちんと手順を踏み経験を積んだら一体どのランクになるのだろうか。

「……ルーシーなら最上級(プラチナ)も夢じゃなさそうだね」

「ありがたくない話だな。上級(ゴールド)以上は有事の際は強制招集されるだろう？　そんな有事にシャルルと離れるなんて絶対にごめんだ。有事こそシャルルの傍(そば)にいるべきなのに」

「基準がおかしいと思います」

「俺の最優先は常にシャルルだからな」

国より僕だとキリッとした顔で断言された。それでいいのか元王子様。

そんな会話をしながらも、不埒な手は僕の性器をやわやわと触っていた。手遊(てすさ)びのように触らないでほしい。

「んっ、悪い手め」

「こっちにする？」

いたずらにつんと後孔をつつかれ息を吐く。指一本なら受け入れられるようになったそこが、ルーシーの指に反応してきゅうっとはしたなく締まった。

吐息が色づいたことが伝わってしまったのか、くるりと向かい合わせにされた。ルーシーはにっこにこで下腹部に掌を当て浄化、洗浄を施す。毎度のことながら、魔法って、本当に便利ですね……。

遠くを見つめているうちにむにむにとお尻(しり)を揉まれ、ほんの少しだけ指先が食い込む。

息を吐き、吸う。僕の呼吸に合わせ、指は深く沈んでいく。

「上手になった。痛みは？」

「大丈夫。もっと強くしても平気」

首に腕を回し、しがみつきながら申告すれば、切れ長の双眸にぎらりと欲の光が灯った。

ルーシーが、濡れて濃くなった銀髪を掻き上げる。そうして射抜くように見つめられると、指を受け入れているところが勝手にきゅうきゅうと収縮した。

「シャルル、朗報だ」

「ん、何？」

「練り薬や香油より滑りがよくて乾きにくいジェル状のものを」

「ものを？」

「開発した。水魔法の応用でいけた」

晴れやかに微笑まれ、僕の頬がひくっと痙攣した。

言うが早いかお尻に違和感が走る。ルーシーが少し指を折り曲げると、中にとろっとした何かが侵入してきた。ヒエッと情けなく声が裏返る。

今浸かっているお湯の性質までおかしい。変化している。一秒前までただのお湯だったはずなのに、今は全身に絡みつくようなねっとりとしたものになっていた。そう、まさしくジェルみたいな……。

「ル、ルーシー、ちょっと、何これ」

「体験した方がわかりやすいだろう？　ジェル風呂だと思えばいい」

「そんなの聞いたことないよ。あんっ」

少し引いていた指を押し込まれた。うーっ、変な声出た。慌ててルーシーの首元に顔を埋める。

でもそんな逃げを許してくれるはずもない。困ったことに、ルーシーは耳を塞ぎたくなるこの〝変な声〟が大好きだから。本当に困る。

「あっ、あ、んんっ」

指をじゅぽじゅぽと出し入れされ、堪えたくても押し出されるように声が漏れる。ぬるぬるの湯のせいで体も滑り、胸も擦れて背筋がびりびり痺れた。

「あーかわいい。乳首膨らんでる。触っていい？」

「言わ、なくて、いいっ」

「言葉にすると照れてもっと可愛くなるから」

ルーシーはとってもいい笑顔だ。僕はそれどころじゃないというのに。

やられっぱなしは悔しくて、しっかり反応しているルーシーの性器を掴んだ。ぬめぬめと上下させればきゅっと眉が寄り、気持ちよさそうに唸る。

お返しとばかりに指が付け根まで差し込まれた。内側を探るように動き、しこりをトントンとノックされる。気持ちいい場所と教え込まれた部分だ。どうしようもなく気持ちよくて、体中がぐずぐずになってしまう、大変に危ない場所。

そんな過敏な部分を容赦なく刺激され、仰け反るように大袈裟に体が跳ねる。

「や、そこ、んう……ッ」

「気持ちいいな？　だいぶ柔らかくなった。シャーリィ、もう一本入れるよ」

必死に頷き、ルーシーのものをきゅっと握りしめる。一瞬息を詰めたルーシーは、獣みたいな獰猛な目をして二本目の指をぐりっと押し込んだ。

「ああっ、んっ、あっ、あ、待っ」

「苦しい？　痛みは？」

ぬちぬちと動かされ、首を振る。

正直少し苦しい。でも耐えられないほどじゃない。はっはっと浅く呼吸をしながら、噛みつくように唇を奪い、握った性器を強く擦る。張り出た先端に蓋をするように親指を食い込ませぐりぐりすると、口腔に熱くて甘ったるい吐息がひろがった。

「んん……っ、はぁ、ルー、ィ、もっと。もっと、へいき」

ちゅうっと下唇を吸い、甘噛み。合わせた胸もすりっと動かすと、

「ああもう……！　可愛いなちくしょうっ」

自棄になったように叫び、中に埋めた二本の指を一気に引き抜き、ぐちゅん！　と強く押し込まれた。

隙間からぬるぬるのお湯が侵入してくる。

自分でもそこが柔く、ほぐれているのが分かった。今ならもう一本くらい飲み込めそうなくらいに。

「ルーシ、も、いっぽん、いれて」

「………ッ」

「たぶん、だいじょーぶ、んっ、これ、入るように、しないと」

　摑んだ大きな性器をくちゅくちゅ上下させ、輪にした手で先端をきゅうっと絞る。ね、ね？　と同意を求めてキスをすれば、ルーシーは歯を食いしばり、無言のまま三本目をねじ込んだ。

「んーっ、あ、……ッ、あっ」

　チカッと目の奥が点滅した。

　まともな声が出せず、開いたまま閉じられなくなった口がはくはくと震える。

　反らした喉に嚙みつかれた。体の中をまさぐる三本の指は、僕自身も知らない僕のいいところを暴き、性感の渦に叩き落とす。

　こんなの知らない。

　一本の時と全然違う。苦しいのに、どうにかなりそうなくらい気持ちがいい。

　ふちがめいっぱいひろがっている。しわがなくなるほど張り詰めたそこが柔らかくなってくると、ぐるりと搔き回され、パンパンと音がするほど強く前後され、体ごと揺さぶられた。

「あっ、あ、ルー、んんっ、ルーシ、ああっ！」

　頭が真っ白になるほど気持ちよくて混乱する。必死にしがみついても、全身にまとわりつくジェルのせいで熱を持った素肌が擦れ合い、それもまた快感を煽る。

　あのどうにもならない場所を揺さぶられた瞬間、泣きながら絶叫した。

　ジェル状のお湯が波打ち、泡立つ。白いかたまりが浮かんできて、自分が射精したことを知った。

　ルーシーは指を埋めたまま、息が整わない僕を抱き上げ浴室を出た。蹴り開けるようにして寝室に飛び込み、ベッドに寝かされる。

息も絶え絶えに見上げると、情欲剝き出しの美しい人がいた。こんな時にも、こんな顔をしていても、ルーシーはきれいだ。

「いれ、る?」

「……っ、いれない……っ」

こんなにつらそうなのに。すぐにでも抱きたいと全身で訴えているのに。懸命に約束を守ろうとしているルーシーがとても可愛く、愛おしい。

初夜の約束なんてしなければよかった。

挿入はしない宣言をしたルーシーに体中をまさぐられ、翻弄され、僕もたくさん触れて、お互い何度も精を吐き出した。ベッドは見る影もないほどぐちゃぐちゃだ。

もういいよ、約束なんて忘れていいよと何度も言ったのに――それでも最後まで耐え切ったルーシーが愛おしく、満たされない腹は切なく、繋がれないことが哀しくて寂しくて仕方なかった。

ジェルやさまざまな体液でぐっちょぐちょになってしまったベッドの上。

揺さぶられ続けて半ば朦朧としながら、あんな約束をしてしまったことをほんの少しだけ後悔した。

落ちるように眠ったシャルルを抱き抱え、目も当てられない状態のベッド全体を浄化。浴室へ戻り、湯を元に戻してからゆっくりと体を浸けた。

シャルルは目を覚まさない。よっぽど疲れたんだろう。

それも仕方ない。かつてないほど何度も射精していたし、最後は潮まで吹いていた。ぐったりするのも当然だ。

「よく耐えた、俺………」

静かな浴室に、絞り出した己への労いが小さく反響した。

いれて、もういれていいからと、泣きながら俺のを摑まれた時は脳の血管がぶち切れるかと思った。

危なかった。過去最高に危なかった。

抱えたシャルルを抱き直し、ふう……と深く息を吐き出す。

今日は朝から理性を試されてばかりだ。

この愛らしさを極めた天使の小さな口に咥えられる日が来ようとは。しかも自主的にだ。夢でも見ているのかと自分の正気を疑うくらい衝撃的だった。

果ては飲ん……やめろ思い出すなまた勃つ。

散々出したのに性懲りもなく起き上がりそうになった愚息を窘め嘆息した。

シャルル相手だと性欲の底が見えない。抜かずの連発なんて以前友人と『現実でできる奴なんているのか』『誇張だろ』と嗤っていたというのに、「あ、俺できるかも」と気付いてしまった。気付くな。気付きたくなかった。

おねだりする天使は凶悪すぎた。しかも内容が挿入許可。しんどい。この十八年で一番の苦行だった。

何度ぶち込みたいと思ったことか。おかげで奥歯も歯茎も痛い。たぶん一部嚙み切った。

舌で痛む箇所を確認する。もう出血は止まったらしい。鉄の味はしなかった。

湯の外に出ている白い肩に湯をかける。ちゃぷんと水面が揺れた。

シャルルもわけが分からなくなっていたんだろう。まさか「いれてよぉ……」なんて泣かれるとは。妄想上のシャルルはしても現実のシャルルがするとは思いもしなかった。ぶち込みたいって言ってんだろうが。いや、口に出してはいないが。心の中ではずっと叫び倒していた。

あまりにも気持ちよくて、たぶんお互い頭に血がのぼっていて、「すべて挿入しなければセーフ」という謎の結論に至った。何故だ。

最後の射精は指でひろげた後孔に先端を押し当てて中出しという……アウトより寄りのセーフと信じたい。

しかもそれで潮吹き。俺の天使が敏感すぎて泣けてくる。もう本当に可愛い。食べたいくらい愛おしい。煩悩退散と唱えつつ、シャルルの片尻を軽く伸ばして指を差し込む。

奥へは入っていないだろうが、出しておかないと腹を壊すらしい。しっかり洗浄しなければ。

(これは後処理。後処理。煩悩退散。あーぐちゃぐちゃにしたい。くそっ、煩悩退散！)

葛藤しながらも中で鉤爪のように指を曲げ、念入りに掻き出す。湯の中で白いものが揺れる。

きゅうきゅうと指に吸い付くあたたかな肉壁が、呼吸に合わせ蠢いている。中は柔らかい反面、ふちは締めつけてくる。下半身直撃待ったなし――落ちつけ。煩悩退散。寝込みを襲うな煩悩退散！

無心を心がけながらきれいにして、湯船も浄化。

そこで初めて前処理のように腸内も浄化すればよかったのではとハッとした。……気付かなかったことにしよう。後処理という後戯に等しいご褒美タイムをみすみす手放すことはない。忘れよう。俺は何も気がつきませんでした。

寝息も立てず眠り続ける恋人を抱きしめた。

あんな事件があったあとでも、怯えず、怖がらず、こっちが焦るほど俺を求めてくれる、可愛い可愛い俺の宝物。

大切にしないとばちが当たりそうだ。

(だが正直しんどい。書類だけでも早急にもらってこよう……)

意志薄弱と笑ってくれていい。俺はそろそろ限界です。

◇◇◇

翌日。起きた瞬間からもんどり打つほど全身が痛み、ベッドに沈み込みました。

筋肉痛なんて久しぶりだ。運動なんてした覚えがない――しました。あれも立派な運動だ。

「ルーシー……っ」

助けを求めた先には、ヘッドボードに寄りかかり、片手でダンベルを上下させている未来の旦那様がいらっしゃった。

「おはようシャルル」

どうやら筋肉痛に苛まれているのは僕だけのようです。同じだけ動いたはずなのにケロッとしている。

ルーシーは鉄球を床に置くと、ピクピクしている僕をうつ伏せにして、全身マッサージしてくれた。起き抜けより楽になり、ほっと息をつく。

それでもあらぬところが重だるい。内腿に股関節、腰とお尻。胸もひりひりしている。挿入はしていないのに満身創痍だった。

「あとどこがだるい?」

「顎」

「たくさん咥えてくれたもんな?」

物言いたげな眼差しで顎をくすぐるようにさすられ、もう何も言うまいと目を閉じた。

そんな本日。朝食はルーシーが準備してくれた。

パンにサラダ、ベーコンとプレーンオムレツ。スープの代わりにミルク。簡単にだけどと前置きされたが立派な朝食だ。美味しそう。

食べながら、今日の予定を話し合う。

「午前中は家事と畑、午後は虫除けポプリ作ろうかな。ルーシーも仕事あるでしょ」

「ああ、まあ……」

歯切れの悪い返事だった。ルーシーは静かにフォークを置くと、背筋を伸ばして言った。

「シャルル。あのさ」

「うん?」

「昼食べたら町に行かないか」

「何か用でもあった?」

体ごと振り返り、真剣な表情で僕の両手を取る。

「婚姻証明の書類、もらいに行かないか」

「書類」

「提出は後日でいい。証人もまだ頼んでいないし、指輪もピアスもこれからだから。先に書類だけでももらってきて、記入できるところだけしないか？」

固唾を呑んで僕の返答を待っているルーシーの両手にきゅっと力がこもる。

告げられた言葉を飲み込み、理解して、僕の顔は自然と、自分でも分かるくらいにへにゃりと崩れてしまった。

「役所だね？」

「ああ。行こう？」

「行く！」

ぎゅっと抱きついたらしっかり受け止めてくれた。額を合わせ、そっくりに緩んだ表情で笑い合った。


昼出発だと到着が夕方になってしまうため、デキる未来の旦那様にお願いすることにした。転移だ。

役所までの道のりを手を繋ぎ歩く。

朝は霧雨が降っていたけれど、今は曇り。灰色の空を見上げ、泣き出す前に帰ろうと話した。でも、そんな話をする前から歩調が早いのはお互い様。僕もルーシーも、日課の散歩よりずっと早く足を動かしていた。

役所なんてめったに行かないし、目的が目的だし、なんだかドキドキする。心なしかルーシーの手もいつもより熱い。

町は今日もたくさんの人で賑わっていた。

グランドール王国の端っこにあるこの町は、国の中心である王都よりずっと規模は小さい。でもこの地域だと一番大きな町で、大抵のものは揃う。店も多く、公的な施設もあれば、少し離れた所には領主のお屋敷もある。ないのは学校と教会くらいだ。学校は王都、教会はお隣の領地にある。

「あ。ルーシー、住民登録した？」

「し……てないな。不都合ないし忘れてた」

「なら先にそれしちゃおう。しても平気？」

先日のシュライアス様の話を思い出し、念のため尋ねる。彼には「ここで生きる」と伝えたけれど、気が変わったりしていないだろうか。

そんな僕の小さな不安をルーシーは笑い飛ばした。

「早くこの人間になりたい」

明るい横顔に肩の力が抜け、足取りはさらに軽くなった。

到着後、真っ先に住民登録をした。氏名欄に記入したのは名前だけ。すでに籍を抜かれてはいるものの、これでルーシーは名実共に平民になる。

少しくらい躊躇（ちゅうちょ）するかとその心情を心配したが、ルーシーはあっさりとサインしてさくさく提出してしまった。躊躇など一切なし。ドライである。

受理後、次は本命の婚姻証明書。

たった一枚の縦長の紙を受け取り、封筒に入れて役所を後にした。まだ白紙のそれを曇り空に翳（かざ）したルーシーは、頬を紅潮させ、心から嬉（うれ）しそうな顔をしている。僕も見上げ、封筒の中身を透かし見るように目を細めた。

「証人は二人かあ。誰に頼む？」

「店主？」

「僕もそう思った。じゃあこのまま寄ろうか。お願いしてみよう」

スキップするような軽い足取りでいつもの店に寄り、ドアベルを鳴らす。今日もカウンターで新聞をひろげていた店主が振り返り、僕らだと分かると「よう！」と気軽な調子で片手を上げた。

「どうした、買取りか？」

「ううん。あのね、証人になってほしいなって」

カウンターまで行き、縦長の封筒を振る。中身を見せると店主はぱあっと笑顔になった。

「そうか、そうか！　いいぞ、ちょっと貸せ」

声を弾ませながら、下方にある証人欄にサインしてくれた。とてもこの人らしい力強い文字だ。

「あのちっこかったシャルルが結婚かあ……」

サインした書類を掲げるように眺め、感慨深そうに呟（つぶや）く。

「リュシオン」

「はい」

「不幸にすんじゃねえぞ」

「全身全霊をかけて幸せにするつもりです」

肩を抱かれ、目を合わせる。そんな僕らを店主は何度も頷きながら見つめ、書類を手渡してくれた。

店を出て、あと一人はどうしようか？　と持ちかけると、ルーシーはとても言いにくそうにしながら、

「シュライアスがサインすると言い張ってる……」

と頭を掻いた。

「だがあいつに頼むと提出が来年の秋になる。即却下したんだが……諦めなくて」

「あはは。すっかり仲良しだねえ」

「俺の後をヒヨコみたいについて回っていた頃に戻ったみたいだ。自立したと思ったんだが」

勘違いだったかもとげんなり顔。そんなルーシーの隣を歩きつつ、幼いルーシーの後をついて回る幼いシュライアス様を想像し身悶えた。絶対に可愛いに決まっている。ぜひ生で拝みたかった。

シュライアス様に頼むかどうかは置いておいて、積極的な祝福はとても嬉しい。ルーシーの身内に結婚を認められているんだ。嬉しくないはずがない。

「なら、もう一つの欄はこのままにしておこうか」

「えっ!?　一年待つのか!?」

「それは分からないけど、シュライアス様の気持ちはすごく嬉しいから。他の人に頼むなら頼むで、あの人に納得してもらってからにしようよ。急ぐ話でもないしさ」

えええ……と嫌そうに首を振るルーシーをまあまあと宥め、帰路につく。まだ空は持ちこたえているから、帰りは転移じゃなく歩くことにした。

家までの一本道は途中までは平坦だけれど、中腹辺りからはなだらかな上り坂になっている。結構いい運動になるため、筋肉痛を抱えた今日の僕にとっては普段よりちょっとしんどかった。

やがてあの道に出た。一部地面が真っ黒になっている、あの日の現場だ。あれからひと月弱経つのに、

焼け焦げた地面の色は元に戻っていない。

　落ち着いてから経緯は聞いた。これはルーシーがやったらしい。なんでも雷を落としたのだとか。比喩じゃないところがすごい。

　他と色の違う地面をじっと見つめていたら、引き寄せるように腰を抱かれた。

「見なくていい」

「なんで？　ルーシーが僕を守ってくれた証でしょ」

「……怖くないか？　一歩間違ってたら殺人犯だ。躊躇なく他人を傷つけたんだぞ」

　ばつが悪そうにそっぽ向いたルーシーだけれど、その声からは後悔を感じない。

　怖くないかどうか。改めて考えてみたところで、答えは変わらない。

「怖くないよ。無意味に人を傷つける人じゃないって知ってる。ルーシーが行動しなきゃ、今僕はここにいなかったかもしれないしね」

「……想像したくもないな」

「僕も。だからこれでよかったんだよ。誰に何を言われても、僕らはそう思っていればいい。あの時あの場にいなかった人の言葉なんて重要じゃない」

　繋いだ手に力を込める。返事はこめかみへのキスだった。

　ルーシーは僕の分まで聴取に協力した。その時、自警団や神官、治癒術師から遠回しに苦言を呈されたらしい。やりすぎだと。過剰防衛だと。犯人の男が助かったからいいが、そうでなければ罪に問われるところだと。

　それを聞き、歯痒さに拳を握った。

　確かに過剰だったかもしれない。他にやり方があったのかもしれない。でもそんなのは結果論だ。

　ルーシーの無茶に僕は助けられた。本当に怖くて、苦しくて、死を覚悟したのだ。それに、下手な介入をして交戦するはめになっていたら、ルーシーだって怪我をしていたかもしれない。ルーシーの行動は最適解だった。僕はそう信じている。

だからこそ、外野の無責任な意見が悔しかった。

聴取した側は眉を顰めたけれど、シュライアス様は苦笑して『兄上も人間だったんですね』と言うに留めたという。あの人らしい。

黒焦げの場所を通過し、曲がりくねった一本道を進む。

「ルーシーの子どもの頃の写真ある？」

「突然どうした」

「さっきちょっと想像した。絶対可愛いんだろうな」

「まあ、見目はな。天使って言われてた」

「だろうねっ！　すっごく見たい！」

「天使ならここにいるからどうでもいいだろ？」

掠めるようにキスをして笑う。ごまかすつもりだな？　そうはいかない。

「今度シュライアス様に頼んでみよーっと」

「こら」

小突かれそうになって逃げる。すぐに追いつかれ、また逃げる。攻防しているうちに何故か競争に発展し、家まで全力疾走。玄関前についた時にはまともに喋れないくらいぜえはあしていた僕と違い、ルーシーはいい運動になったと爽やかに汗を拭った。

俺の勝ち、と笑う恋人兼未来の旦那様を遠慮なく睨みつけ、次は勝つと僕も笑った。

突発ダブルデート

にっこにこのシュライアス様がやって来たのは、役所に行った日から二週間ほど経った昼下がり。

くるりと巻かれた紙を丁重に開き、僕らに見せた。

「減刑が決定しました。追放は撤回、今この瞬間から王都への出入りは許可されます」

思わず拍手。ルーシーは紙に書かれた文言を目で追いながら、ふうっと息をついた。

「随分早いな」

「先日話した件の裏取りが終わり、保留となっていた大神官とアルベルトの刑が確定したのと、アルベルトに関しては凶悪犯扱いなので、その捕縛に多大な貢献をしたというのが主な理由です。彼らの刑が執行される前に事情を公にします。公表前ですが、功労者へのご褒美です」

アルベルトという人物は、例の不審者だ。

ルーシーが追放された時に北の砦に送られた人。つまりルーシーの元側近候補だった人だ。

ルーシー自身が鉄槌を下しているとはいえ、昔馴染みが凶悪犯として処罰される。

心情を慮り、あまり話題には出さないようにしていたけれど、大丈夫だろうか――。

ちらりと横目で確認すると、無表情だった。何も読み取れない。

心配ではあるもののシュライアス様と向き合う。

「騎士団長の息子さんなんでしょ？　そんな人を罰していいの？」

「元騎士団長の息子だった男だよ。何も問題ない」

爽やかな笑みが眩しい。シュライアス様は穏やかに見えて結構人の好き嫌いが激しいのかもしれない。

「あとはルゥから聞いた不審者の件なんだけど」

「うん？　何か言ったっけ？」

「ほら、宝石に飛びつくってやつ。アルベルトに確認したら、やっぱりそれに関しては否認するんだ。確かに盗みは働いたんだけど、どうもそういう感じじゃないんだよね。奪ったのはお金だし、宝石なんて盗ってないって」

「ならもう一人いるんじゃないのか」

「僕もそう思って触れを出しました。結果、似たような報告がちらほら上がりました。領内で起こる数ある揉め事のひとつとして片付けられていたそうです。国に報告することでもないと判断されたようで」

領主がそう判断した結果なら国が把握しきれなかったのも仕方ない。国中で起こる大小すべての事件を把握するなんて土台無理な話だ。

「報告の中にはこの地方も含まれていて、時系列で考えるとそれが最後の被害でした。なので捕らえるまで兄上たちも注意してください」

「町の人にも伝えておくよ。でも宝石強盗ならうちは平気だよね？　そういうのないし」

腕組みしたルーシーは難しい顔で首を振った。

「不審者には変わりないんだ。気をつけるに越したことはない。犯人の目星はついてるのか？」

「細身の男と小柄な女の二人組ということは分かっています。治安的に問題ではあるんですけど、結局現時点では国が乗り出すほどでもないというのが大多数の意見です。すみません」

「まあ、そうだろうな」

申し訳ないと謝罪したシュライアス様の視線が、戸棚の上へと移った。席を立った彼は、写真立ての横に立てかけてある薄い水色の封筒を手に取り、わなわな震えながら振り返った。

「婚姻証明書……ですか？」

「そうだよー」

「おい、シュライアス」

「兄上。まさかとは思いますが、証人欄埋めていたりしませんよね……？」

ルーシーの制止の声は届いていないらしい。シュライアス様はおそるおそる中身を取り出し、

「……あ。まだ一つ空いてる」

「はあ。勝手に見るな馬鹿」

「よかったあ。この空欄は絶対に埋めないでくださいね。よかったよかった」

一転して笑顔になった彼は、丁寧に紙をしまって元の場所に戻した。お兄ちゃん大好きだな。おちゃめな人だ。

戻ってきたシュライアス様をルーシーは軽く叱っていたけれど、本気じゃないのは分かる。シュライアス様もそう感じたのか、にこにこで黄色のマカロンに手を伸ばした。

「？　なんだろう、変わった味だ。野菜っぽい？」

「正解！　それね、コーン味。売り物みたいには色が上手く出なかったんだけど、おかずみたいで面白いでしょ？」

「えっ。ルゥが作ったの？」

目を丸くし、半分齧ったマカロンをまじまじと凝視する。肯定すると、感心しながら味わってくれた。気に入ってもらえてよかった。レシピ本とにらめっこして作ったかいがあります。そしてルーシー、マカロンの皿抱え込まないで。マカロン殿下用に作ったんだからあげてください。あなたの分はちゃんとあるから。

「あ、そうだ。兄上、このあと予定ありますか？」

「シャルルを愛でるという最重要予定がある」

「特にないようでよかった。僕を送りがてら出かけませんか？」

「却下。送ったらすぐ帰る」

「商人が団体で来てるんです。指輪とピアス、掘り出し物が見つかるかもしれませんよ。それに王都の方が店も多く品数もありますし」

現王太子様はマイペースにスナップエンドウと枝豆のマカロンを齧り、これも美味しいと相好を崩す。

ルーシーはそんな弟にぐぬぬ……となりながらも、結局は天を仰いだ。どうやら弟の勝利らしい。

「シャルル……」

「うん？」

がしっと両手を握られ、

「付き合ってくれ」

「もう結婚秒読みですけど」

「愛してる！　いや違う。王都行きに付き合ってくれ」

表情も声もテンションも忙しい未来の旦那様へ頷く。そういうことになりました。

シュンッと一瞬の浮遊感のあとで光が収まる。まばたきで目を慣らしてから、初訪問となる場所を見回してみた。

広い部屋だった。

壁いっぱいの本棚にはびっしりと本が並び、ローテーブルを囲うように黒茶色のソファがあった。窓際には大きくて重そうな木製のデスク、真っ黒な革張りの椅子。天井にはシャンデリア。壁紙もなんだかお洒落。

「ルーシーの部屋？」

「元俺用の仕事部屋。私室は隣、その向こうに寝室」

「え。三部屋繋がってるの？」

「バスルームとシャワールームとレストルームと衣装部屋もあるぞ。この部屋にもシャワールームはある。狭いが」

「王族こわい……」

恐れおののく僕をルーシーはきょとんと、シュライアス様は可笑しそうに笑う。

僕らの家が敷地ごと収まりそうな広さだ。こんなに広い部屋を私室として使っていたなら、うちなんてうさぎ小屋のように感じるんじゃないだろうか。狭いと指されたシャワールームだって、うちの浴室よりずっと広い。

ルーシーは黒に近い深緑のローブをすっぽり被り、シュライアス様も上品な平民という雰囲気の服に着替える。目立たないためだろう。

王宮には王族しか知らない抜け道がたくさんあるらしい。僕らはその中の一つを使って外へ出た。なんだか王家の秘密を知ってしまったようで、悪いことをしているようでドキドキする。

抜け出た先の空には晴れ間が見えていた。

入学試験を受けに来た時以来になる王都は、故郷近くの町とは比較にならないくらいの人出で、どこもかしこも人・人・人。人で埋め尽くされている。

はぐれないようルーシーとしっかり手を繋ぐ。

「シャルルは一度来たことがあるんだったよな？」

「うん。でもこの辺は初めて」

「王都は十五に区分けされているのは知ってるか？

ここは一区。城や重要施設がある区域。二区から五区までは商業施設が集中している」

「劇場とか宿、ギルドのグランドール支部もあるよ。寄りたい所があれば遠慮なく言って」

気さくな現役王子様へ大きく頷く。

「ちなみに今一番話題になっている演目は、悪辣な兄王子の婚約者と弟王子の恋物語だよ。途中までは切なくて試練の連続なんだけど、最終的に国の乗っ取りを企てた悪女と兄王子を倒して二人は結ばれハッピーエンド」

「あはははっ！　どっかで聞いた話だ！」

項垂れる元王子様。大笑いする現役王子様と僕。

肩を落とした元王子様は雑踏に紛れてしまうくらいの小さな声で「民はたくましいな……」と力なく呟いた。

雑談しながら賑わいの中を進んでいく。

「人を待たせているんです。先に合流しましょう」

シュライアス様の案内で向かったのは、三区にある一軒のカフェだった。シュライアス様は案内を断り、慣れた様子で店の奥へ歩を進める。

観葉植物に遮られ半個室のようになっていたテーブル席に、女性がひとり座っていた。

窓から射し込む淡い陽光を受け、見事な金色の髪がキラキラと輝いている。影の落ちた長いまつ毛も金色だ。長い髪を耳にかけた手は華奢で、細い薬指には銀の指輪が光っていた。

本へ落ちていたアクアマリンの瞳が僕らを捉える。優しげなのに意志の強そうな印象的な目。見つめられると無意識に背筋が伸びる。だけど先頭のシュライアス様を認めた瞬間、その目元はふっと柔らかく弧を描いた。

「待たせてごめん。連れてきたよ」

シュライアス様が声をかけると、席を立った彼女はわざわざ通路へ出て、優雅にカーテシーをした。

「お久しぶりです。リュシオン様」

「……ああ。久しぶりだな」

「とりあえず座りましょう。積もる話はそれからで」

シュライアス様に明るく促され、僕とルーシー、その前の席にシュライアス様と彼女が腰掛けた。

ゆったりとした音楽が流れる店内はやけに静か。

席についたはいいが僕らのテーブル席に会話はない。正確にはシュライアス様たちは普通に話しているが、僕の隣の人が押し黙っている。

ルーシーのまとう雰囲気がどことなく重いというか、気まずい。会話に参加するどころか、窓の外を眺めるばかりで視線も合わない。

いつもと違う様子が気になってそわそわしているうちに紅茶が届き、ようやく自己紹介となった。

この場にいること。シュライアス様と親しげな様子。加えてルーシーとも顔見知り。そうではないかと思ったら、やっぱりだった。

「ルゥ。彼女はファーマン侯爵が長女、エレオノーラ嬢。僕の婚約者だよ」

「初めまして。どうぞエレオノーラとお呼びくださいな」

予想通り、ルーシーの元婚約者、現シュライアス様の婚約者であるご令嬢だった。

想像より遥かに美しかったご令嬢が匂やかに微笑(ほほえ)み、かあっと頬が熱くなった。同年代の女性に慣れてなくて、わたわたしてしまう。隣からのじとっとした視線のせいでさらに焦る。

「は、初めまして。シャルルと申します。えっと、ご婚約おめでとうございます」

エレオノーラ様はちらりと自分の隣を見て、また僕へ微笑む。

「ありがとうございます。可愛らしい方。リュシオン様にはもったいないですわね」

「どういう意味だ」

「そのままの意味ですわ」

むすっとして紅茶のカップを傾けるルーシーを、エレオノーラ様はくすくすと笑った。

仲が良くないと聞いたけれど、予想していたほど険悪な雰囲気ではない。

「エリー、今日は二人の指輪とピアスを探そうと思って。視察がてら少し付き合ってくれないかな」

「まあ！」

アクアマリンの瞳が輝く。急に淑女から年頃の少女へ変わった。見事な変貌っぷりだ。何故か照れる。

エレオノーラ様へ向けるシュライアス様の眼差しには憧れと愛おしさがこもっている。そう見えるのは初恋の話を聞いたからだろうか。

揃いの指輪をして穏やかに会話する二人を見ているだけで、なんだかじーんとしてしまう。

「シャルル？　どうかしたか」

「ううん。エレオノーラ様もシュライアス様もお幸せそうで、なんか、うん。よかったなあって」

ルーシーの右手を握る。彼はすぐに握り返してくれた。

エレオノーラ様が言うことには、ルーシーに対し、もう思うことは何もないらしい。

当時は苛々したし、ルーシーの考えが分からずモヤモヤした。蔑ろにされるばかりか、やってもいない罪をなすりつけられ責められ詰られ、会うたびに浮気相手からマウントを取られ、ストレスが蓄積。

挙句の果てには卒業パーティーという重要な舞台でエスコートどころかドレスさえ贈られず、せめて責任を果たせクズ野郎いっぺん死んで出直してこい！　と心中で罵っていたとか。

けれど、ゴタゴタの結果元々性格的に合うシュライアス様と婚約を結ぶに至り「これでよかったのだと心から思っております」とのこと。むしろ傲慢な浮気男から解放され清々している、立場としては変わらないが今はとても心が軽く、幸せなのだと。

そう語った彼女はとても晴れやかなお顔をしていた。ルーシー……。うん、自業自得。

ルーシーから聞いてはいたものの、された側目線で聞くかつてのルーシーの所業は本当にひどくて、しらーっとした目を向けてしまった。

軽やかな暴露でけちょんけちょんにされ、床にめり込むほどしょげたルーシーの頭の上には、力なく垂れた耳が見えるようだった。

　カップに目を落としたエレオノーラ様が笑う。

「ですが安心いたしました。あの頃とはまるで別人ですもの」

「そうなんですか？」

「ええ。あのお花畑さんに向けていたお顔はとても見られたものじゃありませんでした。目がね、まったく違います」

　ふふ、とルーシーを見て、また僕へと戻ってくる。

「紛い物は本物には決して敵わないというだけの話です」


　普段は外で買い物なんてしないというご身分の方々だが、評判のよい店や話題の店は把握しているらしく、まったく不案内な僕は彼らに連れられるがままに、煌びやかな貴族街のあちこちを見て回った。

　この頃にはルーシーも復活し、まだぎこちないながらもエレオノーラ様とぽつぽつと会話をするようになっていた。

「既製品でよろしいのですか？」

「僕はそれでいいかなって。ルーシーは石にこだわりたいみたいです」

「石はサファイアと翡翠でしょうか」

「ああ。欲を言えば原石の研磨から俺がやりたい」

「まあ。あなた様が器用なのは存じておりますが、プロにお任せした方がよろしくてよ。経済を回してくださいな」

　物腰柔らかにぴしゃりと却下され、ルーシーは言葉を詰まらせ渋々納得した。

「シャルル様はどのようなデザインがお好きですか？」

「うーん。ゴテゴテしたのよりシンプルな方がいいです。作業するのに邪魔だし」

「お料理するには宝石は邪魔かもしれませんわね。指輪は石のないシンプルなものにして、ピアスに石をお使いになってはいかがでしょうか」

エレオノーラ様とショーケースの中を見て回りながら、ああでもないこうでもないと語らう。

ショーケースの中には、目がチカチカするくらいピカピカなアクセサリーたちが行儀よく陳列されている。どれもきれいだけれど、自分が身につけるものと思うと身分不相応に思えてちょっと腰が引ける。

「女の人がつけるにはきれいでいいですけど、僕ですよ？　ルーシーは似合うだろうけど……」

「あら。こういうものに性差はありません。大切な一生ものですもの。こうして見て回るだけでも見る目を養えますし、無駄にはなりませんわ。それにシャルル様はとてもお可愛らしいですもの。似合わないはずがありません」

美人ににっこり断言されると、そうなのかな？　と思ってしまう自分はとても単純なのだと自覚した。

「……あ。このネックレス」

ショーケースの一点を指すと、エレオノーラ様もそこを覗（のぞ）き込（こ）む。

白銀色の小さな花のネックレスだった。花の中央に淡い水色の宝石が埋め込まれている。

「エレオノーラ様に似合いそう。可愛い」

「そ、うでしょうか。少し可愛らしすぎませんか？」

「だってエレオノーラ様はきれいだし可愛いから。石の色も瞳の色と似てるし、きっと似合います」

ね、とお顔を覗けば、扇で口元を隠し、目を逸（そ）らされてしまった。髪から少し見えている耳が赤い。

「こらルゥ。僕の可愛い人を口説かないで」

「口説いてないよ。事実だよ」

「兄上、天然たらしがいます。回収してください」

「たらしじゃない。天使だ。訂正しろ」

後ろから抱き込まれ、たまらず笑ってしまった。

可愛い人と言われたエレオノーラ様はますます照れてしまったようで、シュライアス様の背中にそそ……っと隠れてしまう。ほら可愛い。シュライアス様も絶対にそう感じているだろう顔つきになっている。空気が甘ったるい。

「はあ、可愛い。こんなに可愛い人を蔑ろにしたんだ。罪深いね、ルーシー」

「うっ……、いや、うん、そうだな……」

「まあまあ。収まるべきところに収まったということで。……このネックレスを見せてくれないか」

従業員に声をかけたシュライアス様は、手袋をはめた手で華奢な小花のネックレスを取り、エレオノーラ様の首元にそっとあてた。

「似合うよ」

「そ、そうですか……」

か細い声で「ありがとうございます……」と伝えるエレオノーラ様が本当に本当に可愛くて胸がきゅんきゅんした。照れる彼女を見つめるシュライアス様ごと抱きしめたくなる。果てしなく可愛い。いつまでも見守っていたい。単純な見目の麗しさ的にも目の保養感がすごい。従業員も惚(ほう)けている。

その場で購入を決めたシュライアス様は、手ずからエレオノーラ様の首にかけてあげていた。初々しいやり取りにまたきゅんとする。これは劇にもなりますわ。全力で応援したくなる。初恋が実ってよかったね、シュライアス様。

うっとりと二人のやり取りを見守っていたら、腰を引かれ別のショーケースの方へと連れて行かれた。

見上げた犯人(ルーシー)はちょっと口を尖(とが)らせている。その口を指でむにゅっと突くと、拗(す)ねた雰囲気はすぐに散った。

「シャルルはいいと思うものはあった？」

「んー、ピンとこない。というか、アクセサリーを身につける自分にピンとこない」

「慣れないとそうかもな。あいつが言ってた通り、見て回るだけでもきっと違う」

無理して今日決めなくていいと微笑まれ、少し気が楽になった。

「ルーシーは何か見つけた？」

「俺もまだ。デザインにピンとこないなら、素材だけ選んでオーダーしてもいい」

「ピアス？」

「両方」

ちゅっと頬にキス。人目があってもお構いなしだ。

「今更だけど、僕、穴がないんだ。ピアス買ってもつけられない。あけるの痛い？」

「家帰ったら俺がやる。痛くないようにするから」

やわやわと耳朶（みみたぶ）を揉（も）まれ、お願いしますと素直に頼んだ。

ルーシーの両耳には小さな穴があいている。何もつけていないけれど。

この国での婚姻の証（あかし）は指輪とピアスが一般的だ。婚約時にどちらかを贈り、結婚する時にもうひとつを渡すのが通例。婚約までいかなくても、恋人同士で贈り合うこともある。どちらか片方をしていたら婚約済み、もしくは恋人あり。指輪とピアス両方をしていたら既婚。そんな感じだ。シュライアス様とエレオノーラ様は指輪をしているから、次はピアスを贈るんだろう。

僕らみたいに順番をすっ飛ばして両方同時に、というケースもなくはない。むしろ平民はこのパターンが多いかもしれない。貴族の結婚はきっちり段階を踏むから、両方同時に揃うことはまずない。

今は何もつけていない耳をじっと見上げ、針の穴程度の小さな穴に触れた。

「つけたことあるの？」

「ああ。去年までは」

「あ、エレオノーラ様とか」

「そう。……妬（や）いた？」

「まったく。なんか二人とも義務的にしてる姿しか浮かばない」

がっくりと肩を落とし「そうだけど……」と呟くルーシーの手を引いて店を出た。シュライアス様たちもついてきている。エレオノーラ様をエスコートする彼はとっても幸せそうだ。ほわっほわだ。

「ねえ。シュライアス様たち、こんな普通に出歩いて大丈夫なの？　護衛とかいらないの？」

「いるだろ、そこらに。姿を見せていないだけだ」

「へえ。まったく分からない。ルーシー分かる？」

「そうだな……」

すうっと周囲を見回し、

「あっちの角と、そこの店の陰に二人ずつ。すぐ分かるのはこの四人だな」

あっさり看破した彼に拍手した。どうして分かるんだろう。というか分かっていいんだろうか。

そんな一幕もありつつ、僕らはのんびりと街を歩いた。

エレオノーラ様の鎖骨の下では小さな花のネックレスが揺れ、蜘蛛の糸のように細いチェーンがキラキラと光っている。

大切そうに花に触れる横顔を見つめ、僕は再びうっとりとため息をついたのだった。

◆◆◆

不思議な気分だった。

ここで生まれ、ここで育ったはずなのに、〝帰ってきた〟〝戻ってきた〟という感覚にならない。

懐かしさはあるが、今の感覚は〝買い物に来た〟――それだけだ。

自分の帰る場所はここではなく、シャルルと暮らすあの家なのだと……こうして再び王都に入ったことで、実感とともに理解した。

前を歩くのはシャルルとエレオノーラ。現恋人と元婚約者が楽しげに会話しているのもまた不思議で、現実味のない光景だ。

「ふふ。二人とも可愛いですねえ。エリーも楽しそうだ。いい気分転換になったかな」

隣を歩むシュライアスが満足げに目を細める。

「エスコートはどうした」

「背中を守っているんです。まあ、それは冗談として。あんな風に自然に笑って話すエリーも珍しい。兄上もそう思うでしょう？」

「昔から能面みたいな顔してツンケンしてたからな」

「それだけ背負っていたってことです。責任感の強い人ですから。あとツンケンは兄上限定です」

　自分には本当の姉弟のように接してくれていたと笑い飛ばされ、ぐっと眉間にしわが寄った。

　そういえばそうだった。そういうところも可愛げがない、いけ好かないと思っていた。きっと向こうもそうだろう。どう考えても俺とエレオノーラの相性はよくなかった。たとえあの一件がなかったとしても、結婚生活は冷え切っていたはずだ。

「……上手くやれそうか」

　二人の背中に目を向けたまま問う。

　シュライアスは一瞬視線だけを寄越し、くすくすと笑っているエレオノーラをまっすぐに見つめた。

「やってみせます。この僥倖を手放すつもりなんてありません」

　まるで玉座はついでと言わんばかりの言い切り方に吹き出してしまった。外見も性格もまるで違う弟との血の繋がりを初めて強く感じた。

「兄上、このあとなんですが」

「却下」

「まだ何も言っていません」

「どうせあの件だろう。本人にも明かしていないんだぞ。却下却下、余計な気を回すな」

「父上は匂わせただけでそわそわしてるんですけど」

「槍でも降るんじゃないのか。屋根の補強でもさせておけ」

　というか匂わせるな。黙っていればそれで済むだろうに。

　シャルルたちはどうやら次に寄る店を決めたらしい。仲良く店内へ吸い込まれていった。

　常に絶対零度の視線を向けてきていたエレオノーラと、しっかり者な俺の天使が肩を並べている様子がやはりどうにも不思議で、どこか微笑ましい。初対面だというのにすっかり意気投合している。友人というより姉弟みたいだ。少し妬けるがシャルルが楽しそうでなにより。

「こういうのはどうですか？　シンプルですよ」

「ただの輪じゃないか」

「輪って」

呆れ笑いをするシュライアスは、じゃあこっちは、と白銀のラインが中央で交差している指輪を指した。

「デザインはいいかもな。もう少し細い方がシャルルには似合う」

「これをベースにオーダーしたらどうです？」

「シャルルに訊いてからな」

というか何故弟と誓いの指輪を物色しているんだ俺は。すぐそこに愛しの天使がいるというのに。

冷静になった途端すんっとなり、反対側のショーケースを見ている二人の元へつかつかと歩み寄る。片方をひょいっと抱えて指輪のある方へ戻った。

「どうかした？」

「見てほしい指輪があった」

そっか、と素直に納得してくれたシャルルにさっきの指輪を見せれば、交差部分に野菜くずが挟まらないか悩み、挟まったらどう除去するかを真剣に検討していた。悩みどころがおかしい。可愛い。

「好み的にはどうだ？」

「好き」

「俺の目見てもう一回言って」

「大好き」

「家に帰りたい……ッ」

腹の底から叫んでぎゅうっと抱きしめる。俺の天使が今日も愛おしい！

背後で笑っている弟ども、お前らちょっと黙ってろ。

数軒見て回り、シャルル曰く「野菜くずが挟まるかもしれない」指輪に決めた。挟まらないように多少のアレンジを加えたものをオーダーした。今はピアスを物色中だが、同じ名の石でも物によって色が違うからなかなか決まらない。

人混みが不得意な上、一気にたくさんの宝飾品を見たせいかシャルルは疲れてしまったようだ。というか若干飽きている。こら。

目が疲れた、と言いつつも、今はその大きな翡翠の瞳をキラッキラに輝かせ、用途不明の陶器をさまざまな角度から眺めている。欲しいのか？

場所は一区寄りの二区。シュライアスの言っていた商人たちが簡易テントを張っている一角だ。販売されている品々は異国のものが多く、物珍しさに感心しきりだった。

シャルルは壺から絨毯へと興味の対象を移している。惹かれるものがあるのはいいが、その絨毯はあの家には合わないと思うぞ。なんだその柄。さっきからシャルルが興味を示す品々が独特すぎて反応に困る。こんな一面があったのか。

珍しくはしゃぐ最愛を見守っていると、コメントに困る柄の絨毯から離れ、次は布が山のように積まれた一角へと足を向けた。

「わあ、ルーシー、これ触ってみて！　さらっさら！　さらっさらなのにとろっとろ！　この手触り好きだ」

光沢のあるグレーの布にうっとりと触れるシャルルが可愛い。目がとろけている。

「シーツにしたら気持ちいいだろうなあ」

「すぐ汚れるぞ」

「僕の恋人は魔法が得意だから大丈夫」

「店主、この布をシーツに仕立てられるか」

恋人——なんて素晴らしい響きなのか。甘美な響きを噛み締めながら即購入した。結構いい値段だったが俺は恋人だからな！　恋人への贈り物は恋人の特権だからな！

浮き立つ気持ちのまま手続きをする。受け取りはシュライアスにした。どうせしょっちゅう訪ねて来そうだからな。本人には了承を得ないまま、配達させる腹積もりでさくっと段取りを組んでやった。

暫しの別れを惜しむように布を撫でながら、もう少し同じ布が欲しいと天使が呟く。もちろん購入した。再び即決した俺へ感謝と尊敬のキラキラした眼差しが向けられる。プライスレスな愛らしさ。

「何に使うんだ？」

「クッション作ろうかなって。ソファに置きたい」

「色はグレーでいいのか？　ソファ用なら色を合わせた方がいいんじゃないか？」

愛の巣にあるモスグリーンのソファを思い浮かべ提案すると納得してくれたので、色違いの布と交換。快く応じてくれた店主に礼を言ってテントを出た。

隣を歩くシャルルはほくほく顔だ。可愛い。

「支払い、生活費からでいいのに」

「俺が買いたかったからいいの。プレゼントさせて」

「へへ。やった。ありがとう！」

「何その笑い方可愛い好きごちそうさまです」

つい拝んでしまった。天使のとびきり笑顔いただきました。尊い。国宝指定したい。

隣のテントを覗くと、弟たちは肩を並べ茶器を物色していた。

「あら？　シャルル様、その布は」

「クッション作ろうと思って。手触りがすっっごく気持ちいいんです」

俺に買ってもらったのだとにこにこしながら布に頬ずりする。いちいち可愛い。一挙一動が可愛い。シャルルという存在そのものが可愛い。こんなに喜んでもらえるならいくらでも買ってやりたい。

「シーツも頼んでくれたんです。届くの楽しみぃ」

「シュライアス、お前宛てにしたから受け取ったら届けろ」

「清々しいほど事後承諾ですね。いいですけど。美味しいマカロン期待しています」

「もちろん！　腕によりをかけて作ります！」

はあ、気持ちいい……と布に頬を埋めるシャルルに俺たちもほっこりする。俺に対しては能面ツンケン人間だったエレオノーラさえ優しい表情を浮かべている。

「シャルル様はお菓子作りもされるのですね」

「レパートリーはまだ少ないです。お菓子はルーシーと暮らすようになってから作るようになったので」

「そうなの？　今日のマカロン美味しかったよ」

「ありがと。食べてくれる人がいるから作るんだよ。市販のは結構甘いでしょ？　ルーシー甘いもの得意じゃないし、自分で作れば調節できるかなって。あと、手っ取り早く太らせたかった」

　さらりと初耳なことを吐露され、胸がきゅうっと苦しくなった。俺のため。なんて健気でいじらしいのかこの天使は。愛しさが爆発しそうだ。

「あら。マカロンが好きなの？」

「うん、好き。最近ハマっちゃって」

「美味しいわよね。わたくしも好きよ」

　砕けた口調でのほほんと会話する弟たちを横目に、シャルルを連れてテント内を見て回る。異国風の茶器は見応えがあった。あの家にはティーカップがない。いいものがあれば購入するのも吝かではない。

「シャルル、こういうのは好き？」

　白磁に青系統の複雑な模様の入ったセットを指す。

「お高そう……割れたら怖いから使うの躊躇うかも」

「マグカップよりは繊細かもな」

　細い持ち手は金。触れるのも躊躇われるようで、半歩後ずさっている。これはナシだな。

　テント群の端から端までを冷やかし、結局購入したのは布のみ。うちの天使の財布の紐はかたい。

　テントではないが、その後別の店で色違いのスープカップを購入した。いい気分で買い物を終え、ギルドや劇場を建物の外から見学し、二区を後にした。

　抜け道から王宮へ戻り、陣のある部屋へ向かった。

　すぐ帰還しようとしたがシュライアスにのらくらと引き伸ばされ、エレオノーラが茶の支度を始め、

　そうこうしているうちにとある人物が——この国

の王であり実の父でもある男がやって来てしまった。

　こうなると思った。睨（にら）みつけても仕掛け人（シュライアス）はどこ吹く風。我が弟ながらいい性格をしている。

　突然現れた眼光鋭いおっさんにシャルルはビシッと固まり、エレオノーラは淑女の礼をとる。シュライアスも簡単に礼をし、上座を勧めた。勧めるな。

「——久しいな」

「……そうですね」

　しん、と沈黙が落ちる。

　目を合わせない俺と陛下をシャルルは控えめに見つめ、俺の袖（そで）をちょんちょんと引いた。

「……誰？」

「……国王陛下」

　こぼれんばかりに見開かれた大きな翡翠（ひすい）。声もなく「うそでしょ」と唇が動く。初めて見た表情だ。

　びっくり顔も可愛いな。と、考えたら自然と瞼に口づけていた。シャルルがフリーズしているのをいいことに、顔中にキスをする。可愛い。可愛い。いくらしても足りない。

「父上。こちらを」

　周囲を無視して存分に愛（め）でていたが、シュライアスが懐から取り出し陛下へ手渡したものを見て、今度は俺がぎょっと目を見開く。

「お前、何勝手に持ってきて……っ」

「きちんとお返しします。見ていただいた方が早いでしょうから」

　にっこりと確信犯的な笑みを浮かべる弟に舌打ちした。

　シュライアスが勝手に持ち出したものは、シャルルの家族写真だ。いつの間にくすねていたんだ。

「——っ！　ソフィア……」

　愕然（がくぜん）とする陛下の呟きが届いたらしい。フリーズしていたシャルルがそちらを向き、怪訝（けげん）そうな顔をする。

「母を知っているんですか？」

　あっ、話しかけちゃった！　とバッと口を覆う。

なんだその反応可愛すぎかキスしていいか。

じりじりと俺の方へ寄ってきたシャルルの腰を抱き、写真を凝視している父王を見据える。

記憶より歳を感じさせる両手は微かに震えていた。

一心に写真を見つめていた俺に似た碧眼が、腰が引けているシャルルを捉える。

「……母、と」

「は、はい。ソフィアは僕の母の名、です……」

「そうか……母君も共に暮らしているのか？」

「いいえ。両親は二年前に亡くなりました」

そうか、と。

くしゃりと目元だけを歪ませた陛下は、それきり口を閉じた。一度きつく瞼を閉じ、再び開いた時には王らしく冷静さを取り戻していた。

顔色は変わらないが、写真の中の妹を見つめる青の双眸は確かに懐古に染まっていた。

◇◇◇

静まり返った室内にエレオノーラ様が紅茶を注ぐ微かな音のみが耳に届く。

すうっと上品に国王陛下の前に茶器を差し出した彼女は、シュライアス様の隣に腰掛けた。仕草が洗練されていてきれいだな――と、現実逃避していたら再び陛下と目が合ってしまった。

写真立てを差し出され、おずおずと受け取る。

両親と僕が写る最後の家族写真。

そういえばルーシーもこの写真を見せた時食い入るように凝視していた。

陛下は母を知っているらしい。つまりルーシーのあの反応もそういうことだったんだろうか。今まで母の話をしてもそんな素振りは感じなかったけれど。

「ルーシーも母さんのこと知ってたの？」

ルーシーは答えに迷うような間をほんの少し置き、

だけどしっかりと首肯した。

「俺もシュライアスも知ってる。だが、この中で最も彼女を知っているのは陛下だ」

「え？」

陛下を見れば、肯定するように見つめ返された。

一国の王と自分の母が知り合い。頭の中でぶわぁっといろいろな妄想が展開され、

「……別れた恋人、とか？」

ぶふっと三ヶ所から吹き出す音が。陛下以外の三人だ。一番可能性の高そうだった線なのに、どうやら違うらしい。

ごほん、と陛下が咳払いをすると三人も姿勢を正した。まだ微かに震えているシュライアス様の小脇をエレオノーラ様が閉じた扇の先端で軽く小突く。

「恋人ではなく、ソフィアは私の妹だ」

「…………」

「末の妹。義母上は俺の叔母だ。つまり俺とシャルルは従兄弟」

「…………」

「僕もだよ。つまり君も王家の系譜ってことだ」

三人の言葉が真っ白な脳内をぐるぐる回る。

妹。叔母。従兄弟。系譜。

「…………嘘でしょ」

「事実だ」

いつになく冷静なルーシーの声にふっと気が遠くなり、根性で繋ぎ留めた。

在りし日の母を思い浮かべる。

料理だけでなく、軟膏やジャム、ポプリの作り方を教えてくれた母。たくさんのレシピや生活の知恵、生きていく術を教え、遺してくれた母。

いつでも笑顔だった明るい母。息子との雑巾がけ競争に本気を出す大人げない母。野菜の葉を食べてしまう芋虫を指先でつまんで放っていた母。お留守番よろしくね！　と父と森デートへ繰り出す母。何もないところで突然すっ転ぶ母。息子の前髪をいっ、いっ、もうっかり切りすぎる母。

父との初夜話を父と一緒に息子にうっとり語る母。息子が父に肩車されるのを本気で羨ましがり自分にもして！　と子どもみたいにねだる母。…………あれが王族だった人？

「よく似た他人だと思います」

という結論に至りキパッと断言した。

「いや、シャルル、事実だから」

「絶対違う。お姫様は芋虫手づかみしない」

「ぶふっ、えっ、ソフィア様そんなことしてたのっ？」

「しょっちゅうだよ。カマキリに威嚇されたら同じポーズで威嚇し返す人だよ」

　お姫様はカマキリと喧嘩したりしない。

断固として別人説を推すと、またもや吹き出された。今度は陛下も一緒にだ。

「そ、そうか。なかなかにお転婆だったのだな」

「そうです。栗の木蹴っ飛ばして実が落ちないからと木登りして、降りられなくて僕らに助けてー！って叫ぶような人です。お姫様じゃないです」

　お姫様とはこちらにおわすエレオノーラ様のような女性のことを言うのだ。

　ふん！　と鼻息荒くまくし立てると、一層笑い声があがった。伝わった？　伝わったならよかった。

目尻を拭った陛下は紅茶を一口含み、思い出し笑いするようにふふっと頬を歪めた。

「元気で暮らしていたのだな」

「丈夫ではなかったですけど、気力は有り余ってる感じでした。雑巾がけ競争は勝ち逃げされました」

「そ、そうか。ふふ、雑巾がけか」

　カップを持つ手が震えている。シュライアス様は前傾姿勢で腹を抱え、エレオノーラ様に背中をさすられていた。ルーシーも笑いながら「義母上の話はいつ聞いても楽しい」と僕を引き寄せた。

　思いがけず空気が和み、緊張していた僕自身もほっと……しかけたが、ハッとする。

　絶対他人の空似だとは思うけれど、万が一彼らが正しいなら、僕とルーシーは従兄弟同士。血縁だ。

それってどうなんだろう。結婚していいの？　血縁なのに結婚できるの？

不安になってルーシーの袖を引く。どうした？　と優しく見つめ返され、縋るようにその腕を摑む。

「従兄弟って結婚できるの？　ど、どうしよう？　絶対違うけど、万が一同一人物だったら、絶対違うと思うけど、もしそうなら、結婚できない……？」

きょとんとした青い瞳の中に不安げな顔をした自分がいる。ルーシーは何故か嬉しそうに破顔し、

「四親等だから問題ない。結婚できるよ」

断言し、強く抱きしめてくれた。安心してドッと脱力してしまう。よかった。母とお姫様は絶対別人だけど、よかった。

大体ルーシーと血縁だなんて、そんな偶然あってたまるかという話だ。寝耳に水すぎる。

母はどう考えてもお姫様ってガラじゃないし、あのクマみたいな父が王都のお城で暮らすお姫様とどうやって知り合うっていうんだ。

改めて〝ない〟と結論づけ、一人うんうん頷いていると、

「——待て。結婚？　お前と彼がか？」

陛下から待ったがかかった。ルーシーの腕の中からひょこっと顔を出すと、目が合った途端陛下は優しい顔になる。怒っているわけじゃなさそうだ。

「リュシオン、どういうことだ」

「そのままの意味です。結婚します」

「あの子の忘れ形見を弄ぶなど絶対に許さんぞ」

「人聞きの悪いことを。大切な宝物を弄ぶ愚か者がどこにいますか」

大きな掌に頭を撫でられる。ほっとする感触に和みつつ、なんだか距離を感じる父と息子をキョロキョロと交互にうかがう。

「本気なのか？　神に誓ってか」

「神には誓いませんが、己の良心と俺の天使に誓って本気です」

「お前に良心などあったのか」

「俺をなんだと思ってるんですか」

喧嘩……ではなさそうだ。険悪な雰囲気ではない。反らした腰が怠くなってきたので離れようとしたけれど、察したルーシーの膝に乗せられた。ちょっと。国で一番のお偉いさんの前です。やめなさい。

ぺしぺし胸板を叩いて降りようとするも、腕の檻が頑なすぎて三秒で諦めた。もうどうにでもなれ。

無の境地で紅茶を啜る。美味しい。エレオノーラ様の真心を感じる。

「お二人ともその辺で。ルゥが現実逃避顔しています」

復活したシュライアス様が再び懐に手を差し入れる。今度は何だと注目していると、見覚えのある薄い水色の封筒が出てきた。どうやって入れていたんだろう。上着に魔法でもかかっているんだろうか。

「父上。兄上は本気ですよ。ほら」

中身の紙を取り出し陛下に手渡す。ルーシーが特大の舌打ちをし、シュライアス様を叱りつけた。兄の説教をてへっと舌を出すだけで強制終了させたシュライアス様は結構な大物だと思います。

「……シャルル、というのだな」

僕らのと店主のサインが入った婚姻証明書をじっと見つめながら、陛下が呟く。

そういえば自己紹介をしていなかった。礼儀以前の問題だ。まずい。

慌てて姿勢を正して名乗るも、はたと気付く。こんな膝抱っこ状態で礼儀もくそもない。国で一番偉い人相手に……やってしまった。

大量の冷や汗が噴き出したが、陛下は特に言及せず、ふっと微笑んだ。

「シャルル。本当に愚息でいいのか？」

ルーシーを一瞥し、また僕を見つめる。

「一生のことだ。後悔はしないか？　かつての愚息の素行は褒められたものではない。泣き暮らすことになるやもしれぬぞ。誠実とはほど遠く、身分を取ったら何も残らん。つまり今の愚息は残りカスのようなもの。傲慢で、後先考えぬ愚か者だ。恨みも多く買っている。本当によいのか？　苦労するぞ」

「わあ。すごい言われよう」

清々しいほどに辛辣で思わず声を上げてしまった。

実の親にここまで言わせるなんてある意味すごい。一周回って感心してしまう。

背後でギリギリと歯を食いしばっている未来の旦那様の腕をぽんぽん叩き、陛下と向き合う。

「僕は王族のルーシーを知りません。知っているのは、家の前に行き倒れていたのを拾ってからのルーシーです。僕の知っているこの人は最初から何も持っていません。だいぶポンコツだってことも知っています。優しくて可愛い人だということも知っています。だから平気です。もし浮気したら離婚します」

「しないぞ!?　浮気も離婚もしないっ」

「まあ、あれだけ浮気で痛い目みてまだするなら病気なので、治癒院に放り込むくらいはします。離婚もしますけど」

「だからしないっ！　離婚はだめだ、絶対サインしないからな！」

ぎゅるん！　と反転させられた直後さば折りする勢いで抱きしめられ、ぐえっと潰れた声が飛び出る。

どうどう、たとえ話だから落ち着いて。死んじゃう、中身出ちゃう。

興奮したルーシーは渾身の力で僕を抱き潰さんとしながら叫ぶ。

「青年期のシャルルも壮年期のシャルルも中年期のシャルルも高齢期のシャルルも俺のだ！　じいさんになってもデートしてシャルルを看取って死ぬんだ！　絶対離婚しない！　子どもはどうするんだ！　離婚したら子どもも悲しむぞっ!?」

「は？　待てリュシオン」

「えっ？　子ども!?」

「どういうことですの？　リュシオン様？」

「全員落ち着いてください妄想です」

とりあえず妄想爆発中のルーシーを抱きしめ、背中や頭を撫で、言葉とスキンシップで宥める。

生温い空気の中、やがて正気を取り戻し、ふうう う……と長く深い息を吐き出した。興奮しすぎたの かちょっと涙目だ。

「こんなポンコツさんですが、仲良く暮らしてるので問題ありません。ね、ルーシー」

「うん。離婚だめ絶対」

「しないってば。よしよし、まだ結婚すらしてないからね。落ち着いてね」

僕の首筋ですんすんしているルーシーを信じ難いものを見る目で見ている陛下とエレオノーラ様。シュライアス様だけはにこにこだ。兄の奇行にも動じないなんて、やっぱり彼は大物に違いない。

「……ごほん。そうか、後悔しないならそれでよい」

席を立った陛下は窓際のデスクに置かれていたペンを取り、婚姻証明書にサラサラとサインを……サインを！　えっ！　サインしてくれた!?

あわあわしていると、僕より激しく動揺したシュライアス様が「あ――――ッ!!」と絶叫した。

息子の叫びもなんのその。陛下はしれっとしたお顔でローテーブルにサイン済み証明書を置いた。

ドギマギしながらもそろそろと紙を覗き込めば、やっぱり。本当に、店主のサインの隣の欄に、陛下のフルネームのサインが入っていた。

僕とルーシーの婚姻証明書に、この国の王様の直筆サインが。……冗談みたいな現実。脳の処理が追いつかない。

僕の脳みそが必死に情報を処理しようとしている間にも、シュライアス様は常の穏やかさをかなぐり捨て、摑みかからん勢いで陛下に詰め寄っていった。

「父上！　その欄は僕の欄だったんですよ!?」

「お前は未婚未成年だろう。権利なしだ」

「来年するつもりだったんです！　あああっ！　持ってきたばっかりにぃぃぃ――……！」

頭を抱えたシュライアス様を陛下は「はっはっはっ！　成人してから出直せ！」と豪快に笑い飛ばす。

厳しい方かと思いきや、なかなか楽しい方らしい。

高貴な親子のやり取りをほっこりしながら観察していると、シュライアス様はキッと眦を吊り上げ、勢いよくペンを取った。そうして勢いのままに、陛下のサインの上の空白部分にガリガリとサインを入れた。えっ、証人三人ってアリなの？

書き終えた彼は「はい！」と隣のエレオノーラ様にペンを突き出し、まさかのエレオノーラ様まで店主のサインの上にきれいな字でサインをした。四人目。エレオノーラ様は字までお美しかった。

四人分のサインが入った書類をぽかんと見つめ、

「これ、受理されますかね？」

僕の問いかけに答えてくれたのは陛下だった。

「少なければされないが、多い分には問題ないだろう。まあ、シュライアスたちのものは無効だがな」

「父上が暴挙に出なければ有効でした！」

ガッと噛み付きそうな勢いで反論したシュライアス様は、証人四人分のサインが入った用紙を手渡してくれた。

両手で持ち、証人欄から溢れてしまった筆跡の違うサインを見つめる。

「ルーシー、みて、すごいね、たくさん祝福をもらえた」

「……ああ」

「すごいね。これ提出したら、もう家族なんだね」

「そうだな」

ずっ、と鼻を啜る。

一人になって二年。僕にも家族ができる。

こんなにもあたたかい人たちに祝福された家族が。

それを今、実感した。

僕らの名前と、証人四人の名前がぐにゃっと歪んでしまう。もう一度鼻を啜り、ごしごしと目を擦る。

僕のこめかみに口づけをしたルーシーは、僕を膝から下ろすと姿勢を正した。その視線はまっすぐにかつての婚約者へ向けられている。

「エレン」

今日初めて彼女を呼び、

「これまでのこと。お前の努力、献身、人生を踏みにじったこと。本当にすまなかった」

しっかりと頭を下げ、謝罪をした。

姿勢を戻したルーシーを、エレオノーラ様は正面からしっかりと見返す。

「謝罪を受け入れます。どうかお幸せに、ハル様」

花が綻ぶように微笑み、シュライアス様の手を取った。

「わたくしも幸せを見つけました。わたくしたちの証明書には、あなた様にサインしていただきたく存じます」

両手で彼女の手を包んだシュライアス様も、柔らかな表情でルーシーを見つめた。陛下もだ。

三人分の視線を受け止めたルーシーは困り顔で微笑み、それがお前の願いならと穏やかに頷いた。


高貴な三人に見送られ、僕とルーシーは一瞬のうちに我が家へ戻ってきた。

なんだかすべてが夢のような時間だった。なかなか現実に戻れなくて、掲げた婚姻証明書をいつまでもぼうっと眺めてしまう。

何度見ても信じられない。現実とは思えない。国の王と次期王と次期王妃のサイン入り。店主に見せたら卒倒しそうだ。見せてみようかな。だめだ、ルーシーの身の上から説明しないといけなくなる。でも見せたい。どんな反応をするか興味がある。

「シャルル、ほら、しまっておこう。提出するまで大切に保管しないと」

写真立てをいつもの位置に戻したルーシーが手を差し出す。ほけっとしながら渡すと、ものすごく丁重に封筒へしまい、魔法をかけた。

「なんの魔法？」

「封印と結界。これで何人たりともこの書類をどうこうできない」

「厳重」

「当然だ。俺たちの未来がかかった書類だからな」

　ふふんと得意げに笑い、戸棚の上ではなく引き出しにしまった。そこにも魔法をかけている。慎重が過ぎる。

　戻ってきたルーシーもソファに腰掛けた。スプリングが軋む。

「提出は指輪とピアスが揃ってからにしようか」

「先に出しちゃってもいいよ。指輪はともかくピアスはまだ時間がかかりそうだし」

「ぐっ……、なんという誘惑……！　惑わせるな、決心がぐらつく！」

「そんな耐えなくても。僕はあの書類にサインした時から、いつでもいいって思ってたよ。そうじゃなきゃサインなんてしない」

「シャルル……っ」

　うるっと青い瞳を潤ませ、腹に抱きついてきた。下腹辺りの服がじんわりと湿っていく。

　泣き虫なんだからなあ、もう。

　しゃくりあげるのに合わせて揺れる銀髪をゆっくりと梳く。

「謝れてよかったね」

「……ああ」

「お父さんとも話せてよかったね」

「……ああ」

「幸せになろうねえ」

「……もう幸せだ」

　ずず、と鼻を啜る音がした。本当に、可愛い人だと思う。


　夕食と入浴を終え、居間で読書をするルーシーの隣で、ちくちくと布を縫い合わせていく。

　両耳がほんの微かにじくじくしているのは、ついさっきピアスホールをあけたばかりだから。

　宣言通り、ルーシーは痛みがないように細心の注

意を払って穴をあけてくれた。細い氷の針でぷつっと。おかげで今も痛みというほどのものはなく、仄かに熱を持っているかなあ？　くらいだ。魔法万歳。

そんな現在。針を使った作業中だからか、ルーシーの右手は僕に触ろうと伸び、だけど直前で止まり引っ込むという動きを繰り返していた。伸ばしているのはたぶん無意識だ。視線は本に固定されている。

「ルーシー」

「どうした」

「触りたいならいいよ。手元以外なら平気」

許可した途端、ごろりと寝そべり膝に頭を載せてきた。そのまま読書続行。僕も縫い物を続行。

ぺらり、と紙が捲られる。ちくちくと針が進む。

「いたっ」

「どうしたっ」

「刺した。平気、気にしないで」

ぷっつりと小さな赤い玉が浮かんだ指先を咥え、ちゅぽんと出す。まだ滲むがこの程度ならすぐに止まるし問題なし。

作業を再開しようとしたら、濡れた指を下から取られ咥えられた。

赤い舌がねっとりと舐める。うっ。性的。

「変態」

「いやらしい気分にさせたくてやってる」

「ルーシーがやるといやらしい」

「褒め言葉だな」

ふっと挑戦的な目つきで見上げられ、前髪に隠れた額をぺちっと軽く叩いた。

「ここまで縫ったら今日は終わりにするよ。そしたら寝よう」

「どっちの意味？」

「解釈はお任せします」

ふんふんとゴキゲンな鼻歌を歌いだした未来の旦那様。相変わらず欲に素直というか、分かりやすいというか。

膝がじんわりと痺れてきたけれど、気にしないふりで縫い物を再開した。

思えば母には感謝することばかりだ。

母の教えのおかげで家事もこういう作業も苦にならないし、一人になってからも食い扶持には困らなかった。学校には行けなかったものの、こうして日々平穏無事に過ごせている。

もちろん父のことだって尊敬しているが、魔道具師としての技術は高等すぎたし、狩猟も僕には難しかった。母の教えの方が今の生活に直結している。

「刺繍もしてみようかな」

「ハンカチ希望」

「クッションにだよ」

「俺に……ハンカチ……」

くすんと嘘泣きするルーシーの耳をくすぐる。

「教わったのすごく昔だから、まずは思い出すところからだな。上手く刺せるようになったらハンカチに刺すよ」

「楽しみにしてる」

上機嫌に微笑むげんきんな人をひと撫でしてから作業に集中した。

目標のところまで縫い上げ道具を片付ける。ルーシーも本を閉じ、腹筋を使ってひょいっと軽やかに起き上がった。こんな何気ない動作にも回復の手応えを感じる。同居当初は起き上がるのも一苦労だったからなあ、手を貸していた頃が懐かしい。

施錠を確認してまわり、明かりを消して寝室へ。もうすっかり寝室となった元僕の部屋の明かりも消し、二人でいそいそとベッドに入った。

向かい合わせで寝転がり、落ち着く位置におさまる。穏やかな心音が心地いい。

「父さんたちの部屋、片付けようと思う」

「どうして?」

「うち、三部屋しかないでしょ。整理して使えるようにした方がいいかなって」

髪を梳く指使いが優しい。

優しい感触に勇気をもらい、ぽつぽつと、少し前から考えていたことを明かしていく。

「この家は父さんたちの家だけど、今は僕とルーシーの家だから。僕ら仕様に変えていきたい」

「俺はこのままでも不都合はないよ」

「喧嘩したら別の部屋で寝るから、逃げ込む先を作らないと」

「喧嘩してもここで一緒に寝るから問題ない」

「狭いでしょ。喧嘩したらこの距離感地獄だよ」

「仲直りも早いだろうな」

ああ言えばこう言う。

そうして後頭部をゆっくりと撫でられた。

「片付けるならさ、大きなベッドを買おうか。この部屋が埋まるくらい大きいサイズのベッド」

「なんで?」

「ここを完全に寝室にして、義父上たちの部屋にこの部屋の荷物を移動させるのはどうかなと。あっちはシャルルの作業部屋にしてもいいんじゃないか?」

「ああ、それはいいかも」

「ワインセラーは居間に移動させよう」

「飲みすぎないでね」

二人きりで、誰の目も耳もないというのに、僕らは内緒話をするように小声で会話をした。

目をつむる。少し先の未来を想像してみた。

居間に置かれた小さなワインセラー。それぞれ個室で仕事をして、先に切り上げた方がお茶にしようと呼びかける。特別な日にはワインを飲むかもしれない。特別な日じゃなくても、夜は二人で大きなベッドで眠る。そうしてまた、優しい「おはよう」から一日が始まる。

「ルーシー」

「うん?」

「一緒にいてくれてありがとう」

とく、とく、と落ち着いた鼓動に耳を澄ませ、その拍動に合わせ深く呼吸をした。

まだ眠気は遠い。

眠ったと思ったのか、額に柔らかなものが触れた。

眠りを妨げないような小さな小さな声で、ルーシーは「愛してる」を繰り返していた。

＊

数日後。大量に作った虫除けポプリの納品ついでに、サインが揃ったことを馴染みの店主に報告した。

ルーシーの身の上の説明については、本人曰く「この先仕事内容じゃなく俺に興味を示して依頼してくる連中がいるかもしれない。迷惑をかける前に自分で明かす」とのこと。

実際少し前にそういう依頼主に当たったらしい。斡旋してくれる店主にも探りを入れる人がいるかもしれないし、この際あらいざらい説明すると決めたみたいだった。

ルーシーがいいなら僕に否はない。それで態度を変えるような人でもないしね。

「――と、いうわけで、ルーシーのお父さんと弟さんと弟さんの婚約者の方が証人になってくれたの」

「ほーん。ぜーんぶ見覚えある名前だなあ」

「そうだろうね。新聞にもよく載ってるからねえ」

「おっ、すげえな。おれのサインの隣、うちの国の王様と同姓同名だ」

「本人だからねえ」

のんびりと会話する僕らを、ルーシーはポプリをカウンターに並べながら呆れ顔で見ていた。

「その上は王太子殿下と同じ名前だな」

「その隣は次期王太子妃様の名前だよー」

「……………偽造じゃねえんだな？」

「こんな超大物たちの署名偽造する強心臓の人間なんているの？」

ギギギ……と錆びたブリキ人形のように首を回した店主は、町中に響き渡るくらいの大声で絶叫し、白目を剝いてひっくり返った。死なないでおじさん！　大丈夫現実だから！

店の奥から飛んできた店主の奥さん、なんだなんだと様子を見にきた近所の店の人。中には肉屋のおかみさんや服屋の女店主、花屋の店主もいた。

「なんだいシャルル、どうかしたのかい？」

「僕たちの婚姻証明書見せたら気絶しちゃった」

「ああ、旦那はあんたのこと可愛がってるからねえ。息子の嫁入りみたいなもんだ」

「息子の嫁入りってすごい言葉だね」

「シャルル、そんなこと話してる場合じゃないから。店主、しっかり。王は王ですが玉座を離れたらただの人です。ただのおっさんです。しっかり」

　なんの話？　と近づいてきた彼女たちにも証明書を見せると、キャーッ！　と少女のような甲高い声で叫び、カウンターに置いた紙を中心に人の輪が出来上がってしまった。

「これ本物!?」

「分かる。疑うよね。本物だよ」

　再びキャーッ！　と興奮しきりな声が店内に響き渡る。みんな元気だな。

　どうしよう。思ったより大騒ぎになっちゃったな。店主の瞼をそっと閉じて背中をさすっていると、笑顔全開にっこにこな肉屋のおかみさんが、カウンターに転がっていたペンを取った。

　まさかと思う間もなく、彼女はカリカリと証明書にサインをした。次にペンを取ったのは服屋の女店主。その次は花屋の店主。気絶中の店主の奥さんまで名乗りを上げ、あれよあれよとあっという間に空白部分がサインで埋まってしまった。

「わあ……証人が八人」

「ははっ、すごいな、役所の人間も驚くだろうな」

「受理されるかな？」

「されなかったら陛下に渡そう。どうにでもするぞ、あの人なら」

　なにせ最高権力者だからなとちょっと小馬鹿にしたようにルーシーが笑う。ちなみにどうして書き込めたのと訊いたら、おかみさんが書く前に魔法を解除したと白状した。この確信犯め。

「なんかもう証明書ってより寄せ書きみたいだね」

「確かに。シャルルが愛されている証拠だ」

「ルーシーもだよ」

だってこれは僕らが家族になるための証明書なのだから。

　たった一枚の紙切れがこの世の何よりも輝いて見える。

　寄せ書きのようになったその紙を掲げ、じーんとしながら見入っている僕を、ルーシーも、おかみさんたちも、復活した店主も、みんながあたたかく見守ってくれていた。

◆◆◆

　隣を歩くシャルルがくふくふと笑っている。封筒を抱きしめる横顔は心から幸せそうで、可愛くて、愛(いと)おしくて、何より大切で、いつまででも見つめていられる。この笑顔で飯五杯は軽い。この笑顔を生涯守り通すことが自分の使命だと心に刻んだ。

　雨季特有のしっとりとした生温い空気を桃色に変えながら宝飾店を目指した。ピアス探しのためだ。

「ここでも見つからなければオーダーしよう」

「それはいいけど……」

　最後まで言わず苦笑したシャルルの言いたいことは分かる。ピアス探しが難航しているのは俺がこだわっているせいだ。

　指輪は石のないデザインにした。ピアスにはお互いの瞳の色の石を使う。その石が問題だった。

「絶対にシャルルの瞳とまったく同じ色がいい」

「それはまた……難しそう？　だね」

「見つけるまで探す」

翡翠(ひすい)の中に金の星屑(ほしくず)。これが譲れない絶対条件だ。

　本人に話せば「そんなのあったんだ」なんて驚いていた。十六年鏡見ていなかったのか。いや、毎日身だしなみを整える時に向き合っている。自分の瞳なのに何故気づかない。

目当ての看板を見つけ入店した。客はまばらだ。

さっそく端から端まで見て回るも、やはりというか、サファイアはあれど特殊な翡翠はない。

「もう普通の翡翠で妥協したら？」

「しない。星屑があってこそだ」

「えええ……」

非難がましい視線を振り切り顔を上げれば、ちょうどこちらを向いた店主と目が合った。

「ピアスをお探しですか？」

「ああ。デザインは二の次で、翡翠に金模様が入っているものを探していて」

「なるほど？　少々お待ちくださいね」

店の奥へと向かった店主の背中を見送りつつ、シャルルと顔を見合わせた。あるのか？

少々期待しながら待っていると、平たい布張りのトレーを手に戻ってきた。トレーには三つの石が載せられていて、うち一つからは薄く魔力を感じる。

「まずこちらが翡翠ですが、いかがですか？」

「……いや、違うな。繊維状じゃなく星屑がいい。透明度ももっと高いものがいい」

翡翠をトレーに戻す。店主は次に赤い石を指した。

「こちらのガーネットにもインクルージョンが入っています。内包物がありますでしょう？　内包物のある石はあまり人気がないんですが、私個人としては、石の個性と思っておりまして」

次に、と紹介されたのは黒紫色の石。

「自然にできるインクルージョンを魔法で人工的に刻めないかと試行錯誤中でして。手前の創作魔法なんですがね、任意の模様を流し込むんです。これなんか結構上手くいったんですよ」

渡されたルーペで魔石を見てみれば、石の中には銀の星屑が鏤（ちりば）められていた。

バッとシャルルを振り返る。それだけで伝わったのか、にっこり笑って頷（うなず）いてくれた。

天然でなくていい。忠実に再現したい。

その想いを込めて店主の両手をがしっと握った。

「こういった加工を翡翠にしてもらえないだろうか。ちょうどこんな感じだ。星屑を鏤めてほしい」

「え？　ええ、構いませんよ。ただ試作段階でして、お好みどおりになるかは」

「貴殿の腕を信じてる。もしくはやり方を教えてくれ。加工したものをピアスにしてもらえないか？」

話しながら、その方がいい！　とどんどん気分が盛り上がってきた。俺の勢いに押し負けたように、店主は「技術や情報をほかへ流さないなら」という条件の元指導を請け負ってくれた。よし！

「よかったねえ。ルーシーは器用だからきっと上手くいくよ」

「ああ！　必ずシャルルの瞳を再現してみせる！」

やる気に燃える俺を、店主は苦笑い、シャルルは慈愛に満ちた笑みで見つめていた。


翌日、改めて宝飾店へ向かい、併設された工房にて店主の教えを受けた。

俺が工房に詰めている間、シャルルは馴染みの店主の元で虫除けポプリ作りに勤しんでいる。秋までは需要がかなりあり、作っても作ってもすぐ売り切れという人気商品らしい。

商品が入れば店主は嬉しい、あそこにいると思えば俺も安心。これぞウィンウィンと言えよう。

宝飾店の店主兼職人でもある師から構築の説明を受け、屑石で試す。考えていた以上に繊細な作業で、端的に言って難しかった。展開対象が小さすぎるのだ。本気で集中しないと構築段階で失敗する。

店主オリジナルだという魔法式を構築できても、そこからがまた難しい。試しの屑石は割れたり崩れたり粉になったりと失敗が続いたが、コツを摑んでからはそういったこともなくなった。

ようはイメージだ。毎日見ているあの瞳をしっかりイメージしながら手順通りに式を組み立てていく。

渡された六個目の練習用の屑石には、イメージどおりの美しい星屑が散っていた。

店主はその場で飛び上がるほど驚き、うちで働かないかと熱心に勧誘してきた。断るとひどく残念そうに肩を落としたが、理想の翡翠探しとピアスのオーダーについては快く引き受けてくれた。

成功した屑石を照明に翳(かざ)す。

今この時ほど魔法が得意であることを誇らしく思ったことはなかった。

かぞくになりました

あれから早数日。たくさんの石の中から厳選した透明度の高い理想の翡翠にルーシーが手ずから加工を施し、世界で一つだけの宝石を作り上げた。大成功。ルーシーと店主(お師匠)はハグをしてたたえ合っていた。友情でも芽生えたのだろうか。

僕としては気恥ずかしくてとても大声では言えないのだけれど、完成したその翡翠は《シャルルの瞳》と名付けられた。そのまんま。

完成度や美しさをとても気に入った店主がその名で売りに出したいとルーシーに懇願したが、一考もせず却下していた。まあね、ルーシーだからね。独占欲強めなので仕方ない。

その《シャルルの瞳》とルーシー色のサファイアは店主に託され、ピアスへと姿を変えている最中だ。

名称は心底恥ずかしいが、完成はとても楽しみ。石メインのシンプルなピアスになる予定です。

王都へ買い物に行ってから約ひと月。

あっという間に雨季は明け、夏に差し掛かった今日この頃。ルーシーが喜色満面で報告してくれた。

指輪が完成したらしい。

シュライアス様に転移許可をもらい、取るものも取りあえず転移。部屋で待っていてくれたシュライアス様への挨拶(あいさつ)もそこそこに秘密の抜け道を通って二区へ向かい、指輪をオーダーした店に飛び込んだ。

僕が入口の柱に摑まり息を整えている間に、ルーシーは手続きを済ませ、にっこにこで戻ってきた。目の前で臙脂色の小箱をパカッと開く。サイズ違いの指輪が横並びで輝いていた。

「サイズは大丈夫だと思う。確かめる？」

「うーん。いい。大丈夫だって信じてる」

「なら帰ってから雰囲気作って交換しようか」

「それを口に出しちゃうところがルーシーだよね」

きょとんとする未来の旦那様に苦笑した。

店を出たあとは、お茶でも——と言いかけたシュライアス様を振り切って即帰宅。ごめんなさい、今のルーシーは指輪で頭がいっぱいなようです。

今度埋め合わせをしようと心のメモに書きとめ、うきうきと雰囲気作りとやらに取りかかったルーシーを見守った。

ルーシーが張り切っていろいろやっている間、僕はぶどうの果実とジュースを使ったゼリー、ぶどうのマカロン、ぶどうジャム作りに励んだ。

我が家は今ぶどう祭り開催中。食べきれないほどもらったとかで、馴染みの店主がたっぷりとおすそ分けしてくれたのだ。ジャムは数量限定で卸し、マカロンは上手くできたら今日のお礼とお詫びにマカロン殿下にお渡し予定だ。

（ぶどうジャム美味しいよなあ。パンも焼いてみようかな。母さんのノートにあったはず）

次の目標を立てながら作業を進め、終わった頃にはキッチンは甘い匂いでいっぱいになっていた。

片付けをしてからルーシーの仕事部屋を覗く。いない。寝室を覗く。いた。でも「まだだめ！」と叫ばれ、居間で大人しくクッション製作をした。

縫い合わせながら、形になってきた布にたまに頬ずりをする。頼んだシーツはまだ届かない。この極上の肌触りの布でできたシーツに全身を埋める妄想をすると、それだけで思考がとろける。

早く届いてほしいな。初夜までに届くだろうか。

いや、うん。シーツもそうだけれど、正直、すごく期待している。何にって、初夜に。ルーシーのいやらしさがうつったのだろうか……由々しき事態だ。

（……でも別に悪いことするわけじゃないし。いやらしくなろうと、相手はルーシーだけだし。ルーシーが嫌がらないなら気にすることないのかな）

心の中で言い訳を重ね、ちくちくと針を進める。

まさか自分が同性婚をするとは思わなかった。というか、結婚自体するとは思っていなかった。

必要最低限しか出歩かないし、知り合いも少ないし、出会いもない。十六で結婚は遅くも早くもないものの、自分がこの歳でするなんて。

この国は十八歳で成人、十五歳から婚姻可能だ。でも以前のルーシー然り、しきたりを重視する王侯貴族は両人が成人後に結婚するのが一般的らしい。対して平民は十五歳で結婚、成人する頃には子どもがいるなんて人もザラ。

貴族と平民では意識が違うのは当然として、こう考えると成人の意義がよく分からない。成人しているか否かでどうこうなる事柄も特にないし、謎の制度だ。

ルーシー先生によれば、大昔は魔力制御ができない人が多く、暴発事故を防ぐために十八歳をひとつの区切りの年齢と定め、『成人したら魔法を使ってもいいですよ』としていたらしい。

今は学校でしっかり制御や倫理を学べるから、十八歳未満の魔法使用も認められた。区切りとしての意味はなさなくなったが、制度と名称と儀式だけが残った、ということらしかった。ひとつ賢くなれました。

閑話休題。

結婚式は教会で行う。でも平民は式自体挙げない人の方が多いとか。挙げるのは懐に余裕のある人だけ。たいていは、届け出後、周囲に報告しておしまい。この辺りの知識はおかみさんたちに伝授された。

ルーシーも平民流の結婚をおかみさんたちから積

極的に学び、その上で「式はアリでも教会はナシ」と爽やかに決断した。ルーシーの神官嫌いはかなり根深いと思われる。もう毛嫌いって勢いだ。

　シュライアス様情報だと、例の一件で偽聖女を聖女に仕立て上げて唆したのも、偽聖女に薬を渡したのも、大神官とその一派。薬もそうだけど、魔法を得意としているルーシーが魔法でしてやられた上に、いいように利用されたのだから、毛嫌いするのも仕方ない話なのかもしれない。

　つらつらととりとめのないことを考えているうちに、自然と縫い物の手が止まった。

（頭パッパラパーの時偽聖女とシたんだよなあ。ちょっと嫌かもしれない。比べられたらどうしよう。これまでの浮気相手、全員女の子だろうしなあ……）

　自分の体を見下ろす。

　胸なんて当然ない。下にはついているし、女の子のような丸みも柔らかさもない。

　性行為にしても、使うのはお尻だし、濡れないし、事前事後の処理が必要で、慣らすのも大変だ。

　散々見せ合い触れ合っておいて今更だけれど、ちょっと不安になる。

　今はいいとして、いつか、やっぱり女の子がいいと思われたらどうしよう。

　性別ばかりは努力ではどうにもならない。女の子と浮気されたら悲しい。いや、男も嫌だ。というか男の方が嫌だ。

　布を膝に置き、胸に手を当てた。うん。ぺったんこ。当たり前だけれども。

　ルーシーと触れ合うようになり、ここも気持ちいい場所なのだと知った。結構衝撃的だった。

　でもただ真っ平らなだけだし、僕は気持ちよくてもルーシーはそうじゃない。摑めないし揉めないし挟めないし、触ったところで楽しくなさそうだ。女の子の感触を知っているルーシーには物足りないんじゃないだろうか。

「はあ……女の子っていいなあ……」

女の子になりたいわけじゃない。ないものねだりだと分かっている。分かっているけれど、離れていってほしくないから、繋ぎ止める要素は多いに越したことはないとも思ってしまう。

少し前までは〝好き〟の種類も分からなかったのに、こんな風に悶々とする日が来ようとは。一つ解決すると一つ悩みが増えるなんて、人生はままならない。

ソファの背もたれにくったりと頭を載せ天井を見上げていると、視界に突然にゅっと仏頂面のルーシーが入り込んできた。

「シャルル？　浮気？」

「へ？　何が？」

凄みのある笑顔を向けられ、姿勢を元に戻す。無言でソファを回り込み、背もたれに両手をついた。

ソファとルーシーに挟まれる。距離が近い。オーラが真っ黒い。笑顔の圧迫感が……。

「女の子がよくなった？」

「へ？　なんのはな……ああ、違う違う。女の子の体が羨ましいなって考えてただけ」

「ん？　どういうこと？」

「ないものねだりって話。胸もないし、おちんちんついてるし、お尻だし、この先ルーシーがやっぱり女の子がいいってなったらやだなって」

まだ話している最中だというのに、ルーシーは顔半分を片手で覆い、挙動不審者のように目をキョロキョロさせていた。どうした旦那様。

「おちんちん……ッ」

「そこ？」

今度はわあっと顔全体を覆ってしゃがみ込んだ。だめだこの人。重症だ。知ってた。

鼻血出さないといいなあと心配していると、顔を真っ赤にして息も絶え絶えに「もう一回言って録音するから！」と強めに願われた。絶対言いたくない。この台詞ももう何度叫ばれたことか。録音してどうするのだ、と突っ込む気力もない。

もう一回！ と懇願するポンコツさんを引きずりながらキッチンへ向かい、ジャムの鍋を掻き回し、スプーンでお味見。腰にしがみついているルーシーにも一口おすそ分けして、美味しいの一言をいただいた。火を止め瓶に移していく。

「あぁぁぁベッド行こうよぉぉ……」

「いいけど、雰囲気作りとやらはいいの？ 終わったの？」

「あっ！ そうだった。終わったよ、行こうか」

「瓶詰め終わらせてからね」

急にしゃきっとしてキラキラのロイヤルスマイルを向けられた。この切り替えの速さは見事だと思う。尊敬に値する。さっきまでの様子があれだけに。

二人でせっせと瓶詰めを終わらせ、改めて差し出された手に指先をちょんと載せる。

キッチンから居間、廊下、寝室と、まるでパーティー会場を進むようにエスコートされた。

ルーシーも僕もラフな部屋着だし、足元は室内履き。手袋さえしていない。このミスマッチさと、決めきれない感じがじわじわくる。ルーシーが王子様顔をしているのもじわじわに拍車をかける。エスコートは完璧なのに床板が軋むものだから、そのたびに笑いそうになった。

到着した寝室はカーテンが閉め切られ、真っ昼間なのに薄暗い。窓際のベッドまでキャンドルの道が作られている。

ベッドの上には薔薇の花束、天井には幻想的な星空がひろがっていた。これは一体どういう趣向なんだろう……いったいどこから突っ込めば……。

扉からベッドまでの数歩の距離をお姫様の如く誘われ、とうとう堪えきれなくなり、真っ赤な花束を抱えてくすくす笑ってしまった。

ルーシーはそんな僕の足元に跪く。

受け取ったばかりの臙脂色の小箱から小さい方の指輪を抜き、恭しく僕の左手を取る。

ルーシーの深呼吸が終わる前に、言ってみた。

「病める時も健やかなる時も、喜びの時も悲しみの時も、富める時も貧しき時も、僕を伴侶（はんりょ）として愛し、敬い、慈しむことを誓いますか？」

キャンドルの炎でオレンジがかって見える青い瞳がまんまるくなり、次いで口を尖（とが）らせた。

「俺が言いたかったのに」

「誓いませんか？」

「誓いますっ」

同時に吹き出し、細い指輪が薬指にはめられる。

慣れないアクセサリーは冷たく無機質。だけどじーんとした。はめただけなのに、心がぽかぽかする。

僕も小箱に残った方の指輪を抜き、ルーシーの左手を取った。すると、

「病める時も健やかなる時も、喜びの時も悲しみの時も、富める時も貧しき時も、俺を伴侶として愛し、敬い、慈しむことを誓ってください」

「強制」

笑いすぎて手元がぶれる。

「誓います」

指輪をプルプル震わせながらルーシーの薬指にはめる。

お互いの薬指に光る銀色のお揃（そろ）いの指輪。

自慢するみたいに見せ合い、お揃いの笑顔で誓いのキスをした。

*

翌日の早朝。朝日にも負けないほどキラッキラの輝かしい笑顔を浮かべたルーシーに揺り起こされ、気怠（けだる）い体を起こした。

「準備して早く行こう」

「まだ役所開いてないよ……ふぁ……」

あくびが止まらない僕に薄手のカーディガンを羽織らせると、とっても愛（いと）おしげに寝癖を直してくれる。朝からかいがいしい。

見下ろした自分の体は赤い痕（あと）だらけ。何かの病気

みたいに点在している。見える範囲だと特に胸元と内ももに集中していた。つけすぎ。

「僕が寝てからもつけたでしょ」

「可愛すぎて止まらなかった」

「大丈夫？　本番は今日なんだよ？　これ以上増えたら僕まだら人間になるよ」

　さすがにそれは萎(な)えないかと心配になる。あ、大丈夫ですかそうですか。あなたがいいなら別にいいんですけどね。

　気怠いけれど体はきれいになっていた。きっと寝落ちしたあとに済ませてくれたんだろう。どうせなら寝巻きと下着も着せてほしかった。まあいいか。

　ルーシーも何も着ていなかった。立(た)て膝(ひざ)で鬱陶(うっとう)しそうに前髪を掻き上げる仕草にドキッとする。朝からフェロモン全開であてられそうだ。ただでさえ顔面国宝なんだから自重していただきたい。

「前髪伸びたね。切る？」

「まだ大丈夫。短いと上げる時に落ちてくるし」

　そんな会話をしつつベッドを下りた。

　僕らの今日の最重要ミッションは、婚姻証明書の提出だ。

　ピアスが……と言っていたルーシーだけれど、指輪を交換したらもう気持ちがどうにもならなくなったらしい。そういうところ、本当に可愛いと思う。

　かくいう僕だって似たようなものだ。お揃いの指輪をはめた途端、はやく正式な家族になりたいと気持ちが逸(はや)った。

　そういうわけで、膝を交えて話し合い、今日提出しようと決めた。

　この国の婚姻証明書は届出書であり、その名のとおり証明書としても使える。届け出と同時に一枚だけ複製してもらえて、手元に残しておけるらしい。

　僕らの証明書はみんなの気持ちや祝福が詰まった寄せ書きだから、提出して終了は寂しかった。複製でも手元に残しておけるのはとっても嬉(うれ)しい。いい制度だと思う。すてきな額を作って飾る予定だ。

ゆっくりと朝食を摂り、身支度を整える。僕もルーシーもいつもよりちょっときれいめな服を着た。

役所の開く時間に合わせ、ぶどうジャムを詰めたかごと封筒を持つ。魔法陣が煌めき、光が収まると目と鼻の先に町の入口が見える場所に立っていた。やっぱり転移魔法は便利だ。

片腕にかごをぶら下げたルーシーは見るからに上機嫌。浮き足立っていると言っても過言じゃない。

僕も負けず劣らず、全身の気怠さが嘘みたいに足も心も軽い。油断するとスキップしてしまいそう。

「提出した後はどうしよっか。どこか寄る？」

「即時帰還希望」

「あ、ハイ」

とってもわかりやすい恋人に閉口し、だけど笑ってしまった。このあとを楽しみにしているのはお互い様だ。

先に店に寄り、ジャムを買い取ってもらった。今日は随分早いなと驚かれたけれど、封筒を見せたら「行ってこい」とわけ知り顔でにやりとされた。

みんなが寄せ書きをしてくれた日、店主やその場に集まったおかみさんたちにルーシーの事情は説明してある。だけどみんな、態度を変えるようなことはなかった。

服屋の女店主は言った。『ワケありの銀髪って聞いた時から、身分のある人間って予想してたよ』と。

曰く、この国では銀髪の多くは貴族。もっと言えば、どこかで王家の血が入っている人に多い。王家特有の色ではないが、まるっきり無関係の血筋には出ない色だとか。だから銀髪と聞いた時点で、貴族か、どこぞの貴族の落胤かと予想していたみたいだ。

彼女の予想は骸骨を脱しはじめたルーシーと会って確信に変わった。それは店主たちも同様だった。

僕はうろ覚えだったが、大人たちはこの国の元王太子様の顔と名前をちゃんと覚えていた。つまり、そういうことだ。

母についても聞いた。ルーシーと似た銀髪だった母に関しても同じように思っていたのだとか。どこかのご令嬢が駆け落ちでもしてきたのだろうと、暗黙の了解的に事情には触れずにいたそうだ。幸せそうだし、ひっそり静かに暮らしたがっているならそうさせてやろうと。

　優しい人たちだ。僕の知らないところで、僕ら家族の平穏な生活は守られていたのだと、十六年越しに知った。


　役所までの道を手を繋いで歩いた。

　虫の声がうるさい。気温もじわじわと上がっている。到着する頃には汗ばんでいそうだ。

　朝市が終わり、多くの店は開店前の中途半端な時間の今。町中は日中より人通りが少なく、すいすいと進むことができた。

　書類上、今の僕らはただの同居人で他人。でも帰り道は国に認められた家族になっているのだと想像すると、心がぴょんと跳ねた。書類を持つ手に知らず識らず力が入ってしまう。しわくちゃにしないように気をつけないと。

「独身最後にしたいことはある？」

　今更な質問を投げかけてみた。ルーシーは「ない」ときっぱり答え、

「シャルルは？　何かあるか」

「セックス」

「ぶっ、待っ」

「冗談です。僕も特にないよ」

　ケラケラと笑えば、悔しそうにぎりぎりする。でもすぐにへにゃりと笑顔になる。ルーシーのこの気の抜けた笑顔が好きだ。

「世間では独身最後に男友達と乱交パーティー？　する人もいるんだってね」

「いません。情報が混じってとんでもないことになってるな。天使（シャルル）の口から乱交って言葉は聞きたくなかった……」

「乱交って何？」

「シャルルは知らなくていい。する機会は一切ないから」

いい笑顔で言い切られ、そっかと飲み込む。

「頼んだシーツ、初夜に間に合わなかったなあ」

「んぐ……ッ、煽（あお）ってる？　俺結構限界ギリギリなんですが？」

「素直な感想。昨日ちょうどそんなこと考えてて」

「初夜に思いを馳（は）せる天使……いいと思います……」

「シーツに思いを馳せてたんだよ」

役所の建物が見えてきた。駆け出したくなるような、歩調をゆるめたくなるような、相反する気持ちがわき起こる。

「本当に僕でいいの」

「本当に俺でいいの」

「質問に質問で返さないでください。……先を想像した時、いつもルーシーがいるからいいんだよ。お互いしわくちゃで介護し合う姿まで想像できるから」

ああ、入口が見えた。作業着を着たおじさんが、開いていますよと書かれた立札の位置を直している。

「陛下が言っていたことだけど」

一歩ずつ、確実に近づいていく入口。立札の文字もはっきり読み取れるようになった。

「身分を取ったら何もない。けど、シャルルはそういう俺でいいんだろう？」

「何もなくないけどね。僕は、爵位も領地も蹴（け）って、ここで僕と生きるって決めてくれたルーシーを信じてる」

「俺はそんなシャルルを信じてる」

どちらからともなく足を止めた。役所の入口はもうすぐそこだ。

「独身最後にしたいこと、今してもいいか」

「いいよ。僕もひとつできた」

せーのと声を合わせ、キスをした。

ドキドキしながら書類を提出した。

寄せ書き証明書で本当に大丈夫か、受理されるかとそわそわしたが、対応してくれたお姉さんにちょっと驚かれたくらいで、拍子抜けするほどあっさりと受理された。

複製を受け取り、記念写真を撮ってもらった。そういうサービスらしい。

写真の中の僕らは、はにかんで変な顔をしていた。

変な顔をしていても元がいいと美しく見えるのだから美形はずるい。僕の顔だけ塗り潰したい。

入籍の記念品としてブルーベリーの苗をもらった。複製と写真は僕が、苗はルーシーが抱えた。

「末永くお幸せに」

お姉さんに笑顔で見送られ役所を後にした。滞在時間は二十分足らず。たったそれだけの時間で、僕とルーシーは戸籍で繋がった家族になれた。

独身最後のキスをした場所で、新婚一発目のキスをした。

苗を片手に、複製の入った封筒を持つ僕をルーシーは軽々抱き上げ、

「もう待てない即時帰還希望！」

と叫んでその場で転移魔法を発動。笑い声を残し、僕らは役所の前から一瞬にして消えた。最後に見たのは掃き掃除をしていたおじさんの驚いた顔だ。

居間に出ると思いきや、跳んだのは玄関前だった。

なんだかそれさえ可笑しくて、

「初日の再現でもする？」

「ははっ、遠慮しておく。引きずられるのは結構痛いって知ってるから」

鍵を開け、また「せーの」で扉を開いた。玄関に入り、隣に立つ人を見上げる。

「おかえりルーシー。ただいま」

「ただいまシャルル。おかえり」

「これからもよろしくお願いします」

「こちらこそ。どうぞよしなに」

礼をとり合い、室内履きに履き替える。苗をテラ

スに置き、複製と写真を戸棚の上に立てかけると、手を取られた。

指輪交換の時のようなエスコートはない。

大股が小走りになった時には寝室に着いていて、そのままの勢いでベッドに飛び込んだ。

スプリングが二人分の体重と勢いで大きく軋む。ボンッと体が弾み、声を出して笑った。

「本当に即時帰還だったね。まだ朝に毛が生えたくらいの時間だよ」

「店も開いてないな」

シャツのボタンが外されていく。僕もルーシーのボタンを外していく。

「まだ朝だよ。夜じゃないよ」

「初朝?」

「造語。ふふ、あーもう、見て。指震えてる」

「怖くて?」

「嬉しくて」

震えて上手く外せなくなったボタンはルーシーが自分で外してくれた。

家を出る前に着たばかりの服を脱がし合い、朝日に肌を晒しながらベッドに倒れ込む。

背中にあたるシーツの肌触りは極上とは言えないけれど。

真上から僕を見下ろす美しい人がいれば、もうそれだけでいいと思えた。

◆ ◆ ◆

——涙でぐしゃぐしゃな顔さえ愛おしいと思う。

事件後から慣らしてきた大切な場所は容易く俺の指を飲み込み、もう四本も入るようになった。それでも最初はきついだろう。本来受け入れるようにはなってない器官を開くのだ。当たり前だ。

苦しいとか、痛いとか、気持ち悪いとか。

恥ずかしいとか、男としてのプライドとか。

葛藤をすべて飲み込み、受け入れてくれようとしているシャルルが、愛おしくてたまらなかった。

大切にしなければと強く思う。

出会った時よりも、この子の生涯を守ろうと決めた時よりも、情けないプロポーズをした時よりも、傷ついた体を清めた時よりも、弟たちに認められた時よりも。ずっとずっと強く、そう思った。

だけどこの先、今よりもっともっと強く思う日が何度も訪れる。根拠もなく確信していた。

「ルー、シー」

両腕をめいっぱい伸ばしたシャルルの方へ体を倒す。しがみつかれ、ぐちゃぐちゃな目尻や頬にキスを贈る。

「入れていいか」

様子を見ながら囁くと、こくこくと首が動く。

男にしては細い首だ。片手で簡単に摑める。あの男の指の痕が残らなくてよかった。確認するたびに安堵する。

後背位が楽なのだと聞いた。少しでもシャルルが楽になるよう提案したが、無言の拒絶を食らった。

指を抜き、己の性器に潤滑剤を塗りたくる。つらい思いは極力させたくないのに、過去イチと言えるくらい張り詰めていた。一回抜いてこれだ。自分に呆れる。

顔以上にぐちゃぐちゃな後孔に、滑りをよくした性器の先端を押し当てる。指示をせずともシャルルは荒れた呼吸を懸命に整え、深く吸って、吐く。力を抜こうと、協力してくれようとしている。

俺の好きな金の星屑入りの翡翠が見上げてきた。

キスを合図にぐっと押し込む。ぐずぐずにしたからか予想より抵抗なく一番太い部分が一息に入り、腕の中でシャルルの肩がビクンと大きく跳ねた。

「――……あ……っ」

呼吸音の方が大きい。それくらい小さく掠れた声が、合わせた唇の隙間から漏れ出る。

ゆっくり、ゆっくり、入れては抜き、少しずつ侵入を深くしていく。

　半ばまで挿入して一度止めた。腕を立て見下ろすと、浅く早い息遣いでどこかを見ている。焦点が合っていない。

「シャーリィ、大丈夫か」

　ぼんやりとした潤みきった翡翠の瞳にようやく俺が映り、幼い子どものようにへにゃりと笑った。

「へー、き。くるしいけど、っ、きもちいい」

　舌っ足らずな口調で伝え、また笑う。

　もっときて平気だという言葉と気持ちを信じ、止めていた侵入を再開した。少し押し込み、引いて、さらに先へ。

　長い時間をかけて慎重に進め、やがて先端が突き当たりにぶつかった感触がした。それでもまだ全部は入っていない。

　シャルルの大きな瞳からは涙が流れ続けている。流した涙で枕も濡れそぼり、髪も乱れていた。

　お互い汗みずくで肩で息をしながら、額を合わせた。

　シャルルが泣いている。俺も少し泣いた。

　性行為が、繋がるという行為が、こんなに大変だとは思ってもみなかった。

　締めつけがきつすぎて少し痛い。けど、俺が感じている痛みなんて、今シャルルが受け止めているはずの衝撃や痛みとは比較にもならないほど微々たるものだろう。

　性行為が好きだった。気持ちいいことが好きだった。

　だけど今は、気持ちいいだけじゃない。

　程度は違えど、お互い痛みと苦しさがあって、俺もシャルルも男で、何もなせない行為で、大変で、ぐちゃぐちゃのどろどろで。

（――ああ、けど、こんなに）

　こんなに心が満たされたのは初めてだった。

◇　◇　◇

体が揺れている。

悲鳴に似た、だけど淫靡に色づいた声がひっきりなしに響いている。耳を塞ぎたくなるその声は、僕の喉から出ていた。

「あっ、あ、あ、んんっ！」

僕はまともな言葉を話せず、

「シャーリィ、すきだ、あいしてる……ッ」

ルーシーは名前とあいの言葉しか告げられず。

ああ、みっともない。

今日のためにたくさん慣らしてもらって、いつでも受け入れられると、この瞬間を僕だって待ち望んでいたくらいなのに。もっときれいに、もっと余裕を持って、もっともっと、言葉を尽くして、心の中ぜんぶを明け渡すつもりだったのに。

きれいなんかじゃない。理想どおりになんていかない。

みっともなくて、気持ちよくて苦しくて、汚くて——愛おしさで頭がおかしくなりそうだ。

「あっ！　んっ、あぁ——……ッ」

ばちゅっとひどい水音を立て、気持ちいい場所も指では届かない奥もすべてをすり潰された。

視界がチカチカと明滅する。

荒れた呼吸で汗を落としながら僕を揺さぶるルーシーは、王子様なんかじゃなく、美しい獣みたいだ。

「んんう、はっ、あっ、そ、……んーっ」

反らした喉笛に噛みつかれた。

ぎちぎちと、指を入れた時よりずっとふちがひろがっている。たまに重い睾丸が鞭打つように臀部を殴る。腹の奥を引っ掻き回され、ずるりと引き抜かれると、内臓まで引っ張られるような言いようのない不快感と恐怖に襲われた。同時に、全身が総毛立つほどぞくぞくした。紛れもない快感だった。

もうこれ以上入らないと首を振るのに、摑まれた手を結合部へ誘導され、触れて、まだ全部じゃないと眼で伝えられる。

　じゅぷじゅぷと出入りするのを強制的に指先で知らされながら強く突かれ、全身に悪寒のような快感が走り抜けた。

「あっ、出ちゃ、でるっ、ああっ、っあ！」

　稲妻みたいな凄まじい衝撃と同時に射精した。前戯で出した時よりは勢いはなかったけれど、それでも胸元まで飛び散った。

　ビクン、ビクンと勝手に跳ねる体を押さえ込まれ、また突かれる。汗まみれの恍惚とした表情で。

「待っ、いってる、いってるからぁっ」

　首が取れそうなほど激しく振ってても止まってくれない。

　気持ちよすぎて、そこから降りて来られなくて、わけが分からなくなる。腕を振り回して暴れても、濡れた胸を叩いても、愛してる、もっとイけと獰猛に笑うだけ。

　掴まれた腕を引かれ、上体を起こされた。ルーシーに跨る格好を取らされ、へたった腰に熱い両手が添えられる。

　指が肌に食い込んでいく。何をされるかなんとなく察してしまい、無理、と首を振った。

　優しいのに優しくない美しい人は、とろけきった眼差しで僕を見上げ、掴んだ僕の腰を無慈悲にじりじりと下げていく。

　限界までひろがりきった後孔のふちがめりめり、みちみちと音を立て、さらに開かれ——。

「や、ルーシー、も、はいらな……ッ」

「かわいいシャーリィ、シャーリィの奥、入らせて？」

「はっ、あっ、あっ、おなか、やぶけ、ちゃ……っ」

　無理、無理、無理。

　痛みはない。気持ちいいだけだけれど、馬鹿になっている頭の奥の方で警鐘が鳴っている。

　絶対に入っちゃいけない所だ。そんな奥、暴いちゃいけない所だ。

鼓動がばくばくと走る。

大きく息を吸って吐いたルーシーの白い胸元は、僕が叩いたせいで赤くなっていた。

汗が落ちる。張り付いた銀髪が日差しを受けて淡く光っている。張り出た喉仏。鳥の声。濡れたシーツ。眉間には険しいしわが寄せられている。

こめかみに浮いた血管。青い瞳。が、眩しいものを見つめるようにすうっと細くなる。

現実逃避なのか、そういう一場面を切り取るように視覚情報がぶちぶちと入れ替わっていく。

めりめり、めりめりと。裂けてしまいそうなほどひろがり、恐ろしい。圧迫感で息が詰まる。侵入が深まるごとにもう限界と泣き言を叫んだ。

いっそひと思いにころしてと叫びたくなるような速度で腰を落とされ、飲み込まされ——最後は願いを叶えるが如く、思い切り下ろされた。同時にルーシーも腰を突き上げた。視界が真っ白に染まり、一瞬何も見えなくなる。

悲鳴が聞こえた。断末魔みたいな。

「——っ入った……やっばいな、気持ちよすぎ、頭おかしくなる……っ」

絶対だめだと思った場所よりもっと奥で動きを止めたルーシーの声がする。

吐き気がこみ上げたけれど、悲鳴の方が先に出た。

「シャーリィ、俺のシャーリィ、ほら入った。ありがとう。いい子。じょうず」

生まれたばかりの赤子に語りかけるような柔らかな声色で、あやすように揺さぶられる。一番奥でくちゅくちゅと壁の向こう側まで出入りさせながら。

声色と行動がまるで噛み合っていなくて戸惑う。

「何か濡れて……ああ、潮？　可愛いな、びっくりして出ちゃった？」

可愛い、可愛い、愛してるよ、可愛い、いい子。

そんな風に甘ったるく囁くくせに、奥を犯すのはやめない。

お尻がぴたりとルーシーの股ぐらについている。

濡れた下生え同士が擦(こす)れてそれさえ気持ちいい。

気持ちいいと考えた瞬間、また漏れた。ルーシーの下腹部が僕の出した精液や色のない水でぐっしょりと濡れている。

「あー……シャーリィ、シャーリィ、ここに出したらどうなるんだろうなあ」

へそを覆うように熱い掌(てのひら)を当てられる。ぐぐ……っと腹を押され、中に埋まった存在をまざまざと感じさせられた。

僕の可愛い人はどこにもいない。愛すべき獣が僕のぜんぶを暴こうとしている。

思考が滅茶苦茶だ。髪を振り乱し、僕も獣みたいに叫んで泣いた。一突きごとに壁をぶち抜かれているような感覚。暴力的な快感で身も世もなく喘(あえ)ぐことしかできない。

もう何を放出しているかも分からなかった。たぶん、奥で何度か出された。

出しても出されても終わらない。

下腹がうっすら膨らむくらい出されても、僕の性器から何も出なくなっても、窓の外の色が変化しても、終わらなかった。

甘いのに強引で、優しいのに優しくない美しい獣に、ずっとずっと揺さぶられ続けていた。

かぞくのかぞくがやってきました

美形は頭皮やつむじまで美しいのか。

つい状況にそぐわないことを考えてしまった。

「申し訳ございませんでした」

時刻は昼過ぎ。目覚めた直後から、ベッドに横たわる僕に対し、元王子様が元王子様とはとても信じられないほど折り目正しい土下座をしている。折り目正しい土下座ってなんだ。ようはお手本のような美しい土下座である。

「……ぃょ、……ぇき、……て」

声がかっすかすでほとんど出ない。ついでに両腕も上がらず指先しか動かない。

この土下座が始まってから何度も「いいよ、平気だよ、こっち来て」を繰り返しているのにちっとも伝わらない。

元王子様、現僕の伴侶となった人は、ベッドから二歩分ほど離れた床に額をつけたまま姿勢を戻さない。起き抜けからずっと、元王子様の土下座なんて世にも珍しいものをずっと見せつけられている。しかも上半身は裸。下を穿いてくれていてよかった。全裸土下座はさすがにいたたまれなさすぎる。

こっちに来てと念じても下げた頭はなかなか上がらず、ちょっと寂しくなってきた。

謝られても困る。

確かに体は動かないし、初めてなのに朝スタートの明朝エンドだったし、途中何度か意識が途切れたし、戻るたびに体は揺れていた。

お尻はまだ何か入っている感じがするし、シーツには比喩じゃなく水たまりができていたし、玉どころか膀胱がカラになるまで出させられた。泣きじゃくって抵抗しても「お漏らし可愛いもっとして」なんて鬼畜なことを囁かれ有言実行された記憶もばっちり残っている。初めてだったのに。

だけど謝られるのは何か違う。

「申し訳ございませんでした。箍が外れて彼方へ吹っ飛んで行きました」

だろうね、と内心で頷く。

我慢しすぎたのだろう。触りたがりでスキンシップも性行為も大好きなこの人が、これまで何度もきわどい触れ合いをしていたにもかかわらず、入籍までよく耐えたとも思う。僕の方から挿入をねだったことさえあったのに。

僕としては約束を守ってくれたことや、ギリギリの忍耐に感心するだけで、特に腹を立てているわけでもないのだけれど……肝心のルーシーがこの調子でどうにもならない。

唯一動く指先でシーツをかりかりと引っ掻く。何度も何度もそうしてようやく気付き、ルーシーはやっと顔を上げた。目が合った途端、すんっとした顔になる。何それどういう感情？

「…………て、……ぃ」

こっち来てルーシー。そう口でも言いながら目で訴える。伝われ伝われー。今こそアイコンタクトだ。頑張れ、頑張って読み取ってください旦那様。

願いが通じたのか、言語化し難い表情のまま僕の方へ来てくれた。かりかりしていた指先を取り、口づけてくれる。

うんうん、大丈夫もう謝らなくていいよ。と、ぱちぱちとまばたきをして伝えた。なのに、

「俺は……最低だ、クズ野郎だ……」

死にそうな声で搾り出すと、枕元にうつ伏せ、打ちひしがれてしまった。だめだ伝わっていない。

「処女だったのに一日ぶっ通しで抱き潰すなんて鬼畜の所業……っ」

処女って言うな。

「抜かずの連発できちゃった……っ」

そうですね。お元気。

「孕ませてやるってそれでいっぱいで気遣いのきの字もなかった……っ」

まだ諦めていなかったのかその妄想。

孕めないよ、性別無視しないで。僕の体なんて腐るほど見てるでしょうに。

「正直初夜懐胎に浪漫を感じてました……っ」

それは初耳だ。性癖？　口外しない方がいいよ。

「結腸ぶち抜けば孕むだろ孕ませよシャーリィは天使だから子宮あるだろって途中から妄想が暴走しました……っ」

ないよあってたまるか僕は男だ。

「あとお漏らしが可愛くて……っ！」

それは忘れてください。

わあわあと懺悔のような辱めのようなよく分からないことを叫びながらぐすぐすしている旦那様の後

頭部を眺めながら、ふっと息を吐いた。

おかえり僕の可愛い人。

獣なルーシーも可愛かったよ。いや、格好よかった。ちょっと怖いくらい目がイっちゃってたというか、瞳孔開いていたけど。うん。嫌いじゃない。

男臭くて格好よかった。新たな一面を見たって感じだ。捕食者めいていて、弱肉強食を身をもって理解させられた気分になった。初夜で。最初が肝心って意味だろうか。

いや、ルーシーだしそれはないか。ただただ、僕が好きすぎるだけだこの人は。だいぶ僕に夢を見ているようだし。

ああ、喋れたら伝えられるのに。手が動けば、項垂れる頭を撫でられるのに。

いつものようによしよしできないのがもどかしい。僕も触りたい。大丈夫だよと慰めて、べっこりへこんだ心にもキスをしたい。

「ごめんなシャルル……本当にごめん。でも可愛かった……俺小スカ趣味あったのかな……正直すごく興奮した。イき顔もたまらないがまた別の興奮だった。また見たい……」

おい。赤裸々。

「本当に可愛かった……最高だった、あれだけしたのにもうしたい……新妻孕ませたい……っ」

だめだこの人。知ってた。あとやっぱり僕が妻なのか。

「ずっと抱っこしていたい。繋がっていたい。もうそのまま生活したい……っ」

素直すぎる。いや、うん。そこまで想ってくれてありがとう。熱烈だね。ずっとは無理だごめん。

まったく、仕方がない人だ。

後悔と欲がぐるぐるしている青を見つめて一度まばたきをした。摑まれている指先をきゅっと曲げる。

そんな僕を、真意を探るようにじっと見つめ、ベッドに戻ってきた。ようやくだ。

動かない体を向かい合わせで抱きしめられ、ほうっと安堵のため息をつく。初夜明けに一人寝させないでくださいよ、旦那様。

すんすんと思う存分ルーシー吸いをしていたら、頭上からあああ……と情けない声がこぼれ落ちてきた。

「ほんと、俺どうかしてるな。また妄想をこじらせたのかな？　今日は長いな。回復するまで寝かせてやりたいし、そうしないといとは分かってる。あんな抱き方、怪我しなかったのが奇跡だ。大事にしたかったのに……」

ちゃんと聞いていますよ、の合図で指先を動かす。たぶんへその下辺りに当たり、ルーシーは「うっ」と呻いた。

「シャーリィ、指だめ、動かさないで。掠りそう」

半ば懇願するように禁止を言い渡された。額にちゅっとされ、大人しくしておく。

というかもう元気いっぱいですね御子息。本当にどんな精力しているんだか。この調子で今までの女の子大丈夫だったのか。みんなすごいな。

抱き直され、額同士がくっつく位置にまで引き上げられた。むにむに尻たぶを揉まれている。自己嫌悪と申し訳なさと後悔と欲望が入り混じり、せめぎ合っているんですね。分かりやすいな。

「体だけじゃないんだ。そこだけは分かって」

大丈夫分かってる。ちょっと僕に夢を見すぎているきらいはあるが、大事にされているのは知っている。引くほど愛されているのも知っている。

知っているから、無茶をされたところで僕はただただ幸せなだけ。たくさん求めてくれて嬉しいだけ。女の子が大好きだったはずなのに、男の体しか持たない僕を箍が外れるほど求めてくれて、嬉しかっただけ。

動けないのがやっぱりもどかしい。

分かってるよ、大丈夫だよ、大好きだよ、の気持ちをたっぷり込めて、頬を撫でる大きな掌に僕からも擦りつけた。ルーシーはまた呻き、おかしな唸り声を発したと思えば、

「したかっただけじゃない、でも一度爆発したら止まらなくて！　可愛くて可愛くてどうしようもなくて！　この波が落ち着くまで許してくれ！　ひと月もあれば落ち着くから！　落ち着けば一日一回で堪えられるようになると思うから！　たぶん……っ！」

腹式呼吸で叫び倒した。いい発声ですね。

落ち着くまでひと月もかかるのか。落ち着いた状態で毎日なのか。しかもたぶんて。これが蜜月というやつでしょうか。

ごめん、大好き、ごめん！　と叫ぶ旦那様を前に、自分たちの初めての夜の思い出をうっとり語っていた両親を想う。

母さん、父さん。

僕と家族になってくれた人は、あらゆる意味で素直で、しょうもなくて、とても可愛い人です。

そして、教えどおり大切に日々を重ねた結果、確かに忘れられない一夜――訂正。一日になりました。

欲望剝き出しのルーシーに看病のようないたずらのようなことをされつつゆっくりと体を休め、現在夕方。

ようやく上体を起こせるようになった。腕も動くし声も出る。休息は何よりの薬だ。下半身はまだ死んでいるけれども。

温かいミルクリゾットを食べさせてもらい一息ついた。美味しかった。相変わらずルーシーのリゾットは絶品だ。体がぽかぽかする。

「ごちそうさまでした。美味しかった、ありがと」

「食べられてよかった。デザートはいる？」

「ぶどうゼリーあるからそれ食べたい」

「持ってくる。待ってて」

ちゅっと軽いキスを落とし、空き皿片手に部屋を出て行った。声も態度も朝より落ち着いている。時間の経過とともに精神はだいぶ安定したらしい。よかったよかった。

ルーシーが運んできてくれた、三日前？　に作ったゼリーを食べつつ、ちらちらと様子をうかがう。

「あのさ、訊いてもいい?」

「なんでもどうぞ」

「男の僕でこのへばり具合でしょ。今までの女の子大丈夫だったの?」

あの調子で抱いていたら隠し子の一人や二人、十人や二十人いそうだ。「あなたの子です」と見知らぬ誰かが訪ねてきても不思議じゃない。……ありえそうで嫌だな。

ルーシーは盛大に噎せ、ぶんぶんと首を振った。

「一回で終わりだ。中には出さないし、当然避妊もしていた。そういう薬や魔法があるんだ」

「へえ。女の子にさせてたの?」

「さすがにそこまで人でなしじゃない……薬は俺が服用したし、魔法も毎度自分にかけてた」

シャルルの中の俺って……と虚空を見つめる。

「よく一回で我慢できたね」

「いや、我慢というか二回も勃たなかったから。自然とそうなってた」

「嘘でしょ」

「事実だ」

見つめ合ったままぽかんとしてしまう。

勃たないなんて事象があなたに起こることが信じられません。慣らし期間も二回三回は余裕だったでしょうに。むしろまだ萎えないの!? と戦々恐々としていたくらいだ。初夜だってそうだ。

「シャルルの言いたいことは分かる。俺も正直自分の変化に驚いてる」

「変化ってレベルじゃないね」

「だな。前の感じだったらシャルルにここまで負担かけることもなかったんだが……本当にごめんな、無理させた」

「それはいいってば。気持ちよかったよ。痛くなかったし、がっつかれるのたぶん嫌いじゃない。ちゃんと回復したらまたしようね」

「天使……!」

がばりと抱きつかれ、ゼリーの器を頭上へ避難。

「もういっこ訊いていい？」

「なんでもどうぞ！」

「偽聖女と何回くらいした？」

「初夜で回数が上回る程度」

またあの〝すんっ〟とした顔で断言され、心の中でガッツポーズを決める。

「勝った！」

にしっと笑えば、器を回収しながら唇をはむはむと甘噛みされた。そんな可愛い旦那様へ、僕も勝利の甘噛みをやり返したのだった。

勝ち負けじゃない？　分かってる。これは僕の自己満足だ。

＊

本調子を取り戻した本日。僕はせっせと来客を迎える準備をしていた。これからシュライアス様が来るのだ。

送迎担当のルーシーは、どうやら爆発期間はこの家に誰も近づけたくなかったらしく、かなり渋った。一日がかりで説得し、結局了承してもらえたのは寝落ちる寸前。強情。

何故説得を頑張ったかと言えば、理由は一つ。ぶどうのマカロンだ。せっかく作ったのに腐らせるのはもったいない。時期ものだしね。ぶどうはお高いし、こんなに贅沢な使い方はめったにできない。

と、いうわけで。普段に輪をかけて僕から離れたがらないルーシーは往復三秒という最短記録を更新し、シュライアス様を連れて戻ってきた。

――訂正。シュライアス様だけじゃなかった。

「っとに最悪だ……！　シュライアスだけでも嫌々なのに！」

隠しもせず悪態をつくルーシーの後ろには苦笑するシュライアス様と、まさかの国王陛下がいらっしゃった。

嘘でしょ。我が家の居間に国王陛下。嘘でしょ。シュライアス様もそうだけど王族ってそんなひょいひょい出歩いていいの？　仕事は？　護衛は？

　いや、落ち着け僕。そういう問題じゃない。

　邂逅の日同様、心構えなしに信じ難い状況に直面し、数秒フリーズしてしまった。

　戻って早々大股でやってきたルーシーは、かっ攫うようにして僕を抱き上げドスドスと不機嫌全開でキッチンへ向かった。マカロンを盛った三枚の皿、実をバラしたぶどうの皿をダイニングテーブルにバンバン運んでいく。不機嫌なのに手際はいい。

「しょっぱいのもあった方がいいかな。塩クッキー出そうか」

「塩そのままでいいんじゃないか」

「よくないです。下ろして」

「確かこの棚に……あった。あとは？」

「飲み物何がいいか訊かないと。下ろして」

「空気でも飲ませとけばいい」

「こらこら。国の最高権力者と弟君ですよ。優しくなさい」

　下ろす気はなさそうなので諦め、抱っこされたまま背後へ振り返る。勝手知ったるシュライアス様は陛下を自分の隣の席へと案内していた。会話が聞こえていたのか、兄上の紅茶がいいですとにっこり。

　そんな彼は山積みのマカロンに少年少女のように瞳を輝かせた。さすがマカロン殿下。ぶれない。

　彼は「いただきます！」と元気よく言って、さっそくひとつ口へ放り込んだ。ふわとろーんとした至福の表情を確認し、小さく拳を握る。

　それはそうと、だ。

　我が家のダイニングテーブルに国王陛下がついていらっしゃる。あまりの非現実的な光景に気が遠くなりそうだ。

　ルーシーは僕を抱いたまま自分の席に腰を下ろした。膝に乗せた僕をぎゅうっと抱き込み、離すまいとする。陛下がいようとお構いなし。僕は構う。

案の定、正面に座る陛下は目を丸くしていた。

「何度見ても信じられんな。別人のようだ。――いや、それはよい。結婚おめでとう、シャルル」

「あ、ありがとうございます！」

名指しでお祝いされてしまった。照れる。

レモン水を一口飲み、浮かれかけた心を宥めた。

陛下はまるで孫子を見るような柔らかな眼差しで僕の一挙一動を見守っている。なんとなくむず痒い。

「俺は無視ですか」

「不幸にするな。誠実でいろ。全身全霊で慈しみ、尽くせ。不義は許さん」

「祝いの言葉くらい素直に言ってください。大人げない」

ツンケンした父子のやり取りを横目に、僕もマカロンをかじる。父と兄の会話をまるっきり無視した弟さんは、夢見るように頬に手を添え、

「ああ美味しい。ぶどう味は初めて食べたよ。いくらでも入りそう」

「口に合ってよかった。ぶどうたくさんもらったんだ。果実の方もぜひどうぞ」

「今日来てよかった！　ぶどう大好きなんだ」

「ジャムも作ったんだけど食べてみる？」

バラした実をひと粒つまみ、頬張りながらうんうん頷くシュライアス様。陛下はと言えば、僕を見つめるか室内を見つめるかで、飲食物にはまだ手を出していない。甘い物はお好みじゃないのだろうか。

「ルーシー、サンドイッチ作ってくる。いったん下りるよ」

「やだ」

「せっかくなんだからお父さんと弟さんと喋ってて」

過去最大級にひっつき虫化している困ったさんの口にぶどうをひと粒押し込み、さっさとキッチンへ。

パンを切り、ジャムやクリームを塗り、切った果実を挟む。あっという間に雑サンドイッチの完成です。ついでに紅茶のおかわりも用意した。

運び終えたと同時に横から伸びてきた腕に捕獲さ

れ、流れるように再び膝の上へ。まるで数年ぶりの再会みたいな勢いですんすんと首筋を嗅がれ、吸われ、耳朶を齧られた。

初夜に体を繋げてからずっとこの調子なのだ。片時も離れたがらないし、常にどこかしらに触れたがる。おかげで首筋は吸い痕だらけ。薄まる前に重ねづけされるからいつでもまだら人間だ。

本人の宣言どおり、ひと月は発情期もとい感情爆発期が続くのかもしれない。この調子だと外出は来月以降になりそうだ。この際ポプリの量産に励もう。

「ジャムも美味しい！　ルゥ、このジャム買いたい。全部卸しちゃった？」

「自宅用のストックがあるから持ってく？」

「いいの？　やった！　エリーにも分けよう」

「エレオノーラ様にもおすそ分けするなら二つあげる。帰りに渡すね。口に合うといいなあ」

「きっと好きだよ。すごく美味しいもの。ありがとう、大事に食べるよ」

にこにこ顔で隣の陛下にもサンドイッチを勧める。陛下もやっとテーブルに意識が向いたようで、サンドイッチを手にしてくれた。

シュライアス様は緩衝材みたいな人だ。彼がいなければ気まずい沈黙が続いていたに違いない。

陛下はジャムと果実入りのサンドイッチを大きな一口でぱくりと食べ、感心したように唸った。

「……美味いな。きみが作ったのか」

「そうですよ。ルゥは料理上手なんです」

「お前が自慢するな」

「上達はルーシーのおかげだよ。一人の時は可もなく不可もなくだった。ルーシーは好き嫌いせずなんでも食べてくれるから、作るの楽しくて」

「兄上愛されてるなあ。兄上のリゾットもとても美味しかったんですよ。あの兄上が料理なんて信じられませんよね、僕五度見くらいしました」

シュライアス様の手がマカロンへ伸びる。彼の前に置いた皿のマカロンの山はすでに崩れ始めていた。

相変わらずペースが早い。

　シュライアス様もルーシーに負けず劣らずよく食べる。気持ちのいい食べっぷりで僕までほっこりだ。

「料理は独学なのか？」

「いいえ。母に教わりました。今は遺してくれたレシピを活用してます。母は洗濯以外の家事は好きだったので、レシピもたくさんあるんです」

「洗濯は好まなかったのか？　何故だ？」

「干すのも取り込むのも畳むのも畳んだものをしまうのもすべてが面倒くさいからって言ってました」

　陛下とシュライアス様がぶふっと吹いた。二人とも食べている最中じゃなくてよかったです。

「なーんか、僕の知ってるソフィア様と人物像がまるで一致しないなあ」

「だから別人だって言ったでしょ。他人の空似に決まってるって」

「んー。あの写真以外の写真ある？　あれば見せてほしいな」

「あるよ。ちょっと待ってて」

　膝から下りようとしたけれど安定の拒否。そのまま居間まで連れて行かれ、分厚いアルバムを手に席へ戻る。だんだんそういう乗り物に乗っている気分になってきた。

　差し出したアルバムは陛下が受け取った。

　ペリペリ……と、経年劣化で少し張りついてしまった厚いページが捲られる。

　僕が生まれる前の両親だけの頃の写真、僕が生まれてからの写真。父謹製の写真機で撮影された写真は、どれも背景はこの家の周辺。家の中、庭、畑、森、湖。見慣れた場所ばかり。僕ら一家の引きこもり具合がよく分かる。

　陛下は、畑の真ん中でしゃがみ、大きな麦わら帽子を押さえて笑っている母の写真で目を留めた。

　懐かしそうに指でそっと撫でる。

「どの写真も楽しそうだ。こんな表情はついぞ見たことがない。あの子はこんな風に笑える子だったのだな」

　別人ですからね、などと口を挟めない雰囲気だ。

「写真、いりますか？」

「よいのか？　大切なものだろう」

「たくさんありますから。大切にしてくださるなら構いません。お好きなものをどうぞ」

　掌を向ければ、ありがとうと噛みしめるように目礼してくれた。

　大切な妹さんだったんだな。どうしたって母と同一人物とは思えないけれど、陛下の様子を見ていると信じたくなってしまう。絶対別人だけれど。

「あ、これルゥだね。ちっちゃい！　手がもみじ！」

「手も二の腕も太腿も頬もむちむちふくふくで食べたくなるよな」

「同意したくないけど同意します。かっわいいなあ」

「むちむちの脚は非常食にしたいくらい可愛い。足首も足の指も足の裏も舐めたくなるくらい可愛い」

「兄上、発言が危ない自覚あります？」

「……？　普通だろ。まごうかたなき天使だぞ」

「あ。足と手の形取ったことあるよ。見る？」

「見る!!」

　コンマ五秒で食いついたルーシーと一緒に両親の部屋へ向かい、ガラス製の足形と手形、色紙にスタンプしたものを回収。入口で待機していたルーシーに見せると、声もなく悶えていた。そんなに？

　戻ってダイニングテーブルに置けば、陛下もシュライアス様も目尻を下げてそれらを手に取った。足形はすでにルーシーの手の中にある。脚フェチだったんだろうか。

「あああ立体最高！　小さい可愛い小さい可愛い天使の足形……ッ」

「うわあ、手も小さい。このガラスのいいね。王都でも流行らないかなあ。……こんなに小さかったんだねえ。大きくなったね、ルゥ」

「親戚か」

「従兄弟です」

そんなやり取りをしながらもマカロンは食べ進めている。マカロン殿下の安定感がすごい。

陛下も手形がスタンプされた台紙を手に取り感慨深そうに眺め、

「二年前ということは、十四年は存命だったのだな」

「はい。えっと確か、ここに越してから結婚して、その翌年に僕が生まれたらしいので、ここで暮らしたのは十五年？　かな？　くらいです」

「翌年……」

「甘々ですてきな初夜で僕ができたらしいので」

三人がげほごほと咳き込む。ルーシーは知っているでしょうに。

「初夜懐胎……!?　さすが義父上！」

「あ、そこか。好きだねそれ」

「待って何それ兄上のそんな性癖知りたくなかった。ルゥ、大丈夫だった？」

「朝イチで書類提出して二十分で済んで即帰宅してそこから終わったのが翌朝だった」

「兄上………」

「リュシオン、お前………」

非難がましい視線からルーシーはさっと目を逸らし、僕を抱く腕をきゅっとしめる。

暴露してごめんね。ちょっと自慢したかったんだ。こんな話をできる友人もいないしね。

「よく無事だったね」

「まったく無事ではなかったけど、ふふ、ルーシー格好よくて。痛くなかったし、すっごい気持ちよかった。大変だったし僕はうまくできなかったけど、瞳孔開き気味のルーシーが新鮮で最高だった」

両手で顔を隠しつつ正直な感想を伝えれば、背後の人が盛大に身悶えた。あと当たっている。お尻ですりすりしたら獣みたいにガルガル唸った。おっとやりすぎた。

「それは、うん、よかったならよかった……ね……？」

「うん。母さんたちの教えのとおりだった。初夜まで我慢してよかった。旦那様の二面性にやられた。

僕が女の子なら絶対妊娠してたと思う」

正面席の二人がまたもや咳き込む。

「陛下、シュライアス、送るから帰れ。嫁を可愛がる使命を果たさせろ」

僕を撫で回しながらルーシーは真顔で言い放ち、

「あっ、指輪いいね。見せてルゥ」

「えへへ。まだつけ慣れてないいんだけどね」

シュライアス様は僕の左手を取り、シンプルな指輪を観察する。

「指が細いな。体もだが。きちんと食べているか？不足があれば私に相談しなさい」

「三食きっちりたっぷり食べてますよ。でも、ありがとうございます」

「相談なんてしなくていいからな。ちゃっかり甘やかそうとしないでください」

眉を下げた陛下には何故か心配された。すかさずルーシーがガルガルする。そんな二人をシュライアス様は可笑しそうに眺め、紅茶にぶどうジャムを落として「これも美味しい」と目を輝かせた。

全員が全員、好き勝手に話す混沌とした食卓。賑やかで、誰のどの投げかけに答えていいか迷うくらい話題は目まぐるしく移り変わる。

まとまりなんてまるでない。だけどこれぞ〝家族〟って感じがして、気づけば僕はずっと笑っていた。

繋がったのはルーシーとの縁だけじゃない。

目の前の二人とも家族になれたのだ。二人だけじゃなく、きっとエレオノーラ様とだってそうだ。

本当に自分は幸せ者だと思う。

一気に増えた他者との繋がりに感謝しながら、少しいびつな家族団欒を心ゆくまで楽しんだ。

ピアスの完成連絡が届いたのはシュライアスたちの訪問から一週間ほど経った日の夜。しかもちょうど真っ最中のタイミングだった。

通信先の店主にあらぬ声が聞こえないよう必死に口を閉じて堪えていたシャルルに大興奮だったのはさておき。

予想より遅い連絡だった。あくまで凝ったのは石。ピアスとしてのデザインはどシンプルだし、こんなに時間がかかるとは思ってもみなかった。

「明日にでも取りに行こう」

「ん、わか……、んっ、なら、これで、おわりに」

射精しながら肉壁にすり込むようにゆるゆると動かしていると、まさかの終了宣言。

冗談だろう？　まだ二回目だ。足りない。圧倒的シャルル不足。あと五回はしたい。

「動けなくなっ、と、行けない、よ？」

俺の頬を包む、俺より小さな手に手を重ね、狭い奥をトンと突く。ひゃんっ！　なんて可愛い悲鳴を上げた最愛に自分が笑み崩れたのを自覚した。可愛すぎ。楽しい。

「俺が抱いていく。問題ない」

「問題、しかない、気がする。おわりにしよう？」

ね、とキスをされた。口を狙ったのだろうが届かず顎に。

無理に付き合わせるのは違う。分かっていてもムラムラする。だが負担が大きいのも明日がきつくなるのもシャルルだ。……よし。

「次で終わりにしよう」

「え、今」

「次で。しつこくしないから……お願いシャーリィ、足りない」

ね、とキスをし返す。俺はちゃんと唇に。

押しに弱く、キスにも弱く、俺のおねだりにはもっと弱いシャルルだ。角度を変えながら舌を吸えば、しょうがないなあと眉を下げ、結合部から少し出ている俺のものをさすった。突然の刺激にひゅっと息を飲む。

「あと一回、だよ」

よいしょ、なんて場にそぐわないかけ声とともに取った行動は、後孔を自分の手でひろげるというもの。えっ、何してるのこの子煽ってるの？　抱き潰せってこと？

「全部入れていいよ。回数、我慢してくれるなら」

「…………我慢、できるかな」

「ルーシー鼻血」

「問題ない」

問題なくないんじゃ……と心配そうに伸ばされた手を掴み、遠慮の欠片もなく奥までぶち込んだ。

＊

早めに切り上げたからか、翌朝は目覚めすっきり。いつもどおりの時間に起床した。軽く筋トレをしている間にシャルルも目を覚まし、まだ眠そうなとろんとした瞳で「おはよう」と挨拶をしてくれた。

初夜からこっち毎晩抱いているせいか、最近のシャルルは色気が出てきた。仕草はもちろん、吐息ひとつも色っぽい。年齢的に、大人に変わり始める頃というのもあるかもしれない。大人でも子どもでもない瑞々しい色気に、毎日毎秒あてられている。

今もそうだ。ふう、とため息をついただけで、ゆっくりと流し見られるだけで、もうだめ。俺の堪え性がないだけ説は考えないことにした。俺の新妻は今日も百二十点越えだ。

水を飲むシャルルを片手で抱き寄せ、国宝級の可愛い乳首をこしょこしょ弄る。くすぐったい！　という笑い混じりの抗議は聞き流し、撫でたり引っ張ったりこねたり。だんだんといたずらで済まなくなってくるのはご愛嬌。

この色つやと感度は反則だ。弄ると赤みが強くなるのもいい。俺が王族のままだったなら迷わず国宝指定していた。世界に誇れる文化財だ。

「んっ、こら、ごはん、支度しようよ」

「もう少し。舐めていい？」

「だめでーす。また夜に、んっ、はぁ……」

軽く弾くとビクッと胸が反り、その反応にも気分がよくなる。ここまでよく育った……感慨深い。育成者は俺です……。

いつかここだけでイかせたい。シャルルのポテンシャルならきっと可能だ。夢が膨らむ。

なにせ俺の天使は、慣らし期間に中で達することを覚えたほど敏感。行為中、射精回数より中イキ回数の方が断然多いという最高に可愛くて才能溢れる愛妻なわけだ。乳首イきもきっとできる。育てよう。愛妻の体をおいしく育てるのは夫の仕事だ最高。

愛妻。その響きだけで余裕で悦に入る。

愛妻も新妻も伴侶もすべて素晴らしい響きだ。結婚してよかった。結婚最高。

また鼻の奥がツンと痛んだ。出血の気配を感じて強く押さえながら、ぴくぴくしているシャルルを慈愛の心でもって見つめる。ちょっと舌が出ている。

（可愛すぎ……つらい）

顔を真っ赤にして素直に快感を享受する愛妻に相好を崩しながら、いたずらタイムを心から愉しんだ。

シャルルと離れるのは嫌だが今のシャルルを人前に出すのも躊躇われる。

「ルーシー？　早くいこうよ」

脳内で『行く』が『イく』に自動変換されてぐっと息を詰めた。今すぐベッドに引きずり込みたい。

それよりもだ。

色気が出てきたシャルルである。できれば家に閉じ込めて、誰の目にも触れさせたくない。

色気もそうだが、入籍前後でまとう雰囲気がガラッと変化した。間違いなく経験の有無だ。

女は恋をすると変わる。性行為をすると変わる。そういう話はよく聞くが、男でもそれは起こるらしい。女性的になったわけでは決してないのに、男が群がりそうな雰囲気をまとっているというかなんというか。色気と合わせ、絶妙な隙がある。つまりとんでもなくそそられる。

「暑くなってきたねえ。もう夏の気温だ。上着いらないかな？　置いてっちゃお」

着ていた薄手のカーディガンを脱ぎ、髪を耳にかける。丸みの消えた輪郭を汗が伝っていった。

……一人歩きなど絶対にさせられない。ふらふらしていたら間違いなく路地裏に連れ込まれてしまう。目が合おうものなら誰も彼も虜になってしまう。俺の天使なのに！

（天使は俺が守る……！）

使命感を燃え上がらせつつ、脱いだばかりのカーディガンをきっちり着込ませた。薄着になるな、目に毒だ。極力肌は隠してくれ。

疑問符を浮かべる最愛を抱き抱えて町へ転移し、周囲を威嚇しながら宝飾店へ向かった。

のほほんと隣を歩む天使であり愛妻は、そんな俺に「ルーシーは今日もルーシーだなあ」なんてゆるゆると微笑んでいる。だから！　その表情がアウトなんだ！　可愛いなちくしょう！

乱心しかけながらも宝飾店に到着。入店するとすぐに対応してもらえた。

差し出された小箱の中身はふた組のシンプルなピアス。注文通りの仕上がりだ。

翡翠の方を自分の両耳につけ、サファイアの方をシャルルの耳に装着する。

手鏡越しに耳を確認したシャルルは破顔した。

「指輪だけでも嬉しかったけど、ピアスも嬉しいものだね。やっと二つ揃った」

心から嬉しそうに、愛おしげに青い石に触れる。

万感の思いでそれを見つめ、これでようやく名実ともに俺のものになったのだと、泣きたいくらいの幸福を噛み締めた。

ルーシーの副業

夏がやってきた。

暑いし雑草の伸びも早いため、最近は朝食後に草むしりや畑関係を済ませ、昼までに掃除や洗濯、午後は個人の仕事、と時間配分を変えた。

日課の散歩(デート)は夕方涼しくなってからだ。

日が長くなってきたから、空の色で「まだいけるかな」なんてざっくり判断すると、夕飯の時間まで食い込んでしまう。帰宅後に時計を確認して驚く、なんてことが何度もあった。

そんな日は凝った献立にはできない。台所を預かる者としてふがいないとしょぼくれると、ルーシーは「散歩は楽しいし大切な時間だから仕方ない」「疲れてるのに用意してくれてありがとう」「足りなければ俺が何か作るよ」と、いつもより品数が少なくても文句も言わず励ましてくれる。うちの旦那様は優しい。ありがたいことだ。

結婚してからも僕らの生活ペースは特に変わらない。季節に合わせ多少の変化はあれど、そんな風に日々穏やかに暮らしていた。

＊

乾燥させた薬草と花をせっせと小袋に詰め、専用オイルを垂らし、紐(ひも)でくくる。すでに卸した分を含めたらもう何個作ったか分からない虫除(むしよ)けポプリを、ひたすら量産していく。

母は香りを楽しむためのポプリをメインに作っていたけれど、僕が作るポプリの大半はこれだ。一人になってから、自宅(うち)用に使っていたものを試しに売ってみたところ爆発的に広まってしまい、以来これがメインになった。

暑い時期に増える厄介な虫被害が落ち着くまではひたすらこれを作る。年間通して買取りをお願いしている軟膏より、初夏から秋までの虫除けポプリの方が稼げるくらいには売れるのだ。僕の夏は虫除け作りでほとんど終わる。

僕がその作業をしている間、ルーシーは仕事部屋で翻訳の仕事をしている。

秋になればギルドの再登録試験を受けられる。だけど最近はそれもあまり考えていないみたいだ。

『一発の稼ぎはよくても依頼を受ける間シャルルと離れなきゃいけない。日帰りできないことも多い。それが嫌だ』

と真顔で言っていた。翻訳の仕事なら家でできるしと。職業選択の理由がそれでいいのか旦那様。

まあ、やるのは本人だし、危ないことをしなくてもいいなら正直僕もそっちの方がいい。父の死因が怪我だっただけに、できる限り危険は避けてほしい。

贅沢三昧できるほどではないが金銭的には困っていないし、躍起になって稼ぐ必要もない。というかルーシーがめちゃくちゃ稼いでいるからゆとりがあるくらいだ。僕の旦那様が有能。

時計を見るとお茶の時間になっていた。作業を中断し、お菓子とお湯の準備をする。支度を整えてからルーシーを呼びに向かった。

仕事部屋の扉をそっと開く。ルーシーは真剣な表情でデスクに向かい、書き物をしていた。

ルーシーの周囲――目の高さ辺りの空中には資料だろうか、開かれた本が何冊か浮かんでいた。指をすっと動かせば独りでにページが捲られる。開いた場所を読みながら、本棚を指してクイッと自分の方へ動かす。すると別の本がやってきて、ルーシーの目の前で「さあどうぞ」と言わんばかりに表紙が開いた。……めちゃくちゃ魔法を活用している。

ルーシーの魔法の才能は知っていたが、魔力量の少ない僕からするとこんなことで魔法を行使するなどとんでもない。本棚から抜き取って開くだけじゃないか。

魔力量が膨大な彼だからこその芸当だ。あれらを維持しながら作業なんて、僕なら数分でグロッキーだろう。数分ももたないかもしれない。

「シャルル？　どうした、入っておいで」

僕に気付いたルーシーはペンを止めて手招いた。お茶にしようと誘うと、ペンを持った右手を軽く本棚の方へ振る。浮いていた本が自ら家に戻っていった。……これだけ気軽にすいすい使えると魔法も楽しいだろうな。もう深く考えるのはよそう。

やってきた旦那様に腰を抱かれ、挨拶みたいにこめかみにキスをされた。

「今日の菓子は？」

「マフィン。結構うまく焼けた」

「ありがとう。楽しみ」

二人で居間へ向かい、ルーシーのいれてくれた紅茶と僕の用意したマフィンでのんびりと休憩時間を楽しむ。

会話の最中、ルーシーは時折ピアスに触れる。

最近気付いた癖。ピアスをつけてからこの仕草をよくしているのだ。たぶん本人は意識していない。

なんだか僕自身が愛(め)でられている気分になり、気付くたびに気恥ずかしくなる。

手を視界に入れないようにしつつ紅茶を飲んでいると、旦那様が真剣な顔をして僕を呼んだ。

「シャルル。相談があるんだ」

何やら真面目(まじめ)な話らしい。居住(いず)まいを正す。

「宝飾店の店主から《シャルルの瞳(ひとみ)》の売り出しを頼まれてるのは話したよな」

「ああ……うん、その名前どうにかならないかなあ」

「これ以上ない命名だろう。……それはともかく。他の加工魔石は店主にも作れるが《シャルルの瞳》に関しては今のところ俺以上の作り手はいない。だがこれを売るつもりも量産するつもりもない。俺のシャルルが他の人間の手に渡るなんて絶対に、断固として、許可できないししたくもないし考えたくもない検討の余地すらない」

「僕じゃなく《シャルルの瞳》がでしょ。それで？」

カップをローテーブルに置き、マフィンを齧る。

味はなかなかいい感じ。まだ温かいところもよし。もう少し甘くてもよかったかも。

ルーシーもマフィンをつまみつつ、話を続けた。

「妥協案として、魔石を加工して《シャルルの瞳》のイミテーションとして売り出さないかと相談されたんだ。俺が加工したものだけがイミテーションを名乗れるように刻印をして。どう思う？」

「どうって……いいんじゃない？　ルーシーが大変じゃないなら。ルーシーしか作れないんでしょ？」

「俺と店主な。精度が違うだけ。やるにしてもシャルルの名を冠するものを他人に任せるのは嫌だ」

そこだけは譲らないと胸を張る。そんなことを声高に主張されましても。

「魔石限定なの？」

「魔力で加工するから本来魔石の方が通りがいいし馴染みやすいんだ。宝石だと加工段階で破損しやすくて加減が難しい。魔石の方が百倍楽」

宝石と魔石の見分けがつきません、とは言えない。

「宝飾店では宝石の方が需要がある。魔石のアクセサリーの売れ行きは微妙みたいだ。だから、売れ残りをバラして加工して在庫を捌きたいらしい。付加価値つければ売れるかもってさ」

「なるほど。じゃあ魔石以外の《シャルルの瞳》はこれだけ？」

ルーシーの耳朶にちょんと触れる。肯定されたものの、疑問も残る。

「でもさ、宝石のインクルージョン？　って人気ないって言ってなかった？　《シャルルの瞳》だって似たようなものじゃないかな」

「《シャルルの瞳》なら人気が出る、売れると踏んだんだろ。それくらい美しいってこと。俺もそう思う。世界一きれい」

じっと瞳を覗き込まれながら甘い声で囁かれ、反射的に仰け反る。笑われた。ちくしょうめ。

もう一度ルーシーのピアスに触れた。陽を受けた小さな翡翠の中で金の星屑がキラキラと煌めく。

「加工をルーシーだけでやるならそんなに数作れないよね。ハマったらすごい売れそう。稀少とか限定って言葉に弱い人多そうだし」

「同感。店主もそれを期待してる。石の加工だけなら家でもできるし、売上の数パーセントも入る。店主には世話になったし引き受けてもいいかなと」

「それなら、何を相談したかったの？」

「シャルルの許可が下りないなら断るつもり。言ったただろう、シャルルの名を冠するものなんだ。シャルルが嫌ならこの話はなかったことにするよ」

本当にそれだけが即断しない理由らしい。どうだ？　とうかがわれ、どうぞどうぞと許可？　を出した。双方メリットがあるし、ルーシーの好きにしたらいいと思う。

話がまとまってすぐ、ルーシーは店主へ連絡を入れた。大喜びだったらしい。

こうしてルーシーの副業が決まったのだった。人生、何がどう繋がっていくか分からないね。

相談した二日後、店主自ら魔石を運んできた。動きが速い。

彼の目の下にはくっきりとした隈があり、聞けば徹夜でバラし作業をしたと。今日はゆっくり寝てください。

馬でやってきた彼が運び込んだのは、大判書籍くらいの大きさのケースだった。中は細かに仕切られ、台座から外された魔石が一つ一つきっちり収められていた。色も大小もさまざまな魔石すべてに《シャルルの瞳》と同じ加工を施すらしい。

店主はよほど嬉しかったのか喜色満面で、すでに自分よりはるかに巧いと太鼓判を押し、あとはよろしく！　と爽やかに去っていった。

店主が去ると、ルーシーはさっそく作業に取りかかった。僕は邪魔にならない所でそれを見守る。

実は加工工程を見るのは初めてだ。

練習中も翡翠を加工した時も馴染みの店で留守番

していた。だから完成した状態しか知らない。

わくわくしながら、一番手に選ばれた赤い魔石に魔法を展開し始めたルーシーの手元を観察する。

文字や文様が細かく複雑な魔法陣が魔石の上に浮かぶ。真剣な眼差しで集中する旦那様が格好いい。きゅんとする。魔法そっちのけで見とれてしまう。

しばらくして魔法陣が消えると、加工を終えた魔石を手渡してくれた。

赤い石の中には金色の星屑が閉じ込められていた。きれいだ。石の色が違うと結構印象が変わる。店主が売り出したいと粘った気持ちがよく分かる出来栄えで、角度を変えながら見入ってしまった。

「赤もいいね。角度変えると星が動いてるように見える。ああでも、石が赤いから火の粉みたいにも見えるな。すごくきれい。見入っちゃう」

「石の色によって星の色を変えるのもいいかもな」

「それって《シャルルの瞳》から外れちゃわない?」

「問題ない。それを言ったら緑系統の石しか使えなくなるだろ?」

「あはは、確かに。赤い石がある時点で今更か。疲れてない?　大丈夫?」

「もう配分が分かってるから大丈夫。このケース分くらいなら一日あればいける。しないけど」

「無理せずにね。あ、ルーシー、これやってほしい。この青い魔石」

快諾してくれたルーシーは以降も僕の希望を聞きながら、たくさんの星を生み出していった。

色とりどりの魔石の中の星屑を眺めながら、この《シャルルの瞳》のイミテーションたちがどういったアクセサリーに形を変えるのだろうと思いを馳せたのだった。

*

シュライアス様からシーツが届いたと連絡が入り、うきうきとルーシーの帰還を待つこと五秒。待つうちにも入らない時間で戻ってきた。相変わらずの往復速度です。

「ごきげんよう、シャルル様。お邪魔いたします」

「エレオノーラ様!?　わあ、いらっしゃい！　お久しぶりです！」

紙袋を抱えたシュライアス様と一緒にエレオノーラ様も来てくれた。予想外のお客様にテンションがパッと上がる。

「なんかいた。ごめん」

「言い方。構わないよ、嬉しい。狭い家ですけど寛(くつろ)いでいってください」

指輪探しをした日以来の再会だ。嬉しい。

おこがましい話だけれど、なんだかエレオノーラ様は姉のようで。たった一日ですっかりファンになってしまった。

物腰も柔らかくて話しやすいし、質問にも丁寧に答えてくれる。優しい人だ。あとすごくいい匂いがする。彼女ならいつでも大歓迎。

準備済みのお茶やお菓子を一人分増やしルンルンで並べた。もちろんカラフルなマカロンもだ。マカロン殿下が来る日は欠かせないものだからね。

「こんなにたくさん。色とりどりで目が楽しいわ。すべてシャルル様の手作りですか？」

「発色がいいもの以外はそうです。果物とか野菜で作りました。あ、こっちはちょっと遊んでみたやつ。ミートソース味」

「まあ！」

瞳をまんまるくして扇で口元を隠したエレオノーラ様。説明を聞いたシュライアス様はいの一番にミートソース味に手を出した。

「本当だ。しっかりミートソースの味がする！　何これ、癖になりそう。お菓子なのに主食みたいだ。こっちの赤いのは？」

「トマト。酸味があって美味(おい)しいよ。こっちの四色はベリー系で、この黒っぽい紫のがベリー全種混ぜたやつ。緑っぽいのは大体野菜。これがりんごとにんじん混ぜたやつ」

「素晴らしいですわね。王都の有名店にもこのラインナップはありません」

「だいたいその時あるもので作ってますから。お茶もどうぞ」

ルーシーの隣に腰掛け、ちらっとシュライアス様を見る。目が合い、それだけで察してもらえた。

「ふふ。はい、これ。お待ちかねのものだよ」

「わあい！　やった、ありがとうございますっ！」

渡された紙袋をその場で開けば、光沢のあるグレーの布が畳まれていた。うーん、やっぱり極上の手触り。最高。あとでさっそくセットしよう。

「ルーシーありがと。洗濯しすぎてごわごわになったら悲しいから、汚れたらお願いしてもいい？」

「もちろん。気にせず汚していい」

猫にするように顎をくすぐられ、くふっと変な笑い方をしてしまった。

こほん、と咳払いが聞こえ正面を向けば、エレオノーラ様は気まずそうに、シュライアス様は呆れていた。女性の前でする話じゃなかったです。ごめんなさい。

「相変わらずだなあ。息をするように夜の話をするんだから」

「あはは……ごめんね、つい」

「僕は慣れたから平気。それよりピアス見せて」

興味津々な彼の掌に片耳のピアスを外して載せる。本当にシンプルだと小さく笑った。

「兄上の方は？」

ルーシーも片耳だけ外して弟の手に載せる。最初は普通に観察していただけだったシュライアス様は「失礼」とおもむろに手袋をはめ、天井に翳すようにして石の中を覗いた。加工に気付いたらしい。

「これ、天然ですか？」

「いや、シャルルの瞳そのままの石がないから加工した。美しいだろう？」

「はい。すごいな、金粉を散らしたみたいだ」

「星と言え」

「美しいわ。小さな夜空のよう」

「そうだね。ルゥ、こっち来て。目を見せて」

見比べたいのだろう。手招きされ、テーブルを回り込んでシュライアス様に顔を近づける。まばたきを我慢して至近距離でじっと見つめ合った。

ルーシーとも陛下ともまるで違う紅玉の瞳。こんなに間近で見るのはもちろん初めてだ。

透明感もあり、美しい色だった。ルーシーの青もきれいだけれど、正反対のこの色もきれい。身近にここまで見事な赤い瞳を持つ人はいないし、物珍しくてついつい凝視してしまう。

シュライアス様も僕の目に見入っている。お互い無意識にじりじりと距離を詰めていて、鼻先がぶつかりそうな距離になったところで、

「近い！」

急に体が後ろへ引かれ引き離された。

弟相手にガルガル威嚇しながら席へ戻り、確保した僕をその膝に座らせる。またこの体勢になってしまった……発情期、ごほん、感情爆発期がようやく落ち着いて普通に過ごせるようになったというのに。

うなじをがじがじされながら翡翠のピアスを受け取る。つけてあげたら多少機嫌を直してくれた。僕の耳の裏あたりに鼻先を突っ込み、すんすんと嗅いでいる。エレオノーラ様、そんな目で見ないで。

「本当に、瞳そのままになるよう再現したんですね。これは探しても見つからないはずです」

「加工の魔法を開発中だった店主に教えてもらって、ルーシーが自分で加工してくれたんだ。今度売りに出るんだよ」

「え？　そうなんですか？」

「ああ。イミテーションとしてな」

不思議そうにする二人へ経緯と現状を説明すると、彼らは揃って食いついた。

「今その魔石があるなら見せてもらえませんか？」

「ええ……」

「ルーシー、渋らない。きれいなんだから見てもらおうよ」

「シャルルがそう言うなら」

億劫(おっくう)そうに指を動かすと魔法陣がぶんっと浮かぶ。まさかと思えばやっぱり。仕事部屋にあったはずのケースが陣の中に出現した。横着したな。

テーブルを少し片付けケースを開く。収納された魔石の大半はすでに加工済み。用意したマカロンより色とりどりの魔石たちは、揃いの星屑を抱えて個性豊かに煌めいていた。

初見の二人は手袋を片方ずつ分け、慎重に魔石を取り出し、さまざまな角度からそれらを観察した。

「……素晴らしいですわね。刻印はどこに？」

「台座。模倣対策で細かいデザインにする予定だ。台座から外すと星が消えるようにしてある。誰に何を売ったかも記録する」

「さすが兄上。天才的な魔法技術をお持ちで……この繊細な魔法によくそこまで組み込めますね。意味が分からない。もう天才というか変態ですね」

「シュライアス様。次の夜会ですが……」

「ああ、いいかもね。兄上、石は用意するので、ルビーとアクアマリンにこの加工をしていただけませんか？　もちろん技術料はお支払いします」

突然のお願いにルーシーは瞬き、にべもなく拒否。弟相手にも容赦ない。

「宝石にはしない」

「そこをなんとか。魔石と言い張るので。僕らはいい広告塔になると思いますよ。特にエリーは」

彼らは視線を交わし頷(うなず)き合う。ああ、それでエレオノーラ様は夜会の話をしたのか。阿吽(あうん)の呼吸感(こきゅうかん)が微笑(ほほえ)ましい。やっぱりこの二人、いいなあ。

一人ほっこりしている間にも「お願い」「嫌だ」の攻防は続いていた。ルーシーは断固として頷かないし、シュライアス様も諦(あきら)めない。

こうまで頑(かたく)なのは、ルーシーの中で、魔石に限定したからこそ踏み切ったという気持ちがあるからだろう。宝石への加工は、ルーシーの耳を飾る《シャルルの瞳》だけと決めているみたいだから。

シュライアス様の気持ちも分かる。ルビーとアクアマリンは二人の瞳の色そのものだ。魔石で似た色を探すより確実だし、その石に馴染みもあるはず。

兄弟のやり取りを見守りつつ、そっとルーシーの袖を引く。

「二人のだけはいいんじゃない？　婚約祝いにさ」

提案したらとっても嫌そうな顔で唸られた。

「お世話になってるし、サインのお礼もしたい。ね？」

「…………今回だけだ」

不承不承引き受けてくれた。これ以上ないほど不本意そうに。今日の夕飯は好物だらけにしよう。

シュライアス様とエレオノーラ様はぱっと顔を輝かせ、やったね！　とハイタッチしている。

ルーシーはエレオノーラ様のそんな様子を意外そうに見て、ふっと苦笑した。

「エレオノーラへの詫びも兼ねて技術料は取らないでおいてやる。石だけ見繕ってこい」

「それはいけませんわ。素晴らしい技術には相応の対価を――」

「詫びなんだ、素直に受け取っておけ。ただし、絶対に宝石とバラすなよ。前例を作ると後々面倒だ」

「そこはもちろん。エリー、僕はカフスかピンにしようと思う。きみはどうしたい？　ネックレス？」

「ネックレスはいいの。わたくしにはこれがあるわ」

首元の小花に触れた彼女へ、シュライアス様は嬉しそうに「そっか」と笑う。見覚えのある華奢なネックレスがきらりと光った。

「ティアラ、ブローチ、髪留め、ブレスレット辺りかしら。目立たせるならヘッドドレスもよさそうね」

「わかった。職人と相談しよう。ものに合わせてドレスも贈る。楽しみにしていて」

二人の元へ、ルーシーが手を加えた色違いの《シャルルの瞳》が渡る場面を想像し、無関係の僕までなんだか嬉しくなってしまった。

＊

シーズン最後の大規模な夜会で、王太子とその婚約者が身につけた宝飾品の噂は飛ぶように広まり、国の端っこにある町の小さな宝飾店としては前代未聞の問い合わせが殺到した。らしい。店主は嬉しい悲鳴を上げていた。

王家発信の宝飾品の噂はどんどん範囲を広げ、噂が噂を呼び、手紙や通信はもちろん、連日使者や時には貴族当人が店を訪れ、ついに店主だけでは対応しきれないほどになった。かつてないほど高貴な方々が詰めかけた町も騒然とした。宿屋も食事処も埋まり、宝飾店だけでなく町全体が潤う事態に。

ただ、慣れない対応で店主はくたくた。製作どころか店の運営もままならなくなってしまった。

見かねたルーシーが間に入り、代理人と職人数名をスカウトして雇わせ、店主をサポート。言われるがままに受けてしまっていた予約も容赦なく断り、すっぱり予約を締め切った。高圧的な貴族もいたが鼻で笑い、文句があるなら今後一切受け付けない、おととい来やがれとシャットアウト。お強い。

今回お断り連絡をしなかったのは所謂有力貴族ばかりらしい。めちゃくちゃ客を選んでいる。

結構な強気対応だと、僕と店主はハラハラしてしまったけれど、ルーシーだけじゃなくシュライアス様とエレオノーラ様までこれくらいでいいのだと言う。限定すればするだけ価値が上がるし、ステイタスになるからと。

あとで聞いた話、シュライアス様にとって有益な家優先で予約を残したみたいだ。「あいつには言うなよ」と人差し指を立てたルーシーは優しい兄の顔をしていた。

予約を整理し、店の方にも人を雇い、そうしてようやく体制が落ち着いた。店主も工房にこもれるようになり、今では店の方は雇った人に完全に任せて製作に打ち込んでいる。ルーシーがとても有能。自慢の旦那様です。

一躍有名となった、田舎町の小さな宝飾店。

魔石のアクセサリーの在庫が捌けたらいいな、程度から始まったはずが、気付けば主力どころか専門店のようになっていた。広告塔効果恐るべし。彼らのは宝石だけどね。

余談だが、エレオノーラ様のアクセサリーをひと目で気に入った王妃様が、自分も欲しいと陛下におねだりしたらしい。秘密は厳守するのでこっそり宝石への加工をと。陛下とシュライアス様経由で聞いたルーシーは即座にノーを突きつけていた。「黙ってろと言っただろ」と弟への苦言も忘れずに。実の母が相手でもルーシーはやっぱり容赦なかった。

魔石版《シャルルの瞳》に関してバタついていても、ルーシーは相変わらずだ。

騒動の傍らしっかり翻訳はこなしていたし、魔石加工はあくまで副業扱い。受けた注文分が捌けたら、店主と相談し今後を考えるという。

量産はしないと最初から決めていた。だから今回だけで契約終了となっても一向に構わないそうだ。

どうなるかはその時になってみないと分からないが、ルーシーの副業は上々な滑り出しになったと言えそうだ。


ハッピーサマーバースデイ！


バタついている間にすっかり盛夏。

僕はルーシーに内緒でシュライアス様と連絡を取り合い、ある企画に向けて密かに準備を始めた。

ずっと一緒にいるからルーシーに隠し事をするのはとても大変。勘も鋭いしね。だから作業は午後ルーシーが居間を離れる数時間だけ。超特急で練習をして、ようやく今日完成した。間に合ってよかった。

プレゼントはこれでいいとして、あとは当日のメニューやケーキだ。協力者たちに相談すると、酒はシュライアス様が、ケーキはエレオノーラ様が請け負ってくれることになった。

そう。僕らがこそこそ企画しているのはルーシーの誕生日パーティーだ。

開催場所は僕らの家。シュライアス様とエレオノーラ様を招待してお祝いする。

打ち合わせはほぼ通信で行った。面と向かって話したのは彼らが石を持ってきた時が最後だ。

シュライアス様が加工の件でルーシーの気を引いている隙にエレオノーラ様とひそひそ話した時、

『まさかわたくしがあの方のお祝いを積極的にする日が来るなんて。去年までは考えられませんでした』

と苦笑していたのが印象深い。

破談になるまで、誕生パーティーは婚約者の義務として毎年参加していたらしい。それはお互い様で、ルーシーの方もそうだっただろうと。

それを聞き、本当に政略以外の何ものでもなかったのだなあと、ある意味感心してしまった。

去年の夏前に追放されたルーシー。だから王子様として最後に開かれた誕生日パーティーは一昨年だ。

すでにその頃は冷戦状態となって久しく、まあ散々だったという。王家主催のため最低限ドレスのプレゼントやエスコートはあったものの、ダンスは一曲目のみ。会話もなく、終始居心地最悪だったと。

唯一ましだった点は、王家主催なだけにさすがに浮気相手を連れ込むような無茶はできないため、一応の体面は保てたこと。

その後偽聖女との浮気が始まったことで態度や扱いがより一層ひどくなり、卒業パーティーではついに贈り物もエスコートもなくアレになった、と。

それを話してくれた時のエレオノーラ様の目は死んでいた。和解したとはいえ行いがなかったことになるわけでもなし、苦い記憶には違いない。

そんな彼女だけれど、今回のお祝いパーティーは幼少期からカウントして初めて心からお祝いができそうだと晴れやかに微笑んでいた。初めてって。
政略でも良好な関係性を築く人たちはいるというのに、ルーシーとエレオノーラ様はよほど相性が合わなかったとみえる。

すぐ近くにシュライアス様がいたからというのもあるかもとこっそり教えてくれた。恋ではなくても、話の合う彼が傍にいたことで、無意識のうちに比較していたかもしれないと。ルーシーは聡い人だから、察して気分を害していたかもと。その点は自分の落ち度だと、彼女は一人反省していた。

＊

そんなこんなであっという間にお祝い前日の夜。

今夜は僕が頑張り、日付が変わったら一番におめでとうを言う！　と張り切ったはいいけれど、張り切りすぎたのか目の前のルーシーのテンションがひどい。やっぱりお手洗いかどこかで一人で準備するべきだったか。

「っ、かわいい、シャーリィかわいい、こっち見て」

今僕は、ルーシーの目の前で足を開き、見せつけるようにして自分で後ろの準備をしている。何故こうなった。

ひろげて見せてとか俺を見てやってとか、ちょこちょこ口を出されつつ指を動かす。やりにくい。でもルーシーは大喜びだ。そろそろ鼻血を吹きそうでちょっと心配。

不思議なことに、自分で弄ってもたいして気持ちよくない。ルーシーの興奮具合とは真逆で、僕はそこそこ冷静だった。

いまいち気分が盛り上がらず、今夜もお元気な御子息をぱくっと咥えた。舐めながら後ろ手で弄る。うん、やりにくいけどこっちの方がいいや。

「待って待ってなんのご褒美!?　っう、しんどい、シャーリィがえろくてしんどい……！」

「ほお？　ひもひぃ？」

「舐めながら喋るの禁止、あと上目遣い可愛い無理可愛いしんどい……！」

もう何度もしているからルーシーの好きなやり方は把握済み。

ご奉仕しているのは僕だけれど、これをすると僕まで気持ちいい。さっきまでは冷静でいられたのに、後ろでも快感を拾えるようになった。

大口をあけている顔は間抜けで、吐息も熱を帯びていてみっともないと思う。あけた口の端からは涎だって垂れている。でもルーシー的にはすべてアリらしい。腕で顔を隠しながら波を堪えるように唇を噛んでいた。可愛いのはルーシーだと思う。

「あーもうだめ、無理、俺も触りたい、上乗って」

上擦った懇願が終わらないうちに逆向きに腹の上に乗せられた。目の前にそそり立つ御子息がいらっしゃる。背後では今の今まで弄っていた後孔に吐息がかかり、熱い両手で尻たぶをひろげられた。

ぬるりとしたものが入ってきた。ヒッと喉が引き攣り腰が跳ねる。

舐められている。舌が内側を探っている。

されるのは初めてじゃない。だけどこれだけは慣れない。気持ちいいけれど、羞恥心がどうにもならず暴れたくなる。

「ひっ、あっ、あ、やあ……っ」

ルーシーのを握りしめて喘ぐ。抵抗したい、やめさせたい。だけど拒絶はしたくない。でも恥ずかしい、いたたまれない。

感情がぐちゃぐちゃになり、逃げるようにルーシーの性器を舐めた。先走りも全部飲み干す。先端を含み、口の中で舌を這わせる。

そうしているうちにどんどんと膨らみ、血管も浮き上がり、びくびくして。

「シャーリィ、出る……っ」

「んう、っ、んぐ」

どくんっと脈打ち、喉の奥へ奥へと勢いよく流し込まれた。

しごきながら飲み込んでいく。毎日出しているのに濃いし量も多い。美味しくはないが特別まずくもない。味のしないヨーグルトみたいなものだ。魔法の影響なのだろうか。

　射精したのにかたい。ずっと舐めていたらずるりと体が抜けていき、そのまま背後から挿入された。

　腰を強く摑まれながら、最初から遠慮のない速度で突き込まれ、声すら出ない。

　必死で振り返ると、息を荒らげたギラギラした目つきの旦那様が。

　まずい、煽りすぎた——そう気付いても後の祭り。

　明日はパーティーなのに。早起きして準備するつもりだったのにと焦る。

　後悔する間も与えられず、窓の外が白むまでノンストップで責められ続けた。……このあと動けるだろうか。


　十時間耐久セックス、睡眠時間三十分、早朝から準備必須、なのにまだ入ってる——眩暈のするようなコンディションというか状況というか……自業自得な面もあるから文句も言いにくい。

　おめでとうを言えたかどうかもあやふやだ。いや、言えたような気はするがルーシーに聞こえていたかは不明。理性を飛ばしていたから。本末転倒すぎる。

　しかも、もう起きなきゃならない時間なのにがっつり背後から抱き込まれている。

　硬い腕をどうにかこうにか外し、お次は体。挿入したまま眠っていらっしゃる。おい。

　最中に寝落ちしたのか、それとも確信犯なのか。どちらもありえそうで呆れてしまう。入れたくはないが後者に一票だ。

「よいしょ……、ん……っ」

　起こさないようゆっくりお尻を離していく。寝ているのに太くてかたい茎部分が中をずりずりと滑り、形容し難い排泄感と快感に身震いした。

すっかり慣らされてしまったこの体は、たったこれだけで感じてしまう。なんという体たらく。ほとんどルーシーのせいだけれど、僕だってルーシーとするのは好きだから責めきれない。

あともう少し。残すは亀頭のみ。

絶対に引っかかって気持ちいいから、先に口を塞いで一気に抜こうと――したが、ガン！　と奥まで突き込まれて一瞬息が止まった。

「――ひとりあそび……？　おれのかわいいシャーリィ、かってにぬいちゃだめ」

抽挿が始まる。寝ぼけた声色なのに、瞼も半分しか開いていないのに、腰使いだけはやたらしっかりしている。

待って。嘘でしょ。今？　今ですか？　準備しないといけないのに！

「ちょっ、あんっ、ルー、だめ、起きないと、だからあ……っ」

「あー……きもちぃ、中ぬるぬる、しまる、あったかい……かわいいな、シャーリィ」

「起きて！　いや、寝て！　んあっ、はっ、うご、くなぁっ」

準備が、仕込みが、飾り付けが！

言いたいのに言えない。そのうち片脚を持ち上げられ、本格的に抽挿された。元気すぎない!?　昨夜あれだけしたのに！

視界の端で光が明滅する。奥にぐっと押し込まれると、下腹にうっすらルーシーの形が浮かび上がる。意識した途端、射精感より排尿感の方が強くこみ上げて、ぶるっと身震いした。

これは絶対にルーシーのせい。気持ちよすぎると漏れそうになる。こんなおかしな癖つけないでほしかった。もう手遅れだけれど。

「あっ……、ん、でちゃ、あっ、もれちゃ……ッ」

「んー……いーよ、きもちーねぇ、だしちゃえ」

いい加減寝るか起きるかハッキリして！

そう叫ぶ前に限界を迎え、最奥に捩じ込まれると同時にしょろ……と少し漏れた。一度出ると止まらない。揺さぶりに合わせちょろちょろと出てしまう。

情けなさに涙目になりながら喘ぐ僕をしっかりと抱え込んだ背後の人は、漏れ続ける尿を手で受け止め笑っていた。何してるのこの人。

「たくさん出たな。可愛い。俺のシャーリィは世界で一番可愛い」

声がしっかりしている。

鼻を啜りつつ振り返れば、もうばっちり覚醒していらっしゃった。目つきが妖しいことこの上ない。

「ルーシー、僕やることあるから起きないと」

「そう？　なら頑張って俺をイかせて」

「抜いて？　続きはまた夜に」

「却下。こんな興奮させといて無茶言うな」

昨夜ぶりのギラギラな獣ルーシーが降臨してしまい、ひくっと頬が引き攣った。

その後の展開は言うまでもない。

朝っぱらからベッドを散々軋ませ、お気に入りのシーツを水浸しにし、全身汗と水と精液にまみれ。

最終的に泣いて懇願して解放してもらった。ルーシーのばかやろう。


フラッフラで庭に出てひまわりを摘み、買ったばかりの一輪挿しに生ける。新調したテーブルクロスをかけ、中央に一輪挿しを飾る。全開にしたカーテンのタッセルにもひまわりを差した。

部屋中をピカピカに掃除して、あとはひたすら仕込みだ。腰がだるいおかげで立ちっぱなしはつらく、ちょこちょこ休憩を挟みながら。

僕がこんな状態になっている時、普段はルーシーが率先して動いてくれる。今日はと言えば、お説教をして仕事部屋に詰め込んだ。僕が行くまで出ちゃだめ、勝手に出てきたらひと月性行為禁止、風呂もベッドも別々にすると言い渡して。

おかげでこそこそすることなく準備を進められて

いるわけだが……まあ、どのみちサプライズは無理だ。シュライアス様たちをお呼びするにはルーシーに迎えに行ってもらわなければならないから。

廊下の方をちらりと見る。

お仕置きしたのは僕だけれど、ちょっと寂しくなってきた。

へこんでいるだろうな。せっかくの誕生日なのにへこませるのは違うかもしれない。

誕生日だし大目に見るべきだったかな。でも誕生日を免罪符にしたら丸一日ベッドに縛りつけられていた気もする。いや、確実にそうなっていたはずだ。下手（へた）したら「誕生日が終わるまで」と日付が変わる直前まで揺さぶられていたかもしれない。

ありえそうな想像に軽く身震いして、少し悩み、よしと顔を上げた。

両親の部屋に隠しておいたプレゼントを持ち、ルーシーの仕事部屋をノックする。

「ルーシー」

シャルル！　とバタバタ足音が聞こえ、ガチャッとノブが下りる。

三時間ぶりの旦那様の青い瞳（ひとみ）はうるっうる。僕を見た途端くしゃっと情けない顔になった。

「無理させてごめん、やり過ぎてごめん……っ」

ぎゅううっとしがみつくように抱きつかれ、よしよしと背中をさする。

「泣かない泣かない。意地悪してごめんね。怒ってないよ、平気だよ」

なんだかんだ考えたところで、僕はこの人に甘いのだ。叱ったけれど怒っていたわけじゃない。

せっかくの誕生日なんだ。十九の誕生日は人生でたった一度きり。僕の誕生日にルーシーがしてくれたように、ルーシーにも今日という日を楽しく過ごしてほしい。特別な一日になるように。

ぐすぐすしている泣き虫を宥（なだ）め、少し体を離す。

「はい、誕生日プレゼント。十九歳おめでとう」

片手に載る大きさの、青いリボンを巻いた白い包みを差し出す。

ルーシーは鼻の頭をうっすら赤くしたまま何度も瞬き、受け取った瞬間に破顔した。

「ありがとう。開けてもいい？」

「どうぞ」

掌を向ければ、いそいそと、とても丁寧な手つきでリボンをといた。

中身はシンプルな白いハンカチだ。以前おねだりされた刺繍入り。刺したのはイニシャルと狼。結構力作だ。

「覚えてくれてたんだ。うわあ……どうしよう、額を、額を作らないと……！」

「飾らずに使ってくださいよ、力作なんだから」

「だって初めての俺のための刺繍だから！　勿体なくて使えない！」

「使ってよハンカチなんだから」

「要検討っ！　うわあ、どうしよう、嬉しい。ありがとうシャルル。大切にする。どうして狼？」

「僕の中のルーシーのイメージ」

銀色の被毛、青い瞳の狼だ。ガルル。

両手を鉤爪にしてガルガル言ってみたら、へなへなとしゃがみ込み、そのまま床にパタリと倒れた。

そしてハンカチを胸に抱いてゴロゴロし始めた。どうした旦那様。発作？　体張った床掃除？

「しんどい……俺の天使が今日も天使……俺の天使が天使で愛妻……」

「大丈夫？」

「だめかもしれない………」

「いやです」

「あとでシュライアス様をお迎えに行ってね」

「今夜一つなんでも言うこと聞くから」

「送迎くらいいつでもやってやる」

なんかもう大丈夫そうだ。

僕は踵を返し、キッチンへ戻って仕込み作業を再開した。

焼き物が完成したタイミングでシュライアス様と

連絡を取り合い、ルーシーにお迎えを頼んだ。

五秒後戻ってきたルーシーは魔法陣を出てすぐ僕の元へやってきて、ペンネを一口つまみ、美味しいとにっこり。もう一つ、と伸びてきた手から皿をふいっと逃がし、席へつかせた。

シュライアス様たちも席につき、テーブルを埋め尽くすさまざまな料理に歓声を上げる。

「うわ、ご馳走だ。一人でこんなに作るの大変だったんじゃない?」

「本当に。どれもとっても美味しそう」

「頑張りました! 一度にこんなに作ったの初めてだよ。結構楽しかった」

僕も座ると、僕ら三人の視線はすべてルーシーへ。

「改めまして。ルーシー、誕生日おめでとう」

「おめでとうございますリュシオン様」

「おめでとうございます兄上。去年の分までお祝いさせてください。いいワイン持ってきました」

笑顔でワインを注ぐシュライアス様。エレオノーラ様は僕へ白い箱を手渡してくれた。

涼しい場所に箱を置いて席へ戻ると、どういう反応をすべきなのか……といった状態の主役がいた。

何か返そうとはしているものの、言葉に迷い、結局無言を選ぶ。

「素直にありがとって答えたらいいんだよ。さっきは僕相手に言ってたじゃん」

「シャルルと他は違う」

同じだよ、と思いつつも言わずにいると、テーブルの下で左手をきゅっと握られた。黙って握り返す。

たっぷりと間を置いてから、ルーシーは正面の二人へ少し気まずそうに「……ありがとう」と言った。

そっぽを向きながら。素直じゃないんだからなあ、もう。

そんなルーシーの態度にシュライアス様もエレオノーラ様も揃って驚いた顔をしたあと、すごく優しい笑みを浮かべた。なんだか二人の方がルーシーより年上みたいだ。

食卓に並ぶのは、鶏肉のパエリアにマリネ、茄子とトマトのペンネ、ローストビーフに夏野菜のサラダ。小さなかぼちゃは中身をくり貫いてカップにして、かぼちゃのポタージュを。魚はルーシーの好きなオイル煮。料理好きの母に全力で感謝。レシピなしではどれも作れない品々だ。

三人は白ワインを、僕は果実水を手に乾杯をした。

食べて、飲んで、会話して。

シュライアス様は慣れたみたいだけれど、こういう庶民的なわいわいした食事はエレオノーラ様にはとても新鮮だったようだ。あからさまではないものの微妙にぎこちなかった。そのうち肩の力が抜け、自然な笑みを見せてくれるようになった。

肝心の主役はというと。

「美味い……俺の天使が最高すぎる」

ペンネを食べながら震えていた。大袈裟。でもお気に召していただけて僕も安心です。

「ふふ。カップが可愛らしいわ。見て、シュライアス様。わたくしのカップは笑っているわ」

「僕のカップもだ。でも微妙に違うね」

かぼちゃのカップはナイフで削って簡単な顔が彫ってある。ルーシーのカップは驚き顔、僕のカップは眠り顔。工作みたいで楽しかった。

王子時代のパーティーの方が美味しいものも珍しいものもたくさん揃っていただろう。趣向を凝らした絶品料理、高価なプレゼント、煌びやかな雰囲気、特別なゲスト。世継ぎの王子様の誕生日パーティーだ。すべて国の最高峰だったと思う。

今この場には、贅を尽くしたもてなしも、赤絨毯も、着飾ったゲストも、オーケストラの演奏も、ダンスタイムもない。主役を祝うのはたった三人。

「そろそろケーキ出そうか。エレオノーラ様が用意してくれたんだよ」

宝石みたいな果物で飾られた甘いケーキを食べて、

「次はシャンパンあけましょう！　ルゥ、これは甘いから飲んでみたら？　ジュースみたいだよ」

若干飲みすぎたアルコールではしゃいで、なんでもないことでケラケラと腹を抱え、

「シャルル、ありがとう。どれも美味しいよ」

ほんのり頬を赤らめ、気が抜けたように笑う。

こんな肩肘張らない庶民流の誕生日パーティーも、お城のパーティーに負けず劣らずなんじゃないのかな、なんて恐れ多いことを考えてしまった。

ルーシーが笑っている。僕にとってはそれが何よりのご褒美だった。

◆◆◆

べろっべろに酔ってスプーンが転がるだけで笑っているシュライアスと、少々目がとろけていながらも淑女としての意地か矜持か意識をはっきりと保っているエレオノーラ、ずっとにこにこにこにこしているシャルル。

俺の視界も揺らいでいる。シュライアスの持ち込んだワインとシャンパンを全員で計六本も空け、この有様である。酒は飲めるが、めったに飲まないのに明らかに飲みすぎた。

片手で頭を押さえていると、唐突に、

「リュシオン様。わたくしあなた様に言いたいことが山のようにございます」

「言ってみろ」

しゃんとしているかと思えば、そうでもなかったらしい。酔った勢いでもなければエレオノーラの性格上蒸し返すようなことは言わないはずだ。

だが、こんな機会もないだろう。俺には彼女の文句や罵声を受け止める義務がある。

しっかり向き合った途端、

「女性の趣味が悪すぎます」

「……お、おう」

「どうしてあなた様の浮気相手は皆さんわたくしに喧嘩を売ってくるのかしら？　妃教育を受けますと手を挙げるくらいの気概があれば喜んで立場をお譲

りましたのに。ご自分の方が相応しいと思うならやってみたらよろしいのよ。どの方も王太子妃、王妃になるということがまるで分かっておりません。贅沢をしたいだけ。どの方も女狐のような顔であなた様の寵を得たとわたくしに報告してきました。何度扇で引っぱたきたくなったことか。遊ぶなら遊ぶで最低限の良識のある方とお付き合いしていただきたかったですわ。良識があれば婚約者のいる殿方とお付き合いなどしないでしょうけれど」

「お、おう。苦労かけた……」

「わたくしの元に来るたびに『貞操観念の低い浮気男とご令嬢でなかなかにお似合いよ、あら王妃に？　あなたでなん人目ですよ』とオブラートに包んで教えて差し上げておりました」

「……そうか」

　止まらない。目が据わっている。

　ちらりと横目で隣を確認。シャルルは笑ったまま。よし、たぶん分かっていないな。

「あの卒業パーティーで、あなた様はもう本当に堕ちきってしまったのだとガッカリいたしました。いえ、尽きる愛想もないほどそれ以前からガッカリと苛立ちの連続でしたが。ですが、不幸を願ったことはございません。よっぽど脳天に魔法をぶち落として差し上げたくなったとしても、男性の大切な場所を氷漬けにして腐り落として差し上げたくなったとしても、それでも不幸を願っていたわけではございませんの」

　エレオノーラがそっと目を伏せる。お前そんなこと考えていたのか。酒で素が見え隠れしている。

「あなた様の女癖の悪さは生来のものとして。それでもいつか認めていただけたらと思っていた……時期もありましたがはるか昔すぎて記憶にございません。婚約期間の大半はクソ野郎陰茎もげてのたうち回れと思っておりました」

「突然の暴言」

「散々使い込んだものがいずれわたくしにも使われ

るのかと考えるだけで舌噛んで死にたくなりましたし、浮気のお相手の顔を見るたびにこの女狐と竿姉妹になるのねと絶望しておりました」

「落ちつけ次期王太子妃。水飲むか？」

「誠実で、いつでもわたくしを気遣い労ってくださるシュライアス様に心癒やされ、その後歩く生殖器のようなあなた様とお会いするたび何故わたくしがと己の身の上と男性運のなさを嘆いておりました」

そっとレモン水のグラスを差し出す。テーブルの一点を見つめたまま、エレオノーラはふうとため息を吐き出した。

「……そういう、他者と比較するようなわたくしの態度もよくなかったのだと思います。いくらあなた様の生活態度と性格が気に食わなくとも、その点はわたくしの落ち度です。申し訳ございませんでした」

「謝罪を受け入れる。迷惑といらぬ苦労をかけてすまなかった。お前が俺のことをどう思っていたかもよく分かった。歩く生殖器はさすがにひどい」

「事実です。……先ほども申しましたとおり、不幸を願っていたわけではありません。ですので、儚くならずにいたことに安堵いたしました。わたくしだけ幸せを得てしまってよいのかと……まあ、取り越し苦労でしたけれど」

ようやく俺を見て、年相応な顔つきで笑った。

「シャルル様を大切になさってください。もしかつての所業を繰り返すようなら、今度こそおイタができないようわたくし自ら処理させていただきます」

「肝に銘じておく」

俺もふっと笑う。

エレオノーラと笑い合う日が来るとは。不思議なことに、縁が切れてからの方が素を見せ合えている。俺たちにはこの距離がちょうどよかったのだろう。

こうして向き合えているのは今だからこそだ。

「お誕生日おめでとうございます、リュシオン様。あなた様のこれからに幸多からんことを、心よりお祈り申し上げます」

カーテシーもない。完璧な淑女の笑みでもない。

ただのエレオノーラとしての祝辞と笑顔に、俺も初めて素直に「ありがとう」を返せたのだった。

――それから。酔い醒ましに全員で庭に出た。

気温は高いがカラッとしている。「風がない！」と文句を垂れたシュライアスが魔法で風を起こし、今度は「涼しい！」とケタケタ笑う。こいつは笑い上戸らしい。そんな気はしていた。

笑いながら畑の周囲にたくさん咲いているひまわりを一輪手折る。芝居の一幕のようにエレオノーラに差し出し、受け取ろうとした彼女の手を取ってくるくると踊りだした。酔いすぎ。

ここはパーティー会場ではなく民家の庭。頭上を照らすのは煌びやかなシャンデリアではなく太陽だし、背景は華美な内装ではなく畑だ。大理石の床ではなく、草花が元気よく生えた土の地面。

そんな場所で踊る王太子とその婚約者。

「とんでもない光景だな」

「僕も！　僕もやってみたい！」

「サンダルでか？」

「うん、サンダルで！」

ずっとにこにこしている酔いどれ天使の手を取りリードする。

（一年ブランクがあっても覚えてるものだな）

だが、体に染み込んだ動きができたところで、普段着だし、オーケストラの壮大な演奏ではなく虫のがなり声と弟や最愛の笑い声が音楽で、磨き抜かれた靴ではなく突っかけサンダル。酔っているシャルルは俺の足を踏みまくっていて、土に沈んだ足の指先は黒くなる。

とんだ舞踏会だ――だけど。

「はは、楽しい。初めてダンスを楽しいと思えた」

「僕も楽しい！　くるくるーってやって、くるくるーって！」

何パターンか回してやれば、目が回ると理不尽な文句を言われる。それさえ楽しい。俺の気持ちまでゆるむ笑顔が眩しくて、愛おしい。

去年の今日とは大違いだ。

すべて失い、一人で彷徨っているうちにいつの間にか成人を迎えていた去年。

今年はどうだ。

最愛と手を繋ぎ、近くでは弟と元婚約者が幸せそうに踊っている。自然以外何もないこの地で。手放した名と同じ名の国の端で。

すべてを失ってから得たものすべて、かけがえのないものだ。

生まれながら持っていたものや得たものも大切だった。だが今この手にあるものの大切さは格別。

泥水を啜りながらでも生きることを諦めずにいてよかった。本当に、よかった。

「楽しいねえ。楽しい？　ルーシー」

「ああ。今までで一番楽しい誕生日だ」

俺を人生ごと救ってくれた最愛を抱き上げ、真っ白な入道雲が立ち込めた夏空に翳した。


立場も年齢も忘れてはしゃぎ回ったおかげか、全員いい感じに酔いも醒め、自由な舞踏会の代償として真っ黒になった足を庭先で洗っている時だった。

魔道具があるんだ、と言い出したシャルルが家の中へと駆けて行き、四角い箱を手に戻ってきた。

よくよく見なくてもなんの変哲もない空き箱だ。クッキーの絵が描いてある。

箱の蓋部分に黒い魔石が埋め込まれていた。何故。

「ここが写すところ。ここ見ててね」

きょとんとしているシュライアスとエレオノーラに箱を向け起動させると、箱の前後に魔法陣が出現した。魔石が一瞬きらりと光り、後方の魔法陣から写真が出てくる。――は？

「え、待って待って、ルゥ、何それ」

「写真だよ」

「それは分かる。どういう仕組みだ？」

俺とシュライアスに箱を手渡したシャルルは、出てきた写真をエレオノーラに見せた。彼女は「まあ！」と目を丸くし、そこに写る自分たちを凝視。

俺とシュライアスは写真より菓子箱を凝視。

　蓋と箱部分は接着剤でとめられているのか分解できなくなっている。魔石が埋まっている以外にこれといった仕掛けはない。

　写真機なのだろう、紛れもなく。それは分かるが流通している物とは見た目も仕組みもまるで違う。というかただの菓子箱だ。なんだこれ。何をどうやったら単なる空き箱を魔道具に仕立てられるんだ。義父上（ちちうえ）の技術が相変わらずとんでもない。天才というか奇才だ。

「シャルル様、こちらをいただくことは……」

「もちろん！　晴れてるうちにみんなで撮りましょ」

　シャルルは言うが早いか踏み台の上に何冊も分厚い本を重ね、その上に菓子箱を置いた。

　四人で再び庭へ下りて並ぶ。俺の前にシャルル。シュライアスの前にエレオノーラ。シャルルとエレオノーラの手には一輪ずつのひまわり。

　俺がシャルルを腕の中へ引き寄せると、流れに乗るとばかりにシュライアスも同じようにした。

　盛大に戸惑（とまど）い頬を赤らめるエレオノーラに、脂下（やにさ）がった顔つきになる弟。

　初恋って本当なんだな……婚約は王命だったが、不毛な初恋を長らく引きずっていたらしい弟に、がらにもなく少し申し訳ない気持ちになった。

「ルーシー、あの魔石に向かって魔力流せる？」

「もちろん」

「じゃあ魔法陣が出たらみんな笑ってね」

　指先から流した魔力で菓子箱魔道具が起動する。

　さっきと同じ不思議現象が起こり、写真がぺらりと出てきた。

　シャルルがキャッチしたその写真には、青空と白い雲とうちの畑を背負った俺たち四人がしっかりと写っていた。

　もう一枚撮ろうと言い出したのは誰だったか。

　一枚目とは笑顔も背景も微妙に違う二枚目は、シャルルの家族写真と入籍した時の写真に続き、三つ目の写真立てに入れられ、戸棚を飾ることになったのだった。


風がやや生温くなった夕方、魔法陣の上に立った。送る対象であるシュライアスとエレオノーラ、普段は留守番のシャルルも一緒だ。

後片付けを気にするシャルルを、どうせすぐ戻る、たまには一緒に行こうと強引に抱き込んだ。シュライアスの口添えもあり、後ろ髪を引かれながらも納得してくれた。

なんだかんだ言いながら、今は数秒も離れたくなかっただけ。

シュライアスはまあ、どうせ陛下にでも頼まれたのだろう。あの人は隙あらばシャルルと交流しようとしているからな。可愛がっていた妹の面影のある忘れ形見だ。それも仕方ないのかもしれない。シャルル本人はいまだに別人説を推しているが。

魔法陣が輝き、一瞬の浮遊感のあと景色が変わる。移動先はもちろん、いつ来ても当時のままの元自室。使う者のいない部屋など片付ければいいのに。

「シャルル。よく来たな」

そして案の定陛下が待ち構えていた。仕事はどうした国王陛下。

革張りの椅子を軋ませ立ち上がった陛下が控えめに腕をひろげる。

きょとんとしたシャルルだったが、察して近づいていった。いいのかな？　と言いたげな顔をしておずおずと手を伸ばす。ハグをした瞬間、陛下の雰囲気がほわっと柔らいだ。実の子にもハグなどしないくせに。

目尻を下げながらよしよしと頭を撫で、シャルルの手に菓子の入った小瓶を載せる。

あれは本当に俺の知る父王なのだろうか。俺も別人説を強く推したい。

「元気にしていたか？　不足はないか」

「元気です、大丈夫です。あ、あの、手土産もなくすみません」

「よい、気にするな。今度また何か馳走してくれないか？　きみの母の話も聞かせてほしい」

「喜んで！　いつでもお待ちしています」

普段は眼光鋭く、ほとんど表情を変えない為政者然としているくせに、シャルルを前にするとがらりと変わる。おそらく気を遣わせないよう意識して変えているのだろう。

二人が交流している間にエレオノーラが人数分の紅茶を用意した。これはすぐ帰還できないパターンだ。シュライアスなどすでにソファに陣取り、シャルルが持たせた土産の菓子を食べ始めている。おい。

「シュライアス。お前仕事は？」

「今日は休息日です。シーズンも終わりましたし、今日一日空けるために前倒しで諸々済ませたのでご心配なく。父上、ルゥのお菓子ありますよ」

「うむ。いただこう」

いただくのかよ。と内心突っ込みつつ、シャルルを取り戻しシュライアスたちの正面の席につく。陛下は上座の一人がけに落ち着いた。落ち着くな。

「リュシオン」

「はい？」

おもむろに懐から取り出した封筒を差し出された。封蠟どころか閉じられてもいない。

中を確認すると、直轄地にある高級宿の券だった。ご丁寧に陛下のサイン入りだ。

「結婚祝いだ。いつでも利用できるように話はつけてある。たまにはシャルルを休ませてやれ」

「僕は常に休んでるようなものですよ」

「何を言う。毎日家事やらこれの世話やらで忙しなくしておるのだろう。たまには何もせず羽を伸ばしておいで」

「俺をだしに甘やかそうとしないでください。けどまあ、ありがたく頂戴します。シャルル、せっかくだから旅行でもしよう。広い温泉があるぞ」

「温泉？」

きらりと瞳を輝かせる。可愛い。家近辺に温泉はないもんな。

明らかに喜んでいる様子に和んだが、温泉が楽しみなのかと思いきや。

「新婚旅行だ」

やった、なんて小声で呟かれ胸を押さえた。そっちか。俺との新婚旅行が嬉しかったのか。

胸が苦しい、きゅんきゅんする。俺の新妻が可愛すぎる。

「新婚旅行はいいとして、結婚式はどうするんです？　挙げないんですか？」

何個目かのマカロンをかじりながらシュライアスが言い出した。シャルルと顔を見合わせる。

結婚式。

挙げよう挙げようと口にはしていたが、指輪交換時の誓いで満足していた。きっとシャルルもそうだろう。式より書類提出に重きを置いていたしな。

「もう誓い合ったしな」

「だね。元々するとしても二人でって話してたから、あれでいいかなって思ってた」

「俺もあれで満足。しないならしないでいい。シャルルのドレス姿を見られるならしてもいいな」

「着ません。男にドレス着せようとしないでください」

ぴしゃりと却下されてしまった。違う、ドレスは言葉の綾で、女装をさせたいわけじゃない。単純にシャルルを着飾りたいだけだ。

想像してしまうと惜しくなり、ちらっと上目で見たが無言で首を振られた。

「ルゥなら違和感なく着こなせそうな気がする」

「デザインにもよりますわね。色は白がいいかしら。リュシオン様のお色も捨てがたいわ」

「エスコートは私が引き受けよう」

「引き受けるな」

思わず素で口を挟んでしまった。油断も隙もない。

「でも一生に一度だし勿体ないですよ。大袈裟にしたくないなら、ガーデンパーティーみたいにしたらどうでしょう。招待客は僕らだけ。衣装は着せるし、神官はいない。どうです？」

「招待される気満々か」

「もちろん。お祝いは弾みますよ」

にっこりと笑う弟。同意するその婚約者。ついでに陛下も「調整せねばな」なんて髭を撫でている。自由かよ。

「シャルルはどうしたい？」

「どっちでも。でも確かに一生に一度だよね。新婚は今しかないし。それに、お祝いしてもらえるのは嬉しいよ」

「よし、年内にやろう。寒くならないうちに。早急に衣装考えないとな」

場所はどうするかと考え始めた俺をシャルルはぽかんと見上げていた。どうした天使。段取りは任せろ。とびきりきれいに着飾ろうな。

「あの家でやります？」

「それだとシャルルが大変だ。動かなくていいと言ってもそうはできないだろうし。どこか場所を借りる方がいい」

「離宮を使えばよい」

「ああ、いいですね。予約も諸々の準備もいりませんよ。全部手配可能です。人払いも完璧にできます。身一つで来ればいいし、兄上もルゥも楽じゃないですか？」

「まあ。それはすてきな提案ですわね。あちらの庭園はとても見応えがありますし」

わいわいと盛り上がる弟たち。

笑ってしまうくらい速いペースで話が進み、膨らみ、現実味を帯びてくる。俺たちの式だというのにすっかりシュライアス主導だ。シャルルもそう感じたのか、苦笑しながらもあたたかく見守っていた。

「でもお城だと店主やおかみさんは呼べないね」

「呼んでも畏縮するだけだろうな。下手に気を遣わせるより、当日たくさん写真を撮って見せればいい」

「そっか。そうだね、うん。サインしてくれた人には見せてまわろうか」

　時期は秋の終盤。シュライアスの誕生パーティーが一段落ついてから、離宮の庭園で。参加者はこの場にいる人間のみ。料理や諸々はすべてお任せ。

　トントン拍子にそこまで決まった。最高権力者が乗り気なだけに障害など一切ない。しかもシャルルを甘やかしたくて仕方ない権力者だ。身一つで来なさい、美味しいものを用意しよう、疲れたら泊まってもいいぞ、なんて甘々対応である。

　照れくさそうに、だけどとても嬉しそうに感謝を伝えたシャルルを連れ、我が家へと帰還した。

　陛下たちに負けていられない。俺も秋に向け、愛妻のための世界一の花嫁衣装を考えなければ！

　俺の衣装？　そんなのはどうでもいい。衣装部屋は中身ごと残されているからな。

例のあの人とのあれやこれ

　夏も終わりに差し掛かり、少しずつ夜の訪れが早くなってきた。虫たちはまだまだ元気に叫んでいるけれど、夜になると秋の虫の声も混じるようになった。

　取り込んだ洗濯物を畳んでいく。ごわごわになってしまったバスタオルは脇に避け、畳んだものからせっせとしまう。避けておいたバスタオルは裁断し、簡単に縫って雑巾に。代わりに使い古した雑巾を処分すると、なんとなく気分も一新され清々しい。

　一息ついてルーシーの部屋を覗くと、まだお仕事中だった。静かに扉を閉め、両親の部屋へ。

　最近少しずつ整理を始めた。どれも処分したくないけれど、本当に大切なものだけを残そうと自分に言い聞かせながら整理している。

　家具、衣服、小物、本や写真。

贅沢(ぜいたく)に興味がなかった人たちだから、価値のある持ち物はそこまで多くはない。しいて言うなら父が作った魔道具くらいだろうか。

母は父と揃(そろ)いの指輪とピアスの他はネックレスを一本くらいしか持っていなかった。母のクローゼットにはドレスは一枚もなく、繕ったあとのある服や少しきれいめな服、畑仕事用の服が数点あるのみ。

「これで元お姫様って言われてもなあ……」

煌(きら)びやかさなど皆無な素朴なクローゼット内を見回し苦笑が漏れる。

衣服は処分することにした。ワインセラー以外の家具も、思い切ってすべて片付ける。

少しずつ広くなっていく部屋を目の当たりにすると、自分が決めたこととはいえどうしたって寂しくなる。

だけど僕には未来を一緒に生きる家族ができたから。その人が入室を躊躇(ちゅうちょ)する部屋をずっと残しておくのは、僕が嫌だった。

この部屋がある限り、この家はまだ両親の家のような気もした。

僕はこの家をきちんと僕とルーシーの家に変えていきたい。そう思えるようになった自分を少しだけ誇らしく思う。

物の処分は思い出の処分ではない。

これからを大切に生きていくためのけじめとして、寂しさに蓋をし、まとめた衣服を紐(ひも)でくくった。

*

宝飾店の店主から、加工追加分の用意が整い、渡した加工済みの魔石の一部が姿を変えたとの連絡が入った。

連絡をもらった翌日、店兼工房へ向かった。ちゃっかり僕もお供している。あの加工済みの魔石たちがどんな風に変身したのか気になるからね。

入店すると、従業員はすぐに工房へ通してくれた。

ここの人間ではないのにルーシーはすっかり顔パスである。

「お！　来ましたね。いらっしゃい！」

「さっそく見せてもらっても？」

挨拶もそこそこに切り出したルーシーに店主は快く頷き、布張りのトレーに載せたネックレスをお披露目してくれた。

　オーダーメイドであるそれは、楕円形の台座の中央に星屑入りの琥珀色の魔石がどんと据えられ、その周囲を直径一ミリ程の極小さな虹色の石が囲んでいる。

　とてもシンプルなのに見入ってしまう。そこそこの大きさがあるから、つけるとかなり目立ちそうだ。

　どんな人の手に渡るのだろう。どんな反応をするだろうか。それを想像するのも楽しい。

「いいな。刻印しようか」

「お願いします。他のも持ってきますすね」

　店主が場を離れルーシーは作業開始。と言っても、ものの数秒でサクッと魔法で刻んでいた。

　加工の魔法の応用らしく、詳しく説明してくれたけれど、門外漢すぎて理解できなかった。

　これだけ魔法が得意なのに魔導師じゃなく元王子様、現翻訳家って。こう、もやっとしたものを感じて、思わず生温い視線を送ってしまった。

「どんな刻印にしたの？」

　王子様時代に持っていたルーシー専用の図柄かと思いきや、得意満面に見せられたのは狼の横顔。

　頬の部分の毛並みに紛れ込ませるようにして、お洒落に崩されたルーシーと僕のイニシャルが入っている。芸が、いや仕事が細かい。つい吹き出してしまった。

「これ、刺繡の？　気に入ってくれたんだ」

「ああ。もうこれしかないと思って。なかなかいいだろ」

「ルーシーっぽい。でももっと小さなアクセサリーはどうするの？　台座が小さいとさすがに刻めないんじゃない？」

「手作業するわけじゃないから問題ない。台座のサイズに自動で調整、スタンプするような感覚だから」

ほうほう、なるほど。でも小さいとせっかくの狼が潰れて見えなくなっちゃいそうだ。それはちょっと勿体ない気がする。

少しして、店主が完成分を持ってきた。噂をすればなんとやらで、ダイヤ形の小さなピアス、多角形のピアス、複雑な形をした指輪だ。どれも小さい。

店主も刻めるか心配そうにしていたが、ルーシーは簡単に刻印してしまった。肉眼では何か描いてあるなとしか分からないものの、ルーペを通すと琥珀色のネックレスと同様あの狼がハッキリと刻まれていた。細かっ。

「ほおー……見事ですね、さすが。やはりうちで働きませんか？」

「断る。在宅職以外考えていない」

「ふふ。相変わらずの愛妻家っぷりで。ああ、これが追加分です。ひとまずこれで在庫になっていた分は最後です」

「少ないな。今やろうか？」

「時間があるならぜひ！」

確かに、最初の加工分の三分の一もない。ルーシーなら三十分もかからず加工可能なくらいの数だ。

快諾したルーシーが作業している間、手持ち無沙汰な僕は店舗の方へ向かった。

すべてバラしたから、この店のショーケースの中には宝石のアクセサリーしかない。

魔石のアクセサリーだってきれいだと思うけど、一般的に魔石イコール魔道具のイメージが強いためか、特に指輪とピアスは避けられる傾向にあるみたいだ。宝石も魔石も貴重なことには変わりないのに。

でもそれも変わるかもしれない。

さっき見たばかりの魔石版《シャルルの瞳》を使用したピアスと指輪はすべてペアだった。影響力のある貴族が魔石のアクセサリーを身につけるようになれば、イメージも変わっていくような気がした。

ショーケースをじっくりと見て回っていると、カランとドアベルが鳴った。

入店してきたのは若い男女だった。恋人同士なのか、腕を組んで僕の背側にあるショーケースへ向かっていった。

僕も目の前のショーケースへ意識を戻す。四つ葉のモチーフを見つけて、プロポーズ後のルーシーを思い出し、つい頬が緩んでしまう。

あの時の製作時間三十秒の指輪は、ルーシーのデスク上に大切に飾られている。かけられた魔法もそのままだ。時間が経とうと、白い花の指輪はあの日のままの瑞々しさを保ち、小瓶の中で可憐に咲いている。

子どもの手遊びレベルの、茎を結んだだけの指輪なのに。思いのほか大切にされていて嬉しいやら申し訳ないやら。しかも小瓶を見つめるルーシーの眼差しはとても優しくて、直視が憚られるほど甘い。

思い出したら頬が火照った。手で扇いでいると、

「《シャルルの瞳》はどれ？」

そんな声が背後から聞こえてきて、思わず振り返る。さっきの男女が従業員と向き合っていた。

「申し訳ございません。《シャルルの瞳》のイミテーションは店頭での取扱いはなく、すべてオーダーとなっております。現在受付も停止しております」

「ええっ！　そんなあ、こんな田舎まで来たのに！」

彼女の方が嘆くように高い声を震わせれば、

「こっちはわざわざ時間と旅費をかけて来てるんだぞ、どう責任取るつもりだ！」

男の方が恫喝めいた台詞を叫ぶ。

二人ともなんとなく引っかかる物言いだ。対応する従業員もそう感じたのか、申し訳ございませんの一点張りで撥ね除けようとしている。店内にいた他の客はそそくさと出て行ってしまった。

（話題になるって、良い面と悪い面があるんだな）

その男女が従業員に詰め寄る声を、眉を顰めつつ

背中で聞いていると、彼女の方が慰謝料としてここにあるアクセサリーを寄越せと言い出した。ぎょっとして再び振り返ってしまう。何言ってるのあの人。暴論が過ぎる。

「嫌なら《シャルルの瞳》を出しなさいよ！　わたしが欲しいって言ってるのよ？」

「そう仰られましても。申し訳ございません」

「貴様、一介の従業員の分際で不敬が過ぎる！　彼女が求めているんだ、ありがたく差し出せ！」

「申し訳ございません」

　もう従業員が気の毒になってきた。見ていられず、彼らの方へ足を向ける。

「あの」

　声をかけると、男の方にぎろりと睨みつけられた。眼鏡をかけた神経質そうな顔立ちの痩せた男だ。

「それ以上は営業妨害です。どうぞお引取りを」

「誰だ貴様は」

「関係者です。騒ぐなら自警団を呼びますよ」

　男はひくりと片眉を上げて舌打ちした。

　彼女の方も振り返る。波打つ長い黒髪がふわりと揺れた。

　黄緑に近い大きな緑色の瞳と視線がばっちりかち合う。僕の色とはまた違う翠眼だ。ペリドットみたいな色。

　その瞳が鈍く光り、色濃くなった……ような気がした。違和感を抱いた瞬間、胸がざわっとする。心臓の表面を直接撫でられるような不快感が走った。思わず眉を寄せ、胸元を握りしめる。

「――もういいわ。行きましょ」

「いいのかい？　欲しかったんだろう？」

「うん。いいの」

　ありがとうと可愛らしく微笑み、男の腕をぎゅっと抱き胸を押し当てる。真っ赤になった男はあたふたしながら彼女を連れて出て行った。僕を睨みつけることは忘れずに。

「シャルルさん、ありがとうございます。助かりました」

「気にしないでください。大変でしたね。なんだかすごい人たちだったな……ああいう人、結構来るんですか？」

「あそこまで露骨なのは初めてです。本物や実物を見たいと粘る方や優先予約を迫る方は時々いらっしゃいますが……」

困り顔の従業員の視線を僕も追う。

店内から見える範囲にはあの二人組の姿はもうどこにもなかった。


作業を終えたルーシーと店を出て、肉屋へ向かう。道すがらさっきの出来事を話した。

今でもちょっと現実味がない。あんなに理不尽な主張をする人を見たのは初めてだった。

「どういう理屈なんだろう？　だって自分が欲しいから来たんでしょ？　旅費やらなんやら気にするなら事前に調べればそれで済む話じゃん。それで慰謝料代わりに売り物寄越せっておかしくない？　あの人たちの中では筋が通ってるのかなあ。どういう思考回路なんだろう」

心底不思議で首を傾（かし）げる。くんっと手が後ろに引かれ振り返ると、ルーシーは足を止め、出てきたばかりの店の方を睨んでいた。

「ルーシー？」

「その二人組。眼鏡かけた神経質そうな男と、長い黒髪の翠眼の女で間違いないんだな？」

「え？　う、うん」

「分かった。少し待っていて」

戸惑（とまど）う僕を連れ近くの路地に入ると、ルーシーはすぐに自らの腕輪を起動させた。

《兄上？　どうしました？》

シュライアス様の声だ。どうして彼に？

「メアリ……偽聖女とハリスがうちの町にいた。ハリスはともかく偽聖女の扱いは？」

ルーシーの口から出た名前に目を見開く。

あれが偽聖女。

え、あの人が？　確かにきれいな人だった。でも。

(あれが？　あんな理不尽な人が聖女？　あ、偽だっけ。でも、ええ……？)

僕が思う聖女像からはかけ離れすぎていて、その前に〝偽〟がつくとしても困惑する。

だって〝偽〟がついたのは騒動の後だ。それまでは《聖女》だったはず。

想像の中の聖女は敬虔で清廉、無欲で物静かな女性。店で騒いでいた彼女とは真逆のイメージだった。

あの人が数百年ぶりに現れた聖女。当時はあんな調子ではなかったのだろうか。

僕が静かに混乱している間にも兄弟の会話は続く。

《捕縛して王都連行が理想です。修道院からの脱走後足取りが途絶えていたんですが……まさかそちらにいるとは》

「魔法と薬の使用は処罰後判明したんだろう？」

《ええ。判明時点で呼び戻し改めて裁くことになったんです。ですがその頃にはすでに行方知れずで》

「魅了魔法は魔道具か何かを使用してたのか？」

《残念ながら彼女自身の魔法です。瞳術に近い使い方をしますので、万一対峙した時は注意してください。特に目は合わせないでください》

会話を聞きながら「あ」と声を出してしまった。

「シャルル？　どうかした？」

「目……うん、目。そっか。目が合った時、すごくこう、嫌な感じがしたんだ。ざわってした。それだったのかな」

さっきの形容し難い感覚を説明すると、ただでさえ険しかった旦那様の顔つきが凶悪レベルに。漏れ出る殺気がとんでもない。こんなに怖い顔をするルーシーは初めて見た。

「捕縛して連行上等だ。とりあえず息をしていれば文句ないな？」

《え、ええ。私刑はだめですよ？　だめですからね》

「ハリスの方は？」

《罪を重ねていなければ追放は撤回。籍は当主と相談。追放後罪を犯しているなら捕縛地域の機関で裁いてください。アルベルト並みの罪を犯していたら王都へ連行で》

その後兄弟は二、三確認し合い通信を終えた。

会話が途切れた路地がしんと静まり返る。ルーシーの周囲に立ち込めるオーラがどす黒い。怖い。

恐れおののいていると、ふうう……と長く息を吐き出して頭を振った。僕の手を再び取った時には殺気はきれいに収められていた。

「そういうことになった。もし見かけても次は対峙しちゃだめだ。すぐ俺に言って」

「わ、分かった。でもルーシーは大丈夫なの？」

「二度も同じ手にかかるか。散々好き放題して引っ掻き回してくれたらしいからな、丁重に礼をしないと。何より俺のシャルルに魅了をかけようとしたなど万死に値する」

振り返ったルーシーはとってもいい笑顔。台詞と表情の温度差で風邪を引きそう。

「さ、肉屋寄って帰ろう。少し買いだめしようか」

「う、うん。そうだね」

これは再びの外出禁止コースだ。この雰囲気だと敷地外もだめそうだ。

僕はそれを確信し、それなら魚屋と八百屋にも寄ろうと提案したのだった。

＊

ルーシーの腕輪が受信を知らせたのはおこもり三日目の朝だった。

起き抜けでちょっと盛り上がってしまった事後。僕の中から性器を引き抜いたちょうどその時、サイドテーブルに置いていた腕輪の魔石がチカチカと点滅した。

応答した途端、宝飾店店主の悲鳴のようなひどく狼狽した声が流れてきた。

《リュシオンさん！　ど、どうしたら！　どうしたらいいでしょうか……っ》

「落ち着け。どうした」

　店主の狼狽などどこ吹く風で、ルーシーは僕の乱れた髪を手櫛で整えながら答える。温度差……。

《梱包済みの〝シャルルの瞳〟が盗まれました！》

「は？」

「え？」

《工房が荒らされて！　星屑加工済みのものは保管ケースごとなくなってるんです！　刻印前の物も何点か見当たりません、ど、どうしたらっ！》

　叫んでいるうちに鼻声になってしまった店主。荒らされた工房で打ちひしがれている姿がありありと想像できて、ルーシーの腕を摑んだ。

「誰も怪我などはしていないか？」

《は、はい。人は全員。夜に入られたようで》

「分かった。まず自警団を呼び、店には臨時休業の貼り紙を。自警団が到着したら職人たちと他に被害がないか確認。店舗担当が来ているなら、店の方の盗難はないか確認させておくんだ」

　興奮する子どもに言い聞かせるように伝え、通信を切る。

　ついさっきまでの甘い空気などひと欠片も残さず消えていた。立て膝をついたルーシーはがしがしと髪を掻き乱し、小さく悪態をつく。

「くっそ、絶対取り戻す。シャルル、あの町で宝飾品の買取りする店ってあったか？」

「買取りじゃなく質屋ならあったと思う。けどさすがにあの町では売らないんじゃない？　店じゃなくて個人に売るつもりなら別だけど。あ、ギルドは？」

「登録者なら魔石として売りに行くかもしれない。けど加工されてるからどうだろうな」

「そっか。アクセサリーの売買はしてないもんね」

「ああ。……取り戻さないと大損どころじゃない。

一点物だ。そこに価値があるのに転売なんてされたらマズいなんてものじゃない。どこに流れたか分からないまま作り直すわけにもいかない。どちらにせよ信用問題だ」

　ルーシーは険しい顔つきでさらに続ける。

「《シャルルの瞳》にケチがつくってことは、あれを広めたシュライアスたちの顔に泥を塗るってことだ。あいつら自身にその気がなくても、何かしら罰しなければ示しがつかなくなる。大事(おおごと)になる前に収拾つけないと面倒なことになるぞ」

　盗難被害に遭った挙句にそんな事態になれば、あの小さな店なんて簡単にぺしゃんこになってしまう。

　僕は青ざめ、慌ててベッドを下りた。すぐに出かける準備をして、二人で町へ転移。顔の広い馴染(なじ)みの店主にも事情を話し、店を持つ人たちへ話を広めてもらった。

　きっとこれでこの町での売買は防げるはず。近隣の町村に伝手(つて)がある人はそっちにも連絡を入れてくれた。

　平民の間なら問題ないけれど、貴族の耳に入らないようにしないといけない。

　ルーシーは店主たちにくれぐれも頼むと伝え、宝飾店へ急行した。

　店舗と工房には数名の自警団員の他に野次馬も集まってきていた。憔悴(しょうすい)する店主に声をかけると、不安と緊張にざわめく工房で何かを始める。彼の周囲に魔法陣が展開されているから、何かしらの魔法を使っているのだとは思う。かなり集中しているようで、声なんてとてもかけられる雰囲気じゃない。

　邪魔(じゃま)をしないよう工房の隅で魔道具を起動させる。

《ごきげんよう、シャルル様。どうかされました？》

「エレオノーラ様……っ！　どうしたらいいですか、た、大変なことになっちゃって！」

　声を潜めて泣きつく。エレオノーラ様は僕の話をすべて聞き終えると「分かりました」と落ち着いた声で答えてくれた。

《刻印の存在がまだ知られていないので、まずそちらをどうにかしますわ。周知されれば、刻印がない物に関してはただの紛い物。イミテーションですらなくなります》

「あ、そっか。確かに」

《刻印済みのものを含めた盗まれた物ですが……そちらはおそらく心配する必要はございませんわ》

「え？　でも一点物だし、信用問題になって大変なことにって、ルーシーが」

通信先でエレオノーラ様がふふっと笑う。

《加工を施したのはリュシオン様です。ご自身の魔力残滓くらい、あの方なら簡単に追跡できるのじゃないかしら》

からっぽになった保管庫の近くで魔法を展開しているルーシーを見やる。

《それに、盗まれたのは〝シャルルの瞳〟のイミテーション。あの方がシャルル様の名を冠するものを好きにさせるなど、それこそありえないとわたくしは思います》

エレオノーラ様がそう言った時だった。ルーシーの周囲に浮かんでいた魔法陣がふっと立ち消え、きょろきょろと辺りを見回し、僕を見つけて手招く。

エレオノーラ様に礼を伝えていったん通信を切り、ルーシーの元へ走った。

「シュライアスかエレオノーラか？」

「なんで分かったの？」

「シャルルのことだからな。なんて？」

「刻印の話を広めてくれるって。盗まれた物はルーシーが追跡できるはずだって」

そのままを伝えれば、まるで当然と言わんばかりに口角を上げた。うわ、僕の旦那様が格好いい。刻印の狼が似合う不敵な仕草にちょっときゅんとした。

「そこまで遠くへは行っていない。方角は摑んだ。あとは自警団に任せとけばいいようにするだろ。時間の問題だ」

「ルーシー格好いい。さすが！」

「もっと褒めて」

途端にへにゃっと緩みじゃれついてくる。一瞬にして大きなひっつき虫と化してしまった旦那様をぶら下げつつ、ぽかんとしていた自警団に伝え、僕らは帰路についた。

事態が動いたのは二日後。

盗みを働いた者が近隣の町で捕まった。ルーシーが示した方角にある町だった。

そっちの自警団が警戒してくれていたのと、どうやら初日に連絡を回していたことが幸いした。どこの店でも拒否され、盗んだアクセサリーをお金や物品に変えられず店先で大暴れしたところで呆気なく御用となったとか。阿呆だ。

驚いたのは、そのおマヌケな盗人が、例のカップル――偽聖女と連れの男だったこと。

話を聞いた時のルーシーの様子といったら、もう。

すとんと表情が抜け落ち、とてもとても静かな声で「しねばいいのに」と呟いていた。

人生を大きく変えてしまった一因である人物が、また自分の関わったものをめちゃくちゃにしかけたのだ。無理もない。

「偽聖女……メアリさん？　その人は王都移送になるんだよね」

「名前を呼ぶな、シャルルの口が腐る」

「ひどい。まあいいや。男の方はどうなるか聞いた？」

湯の中で足を伸ばす。脹脛を揉みつつこてんと首を後ろへ倒すと、真上から額にちゅっとされた。

「別ルートで王都行き。偽聖女とは離しておいた方がいい。だいぶ精神をやられているようだから」

「魅了魔法かあ。精神に作用する魔法って怖いね」

「ああ。だからこその禁術指定だ。上手く解かないと壊れてしまうから」

「ルーシーは大丈夫だったの？」

シュライアス様が以前言っていた。追放された時はまだおかしかったと。

いくら魔法が得意でも、シュライアス様と再会するまでは魅了にかかっていたと知らなかったんだし、解きようがなかったと思う。

　真上の青をじっと見上げていると、苦々しく嘆息した。たぶんだけどと前置きをして、

「俺とあいつなら俺の方が魔法に長けてるし、魔力量も段違いだから、かかりが甘かったのかもしれない。薬もそこまでだったようだし。あとはまあ、こっぴどく振られたからな。目が覚めるのも早かったんじゃないか、と」

「かかりが甘くてあの暴挙ってすごいよね。彼女が凄腕なのかルーシーがちょろいのかちょっと判断に困るところだけど」

「ぐ……ッ、それを言われると……まあ、両方かもな。俺の元々の性格や態度も大概だったし、魔法と薬は最後のひと押し的なものだったのかもしれない」

　項垂れたルーシーをよしよしと慰め、

「僕はどうしてなんともなかったんだろ。変な感じはしたけど、彼女を好きになったりしなかったよ」

「可能性の一つとしては、即効性がない。何度も重ねがけをして効果を補強していくのかもしれない。最初は好感を抱く程度で、好意、魅了……と段階を踏んでいくとか。どんな魔法もそうだけど、強く大きな効果を得ようとすれば、それだけ魔力も必要になる。一度で虜にさせるほど強くかけるとなると、結構な消耗具合なのかもな」

　ふんふんと見解を聞きながら、あの時感じた不可解な感覚をたぐり寄せる。もうおぼろげだけれど、あれは好感とは真逆の位置にあった感覚だと思う。あの不快感が快感に変わるのだろうか。よく分からないな、魅了魔法。

「もう一つは、隙の有無。心に隙があったり、術者に少しでも興味があるとかかりやすい、とか」

「あー、ありそう。それなら僕は大丈夫だ」

　ぐーっと両腕を伸ばす。ちゃぷんと湯が揺れた。

「でも、とにかく品物が戻って来てよかった。エレオノーラ様にも報告しなきゃ」

「一度でもあいつが触ったと思うと気分悪い」

苛立ちを吐き出しながら僕の胸をまさぐる。口調と行動の乖離がひどい。

乳首をつまんだり捏ねたり好き放題弄りながら、うなじを舐め、吸い、噛む。これが癒やしになるのか大いに疑問だが、本人的には心落ち着く行為なのだとか。

だがしかし。落ち着くと言いながら興奮もするらしい。しっかり当たっているし、ねだるみたいに擦りつけてくる。やめなさい。

「お風呂ではだめ。しないよ。この前のぼせて散々だったでしょ」

「少しだけ。先っぽだけ」

「絶対それで済まないから却下。あとでね」

お願い、少しだけ、お願い。なんて甘ったるい声のおねだりはぴしゃりと却下した。だけどねだられ続けると心がぐらぐらする。

やがて突っぱねきれなくなり、主張の激しい性器を自慰するようにくちゅくちゅと扱く。

気持ちよさそうに吐息を熱くさせた旦那様は可愛い。可愛いけれども、僕も大概この人の声とおねだりに弱いなと内心自嘲した。

*

日照時間や作物の成長具合もそうだけれど、日課の散歩をしていると季節の変化がよく分かる。

秋になると、森で採れる食べ物や、瑞々しい緑の葉がどんどん黄色や赤、茶に変化する。地面には落ち葉が無数に敷き詰められ、土を踏む感触も変わる。

そんな変化はたぶんもうすぐそこ。

――夏が終わる。

最後の虫除けポプリの納品を終え、重たくなった布袋をしまい店を出る。

例の盗難騒ぎがスピード解決したおかげで、外出禁止令は早めに解かれた。敷地外の一人歩きはだめらしいけれど。あれ？　変わらない？

　ソフト軟禁生活と言えなくもない生活。でも一人で暮らしていた頃と大して変わらないし、まったく負担に感じないことに、元々の自分の引きこもり具合を痛感する日々。

　きっと社交的だったり、遊び回るのが好きなタイプには息苦しい生活だろうな。僕は平気だけど。

馴染みの店を出て、園芸店を目指して歩く。

すれ違う人……特に若い女の子は、ルーシーを見ると頰を赤らめたり、きゃあきゃあと控えめに声をあげていた。

　こういう反応にも慣れてきた。骸骨を脱却した辺りから、その見目のよさに周囲が気付き始めたのだ。

　今ではすっかり王子様扱い。まあ僕がいるから、服屋の女店主曰く〝鑑賞用王子様〟らしい。

「次は何を植えるんだ？」

当の本人は騒がれようが鑑賞されようがまったく意に介さない。眼中なし。慣れているんだろうな。

繋いだ手を揺らして気を引き、一心に僕だけを視界に入れている。

　そんな一途というか熱烈な旦那様を微笑ましく思いつつ、指を折った。

「葉物とお芋、にんじん。ビーツも植えようかな。真っ赤できれいだからマカロン用に。秋まきって聞いた気がする」

「ビーツ味のマカロン……？　味の想像ができない」

「栄養価高いらしいよ。育てたことないから上手くいくか分からないけど」

　のんびりと会話しながら歩く。日課の散歩もいいけれど、たまの買い物デートも楽しいものだ。

　時々両親が僕に留守を任せて森デートをしていた気持ちがちょっと分かる。こういう何気ない時間があるかないかで結構違う気がする。

　早春に出会い、同居を初めて、今は秋の入口。

ルーシーの体は戻り、ルーシーを取り巻く状況や僕らの関係性は変わった。

いろいろが落ち着いた今、王都が恋しくなったりはしないいんだろうか。

ここには自然以外何もない。ルーシーが生まれ育った王都にあるものは何も。

落ち葉を踏む。かしゅっと乾いた音が鳴る。

「ルーシーはさ、王都生まれ王都育ちでしょ」

「ああ」

「ここでの生活って不便だったり、退屈だったりしないの」

「ははっ、すごい今更な疑問だな？」

夏が終わるその時まで鳴き続けると言わんばかりの虫の声。賑(にぎ)わい。時々聞こえてくる女の子の弾んだ声。

思考や心が少しずつ切なく、暗い方へと流れていく。

「王都への出入りも許可されたし、恋しくなったりしないのかなって。体も戻ったし、今のルーシーなら女の子が放っておかないだろうし」

話しながらも、あまりに女々しい思考にげんなりした。ちょっと感傷的になるのはそういう季節だからなのかな。

放っておかなければなんだって話だ。もう籍だって入れた。ルーシーが目を引く外見をしているなんて分かりきっている。それこそ今更すぎる。

別に不安や不満があるわけじゃない。でも少しだけ、ほんの少しだけ、偽聖女がこの町に来たと知った日から胸がざわつく時がある。

僕の中で偽聖女はライバル的位置にあるらしい。

魔法と薬の影響下にあったとはいえ真実の愛を語った仲だ。今のルーシーは彼女に対しいい感情を抱いていないと知っているけれど、そういう問題でもないというか。過去そういう関係を築いていたのは事実というか。……ああ、もう。

心の中に渦巻くもやっとしたものをため息と一緒

に吐き出す。気持ちを切り替え、顔を上げた。

秋の気配はするがまだ暑い。歩いているうちに、額やこめかみにじんわりと汗が滲んできた。それを手首で拭っていると。

「シャルル。キスしようか」

「へ」

ここで？　この往来で？　人、めちゃくちゃいますけど？

きょとんとしていると、足を止め、しっかりと向き合った状態で丁寧に唇が重ねられた。きゃーっと周囲が色めき立つ。

上唇、下唇。順に食まれて舌が入ってくる。

ひび割れが治った唇の感触は柔らかい。こんなところもだいぶ変わったな、なんて。

上向きに固定され、流し込まれる唾液をこくこくと飲み込みながら必死についていく。通行人のざわめきは聞こえているけれど、突き放せない。

ああもう。こんな道のど真ん中で何をしているんだろう。顔見知りに見られたらどうしよう。絶対に気まずい。

だけど気持ちいい。腹から下の力が抜けてしまう。やっぱりルーシーとのキスは大好きだ。

感じ入っていると、ほんのわずかに離れた。

吐息のかかる距離。とろりとした自分がルーシーの瞳の中にいる。

「俺は――……」

ルーシーが何か言いかけた時だった。

ドンッと衝撃が走りルーシーの体が一瞬傾いた。押されて転倒！　なんてことにはならず、しっかり腰を支えてくれた。けれど。

「――リュシオン様っ!!」

ルーシーの背後から高くて甘ったるい声が聞こえた。はやし立てていた通行人たちがビシリと凍る。

しんとした空気の中視線を下げていくと、ルーシーの腰にがっしりと細腕が絡まっていた。

「ああ、やっと会えた！　会いたかったです、リュ

「シオン様っ」

再会を喜んでいるらしいその声に、僕らは通行人なんて目じゃないほどガチリと硬直した。

まさか目の前で自分の旦那様が女の子に抱きつかれるというイベントが起こるとは。

しかもその旦那様は僕を抱きしめているという、旦那様を具にしたサンドイッチ状態。なんだこれ。

「……ルーシー」

目を見開いて硬直している旦那様を見上げる。ハッとして振り返った瞬間、ルーシーは鬼の形相という表現すら可愛く思えるくらい凶悪な顔つきになった。どうした旦那様。世界を滅ぼしそうな顔になってますよ。

凄まじい形相で、自分に絡みつく細腕を力任せに引き剝がし、投げ捨てるように強く振り払った。

「きゃあっ」と小さく悲鳴があがる。

素早く距離を取り、僕を背に庇う。大きな背中からちらっと向こう側を覗くと、黒髪の美女——宝飾店で尊大な物言いをしていた彼女がそこにいた。

偽聖女だ。何故ここに。

「どうしたんです？　リュシオン様。やっと会えたのにひどいです」

「どうしてここにいる？　移送されたはずだろう」

「リュシオン様に会いたくて！　ずっとお探ししてたんです。会えて嬉しいっ」

語尾にハートマークがついていそうな甘え口調だ。

ルーシーのこめかみにびしりと青筋が走った。怖い。

道のど真ん中なのに、僕らのいる場所だけ結界でも張っているかのようにぽっかりと空間があく。

みんなが固唾をのみ、なりゆきに注目しているのが嫌でも伝わってくる。分かる。僕だってそうだ。どう見たって修羅場ってやつだもんね。

(でも会いたかったってなんだろ。彼女がルーシーをこっぴどく振ったんじゃなかった？)

違和感を抱きつつ、ルーシーの服の背中をきゅっと握った。視線だけで僕の方を確認したルーシーは、安心させるように後ろ手にぽんぽんと僕を叩く。

「誰か、自警団を呼んで来てくれ。移送中の犯罪者が逃げ出してきたようだ」

しんとした周囲へルーシーが声を張る。ぎょっとしたのは町のみんなだけじゃなく、目の前の偽聖女もだった。

「リュシオン様!? ひどいです、わたしはあなたに会うためにっ」

「この罪人の目を見ないで。魅了持ちです。可能なら魔力でガードしてください」

周囲が一気にざわめく。慌てて逃げ出す人や指示に従って目をそむける人、自警団事務所の方へ駆け出した人。町の人たちは様々な反応を見せた。

「シャルル、こっち向いて。ガードかけるから」

大きな両手が僕の瞼を覆う。ほんのりとあたたかいものに包まれた。魅了魔法対策だろう。

僕に何かを施すと、再び彼女と向かい合った。

「で？　何故ここにいる。移送担当をたぶらかして逃げてきたのか」

「だからっ！　えっと、その、この町にリュシオン様がいるって聞いて」

「だからどうした。お前に関係ないだろう、罪人」

取りつく島もない。氷点下の眼差しはそれだけで射殺せそうなくらいの冷たさと鋭さだ。体感温度まで下がった気がして自分の腕をさすってしまった。

もっと甘い対応を期待していたのだろう偽聖女に焦りが滲む。しどろもどろで取り入ろうとしていた。

会話にもならないやり取りの最中、大きなペリドットの瞳が僕の方へ向けられた。今初めて認識したとばかりにわずかに見開かれる。

「あなた、あの店にいた」

覚えられていたらしい。瞬きもせず僕を見る彼女の瞳がまたじわりと色濃くなったような気がしたけれど、あの時と違い特に何も感じない。さすがルーシー、ばっちりガードできているようです。

僕に何も変化が起こらないからか、怪訝そうに一瞬眉を寄せると、がらりと表情を変えて再びルーシーを見上げた。

うるうるの翠眼。大抵の男ならクラッときそうな、守ってあげたくなるような雰囲気。質素なワンピース姿なのに女性的な体つきなことがよく分かる。

そんな彼女はしなだれかかるようにルーシーに触れようと——したけれどあっさり振り払われ呆然としていた。

「リュシオン様？」

「触るな穢らわしい」

「けがっ、え、どうして……わたしたち、将来を誓い合った仲ではないですかっ」

「王妃になりたかっただけだろう」

「それはっ！　そう言えって大神官様に言われたんです。本当です、逆らえなくて……でも、でもわたしはずっとあなたのことが」

「黙れ阿婆擦れ死ね」

「っ!?」

突然のひどい暴言に偽聖女も僕もぎょっとした。

ルーシーは髪を耳にかけ、左手を彼女へ翳す。

「見れば分かるだろう。俺は既婚。そうでなくともお前などお断りだが」

「えっ既婚!?　えっ!?」

素っ頓狂な声をあげた偽聖女だが、

「俺が匿うとでも思ったか。大方また術中に嵌めようとしたんだろうが生憎だったな。お前が魅了魔法の使い手であることも当時俺たちに毒を盛っていたことも知っている」

「そっ、これは」

たじろいだ彼女はピアスを見た途端ぱあっと表情を明るくした。その大きな黄緑色の瞳をキラキラと歓喜に輝かせ、声を弾ませる。

「リュシオン様ったら、既婚だなんて！　ずっとわたしのことを想ってくれてたんですねっ！　嬉しいです！　もう邪魔も入らないですし、結婚しましょうねっ」

ハートマークと花を大量に飛ばす彼女へ、ルーシーの心の底からの「はあ?」が飛ぶ。僕もまったく同じ心境です。何を言ってるのこの人は。

「だってそのピアスの色、わたしの色じゃないですか。結婚相手はわたしだけって意味でしょう?　嬉しい……やっぱりわたしたちは真実の愛で結ばれてたのね」

両手を組み、きゅるん、なんて擬音が聞こえそうなほどキラキラした夢見る眼差しでルーシーを見上げる偽聖女。

対して、野次馬も含めた彼女以外の人間は一様に静まり返っていた。たぶんこの場の全員同じ思いを抱いていた。恐ろしくてルーシーの反応は確認できていないが。

確かに似てるっちゃ似てる。濃淡が微妙に違うだけで、括りは僕も彼女も翠眼だ。近くで見なければ細かな違いなど分からないとも思う。百歩譲ってピアスだけなら勘違いしてもおかし……いや、おかしい。普通はしない。

(……すごいな、ある意味)

やっぱり彼女の考え方は僕には理解が難しい。これがシュライアス様とエレオノーラ様の言っていたお花畑という現象?　だろうか。

手の内が露見している状況で、ここまで冷え切った対応をされて、何故そんな解釈ができるんだろう。

わざとなのかな?　あえてそう振舞って、強引に話をまとめてしまおうという算段なんだろうか。それとも素?　素でこれならだいぶやばい人だ。話が通じないタイプだ。

ある意味で感心してしまっていると、目の前の背中からぶわりと禍々しいオーラが立ち上った。

「お前の色だと………?」

まずい。ご機嫌ナナメスイッチが入ってしまった。

私刑はだめですよ——シュライアス様の焦った声と、黒焦げの地面が脳裏を過る。

「ルーシー」

小声で呼びかけ背中を撫でる。

こだわりの翡翠だもんね、一緒にするなってことだよね、分かってるよ、どうどう、落ち着いて。という気持ちを込めて撫でていたら、ぐっと腕を引かれルーシーの隣に立たされた。腰を抱かれた状態で。

「ピアスはこの瞳の色だ。お前の色などと気色の悪い勘違いをするな」

「なっ！　男じゃないですか！　リュシオン様は女の子しかって！　……あ、そっか」

急に手を合わせたと思えば、困ったように眉を下げた。

しょうがない人、とでも言いたげにルーシーを上目で見つめる。

「わたしと引き離されちゃって、わたしと似た瞳の子で穴埋めしてたんですね。お傍にいられなくてごめんなさい。これからはずっと一緒です！」

翠眼はすっと僕の方へ移り。

「ごめんなさいね、あなた、もうお役御免でいいわよ。リュシオン様を返して？」

まるで憐れむように微笑まれた。

今までどうもありがとうとでも言いたげだ。まるで僕は繋ぎで、自分が本命と言わんばかり……いや、言っているんだろう。

ルーシーを害して、何もかもを失わせておいて、最後は捨てて傷つけたくせに。

ぷちんと頭の隅っこで何かが切れる音がした。

彼女が現れてからこっち、モヤモヤしていたものがパンッと吹き飛んだ。

申し訳なさそうな口調や表情で僕を嗤っている彼女に、僕もにっこり笑い返し、口を開く。

「めげないなあ。さすが聖女を騙ってただけある。面の皮の厚さと図太さだけは人一倍なんだね。そうじゃないと聖女なんて騙れないか。すごいな、まったく尊敬できないや」

「なっ……」

シャルル？　とちょっと焦った様子で呼ばれたけ

れど無視。今度は僕がルーシーの前に立ち、偽聖女と正面きって向き合った。

目の前でわなわなしている美女とは背丈はそこまで変わらない。

こうして改めて対面してみると、魅了魔法なんてなくても人目をひく美人だ。十人中十人全員が振り返り、うち半数くらいは恋をしてしまいそうな美貌。

顔のつくりだけじゃない。男の僕では逆立ちしたって敵わない、絶対に得られない女性らしい体つき。細いのに出るところはしっかり出ている。声だって可愛らしい。それに自分の見せ方、価値をよく分かっているのだろう。言動や仕草、視線の動かし方、声色に至るまで自信に溢れている。

僕にないものの集合体のような人——だけど、それがどうした。

「結婚？　寝言は寝て言って。うちの旦那様をこれ以上振り回そうとしないでくれないかな。また魅了するつもり？　前は毒薬まで使ってたらしいね。他人を、うちの人をなんだと思ってるの」

「なっ、何よ、あんたに関係な」

「ああごめんね、自己紹介まだだったね。シャルルと言います。あなたが欲しがっていた《シャルルの瞳》はうちの人が僕の瞳を再現するために作った翡翠のことです」

絶句した彼女へ一息で言い切り、意識して笑顔を作る。

そうだよね、そういう顔にもなるよね。伴侶のための宝石を欲しがっちゃったんだもんね、強盗までして。

今、どんな気持ち？　なんてちょっと意地の悪いことを考えてしまった。マウントは取るのは楽しくても取られると腹が立つものだ。エレオノーラ様の気持ちを思い知ればいい。

彼女の向こうからバタバタと自警団が駆けてくるのが見えた。まだ結構距離がある。

「王子じゃないこの人はいらないんでしょ？　この

人の人生めちゃくちゃにした上に暴言吐いて、今度は擦り寄って。少しは良心が痛まないの？　みっともないと思わないの？　というか、それが通用すると本気で思ってるの？　正気？」

「リュ、リュシオン様、こんなひどいこと言う人と結婚したなんて冗談ですよね？　怖い、どうしてそんなに睨むの？　わたしがあなたに何かした？」

　瞳を潤ませる彼女に、ルーシーは唾でも吐きそうな顔を向けた。表情がすべてを物語っている。

　無視された彼女は眦を吊り上げ僕を睨みつけた。

「何よ、男なんてすぐ飽きられるわ！　リュシオン様は女の子が好きなんだからっ」

「わあ、態度の変わり方凄まじいね」

「うるさいっ！　なんなのよあんた！」

「この人の伴侶ですが」

　さっきのルーシーを真似て指輪とピアスを見せつければ、偽聖女は髪を振り乱しながら地団駄を踏んだ。絵に描いたような見事な地団駄だ。ちょっと笑いそうになってしまった。

「シャルル、もういい。こんなのと話してたらシャルルが穢れる。さっさと自警団に引き渡してデートの続きしよう？」

「それは大賛成だけど、前見て？　彼女は納得してないみたいだよ」

　後ろから抱きしめちゅっちゅしてくる旦那様の視線を前方へ向けさせれば、これみよがしな舌打ちをした。こら、ガラがよろしくない。

　偽聖女は握りしめた両の拳を震わせて、美貌が台無しなもの凄い形相で僕を睨みつけている。

「な、何よ……なんなのよ。たいした顔でもない、普通の男じゃない。リュシオン様には釣り合わないわ。わたしのほうがずっと……」

「禁術の使いすぎで目まで腐ったんじゃないか」

「ひどいですリュシオン様っ」

「気安く呼ぶな死に腐れ」

「ルーシー落ち着いて。偽聖女さん、この人と一晩何回しました？」

「シャルル、シャルルも落ち着いて。往来だよ、いいの？」

後ろから囁かれたけれど無視。

「さ、三回よ！」

「してねえだろうが」

「ルーシー黙って。僕ら平均五回だけど？」

「ごっ!?」

「勘違いするな。シャルルの体を慮って五回でやめているだけだ」

「はああ!?」

顎が外れそうですよ、お嬢さん。

あとざわっとしないで野次馬のおじさま方にお兄様方。「五回」「五回だってよ」「若いな」とか「慮って五回かよ」「慮ってるのか？」なんて声がそこかしこから聞こえる。

「あ、ああ、そうなの、そういうことね。わたしがか弱いから気を使ってくれてたんですね？」

「シャルル以外だと二回も勃たなかっただけだ」

「はあ!?　こいつ男じゃない！」

「性別しか僕に張り合えるものがないの？　その認識改めないと将来苦労するよ。顔と体なんていつ崩れるか分からないんだから。内面磨いたら？」

「しっ失礼ね！　わたしはきれいなんだからっ」

「うん。顔立ちは整ってるね。でも十年後は？　二十年後は？　世の中美人はあなただけじゃないし、すごい美人で性格悪いのと、可愛くなくても気立てがいい人なら、僕なら後者を選ぶな」

偽聖女が再びキーッ！　と奇声を上げる。周囲の女性陣が僕を応援してくれた。何故。でも心強い。

聞き分けのない子どもみたいな偽聖女と向き合う。

魅了魔法を警戒していたものの、どうにも使う様子はない。対大勢には向かない魔法なのかな？　上手く使えば周囲を味方につけるくらい造作もなさそうだけれど……ルーシーの分析どおり、一度でどうこうは難しい類いの魔法なのかな。

ご乱心中の偽聖女の瞳に違和感はない。ペリドットみたいな色のままだ。瞳に違和感がない時は魔法を使っていないと判断していいのだろうか。

魔法については分からないが、彼女が冷静じゃないのは分かる。

でも油断はだめだ。野次馬がたくさんいるし、万が一が起こらないようにしないと。とりあえず煽ってこのまま僕らに注意を向けておこう。

「シャルル格好いい。凛とした天使最高可愛い愛してる」

ちゅっちゅが再開し、今度は女の子たちの黄色い悲鳴が響き渡る。カオス。これが混沌というものか。

「どうして!?　あんなにわたしを愛してる、真実の愛だ、わたしが一番だって言ってくれてたのにっ」

「ごめんね、今ルーシーの愛は全部僕のものだから。あなたに向ける分なんて針の先ほどもないと思うよ」

「いい気にならないで！　あんたなんかすぐ飽きられるわよっ！　男同士なんて気持ち悪い！　子どもだって産めないじゃないっ」

落ち着き始めていたのにまたカチンときてしまう。

お前がそれを言うのか、と。

全部が全部彼女のせいじゃない。ルーシーの素行だってあまり褒められたものじゃなかったらしいし。

でもあの一件がなければ、ルーシーは自分の子どもを得ることができたかもしれないのだ。相手が男である僕だろうと別の女性だろうと、ルーシーはそれを望めない。望まないんじゃない、望めないんだ。

血の繋がりがすべてじゃない。だけど奪われての結果なら話は別だ。

息を荒らげながら、聖女とは思えない形相で、でもどこか勝ち誇った様子で見下してくる偽聖女を真顔で見返した。

「そうだね。男の僕じゃ子どもは産めないよ。で？」

「は？　だ、だからわたしなら」

「子どもが産めないから何？　それが理由で僕を捨てるなんて、うちの人をどれだけ馬鹿にしてるの？

産めるから自分の方がいいって言いたいんだろうけど、そこ気にする人なら最初から同性婚なんてしないよ。少しは考えて喋りな、頭悪いと思われるよ?」

そうだそうだ! シャルル頑張れ! と応援され、ありがとうの代わりに手を振った。

同性婚をした人たちや、同性カップルがうんうん頷いている。僕が知らないだけでこの町にも同性カップルはいたみたいだ。

「自分は女性で美しくて子どもが産める。その条件であなたが選ばれる可能性ってどれだけあると思ってるの?」

「は?」

「だって女性で美しくて子どもが産めるのがルーシーに選ばれる条件なら、あなたである必要ないでしょ。そこの彼女も、向こうの彼女も、その条件満たしてるけど?」

「はあああ!? わたしが一番に決まっ」

「内面の醜さが顔に出てるマイナス三百点。三面鏡で確認してから地獄に落ちろ」

「ルーシーどうどう、救いがないよ」

僕を後ろからホールドしながらガルガルしている旦那様をいい子いい子して、はくはくと声もなく口を開閉している偽聖女を見据える。

彼女の背後には到着した自警団員の姿があった。むしろ最前列で観戦し……いや、きっと捕縛のタイミングを窺っているんだ、そう信じたい。だから拳握ってヤジ飛ばさないの。

「わっわたしは聖女よ!? 美貌も才能もあるの! リュシオン様だってわたしの方がいいに決まってるじゃない!」

「うん知ってる。国が認めた『偽』聖女だよね」

この期に及んで聖女を主張する彼女は、「違う」「わたしは聖女なのに」と虚ろな目でぶつぶつ繰り返す。

その不気味な有様に、全力で僕を愛でていたルーシーも片眉を上げげた。

「あのさ、ちゃんと罪償った方がいいよ。逃げてばかりじゃ状況は悪くなるばかりだと思う。宝石強盗の件もそうだけど、あなた、ルーシーにも他の人にも、エレオノーラ様にも謝ってないでしょ」

エレオノーラ様の名前を出した途端、虚ろだった偽聖女の瞳に暗い生気が戻った。

「どうしてあんたがあの女を知ってるのよ」

可愛らしい声は鳴りを潜め、低く唸るように吐き出す。

「お友達になったから？　すてきな人だし、お姉さんみたいで大好きなんだ」

「シャルル、浮気？　泣くよ？」

「そんなわけないでしょ泣かないの。……少なくとも、あなたに『あの女』なんて言われるような人じゃないよ。訂正して」

偽聖女の体からぶわっと魔力が迸った。

「あんな女！　リュシオン様だって言ってたじゃないですか、面白みの欠片もない欠陥女だって！　一緒にいると息が詰まる、わたしの方がずっといい女だって！」

叫びながら、髪が逆立つほど魔力が膨れ上がっていく。ぎらつく瞳には憎悪と嫉妬が渦巻き、今にも爆発そうなくらいの激しさだった。

肩を怒らせ激昂する偽聖女の後方で自警団が避難を呼びかけている。

慌ただしくなった周囲を一切視界に入れず、僕を仇敵のように睨みつける偽聖女。

彼女や大神官の目的なんて知らない。僕はすべて終わったあとに流れを聞いただけなのだから。

この様子だと、エレオノーラ様に対するあてつけも含まれていたんじゃないかと邪推してしまう。

でも、偽聖女の思惑や心情など僕には関係ない。

ルーシーの人生をめちゃくちゃにしたことは許さない。エレオノーラ様を悪し様に罵るなんて許せない。ルーシーもあとでお説教だ。

感情の昂りに呼応するように、魔力はどんどんと膨れ上がっていく。偽がつく聖女だけど、その魔力量は僕よりはるかに上だ。

「下手につつくと暴発しそうだな」

「ルーシー、あれ止められる？」

「展開されれば。大丈夫、シャルルを危ない目には遭わせない」

心強い言葉に頷き、手負いの獣みたいな息遣いをしている彼女をまっすぐ見つめる。

「どこかで引き返すかやり直すかしないと、本当にどうにもならなくなるよ。何度もその機会はあったでしょ」

「うるさい！　あんたに何が分かるのよっ」

「分かるわけないよ、僕はあなたじゃないんだから。八つ当たりしないで。全部あなたの行いがあなたに返ってきてるだけだ」

「うるさいうるさいうるさいっ！」

「子どもか。話にならないね。悪いことをしたら謝るなんて三歳児でもできるよ」

うるさい！　と一際大声で叫び、大きな魔法陣を出現させた。なんらかの魔法が発動する前にルーシーが掌を翳す。それだけで彼女の魔法陣はパキンッと高い音を立てて崩れ去る。何が起きたのか分からないらしい偽聖女はまた魔法陣を出すけれど、ルーシーに即座に壊される。

三回繰り返し、彼女はぺたりと地面にしゃがみ込んだ。まるで化け物を見るように、青い顔をしてルーシーを見上げている。

「癇癪起こして、こんなに人がいる場所で魔法使おうとするなんて。それでよく王妃になりたいなんて言えたね。民を害する人が民の母になんてなれるはずがない。あなたのどこにエレオノーラ様を馬鹿にできる要素があるの」

「う、うるさい。わたしの方が、わたしの方がリュシオン様に愛されて、わたしの方がいいって、みんなも言ってくれてっ」

「うん。そうかもね。でもそれって彼らの本心なのかな。魅了魔法と薬を使わず、同じことを言ってもらえる自信があるの？」

「あ、当たり前でしょ。わたしの方があの女よりっ」

「ならさ、どうしてあなたはここにいるの？」

「は？」

幽鬼のような顔つきで僕を見上げる。騒がしかった町の人たちもしん……と水を打ったように静まり返り、音の消えた町中に僕の声だけがよく通った。

「あなたの方が優れてるなら、今頃シュライアス様の婚約者はあなたになってるはずじゃないの？」

「…………」

「将来の王妃にはエレオノーラ様が相応しいってみんなが考えたから、あんなことがあってもエレオノーラ様の立場は変わらなかったんだよ」

「…………」

「あの人を、あの人がこれまで積み重ねてきた努力を、ズルした評価しか持たないあなたが馬鹿にする権利も資格もないよ。だって最初から同じ舞台にすら立ててないんだから」

ぽろ、と彼女の明るい緑色の瞳から涙がこぼれた。泣かせてしまった。少し罪悪感はあったけれど、撤回する気は毛頭ない。

「それはルーシーにも言えることだよ。確かに素行は悪かったかもしれないけど、それでも幼い頃からずっと努力し続けて来たんだよ。さっきの魔法見たら分かるでしょ」

「……わ、わたしだって」

「自分も頑張った？　頑張ったなら他人の人生壊してもいいわけ？」

「…………」

「魔法も、剣も、勉強も、何ヶ国語も扱えることも。ルーシーが将来のために努力して積み上げてきたことだよ。あなたはそれをぶち壊したの。ルーシーだけじゃない、あなたが利用した人の人生もだよ。魔法被害に遭った人は洗脳状態になってるって聞いた。ねえ、あなたはどれだけの他人の人生を踏み躙れば満足するの？」

偽聖女の涙がぽたぽたと地面に落ち、水玉模様を作っていく。

「ルーシーは家族も地位も名誉も全部失って、ここに来た時は餓死寸前だった。行いを反省して、回復して、ここで僕と生きるって決めてくれた。これ以上ルーシーの人生に茶々を入れないで。まだ利用しようとするなら、僕は絶対にあなたを許さない」

ふう、と息をつく。

言いたいことを言い切ってすっきりした。

ルーシーの話を聞いてからずっとモヤモヤしていたのだ。それはシュライアス様から魅了魔法の話を聞き、エレオノーラ様から当時の話を聞き、どんどん強くなっていた。

偽聖女と大神官の間でどんなやり取りがあったかは知らないし、興味もない。彼女も利用された側なのかもしれない。

でも僕にとって大切なのはルーシーだから。

偽聖女なりの思いがあったとしても許せないし、同情はしない。

静かな町に、偽聖女の微(かす)かな嗚咽(おえつ)が響く。

なんだか微妙な幕引きになってしまった。女の子が泣いている姿というのは胸に来るものがある。

だけどまだだ。今後煩わされないためにも、もう脱走なんてされないよう、彼女にはお花畑から現実へと帰ってきてもらわないといけない。

しくしく泣いている女の子の前にしゃがみ、その頭にぽんと手を載せる。背後でルーシーが嫌そうに唸った。

偽聖女は涙に濡(ぬ)れた顔を上げ、まるで希望を見出(みいだ)すような、縋(すが)るような目をして僕を見つめ返した。

「あなたの処遇は僕の関知することではないんだけどさ。とりあえず、禁術の使用・それを王族に使ったこと・王族に毒薬を盛ったこと。これだけでもやばいね。しかも立太子済みの王族を害してるし。あとは修道院からの脱走・脅迫・宝石強盗・移送中の脱走・町中での攻撃魔法使用未遂。これも追加されて、きっとあなたの処罰は決まると思うんだ。反省はできるうちにしておいた方がいいんじゃないかな」

涙さえ止まった絶望顔をしている偽聖女と、静まり返る町の人たち。

「来世があるといいね。さようなら」

僕は立ち上がり、ルーシーの手を取った。

「園芸店は今度にしよう。帰ろっか」

「そうだな。今日の夕飯は？」

「何がいいかなあ。何食べたい？」

「魚がいいな。クリームソテー美味しかった」

唖然としている自警団にあとを任せ、ルーシーと二人、騒動の現場から抜け出す。

ルーシーは一度振り返った。燃え尽きて真っ白になっている偽聖女……かつての恋人へ目を細め、また前を向いた。

「もしかしたらひと匙程度でも情が残っているかと思ったんだが……」

「ルーシーが？　彼女が？」

「両方。けど、考えすぎだった。魅了魔法の凶悪さが証明されたな」

「そういえば大丈夫だった？　彼女、ルーシーにも使ってたよね」

「だろうな。でもあえてガードなしで対峙してみた。結果惑わされなかった。俺のシャルルへの愛が魅了魔法に勝ったってことだ！」

ルーシーは高らかに勝利宣言をして、僕をがばりと抱き上げ上機嫌で歩き出す。

「はあ。俺のシャルルが毅然としてて格好よかった。惚れ直した」

「そう？　部外者なのに言い過ぎちゃったな」

「部外者なんかじゃない。俺の伴侶なんだから。俺のために怒ってるシャルル……きゅんきゅんしすぎて心臓止まりそうだった」

「大袈裟。こんなことで止めないでよ。まだまだ人生長いんだからさ」

間近にある頬にちゅっと口づければ、額へお返しされた。

なんだかんだあったけれど、僕らは今日も仲良しです。


ここからは余談。

偽聖女は今度こそ逃げずに王都へ移送された。道中彼女はずっと熱心に神に祈っていたという。その姿は聖女そのものだったとか。皮肉なものだ。

それから町の人。何故かあれ以来僕のことを《無慈悲な天使》と呼ぶ人が結構いる。

無慈悲も天使も腑に落ちない。僕は自分の旦那様を死守しただけだ。ふん。

偽聖女騒動の翌日。

午後仕事部屋に入り、魔法陣を描いた。行き先は王宮・元自室だ。

転移したその部屋では弟とその婚約者が待ち構えていた。

「珍しいですね、兄上から話だなんて。偽聖女の件ですか？」

「そうと言えばそうだが、エレオノーラ」

「はい？」

「手土産だ。魔力流せば再生できる」

コロンとした手のひら大の魔石を渡す。

これは昨日の一部始終を録音し、音声を閉じ込めたもの。魔道具ではないから再生回数はおそらく一度きり。手放すのは惜しいが……俺は記憶のノートにしっかり書き込んだからな。

「シャルルがお前のために怒ってた。おそらく一度しか再生できない。けど、お前は聞いておいた方がいいと思って」

「怒った？　ルゥが？　想像できない」

「エレオノーラが大好きなんだと。姉みたいで」

「まあ。……そう、嬉しいわ。わたくしもシャルル様が好きよ」

ふふっと微笑み、魔石に魔力を流す。一度きりだと言ったのに、とても自然に、無造作に。

そうして流れ始めたのは昨日の一幕。俺に声をかけてきたところからのすべてだ。

久しぶりに偽聖女の声を聞いたからか、徐々にエレオノーラの表情は無に近くなった。シュライアスも珍しく表情を消している。それがシャルルが参戦してからは、目を丸くしたり、くすりと笑ったり、意外そうに聞き入ったりと二人して人間らしい表情を取り戻した。淑女の鑑から「慮るの意味をご存じないようね」と侮蔑たっぷりに言われたが。

エレオノーラの名が出た辺りから、彼女は扇で目元以外を隠した。終盤になると瞼を伏せ、眉をほんの少しだけ寄せる。そんな彼女の肩を、シュライアスは何も言わず抱いていた。

だが最後の最後に無慈悲に現状を伝えたくだりでぶふっと吹き出し、苦笑していた。「本当だ。結構怒ってたんですね、容赦ないな」と。俺もシュライアスと似たような表情をしていたと思う。

「俺の最愛は凛々しくて男前で最高だろう？」

ふふんと自慢してやった。魔法も暴力も使わず、あのわからずやを大人しくさせてしまったのだ。

俺のために怒っていた。いや、エレオノーラのためでもあるが。

言葉の端々から俺への気持ちが感じられて、正直生で聞いていてやばかった。頬を噛んで叫びそうになるのを耐えていた。

叱ることはあっても怒らないシャルルが、昨日は明確に怒りをあらわにしていた。しかもきっかけは「俺を返せ」と言われたことだ。これを喜ばずにいられるか。

「いまだかつてあの偽聖女を本気で泣かせた人間はいなかったですよね。誰に何を言われようと改心なんてしない、天然末期のお花畑と思っていたのに」

「言われてみれば確かにそうね。嘘泣きはお上手ですけれど。牢に放られてもまるで堪えていなかったのに」

「ルゥの正論パンチはよほど効いたと見える。パンチというかタコ殴りだったけど。マウントを取りつつ淡々と追い詰めるなんて。兄上、あまり怒らせない方が賢明ですよ。口では勝てないでしょう？」

「……口でもなんでもシャルルにはきっと一生勝てない」

本音をこぼせば弟たちは笑った。とても晴れやかに。

「ルゥに感謝しないと。相手が相手でも、私刑二度目となるとさすがにお咎めは避けられなかったので」

シュライアスがほっとしたように肩を竦める。

「それにしてもひどいわ。陰でわたくしのことをあんな風に仰っていたのね。欠陥女だなんて……」

よよ……と扇を広げ、か弱いフリをするエレオノーラにひくりと頬が引き攣る。弟もわざとらしく
「そんなことないよ、きみは素晴らしい女性だよ」

なんて芝居がかった口調で合わせる。こいつら……。

思い出すのは昨夜の就寝前。

いつものように愛し合おうとしたら、ベッドに正座させられ、こんこんと説教された。まさに今チクチク刺されている、エレオノーラに対する暴言についてだ。

『あの人を付け上がらせたのはルーシーだよ。なんでエレオノーラ様に対抗心燃やしていたかは知らないけど、ルーシーが助長させたんだろうなって、今日ちょこっと聞いただけの僕でも予想できたよ』

『欠陥女って何。そんなひどいこと本当に言ったの？　欠陥がない人なんていない。僕にもたくさんある。自分は完璧だと思ってたの？　浮気しまくってたのに？　誠実さに欠けてるのは欠陥とは言わないの？』

『陰でこそこそ悪口言うくらいなら、本人と腹割って話せばよかったじゃないか。悪口言ってる時の顔、鏡で見たことある？　きっとすごく意地の悪い顔し

てたと思うよ』

『いいことも悪いことも、自分の行いはいつか自分に返ってくるよ。ルーシーだっていろいろ言われて嫌な思いしたんでしょ？　ほら、返ってきてる』

『いつか浮気したら、僕のことも浮気相手に悪し様に言うの？　嫌だなあ』

『過去のことだからいいけど、愛されたとか真実の愛とか将来を誓った仲とか、聞いてて面白くはなかったなあ。あの調子で絡まれてたなら、エレオノーラ様のストレスすごかっただろうな……』

……などなど。エレオノーラを慕っているらしいシャルルにとっても、偽聖女の暴露は聞き流せなかった模様。

まるで偽聖女を口撃していた時のように淡々と詰められ、耳と胸に痛すぎて気力がゴリゴリ削られた。

夢の中でも説教は続き、起きた瞬間に土下座した。もう陰口は叩きません。口は禍の門。

「……悪かった」

「あら。素直ね」

「昨夜シャルルに叱られた。正座させられて、さっきの調子でこんこんと……」

若干遠い目になった俺を気の毒なものを見るように体を少し引く弟たち。

「ふふふ。まあ、許して差し上げますわ。シャルル様に免じてね」

「助かる。ったく、いつの間にそこまで仲良くなったんだ」

「ああ、なんだかシャルル様に会いたくなってきたわ。我が家へ招待してもよろしくて？　ジャムのお礼もしたいわ」

「その時は僕も招待してほしいな」

シュライアスに続き、俺もと言いかけた。が。

「あらだめよ。殿方は立ち入り禁止です」

「シャルルは」

「ルゥは」

「シャルル様はシャルル様。天使に性別など関係ありませんわ」

ほほほと勝者の笑みを浮かべたエレオノーラに、俺と弟はがくりと項垂れ負けを認めたのだった。

俺はシャルルに、弟はエレオノーラに。たぶん俺たち兄弟は、伴侶には一生勝てないのだろうな。

模様替えをしましょう

夏の終わりに偽聖女の起こした強盗騒動、偽聖女の襲来と続いたあのバタバタの顛末は、シュライアス様経由で詳細を聞いた。新聞にはあまり詳しく載っていなかった。聖女が偽物だっただけでも大醜聞なのに、さらにその偽聖女が宝石強盗まで犯していたなんて、さすがに赤裸々には公表できないからだ。

人が変わったように大人しくなった彼女が告白した内容によると、宝石に関する不審者の正体は彼女とあの男だった模様。薄々そんな気はしていた。

元々は下級貴族のご令嬢だった彼女は、ルーシーたちと過ごしたことで桁違いの贅沢が身に染みついてしまった。身の丈以上の華やかな生活に毒された彼女にとって、修道院での生活は監獄同然。とても耐えられず逃げ出したそうだ。

着の身着のままで脱走したが、性格や罪はどうあれ見た目は極上な彼女に貢ぐ男は多数いたらしい。

資金が尽きるとそういう男におねだりしたり、奪った物を換金したりしながら、国を転々としていた。

彼女の贅沢病の原因はルーシーたち、たぶん主にルーシーだ。金銭感覚が狂うほどの贅沢をさせたんだろう。本人もそれらしいことを言っていた。宝石やらドレスやら、欲しがるままに贈っていたと。総額いくらになるのか想像するのも恐ろしい。

それはそうと——。

彼女の罪は重い。というか自分で重くしてしまった。どうなるかは誰の目にも一目瞭然だから、刑については聞かなかった。シュライアス様も言わなかったから、そういうことなのだろう。王族を害すだけでも普通極刑だから。

彼女と一緒に行動していた男も罪を重ねてしまったから、追放は撤回され、新たに終身刑が言い渡された。終身刑と言っても牢ではなく犯罪者用の療養施設に入院という形で。とりあえず洗脳が解けるまではそこで過ごすことになるという。ちなみに宰相(さいしょう)の元息子(むすこ)さんだ。

アルベルトという以前遭遇した不審者もそうだけれど、あと二人いる側近候補は大丈夫なのか少し心配になってしまう。魔の森に送られた人は魔法耐性があるらしいから、先の二人ほどではないかもしれない。この人は王宮魔導師長の元息子さん。

平民として放られた人は行方知れず。どこかで平穏に暮らしているといい。この人はエレオノーラ様の従兄弟(いとこ)だかはとこだか。

やっぱり、自由意思を奪うような魔法や薬は恐ろしい。ルーシーがケロッとしているのが奇跡に思えた。これを教訓に国でもいろいろやるらしい。

なんにせよ、これで例の断罪に関わるゴタゴタは終結とみてよさそうだ。

終わりよければ、ではないけれど、ルーシーは結果として失ったもの、取り戻したもの、得たもの、それぞれある。

すべてを取り戻すことはできないし、本人も望んでいない。だから落とし所としてこれでよかったんだろうと思う。

僕はルーシーにはどうしたって甘くなってしまうから、もうあの件にまつわる何かに彼が煩わされなければいいなと願っている。

*

いろいろあったが、気付けば季節は秋になっていた。森の一部の木々の葉は色を変え、自然も近くの町もどことなく暖色系統の色合いになっている。

僕は春と秋が好きだ。秋は食べ物が美味しい。気温も暑すぎず寒すぎずでちょうどいい。

そんな秋の日。シャツにカーディガンという軽装で、せっせと荷車を運ぶ。

森の落ち葉を拾い集めて腐葉土にするのだ。ルーシーも手伝ってくれている。拾うのも運ぶのも一人だと骨が折れるけれど、二人で二往復もすれば十分な量を運び込むことができた。大助かりだ。

集めた落ち葉は専用の箱に詰める。あとは放っておくだけで腐葉土の完成だ。例に漏れず父印の魔道具である。父の魔道具に興味津々なルーシーは、この専用箱にも当然食いついていた。

「義父上は本当に才能に溢れた方だな。何故名が売れていないのか不思議でたまらない」

「うーん。気まぐれ、違うな、気難しい？　頑固？　だからじゃないかな。うちにあるやつはあくまで母さんの生活を助けるために作ったやつばっかりだし。気分が乗らないと作れないタイプだから？」

「なるほど？　義父上と義母上がどこでどう出会ったのか気になるな。王宮に出入りしていたならまだ分かるけど……」

「してないしてない。父さん平民だもん」

「馴れ初めは聞いてないのか？　話してそうなのに」

不思議そうに小首を傾げた可愛い人の頭を思わずなでなで。嬉しそうに振られた見えない尻尾にほっこりしながら、昔の記憶をたぐり寄せる。

初夜の話は印象深かった。むしろそのインパクトが幼いながらもかなり強くて、馴れ初めの話はすっぽ抜けていた。根気強く記憶を探れば、うん、確かに聞いた覚えはある。

「確か、どこかで出会って、目が合って、一瞬で結婚を決めたとかなんとか……？」

「一目惚れってことか？」

「うん。そこだけは覚えてる。お互い一目惚れって言ってた。他にもなんかいろいろ言ってたような気もするけど、聞いたの小さい頃だし覚えてないや。

それより初夜話の方が衝撃的だったし」

「まあ、親の初夜を本人たちから聞くことはあまりないだろうな。俺は聞きたくない」

乾いた笑みを浮かべ、わりと強めに「絶対聞きたくない」と重ねて言った。そんなに？

静かに稼働する魔道具から離れ、そのまま畑に入り、さつまいもを収穫。

手で掘って引っ張る。抜けない。また掘って引っ張る。抜けない。何度もそれを繰り返し、ムキになって強引に引っ張ると手が滑って尻餅(しりもち)をついた。見かねたルーシーが手伝ってくれて、無事収穫できた。

このさつまいもはルーシーと一緒に植えたものだ。だからか、収穫作業をする横顔はとても楽しそう。自分で植えて育てた作物と思うと楽しいものだ。

一人で暮らしていた頃に縮小した畑は、春からコツコツと土を整え、今現在、母が管理していた頃の状態に順調に近づいている。

ここまで戻すのは大変だった。二年の放置期間で草原のようになってしまったのだ。雑草はまだしも木が厄介で、地道な草むしりでは追いつかず、最終的にルーシーの魔法に頼った。僕一人ではいつまで経(た)っても畑に戻せなかったと思う。

畑として稼働している部分もだいぶ変わった。

園芸店の店主に相談しながら、二人で苗を選び、育てたことのない野菜もたくさん挑戦した。失敗もあるけれど、それもまた楽しい。同じくらい悔しいけどね。

頻繁に顔を出すようになった園芸店ではすっかり常連扱いされるようになった。

「この芋は寝かせておくんだったよな」

「うん。おじさんがそう言ってた。食べ頃になったら焼き芋しよう。母さんがこの芋で甘いおかずとスープ作ってたんだ。レシピあればそれも作ってみる。あとお菓子も作る」

「楽しみにしてる。少し休憩しよう、疲れただろ」

促され、部屋に戻ってお茶タイム。クッキーをつまみつつのんびりとしたひと時を過ごす。

新聞に目を通す旦那様の横顔を見るともなしにぼーっと視界に入れていると、振り返った彼にちゅっとキスをされ、反応する前に再び新聞へ意識を戻されてしまった。くそう。

なんとなく悔しくて、ぴったりくっついて新聞を覗き込む。そこにはよく知る人物の記事がデカデカと載っていた。

「シュライアス様の生誕パーティー……だって」

「ああ、もうすぐだからな」

「ルーシーはどうするの？」

「どうもしない。俺は行けないよ」

なんとも思っていなさそうに見えて、実は切なかったり、お祝いに駆けつけたいと考えていたりするんだろうか。

心の奥底まで覗くようにじっと観察してみたけれど、透視能力がなく読心もできない僕には何も読み取れなかった。

＊

シュライアス様の誕生パーティーは盛大に開かれたらしい。僕たちはそれを新聞記事で知り、成功したみたいでよかったね、と感想を言い合った。

実はシュライアス様本人からはこっそり招待状を渡したいと打診があったんだけれど、ルーシーがばっさりと断ったのだ。和解したのは身内だけ。追放が撤回された件や、当時の事情は公表されて知られているけれど、もう王族ではないからそういう催しに参加するつもりも、その資格もないと。

ちょっと寂しそうにしていたシュライアス様に僕の方が切なくなってしまって、落ち着いたら僕らだけのお祝い会をしようと心のノートにメモを取った。

招待は断ってもお祝いは贈っていた。何かと思えば、転移魔法についての論文めいた冊子。どうやら旦那様は送迎が面倒になってきた模様。

『これ読んで覚えろ』

と素っ気ない文言を書いたカードを添えて押し付けてきたとか。おめでとうくらい言ってあげたらいいのに。素直じゃないんだからなあ、もう。

送迎が面倒、なるべく招きたくない、なんて口では言いつつ長距離転移について自らまとめた冊子を渡すなんて、僕からすれば「いつでも遊びに来ていいですよ」と同義だ。やっぱり素直じゃない。

「そういえばシャルル、この辺りは雪が深くなるんだよな？」

「うん。結構積もるよ。なんで知ってるの？」

「店主に聞いた。冬支度はいつ頃からする？」

「父さんたちがいた頃はもっと秋が深くなってからだった。一人の時は今くらいの時期からコツコツとって感じ」

「暖炉がないよな。暖房はどうするんだ？」

見せた方が早い。ルーシーの手を引いて、居間の明かりのスイッチまでご案内。

「これは天井照明のスイッチだろう？」

「この魔石はね。他にもあるでしょ。こっちを起動させると床が、こっちは空気が暖かくなるんだ」

「……まったく話題に出ないし、使ってもいなかったから意識してなかった。まさかのそんな仕掛けが……もう魔道具の域を超えてきたな」

王都で売り出したら飛ぶように売れそうだ、と力なく笑われた。

僕にとっては普通でも、ルーシーにとっては普通じゃないものがこの家にはちょこちょこ存在する。

主に父の作品関係。当たり前のように享受していたが、父の熱意があってこその半隔離生活なのだろう。改めて、天の父に深く感謝した。

ルーシーのイメージでは冬支度イコール薪の準備だったらしい。

冬の間絶えずくべるなら相当数必要なはず、なら早いうちから準備した方が……と心配してくれていたとか。

だけどうちに暖炉はないし倉庫もない。どうするんだろう？　と思っているうちに秋が来てしまったと。早く訊いてくれたらよかったのに。

同じ〝冬〟でも王都とここではだいぶ違う。と、いうことで、相談しながら冬支度リストを作成した。

「寝具と服は暖かいものに替える。あと調味料買い込みたいな。ストックもうほとんどないんだ。他の消耗品も」

「じゃあそれは早急にだな。カーテンも替えた方が風を通さないいんじゃないいか」

「冬用カーテンなんてあったかなあ。探してみるね」

「冬の食事はどんな感じ？　出歩けなくなるなら買いだめ……いや、いざとなれば転移すればいいいか」

「雪かきが大変なくらいで、そこまで今までと変わらないかな。でも町には行かない。雪解けまではほとんど敷地内だけで過ごすよ。だから保存食をたくさん用意するんだ。肉は干し肉に加工する」

去年を思い返しつつ話すと、ルーシーの目が輝いた。何に食いついたかって、雪かきという言葉にだ。

「したことない。してみたい！」

「結構重労働だよ。あ、でも屋根の雪下ろしやってもらえたら助かる。昔落ちたことあって、屋根のぼるのちょっと苦手なんだよね」

「俺が一人で完璧にやってみせるから絶対のぼらないで心臓がもたない」

ペンごと両手を握られ、真剣に懇願されてしまった。積極的にしたくはないから否はないです。よろしくお願いします。

「あ。ルーシー、家具屋に行きたい」

「うん？　何を見たいの？」

「ベッド。冬支度ついでに父さんたちの部屋の整理仕上げちゃう。僕の物移動させて大きいベッド買おう。それに合わせて冬用の寝具も揃えたらどうかな」

提案しながらも一つ懸念、というか心残りがある。

あの極上手触りのシーツだ。せっかく届いたのにベッドを替えてしまうと使えなくなってしまう。まだ数ヶ月しか経っていないのに……。

しゅんとしていると、もう一度頼めばいい、あのシーツは夏用の掛け布にしたらどうかと提案してくれた。即採用ですとも！

「なら明日は整理と模様替えをしよう。終わり次第家具屋。いい？」

「いいでーす。ルーシーの仕事は大丈夫？」

「ああ、問題ない。シャルルとのデートの方が大事」

「それ依頼主には絶対言っちゃだめだからね？」

クスクス笑いながら、冬支度リストにベッドと書き込み、大きく丸をつけた。


このベッドも使い納めかあ、なんて迂闊（うかつ）にも呟（つぶや）いたのがよくなかった。

ならばと張り切られ、いつもよりねっとりと責められ、余裕で日付変更。

初夜からずっと愛され続け、体が慣れてきたせいか、単純なつらさはないのに気持ちよすぎてつらい。

ルーシー曰（いわ）く、僕のお尻（しり）の穴は形が変わってきてしまったらしい。なんたることだ。不安を覚えてそれって大丈夫なの……？　と訊くと、愛（いと）しいから問題なしと笑顔で言い切られた。違う、そうじゃない。

まあ、ルーシーが嫌じゃないならそれでいい。自分では見えない場所だし、今のところ日常生活に支障もない。そして嫌どころか、変えた本人は問題なしと言い切るくらいだし、とても嬉（うれ）しそうだ。

今も背後から腰を高い位置で固定され、ずっと穴周辺を撫（な）でられている。出したものを奥へとゆるゆる押し込まれながら、ずっと。

「っ、そんなに、かたち、へんなの……？」

「変じゃない。俺がこうしたんだと思うと感慨深くて。愛おしいなあ、と」

「そんなとこ、に、んっ、思いをはせないで、くださいっ、よ……ぁ、ん、それきもちぃ……」

ゆっくりな抽挿は気怠（けだる）い体にはまるで波に揺られ

ているように感じられて、受け入れているそこがきゅううっと締まるのが自分でも分かった。

「可愛いなあ。シャーリィは本当に可愛い。気持ちいいこと好きだし、積極的だし、感度いいし、最高」

ふちを伸ばすように撫でながら時間をかけてぐう……っと奥まで入れられた。動きが速くない分、形や脈打つ感触までまざまざと伝わってきて体が震える。それだけで少し出てしまった。

本当に、この体はとことんルーシー仕様に変えられてしまった。

こんなに気持ちいいことをよく初夜まで我慢できていたなと、今だからこそ強く思う。僕はともかくルーシーは経験者なんだから、よく耐えたなと。

危なかった時もあったけれど、知らなくて耐えるのと知っていて耐えるのはまるで違うから。

「シャーリィ？　考え事？」

「ん、ぁ、よく、がまんできたな、って」

「何が？」

「初夜まで、ルーシーが。んっ、だって、するのすき、でしょ？」

「ああ、そういう。今我慢しろって言われたら厳しいな。前までのセックスしか知らなかったから耐えられたんだよ」

首を回すと、ルーシーは少し息を乱しながら笑っていた。

そういうものなのだろうか。比較対象がいない僕にはその感覚がいまいち理解できない。

単純に男の体の方がルーシーに合っていたとか？　浮気相手か結婚相手かとか、そういう違いなのかな。よく分からない。一回しかしないルーシーなど同じ世界線の存在とはとても思えず、そこも分からない。

「一番は、約束を破りたくなかったんだよ。初夜にって言ってくれたの、嬉しかったから」

よそ見をするなと言わんばかりに徐々に速度が速くなっていく。動きやすい体位だからか、一度弾みがつくと容赦がなくなることを僕はもう知っていた。

（これは、朝までコースになるかな——……）

もう日付の変更は遠い昔の話になってきていた。

愛されすぎるのも大変だ。だけどそれを煩わしいとちっとも思えない自分の頭こそが大変なのかもしれない。

＊

「シャルル、そっち持って。縦にしてから運ぼう。せーのっ」

掛け声と同時に腰を上げ、ルーシーと同じ方向へベッドを倒して縦向きにする。そのままもう一度掛け声を重ねて持ち上げ、えっちらおっちら玄関の方へ。外へ出す時少し引っかかってしまい、角度を工夫してなんとか出すことができた。

大判のシートを張った上に静かに置く。

両親のベッドとナイトテーブル、母のドレッサー。順番にすべて外へ運び出し、汗ばんだ額を拭った。

バラして燃やそうと考えていたが、こういう古い家具を買い取ってくれる店を馴染みの店主が紹介してくれて、お願いすることにした。まだ使えるものだし、大切に使ってもらえるなら燃やすよりその方がいい。

僕のベッドもいずれお願いすることになる。両親の部屋に移そうとしたけれど、それは断固として反対されたからだ。ベッドは一台！　と真顔で。

どうやら喧嘩した時は別部屋でと以前話したのを覚えているらしい。一人寝はそんなに嫌ですか、そうですか。

僕の可愛い旦那様は狼や獣に進化したところでやっぱり可愛らしい。

「あとは引取り待つだけだね。他に頼むものあったっけ？　使ってない家具あればこの際出しちゃおう」

「俺は特に。物置部屋整理した時にだいぶ処分したから、今はないいんじゃないか？」

「そういえばそうだった。じゃあ父さんたちの部屋掃除しちゃおうかな。終わったら僕の家具入れる」

「手伝うよ。今日だけ入らせて」

「いつでも入っていいんだってば」

何度もそう言っているのに入口で足を止めるのだ、この人は。

やっぱり整理に踏み切ってよかった。家の中に入室を躊躇する部屋があるなんて、いつまで経っても居候気分が抜けなさそうだ。

自分だけ壁や膜を感じるような、疎外感に似たものを感じる部屋なんて、ないに越したことはない。

家具がなくなりがらんと寂しい広さになった部屋を見回す。

今日からここは両親の部屋ではなく僕の作業部屋になる。軟膏やポプリ作り、薬草の乾燥なんかもここでやることにした。必要なものもすべてこの部屋に移すから必然的に居間も広くなる。一石二鳥。

「あ、ベッド置かないならサイドテーブルいらないな。あれも出しちゃおうかな」

「なら俺がやっておくよ」

率先して引き受けてくれた事に感謝して、僕は掃除に没頭した。

家具と硬貨の交換は滞りなく終了。予想よりいい値がついた。

最も高い値がついたのは母のドレッサーだった。父の手作り品だったし、大切に使っていたからだろう。いつか誰かの元でまた大切に使ってもらえたならと思う。

「時間余ったし、家具屋行こうか。とりあえず町のを見て、よさそうなのがなければ王都で探そう」

「配送してもらえるかな？　王都からだとかなり遠いし断られたりしない？」

「渋られたらシュライアスにやらせればいい。転移より転送の方が簡単だ。練習がてらやらせよう」

「弟使いが荒い」

「あいつの魔法の腕磨きに協力しているだけだよ」

飄々（ひょうひょう）と嘯（うそぶ）いたルーシーに連れられ町へ転移し、その足で家具屋へ向かった。

貴族は一点物を好むらしいけれど、僕らみたいな庶民はある物の中で好みのものを揃えるか、自分で作るのが一般的。うちの家具は父が作ったものが多いし、それに触発されたルーシーも本棚を作っていた。だからここにも王都にもめぼしいものがなければ二人で作るつもりだ。

「あ、この椅子可愛い」

「涼しげだし夏にいいな。座り心地もよさそうだ」

かごのように編まれた木製の椅子に腰掛ける。みち、と軋（きし）む音がしてちょっとヒヤッとした。

木の匂いがする。腰から背中からすべてを包み込まれるような座り心地にもうっとりしてしまう。

「買う?」

「前向きに検討するぅ」

この椅子が我が家にある場面を想像しつつ、よいしょと立ち上がる。

天井までびっしりと展示された店内をじっくり見て回った。ベッドは二台しかなかった。どちらも今使っているものと変わらない大きさだったためナシ。

オーダーも可能らしいが、要検討として何も買わずに店を出た。

「王都行くか? まだ時間もあるし、どうしたい?」

「うーん……うん。即決できないかもだけど、見るだけ見てみたい。王都は家具屋たくさんある?」

「たくさんってほどじゃない。あるにはあるが、貴族街にあるのはオーダーメイド特化だったり装飾過多だったりするし、あまり期待はできないだろうな。とりあえず平民向けの店を見てみようか」

「装飾はいらないから頑丈で寝心地いいやつがいい」

いったん家に戻り、シュライアス様に今から向かいますと一報を入れる。一応ね、無断はちょっと据わりが悪いから。

転移後、ルーシーはすぐに衣装部屋へ向かった。戻ってきた彼とともに抜け道からさくっと外へ。

「転移ってすごいね。試験のために王都に来た時はすごく時間かかったんだ。歩いて、馬車乗り継いで、途中で宿に泊まって。ひと月くらいかけてやっとだった。それがこんなにあっさり来れるなんて……」

「便利でいいだろ？」

「慣れちゃいけない便利さな気はする。でも助かるよ、ありがとね。持つべきものは魔法が得意な旦那様だね」

繋いだ手を揺らすと嬉しそうに笑ってくれた。

王都では顔の知られているルーシーは今、ハンチング帽に黒縁眼鏡という装いだ。目立つ銀の髪もできる限り隠している。

小物を装着しただけで別人みたいだ。見慣れなくてドキドキする。僕の可愛い人は格好よくもあってずるい。

「シャルル？　顔が赤い」

「ルーシーが見慣れない格好してるから。格好いい。僕変じゃない？　隣歩いて平気？」

「今日も世界一可愛いよ」

褒めたからかキラキラ感が倍増した。僕が意識するのを面白がり、わざと貴公子様顔を向けてくる。

眼鏡越しにもその目が笑っていることが分かるのに悪態もつけない。顔の熱も心臓のバクバクもひどくなるばかりだった。

商業施設が集まる二区から五区にも住み分け的なものがあって、一区に近いほど重要度もお値段もお高いエリアになっている。

まず向かったのは五区だった。庶民向けの家具屋に入り、お目当てのベッドを探す。ダブルまではあった。でもルーシーが希望するようなもっと大きなサイズは見当たらない。

「もうダブルでいいんじゃないかなあ。今よりは広くなるし、二人なんだし」

「いずれ増えたらダブルじゃ狭いだろ？」

「増えませんて」

「俺の魔法センスとシャルルのポテンシャルがあれば実現できそうな気がするんだ」

「前提からおかしいから諦めようね」

だからその曇りなき眼はやめなさい。

純粋に不埒な願望に心を燃やす旦那様に呆れつつ、他の家具も見て回った。

背もたれがヴァイオリンみたいな曲線を描いたソファに、猫脚の椅子。近所の町では見かけなかったような家具がたくさんあって目移りしてしまう。同じ庶民向けの店だというのに、やっぱり王都は違うな。どれもおしゃれで見ているだけでも楽しい。

「あ、このランプ可愛い。ドレスみたい」

女性のドレスみたいに裾が広がった傘のランプだった。傘部分には繊細なラインが、裾部分は色やレースで飾られていた。台には小さめの魔石が埋まっている。起動させてみると、ほんわりと優しい暖色系の明かりが灯った。裾の色も変化する。

「買う？」

「うちに置くには可愛すぎるよ。エレオノーラ様にプレゼントしたい」

「……慕いすぎてて妬ける」

「母さんとおかみさんたち以外の女性と接したのエレオノーラ様が初めてなんだ。貴族的にアウトな言動もたくさんしてると思うのに、エレオノーラ様はいつも優しくしてくれるし、平民を見下さないし、話しやすいし、いろいろ教えてくれるし、大好き」

「慕いすぎてて妬ける！」

同じ台詞を声高に主張し、咎めるように強めに抱きしめられた。ほとんど技をかけられているような拘束具合だ。どうどう、店内ですよ落ち着いて。

「でもシュライアス様が即位してエレオノーラ様が王妃になったら、今みたいに会ったり遊んだりできないんだろうな。シュライアス様も気軽にマカロン食べに来られなくなりそう」

「そうか？　抜け出して休憩場所にする未来が想像

できすぎてげんなりするくらいなんだが」

「そうなればいいなあ。せっかく仲良くなれたのに会えなくなったら寂しい」

俺がいるだろとさらに絞められて白旗をあげた。旦那様と友人では括りが違うというのに、まったくこの人はもう。

人目も憚らずぴたりとくっついて家具を物色する僕らを、従業員や他の客が生温い目で見ていたことに、僕らはちっとも気付いていなかった。


庶民向けの家具屋を三軒ほど見てまわり、貴族街へ向かった。雰囲気がぐっと華やぎ、店や人のグレードが上がったのを肌で感じる。

やっぱりこっちは僕には敷居が高くてちょっと緊張するというか、背筋が伸びる。

目的の店につく前に生地屋を見つけた。そんなものがあるのか、と目を瞠り、ルーシーに頼んで寄り道させてもらう。

無地や柄物。ベールのような生地、シルクにベルベット。

人生で初めてこんなにたくさんの生地を目にしたというくらい大量の生地が売られていた。正直アクセサリーより心が躍る。

刺繍糸も売っていて、銀と青と金の三色の糸を少し多めに買い込んだ。

「三色でいいのか？　せっかくなら他の色も」

「この三色があればルーシー用の刺繍はできるから。もう少し上達したら毛並みに濃淡つけたいから買い足すよ」

「俺のため……」

噛みしめるように天を仰ぐ旦那様をその場に置いて会計を済ませる。ふとカウンターの奥を覗くと、光沢のあるワインレッドの布が展示されていた。何故あんなところに？

僕の視線を追った店主が「ああ」と、どこか得意げに頷く。

「王太子殿下直々に仕入れを頼まれた生地なんです。うちでしか扱っていません」

試しにと切れ端を渡され触れてみる。瞬間、ハッとした。

これはあれだ。うちのシーツとクッションと同じものだ。僕の愛するあの生地だ！

「ルーシー！　これ！」

嬉しくて飛び跳ねてしまう。やった、王都で入手できるならシーツの仕立て直しも夢じゃない！　あの商人の訪れを待たなくても手に入る！

心身ともにぴょんぴょんしていたら、でろでろに表情を蕩けさせた旦那様に頭を撫で回された。

「どうした天使。はしゃいじゃって愛らしすぎか」

「あの生地売ってた！　ベッド決めたらシーツ用に買ってもいい!?」

「もちろん。好きなだけ買いなさい」

「あ、あの、この生地は結構値が張りますよ？　シーツなんてそれこそ……」

「今使ってるんです。寝心地最高で大好きなんですけど、ベッドを新調するからシーツも替えないとで。やったあ、シュライアス様にお礼しないとっ」

今度必ず買いに来ます！　と顎が外れそうなくらい口を開けていた店主に宣言して店を出た。

肝心のベッドより先にシーツの目処を立ててしまうなんて微妙だけれど、そんなことはどうでもいい。

その後も僕はずっと上機嫌で、次は何色で仕立てようかな、なんてまだ見ぬ新シーツに心と花を飛ばしていた。

ガーデンパーティーは突然に

秋も中盤に差しかかり、元僕の部屋・現二人の寝室にようやく新しいベッドが搬入された。功労者はこの場にいないシュライアス様だ。

がらんどうにした室内にぶおん、と出現した魔法陣から大きなベッドが現れ、思わず拍手。これが転送魔法。彼は兄の教えをきちんとモノにしたらしい。

転送はまだしも転移は難しいと苦笑していたのを思い出す。転送魔法だって誰でもできるわけじゃない。兄弟揃って素晴らしい才能だ。シュライアス様は努力家だし、いずれ転移も成功する日が来る気がする。

分厚いマットレスに、新調したシーツをルーシーと協力して装着した。

前のシーツはグレー。今回は白だ。例によって光沢があり、まるで雪原のように美しい。極上の手触りと相俟って、身も心もうっとりとろけてしまう。

ぼすんと真っ白な海に沈み、寝っ転がって生地を堪能する。至福のひと時だ。抜群に気持ちいい。

「はあ……最高。色もきれい。また巡り会えてよかった。愛してる……」

「それは俺を見つめながら言ってほしい台詞なんですが？」

「シーツにだってシャルルの愛を渡したくない」

口を尖らせながらベッドに乗り上げ、僕を捕まえる。今までよりずっと広くなったベッドの上を二人でゴロゴロと転がった。楽しい。

たくさん見て回り、最終的にキングサイズのこのベッドに決めた。これで天蓋があればお姫様の部屋にあっても違和感のない大きさだ。

縦幅を本来より長めに調整してもらったから、上背のあるルーシーでもゆとりをもってまっすぐ眠れる。おかげでこの部屋にはほとんど物が置けなくなった。テーブルすらない。

「ランプとかどうしよう。小物置くスペースは残すべきだったね」

「ヘッドボードにラックでもつけるか。そのくらいならすぐ作れる」

「頭ぶつけそう。壁に取り付けられる？　そしたらぶつけないよ」

「どうしてぶつける前提なんだ」

「だって激しくされるとどんどん体が上にずれちゃうんだよ。たまにぶつける。地味に痛い」

「そっ……れは、うん、ごめんな。気をつける、いや、気をつけてたはずだった。以後もっと気をつけます……」

一瞬で目元を赤らめた可愛い獣をいい子いい子して、再びシーツに頬擦り。ルーシーはそんな僕の後頭部を労るように撫でてくれた。

有言実行の旦那様はその後すぐ製作に取りかかった。大工仕事をする元王子様。なかなかすごい絵面だけれど違和感はあまりない。

完成した棚は壁に打ち込まれた。ランプは置かず、天井の照明だけ使うことにした。必要なら自分が魔法を行使すればいいと言い切られ、確かにと納得したのだった。

*

王都へ行こう、と誘われたのはベッド搬入から数日が経ったある日のこと。

「買い物？　何か買うものあったっけ」

「向こうで教える。とりあえず移動しよう」

ベッドもシーツも買った。他に買い替えするものはない。ああでも冬用カーテンはなかったから、それかもしれない。

そんなことを考えながら転移した先は、いつもどおり元ルーシーの部屋。待っていたのは、

「お久しぶりです、シャルル様」

「エレオノーラ様！　お久しぶりです」

柔らかな微笑みが眩しい。久しぶりの再会にテンションがぎゅーんと上がった。

今日のエレオノーラ様は一段と美しい。普段会う時よりかっちりとした薄い黄色のドレスを身に纏い、

手入れの行き届いた金の髪も結い上げている。

　このまま舞踏会にでも出られそうな装いだ。本物のお姫様を前にしたようでドキドキしてしまう。

「さあ、お着替えしましょう。こちらへどうぞ」

「へ？　着替え？」

　いつもなら一言二言言いそうなルーシーにまで手を振られ、そのまま二つ隣の部屋へ連行された。

　初めて入った部屋はまごうかたなき寝室だった。

　我が家の新調したベッドの倍はある大きな大きなベッドがドンと置かれている。巨人用のベッドかと目を疑う大きさだ。いったい何人用なんだ。

　だけどさすがは王子様の寝室で、空きスペースはたっぷり。キングサイズ一台で部屋が埋まる我が家とはレベルが違う。

　部屋中央には真っ白な衣装を着たトルソーが立っていた。

　楽しげなエレオノーラ様にあれよあれよと服を剝かれ、恥ずかしがる間もなくトルソーの衣装を着せられた。

　レースたっぷりでドレスみたいだけど女性ものではない。でも男ものにも見えない。祭服をベースにドレス仕立てにしたような、足元まですっぽり覆われる長さの裾丈の服だ。動きにくい。

　動きに合わせ生地が波打つとキラキラと光る。白い生地で目立たないけれど、白銀の模様が刺繡されていた。胸元には青い薔薇のコサージュが飾られている。

「あの……？」

「サイズはちょうどね。さすがシャルル様馬鹿。ではこちらへかけて。髪も整えましょうね」

　テキパキと支度され、靴まで履き替えさせられ。

　そうして言われるがまま鏡の前に置かれた椅子に腰掛ける。

　長くもない髪で整えるも何も……と思っていると、横髪を複雑に編まれたり、玉のような小さな髪飾りを複数つけられたりと、なんだかとても上機嫌に弄られた。こんなことエレオノーラ様のような立場の方がすることでは、とは思っても言えないくらい彼女は楽しそうでした。

　終始上機嫌な彼女に飾り立てられ、何がなんだか分からないままに部屋を出ると、正装に着替えたルーシーがそこにいた。

　軍服のようなかっちりした衣装だ。打ち合わせに出掛ける時のフォーマルな格好とはまた印象が違う。

　初めて見た装いに心臓がぎゅんと収縮して思わず胸を押さえた。脚が、脚が長い。腰のラインも強調されていて目のやり場に困る。

　衣装だけじゃない。前髪も上げ、普段は隠れている額を出している。思わずキスしたくなるような額に、きりっとした眉……男前度がさらに上がっていて、もう、どうしよう。

　こんなにすてきな人だったのか。知ってた。

　あまりの仕上がりに、阿呆みたいにあいてしまった口がなかなか閉じない。そうして、

「ルーシー格好いい……王子様みたいだ……」

「十八年弱王子をやっていたからな」

　くすりと笑うその仕草さえ格好いい。輝いている。僕の旦那様がすてきすぎる。捨てられ子犬感はまるでない。

　そんなすてきな旦那様は、王子様の笑顔で恭しく僕の手を取り、指先にそっとキスをした。

「きれいだよ、シャーリィ。似合ってる」

　僕には似つかわしくない賛辞。改めて差し出された手に、自然と手を重ねた。

　そのままエスコートされ、抜け道ではない本来の扉から通路へ出る。いいのかな？　と振り向けば、エレオノーラ様は美しく微笑み頷いた。

　暗紅色の絨毯(?)が敷かれた床。縦にも横にも長く広い通路は無人だった。

　たくさんの白い柱が立つ渡り廊下のような場所を通り、外へ出る。かぼちゃのような形をした豪華な馬車と、形は違えどこれまた豪華な馬車が停まって

いた。双方王家の紋章入りだ。

頭上に疑問符をたくさん浮かべる僕を乗せ、ルーシーも乗り込む。エレオノーラ様は同乗せず、後方の馬車に乗り込んでいた。

「ルーシー？　どこ行くの？」

「離宮」

「へ」

馬が歩き出し、景色が流れていく。

馬車なんて久しぶりだ。振動が少なくお尻が痛くならない馬車は人生初。

跳ねて転がりそうにならないなんて、さすが王宮にある馬車だなあ……なんて考える頭の片隅に〝もしや〟が過る。

この衣装に馬車、そして離宮という目的地。着飾ったルーシーとエレオノーラ様。

「結婚式……？」

「やっと気付いた？」

向かいに座る正装姿のルーシーがあははと声を出して笑った。

「いろいろあったし忘れてただろう」

「すっかり……いつの間に準備してたの？」

「秘密。忘れてそうだからサプライズしようと思って」

「びっくりした。まだびっくりしてる」

そうだ。そういえばシュライアス様のパーティーが終わった頃にと計画していたのだった。確かルーシーの誕生日パーティーをした日だ。

あれから数ヶ月。自分たちのことだというのに、日々いろいろあり本当にすっかり頭からすっぽ抜けていた。

しばらく走った馬車はゆっくりと停車した。先に降りたルーシーのエスコートで僕も降車する。

着いたそこにはシュライアス様がいた。後方の馬車から降りるエレオノーラ様をエスコートしている。

目の前には王宮より小さめだけれど美しい白い建物。四人で向かったのは手入れの行き届いた庭園だ。

まさにガーデンパーティーといった様子で、いくつかの白いテーブルにはたくさんの料理やスイーツがセッティングされていた。立食形式のようだ。

「すご……、豪華……え、これ、すごいね？　こんな……」

参加者は僕らだけのはずなのに、芸術品のような食べ物は五人分とは思えないほどたくさんある。

食べ物だけじゃない。もう冬を間近に控えた秋だと言うのに春のようにたくさんの花が咲き、庭を飾っている。白い薔薇のアーチも見事だ。

もう「すごい」しか言えない。語彙が吹っ飛ぶ。

これが僕らのために用意されただなんて信じられなかった。

惚けたように見入っていると、建物の方から陛下がやってきた。国王陛下らしい威厳は変わらないのに、以前お会いした時よりどこか表情が柔らかい。

わかりやすくどこか不満げな顔つきとなったルーシーから陛下へと、僕の手が移動する。僕の手を放したルーシーは白薔薇のアーチの方へ歩いて行った。

陛下が目尻を下げ微笑む。

「見違えたな、シャルル。ソフィアによく似ている」

「ありがとうございます……？」

それは喜んでいいのかどうなのか。いまだに別人説を信じて疑っていない僕としては素直に受け止めていいのか迷う褒め言葉だ。

僕の複雑な心境を察したらしい陛下は苦笑し、曲げた腕に僕の手をかけさせた。

陛下と二人、アーチの前で待つルーシーの元へと歩いていく。

まるでバージンロードだ。もう初夜まですべて済ませた僕にそこを歩く資格があるのか分からない。

教会ではなく秋晴れの庭園。式を執り行う神官もいない。

僕を旦那様の元へとエスコートするのは父ではなく国王陛下。見守る招待客はたった二人。しかも自分はすっかりど忘れしていて、僕が招待された側のようになっている。

　ハチャメチャだ。こんな結婚式聞いたこともない。

　そう思いながらも僕は自然と笑顔になっていた。

　陛下はゆっくり、ゆっくり歩いた。少し冷えてきた秋の風が吹き、白い花びらと白い衣装の裾がふわりと攫われていく。

　やがてルーシーの前にたどり着き、今度は陛下からルーシーへと僕の手は渡る。

　白薔薇のアーチを背負ったルーシーは、愛おしげに目を細めて僕を見つめ、微笑んだ。

「誓いの言葉はもういらないよな」

　二度目の誓いのキスだけをした僕らへ、三人分のあたたかな拍手が贈られた。


「美味しい、これも美味しい。さすがプロ。これが王宮の味……！」

　涙が出るほど美味しい。いくらでも食べられる。

　絶品ソースがかかったローストビーフを刺したフォークを咥えたまま目を閉じ感じ入った。

　こんな美食に生まれた時から囲まれていたルーシーに、僕の庶民料理なんて食べさせてしまっていることが急に申し訳なくなる。

　プチ自虐をしている僕の隣席につく旦那様は、

「シャルルのローストビーフの方が美味い」

　なんて恐れ多すぎる感想を口にしていた。やめていたたまれない。これを作った料理人に申し訳なさすぎる。弟子入りしたいくらい美味しいのになんてこと言うの。

「シャルル、これも食べてみなさい」

　陛下に勧められたのは栗のジェラート。興奮で火照った体にひんやりしたデザートが染み渡る。その秋の味わいに思わず「んーっ」なんて歓喜の唸りを上げてしまった。

「シャルル様、こちらも美味しいですわよ」

なめらかなビシソワーズをエレオノーラ様が勧め

てくれると、

「こっちも美味しいよ。ほら食べな」

　シュライアス様から彩りも味も上品なテリーヌを差し出される。

　餌付け合戦かと引くくらい三人、いや四人から次々勧められ、僕は喋る暇もないくらい食べた。とにかく食べた。締めつけ感のない衣装で助かった。

　じんわりと額に汗をかきかき食べることに集中していると、旦那様がハンカチでそっと額を拭ってくれた。

「無理して食べなくていい。ごめんな、食べる姿がリスみたいで可愛くてつい勧めすぎた」

「……、……、ん」

　もぐもぐしながら「平気」と親指を立てる。額、こめかみ、目元、とハンカチを滑らせたルーシーは目を細め、きれいに着飾っているのにずっと頬をもごもご膨らませている僕を眺めた。

「リュシオン。その刺繍……」

「いいでしょう。シャルル手製です」

　自慢げにハンカチをひろげる。青い目の銀狼。僕が最初に刺した刺繍だ。

「ほう、上手いな。よくできている。器用なのだな」

「これ《シャルルの瞳》の刻印ですよね？　これを元にしたんですね」

　親子三人でハンカチを囲む姿はなんだか微笑ましい。そう感じたのは僕だけじゃないのか、エレオノーラ様も扇をひろげながらクスクス笑っていた。

「彼らのあんな姿、十数年間で初めて目にしたわ。陛下もお楽しそう」

　砕けた話し方をしてくれる彼女に内心喜びのガッツポーズを決めた。前より距離が近づいたようでとっても嬉しい。

「陛下もそうですけど、二人とも時間とか大丈夫なんですか？　トップクラスに偉い人たちが揃って抜けちゃったらまずいんじゃ」

「あらあら。大切な身内の結婚式より優先すべき仕事などないわ」

「そういうもの……？」

「そういうものよ。それよりシャルル様、実はね」

立てた扇の陰でこそっと囁かれる。

「妃殿下もお顔を出すそうよ。リュシオン様のフォローをお願いね」

「えっ」

ガチンとフリーズしてしまう。

妃殿下。王妃様。つまりルーシーのお母様。

王妃様の存在はもちろん知っている。知っているけれど、これまで話題にも上らず……いや、一度だけ《シャルルの瞳》のあれこれで出たけれど、それ以外まったくだから意識したこともなかった。

「あ、あの、怖い方ですか？」

「いいえ。厳しい方ではあるけれど、理不尽な振舞いなどはされないわ。公を離れたらおちゃめなところもある可愛らしい方よ」

「なるほど……？　ルーシーとの仲はどうなんでしょう。前からよくないとか、よかったとか、無とか」

「そうねえ。悪くはないのでしょうけれど、リュシオン様よりわたくしと過ごした時間の方が長い、あの愚息が……としょっちゅう仰っていたわ」

新聞記事で見た王妃様の姿をおぼろげながらに思い出す。

美しい人だったような気はする。まあ、ルーシーとシュライアス様の実母なのだから美人に違いない。

すべて予想と想像の中だというのに、額を押さえ「愚息が」と吐き捨てている姿が何故かとても鮮明に浮かんだ。うん。変に緊張しなくても済みそうだ。

噂をすればで、エレオノーラ様から話を聞いたすぐあと、離宮入口の方から数名の女性がやってきた。

ひときわ目を引くのは、侍女らしき女性に日傘を持たせた、上品な深い緑色のドレス姿の凛とした女性。きっとあの女性が王妃様に違いない。

彼女がすぐ近くまでやってくると、エレオノーラ様がカーテシーをした。僕も慌てて膝をつこうとして、衣装が汚れる！　と頭だけ下げる。不敬と言われませんように。

（わあ……王妃様だ、本物の……！）

人生、本当に何が起こるか分からない。

まさか田舎で引きこもり生活をしている自分に王妃様と対面する機会が訪れるなんて。……いや今更か。王子様を拾うことからもうありえない出来事の連続だったもんな。

なんにせよ、ロイヤルファミリー勢揃いだ。僕の場違い感が半端ない。緊張で手が震える。

「楽になさいな。主役はあなたよ」

予想より柔らかな声だった。おずおずと顔を上げると、王妃様はふっと目元をほころばせ、

「初めましてね。ようやく会えて嬉しいわ。リスベット・グランドール。リュシオンの母よ」

王妃ではなく母として挨拶をしてくれた王妃様へ、僕も意を決し名乗った。

「シャルルと申します。先日リュシオン様と婚姻を結びました。ご挨拶が遅れて申し訳ございません」

こ、これでいい？　大丈夫？

不安になってエレオノーラ様へ目をやると、微笑ましそうに小さく頷いてくれた。

王妃様の手袋をした細い両手が、僕の頬にそっと添えられる。

「お顔をよく見せて。――ああ、本当に。よく似ているわ。目元と口元がそっくり」

誰に、なんて指摘されなくても分かる。母に似ているという陛下の妹姫様にだ。

「王妃様も妹姫様をご存じなのですか？」

「あら、王妃だなんて。母と呼んでちょうだいな」

「えっ、あっ、お義母様……？」

「まあ可愛い。聞いた？　エレン。ようやく可愛らしい息子ができたわ。もうわたくしの子どもはエレンとシャルルだけでいい」

「ふふふ。そのようなことを仰っては実の御子息様方が泣いてしまいますわ」

「この程度で泣くような殊勝な性格をしていたら可愛らしいと思えるのに」

　高貴な女性たちのやり取りが面白くて笑いそうになる。よしよしと何度も頬を親指で撫でられ、くすぐったさと緊張が綯い交ぜになり、なんとも言えない情けない笑顔になってしまった。

　三人でほのぼのしていると、男親子三人がやって来た。ルーシーは変な顔……というより、眉を寄せた「げっ」的な表情だ。うん。王妃様に抱いている感情はだいたい伝わってきました。

「何故貴女まで」

「追放されてまともに挨拶もできなくなってしまったのかしら？」

「王妃殿下にご挨拶申し上げます」

　死んだ目の棒読み挨拶に、王妃様は勝気にシャッと扇を開いた。

「陛下やシュライアスとはこそこそ会っておいて、わたくしにはただの一度も声を掛けないとはどういう了見かしら……と、嫌みのひとつでも言ってやろうと思っていたのだけれど、もういいわ。シャルルを見つけた功績を以て水に流してあげましょう」

　ほほほ、と笑う王妃様にルーシーは歯噛みしている。こう、言い返したいけれどなんとか堪えていますという雰囲気。額ごと出しているこめかみに薄ら青筋が浮かんでいる。

「母上、その辺りで。兄上の血管が切れてしまいますよ」

「あら、まだ何も言っていないわ。シャルル、こんな短気な男で本当にいいの？　脅されたりしていないわよね？」

「クソばばあ……」

「何か仰って？」

　閉じた扇でビシリとルーシーの額を叩いた王妃様。痛そうな音だ。僕まで自分の額を押さえてしまった。でも今のはルーシーが全面的に悪いからフォローできない。女性になんてことを。

うっすら赤くなった額を撫でつつ叱れば、渋々王妃様に謝罪した。子どもみたい。いや、正真正銘この方々の子どもか。

国王陛下と王妃殿下、王子二人。高貴でもそうでなくても親と子なんだなあと、当たり前のことを実感してしみじみしてしまった。

何故か最初から僕に対して柔らかい対応をしてくださっている王妃様から聞いた話。

陛下の妹であるお姫様は、彼女にとって本当の妹や年下の友人のようなものだったらしい。

ルーシーとエレオノーラ様のように、陛下とは幼少期に婚約が結ばれ、その後生まれた妹姫様のことは生まれた時から知っていたし、交流もあったとか。

そのうち妃教育やら学業やら執務やらでめったに会えなくなり、結婚、出産とさらにバタつき――そうしているうちにお姫様は失踪(しっそう)してしまったという。

「もっと気にかけるべきだったと、陛下はもちろん、わたくしもとても後悔したの。知らず識らずのうちに追い詰めてしまったのかしら、と」

切なげに吐露し、でも、とじっと僕を見つめて微笑む。

「こんなに可愛らしい一人息子を産んでいたなんて。嬉しい誤算だわ。幸せに暮らしていたようで何よりよ」

「別人です」

「あはは、頑(かたく)なだなあ。そろそろ認めなよ。認めたら一気に血縁者が増えるよ？」

シュライアス様がいたずらっ子みたいな顔をして覗(のぞ)き込(こ)んでくる。

そう言われても素直に飲み込めないのだ。これだけの人たちが揃ってそうだと断言するのなら事実なのかもしれない。だけど、どうしても、どうしても、母とお姫様のイメージが一致しないのだから仕方ないじゃないか。

血縁を証明する方法を試すか？　と提案されたがお断りした。王家に伝わる秘宝を用いてうんたらかんたら説明され尻込みしてしまったからだ。そんなご大層なものがあるのか、さすが王家……。

しばらくすると、使用人らしき人が三台の長椅子を運んできてコの字に並べてくれた。日除けまで立てられ、あっという間に快適空間の完成だ。

縦棒部分に僕とルーシー。横棒部分に陛下と王妃様、シュライアス様とエレオノーラ様が腰掛けた。

酒やジュース、紅茶、目にも楽しいおしゃれな一口料理の皿を六人で囲む。

興味津々の王妃様から生前の母の様子を尋ねられ、一つ一つ、思い出せる限り話した。

王妃様はシャンパン片手に上品に大笑いするというとても器用なことをしていた。怖くなんてない、とっても楽しい人だ。

「それでそれで？　他には？」

「他……あ、キツネと喧嘩したことがあります。わりと本気でした。キツネの圧勝でしたけど」

「ぶふっ、待って、キツネと喧嘩ってできるの？　どういう状況？」

「キツネが畑の中に入ってきたことがあって、って追いかけたら靴が片方すっぽ抜けて。それを持って行かれて片方裸足で追いかけたんだけど、もう片方まですっぽ抜けて、結局両方持って行かれた」

「ふふ、もう、お転婆ね。靴は取り戻せなかったのかしら？」

「はい。足どころか全身泥だらけで『わたしは靴を失ったけど、あの子は野菜を盗めなかった。痛み分けね』って勝ち誇ってました。どう見ても惨敗でしたけど」

母はそれ以来長靴を履いて土いじりをするようになり、キツネの姿が見えると『また来たわね。今日も勝負よ』と鬼ごっこをしていた。キツネの方も結構楽しそうに見えたのは僕の気のせいかもしれない。

王妃様たちが笑う。僕の右手をくすぐったり撫でたりと遊びながら、ルーシーも楽しげに言った。

「キツネはまだ見かけてないな。現れたら俺も勝負を挑んでみようかな」

「ここ二年見かけてないよ。母さんをおちょくるのが楽しかったのかもね」

「ふっ、ふふ、まあ、それだけ全力ならキツネも楽しいだろうね」

シュライアス様の持つグラスの中で、薄い金色のシャンパンが波立っている。相変わらずの笑い上戸。でも陛下たちがいるからか今日はまだセーブしているみたいだ。べろんべろんにはなっていない。

白ワインを揺らしながら、王妃様がおもむろに呟いた。

「シャルルは王都で暮らすつもりはないの？」

「え？」

「王都は便利よ。物価は他より高いかもしれないけれど、不便することはまずないわ。美味しいものも美しいものもたくさんある。治安もいいわ。こちらで暮らす気があるなら家の一軒や二軒わたくしが用意するわよ」

ゆらゆら、ゆらゆら、ワインが揺れる。五人からの視線が僕に集中する。

ありがたく、身に余る提案だ。でも僕の答えは決まっている。

「僕はルーシーとあの家で暮らします。何もないけど、あそこが好きなので」

王妃様は少し残念そうに「そう」と引いてくれたけれど、僕の答えを分かっていたようでもあった。

「そうそう。エレンに聞いたわ。あの偽聖女にお説教して改心させたんですって？」

「えっ、や、お説教なんて。カチンときたから言いたいこと全部言っただけで」

「それに比べてあなた、シャルルに言わせてばかりだったとか？　情けない。自分のやらかしの後始末くらいきちんと自分でつけなさいな」

びしっと閉じた扇を向けられたルーシーがまたも

やうぐ……と歯噛みする。その膝をぽんぽん叩いて慰めた。母に弱い気持ちはよく分かる。僕も母には勝てる気がしないもの。

「わたくしは見ていないけれど、随分様変わりしていたと聞いたわ。ねえ、シュライアス」

「そうですね。別人のようでした。ルゥのお説教が効いたんだよ」

「だから説教なんて……。好き勝手言われてムカついたから言い返しただけだよ。想像より美人だったけど、性格があれな感じだったし、あれで聖女と偽れていたことがもうすごいなってある意味感心した。誰も不思議に思わなかったんですか？」

僕の疑問にみんな目を逸らした。陛下までもだ。苦虫を噛み潰したような顔をしてルーシーが唸る。

「……聖魔法の使い手だったんだ。それもかなり強力な」

「へえ。性格と才能は比例しないんだね」

ぶふっとシュライアス様が吹き出した。エレオノーラ様も眉を下げ控えめに笑う。

目尻を拭ったシュライアス様が言った。

「でもそれすら嘘というか、特殊な魔道具で一を十に見せていただけだった。聖魔法を使えるということだけは事実だったんだけどね」

「そうなんだ。実際会って話してみて、僕はあの人のどこがいいのかまったく理解できなかったし、エレオノーラ様の圧勝じゃん？　ってずっと思ってたんだけど、ちょっと気の毒だね。普通に生きてたら食うに困らない特別な適性持ちなのに」

無花果のコンポートをつまみながら、偽聖女を思い浮かべる。

一件落着した今だからこそそう思えるけれど、ルーシー以上に才能の無駄遣いというか。勿体ない。聖魔法持ちは重宝されるのに。今更だけどね。

「ふふ。ありがとう、シャルル様」

「どういたしまして？　なんかこう、エレオノーラ様に対抗というか嫉妬してる感じでした。僕らが結婚したって言っても『あなたお役御免よ、わたしに返して』なんて言う人だったし、あの調子でマウント取られたら相当鬱陶しかっただろうなって」

スプーンに載った生ハムとチーズをエレオノーラ様に差し出す。本当にお疲れ様でした。

スプーンを受け取った彼女はそれを上品に食べ、お返しにキャビアとサワークリームの載ったクラッカーをくれた。ありがとうございます。美味しい。

「嫉妬……？」

「ん、うん。エレオノーラ様の名前出した途端顔色変えたんです。案外、エレオノーラ様に勝ちたくてルーシーに近づいたのかも。知らないけど」

「年齢も違うし、彼女と接点はなかったわよ？」

「でもエレオノーラ様は顔が知られてるでしょ？　きれいだし可愛いし、完璧な淑女って感じだし。羨ましかったんじゃないかなあ。自分の容姿にすごく自信あるみたいだったし、なんかこう、エレオノーラ様には負けたくない！　みたいな？　王子様の隣にいるお姫様に自分もなりたかったとか。そうなったらエレオノーラ様に勝った気がするとか」

もしそうだったならルーシーは気の毒なんてものじゃないけれど——横目でチラッと隣を見ると、案の定ずーんと影を背負っていた。ごめんて。

もう一度エレオノーラ様と向き合うと、彼女は耳の先を赤く染め扇で顔を隠していた。どうしたの。

「ルゥはまっすぐ褒めるから。褒められた方はめちゃくちゃ照れるんだよ」

「事実しか言ってないよ。シュライアス様だってそう思うでしょ」

「思うけれども。やっぱり天然たらしだ。兄上、野放しにしないでくださいね、危険人物ですから」

「たらしじゃなく天使だって言っただろうが」

復活したルーシーに肩を引き寄せられた。兄弟の言い合いを、親である両陛下がにまにま、ごほん、微笑ましそうに見守っている。家族団欒って雰囲気に僕の目尻も下がる。

秋晴れの午後。

人払いをした離宮の庭園に、高貴な方々と平民の楽しげな笑い声がいつまでも響いていた。

式らしい式じゃない。むしろ食事会や飲み会に近い。僕が無駄に緊張しないようにあえてそうしてくれたのかもしれない。

すっかり忘れていた僕を叱らず、呆れず、サプライズだと笑ってくれた旦那様の手を握った。すぐに握り返してくれて胸にじんわりとあたたかなものがひろがっていく。

とてもありがたく、あたたかく、幸せなガーデンパーティーだった。

僕もこのすてきな家族の輪に入れてもらえたようで、くすぐったかった。

新婚旅行にいってきます

ガーデンパーティー後、季節は急速に冬に変わった。ある日を境にいきなり気温がガン！と下がり、吐く息が白くなった。慌てて庭に出ると案の定霜が降りていて超特急で畑の作物たちの保護をした。一部だめになってしまった野菜もあったけれど、ほとんどセーフ。よかった。

昨日までは肌寒い程度だったのに、こんなに急激に変化するなんて。自然は難しい。

真っ白な息を吐きながら指先が赤くなった両手を擦り合わせる。

ふわりと肩が暖かくなった。厚手のジャケットを掛けてくれたルーシーは、冷たい指の背で僕の鼻にそっと触れた。

「赤くなってる。もう中に戻ろう。ココアでもいれようか」

「そうする。寒いね、急いで衣替(ころもが)え終わらせないと」

肩を寄せ合い室内へ。振り返ると、トンネルだらけの畑を、白に灰色を混ぜたような色の空が覆っていた。

＊

「新婚旅行をしませんか」

今冬初暖房を入れた夜。

グラタンを食べる手を止め、ルーシーは真剣な表情をして口にした。

僕は口に入れようとしていたスプーンを止め、

「したいです」

とろとろのチーズが伸びて皿に落ちる。

「よしっ。本格的に寒くなる前に行こう。避けたい日はある？」

「特にないよ。ルーシーが大丈夫なら僕はいつでも平気」

「俺も今空いてるから。じゃあ行こう。明日から」

「明日っ!?　また急な。すぐ準備しないと」

トランクなんてこの家にあっただろうか。記憶を探るも、最近家中の整理をしたばかりだ。少なくともそんなものは見ていない。それもそうだ。旅行なんて両親も僕もしていないんだから。

「トランク用意してからにしない？」

「問題ない。用意はしておいたから」

え？　と疑問を浮かべる間もなく描かれた魔法陣から、茶色の革張りの大きなトランクが出現。掬(すく)ったままだったグラタンがぼとりと皿に戻っていった。

「シャルルの分の荷物も入れてある。不足したら買い足せばいい」

「……どこにこんなのあったの？」

「この前向こうから持ってきた」

「いや、うん。違う。どこに保管してたの？」

「空間魔法。習得した」

さらりととんでもないことを述べる旦那様に、開いた口が塞がらなくなった。

そんなこんなで、急な話ではありますが、新婚旅行に出発です！

＊

「保養地ってどんなところ？　ルーシーは行ったことある？」

「子どもの頃に。海も山も温泉もあるし、牧場もある。水が美味かったのをよく覚えてる」

「へえ、楽しみ。牧場行きたいな」

「だらだらしよう。一日ベッドの中にいてもいいし」

「初夜みたいに？」

「初夜みたいに」

そんな会話をしながら、馬車、馬、船と移動手段を変えて数日かけてたどり着いた目的地。

保養地という言葉やルーシーの話から、大自然に囲まれたのどかな地かと思いきや、予想以上に発展していた。王都と比べても遜色ないくらいに。

宿泊予定の施設は三階建ての大きな館で、部屋数も多く、王宮とは趣の異なる豪華な建物だった。至るところに花や白い石像が飾られている。建物の裏手にはゴツゴツした岩山が聳え立ち、それを臨むようにだだっ広い温泉が造られていた。

案内されたのは二部屋しかない最上階。僕らが滞在している間はこの階は貸切になると聞いて仰け反ってしまった。そんな恐れ多いことをしてばちが当たらないだろうか。

滞在する部屋はそれ自体がとても広い。天井も高い。窓は大きく、街並みや海や森が望めた。ルーシーの話の中にあった牧場らしきものも見つけた。

「ほあー……すっごい部屋……こんなとこ本当に泊まっていいの……？」

実際に手で触れないと嵌まっているか分からないくらい磨かれた透明な窓。そこに無造作に手をついて間の抜けた声を上げる。

別世界のような広い部屋には透明の階段があった。手すりは白い。途中で足場が抜けたらどうしよう、なんて恐る恐るのぼってみると、そこはベッドルーム。カーテンのない窓の外には、メインルームとは違う角度の海が見えた。

バスルームも広い。壁は全面ガラス張りだった。けしからん。きっと一緒に入るんだろうし……と想像してちょっと恥ずかしくなった。

全体的に開放的で、もう「広い」「すごい」「きれい」という感想しか出てこない。僕の語彙の貧困レベルがよく分かる。

一通り探検してまわり、またメインルームへ戻った。ソファに腰掛け「おかえり」と声をかけてくれたルーシーはくすくす笑っていた。子どもみたいと思われているのはなんとなく察しました。

「キッチンもあるけど、ここにいる間は食事は頼もう。シャルルはゆっくりしていていいから」

「そう？　じゃあ作りたくなったら作る。とりあえずお茶いれようか」

「俺がやる。ここにいる間のシャルルの仕事はだらだらすることだよ」

腰を抱いて一度キスをし、キッチンへ向かっていった旦那様。格好よすぎてかあっと頬が熱くなった。

火照る顔を手で扇ぎながら、真っ白な革張りのソファに沈み込む。うちのソファより硬めだった。

支度も旅程もほぼほぼルーシーに任せっきりで「数日は滞在するんだろうな」くらいのぼんやり認識でいた。運ばれた昼食に舌鼓を打ちつつ訊いてみると、ひと月は滞在予定だと言う。ちょっと驚いた。帰る頃には年末だ。

滞在する最上階同様に、温泉も僕らが入浴する時間帯は貸切。とても広い設備なのに二人で独占するなんて罪悪感に苛まれる。

それを訴えてもルーシーは頑として譲らなかった。曰く「シャルルの肌を他人に晒すなんて絶対に嫌だ」とのこと。女の子じゃあるまいし別に構わないのに。

他の宿泊客に申し訳なくておどおどしていると、仕方なさそうに種明かしをしてくれた。貸切と言っても宿泊客はほぼいないから気にしなくていいと。

なんでも王族が来る時には常にそういう措置がとられるそうで。王族ってすごい、と何度目かになる単純な感想が浮かんだ。

「今回はいるにはいるんだ?」

「ああ。少ないらしいがゼロじゃない。鉢合わせしないようにしないと」

「そんな気を使わなくて大丈夫だってば」

昼過ぎのどこかのんびりとした時間帯に、さっそく温泉へ向かった。円形の風呂からはあたたかそうな白い湯気が立ち上っている。

屋外は寒いけれど湯に浸かってしまえば問題ない。慣れない湯着を着て浸かった。心地よくて体の芯まで温まる。湯から出ている部分に当たる冷たい空気さえ気持ちいい。澄んだ冬空を見上げながらお風呂に浸かるなんてとんでもない贅沢だ。

「熱めだけど空気冷えてるから気持ちいいね。開放的だし、広くていい。ルーシーも脚伸ばせるし」

のびのび泳げるほど広いのに、ルーシーはいつものように背後から僕を抱え込んでいる。

白い縁に寄りかかり、ぐっと前髪を掻き上げながら空を見上げた。

「これもいいけど、家の風呂も好きだ。あの窮屈さがいい」

「変わってるね。広い方がいいでしょ。いや一人で入ればそれなりに寛げると思うけど」

「シャルルにいたずらしながら入る楽しさを知ったら、一人でなんて味気なくてつまらない」

有言実行とばかりに乳首を引っ張られ変な声が出た。人目がないとは言え屋外だ。さすがにやめていただきたい。

「ここでいたずらしたら金輪際一緒に入らないから」

「しません。何もしていません」

パッと両手を上げ素知らぬ顔をする。あまりの変わり身のはやさに吹き出してしまった。

　ほかほかの体を簡素な部屋着に包み部屋へ戻る。

　最上階の客専用の階段や通路を使っての移動だから、少ないながらもいるらしい他の宿泊客とはすれ違うこともない。従業員さえいないから、まるで無人の館に滞在しているような気分になる。

「シャルル、疲れた？」

「ちょっと横になりたいかな。夕食までまだ時間あるよね」

「ああ。少し眠ろうか。移動続きだったしな」

　広い広いベッドなのに、使うのは真ん中だけ。

　僕と同じく温まった腕の中、目を閉じた。

　まだ夕方にもなっていない時間帯だ。普段はお茶休憩をしているくらいの時間。いつもならそのあと散歩に出かけ、帰ってきたら夕飯の支度をする。食後は洗い物をして、入浴して、少し読書や縫い物をして、就寝。

　いつもどおりの時間に起床し、朝食の支度をして、その日の予定を確認しながら食べて――そんな日常はひと月後までお休みらしい。

　普段からあくせく働いているわけではない。むしろ自由にしている。勤め人からすると働いているうちにも入らないだろう生活だ。敷地に引きこもっているしね。

　ああ、でも、と思う。

　本当の意味で何もせず、ただただルーシーと一緒に過ごす。

　それはとても幸せで、豪華な最上階の客室や広い温泉の貸切よりも贅沢なことのように思えた。

　すう……と吸い込まれるように眠りに落ちた最愛。
　腕の中で寝息も立てず眠る姿に、自分が締まりのない顔になったのが鏡を見ずとも分かる。
　ひと月は滞在すると伝えた時の、大きな翡翠（ひすい）をまんまるくした顔がとてつもなく可愛かった。

長すぎると嫌がるようなら短縮も考えていたが、特にそんなこともなく。あっさり「そうなんだ」と返された時は、表情に出さないながらも俺の方が少し動揺してしまった。まあ、シャルルが嫌じゃないなら問題ない。

仕事は本業も副業も前倒しで終わらせた。シャルルも急ぎの用はないという。

なら、あとはもう天使を思う存分愛でて甘やかして休ませるだけだ。

目にかかる髪を耳にかけてやる。見えた青いピアスにほっこりした。指輪もそうだが、俺の色をまとわせることで感じる〝自分のもの〟感がたまらない。

腕に囲い込み、シャルルの向こう側で掌を開く。何もない空間から取り出した本を開き、栞を挟んである部分から読み始める。

防音ばっちりの部屋は静かだ。外から入ってくる音もなければ、シャルルの寝息も聞こえない。たまに自分が立てる衣擦れの音とページを捲る音がするくらいで、耳が痛いほどの無音。

あの家でここまで無音になることなどまずない。静かでも鳥や虫の声は絶えず入ってくるし、床板が軋む音、風の音、生活の音に溢れている。

部屋がオレンジ一色に染まるまで読書をした。暗くなる前に本を空間に収納し、シャルルを抱き直して目を閉じる。

ゆったりとした時間は心地いい。シャルルを独占できることに心は浮き立つ。

だけど何故か、音のある我が家が恋しくなった。

この状況は俺が望んだものだというのに。まだ初日だというのに、おかしな話だ。


——寝入っていたらしい。

重い瞼を薄く開けば、暗闇の中でも分かる星屑入りの翡翠がじっと俺を観察していた。一瞬ビクッと肩が跳ねる。

いや、驚きもするだろう。夜行性の動物に照準を合わされているようだったのだ。明かりくらいつけなさい。

「いつから起きてた？」

「さっき。目開けたら真っ暗で、どうしようかなって考えてた」

「明かりつければよかったのに」

「だって台まで遠いし。誰かさんにがっつりホールドされてて身動き取れなかったんだもん」

尖らせた口を啄んでから、改めて自分とシャルルの状況を確認してみる。なるほど確かに後頭部と背中にがっつり腕が回っていた。これでは抜け出せないだろう。無意識とはいえよくやった俺。

「何時だろう。夕食の時間過ぎちゃったかな？」

「時間は気にしなくていい。食べたいと思った時が食事の時間だ」

「え。そんな自由にしていいの？　宿なのに」

「ここではな。ここはそういう場所だから」

ランプまで動くのが億劫で、光のかたまりをいくつか室内に浮かべる。ぼんやりと照らされた時計を確認する限り、普段なら食事を終えているくらいの時間だった。

「横着してるー」

「するよ。滞在中は全力で横着する。お腹すいた？」

「少しだけ。ルーシーは？」

「シャルルを食べたい」

「食べるならお残しもおかわりも禁止ですけど」

「そんな勿体ないことするはずないだろ？　残さず食べるよ。おかわりは……要相談で」

くるりと体勢を変えて組み敷く。要相談って、と笑いながらシャルルは俺の服のボタンを外し始めた。

俺もシャルルの服を開きながら、見える肌にキスを落としていく。

お互い一糸まとわぬ姿になり、ゆっくり上下する左胸にそっと手を置いた。

掌に感じる鼓動さえ愛おしい。

自分がここまで他人を想えるようになったことが意外でたまらない。自分のことは自分が一番よく分かっている。俺は、こんな優しい気持ちを他人に持てる人間じゃない。

シャルルは俺を優しいと言うけれど。そうじゃないことを、俺自身が一番知っている。

「どうかした?」

「……いや。心臓が動いてるなと」

「止まってたらびっくりだよ」

ケラケラと細い肩を揺らす。そうして笑いを引っ込め、だけど目は笑ったまま内緒話をするように囁いた。

「しようよルーシー。寒い」

そんな誘い文句に乗らないはずがない。

運動してあったまろうな、なんておっさん臭い返答をしたら、シャルルは再び声を上げて笑った。

◇　◇　◇

初日の夕食は結局頼むことなく、一睡もしないまま朝を迎え、朝食もベッドの上でとり、そのまま再開。ひと月の高級宿滞在は初夜以上に爛れたスタートになった。

二日、三日、四日――ベッドルームとバスルームを往復するだけの日が続き、本日滞在十日目。ようやくメインルームの床を踏みました。

いや、冗談抜きに十日ぶりにまともに歩いた。移動は抱っこだったし、下ろされるのは膝の上かベッドの上。食事は手ずから給餌された。水分は大抵口移しだ。風呂に入れば全身磨かれ、処理だか続きだか分からない行為に耽り、またベッドルームへ。

そんな十日間。まさか歩かせてすらもらえないとは思いもよらなかった。ルーシーの本気の〝甘やかす〟を舐めていた。

ベッドルームを出てまず主張したことといえば。

「とりあえず服を着たい」

「ええ……」

不満げな声を無視して、放置されていたトランクを開く。自分のとルーシーの服を取り出し、ぽいぽいソファに投げた。

「下着はいらないでしょ」

「いやいりますから。そんな変態行為しませんせん」

ごねる旦那様をなだめすかし、真っ先に下着を装着。十日ぶりの布地がなんとも言えないくらい落ち着く。これだよこれ。やっぱり人間は衣食住が大切なのだ。下着は特に大切だ。

さくさく着替え、ひと心地ついた。スラックスのみの格好でキッチンへ向かったルーシーが、両手にカップを持ち戻ってくる。

白いソファに並んで座り、温かい紅茶をちびちび飲みつつ、ふう、と息をつく。

「今日はどうする？　俺のおすすめは『上に戻る』なんだけど」

「それじゃ昨日までと変わらないでしょうよ。外散歩したいかな。海も見てみたいし、街もどんな感じか見てみたい」

「ええ……？　いいよ。朝食とったら行こうか」

渋るフリをしつつ快諾してくれた旦那様の頬にキスしたら押し倒されそうになった。油断も隙もない。

朝食は頼んですぐに届けられた。ふわっふわのオムレツはチーズたっぷりで、焼き立てのパンの香ばしい香りは食が進む。バターひとつとっても美味しい。クリームみたいなバターだ。いくらでも食べられそうな癖になる味だった。サラダのサニーレタスが柔らかく、搾りたてのオレンジジュースも美味しい。もう「美味しい」を連呼するだけの人形になったような状態で完食し、身支度を整えた。

十日ぶりの外は風が冷たく、地面にはびっしり霜が。それを見てハッとした。

「畑、大丈夫かな」

今の今まで忘れていたけれど、ひと月も放置して作物たちは大丈夫だろうか。数は少ないし、冬だから雑草ぼうぼうにはならないけれど、ひと月まったく様子を見られないのは……それにもし雪が降り始めたら。毎日雪下ろししないと家屋がどうなってしまうか不安だ。帰る家がなくなってしまっていたらどうしよう。

　若干不安になっていると、ルーシーは黒灰色のコートの襟を直しつつ事もなげに答えた。

「心配いらない。店主に頼んできたから」

「え？　でも毎日はさすがに。遠いし、それに雪も」

「降り始めたら連絡が入る。そうなったら、残念だけど中断して戻ろう。畑はローテーションで見てくれるらしい。宝飾店の店主も、肉屋のおかみも、服屋の女店主も、園芸店と花屋の店主も。あと自警団も見回りがてら。その代わり旅行の土産話たっぷり持って帰って聞かせろってさ」

　気のいい人たちだな、と笑いかけられ、呆然としながらもこくこくと頷いた。

　そんな風にしてもらえるほどの関係性が築けていたとは。ちょっとびっくりした。

　気にかけてくれているのも、ルーシーとの結婚をとても喜んでくれたのも知っているけれど、それとこれとはまた違う。遠いし、それぞれ店を持っている人たちなのに。

　心がぽかぽか、むずむずする。

　なんとなく落ち着かなくて、髪を何度も耳にかけたり触ったりとそわそわしてしまった。

　宿泊客向けに出してくれている馬車に乗り込み、街へ向かった。高台にある滞在先からなだらかな下り坂を下っていくと、レンガ色の建物と建物の間に水路がある街が見えてくる。その水路を小舟が渡っていたり、街中なのに橋がかかっていたりと、王都とはまるで違う雰囲気だ。ここの方が観光色が強い。

馬車を降り、水路沿いをゆったりと散歩した。冬だし当然寒いけれど、自宅周辺や王都よりはいくらかまし。

寒い寒いと震えながら氷菓を食べ、肉と野菜をラップした名物料理を食べた。口の端についたソースを舐めとられ、された僕より目撃した周囲の方が照れていた。

マフラーをルーシーの首元にあてたり、帽子を被(かぶ)せあったり、お互い用の手袋を見繕ったり。背景の美しい場所でお互いの写真を撮ったり、二人での写真も撮った。歩き疲れたらカフェで休憩をして、また歩いた。

「あの舟って乗れるのかな」

「乗れるよ。乗りたい？」

「んー。いいや。歩きたい」

買ったばかりの手袋をはめた両手を擦り合わせ、はーっと息を吹きかける。真っ白な吐息が空気に溶けた。

今日は白いコートを着た。ルーシーに渡された新品のコートは軽いのにとても暖かい。うさぎの被毛みたいなふわっとした肌触りの、頬ずり不可避な気持ちよさ。

トランクに詰め込まれていた服の大半は見覚えのないものだった。新調したものや、プレゼントされたものだったりするらしい。道中に着たルーシー大絶賛の深緑色のケープはエレオノーラ様からの贈り物だと教えてもらい、恐れ多さに腰が引けた。帰ったら絶対にお礼を言わなければ。

手袋越しに手を繋(つな)ぎ、白い息を吐きながら歩いた。何か会話するたびに、白いモヤがぽわっぽわっと浮かんでは消える。

大きな街だからか観光に来ている人も少なくないようだ。貴族っぽい人も結構いる。

ガラスの向こうで、奇抜な服をまとい独特なポーズで固まっているマネキンを眺めていた時だった。

びゅるりと寒風が吹きすさび、ぎゅっと縮こまる。

目を開けた時には足元に女性物のつば広な帽子が落ちていた。ルーシーがひょいと拾い、軽く埃を払い、周囲を見回す。

「……あ。ルーシー、あの人じゃないかな」

帽子を探しているのかキョロキョロしていたその女性は、ルーシーの手元に気付いた様子で、ドレスの裾を持ち上げ小走りしてきた。女性のあとを数人の男女が慌てた様子で追いかけている。

「あの！　その帽子っ！」

どこかの令嬢だろうその女性は、帽子を差し出したルーシーをほけっと見つめるばかりで一向に帽子を受け取らない。

でもそこはルーシーだ。優しく声をかけるでもなく、帽子を彼女の頭に落とし、僕の手を引いて彼女の脇をするりと抜けた。ちょっと苦笑してしまった。

「あっ！　あ、あの！　ありがとうございます、あの、あのっ！」

二人で振り返れば、キラキラした眼差しで両手を組み、一心にルーシーを見上げていた。……彼女には僕の姿は見えていないんだろうな。

懸命に次の言葉を探す女性を興味なさげに一瞥したルーシーは、彼女の言葉を待つことなく再び歩き出した。

「いいの？」

ちらっと目だけで振り返る。

「構わない。というか帽子拾っただけだしな。特に話すこともなければ関わる理由もない」

さっぱりしている。女性の方はそんな様子でもなかったけれど——そうだとしても考える意味はないと切り替え、頭の隅に追いやって散策の続きを楽しんだ。

夕方滞在先に戻ると、従業員から手紙を渡された。ルーシー宛ての封蠟つきの手紙だ。

ルーシーはその場で中身を確認すると、従業員に「もし次があれば受取拒否を」とだけ告げ、僕を連れてさっさと最上階へ向かう。

「誰からだったの？」

「帽子女」

「呼び方。どうして宿が分かったんだろ」

「調べようと思えばすぐ分かるよ。晩餐の招待状だった。礼がとかなんとか」

「行くの？」

「行くわけない。無視無視。俺は何も受け取ってないし、読んでない」

　それでいいのかと思ったが僕が口を挟むことでもない。

　面倒なことにならないといいけれど——。

　脱いだコートをクローゼットにかけ、気づかれないようにため息をこぼした。

＊

　悪い予感は当たるものだ。

　最初の接触は翌日向かった美術館。絵画鑑賞中に声をかけられた。お仕着せ姿の壮年男性だ。

　帽子の女性の家の使用人だというその人は、晩餐の誘いを蹴ったことを遠回しに咎め、今夜は是非と断りにくい言い回しで告げた。

　億劫そうに対応したルーシーは一言、

「新婚旅行の邪魔はしないでくれないか」

とだけ答え、さっさと次の絵画の元へと向かった。

　だがそのあとも行く先々で、あの手この手でルーシーを誘いにやってきた。さらに戻った宿のホールでは、ドレス姿の女性と侍女らしき人が従業員と押し問答をしていて——。

　ついに無表情になったルーシーの背を押しながら、かち合わないように急いで部屋へ戻ったのだった。

　さらに翌日。宿の外に馬車が停まっていた。宿のものではない馬車だ。

　僕らが外に出るのと同時に降りてきた人物を見て、ルーシーは踵を返し、僕を抱き上げ部屋へ引き返した。風のような速さで。

ここまでくると疑いようもない。まず間違いなくルーシーに恋でもしてしまったんだろう。どうにかして関わろうと躍起になっているのだ。

「実害ないからいいけど、つけ回されたら嫌だね」

「実害ならある。デートの邪魔をされてる」

「まあまあ。きっとそのうち収まるよ」

よしよしと慰めるも、ルーシーのご機嫌はナナメなまま。むすっとして長い脚を組み替え、ソファの背にぐったりと頭を載せた。

帽子を拾っただけなのにこんなことになるなんて。

彼女的には、旅先で王子様みたいな外見の男と運命の出会いをした、的な感覚なのだろうか。まあ、落とし物を拾ってもらったことがきっかけで——なんて恋愛小説では使い古された出会いの演出だ。しかも相手はルーシー。舞い上がってしまう気持ちも分からなくもない。きっと僕の存在なんて気にも留めていないだろう。

これはあれか。横恋慕されているというやつだろうか。

「シャルル……しばらく部屋にこもっていいか？　いや、観光したいよな……」

ご令嬢と王子様の出会いを小説仕立てに妄想していると、現実のルーシーがぼそりと呟いた。さっきまで苛立っていたのに、今は意気消沈している。垂れた耳と尻尾の幻覚が見えた。

消化しきれないモヤモヤを抱えているらしいルーシーを抱きしめて、しょげた背中をぽんぽん叩く。

「いいよ。まだまだ時間はあるし、急いでまわりたい場所もない。またゆっくりしようか」

「いいのか。外出楽しそうだったのに……」

「ルーシーとのデートが楽しいだけ。せっかくの旅行なんだし、楽しく過ごしたいでしょ」

それは僕も、ルーシーもだ。

滅入ってしまうくらい煩わしいことがあるなら逃げてしまえばいい。どうせ元の生活に戻れば関わりなどなくなる人だ。名前も住んでいる場所も何も知らない赤の他人。逃げたって支障などない。

そう伝えると、ルーシーはしがみつくように僕を抱き返した。

「お部屋デートしよう。美味しいもの食べて、たくさん話そう。それもきっと楽しいよ」

「好き」

「ありがと」

僕の首筋をしきりにすんすんして、ルーシーは言った。

面倒に巻き込んでごめん、愛してる。もう落とし物は拾わない、と。

つい吹き出してしまったのは許してほしい。

*

おこもり宣言の三日後。

今日も今日とて、時間や日付の境目が分からなくなるくらい爛れた一日を過ごしていた。ベッドメイキングすら頼まず、浄化魔法をフル活用。

ベッドルームとバスルームの往復の日々に戻ってから、ルーシーは目に見えて平常心を取り戻した。例のご令嬢の話題を出しても苛立つこともない。

今も僕の胸元をまさぐりながら、甘ったるい口調で言う。

「ずっと弄(いじ)ってるからつまみやすくなった。可愛い」

「元に戻らなくなったらどうしよ」

「可愛いだけだから何も問題ない」

きゅっきゅっと転がすように刺激され後ろが疼(うず)く。末期だ。どこを刺激されようとそこへ直結してしまうなんて、男として、いや人としてどうなんだろう。

茱萸(ぐみ)のようになってしまった乳首を食べられ、腰が跳ねた。生温かい舌に吸われ、甘噛(あまが)みされる。自然には濡(ぬ)れないはずの後孔がじゅわりと濡れたような錯覚さえして、軽く眩暈(めまい)がした。

色のついた吐息をつきながら、銀色の頭を撫(な)でる。

「赤ちゃんみたい」

「なんだと」

心外と言いたげに顔を上げた。笑ってしまう。そんな僕を咎めるように、反対側の乳首をきゅっと強めに捻った。ごめんて。

「シャルルに相談があって……」

くりくりと二本の指の中で膨らんだ乳首を転がしながら、少し躊躇うように上目でうかがわれる。どうした旦那様。

「魔法かけてもいい？」

「どんな？」

「気持ちよくなる魔法？」

「十分気持ちいいから遠慮します」

きっぱり断れば「ええ……」と残念そうな声を出し、眉を下げた。

「頭のネジ吹っ飛ぶくらい気持ちよくなれると思うよ。気持ちよすぎて後ろも濡れるし、いくらでもできるようになる。一回だけやってみないか？」

「いかがわしい上に怖い。どこでそんなの覚えてきたの」

「白の塔所有の魔法書にあった淫魔の固有魔法を人間流に改良してみた。試してみない？」

「みない！」

恐ろしいことをさらりと言わないでいただきたい。白の塔所有の魔法書？　そんなものにいつ触れたんだ。それって大丈夫なの？　いやそれもだけれど、固有魔法の改良って。今ほどルーシーの才能に恐れおののいたことはない。

ルーシーは諦めきれないのか僕の下腹を撫でている。ぞくぞくするからやめてほしい。こわい。

「一回だけ。一回だけ、無害だし試してみない？　ぶっ飛ぶくらい気持ちいいはずだから」

「……変なことにならない？」

「解除すれば元に戻るよ。ここにいる間だけハメ外そうよ」

誘惑の内容がひどい。甘ったるい声も視線もおねだりモードだ。

これに頷いたら、いろんな意味で大変なことになると本能的に分かる。あとハメはいつも外している気がするのは僕だけだろうか。

うんうん悩み、悩んでいる間も体中にちゅっちゅされ、最後には了承した。してしまった。

濡れる云々はともかく、気持ちよくていくらでもってところは普段と大差ない気がしたから。あと怖いもの見たさな興味もほんのちょっとある。僕も大概甘い。

「よっし！　ならさっそくっ」

一気に満面の笑みになったルーシーは、言うが早いか僕の下腹の上に魔法陣を出現させた。紫がかった濃いピンクの魔法陣だ。色からしてすでにいかがわしい。

自分がどうなってしまうのか、許可しておきながら今更のようにドキドキしてきた。期待、不安、緊張。それらが混じったドキドキだ。

魔法陣がすうっと下腹へ吸い込まれていく。違和感は特にない。

「少し待って。五分くらいで定着するはずだから」

嬉しそうに、心底楽しそうに声を弾ませ、向かい合わせで寝っ転がる。腹を撫でる手つきがいやらしい。

長いようで短い五分だった。生殺しにされているような、刑の執行を待つような、そんな五分間。

そろそろだな、とルーシーが呟いたのを合図に、ドクンと腹の中が二つ目の心臓のように脈打った。

「ルーシー、お腹、なんか変」

「熱い？」

頷く。熱い。炙られているみたいだ。

「中確かめる。足持てる？」

息を荒げながら、曲げられた両足を自分で抱えた。後ろを晒すような恥ずかしい姿勢なのに、体の内側がどんどん熱くなってきて、恥ずかしいと感じる余裕すらない。

ルーシーは晒した後孔につぷりと指を差し込み、

すぐに二本目を入れた。そうしてにんまりと口角を上げた。

「見てシャルル。ほら」

抜いた二本の指を見せつけられた。透明の体液で濡れそぼった指を。

「……うそ」

「成功。さすが俺。もうぐっちょぐちょだよ」

また指が入ってきて息を詰めた。いつもならゆっくり慣らすのに、最初から掌を臀部にぶつけるように激しく動かされて一気に思考が白む。

気持ちいい。気持ちいい。気持ちいい。

それしかわからなくなる。

「あーっ、あ、あ、っ、で、でちゃ、あぁーっ」

気持ちいい場所も容赦なく責め立てられ、指の刺激だけで精を飛ばした。なのに指は止まらない。

それどころか射精直後の過敏な性器をじゅくじゅくと容赦なく上下させる。放置されていた胸にまで歯を立てられて頭をめちゃくちゃに振った。


挿入された時にはほとんど放心していた。

ぶっ飛ぶくらい気持ちいい、なんて。比喩でもなんでもなかったことが心底恐ろしい。

ぢゅぼっぢゅぼっと、ジェルよりずっと生々しい水音がする。それは自分の中から溢れているのだと分かる。前からも後ろからも種類の違う体液を飛び散らせ、喘ぎに喘いだ。羞恥なんて感じる暇もない。

「シャーリィ、かわいい、奥、開いて、やわらかくなってきたな。入れるよ」

「あっあっあっや、いま、だめっだめっ！　いれな、むり、しん……っ」

死ぬ、死んでしまう、気持ちよすぎて体がバラバラになる。必死に訴えても、本気の懇願はスイッチの入ったルーシーの耳には届かない。

ないはずの子宮を犯すみたいに、奥の奥を貫かれた。遠くで誰かの悲鳴を聞いた。

噴水みたいに噴き上がった体液越しに、獰猛に笑う美しい人を見た。

激しく動いても軋まないはずの頑丈なベッドがキシキシ細い悲鳴を上げるくらい責められ、蹂躙されるように体内を掻き回された。

◆ ◆ ◆

ぺらりとページを捲る。

気温は低いが晴れ間が覗いた今日、久しぶりに外へ出た。シャルルの希望で訪れた牧場では、放牧された牛や羊がのんびりと草を食んでいる。

のどかな風景を楽しみ、興味津々で動物たちを目で追っていたシャルル。だけどいざ羊に近づかれるとあたふたして、

「ど、どうしよう、こっちきた。撫でる？　撫でていいの？　ごはんないよ、どうしよう？」

そう狼狽する俺の最愛は、鼻先をぐっと近づけてきた羊を前に硬直。撫でるどころか身動ぎさえできず、顔中を舐められベタベタにされていた。そうこうしているうちにもう二頭寄ってきて、三頭の羊に囲まれ声もなく半泣きで助けを求めてきた。可愛すぎか。もちろん救助する前に写真に収めた。恨みがましく睨まれたが後悔はない。

そして現在。高台にあった四阿で持ち込んだサンドイッチを食べ、食後休憩中。

膝の上にはシャルルの小さな頭が載っている。厚手のブランケットをかけた小柄な体が呼吸に合わせゆっくりと上下していた。

指通りのいい柔らかな榛色の髪を梳きながら読書に勤しむ。小説の類いじゃない。分厚い魔法書だ。

（あの魔法はよかったな。時間かけて重ねがけして完全に馴染めばいつか……）

二日前の乱れ切ったシャルルを思い出すと、ついつい、むふっといやらしい笑みが浮かんでしまう。

あれは本家である淫魔が行使すると男でさえ孕む魔法だ。

元は性に特化した種族の固有魔法。人間が行使し

たとしてもどうこうはならない。人間(おれ)が行使できるよう弄ってもいるし、本来の効果は得られない。

　分かっていても夢を抱かずにはいられない。

　子どもが絶対ではないし、シャルルは男だ。それも分かっている。だけど奇跡を願いながら何度も吐き出した。この肚(はら)の奥に子の部屋ができたらいいのにと、馬鹿になりかけながらも真剣に。願うだけなら自由だろう?

　冷たい風が吹き抜け、俺とシャルルの髪を横に飛ばした。

　もう少ししたら宿へ戻ろう。そう考えながら本を閉じた時、坂を登ってくる人影に気付いた。ドレスを着た女を囲むように数人の男女が付き従っている。

　まさかと目を細めれば、やはり。あの帽子女だ。

　俺が気付いたことに相手も気付き、表情を明るくして駆け寄ろうとした。片手を振って四阿全体を結界で覆う。

　目に見えないそれに阻まれた帽子女は豪快にひっくり返った。従者たちが慌てて帽子女を起こし、俺を指してぎゃあぎゃあと騒ぐ。怒り心頭でやってきた壮年の男も弾(はじ)かれひっくり返った。いや、学べよ。もしくは警戒しろ。

　復活した帽子女が何か喚(わめ)いている。甲高い声でキーキーと。物理を弾いているだけだし声は聞こえるが、聞く気がないため内容が頭に入ってこない。

　運命だとか、わたしを選ぶべきだとか。

　ほらな、聞く価値もないはた迷惑な騒音だ。

「はあ。しつっこいな……とんだご令嬢だ」

　淑女教育は受けていないのか、受けてコレなのか。

　身分があった頃はこんな無礼な接触をされることはなかった。どうせ俺のことは使用人が調べているだろう。調べた上で、現平民だからと無遠慮になっているのかもしれない。

　本を収納し、眠るシャルルの体を抱き上げ凭(もた)れさせた。

　向こうからは見えていなかったのか、帽子女一行は驚いていた。腹に収めたいほど愛している伴侶との新婚旅行で単独行動するはずがないだろうに。

眠っているシャルルの唇に自分のを重ねる。何度か啄み、閉じた唇をこじ開け舌を入れると、小さめの舌が控えめに震えて俺の舌を舐めた。眠っているのにこれだ。俺の天使最高すぎないか。

ゆったりとキスを堪能していると、腕が絡みついてきた。重そうに瞼が持ち上がっていく。

「寝てていいよ。その代わり触らせて?」

「ん……、いー、よ……」

うつらうつらしながらも受け入れ、脱力した体を預けてくれた。この許されている感がたまらない。

白い首筋を吸い、ブランケットの下へ手を差し込む。下着の隙間から蕾周辺を撫でれば、ひくりと体を震わせた。

実はあの魔法、まだ解除していない。

普段は魔法を駆使して濡らしているが、解除しなければそれすら不要。シャルルへの負担も害もない。重ね掛けしていない分体力回復効果や感度の底上げ効果は落ちるが、受け入れる側であるシャルルの体は何もしていないより格段に楽になるはずだ。

デメリットは解除しない限り俺の魔力が喰われ続けること。たったそれだけの微々たるコストでシャルルは楽になる、俺も楽しい。なんてすばらしい魔法なのか。自分の才能が怖い。

改良の成功と己の魔法センスを自画自賛しつつ、揉むように撫でてから中指の先をくっと入れる。するりと飲み込んだそこが、咀嚼するように俺の指を食いしめた。

愛撫しながら結界外を一瞥すると、観客は愕然とした表情で棒立ちしている。侍女が卒倒した。若い従僕は腰が引けている。初心だな。

まあ、屋外で事に及ぶなんて、淑女らしからぬご令嬢であっても考えられないはしたない行為だろう。

彼らを視界から外し、眠そうな最愛の耳元で囁く。

「してもいい?」

船を漕いだだけか、頷いてくれたのか。判断に迷う首の動きを勝手にイエスと解釈し、膝の上に乗せて少しずつ挿入していく。ぼんやりした翡翠色の瞳がとろりと歪んだ。首に絡む腕に少し力が入る。

「寝て、られない、よ」

「ふふ。ごめんな。腰落とせる？」

「ズボン、邪魔。動きにくい……って、え。待って、ここ」

「うん。外。昼食食べた場所だよ」

「ひえっ……ちょっ、外はさすがにっ」

瞬時に首まで真っ赤に染め、恥ずかしそうに周囲を確認し――その動きをピタリと止めた。

「……人、いる」

「ああ。結界張ったからこっちまでは来られないよ」

「……嘘でしょ凝視されてるんだけど」

「ちょうどいいだろ。運命だとか馬鹿なこと言ってるから、見せつけてやろうと思って」

肌を見せるつもりはないよ。とブランケットをしっかりかけ直してやると、シャルルは魂まで抜けていそうな長い長い息を吐き出した。

「そういうことは先に言って。こんな風にしなくても何か考えたのに。あそこにいるの帽子のご令嬢だよね？　きちんと話をして納得してもらえばいいんじゃないかな」

「シャルルの時間を取らせるなんてありえない。相手にもしたくない。これなら一石二鳥だから」

シャルルに触れて楽しい上に見せつけられる。

そう言い切ればはっきりと呆れられた。その顔もおいしい。もうシャルルがどんな表情をしていたって全部可愛く映るのだから末期も末期だ。

躊躇するシャルルをなだめすかし、中途半端なところで止まっていた挿入を再開した。さすがに半分も入らず、角度を調整して浅い場所を中心に先端をちゅくちゅくと内壁に擦りつける。

あー気持ちいい。きゅうきゅうと締めつけてくるし、女性器のように濡れているのが分かる。

抽挿のたびに中から漏れてくる透明の体液が、入りきっていない茎を濡らす。それもまた気持ちいい。

「ふっ、ぁ、あー、も、もうっ、へんたいっ」

「褒め言葉だってば。濡れてるの自分でも分かるだろ？　シャーリィも気持ちよくなってる証拠」

「気持ち、くない、わけ、なっ、あ――……ぁ」

喘ぎながら喉を反らす。その白さがやけに艶かしく息をのんだ。たまらず喉仏に歯を立てる。

痙攣のように体を震わせたシャルルはとろけた眦をキッと吊り上げ、後ろ手で俺のを掴んだ。収まりきっていない部分をだ。

「しゃ、シャルル？」

「お仕置きします」

宣言するやいなや、シャルルの体液で濡れたそこをくちゅくちゅと扱きだした。思わず声が漏れる。

中も締まり、違う刺激が直撃してちょっと意味が分からないくらいの快感が下肢から全身へと走った。

「シャルル、待っ、それやば、っ」

「問答無用。お仕置きなので」

軽く腰を前後させながら扱き、時々陰嚢まであやされる。唸れば唸るだけシャルルは勝ち誇った顔をする。ちくしょう、かわいい。くやしい。

後頭部を掴むように引き寄せ、噛みつく勢いで唇を奪う。びちゃ、じゅく、なんてひどい水音を立てながら引っ張り出した薄い舌を、痺れるくらい強く吸ってやった。くぐもった喘ぎに気分がよくなる。

夢中になって貪っているうちに太陽の位置は変化し、気付いた時には俺たちしかいなかった。どこまで見ていたか知らないが、ここまでやればもうつきまとっては来ないだろう。

くったりしたシャルルを抱いて高台を下りた。されるがままのシャルルは珍しくむすっとしている。

「外はもう禁止。人前なんてもっとだめ。次したら三日口きかないから」

「調子乗りましたごめんなさい」

「部屋でマッサージしてくれたら許します」

「喜んで」

それなら許そう、と笑ってくれた天使をしっかりと抱え直し、宿までの道のりを鼻歌を歌いながら戻っていった。

体を張った主張が功を奏したのか、帽子の令嬢からのアタックはきれいさっぱりなくなった。

解決したと思いきや、それでは終わらなかった。

ルーシーに声をかけたり手紙を渡したり食事に誘ったりと、積極的な女性はあとを絶たず、街へ下りるたびに囲まれた。美術館デートまではそんなことなかったのに。

ルーシーが人目をひく容姿であることは理解しているし、騒がれるのは慣れている。が、妬く間もないほどのモテっぷりにちょっと呆れてしまった。

反面、僕は平和なものだ。

連れがモテすぎていることに同情してくれたのか、親切な紳士や気のいいお兄さんが慰め代わりに甘いものをくれたり、励ましてくれたりした。年下の少年が飴玉をくれたこともあった。それくらい。

今日も散策途中にカフェに立ち寄ると、注文前にルーシーは再び女性客に声をかけられた。

それを横目にカウンターで紅茶を二つ注文する。対応してくれた従業員のお兄さんが「元気出して」とジェラートをサービスしてくれた。傍から見るとよほど気の毒そうに見えるのだろうか。

店内じゃなく水路が望めるテラス席についた。備え付けの厚手のブランケットを膝にかける。

サービスでもらったミルク味のジェラートを掬って舐めていると、正面からじーっと物言いたげな視線が絡み付いてくる。

ちゃんと気付いているが知らないフリをした。だってその向こうには、声をかけたそうにしている女性がいる。ジェラートを食べ終えるまでに済めばいいいなあ、なんて。

「……シャルル」

「何？」

「怒ってる？」

「怒ってないよ。ジェラート美味しい」

濃厚ミルク味だ。これもこの街の名物らしい。夏ならもっと美味しく感じるかもしれない。サービスしてくれたお兄さんに感謝だ。スプーンが止まらない。美味しい。

ルーシーの向こう側から足音と高めの声が近づいてきた。僕は一瞥もせず、ひたすらジェラートを食べる。体が冷えてきても気にせず食べる。

女性二人組の目的は食事へのお誘いだった。「弟さんもご一緒に」という台詞に、ああそうか、僕はそう見られていたのかと納得。だからお誘いが止まないんだね。

（弟、かあ……）

家でも外でもお構いなしにルーシーはくっついてくるし、愛情表現が細やかで、一切隠さない。僕もそれに慣れている。それはあの町の人もそうだ。僕らは兄弟じゃないとみんな知っている。

だけど知り合いのいない土地に来るとまた違うんだな。ピアスも指輪もしているのに兄弟に見られてしまうのか。身長差があるから、並ぶと子どもっぽく見えるのか。

この街でだって、手を繋いだりキスをしたり、普段どおりスキンシップ過多だというのに、それさえ仲のいい兄弟の戯れに見えているのだろうか。

少し気持ちが沈んだ。スプーンを持つ手も止まる。

「シャルル」

不意に呼ばれて顔を上げる。

テーブルを回り込んできたルーシーに残り三分の一ほどになったジェラートを取られ、氷のように冷え切った唇を食べられた。

身を屈めたルーシーの向こう側、息をのむ女性たちと目が合う。彼女たちは気まずそうにそそくさと僕らから離れていった。

　足音に気付いたのか、ルーシーは唇を離し、額をこつんと合わせた。

「――シャーリィ。うちに帰ろうか」

「え？」

「悲しい顔させるために連れて来たんじゃない。心休まらないなら、もう家に帰ろう」

　ジェラートがとろりと溶けた。それを見たルーシーの片眉がひくりと上がる。

「あと、これ以上シャルルに男を近づけたくない」

「はい？」

「あぁぁあもう！　シャルルの可愛さは俺だけが知っていればいいのに！　こんな所に連れて来たばっかりにっ！」

「落ち着いて。大丈夫？　発作？」

　がーっと自分の頭をわしゃわしゃ掻き回し、ギラギラした眼で周囲を威嚇する。急に怖い顔してどうした旦那様。

「だいたい！　どこをどう見たら兄弟に見えるって言うんだ！　こんっっなに愛してる俺のものだアピールしてるのに！」

「あ、うん。そうだね」

「たとえ実の弟だったとしてもこんっっなに可愛い弟なら兄弟上等で愛する自信がある！　弟だろうが従兄弟だろうが他人だろうが関係ない！」

「いや実の弟はまずいんじゃないかな」

「俺は！　シャルル以外！　いらないんだよ!!」

　ルーシーが大絶叫した瞬間、テラスどころか街道、そして店内も静まり返った。水路を流れる水の音が聞こえるくらいの無音っぷりだ。誰も彼もがぽかんと口をあけ、はあ、はあ、と肩で息をしながら握り込んだ拳をぶるぶると震わせるルーシーを見上げていた。

　やがてパチ、と手を打つ音がひとつ。

　パチ、パチ、と音が増え、重なり、鼓膜がビリビリするほどの拍手の洪水が襲ってきた。ヒュー！

と誰かが口笛を吹く。

拍手喝采の渦の中、ルーシーは乱れた前髪を鬱陶しそうに掻き上げた。

「俺はシャルル以外いらないし、シャルルを譲るつもりもない。俺たちは婚姻済みの伴侶。ここへは新婚旅行で来た。分かったら金輪際声をかけてくるな。放っておいてくれ」

誰にあてるでもなく声を張って宣言し、僕の手を引いてざわめくカフェを出た。

突然の出来事に頭がついていかない。でも、理解が追いつくと笑ってしまった。さっきまで少し沈んでいたというのに、そんな気持ちもルーシーの大絶叫で吹き飛んでしまったみたいだ。

「あはは、ルーシー、大胆だねえ」

「あれくらい言っておけば声なんてかけてこないだろう。鬱陶しくて仕方なかったんだ。なんなんだ、次から次に。ハメ外してるのか」

「僕らもだいぶ外してたしお互い様だね」

「俺たちは誰にも迷惑かけずに外してたからいいの。せっかくの旅行が台無しだ！　シャルルを悲しませるなんて俺が俺を許せない」

プンプンしながら地面を踏み抜く勢いで大股で歩く旦那様。僕は小走りしながらついて行く。

途中ハッとしたように振り返り、歩調を緩めてくれた。今度は僕が普通に歩ける速度と歩幅で。

「鬱陶しいのに相手してたのはなんで？」

「帽子女化されたら面倒だと思って……」

どうやら帽子を拾った日に無視対応をしたことを気にしていたらしい。あの時きちんと話をつけていれば、その後のつきまといもなかったのではと。

「あと、あんまりな態度取ると、シャルルに『性格悪い』って思われそうで。普通の態度ってやつを模索してた」

ばつが悪そうに白状する。視線は水路へ固定され、決して僕を見ない。説教を覚悟した子どもみたいな態度をくすくすと笑う。

あまりに可笑しかったから、繋いだ手を大きく揺らしてスキップした。ルーシーも道連れだ。

　いい歳の男二人が往来でスキップ。当然衆目を集めた。

　だんだんどうでもよくなってきたのか、やっとこっちを向いた顔には笑みが戻っていた。僕も笑う。始めはのほほんとしていたのに、いつの間にか競争になった。ゴールは馬車乗り場だ。

　スキップの真剣勝負に発展した僕らを通行人はぎょっとしたように避け、幼い子には指をさされた。

　勝者はルーシー。スキップでも勝てなくて、馬車の座席に倒れ込みながら「いつか何かで絶対に勝つから」と負け惜しみのような宣言をする。あとから乗り込んだルーシーは「勝負事なら手加減しない」と勝者の笑みを浮かべた。

　馬車が動き出す。たまにガタンッと縦揺れしながら、宿までの道を一定速度で進んでいく。

　僕の汗を拭う眼差しがいつになく優しい。

「あと行ってないのは海だな」

「うん？　そうだね」

「なら明日は海に行って、その足で帰ろう。帰りは転移できるから一瞬だ」

「え？　帰るの？　まだあと二週間くらいあるのに」

「シャルルがいたいなら予定いっぱいまでいる。どうしたい？」

　好きに決めていい、とじっと見下ろされる。

　さっきまでは確かに少し気持ちが沈んでいたし、ちょっと楽しくないかな……と思った。帰ろうかと提案されてほっとしたのも本当だ。

　でもせっかく陛下が機会をくれて、ルーシーが連れて来てくれたのに。仕事を片付けて、時間を作って、何日もかけてここまで来たのに。

「迷ってるシャルルにいいことを教えてあげよう」

「ん？」

「マーカーしたからいつでも来られるよ。宿だって取れる。だから残り日数を貯金にしてもいい」

「ここまで転移できるってこと？」

目を瞠った僕に、ルーシーは得意げに頷いた。

「海も今は寒くて入れないけど、夏なら入れる。夏は夏で空も緑もきれいで見応えあるよ。祭りもあるし、ジェラートも美味しい」

それを聞いて心がぴょんと跳ねた。

それはぜひ夏にも来たい。今度は新婚旅行ではなく普通の旅行として。夏は涼しいらしいから避暑だ。海にも入ってみたい。お祭りも参加してみたい。

僕の心は一気に夏のこの土地へ飛んでいってしまった。

それが分かったのだろう。ルーシーは青の瞳を優しく細め、明日帰ろうかと囁いたのだった。

◆◆◆

部屋へ戻り、トランクに荷物を詰めた。と言っても出したのは服くらいだ。二人で作業すればすぐ終わる程度。

「夏かあ。楽しみだなあ。あ、でも夏だと雑草すぐ生えちゃうからな……二週間も放置したら野菜か雑草か分からなくなっちゃいそう」

「夏までに何か対策を考えよう」

「そうする。祭りってどんな感じ？」

「吟遊詩人がいたり、芸人、芝居小屋、道端で演奏する人間もいて、あとはサーカスのテントが張られたり。魔法ありの武術大会や伴侶を抱いて競うレースがある。トマトを投げ合ったりもする。それから、水路に飛び込んで捕縛される人間が必ず出る」

「あははっ、何それ見てみたい！」

最近がどうだか知らないが、たぶん大きく変わってはいないだろう。思い出せる限りの内容を話せば楽しそうに肩を揺らした。

その横顔にはもう憂いの欠片もない。よかった。せっかくなら楽しい記憶だけを残してほしい。

そもそも、だ。

まさか外見だけでここまで寄って来られるとは。

自分の容姿が武器になるのは知っているが、こうなると面倒でしかない。

ただ不思議なのは、俺の外見はそこまで声をかけやすい雰囲気じゃない。柔和なシュライアスなら分かるが、俺だぞ？　と自分でも思う。

トランクの整理をしながら考え、考え——ふと、隣で同じ作業をしているシャルルを見る。

（まさかシャルルと一緒にいるから、なんて理由じゃないだろうな……？）

シャルルといると表情筋がよく動くのは自覚済み。見るからに優しげなシャルルやシュライアスとまではいかないが、それが声をかけられる理由に繋がっているのだろうか。普段よりとっつきやすく見えている、とか。

「楽しみだなあ。来年の夏、絶対来ようね」

思考がふっと散り散りになる。

言葉のとおり楽しげに笑っているシャルルのこめかみにキスをした。

なんにせよだ。無理に滞在期間いっぱいまでいるより、切り上げて夏に繋げた方がと考えたが、正解だったかもしれない。

＊

翌日チェックアウトして、土産（みやげ）を買いたいというシャルルと再び街に下りた。

「誰に買うんだ？」

「陛下とシュライアス様、エレオノーラ様、王妃様。町の人にも。畑見てくれたお礼しないと」

「店主たちはいいとして、陛下たちにはいらない。ただいまって言ってやればそれで満足する」

「そういうわけにはいかないよ。ここ手配してくれたの陛下なんだし」

律儀なところも愛（いと）おしい。が、土産は本当に不要だ。むしろ渡さなくていい。

俺の反対を聞き流したシャルルはさくさくと土産物屋へ入店した。真っ先に決定したのはシュライアスへの土産だ。マカロン。ブレない。

エレオノーラへはこの地の特産素材で作ったマフラー。妃殿下へは扇。店主たちへは菓子や酒を。

そこまではポンポンと決まったが、やはりというか陛下への土産は迷いに迷っていた。

「なんでも持ってるだろうし、好みも欲しいものも見当がつかない……どうしよう」

何店舗か回っても決めかねていた。決まらないなら買わなくていいという意見は聞き流された。

俺も適当に見て回ったが、いかんせん乗り気じゃないだけに何も見つからないし、なんだっていいのではと投げやりになってしまう。シャルルが渡せば爪楊枝(つまようじ)だって喜びそうだからな。

そんな非協力的な心境でいたが、雑貨店に寄った時、ふと写真立てが目に入った。

「シャルル、これは？」

紺の額縁に月と星が鏤(ちりば)められた写真立てだった。

ガラス製で、少し膨らんだ枠の中にパーツが埋め込まれている。ちゃちにも見えないが、べらぼうに高価そうにも見えない。シャルルが渡すならちょうどよさそうな価格帯で、渡された方も気まずくならないようなもの。

「ここにシャルルの写真を入れて渡せば喜ぶと思う」

「僕の？　なんで。ルーシーの写真の方が」

「そんなのは放られておしまいだ。シャルルの写真だからこそ土産になる」

嫌だけれど——本心は胸の内にしまって笑いかける。

写真立てを購入したシャルルを連れて、街並みを背景に写真を撮った。もちろん義父上(ちちうえ)の菓子箱写真機で。

出てきた写真を購入したばかりの写真立てに入れ、包み直す。本当にこれでいいのかと首を捻(ひね)るシャルルは、自分がどれほど陛下に気にかけられているのか知らない。

あの人は妹にできなかった分シャルルを構いたくて仕方ないのだ。それはもう別人説を推したくなるほどに。甥というより初孫を可愛がるが如く。

買い込んだ大量の土産物を空間魔法の領域へ収納し、マークした目立たない路地に入る。

「王宮、家、町、家の順に行こうか」

「うん。はは、ほんと、帰りは一瞬だね」

「馬車要らずでいいだろ？」

「それはもう！　……また来ようね」

「ああ。夏にまた」

路地の隙間から街並みを見つめるシャルルの髪に口づけ、転移魔法を発動させた。


「あれ？　早くないですか？」

「夏にもう一度行くことにした。ほら、シャルルからの土産だ。こっちがエレオノーラ、これが妃殿下、これが陛下。お前から渡しておけ」

「ちょ、ちょ、ちょ。待って待って。せっかくならルゥから手渡した方がみんな喜びますから」

「誰が渡そうと中身は変わらない」

「ルーシー待って」

足止めを食う前に逃げようとしたがシャルルに裾をきゅっと握られ断念。くそう。

「シュライアス様。誕生日のお祝いできてなくてごめんなさい。これは今回のお土産、こっちは遅くなっちゃったけど誕生日プレゼントです」

マカロンの箱と、もう一つの平たい箱を差し出す。待てシャルル。そっちは知らない。いつの間に買ったんだ。

「開けてもいい？」

「もちろん」

リボンがかけられた箱には手袋が入っていた。見覚えのある素材だ。おそらくエレオノーラに買ったマフラーと揃いの手袋。色も同じ。

「いいね、暖かい。今季さっそく使うよ。ありがとう、ルゥ」

「エレオノーラ様とデートする時につけてね」

「うん？　分かった」

にこにこするシャルルの真意はまだ伝わっていないだろう。揃いと気付いた時の反応を想像すると少し笑いそうになった。

他の土産配りはシュライアスに任せ、一旦家へ戻る。旅先より気温が低く、土地の違いを実感した。

畑の状態を確認してから町へ向かう。馴染みの店主はシャルルの顔を見た途端破顔し「おう、帰ったか！」と出迎えた。そうして俺を見てニヤリと口角を吊り上げる。

「楽しかったか？」

「もちろん」

「楽しかったよ。これお土産。畑見ててくれたって聞いたよ。ありがとう、助かりました」

「いいってことよ。おかえりシャルル、リュシオン」

ただいまと声を揃えながら不思議な気分を味わっていた。

ただの挨拶なのに「おかえり」という言葉はどうしてこうも気持ちがほっとするんだろう。王宮で暮らしていた頃は知らなかった感覚だ。

世話になった人たちに土産を配り歩き、そのたびに「おかえり」「ただいま」を言い合い、帰宅した。

ソファに沈んだ時には俺もシャルルもぐったりだ。礼と土産配り行脚は結構骨が折れるものだと生まれて初めて知った。だが心地いい疲労感だ。

「夕飯……は、どうしようか。何食べたい？」

「簡単にしよう。俺が作るよ」

「だめ。ルーシーは休んでて。たくさん転移したし疲れたでしょ」

「んー……まあ、うん。結構魔力減った。けど動けないほどじゃない」

「無理して倒れられたら困る。ゆっくりしてて。たくさん魔法使ってくれてありがとう」

俺の頬でちゅっと可愛らしい音を鳴らし、キッチンへ向かう。疲れているはずの小柄な背中を見つめながら、今し方触れられた頬をさすった。

背もたれに深く背中を沈め、薄く息を吐き出す。

強がってはみたが、連続の長距離転移は魔力消費が結構えぐい。陣を使った転移だからまだこれくらいで済んでいるが、大掛かりな魔法を放てない程度には消耗していた。

それにシャルルの肚へ常に一定量魔力が流れている。解除していないからな。解除云々の話を忘れているみたいだし、好都合だ。指摘されるまではこのままでいようと思う。

（明日はきっと畑にかかりきりだろうな。俺も手伝おう。ああ、風呂掃除しよう。あと手伝えることは――……）

野菜を洗っている背中。

シャルルだって疲れているだろうに、普段と同じように小動物みたいに動き回っている。

簡単でいいのに。なんならりんご一個とか、干し肉とか、そんな夕飯だっていい。菓子でもいい。

トントントンとリズミカルな包丁の音がする。深い鍋からは湯気が立ち、食欲をくすぐる匂いが立ち込める。

手伝わないと。疲れているのはシャルルも同じだ。

何かできることを……そう考えながらいつの間にか寝落ちしていた。ふがいない。

保存していた魚をドンと使ってアクアパッツァに。
調理済みの状態でこれまた保存していたローストビーフも全部出して、あるものでサラダとポトフを作った。ルーシーの状態保存魔法大活躍である。あれがなければ今頃冷蔵庫の中身はすべてだめになっていただろうな。感謝、感謝、感謝。
料理を載せた皿、飲み物とカトラリーも準備して、居間で休憩中のルーシーを呼びに行った。

「――――……」

座った姿勢のまま、寝息も立てず死んだように眠っている。

まつ毛が長いな、眉(まゆ)もまつ毛も髪と同じ色だな、なんて今更なことを思う。

そういえば拾った翌日の朝もこうして寝顔を観察した。

あの時は魘(うな)されていたっけ。そのあと初めてまともに会話をして、朝よりじっくり姿かたちを観察して、今とまったく同じ感想を抱いた。

あの頃はげっそり頬が痩(こ)けて、まさに生きている骸骨(がいこつ)って感じだった。転移どころか水遣(みずや)りくらいの魔法しか使えないほど弱っていて。瓶の蓋(ふた)すら開けられなくて。

ガリガリの頃は町を歩いてもキャーキャー言われなかった。

言われ始めたのはいつだっけ。そうだ、翻訳の仕事を始めた頃だ。骸骨を脱却して、町から家までの往復ができるようになってから。

こんなに上等な見た目なんだから騒がれるのも不思議じゃない。質素な服を着ていたってハッと目をひくようなオーラをまとっているし、背も高くて目立つ。

頭では分かっているのに、ルーシーに気を遣わせるくらい態度に出ていたとは。自分で思うより嫌だったんだろうか。弟扱いが情けなくて、傷ついたんだろうか。自分の心なのに把握しきれていない。

こんな体たらくではいつか飽きられて、女の子に走られたり……は、しないと信じたい。僕は僕を好きでいてくれるルーシーを信じている。

ああ、もう、頭の中がぐちゃぐちゃだ。

それもこれもこの顔面国宝な旦那(だんな)様が悪い。もっと見目が悪ければこんな悩みを持つこともなかったのに。

「変な顔になっちゃえ」

頬をむにーっと伸ばしてやる。ううん……と眉を寄せ苦悶の表情を浮かべながらも起きはしない。

　変な顔になったルーシーなら、外見だけで寄ってきている人は波が引くようにサーッといなくなるだろうな。そうなったら僕も安心、ルーシーも煩わしさから解放。双方いい結果になる気がする。

　両頬をむにむに引っ張ったり縮めたり斜めに伸ばしたりと好き放題したらさすがに起きた。眩しそうにゆっくりとまばたきをして、頬の伸びた間抜けな顔で「シャーリィ、おはよ」とへにゃりと笑う。

　なんだか負けた気がして。悔しくて、今度は思い切り頬をぎゅっとつねった。

　両方の頬が若干赤いままのルーシーは、頭上にたくさんの疑問符を浮かべながら席についた。まるで「なんだろう」「何かあったのか」「何かしたかな」と言わんばかりの、ちょっと幼い困り顔。久しぶりに子犬っぽい。

　いや、まあ、ルーシーからすればわけが分からないだろうな。悪いことをした。

「ごめんねルーシー。ただの八つ当たり」

　二人で一尾の魚を解体しつつ白状する。ごめんなさいを込めて、ほぐした身はルーシーの取り皿に多めに盛った。

「八つ当たり？」

「ルーシーがもっと変な顔になればモテなくて済むなって思って」

「ぷふっ、え？　何、俺に不細工になってほしいの？」

　吹いたレモン水で濡れた口元を甲で拭いながら、半笑いで覗き込んでくる。白身を盛った取り皿を無言で突き出す。「ありがとう」と受け取りながらもその顔はまだ笑っていた。くそう。

「……だってさ。今まで家と町くらいの狭い世界で一緒にいてさ」

「うん」

「僕らを知らないところに行ったらいきなり僕なんていないものみたいにモテ出しちゃって。何も知らない人から見たら弟にしか見えないんだなって思ったら悲しくて」

「うん」

「だから変な顔になればいいのにって」

「ふっ、ふふ、どうしてそうなるんだ。いや、分からなくもないけど……発想が可愛いな」

可笑しそうに肩を震わせる旦那様をギロリと睨みつける。効果なし。悔しい。

「じゃあ眼鏡でもかけようか」

「格好いいから意味ない」

「ずっと顰めっ面でいるとか」

「格好いいから意味ない」

「俺の顔好き?」

「好き。何しててもどんな顔してても格好いいし可愛いからずるいと思う」

自分で訊いたくせに身悶えている阿呆な人を横目に、ポトフのスープを掬って飲んだ。

こういう阿呆っぽい行動をしていても可愛いなあとしか思えないんだから、顔がいいってずるい。いや、そこに顔は関係ないか。何をしていたって結局は可愛く見えてしまうなんて、きっと僕の目や頭がおかしいんだろう。


入浴後すぐ横になった。広いベッドの真ん中でひとかたまりになり、会話をしたり、キスをしたり。気持ちはそうでもないけれど、体は疲れていたのだろう。いつもより早く瞼が重くなった。たいてい僕より後に眠るルーシーも、今日は珍しくうとうとしている。

「おやすみシャルル……また明日」

「おやすみ、ルーシー、またあした」

触れるだけの優しいおやすみのキスを交わして、瞼を下ろした。

明日も穏やかな一日になりますように。

滞在を二週間早く切り上げ、思いがけずぽっかり空いた完全休業の期間。ルーシーは仕事を再開せず、畑仕事を手伝ってくれたり、衣替え(ころもがえ)を引き受けてくれたり、屋根や壁の補強をしてくれたりと、自分のためではなく家のために使ってくれた。感謝、感謝。

僕はその間、作物の手入れやいつもどおりの家事プラス大掃除。年末だからね。

窓や戸棚、食器棚のガラス戸を磨きあげたり、壁や家中の扉を水拭き(みずぶ)したりと、普段は手をつけない箇所を念入りに掃除した。水まわりや天井、天井付近のはめ殺し窓の掃除はルーシーも手伝ってくれた。

なんとかすべてを終えたのは、旅行から帰って一週間後。ピカピカになった我が家に、王宮から大量の贈り物が届いた頃だった。何事。

「こっちの山が陛下、こっちが妃殿下。これとこれがシュライアスとエレオノーラだな。あの二人は常識的で助かった」

こんもりとしたプレゼントの山が二つに、二つずつのプレゼントが計四つ。これは先日の土産に対する礼と、結婚祝いを兼ねたもの。らしい。

居間に積み上がったプレゼントの山を、協力して開封・リスト作成していく。これだけでもかなり時間のかかる作業だ。

ちなみに陛下からのプレゼントが最も多く、最も総額を考えたくないものばかりだ。しかもルーシー宛ての箱は陛下も妃殿下も一つか二つ。残りは僕もしくは二人宛て。僕はあの方々の孫か何かかな？　御子息の伴侶(はんりょ)なのだけれど。

一番驚いたのは王都にあるお屋敷の鍵(かぎ)。もう一度言う。お屋敷の鍵。

つまりお屋敷一軒ポンとプレゼントされた。これは陛下と妃殿下の連名だ。王族こわい。

毎回王宮に転移して抜け道を使って、なんて大変だろう。好きに使いなさい。人を雇っているから維持に関しては気にしなくていい。今度お茶しましょうね——要約すればそんな内容が書かれたカードを手に白目を剝きかけた。プレゼントの規模が僕の理解の範疇を超えている。

しかも家具券とやらまで付いていて、好きな家具と引き換えられるとか。支払いは……？　とは怖くて訊けない。めったなことでは使えそうにない。

だけど気持ちはありがたい。

「びっくりだけど、確かに毎回王宮経由するより気を使わなくて済むね。今度行ってみる？」

「そうだな。陛下たちの思うつぼなのは微妙だが面倒がないのはありがたい。マーカーしておくかな」

住所と地図が書かれた権利書と鍵を封筒にしまい、戸棚の抽斗へ。まさかこの歳で王都に別邸を持つ事態になろうとは。本当に、人生何が起こるか分からない。

贈り物すべてをリスト化してから、ソファに腰掛け温かいココアをちびちび啜った。甘い。寒い日のココアは格別だね。マシュマロ入れたくなる。

「そうだシャルル。衣替えなんだけど、着古したものは処分でもいいか？　いいなら、旅行に持っていった分と入れ替えようかなと」

「いいよ。特に思い入れあるわけじゃないし。あっ！　エレオノーラ様に服のお礼しないと」

「もうした」

「へ？　何したの？」

「あれを着たシャルルの写真を渡した。拳握ってたし、礼は十分だろう」

初耳ですが？

じとっと見やると目を逸らされた。こら。

「そ、そうだ。靴。俺も雪用のブーツを買おうかなと。買い物付き合ってくれないか？」

ちょっと焦りながら話題を変えてきた。しょうがない、ごまかされてあげましょう。

「いいよ、行こうか。ああ、買うなら王都より町の方がいいよ。こっちの方が雪深いから、それ用に対応してる。たぶん王都のは王都の雪をやり過ごせるブーツな気がする」

「そうかもしれない。ならブーツと、あとは冬用カーテンか」

ちらりと窓の方を見やる。確かにうちのカーテンはレースカーテン一枚。冬用とは呼べない薄さだ。

そもそもカーテンに季節があるのかと、僕はそこから疑問だった。両親がいた頃からカーテンはずっと今のものだから。

「いい物になると魔法効果が付与されていて、完全に冷気を弾(はじ)くものもある。結構暖かさが変わるぞ。まあ、今でも十分室内は暖かいけど」

「そうなんだ？　じゃあカーテンも一緒に探そう。まあ確かにレースじゃちょっと寒々しいかもね。見た目的にもさ」

立ち上がり、薄いカーテンを開く。見上げた空は白い。そろそろ雪が降るかもな、なんて予想して息を吐いた。窓がぼやあっと白くなる。

「……あ。そうだ。雪降る前に物置から道具こっちに移しておかないとだ」

「物置のままじゃだめなのか？」

「物置の扉が開かなくなったら終了でしょ？　玄関に置いておけば間違いないから」

思い立ったが吉日。さっそく二人で庭に出て、物置から雪かきセットを引っ張り出す。

雪かきに目を輝かせていたルーシーは、この専用道具にも興味津々で、雪もないのにスコップを動かしイメージトレーニングに勤(いそ)しんでいた。そこまで気合いを入れなくても……いや、気合いは大切だ。力作業だしね。

玄関内側に立てかけ居間に戻る。ココアは少し冷めてしまっていた。作り直すより先にルーシーがあっさりと温めてくれて、たったの三秒でほかほか。息するように魔法使うよな、この人。

「もう終盤だけど、マーケットは行くか？」

「ああ、この時期のアレ？　行ったことないなあ。行きたい？」

「俺は特に。シャルルが行きたいならもちろん行く」

「うーん……今年はいいかな。戻ってきたばかりだし。まだやることもあるし」

「なら来年の楽しみにとっておこう」

肩を引き寄せられ、硬い腕にこつんと横頭がぶつかる。

赤茶色のチェックのブランケットを二人で分け合いながら、甘くて温かなココアをちびちびと飲む。

「なんかこういうの幸せかも」

「ん？　何が？」

こういうのだよ、と腕に頭を擦り付けた。

言語化はちょっと難しい。だけどなんだか満たされるこの感じ。

「雪が降ると、本当に静かになるんだ。雪かき頑張らないと外に出られなくなるし、さぼると屋根がミシミシ軋んでちょっとした恐怖現象起こるよ。でもあのスコップはすごいんだ。父さん渾身の作だから」

「魔石なんて埋まってたか？」

「持ち手の中側に。あれ使うと市販のスコップ使えなくなるよ。非力でもひと掬いでごっそりいける」

「義父上は本当に万能だな。それぞれの魔道具の設計図は残ってないの？　あれば勉強させてほしい」

「見たことないなあ。頭の中に入ってたんじゃない？　粘土遊びするのに設計図描かないでしょ。たぶんそんな感覚だよ」

ルーシーが笑うと振動が伝わって僕の手の中のココアも揺れた。半分ほどに減ったそれをぐいっと一気に飲み干し、よしと立ち上がる。

「さ、整理再開するかな。お礼の手紙も書かないと」

「それは夜にやろう。俺は先に服どうにかしてくる。終わったらこっち手伝うから、頑張らなくていいよ」

ルーシーもコップをカラにして立ち上がる。

二つのコップをサッと洗い逆さ向きにして、それぞれ作業を再開した。

今年最後の軟膏を買い取ってもらってから靴屋に寄った。サンダルの数は春夏の半分以下になってて、代わりにブーツや長靴がずらりと並んでいる。

ルーシーはいくつか試しに履き、一足の真っ黒なブーツを選んだ。なんとなくの好奇心からそれを片方履かせてもらうと、僕にはぶかぶかで簡単にすっぽ抜け、あまりの間抜けさに二人で吹き出した。

靴屋のあとは小物屋。暖かい室内履きを探して、内側がもこもこした色違いの二足を購入。カーテン探しは明日にして帰宅した。

さっそく新調した室内履きに履き替える。僕はクリーム色、ルーシーは濃いグレーだ。

サイズと色の違うそれを見せ合う。お揃いが増えたと花でも飛ばしそうな雰囲気のルーシーの背後に、ご機嫌に揺れる尻尾の幻覚が見えた。

僕が昼食の支度をする傍ら、ルーシーも小鍋の中をじっと見ている。

さつまいもとりんごをハチミツで煮た、おかずのようなおやつだ。さつまいものレモン煮が好評だったから、今日はりんごにしてみた。食べ比べだ。

火の管理と言いつつ、時々つまみ食いしているのは知っている。僕に見つからないようにコソコソと食べては、表情を崩している。僕にはバレていないと思っているところが浅はかで可愛らしい。ばっちり視界の端に映っています。

「ルーシー?」

「どうした?」

「あんまり味見してると食べる分なくなっちゃうからほどほどにねえ」

「!? も、もちろん!」

焦っている。本当にこの人はもう。

キリッとした顔を取り繕って、焦げないように見張っているだけだと言い切ったその口はツヤツヤしている。下唇をぱくりと食べれば、やっぱり甘い。

「ほどほどにね」

「……以後気をつけます」

腕で口元を隠してしまった旦那様を笑い飛ばし、クリームスープパスタの仕上げにかかった。

完成後、テーブルにつき二人で「いただきます」と声を揃える。

後入れしたブロッコリーの緑が鮮やかできれい。分厚いベーコンが美味しい。

「そうだ。スペアリブ煮込もうと思うんだけど、トマト味とワイン味どっちがいい？」

「どっちも食べてみたい」

「じゃあ最初トマトにして、今度ワインにしてみよっか。母さんのおすすめはトマトみたい。父さんはワイン」

「また食べ比べだな。楽しみにしてる」

そう言って笑うルーシーの元にある器には、もうさつまいもとりんごが一つずつしか残っていない。

よっぽど口に合ったんだろうか。よかったよかった。

パスタも食べつつ、名残惜しそうに最後のりんごを飲み込み、ちょっとしょんぼりしている。

笑いを噛み殺してキッチンへ行き、小鍋ごと残りの甘煮をルーシーの近くに置いた。

「食べきっちゃってもいいよ。また作るから」

「いいの？」

「いいよ。その代わり今日のお茶はおやつナシね」

キラキラした目をしちゃって、もう。

太るかもよ、とからかいながら席に戻り食事再開。

僕がパスタを食べ終わる頃には、ルーシーもパスタの皿をきれいに片付け、小鍋の中身に幸せそうにフォークを刺していた。可愛い。

昼食後、しっかり防寒対策をして散歩に出た。冬は日照時間が極端に短いからだ。他の季節のようにお茶をしてから一なんて悠長に構えていると散歩もままならない。その頃にはすでに薄暗くなっている。

今はまだましとはいえ、雪まで降りだしたらのんびり散歩とはいかない。

「そろそろ散歩納めかな。雪降りそう」

「残念。雪が溶けたら再開しよう」

「うん。冬は家でぬくぬくしよう。気をつけないと太りそうだなあ」

「毎年大丈夫だったんだろう？」

「だって最近よく甘いもの食べるから。ルーシーだって気をつけないと春にはまんまるになってるかもよ？」

「太った俺はナシ？」

「丸ければ丸いで可愛いだろうけど、健康的にどうなのかなとは思う」

手袋越しに手を繋ぎ、静かで少し哀しい雰囲気になった森の中を歩いた。禿げちゃっている木もある。

生き物の気配はなく、虫の声もしない。夏とはまるで違う場所みたいだ。

歩き進めていると、ルーシーが大号泣した花畑に出た。今は何も咲いていない。花がないだけでかなり寂しい印象になる。

「そういえば、この森に魔獣が出たんだよな？」

「うん。めったに出ないけどね。父さんは運が悪かった」

「そうか……けど、義父上の気持ちがなんとなく分かるよ。俺もシャルルを亡くしたら集中できる気がしない。それでも何もせずにはいられなかったんだろうな……」

そう話しながら、ルーシーは閑散とした森をぐるりと見回し、そこにはない魔獣と戦う父の姿を見つめるように青い瞳をすうっと細めた。

そんなルーシーの隣で何を見るでもなく周囲へ視線を流していると、少し遠くの木々の間に鹿らしき動物を発見。手を揺らし指をさす。

「ルーシー見て、鹿がいる。久しぶりに見た」

「ほんとだ……いや、待って、あれ鹿？　角が三本あるように見えるんだけど」

ルーシーがぐぐっと眉間を寄せながら鹿を凝視す

る。僕も両手を双眼鏡のようにしてよく見てみると、なるほど指摘どおり立派な角が三本並んでいる。

「鹿っぽい魔獣？」

「だろうな。噂をすればだ。襲ってこないなら放置でいいのか？」

「うーん。そうだね。いいと思う」

悪さをしないなら魔獣も獣も同じ。

魔獣は人や土地を害することが多いから討伐対象だけれど、僕らはギルド登録をしていないから、危険を冒して討伐したところで報酬は出ない。襲ってこない限りは放置で問題ない気がする。

刺激しないよう、足音に気をつけながらそーっとその場を離れようとした時、突然鹿型魔獣が吹っ飛んだ。えっと思う間もなく熊が姿を現し、鹿型魔獣と争い始める。

「熊？　まだ冬眠してなかったんだ」

「いや冷静。シャルル、あの熊も腕が四本ある。魔獣だ」

「あ、ほんとだ。魔獣同士の戦いなんて初めて見た」

めったに出ないと話したそばからまさかの二体出現。説得力がなくなってしまった。

三本角の鹿が、その角から放電する。四本腕の熊はギャアと鳴いて、そのぶっとい腕と鋭い爪で鹿を薙ぎ払う。魔獣大戦争。すごい迫力だ。

魔獣は魔力のある生き物だ。単純な魔法だって使う。絶命すれば魔石を落とす。その素材は大抵武器や防具に使われる。

知識として知ってはいたものの実際目の当たりにすると迫力が凄まじい。僕では討伐など絶対に無理。

「どうしようかな。鹿っぽい方だけなら放置でよかったけど、熊っぽい方は放っておくのは不安だな。魔獣だから冬眠もしないだろうし。あの大きさが襲ってきたらシャルルが危ない」

「ひとたまりもないだろうね。腕のひと振りで死ぬ自信があるよ」

「よし。討伐するか」

「えっ！　待って待って、危ないよ。あんなのに巻き込まれたら……」

焦りでちょっと声が大きくなってしまった。それがいけなかった。気が立っているらしい魔獣二体がぎろりとこっちを睨んできたのだ。気付かれた。

鼓膜がビリビリと痛む雄叫びを上げた三本角の鹿が突進してきた。角はバチバチと金色の光を迸らせている。

ヒッと硬直した僕を背に庇い、ルーシーは右手を前方へ突き出した。

「とりあえず鹿から。素材はいらないよな」

冷静に呟き、展開させた魔法陣から火炎放射級の業火を放出した。鹿型は一瞬にして炎に巻かれる。

ぽかんと顎が落ちる。

翳した掌をきゅっと握り込むと、炎は幻だったかのように消えた。そこには一つの魔石が転がっているだけで、鹿型の姿は跡形もない。

「……容赦ないね」

「する理由がないからな」

唖然としたのも束の間、今度は熊型が腹に響く咆哮をあげ、猛スピードで走ってきた。四本の腕と二本の脚が地響きを起こす。熊型が疾走するだけで地面が抉れ、花のない花畑が見る間に荒れてしまう。

チッと舌打ちしたルーシーは右手を下から掬い上げるようにして振った。さっきとは違う色の魔法陣がパッと浮かび、熊型の巨体が宙に浮く。

「……浮いてますけど」

「浮かせたからな。どうするかな……やっぱり燃やすか」

言うが早いか再びあのとんでもない熱量の炎が熊型を包み、大きな魔石がぼとっと落下した。

トータル五分にも満たない討伐劇に、『特級十体同時でなければ』と豪語していたのを思い出した。

よくよく見なくても、ルーシーはその場から一歩も動いていない。無茶苦茶すぎない？　この人。魔法だけでこれって。魔法がこれだけ使えて近接もいけるなんて、反則的にもほどがある。

　ちょっと引きつつ、落としたてほやほやの魔石を二つ回収した。

　鹿型の方は飴色の拳半分くらいの大きさ、熊型の方は群青色で掌と同等の大きさ。かなり立派だ。両方透明感のある美しい魔石だった。

「きれい。ねえルーシー、どうして熊型はすぐ燃やさないで浮かせたの？」

　僕の手から群青色の魔石を摑み取り、何故か不機嫌そうに睨みつける。

「シロツメクサをめちゃくちゃにした。許し難い」

　生々しい爪痕の残る地面には無残に荒らされた枯れた草が土のかたまりごとあちこちに転がっていた。

　なるほど、これがおかんむりの理由か。好きだねシロツメクサ。

「来年咲かなかったらどうしてくれる。来年は俺が指輪をあげたいのに！　こっそり練習してサプライズ予定なのに！」

「ありがと。聞かなかったことにしとくね。かぶれないように気をつけて」

　どうどう、と背中を叩いて帰路につく。ご機嫌ナナメで群青色の魔石をぶん投げようとするのを止め、僕のコートのポケットに入れた。魔石に罪はありません。

「これどうしようか？　店主のとこ持ってく？」

「ああ。俺たちが持っていてもしょうがないし。あの人ならいいようにするだろう」

「じゃあ今から行こ。あ、魔力どう？　平気？」

「問題ないよ。ありがとう」

　家に戻ろうとした腰を抱かれ、発光のあと町の手前に出た。横着、と言えない。なめらかすぎる魔法の行使は相変わらず舌を巻くレベルだ。

　たぶん掃除や洗濯、畑の手入れや模様替えだって、やろうと思えば魔法でちょちょいのちょいなんだと思う。だけどそういうことにルーシーは魔法を使わない。僕とするのがいいんだと言う。

基準がよく分からないものの、その気持ちはなんとなく嬉しかった。

宝飾店に顔を出すと、店番の従業員は快く迎え入れ、工房へ案内してくれた。店主と三人の職人が作業に没頭している。

二つの魔石は店主が大喜びで買い取ってくれた。鹿型が落とした方は《シャルルの瞳》に生まれ変わることも決定。魔石は銀貨五枚に姿を変えた。

「かなりいい額になったね」

「ああ。肉でも買って帰るか」

繋いだ手を揺らしながら肉屋へ向かった。

いつものようにおかみさんが今日一番のおすすめをカットして包んでくれる。スペアリブ用の肉も頼んだらちょっと驚かれた。「あんたが指定注文するなんて珍しい」と。確かに。

合い挽き肉をおまけしてくれたおかみさんに、相変わらず仲がいいわね、なんて微笑ましそうに手元を見られてちょっと照れた。

ルンルンで帰宅し、さっそく夕飯作り。おまけしてもらった合い挽き肉は軽く味付けして肉団子にする。ルーシーも手伝ってくれて、泥遊びするみたいに二人でコロコロし団子を積んでいった。

「こうするとハートになるよ」

「それ俺の皿に入れて。……見て、猫」

「可愛い。上手だね、それは僕のに入れる」

やや不格好なハートの形と、型抜きしたような猫の形の肉団子を型崩れしないよう丁寧に鍋に入れてぐつぐつ。煮ている間に他のものを作り、ルーシーはサラダとテーブルの準備を手伝ってくれた。

「いただきます」

運び終えると戸棚の横に設置した小さなワインセラーから一本出してきた。今夜は飲む気分らしい。

「いただきます。乾杯」

いつもの挨拶に一言付け足したルーシーがグラスを掲げる。ぶつけるフリをして、食事を開始した。

「お休み、あと五日？　だよね」

「ああ。でも年明けまでこのままのんびりする予定」

「大丈夫なの？」

「急ぎのものはないから平気。でかい案件もまだ先だし……魔法の研究でもするかな」

「いかがわしいのは控えめにね」

「俺の原動力はシャルルだから諦めて」

グラスを傾けながらにんまり。僕は聞かなかったことにして、猫の形の肉団子を頬張った。

◆◆◆

報告と軽い打ち合わせを終え、通信を切る。

凝り固まった肩を回してから腰を上げた。何気なく窓の外を見やると、畑の端の方に最愛の姿があった。夕飯用の野菜を採っているんだろうか。

しばらく観察していると、ガラスの向こう側にはらりと白いものが舞った。雪だ。

降り始めは細かかった粒が、数十秒のうちに大きな粒に変化した。洗濯物の存在を思い出し、大股で仕事部屋を出る。

玄関に着いたちょうどその時扉が開いた。

「あれ？　どこか行くの？　雪降ってきたよ」

「ああ。見えたから外に行こうかと思って」

「何かあった？」

「いや、野菜採ってたんだろう？　それなら洗濯物までは回収できないんじゃないかと」

「そうだ、洗濯物！　ありがと、行ってくる！」

靴箱にドンとブロッコリーと里芋を置いて、そのまま駆け出して行った。俺もその背中を追う。

家の裏へ回るとシャルルは大急ぎで干した洗濯物を取り込んだ。俺も隣に並び、高い物干しにかかっていたテーブルクロスを取り外す。

「そういえば、どうして玄関から？　洗濯物なら裏の方が近いでしょ」

「どうしてだろうな？　シャルルを迎えに行く感覚だったのかもしれない」

「何それ」

笑い合いながらもお互い手は忙しく動かしている。

そうかからずに回収完了し、急ぎ足で家の中へ戻った。シャルルの手にあった分を奪い、その頭に被ってしまっていた雪を払ってやる。シャルルも背伸びをして俺の頭の雪を払ってくれた。足がプルプルしているのが見えてきゅんとしたのは秘密だ。身長の伸びの悪さを気にしているようだから。

「これ全部洗い直しか？」

「まだ大してかかってないはずだし、このまま中に干しちゃう。気になるならもう一回洗おうか？」

「平気。干すの手伝うよ」

ちゅっと頬にキスをすれば、ありがとうと同じように返してくれる。

何気ないやり取りに癒やされながら、肩を並べ居間へ向かった。

渡された細いロープを部屋の隅から隅へと張る。雨季によくやった作業だ。やるたびにシャルルが「脚立いらずですごい」と手放しで褒めてくれるから結構好きな作業だったりする。

今日も褒められ感謝されながら、三本のロープを部屋に横断させた。シャルルが雪や水分を払い、俺が干していく。些細なことだけれど共同作業という感じが楽しい。嬉しい。

（雪か……積もるだろうか）

今年も残すところあと二日という今日。

本格的な冬の訪れを感じ、白く染まっていく窓の外へ目を細めた。

◇　◇　◇

しんしんと雪の降る日のこの家は静かだ。

吹雪になるとちょっと不安になるくらい窓が鳴ったり、積もれば屋根がみしみし軋んだりする。今年はルーシーが補強してくれたからそんなこともないかもしれない。

里芋を洗うと流しが真っ黒になった。泥だらけ。あらかた土を落としてからばつばつと角をつけるように切って、皮を剝く。

「それは？　どうするの？」

「グラタンにする。ふわふわで美味しいんだよ」

「楽しみ。じゃあサラダは俺がやる。蒸し器使ってもいいか？」

「いいよ。ありがと」

最近のルーシーのお気に入りは蒸し野菜。どこかで聴いた覚えのある歌を口ずさみながら、野菜を切っては蒸し器へ投入していく。

包丁の扱いもすっかり上手くなった。ゆで卵をとても慎重に、真剣に切っていた頃が懐かしい。

里芋と厚切りしたベーコンを煮ながら、そんな彼の様子を微笑ましい気持ちで眺めた。手が大きいから、一摑みにできる野菜の数が多い。食べごたえのありそうなサイズにカットされているのに、ルーシーの手の中にあると小さく見える。

こうして並んで料理することにも慣れた。率先して手伝ってくれるのは助かるし、それ以上になんだか幸せを感じる。

些細で日常的なことだけど、幸福と感謝が混ざり合ったふわふわした気持ちになるのだ。

「ディップ、今日はどんなのがいい？」

「お任せします。あ、この前のちょっと酸味あったやつ好きだったな」

「じゃあそれは作ろう。もう一回食べたい」

「他にも用意するから食べ比べしようか」

やや深めの小皿を四つも出したのを笑って、あく取りに励んだ。まめで凝り性な旦那様を持つと美味しいものにありつけるらしい。

二人で作った夕飯で動けなくなるくらい腹をパンパンにして、ソファに沈み込む。洗い物は後回しだ。とにかく食べ過ぎた、苦しい。

ぽっこりと膨らんだ腹をさすりながら背もたれに後頭部を預ければ、なんだかうっとり顔のルーシーが僕の手に手を重ね、ゆったりと腹を撫でてきた。

「ルーシーさんや。この腹にいるのは食べ過ぎた夕飯たちであって、赤ちゃんじゃありませんよ」

「分かってる。分かってるけど、このぽっこり具合がなんとも……可愛いな、早く出ておいで」

「コメントに困る物言いやめてもらえませんかね」

呆れつつも好きにさせておく。楽しそうだし水を差すのもね。妄想するのも言うのも自由だ。

掌の温度とちょうどいい力加減が心地いい。苦しさどころか肩の力まで抜けていく。

背もたれに預けていた頭をルーシーの腕にぽすんと当てれば、目に見えて顔も雰囲気も溶け崩れた。ふやけきっていてせっかくの美貌が台無しだ。この顔も好きだけど。

「そういえば、魔法効果っていつまで続くの？」

「え？」

「旅行中にかけたやつ。まだ続いてるけど、いつ頃まで続く？」

「え、っと。嫌？　気になる？」

微笑ましく、うっとりほわほわな可愛らしかった雰囲気が一瞬で散り、焦ったようにうかがってくる。

その上目遣いは可愛いけれども……なんだか怪しい。何か後ろめたいことでもあるのだろうか。

まばたきをせずじーっと青を覗き込んでいると、目を泳がせ狼狽え、やがて観念した。僕の旦那様は隠し事には向かないタイプのようです。

「……実は、まだ解除していなくて」

「へ？」

「かけ直してはいないから効果は落ちる。けど体の負担軽減になるから……その、ええと、ごめんな」

申し訳なさそうに耳と尻尾を垂らす。このちょこちょこ出してくる進化前の子犬感に僕はとても弱い。くーん……なんて幻聴が聴こえたらもうだめだ。

「えっと、濡れる以外変な効果はないんだよね？」

「ない。害も負担もない。ほんのり回復効果があるだけだ」

「それならいいよ。ルーシーも毎回魔法使わなくて済むし、一石二鳥だ」

よしよし、と垂れた耳ごと銀色の頭をわしゃわしゃ撫でる。途端にぱあっと笑顔になり、垂れ下がっていた見えない尻尾がぶんぶんと高速で左右に大きく揺れた。

テンションの上がった大きな子犬にじゃれつかれながら、膝にブランケットをかけ直し、消化の進まない腹にのの字を描く。

「雪、積もるかな」

じゃれながら、ルーシーが不意に呟いた。

「積もるだろうね。さっそく雪かきの機会が来たよ」

「俺がする。シャルルは家の中にいて」

「一緒にやろう。掃除と一緒だよ、二人でやれば半分の時間で終わる」

「屋根はだめだからな。絶対のぼるなよ」

「あはは、心配性。じゃあ屋根はお願いします。僕は玄関の前やる。通り道は二人でやろう」

きっと積もって真っ白になっているだろう明朝の計画を立てた。一人になってからは億劫でしかなかった雪かきも、ルーシーと一緒なら楽しそうだ。

日中からずっと降り続けている雪を眺め、明朝の銀世界を想像してふふっと笑った。

＊

年末と年始はいつもよりちょっと豪勢なごはんにしたくらいで、これといって特別なことをするでもなく、普段どおりの一日として過ごした。

新しい年が始まり真っ先にしたことは、カーテンの付け替え。レースのカーテンを外し、例によってシュライアス様が転送してくれた新しいカーテンを取り付けた。

王都で購入した、ソファの色とよく似たモスグリーンのカーテン。一目惚れならぬ一触れ惚れだった。とろみのある生地で、あの愛する生地に負けず劣らず気持ちいい。タッセルは鈍い金色で、太い紐(ひも)を編んだようなデザインだ。

カーテンを替えるだけで部屋の印象がガラリと変わるのだと初めて知った。今後、季節ごとに替えるのもいいかもしれない。

人生初めての雪かきを体験してからこっち、ルーシーの張り切り具合はとどまるところを知らない。

何がそこまで琴線に触れたのか、まだ薄暗いうちに起きて防寒対策をきちっとし、楽しげに屋根の雪下ろしをしてくれている。最近の僕は、頭上から聞こえてくるザクッ、ドサッという音で目が覚めているくらいだ。

今朝(けさ)もそうだった。

ザクッ、ドサッ、ザクッ、ボスッ。なんて音を夢うつつに聞き、ああ、またやってくれていると考えているうちに意識が浮上していった。

目を開ける前に右手をがさごそと動かす。右隣のシーツが冷えていること、隣にいるはずの人がいないことを確かめ、少しの寂しさを感じつつ起床する。

小さな明かりを頼りにカーディガンや厚手の靴下を装備してキッチンへ。

廊下は冷えているけれど居間やダイニングは暖かい。外へ出る前にルーシーがセットしていってくれるからだ。

いれた紅茶にレモンと生姜(しょうが)とハチミツを投入したところで、鼻の頭を赤くしたルーシーがやってきた。

手に持っていた手袋や帽子、銀色の髪の先から細かな雫(しずく)が落ちる。

「おはようシャルル」

「おはようルーシー、雪下ろしありがとう」

「今日も楽しかった。いい運動になる」

冷たい鼻先を僕の鼻にちょんとくっつけて、僕が「冷たい！」と叫ぶまでが最近の朝の定番のやり取りだ。

朝食の前に紅茶で一息ついて、食べてから僕も厚着をして雪かき。僕が玄関周りの雪をせっせと退(ど)かしている間、ルーシーは裏口や物干し場辺りを担当してくれる。その後は家周辺に獣道のような通路を二人で作っていく。午前中はたいていこの作業で潰れてしまう。野菜は大丈夫だから畑は放置だ。

昼を食べ、午後イチで家の中の家事をする。

真っ先にするのは洗濯。日照時間が短いのと気温と降雪のために冬の洗濯物はやっぱり悩みの種だ。

気温が下がれば曇りでも凍るし、そもそも雪が降り出したら外干しは論外。だから雨季同様、初めから居間にロープを張って干すのだけれど……。

「どうにかしたいなあ。どうにもならないけど」

タオルをロープにかけながら唸る。手伝いをしてくれていたルーシーは少しの沈黙の後言った。

「物干し用の小屋でも作るか」

「え？　いいよ、そこまでしなくて」

「んー。一度やってみるよ。できたらそれでいいし、無理そうならまた考えよう」

パン、パン、とバスタオルのしわを伸ばしてロープに引っかける。

なんてことないように話しながら洗濯かごの中身を減らしていたルーシーが有言実行の人なのだと思い知ったのは、それから数日後のことだった。

魔法の才能に溢れた旦那様は、本当に物干し小屋を作ってしまったのだ。屋根と乾燥機能付きの立派な小屋を、たった一人で。

才能とセンスと魔力量にものを言わせた小屋は、たったの半日で建設された。魔法が達者なルーシーだからこそできる芸当だろう。どんな神業だ。

魔力量もそうだし、センスと行動力がすごい。僕には逆立ちしたってとても真似できない。

「ありがとね。これで居間を洗濯物だらけにしなくて済むよ。カーテンがおしゃれになっても洗濯物が干してあったら台無しだからね」

わしゃわしゃと銀の髪を泡だらけにしながら、心からの感謝を伝える。ルーシーは気持ちよさそうに目を瞑ったまま、気軽な調子で答えた。

「そういう生活感に溢れた感じ、俺は嫌いじゃないよ。けど、まあ、あれば楽だろう？　日差しがなくても乾燥できるように魔法組み込むから」

「ありがたいけど、魔力大丈夫？　魔道具使うわけじゃないんでしょ？」

「問題ない。そのうち魔道具探すから。それまでの繋ぎだよ」

　羊のようにモッコモコになった頭に丁寧に湯をかけて洗い流す。交代して僕の髪を楽しそうに洗いながら、ルーシーは構想を話してくれた。

「あとは通路だな。屋根だけじゃなく横壁も作りたいんだ。トンネルみたいにしたい。そうすれば雨でも雪でも濡れずに移動できるだろ？」

「作るって。大変でしょ、すぐそこなんだから平気だよ」

「シャルルに風邪引かせるわけにいかない」

「そんなやわじゃありませんよー。もうすぐルーシーが来て一年になるけど、一度も具合悪くなってないでしょ」

「一年……そうか、もう一年になるのか。もうなのか、まだなのか」

　首を倒す。逆さ向きに見上げたルーシーは、僕の頭を泡だらけにしながら、懐かしむようにその目を細めていた。

「うちに来たの、去年の再来月の頭だったね」

「ああ。……放浪中、雪があるうちはまだよかった。雪を食べたのは初めての経験だったな」

「そうなの？　よくお腹壊さなかったね」

「壊した。けど他に食べるものがなかったし、水分も取れるし一石二鳥というか」

　それしか選択肢がなかったと乾いた笑みを浮かべながらも悲愴感はあまりない。

「雪が溶けて、晴天が続いて。この家の近くまで来た時にはもう視界も狭くなってた。家の前まで何とか進めたけど、安心したんだろうな。意識が遠くなって。気付いたら目の前にシャルルがいた」

「最初、枝でつんつんしたんだよ。呻き声聞こえたから、あ、死体じゃないって。とりあえず中に運ぶかあって」

「そこで家に入れるのがシャルルだよな。普通は通報するか放置するかじゃないか？」

「だって生きてたし。盗られて困るようなものもなければ、盗る元気もなさそうだったからね」

当時を思い返しながら、それだけじゃないけどと胸の内で呟く。

僕は寂しかったんだ。

正体不明の行き倒れた人間を家に運び込み面倒を見るくらいには、寂しかったんだと思う。自分が寂しがっていたと気付いたのは、ルーシーと過ごすようになってからだ。満たされて初めて、満たされていなかったと自覚した。

ルーシーを拾ったあの日——食べさせて、風呂に入れて、同じ部屋で眠って。危機感が足りないとルーシーは言うけれど、二年ぶりに過ごした一人じゃない夜は、僕にとっても救いだった。あの日は母の命日だったしね。

運命とやらが本当にあるのだとしたら、母繋がりで血縁があったことより、あの日あの時出会えたことが、僕にとっての《運命》だ。

「水をもらって、温かいスープを飲ませてもらって。布団に横になった時、俺の残りの人生はすべてこの子のために使おうって決めたんだ」

「めちゃくちゃ序盤だね？　初日じゃん」

「天使がいるって思った。天使が介抱してくれた、天使が料理してる、天使が風呂掃除してる、天使が俺をきれいにしてくれてる、天使が……って」

「それはまた……。はは、ごめんね現実はこんな奴で。天使フィルター外したら普通の男だったでしょ」

「？　天使は天使だが？」

そこで曇りなき眼はやめなさい。

いつもより早めの入浴を終え、時刻は夕方前。外はもう薄暗いが、冬でなければまだ明るい時間帯だ。夏でいうと、日が落ちる前にぐーっと気温が上がる、そんな時間帯。

ルーシーは仕事部屋にこもった。手持ち無沙汰な僕は母のレシピノートを開く。

母がたくさん遺してくれたレシピノートは、主食・おかず編、お菓子編の二種類で、それぞれ何冊もある。

振られたナンバーが若いもの、特に一冊目のノートは修正がたくさん入っている。きっと作りながらああでもないこうでもないと試行錯誤したんだろう。ナンバーが大きくなるごとに修正は減り、レシピと一緒に描き込まれた完成した料理の絵もどんどん上達している。

お姫様だったという母が、こんな何もない田舎で、したこともないだろう家事を一から覚えるのは大変だったんじゃないだろうか。だから父も母のためにたくさんの便利魔道具を作ったのかもしれない。

答えは分からないけれど、このレシピノートを見ているとそんな気がした。これは母が父と暮らすためにたくさん努力をした証そのものだから。

そんなノートから今作れそうな菓子類を探す。

りんごがあるからりんごの何かがいい。この前のコンポートはよく食べていたから、またあれを作ろうか。小屋作りを頑張ってくれたからお礼がしたい。

ぺらり、ぺらり。部屋が静かで、紙を捲る音が大きく聞こえる。

母の手書き文字と完成絵を目で追っていると、よさそうなものを見つけた。薄切りしたりんごを温めて成型するだけの、簡単で見た目もきれいなおやつだ。あと、フライパンで作るアップルパイもどき。

時計を確認すると、まだ時間にはたっぷり余裕があった。

(よし、両方作ろう。今夜はりんご祭りだ)

気合い十分でキッチンに立ち、鮮やかな真っ赤なりんごを手に取った。

《――ええ？　もう、弟使いが荒いですね》

いいですけど、とそんな文句とも言えない文句を飛ばした数十分後。

本棚の近くに前触れなく魔法陣が現れ、木箱とボードが落ちてきた。床に落ちる前にキャッチ。

ベッドやカーテンの転送はまあまあ成功と言えたが、細かい物になるとまだ座標指定が甘い。今後もこき使、ごほん。練習させよう。

無事届いたことと礼をカードに書いて転送する。ばっちりシュライアスの手元へ送られたはずだ。

改めて、弟に送らせた物を確認する。

鍵のかかった箱を開ければ、チェスの駒がきれいに収納されていた。シャルルができるかどうかは知らないが、知らなければこの冬の間に俺が教えればいい。

デスクの一番下の深い抽斗を開いたところで扉がノックされた。

「ルーシー、ごはんできたよ。今大丈夫？」

「ああ。ありがとう、すぐ行く」

中に箱とボードをしまい、部屋を出た。廊下にシャルルの姿はない。直接向かったダイニングのテーブルの上には、温かそうな湯気を立てる料理がすでにセットされていた。

今日は魚がメインらしい。俺の好きなオイル煮だ。葉物以外がダイス状にカットされたサラダにもサーモンが。色違いのスープカップにはオニオンスープがなみなみ注がれている。ぐぅ、と腹が鳴った。

「美味しそう。腹鳴っちゃった」

「オイル煮とスープはおかわりあるよー。……よし、これで終わり。食べよう」

ミートパイの皿を真ん中に置いたシャルルも席につき、いただきます。と声を揃える。

「豪華だな？　パイまである。大変じゃなかった？」

「アップルパイもどき作ったからついでだよ。生地余ったから」

「今夜のデザート？」

　わくわくしながら横顔を覗き込めば、うん、と頷いてくれた。やった。りんごは好きだ。食後の楽しみが増えた。

「明日は白菜消費するよ。メインも副菜もスープも全部白菜になるから覚悟しておいて」

「そんなにあったっけ？」

「畑にある分全部採るつもり。今消費しておかないと、もう少し時間経ったら虫がすごくなっちゃうんだ。葉っぱの中で青虫が暖とるの。洗うたびにポロポロ落ちてくる。今で結構ギリギリ」

「げ。それは……ちょっと想像したくないな」

「でしょ。小さいし、取っちゃえばなんてことないんだけど、さすがに食欲失せるから」

　苦笑しながらオイル煮の魚を取り分けてくれた。

俺はサラダをよそい、シャルルがよそった魚とサラダとを交換する。

「シャルル、あとでホットワインいれようか。飲んでみる？」

「酔っぱらう？」

「一杯くらいなら大丈夫じゃないかな。体温まるよ」

「じゃあ一杯だけ。酔っぱらって面倒くさくなったらごめんね」

「寝るだけだから気にしなくていい。寝てもいいよ、連れて行くから」

　寝落ちしないよう気をつける、ホットワインは初めてだと期待のこもる笑みを浮かべ、サーモンを口に放った。俺も白身を一口。美味い。

　二人きりの食卓にも慣れた。こうして隣り合って、他愛ない会話をしながら、マナーなど気にせずゆっくり食事をする。この時間が好きだ。

　食後、シャルルが洗い物をしてくれている間にスパイス入りのホットワインを作った。

ソファには大判のブランケットと読みかけの本。刺繍（ししゅう）セット。透明の耐熱カップに入れたホットワインと、シャルルが作っておいてくれたデザートの皿を、居間のローテーブルに並べた。

楽しみにしていたデザートは甘さ控えめのアップルパイ。見慣れた形ではない辺りがもどきなんだろうか。

パイの上には薔薇（ばら）がたくさん咲いている。見た目からして華やかで美しい一品だった。なんだこれ。すごい、こんなの家庭で作れるものなのか。

「この薔薇、何でできてるんだ？」

「皮ごと薄切りしたりんご」

本物みたいなりんごの薔薇に感動していると、

「簡単なんだよ。あったためてくるくる巻くだけ。簡単なのに見た目華やかでいいよね」

にこにこしながら種明かしをしてくれた。

食べるのが勿体（もったい）ないくらい美しくて躊躇（ためら）っていると、一つひょいっとつまんで俺の口に放り込んだ。

しっとりしているのにしゃきしゃきしている。本当にりんごだった。甘いが自然な甘みで食べやすい。

「美味しい？」

「甘い。美味しい」

月並みな感想しか言えない俺を非難することなく「よかった」と笑う。

デザートをつまみながら、ホットワインを飲む。

俺は読書、シャルルは刺繍。冬の間に刺繍の腕を上げたいと、熱心に銀色の糸を布に刺していた。

この家で初めて過ごす冬は、思っていた以上に静かで、流れる時間がゆったりしていて、心地いい。

お互い別々のことをしていても、会話が途絶えて沈黙が続いても気にならない。隣にいることが、時間を共有することがとても自然だから。

ふと、結婚までしたのにまだ一年もともに過ごしていなかったのだと、かなり今更な事実に思い当たり苦笑した。

シャルルとはもう何年も一緒にいるような気がす

るのに。実際はあとひと月半くらいでようやく一年。

とても濃い一年だった。王族として生きた十数年が色褪せるくらいに。

（去年の今頃はみじめだったな……あの頃の自分に今の生活を教えてやりたい）

雪を見ると苦々しい気持ちになる。雪はみじめだった頃の象徴だ。できることなら思い出したくない類いの、消せるなら欠片も残さず消して、なかったことにしたい日々の象徴。

防寒具などなく、寒いというより痛かった。全身がかじかみ、眠ったらもう目を覚ませないような気がしていた。

どこかの町の路地裏や、森の中の木のうろや洞穴で体を休め、雪を食べて飢えを凌いだ。たまに小動物が落とす木の実を奪って食べた。死なないために生きていたが、きっと春まで生きてはいないだろうと思った。

ホットワインを一口啜る。

こんなものを飲める日が来るなんて、あの時はまったく想像もできなかった。当然だ。明日命があるかも見通せなかったのだから。

まして倒れ込んだ先で助けられ、助けてくれた家主に恋をするなんて。

「シャルル」

「うん？」

「愛してるよ」

「いたっ！　あ、ありがと？　唐突だなあ」

また指を刺したらしい。俺のせいだ。

責任もって小さな赤いかたまりを指ごと食べて、ごめんなと笑った。

◇

毎日のように雪は降る。
薄暗く、空はだいたい白に近い灰色で、たまの晴れ間も長くは続かない。

降り始めの頃にルーシーが作ってくれた物干し小屋のおかげで洗濯物問題が一気に解決し、冬の洗濯物が楽しくなった。そして居間もすっきりした。

それだけじゃなく、構想どおり裏口から小屋までの短い距離に屋根付きのトンネルめいた通路まで作ってくれた。僕の旦那様がとても有能。

冬ごもり中、一度だけ町へ下りた。ワインがなくなりそうになったからだ。

最近の僕らは夕食後のホットワインにはまってしまって、赤ワインとスパイスの消費が早い。だからもこもこに防寒をして二人で買い出しに向かった。

町は思ったほど閑散としてはいなかった。人通りは少なく、どこかひっそりとした空気が漂っていたものの、閉まっている店は少ない。開けるのは日照時間だけという店が多いけどね。

通りかかった魚屋の店先では、凍った魚を雪に突き刺して売っていた。この町の冬あるあるだけれど、初見のルーシーはこっちがびっくりするくらい仰天していた。二度見どころか五度見くらいして「斬新な売り方だな……」と絞り出し、唖然としながらカチカチの大きな魚を二尾購入。買う予定じゃなかったのに。

パンを抱えるみたいに魚を抱えている姿が可笑しくて遠慮なく大笑いした。あとで聞いたら「買わなければって使命感がわいた」と、凍った魚を前に真剣に呟くものだから、また腹を抱えるはめに。

その謎の使命感のおかげでしばらく魚には困らなくなった。腕によりをかけて、ルーシーの好きなオイル煮を作ろうと思う。

たくさん買い込み、その日以降は家にこもった。刺繍や料理研究に打ち込む傍ら、雪遊び初心者のルーシーに遊び方を教えた。まずは基本の埋まるところから。たくさん積もったところに二人で大の字に飛び込んだ。雪まみれで笑い合い、雪に顔型をつけたり、転げまわったり。

雪だるまを作らせてみたら、三体目くらいから妙にリアルというか、芸術性を醸し出してきて思わず写真を撮ってしまった。二物も三物も天に与えられた人というのは存在する。

　ルーシーからはチェスを教わった。難しくてルールを覚えるだけで大変だったけれど、知らなかったことを知るのは楽しい。それに。

「ルーシー、ここの文が分かんない。どう繋がるの？　なんでこの訳になるの？」

「直訳じゃなく意訳なんだよ。全体の感じから汲み取って、この訳になってる」

　長い指が教材代わりの本の文字をたどる。丁寧に噛み砕かれた説明を真剣に聞くも、やっぱりよく分からず首を捻った。

　冬ごもりを始めてから、毎日短時間だけれどルーシーから勉強を教わっている。学校の勉強というものに少し興味があって、それを話したらルーシーが先生になってくれた。教材はないからできる範囲で。

　今はルーシーの仕事でもある語学を教わっていた。でも難しくて、これを仕事にしているルーシーを心から尊敬する。ただ言葉が分かるだけじゃだめなんだと、学べば学ぶだけ痛感するばかりだ。

　ローテーブルに頬杖をつき眉間を寄せていると、生まれたしわをふにふにと伸ばすように押された。

「休憩しよう。根を詰めてもいいことない。お茶飲んだら少し体動かそう」

「んー。そうする。ルーシーはこのあと予定ある？」

「シャルルを愛でるっていう大切な用ならあるかな」

「じゃあ遠慮なく。降ってないし、湖行く？」

　流された……と、しょぼんとする旦那様の頬をむぎゅむぎゅ揉みつつ提案してみる。途端に目を輝かせたげんきんな人は、スキップでもしそうなくらい足取り軽やかにキッチンへ向かった。手早く紅茶をいれて、水筒にも注いでいる。ノリノリだ。

　雪だるま、いや、雪像作りと同じくらいルーシーがはまったのは、あの小さな湖でする散歩だ。この時期凍ってしまう湖の上を歩いたり、滑ったり。ただそれだけなんだけれど、あの湖には思い入れがあるみたいで、行くこと自体がすでに好き！　とのこと。今日も嬉しそうだ。

お茶を飲み、用意してくれた水筒とお菓子を持って、しっかり着込んで出発。さすがに一時間半も雪道を歩いていたら日が暮れてしまうから、湖のほとりまで転移で移動した。

「今日もちゃんと凍ってるな。よし、歩けそうだ」

つま先で湖の氷を踏んで確かめ、僕の手を引いて湖上を歩き出す。

気をつけてはいても、踏み出した角度と場所によっては足をつけたそのままの勢いでズルッと滑ってしまう。ルーシー的にはその一瞬のヒヤッとする感じすら楽しいらしい。

バランス感覚の優れたルーシーはともかく、僕は何度かあわやという場面があった。そのたび転ぶ寸前で引き上げてもらい、どうにか転ばずにいられた。

そうして湖の真ん中くらいまで行った時。またもや僕が足を滑らせたら、今度はそのまま尻餅をついた。手を繋いでいるルーシーまで巻き添えだ。したたかに打ち付けたお尻はじんじんして痛いのに、旦那様は「滑った」と笑うだけ。絶対わざとだ。

尻餅ついでに、持ってきたかごを広げておやつタイムにした。コップに水筒の紅茶を注げば、温かそうな白い湯気が立ち上る。

「はい、紅茶。ルーシーはここが好きだよね」

「ありがとう。好きだよ、これも湖上デートだから」

「そうっちゃそうだけど。まあ確かに、今の時期限定の湖上デートだね。お尻はじんじんするけど」

「ふふ。ごめんな。帰ったらゆっくりマッサージしてあげるよ」

「ルーシーが言うといやらしく聞こえるんだよなあ」

「下心十割だからかな？」

全部じゃん、と吹き出した。そこは嘘でも心配しているからだよ、とでも言っておけばいいのに。正直なんだからなあ、もう。

しんとした氷の湖の上に座り込み、あたたかな紅茶を飲みながら、ゆったりとした時間を過ごした。

吐く息は紅茶の湯気よりも真っ白。空気はお尻の下の氷のように冷たく、お互いの頬や鼻の頭は真っ赤だ。毛糸の帽子に隠れた耳もきっと赤くなっているだろう。

「寒いね。紅茶が美味しい。ありがとね」

「どういたしまして。……寒いけど、俺は冬が好きになったよ。寒いのも、雪も、好きになれたよ」

「雪かきも？」

「もちろん。雪下ろしは毎年俺がやる」

楽し気な笑い声が上がるたびに雲のような白いもやもやが現れる。

まるで雲の中にいるようにお互いの顔周りを真っ白に染めながら、今の季節だけのデートを楽しんだ。

行き倒れていた男とこれからも

今年は雪が止むのが例年より早い。最後の雪が降ったのは、庭先で早咲きの菜の花がちらほらと咲き始めた頃。

降雪が止み、晴れる日が増えた。そうすると雪解けも進み、湖の氷も溶け始め、ルーシーお気に入りの冬限定湖上デートは来年までおあずけに。

しょんぼりするかと思いきや「来年の楽しみにしておく」と、なんとも言えない柔らかい表情をしていた。少しずつ近づいてきた春の気配のように優しく甘く、たったそれだけでドキッとする表情を。

雪が薄くなっていくたびに、注ぐ陽光が眩しくなるたびに、雪を頭に載せて顔を出した植物を見つけるたびに、季節が変化していくのを肌で感じた。

白以外の色が庭や畑、森や道端に増えていくと、鈴の音のような鳥の声も聴こえてくるようになる。

つい作業の手を止めて囀(さえず)りの方向を確かめてしまうような、そんな可愛らしい声だ。

「春だなあ」

「ははっ、まだ早いだろ。ほら早く行こう、昼に食べたい」

「ほんと春キャベツ好きだよね。まだできてないと思うよ？　今自分でまだ早いって言ってたじゃん」

　ルーシーは弾むような足取りで長靴を履いた足をキャベツゾーンへとどんどん進めていく。が、そこにあったのは案の定キャベツではなくただの葉っぱ。まだ形にすらなっていない。

「あぁあ……まだだった……」

「だから言ったでしょ。来月にはできるから、そうしたら思う存分いっぱい食べよう」

「小さくても形になってたら採りたかったのに……」

「ほらほら諦(あきら)めて。追肥するよー」

　名残惜しそうに青い葉をじっと見下ろすルーシーの背をぐいぐい押して、作物たちの元へ追肥していく。そのあとは何も植えていない場所を耕して土作りだ。土起こしはしてあるからそこまで大変な作業じゃない。二人で作業したから昼前には終わった。

　スコップを地面に刺し、腰をぐーっと伸ばす。肩甲骨をお見合いさせるように肩を動かすと、固まった筋肉が伸びて気持ちいい。首を左右に倒せばパキパキと軽い音が鳴った。

　ルーシーもスコップを置き、汗の浮かぶ額を拭(ぬぐ)う。

「お疲れルーシー。お昼何食べたい？」

　銀の髪が日差しを受けてキラキラと光の粒をあちこちへ飛ばす。きれいだな、と目を細めた。

「冷たいものがいいな。動いたら暑くなった。シャルルは？」

「僕も汗かいた。じゃあさっぱりしたものでも作ろう。戻ろっか」

　道具を片付け家の中へ。二人で軽くシャワーを浴びて、さっそく昼飯作りに取りかかる。

　僕がキッチンを使っている間、ルーシーは予備のまな板や保存していた何種類もの果物をテーブルに並べ、何やら楽しそうにカットしては大きなガラス瓶に投入していった。

「何作ってるの？」

「サングリア。今回は赤ワインで作る。飲みやすくて美味いよ。シャルルは果実水好きだし、好みの味だと思う」

「美味しそうだねえ。楽しみにしておく」

　ガラス瓶の中には、いちごやラズベリー、ブルーベリー、オレンジにりんご。保存魔法万歳な果実たちが詰まっている。豪勢だし美味しそうだ。

「ブルーベリー、来年には庭で採れるかもね」

「楽しみだ。上手く育つといいな」

「たくさん採れたらジャム作ろう」

「それ卸すの禁止。俺たち用にして」

「なんで？」

「だって入籍記念のブルーベリーだから。シャルルと俺しか食べちゃだめなんです」

何その決まり、と笑えばルーシーも両手を動かしながら笑う。

　今晩から読書のお伴はホットワインじゃなくサングリアになるのかもしれない。想像したら自然と頬が緩んでいた。

　ホットワインは冬の夜のお伴としてとても優秀で、大切な思い出の一つになった。サングリアもそうなるのかもしれない。

　凝り性なルーシーだから、きっとどんどん上達していって、飲み慣れた頃にはびっくりするほど美味しく作れるようになっているはずだ。リゾットやシチューや、蒸し野菜用のディップのように。

　ぽいぽいとガラス瓶を果実で埋めていく様子をふっと笑い、僕も昼食作りを再開させた。

　洗い物を済ませ、勝手口から庭へ出てごみ処理用の魔道具箱に集めた生ごみを投入。流しもきれいに洗い、最後に水滴を拭いて作業終了。今日もピカピカだ。毎食後にこれをするのは面倒だけれど、終わったあとの達成感は癖になる。一種の依存症みたいなものかもしれない。

「ルーシー。午後の予定は？」

「店主に頼まれたものを作ってみて、時間があれば持って行きたいかな」

「ああ、あれかあ。本当に売るの？」

「店主が乗り気だからな。まあ、世の恋人たちへ幸せのお裾分けと思えば」

にっこり笑顔を向けられ、ちょっと反応に困りながらも僕もなんとか笑い返した。

幸せのお裾分け――それは僕らが長らくお世話になっていたルーシー特製の潤滑剤のこと。

ルーシーの魔法の才能が遺憾なく発揮された代物は、今後商品として世に出るらしい。魔石版《シャルルの瞳》に続き、ルーシー渾身の作の商品化第二弾だ。

第二弾がアレってどうなんだろう……と、僕は気が遠くなりそうなんだけれども、馴染みの店主がとてもノリノリで。一般的に出回っているものよりずっと性能がよく、絶対に売れる！　と豪語しているのだ。なんでも、ぬめりが長持ちするのに落とすのは簡単、粘り気は強いのに柔らかくべたつかない、無害、舐めても飲んでも平気っていうところがいいんだとか。何が商売になるか分からないね。

「結局どうなったの？　レシピは売らないの？」

「ニッチな商売になるし生産数絞りたいってさ。しばらくは俺が作ることになった」

「な、名前は……？」

「未定。店主に丸投げした」

潤滑剤にシャルルの名前は使わないよと補足され、心の底から安堵した。魔石はまだしもさすがにこれは嫌だ。恥ずかしいなんてレベルじゃない。

「とりあえず試作品としていくつか作る。まあ、物自体は完成してるから、見本としていくつか持っていく感じになるかな。付き合ってくれる？」

「うん、いいよ。いいんだけど、どんな顔して店主に会えばいいのか」

小さい頃から知っている人間に性行為用の潤滑剤を売りに行くって。しかも僕のために作られたものだと知られている。どんな拷問だ。

「素直に使用感を伝えてくれてもいいんだよ？」

ちょっと目が笑っている。きっと僕の心境を分かっての台詞だ。この野郎、他人事だと思って。

僕はつんと顎を逸らした。

「ねっとりとろとろしてて、中に塗られるだけで気持ちいい。痛みも苦しいのも軽減される、挿入から事後までずっと乾かないし、相手のに塗っても楽しい。ほんのり甘いしそのまま口淫しても問題ないですって？」

「瓶詰めする前に腕が鈍ってないか試してもいい？いいって言って？」

言うが早いかソファに押し倒された。のしかかってきた旦那様の瞳孔は開き気味だ。本当、煽り耐性ないなこの人。ちょっとからかっただけですぐガルガル狼になってしまう。

「試すだけで我慢できるならいいよ」

首へ腕を回す。と、へにゃへにゃになって覆い被さってきた。うっ、重い。

「……強気なシャルルも可愛い……」

「ちょっとからかってみただけです」

「……入れちゃだめ？」

「だめだね、お試しだからね。するなら中に塗るだけか、ルーシーのに塗っておクチだけだよ」

我慢できるの？　と見上げたら腰を押し付けられた。無言で主張しないでいただきたい。本当に、この人はもう。

擦りつけられると僕にも刺激が伝わってきて小さく息をのむ。

こんな真昼間の居間で！　と、もう一人の冷静な自分が頭の片隅で非難がましい声をあげた。でもゆっくり動かされると、ソファに押し当てられた背骨あたりがじくじくと甘く痺れて力が抜けてしまう。冷静な自分なんてすぐどこかへ消えてしまった。

「シャーリィ、お願い……だめ？」

子犬の皮を頭からすっぽり被った狼が、ねだるようにキスをしてくる。唇を避けた可愛らしいキスばかりを。

僕は内心「くそう」と悪態をついて、確信犯の銀狼の鼻先にがぷりと噛みついた。


――ぬるま湯の中で揺蕩うような、不安定なのに、ゆったりとしたなんともいえない心地よさ。そういう穏やかな快感は後を引く。それを僕はもう知っている。

僕にあらゆる快楽を教え込んだ人は、膝に座らせた僕を宝物のように見つめ、撫で、口づける。

セーターがずれて剝き出しになった肩を舐めて、首にはたくさんの痕を残した。

「人工の明かりじゃない明るさもいいな。肌の色が違って見える。血管が透けててきれいだよ」

「どういう、褒め方……？」

「血管まで愛してるってこと」

初夜の朝を思い出す、と懐かしそうに目を細めた。夜なのか朝なのか、なんて茶化す余裕はない。

繋がった部分でくちゅっと水音が鳴る。恥ずかしいくらいねばついた音だ。

腕が鈍っていないかなんて、試す必要もないくらいスムーズに魔法を行使していた。入れてとねだったのは僕だ。ねだるまで追い詰めたのはルーシーだけれど。

「ルーシー、おもしろがってる、でしょ」

「そんなことあるわけない。大切なテストだよ？」

「へえ？」

下腹と後孔にぐっと力をこめる。かなり締まったのかルーシーの眉がきゅっと寄った。余裕を少し削れたことに満足し、得意げに笑ってやる。

「ほら、はやく、しないと、っ、持っていく時間、なくなるよ？」

後ろを締めながら、生地を伸ばすみたいにねっとりと腰を前後させる。ルーシーはどんどん表情を険しくさせていく。嚙み締めた唇から荒い息が鋭く漏れて、ぎらついた眼で睨まれた。顔が真っ赤では怖くもないし、迫力もない。ただただ可愛いだけだ。

「っ、小悪魔……っ」

「あれ、天使じゃ、なかったの、ぁ……気持ち、ぃ」

「天使で、小悪魔で、っ、愛しい俺の、宝物、だよ！」

吼えるように叫び、思いきり突き上げられた。ヒンッなんて情けない声が押し出されるみたいに喉から飛び出す。

育ち切った太い熱のかたまりが穴をめいっぱいまでひろげている。奥の狭い部分をコツコツと叩かれ、今度は僕から余裕が奪われていった。

真夏の獣みたいにだらしなく出した舌を口の外で絡ませた。奥を叩く強さがどんどん増していく。

「あっ、ああっ、ルー、んっ……あっ」

仰け反った体がずり落ちないよう支えながら、強く腰を捻じ込まれた。ぐぽっとひどい音が奥で鳴る。触ってもいない僕のものから透明の体液がぶしゅうっと噴き出し、僕らの顔や前髪を濡らした。

ぐっしょりと濡れたルーシーは、自分の頰から顎まで垂れた僕の雫を、挑戦的な顔をしながらべろりと舐めとった。その仕草に背筋がぞわぞわとする。

僕の雫で濡れた赤い舌を差し出され、無二のご馳走みたいに見えたそれを遠慮なく食べた。

後頭部をボールを摑むように押さえられた。身動きが取れないのに、その窮屈さがたまらない。

（気持ちいい――……）

やるべきこと、予定、昼食後という時間、明るい居間、軋むソファ。いろんなことが脳裏を過っては消える。

突き上げが激しくなっていく。バウンドするように自分の体が上下に跳ねる。

　ぶぼっ、ぐちゅっ、ぬぼっと水音がひっきりなしに立つ。耳を塞ぎたいくらいひどい音だ。それさえ気持ちいいなんてどうかしている。

「っ、なか、熱い。溶けそ、気持ちいい……、シャーリィ……、シャーリィ、愛してる、愛してる、俺の……っ」

　食いしばった口から絞り出すように漏らして、睨むような強い眼差しでまっすぐ見つめてくる。きっと僕の言葉を待っている。

　洪水のように濡れそぼった結合部を必死に締めて、僕の出したもので濡れた頬に手を添えた。

「好き、大好きだよ、僕の、いとしい旦那様……っ」

　なんとか言い切った僕を強く抱きしめ、ごちゅ、ごちゅ、と激しい抽挿音を居間に響かせながら、のぼり詰めるための動きへと変えていく。

　拘束めいた抱擁は痛いくらいだ。でもその痛みだって気持ちいい。

「ル、ッ、あっあっ、ひっ、ルー、んん——っ」

　頭を振り乱して叫んだ瞬間、肚にみっちりと埋まるものがぶわりと体積を増して、過敏になっている奥の奥へ大量の精を吐き出された。

　びゅうびゅうと勢いよく注がれていく。放出のたびにビク、ビク、と痙攣するように動いていることさえ粘膜越しに伝わってくる。

　くったりした僕の性器からもとぷとぷと溢れ、着たままだったルーシーの服を汚した。

　お互い喘鳴するような荒れた息遣いのまま、こつんと額を合わせた。

「……俺のシャーリィ、あいしてるって、言って」

「ほしがり、め。——あいして、る。あいしてるよ、僕のリュシオン」

　震える唇に、やさしく、やさしく、口づけをした。

　僕にそのやり方を教えてくれた愛しい旦那様は、青い瞳をたっぷりと潤ませ、「俺も愛してる」と笑ってくれた。

◆◆◆

シャルルは元々持久力がある。それはたぶん環境的なもので培われたんだと思う。ここに住んでいるだけで体力も持久力も自然と身につくだろう。なにせ一番近い民家まで徒歩二時間。どこへ行くにもかなり歩かなければならない環境だから。

そんな持久力のあるシャルルに〝慣れ〟という要素が加わった。埋め込んだ魔法の効果も多少は残っているかもしれない。どれだけしても初夜明けのようにぐったり寝付くことはなくなったのだ。

何が言いたいかって。

「こうして見るといかがわしさ抜群だね。陽の下で見るとこんな色してたんだ。知らなかったな」

居間のローテーブルを埋めるのは、作製した潤滑剤を入れたボウルと、潤滑剤を詰めるための菱形(ひしがた)のガラス小瓶が十個。

俺の脚の間に座るシャルルは、瓶詰めを終えた潤滑剤を楽しげに揺らしている。紫がかった薄ピンク色の中身がたぷたぷと揺れている。

「夜のお道具(ラブグッズ)をいじる天使(シャルル)、しんどい……っ」

潮を吹くほどイって、最後は結構激しめに抱いてしまったというのに、何事もなかったかのように元気。ピンピンしている。まとう雰囲気は多少色づいているとはいえ元気。

こんなに元気で普通にしているのに、数十分前まで俺の上で乱れていたという事実も、今俺の腕の中で興味津々といった様子で潤滑剤を観察しているという現実もしんどい。ギャップがえげつない。潤滑剤を弄(いじ)っている絵面がひどい。これこそ卑猥(ひわい)の極み。

この普通の顔をしたシャルルがこの潤滑剤を自ら使う姿を妄想してしまい、頭を抱えたくなった。

それらしく見えない人間が垣間見せる性的な一面とはどうして滾(たぎ)るものがあるのだろうか

——どうしようもない妄想に身悶(みもだ)えていると、やや引き気味な視線が突き刺さった。

「しんどいって。今更すぎるでしょ。さっきまでこれ僕に塗り込んでた人が何言ってるの」

「そ、うなんだけど。そうなんだけど！　いかがわしい妄想が捗りすぎて勃つ！」

「お元気ですね」

「シャルル相手だと際限なくなるって知ってるだろ……！」

「知ってる。よしよし、落ち着いて。いちいち勃たせてたらいつまで経っても出発できないからね」

「もう『勃つ』ってシャルルの口から聞くだけでもしんどい……」

すでに半勃ちだ。シャルルは呆れ顔で離れようとしたが阻止。ごめん、行かないで。見放さないで。

柔らかなのに弾力のある尻の感触に頬の内側を噛みつつ、無心を心がけ瓶詰め作業を続けた。

小瓶の口に漏斗を差し込み、潤滑剤をとろとろと落とす。とろみのある液体だから溜まるまでそここそこ時間がかかった。

シャルルは時々手についたものを指先で擦り合わせている。もうその絵面もやばい。性的。性的。俺の天使が性的。つらい。……落ち着けこれはただの瓶詰め作業だ煩悩退散。

俺が特級クラスの強さを誇る煩悩と静かな戦いを繰り広げている間にも、シャルルは淡々と作業を進めていた。おかげで無事完成。お試しとしては余裕のある数だが、便宜上試作と言っているだけだからこのまま売ってもいい。腐る物でもないし無駄にはならないだろう。

小瓶を木箱に詰めて蓋をする。視界から小瓶が消えるだけで下肢に溜まった熱は少し落ち着いた。

「これ、作るのは今後もルーシーだけなんだよね？　量作るなら瓶詰めだけでも誰かに手伝ってほしいね。僕も手伝うけど、それでも結構時間かかりそう」

「そうだな。これにばかり時間を取られるわけにもいかないし……その辺りは店主と要相談だ」

箱を置いて出かける支度をした。

一番寒い時期を越えたとはいえコートなしではまだ寒い。俺もシャルルもコートを羽織り、揃いの手袋をはめる。

箱を持ち、魔法陣の中央にシャルルとともに立つ。

「店主に渡したら俺の用は終わりだけど、シャルルは？　何か買い物あるか？」

「肉とクラッカーとチーズ。サングリア飲む時につまみにしたい。離宮で食べたようなやつ作りたい」

「ああ、あれか。いいかも。作るの俺も手伝いたい。面白そう」

「じゃあ今日は夕飯軽めにしよっか。食べたら一緒に作ろう。楽しみ」

嬉しそうに声を弾ませて左手をきゅっと握られた。

ぐっと喉の奥で空気が詰まり、慌てて逆を向いて顔を隠した。

もうやることはやっているし、こんなことで照れるほど初々しくもない。

頭では分かっているのに、シャルルから手を繋いでくれたことも、「楽しみ」と笑顔を見せてくれたことも、無性にぐわあっと来た。

顔が熱い。もう結婚しているのに、何度でもこうして落ちてしまう。好きなところを見つけてはさらに好きになる。

（俺も大概だな……好きすぎてしんどい……）

瓶詰め作業時以上のしんどさを感じながら、不思議そうに見上げてくるシャルルの頭を胸に抱え込んで転移魔法を発動させた。

目を開けるといつもどおり町の手前に立っていた。
何度体験しても不思議だ。ルーシーが気軽に使うから忘れそうになるけれど、転移魔法はほいほい使えるものでも、誰もが使えるものでもない。あまりに気軽に行使されるからすっかり慣れてしまったが、

本来とても稀有な魔法なのだ。魔力の消費量も多いという。秋からこっち必死で練習しているシュライアス様から聞いた話だから間違いない。

曰く『こんな魔法を一日に連発できる兄上は化け物』『非常識』『陣なし転移なんて人間業じゃない』とのこと。そこまでか。

そんな転移魔法を今日もサクッと使いなんでもない顔をしている旦那様と、手を繋いで町に入る。

雪解けしたからか人通りは多かった。先月来た時とは様子ががらりと変わり、まだ春とは呼べない気温なのにみんなの表情は明るい。

去年のこの時期はまだ雪が降っていた。例年に比べて少し早い春の訪れの予感に浮かれてしまう気持ちは分かる。

馴染みの店主の店に向かい、カランカランとドアベルを鳴らしながら入店する。

今日も店主はカウンターで新聞を読んでいた。珍しく大きな黒縁眼鏡をかけている。僕たちが入った時はちょうどその眼鏡を顔から少し離して眉間を揉んでいた。

「……お。シャルルにリュシオンか。しばらくぶりだな。いい冬を過ごせたか？」

新聞から顔を上げた店主がニカッと歯を見せた。

「久しぶり。楽しかったよ。雪遊びもたくさんした。ルーシーが雪下ろししてくれたから助かった」

「そうか、そうか。雪嵐の日は大丈夫だったか？　どこも壊れなかったか？」

「うん。冬支度した時にルーシーがあちこち補強してくれたんだ。あとね、物干し場も作ってくれた。洗濯が楽しくなったよ」

そうか、そうか。店主は何度も頷きながら眼鏡を外し、目尻を下げた。

約ふた月ぶりに会ったからか、店主の垂れた目の下がやけに弛んで見えた。

この人はこんな顔をしていただろうか。

一つ気が付くと、そういえば顔にも首にも手にもしわが増えたとか、濃紺の髪にグレーの髪が混ざっているとか。背中が少し曲がっているとか。そういう変化が目についた。老眼鏡を使っているのだって初めて見た。

　僕が物心つく前から、この人はこの店のカウンターの向こう側にいた。母に連れられて初めてここに来た時、店主はこんな風貌をしていただろうか。

（この人も年を取ったんだな……）

　時間が流れているのは僕だけじゃない。その当たり前の現実を唐突に突き付けられた気分だった。

　ぼうっと店主を見つめてしまう。視線の先の彼はルーシーと潤滑剤の売買について話し合いを始めていた。やたらニヤニヤしている。ルーシーが淡々としているだけに温度差が凄まじくて笑ってしまった。

　話がまとまったらしい二人は握手を交わした。お暇しようとすると、

「シャルル」

「ん？」

　振り返ると、店主は再び新聞を開きながら言った。

「また軟膏頼む。急がねえが、早い方がいいな」

「それって急ぎってことだよね。分かった、出来次第持ってくるよ。またね」

　以前にも交わしたような会話をし、店を出た。

　肉屋に寄ると、おかみさんではなく、彼女の息子が店頭に立っていた。ルーシーより少し年上の青年だ。なかなか注文をしない僕らの様子を不思議そうな面持ちでうかがっている。

「どうしよう。ルーシー、どれがいい？」

「あれ食べたい。スペアリブ。ワイン煮の方。だからそれ用のは買おう。他は……」

　二人してショーケースと睨めっこしてしまう。いつもおかみさんが選んでくれた肉を買うだけだから、自分でとなると何を買っていいのか分からない。

　僕らは迷いに迷い、見覚えのある骨付きばら肉と、ほどよくサシが入ったブロック肉と、淡白そうな肉を注文した。息子はひょいひょいと包み「まいど」

と渡してくれる。

硬貨と三つの包みを交換して店先を離れた。

「美味しい肉を見分けられるように勉強しないとだ。今度おかみさんに頼んでみる」

僕が肉の入った三つの包みを抱えて苦笑すれば、

「俺も一緒に覚える。まずは食べたい料理に合う種類からだな」

ルーシーも似たような表情をして、僕の手から包みを攫っていった。

クラッカーとチーズ、赤ワインも購入。購入品はすべて大きな紙袋に入れ、ルーシーが片手で抱えてくれた。空いた左手で僕の右手を取る。

もう間もなく夕方という時間。帰りは転移せず、家までの道のりをのんびりと歩いた。

通り道にはもうほとんど雪は残っていない。地面には若い芽がいくつも伸びていた。

日照時間が延びてきたとはいえ、町を出て一時間ほどで辺りは赤みがかったオレンジに染まり、徐々に紫と青を混ぜたような色へ変化した。暗くなるにつれ気温は冷たく鋭く下がり、雪解けが早くてもまだ春は遠いのだと知る。

まだまだ家までは距離がある。

すっかり暗くなった帰り道、星を数えて歩いた。ゆっくりと僕らを追いかけてくる月はまんまるだけど少し欠けていた。

「さっきさ、店主の年を感じたんだ」

「いきなりどうした」

「んー？　なんかこう、改めて観察したら、年取ったなあって。初めて会った頃はもっと若々しかった気がするんだ」

「初めて会ったのはいつ頃？」

「僕が覚えてるのは四歳か五歳くらい。でも向こうは僕が生まれる前から知ってるよ」

月光と星明かりのみの暗い道。あまりに視界不良で、ルーシーが前方へ指先を振るった。

蛍のように小さな無数の光が僕らの行く先を点々

と照らす。光に誘導されるように歩いていく。

「あの人の若い頃か。想像しにくいな」

「僕もうろ覚え。でも格好よかったと思う。格好いいおじさまって感じ」

　十数年前の店主を褒めた途端、頼りない小さな光に照らされた横顔がムッとふくれっ面になる。露骨。

　あまりに分かりやすく拗ねるものだから、僕は「ははっ」と声をあげて笑ってしまった。

「張り合わないでよ。店主だよ？　おじさんじゃん」

「シャルルが他の男を褒めるのが嫌。おっさんでも嫌」

「ならルーシーがおじさんになったら言うよ。うちの旦那様は格好いいおじさまだって」

「格好いいおっさんになれるよう努力するよ」

　一転して顔いっぱいに上機嫌さを表したげんきんな人をまた笑う。

　ルーシーが若かりし頃の店主くらいの年齢になった姿を想像してみた。ちょっと渋めの美中年だ。笑いじわのある美中年。絶対すてきに決まっている。

　銀髪はどうなるんだろう。もっと白っぽくなるんだろうか。美しい青だけは変わらないんだろうな。

　僕はどうだろう。そんなすてきな渋い美中年の隣に相応しい年の取り方ができているだろうか。

　ルーシーの三十年後は想像できるのに、自分の三十年後はちっとも想像ができなかった。

　妄想に励んでいたら、何かに突っかかって転びそうになった。繋いでいた手を引かれてなんとかセーフ。地面へ目を凝らしてみたものの、躓くようなものは見当たらない。

「何もないところで転ぶのは義母上からの遺伝？」

　くすりと囁かれ、今度は僕がムスッとふくれっ面になった。

＊＊＊　＊＊＊　＊＊＊

――それから。

出会って一年のお祝いをして、両親の命日にはルーシーも一緒に共同墓地へ行き、花を手向け祈ってくれた。

その後すぐに陛下御一行に翻訳家兼通訳として同行し隣国へ。僕も強制参加だった。例の『でかい案件』だ。目的が仕事だから観光という観光はできなかったけれど、国を出るのは初体験。毎日ドキドキしながら一日一日を大切に過ごした。

ひと月半ほど滞在している間に僕は十七歳になった。ルーシーと陛下が競うようにお祝いしてくれて、山のようなプレゼントをもらってしまった。

帰国してしばらく。晩春の頃、森の中でシロツメクサの指輪をもらった。無事に咲いた、たくさんの白い花の中で。

あれだけ気をつけてと注意したのに、ルーシーの指先は赤くかぶれていた。手袋をすると上手(うま)く作れないからだと。まったく、しょうもなくて、同じくらい可愛い人だ。決めきれない不器用さが愛(いと)おしくてたまらなかった。

夏の結婚記念日はあの新婚旅行先でのんびりと過ごした。

生まれて初めて海に入り、伴侶(はんりょ)を抱いて街中を駆け回る競争では並みいる強敵をすべて蹴散(けち)らしたルーシーがぶっちぎりで優勝。景品は高級宿の宿泊券と子山羊(やぎ)一頭。ありがたく頂戴(ちょうだい)した。

大道芸にはしゃいだり、芝居やサーカスを楽しんだり、人生初のチップというものを払ったり、ぶつけられたトマトで全身を真っ赤に染めたり。

めいっぱい満喫してから、ブランシュカと名付けた白い子山羊を連れて帰宅。たった一頭のための山羊小屋を庭先に建て、家族が増えたと笑い合った。

気温がぐんぐん上昇し、庭のひまわりが満開になった頃、ルーシーは二十歳に。秋にはシュライアス様が十八歳を迎えた。同時にエレオノーラ様との婚姻が大々的に報じられ、国をあげて彼らと王家を祝福した。

ひと月は続くお祝いだ。王都を筆頭に、国のどこでも祝い酒が振舞われ、お祝いの料理が料理店に並び、彼らの肖像画は飛ぶように売れた。文字通りのお祭り騒ぎだ。国全体がお祝いムードで、秋なのに春のように明るかった。

他国の王族もお祝いに訪れた盛大な式やパーティーに、ルーシーは参列しなかった。

王都で行われたパレードをたくさんの民に紛れて二人で眺めた。国旗を振って、めいっぱい腕を伸ばして花びらと紙吹雪(かみふぶき)を投げて。

シュライアス様はルーシーの意思を承知の上で、それでも招待状を届けたのだと思う。

開封すらしなかったその招待状は、今も仕事部屋のデスクの抽斗(ひきだし)に大切にしまわれていると、僕だけが知っている。

ルーシーとする二回目の冬支度リストには、少し成長した子山羊の冬支度も加わった。その頃には可愛い家族のためのアスレチックを手作りしていたくらい情をかけていたルーシーは、張り切って小屋を冬仕様にしてあげていた。すっかり子煩悩だと笑ったのは記憶に新しい。

冬ごもり中から、母のレシピノートたちの隣に僕のレシピノートが並ぶようになった。

ナンバーはまだ一。絵心のない僕が描くと何がなんだか分からないため、完成絵はルーシーに描いてもらっているレシピノートだ。

このノートにはルーシーの得意料理やドリンクのレシピも記してある。だからこれは僕のというより、僕らのノートと言えるかもしれない。

＊

例年どおりの時期に雪解けを迎え、暖かな春はもう目前。

キッチンでは僕と交代したルーシーが楽しそうに動き回っている。出会って二年のお祝いをするのだと張り切ってくれているのだ。

本物そっくりに描かれたサングリアの絵を撫でた。

「シャルル？　おいで、用意できたよ」

「うん、行く。ありがと」

ノートを閉じて棚にしまう。

ダイニングテーブルには絵とそっくりな本物の赤いサングリア。サーモンやキャビア、クリームチーズ、トマトに生ハム、作りたてのいちごジャムといちご――いろいろな具材が載せられたカナッペがたくさん。

それから僕が作ったローストビーフ、りんごの薔薇がたっぷり飾られたりんごのケーキ。お揃いのスープカップには春キャベツとベーコンのスープ。

昼食だというのにかなり偏った、笑ってしまうほど賑やかな食卓だった。

「すっごいカラフル。美味しそう」

「美味いはず！　りんごケーキも美味しそう。余裕でホールいける」

ありがとうとこめかみにキスをくれたルーシーへ、僕も背伸びをしてキスを返す。横並びの椅子を引き、二人で「いただきます」といつものように食前の挨拶をした。

彩りが美しく、具材の組み合わせによって味が変わるカナッペに舌鼓を打ち、この一年で絶品級になったサングリアを飲む。漬け込んだ果実の味が、数日前に飲んだものとは違うことに気付いて、凝り性なんだからなあと心の中でそっと笑った。

フォークに刺したローストビーフを眺めながら、ルーシーは感慨深そうに言った。

「二年か……いろいろあったにはあったけど、俺にとってこの二年はシャルル可愛い愛してる俺の天使！　って思ってばかりの二年間だったな」

「唐突。まあ、僕も似たようなものかも。ルーシー可愛い、しょうもない人だ、まったくもうって思ってばかりだった」

「しょうもない…………」

　どんよりと肩を落としてへこむ隣の人の背を軽く叩く。

「けどそれがルーシーだからね。明日もあさっても、来年も、もっと先も、ずっと一緒にいれたらいいなって思うよ」

「好き」

「ありがと」

　いつものように慣れた返しをしてから、ふむ、と考え、ルーシーに向き合い「僕も好きだよ」と付け加えた。

　まんまるくなった青い双眸がうるるっと歪む。決壊三秒前。

　二年経っても変わらない、僕限定で泣き虫になってしまう旦那様を胸に抱き、震える肩やさらさらの銀髪をよしよしと撫でる。

　しょうがない人だ。もう何度も「好き」を伝えているはずなのに、改めて言葉にするだけでこんな風になってしまうなんて。

　可愛い人だ。感極まるとすぐ泣いてしまうなんて。だけどこんな姿は僕にしか見せないということも、僕はもう知っている。

　陽の光を受けてキラキラと輝く銀色の頭にキスをする。

　いっそう震えはひどくなった。何百回、何千回思ったか分からない「可愛い」が胸にこみ上げ、ちゅっちゅっと何度もキスを落としていく。

「可愛い。ルーシーは今日も可愛いねえ。好きだよ」

「あああむり、むり好き、俺の方が好き、世界でいちばん愛してる、好き……っ」

「わあ熱烈。これからもよろしく、僕の可愛い旦那様」

「喜んで――……ッ!!」

ルーシーは涙声で威勢よく叫んだ。

それがあまりにも可笑しくて、彼の頭を抱えたまま大笑いし、大好きだよ旦那様！　と叫び返したのだった。

番外編　或る秘密倶楽部における小説の話

雑踏の中、榛色の髪が風に揺れる。すれ違った瞬間にえも言われぬ香りが鼻腔を掠め、ハッと振り返った。引き寄せられるように手を伸ばす。華奢な肩に指先が触れる寸前、彼が振り返った。

美しい翡翠色の瞳が大きく見開かれる。

その瞬間、彼も分かったことが、伝わってきた。

「みつけた。俺の運命――」


物語に没頭していると軽いノックが聞こえ、慌てて本を閉じて抽斗にしまった。証拠隠滅が済んだタイミングで扉が開かれた。

「ルーシー？　にやにやしてどうしたの」

「し、してない、してない！　どうした？　お茶？」

「うん。用意できたから呼びに来たんだけど……」

すうっと翡翠色の瞳が細くなる。

「また隠し事してる？」

――鋭い。これはバレている。

平常心、と己に言い聞かせ、なんとか笑顔を作った。疑わしいと言わんばかりの眼差しを受け流し、シャルルの腰を抱いて部屋を離れる。

「今日のおやつは？」

「……ま、いっか。クッキーだよ。ちょっと柔らかいやつ」

ごまかされてくれた寛大な伴侶のこめかみにキスをして、二人で居間へ向かった。

焼きたてクッキーに舌鼓を打っていると、紅茶を啜ったシャルルがおもむろに言った。

「で？　さっきは慌てて何隠したの？」

「ぶふっ、げほっ、えっ？」

「ルーシー分かりやすいんだもん。バタバタ抽斗閉める音聞こえたし。聞いちゃまずいやつ？」

ちらりと見上げる翡翠には遠慮と好奇心が半々に浮かんでいる。隠し事イコール不貞疑惑とはなっていない様子に嬉しくなってしまった。信頼がこそばゆい。いや、嬉しがっている場合じゃない。

話すかどうかたっぷり五分は悩み、意を決して向き合った。

「シャルル。何を聞いても動揺しないって約束して？」

「へ？　聞いてみないと分かんないよ」

「だよな。あー……たぶん、シャルルは恥ずかしがる……と、思う。最初に言っておく。俺は一切関与してないから」

「……？　とりあえず教えて」

疑問符がたくさん浮かぶ頭をよしよしと撫でて、俺は言葉を選びながら例のアレについてシャルルに語った。

――事の発端は三週間前。例によって、世話になっている店主から齎された一冊の本だった。

『リュシオンよ、黙ってこれ読んでみな』

ニヤニヤしながら渡されたその本は、一般的な書籍より薄く、ノートほどの厚みしかなかった。

シャルルのいないところで読めと謎の指示を受けたその本は、一見ありふれた恋愛小説だった。が、登場人物が問題だった。

（まさか俺たちが題材にされているとは……）

そう。男同士の恋愛を描いたその本の主人公は、名前こそ微妙に変えられているが、どう考えても俺とシャルル。容姿の特徴と響きの似た名前から俺たちを連想するのは容易かった。しかも官能小説だった。思わず店主を軽くしばいてしまった。

無名の著者が手がけたその本をきっかけに、俺は調査に奔走。他にもあるなら内容を確認せねばならない。どういった経緯で店主の手に渡ったかは知らないが、不特定多数に俺の天使らしき者の痴態を晒すわけにはいかないからだ。あと単純にえろくて面白かったから他にもあれば読みたかっ、ごほん、シャルルの名誉のためにも回収しなければならない。

そうして集めに集めた書籍は計十冊。さっき読んでいたのは例の著者の新刊だ。男女の性の他にアルファ、ベータ、オメガという第二性が存在する架空の世界で、俺とシャルルは運命の番として出会い、恋をして、唯一無二になる——という、夢に溢れた設定らしい。著者史上最高にえろいと一部界隈で噂になっていた。序盤も序盤で読むのを中断したため、あの先が楽しみでならない。

「オメガのシャルルには発情期があって、セックス中アルファの俺に嚙まれると番になるらしい」

「…………」

「番になると他の奴とは一切できなくなるし、俺にだけ発情するようになる。素晴らしいのは、オメガだと男でも妊娠可能って設定だ。ぶっ飛んだ設定だけど夢があって俺は——」

「……どこから突っ込んでいいか迷う。えっと……とりあえず、ルーシーが一番気に入ってるやつ読ませて。読んでから考える」

何を？　とは思ったがうきうきと仕事部屋へ行き、お気に入りの一冊を持ってシャルルの元へ戻った。

シャルルが俺に片思いする長編小説だ。切ない心情描写が可哀相で可愛くて涙なしには読めない。最後の最後で無事結ばれるが、事件あり、すれ違いありで、結ばれた瞬間滂沱の涙を流した珠玉の名作だ。そして十冊の既刊の中でもシャルルの俺への好き度が抜群に高い。控えめに言って最高。

俺の熱い解説を聞き流しながらシャルルは本を開き、光の消えたどろんとした目で読み進めた。速読するようにパラパラと捲り、ラスト付近の情事シーンでパンッと勢いよく閉じる。

「これ、出回ってるんだ？」

「そうだな」

「読む人が読めば僕らだって分かるね」

「そうだな」

「今すぐ焚書してほしい……っ」

耳まで真っ赤に染めてわっと頭を抱えた拍子に本が吹っ飛んでいった。ああ俺のお気に入りが！

＊

「あっははは！　なんですかこれ、あははっ、げほっ、ははっ、げほっ、げほっ」

盛大に咳き込みながら腹を抱えるシュライアス。それを冷たく睨みながら、シャルルの背を気遣わしげに撫でるエレオノーラ。なんとも言えない空気の中、俺は黙って脚を組み替えティーカップを傾けた。

現在——両陛下から贈られた王都にある別邸。

あの日、大変に困惑したシャルルが助けを求めたのは俺ではなく姉と慕うエレオノーラだった。焚書の一言に俺がうろたえたせいだ。最愛の天使から敵を見る目で射抜かれたのはかなり堪えた。ごめん。

知った当初こそ全回収し、すべて俺の手元に保管しようと画策した。が、すぐに現実と直面するはめになる。想定以上に固定ファンがついていたのだ。

脅してもすかしても彼らは愛読書を手放さなかった。逆に作品への愛を語られた。同士という単語を強く意識したのは生まれて初めてだった。

俺は独占欲が強い。本物のシャルルを共有など死んでもお断りだが、創作物の中のシャルルらしき人物を愛でる分には許容できた。できてしまった。

しかも同士たちは情報通だ。俺は同士たちの熱意と情報価値の前に、全回収の意志を撤回したのだった。

閑話休題。

急遽開催されたお茶会という名の相談会に集まった王太子夫妻は、テーブルにひろげた例の本たちを前に両極端な反応を見せた。それが今。

「いやあ、すごいですね、こんなのがあるんだ。知らなかっ……ぶふっ、シャルロとルシオン……げほっ、あっははは！　だめだツボに入ったっ！」

「笑いすぎよ。シャルル様、これはフィクション。気にしすぎない方がいいわ」

「エレオノーラ様………」

うるうると瞳を潤ませるシャルルを慈愛と同情に満ちた表情で慰める。

「たとえ名が違っても気恥ずかしいものよね。わたくしとシュライアス様も経験者だもの。気持ちは分かるわ」

「あ、劇」

「ええ。醜聞を手っ取り早く美談にするためとはいえ、とても……そうね、とても恥ずかしかったわ……特に面と向かって感想を伝えられるとね……」

遠い目をする王太子妃を、今度はシャルルが慰める。義理の姉弟の慰め合いをよそに、俺の弟はいまだ笑い転げていた。

「正式に抗議すれば差し止めと回収は可能だと思うわ。シャルル様はどうされたいの？」

「僕らの場合実話に基づいた話はないので、えっちな部分を削除してもらえるなら放置でいいです。無理なら名前をまるっきり別物にしてもらえたら」

そうね、著者を探して交渉してみましょう。


そう冷静に対応するエレオノーラとは逆に、俺はテーブルに思い切り頭を打ちつけていた。久しぶりのシャルルの「えっち」発言に撃沈。シュライアスの笑い声がいっそうやかましくなる。

「少しお時間をいただけるかしら。伝手をあたってみますわ」

「伝手があるんですか？」

「ええ。こういった恋愛小説の愛好会のようなものがあるの。きっと著者もすぐに分かるわ」

淑やかに微笑むエレオノーラに、潤んでいたシャルルの瞳が希望に輝いた。シャルルの心の声が聞こえてくるようだ。今間違いなく「エレオノーラ様大好き」とでも考えているはず。

一段落着いたところで紅茶をいれ直し、ついでに席替えもした。俺は定位置であるシャルルの隣へ、エレオノーラはシュライアスの隣へ戻る。

俺のコレクションを片付けたテーブルには、砂糖を控えめにした菓子が並んだ。シュライアスの前にはもちろんマカロンの皿が。今日は常識的な量だ。

「今更ですけど、こんな時期に呼び出しちゃってごめんなさい。体調は大丈夫ですか？」

「ええ。もう悪阻もおさまって、軽めの運動もしているのよ。公務も再開できたらいいのだけど……」

「それはだめ。今のエリーの仕事は体を大事にすることだよ」

「心配しすぎよ。過保護すぎるわ」

少々呆れたように言いながら、無意識にか腹をそっと優しく撫でた。

王太子妃懐妊が報じられたのは二ヶ月ほど前。

結婚の日と同じくらい国中が歓喜と祝福に沸き、国内の雰囲気は今も明るい。景気も上向きとなり、俺が引き起こした大醜聞は過去のものになった。

なかったことには決してならないが、物事はこうして風化していくのだと肌で感じる。あの一件であおりを食った者以外、俺の存在を気に留める者はそう多くないだろう。

「兄上、ルゥ。お願いした件がどうなったか聞いてもいいですか？」

エレオノーラの手に手を重ねながら振り返る。シャルルと目を合わせ、

「検討中だ」

端的に答えると弟は眉を下げた。早く知りたいとその顔に書いてある。

「だって王子様の名前だよ？　そう簡単には決められないよ。ね、ルーシー」

「下手な候補をあげたら却下されるだろうしな」

「じっくり考えてくださいませ。楽しみにしておりますわ」

慈母のような微笑みが眩しい。手抜きなど許さない――と副音声が聞こえたのは俺だけか。

懐妊の一報より随分早く妊娠を知った俺たちが弟夫妻に頼まれたのは、子どもの名付け。男女のもの一つずつ考えてほしいとシャルル経由で依頼された。

第一子であり、両陛下にとっては初孫だ。それこ

そあの人らが一枚噛みたがりそうなものだが、シュライアスたっての願いということ、エレオノーラも賛同していることから、俺とシャルルにお鉢が回ってきたのだ。

　責任重大だと、歴史書や神話を引っ張り出して偉人や天上の存在の名前を抜き出すシャルルの傍ら、俺も近い血筋の者たちの名前をあげ、被(かぶ)らないよう慎重に検討し――てはいるが、いまだ決定には至っていない。一周回って「もうなんでもいいのでは」となりかけることも多々。思っていた以上に名付けは難しい。子山羊(ブランシュカ)の名はスルッと出たのに。

「響きだけでいいなら、個人的にはアメリアとかアナスタシアとか可愛いなって」

「まあ。どちらも可愛らしいわ。男の子の名前は?」

「それが難しくて……いいなって思う名前は今いたりするんです。貴族多すぎ……」

「真剣に考えてくれてありがとう。誰とも被らないのは難しいよ。そこまで求めないから気にしすぎなくていい」

　苦笑するシュライアスにシャルルも同じような表情になる。実際問題シュライアスの言うとおりなのだ。誰とも被らない名前などない。少なくとも今は思いつかない。

　クリーム色のマカロンを二口で食べきったシュライアスが頬を掻(か)きつつ言った。

「プレッシャーをかける意図はまったくないんですけど、楽しみで楽しみで。はやく名前で呼びたいなあって思って」

　腹の子に話しかけるのが日課なのだと照れくさそうに笑う。幸せそうで何よりだ。

「被るとか被らないとか、それは正直どうでもよくて。兄上たちが考えてくれるだけで嬉しいんです。名前を通して、この子が僕らの新しい繋(つな)がりになる」

　壊れやすい宝物に触れるように、優しく、丁寧に、エレオノーラの腹を撫でる。

　その横顔は、見慣れた〝弟〟ではなく〝父〟だった。エレオノーラもまた、かつての鉄仮面が嘘(うそ)のような〝母〟の顔でシュライアスを見つめている。

まるで神聖な絵画のような美しい光景だった。柄にもなくじーんと感動していると、ふとシュライアスの視線がテーブルの隅へと移動し、ぶふっと頰を膨らませた。おい。

「っだ、だめ、兄上、あのコレクション、どこかへしまってください……っ！　そこにあるだけで笑っちゃいます……っ」

「男だったらシャルロかルシオンにしてやろうか」

「勘弁してくださいっ!!」

再びゲラゲラと笑い始めたどうしようもない弟へ、俺たち三人は生温すぎる視線を送った。


賑(にぎ)やかな弟夫妻を見送ると、途端に屋敷内が静かになったように感じた。

シャルルを先に行かせ、使用人頭と二、三言葉を交わしてからシャルルの待つ二階へ戻る。

窓から見えた青々とした庭では、使用人の監督の元、ブランシュカがのびのびと散歩をしていた。真っ白な体は夕陽を受けて暖色に染まっている。

白いアーチ型の壁の向こうのキッチンでは、シャルルが後片付けを始めていた。さっきまで飲食物が並べられていたテーブルはすでにきれいになっている。少し位置のずれたベンチを戻すと、対面型キッチンに立つシャルルが顔を上げた。

「おかえり。ブランシュカは？」

「ただいま。散歩中だったよ」

シンクを回り込み、洗い物中の背中を抱きしめる。腕にすっぽり収まるこの感じ。良き。

数時間ぶりの抱擁を心から堪能する。邪魔(じゃま)だと振り払わないシャルルが好きだ。小さな結晶を得たシュライアスたちとは形は違えど、俺は本当に果報者だと思う。シャルルさえいてくれるならそれでいいと、本心から思える今が幸せすぎる。

感慨に耽りながら、薄い耳朶を甘噛みしていると、

「結構いい時間になっちゃったけど、今日どうする？　日帰りか一泊していくか」

「泊まろう。ブラン連れて来て正解だったな」

「見越してたんじゃなくて？」

「まあ、多少は。あいつらと会うの久しぶりだったろ？　エレオノーラは特に」

　きっと話に花が咲くだろうと予想してブランシュカも連れて来たと明かせば、嬉しそうな「ありがとう」が返ってくる。

　頭や首筋にいくつかキスを落とし、洗い終えた皿やカップを拭く。たいして数もないからすぐに終わった。まだ新品のようなシンクを掃除し、水仕事はいったん終わり。ここからはようやくシャルルを愛でる時間――と、思ったのに。

「夕飯作っちゃおうかな。何食べたい？」

　伸ばした腕が空を切る。

　さっそくエプロンをかけたシャルル。俺の愛妻は働き者……。

「俺も作るから休憩しよう？」

「でももう夕方だよ？」

「まだ夕方。そんなに急ぐことない」

　丸め込もうとする俺を呆れ混じりに笑い、少しだけだよと両手を伸ばす。よし、お許しが出た。

　今度は正面から遠慮なく抱きしめる。シャルルの髪からは石鹸と菓子の甘いにおいがした。首筋に鼻先を埋めるとくすぐったそうに身動ぐ。

「前から思ってたけど、ルーシーって動物っぽいよね。犬ときどき狼。しょっちゅう嗅ぐし、マーキングに余念がないというか」

「シャルルがいい匂いすぎるから」

「同じ石鹸使ってるんだけどなあ」

　僕も嗅ぐ、と可愛らしい宣言をして俺の胸元や鎖骨あたりでひくひくと鼻を動かす。くそ、可愛いな殺す気か本望です。

「シャルルはなんだろうな。リスとかうさぎかな。

草食だろうな。いや、たまに肉食っぽくなるか」

「つまり雑食」

「つまり天使」

「動物じゃなくなった」

嗅ぎ合いながらエプロンの下へ手をしのばせた。

制止されないのをいいことにまさぐる。慎重に調理台に押し付けると、身長差のせいで覆い被さるような体勢になった。

ほとんど囲い込むようにキスをする。足の間に膝を入れると、これからを了承するように首へ両腕を回してくれた。

触れるだけの軽いキスが、徐々に深くなっていく。

「ん……、はぁ……」

合間に漏れる声が艶かしくて腰にくる。背に這わせた掌を下肢へ下ろしていくと、シャルルも少し反応していた。エプロン越しにさすると硬度が増していく。エプロンはそのままにスラックスを抜き取る。

濃紺のエプロンから伸びる白い脚にごくりと息をのんだ。なんだこれえろい。

「する、の……？」

ここで？　と問う瞳がとろりと蕩けている。

ハッと我に返り、即座に出入口の施錠とカーテンをしめた。もちろん魔法で。シャルルは少し落ち着いた様子で「才能の無駄遣い」と肩を揺らした。

人目をシャットアウトしてから、改めて腕の中の存在を見下ろす。

薄手のシャツにエプロンしか身にまとっていない。足首辺りでくしゃくしゃになっているスラックスと下着が身動きを封じている。そしてやはりエプロンから覗く素足の白さが際立ち、やたらと色気を感じる。ギリギリ性器が見えないくらいの丈がなんともまた……端的に言って、非常にそそられる。

「ルーシー？　どうかした？」

「可愛いとえろいの共存について考えてた鼻痛い」

「そこの布巾使っていいよ」

「まだギリ大丈夫」

鼻の奥のつんとした痛みに蓋をして、最大可愛い愛妻の下肢に触れた。時間を置いたせいか硬度はなかったが、布ごと軽く擦れば再び硬さを取り戻した。濃紺の生地の一部が黒に近い色に変わる。

「……っあ、んっんっ、なんで、……っ」

頬を上気させながら布ごしの愛撫を非難する。可愛い。何かに感謝したくなるくらい可愛い。このまま続けたらどうなるか——むくむくと期待と興味が膨らみ、抗議をキスで封じ込めて手を上下させた。

「んむっ、んっ、ぅ、……は、っ」

「かわいい。シャーリィ、舌出して。べーってして」

おずおずと赤い舌が差し出された。唇に触れないよう舌の先端を舐める。舌先を絡めただけなのにぞわりとした。シャルルもぶるりと体を震わせる。

すっかり硬くなった性器を強めに扱く。油断したところの強い刺激に、飲みきれなかった悲鳴が口の端からこぼれ落ち、掌がじゅわっと熱くなった。

粗相したようにエプロンの一部がぐしょりと濡れている。半透明の白い液体が、つう……と太腿に伝った。

はあ、はあ、と浅く早い呼吸が整わないうちに、吐き出したばかりの性器を再び上下する。

「待って、今やめ……っ！　あっあっ、むり、っ」

「出したあとこうされるの好きだろ？　かわいい、ほら、また硬くなってきた」

「ルーシー、おねが、っあ、出ちゃう、からあっ」

半泣きの懇願に艶が混じる。エプロンの内側をべったりと濡らしているだろう体液のせいで滑りがよくなったのか、いつもより反応がいい。

首を振って危機感に似た快感に悶える姿は何度見ても見飽きない。

楽しい、可愛い、もっと追い詰めて泣かせて、どろどろに甘やかして、優しくしたい。

声にならない声の絶叫が耳に心地いい。

掌の下、張り詰めた性器からぶしゅっと吹き出した。エプロンも床もビシャビシャに濡らし、がくんと膝が折れる。危なげなく支え、休憩の間を与えずうなじに舌を這わせた。

少し汗ばんでいる。体温の上昇でシャルルの匂いが濃く、嗅ぐだけで否応なしに興奮が増した。こういうところが『動物っぽい』んだろうか。

くたりと力の抜けた体を片腕で支えながら尻のあわいへ手を伸ばし、ふと、ここではない架空の世界の設定を思い出した。

〝うなじを噛むと唯一無二の番になれる――〟

ここは物語の世界じゃない。分かっているのに甘い誘惑に駆られた。

「唯一無二……番…………」

「ルーシー……?」

無意識に口に出していたらしい。

声に甘さを含みながら見上げてきた翡翠色に、どくんと心臓が鳴る。

心の中で「ごめんな」と謝罪し、赤らんだ白いうなじに強く歯を立てた。

*

あれからひと月。

いつになく強く噛んだせいで、シャルルの首筋にはくっきりと歯形が刻まれ、しばらく消えなかった。噛んだ瞬間、甘さなど彼方へ吹っ飛んだ『痛ああっ！』なんて悲鳴をあげたシャルルだったが、寛容な天使はあっさりと俺を許し、怒るどころか涙目で『お返し』と俺のうなじも噛んでくれた。好き。

歯形が消えるまで存分に番ごっこを楽しみ、今現在。俺の手には、もはやバイブルと言っても過言ではない例の著者の新作がある。どうやら現在書いている長編の息抜き作品と噂で聞いた。

かなり薄い本だが新作は新作。身分差のある恋愛模様を描いたものだ。

王の俺と、踊り子のシャルル。

廃嫡されて久しい俺が王など皮肉もいいところだ

が、踊り子衣装をまとうシャルルはぜひとも見たい。

土下座して頼めば着てくれるだろうか。

「色は赤がいいか？　紫も捨てがたい。いや、ここは俺の色ってことで青もいいな……腹は絶対に出してほしい」

「なんの話か分かんないけど不埒なこと考えてるのは伝わってきた」

「シャルルに着てもらう踊り子衣装の色だ。シャルルは何色がいい？　装飾は金で統一しようと思う。動きに合わせてシャラシャラ鳴る感じの」

「着ませんので戻ってきてください」

　こっちを見もせずばっさり切り捨てられた。

　そんなシャルルの手元には俺の一番のお気に入りである長編小説がある。流し見ただけで否定するのは著者に失礼だからと、最近真面目に読み始めたのだ。律儀なところも愛おしい。

　狭いソファで肩を並べ、俺も新作の表紙を開いた。

　読み始める寸前、シャルルの腕輪が通信を報せた。

《――シャルル様？　今よろしいでしょうか？》

　エレオノーラの声だ。シャルルが応答すると、

《例の件、著者と話がついたわ。心配でしょうし、取り急ぎお伝えしようと思って》

「えっ、はやい！　もうですか？　ありがとうございますっ」

《ふふ。知人に尋ねたら、著者の作品を愛する淑女たちの秘密倶楽部の存在を教わったの。わたくしも一度参加させていただいたわ》

「秘密倶楽部」

　シャルルの目が死んだ。

《運よく参加者の中に著者の支援者がいて、彼女を介して交渉したの。今後は過激な描写は極力控えてくださるそうよ》

「あの……、名前の方は……？」

《そこはどうしても譲れないと。著者のこだわりらしいわ。詳しくは教えていただけなかったけれど、シャルル様、いえ、リュシオン様かもしれませんわ

ね。例の著者、お知り合いではなくて?》

シャルルと顔を見合わせる。

執筆家の知り合いはいるが、仕事相手に惚気けたことは……なくもない、わりと心当たりはある。だが、俺たちをモデルに官能小説を書くような人物は思い浮かばない。モデルにするならするで堂々と取材されそうだ。

礼を伝え、通信を切った。一気に疲労したようなシャルルの肩をそっと撫でる。

「そうだよね。僕らを知らなきゃ、名前とか容姿とか寄せられないよね……」

「そうだな。話によっては口調も似通ったものがあるし、少なくとも又聞き程度ではないんだろうな」

「知り合いにいかがわしい目で見られてるって思うと複雑。どうか町の人じゃありませんように……」

遠い目をして呟くシャルル。俺は店主のにやけ顔を思い出し、本の存在を知らせたのは店主という事実を伏せた過去の自分を内心賞賛した。

「まあ、実話でも実名で描かれてるわけでもない。こういう恋愛小説と思えばいいよ。恋愛小説なんか、それこそ世の中には掃いて捨てるほどあるだろう?」

「……それもそっか」

「そうそう。逆に楽しめばいい。この前みたいに」

しみ一つないうなじに、つうっと指を滑らせる。

「踊り子衣装は着ないからね」

「それはまた今度じっくり話し合おう」

嫌だよとくすくす笑う。頬にキスをすれば、同じように返してくれた。

こてんと右肩に載せられた小さな頭を撫でながら、穏やかな午後のひと時を過ごす。

開けた窓から微温い風が吹き込んできた。庭のひまわりが揺れている。力の限りがなる虫の声が、静かになった室内にぐわんぐわんとこだまする。

柔らかな榛色の髪を梳く。シャルルは心地よさそうに瞼を伏せた。その表情に少し前まで張り付いていた虚無はもう見当たらない。

シャルルはさっぱりしている。無駄に引きずらないし、一度納得すれば蒸し返さない。

きっと本の件もそのうち「また新刊出たの？」くらいの反応になるはずだ。想像できる。

俺の使命は、そうなる時まで秘密倶楽部についてのあれこれを胸にしまっておくこと。

——エレオノーラの言った〝秘密倶楽部〟だが、実は一つではない。紳士限定の倶楽部がある。会員制の倶楽部だ。淑女限定の倶楽部同様に、かの著者の作品を愛で、大いに語り尽くし、情報を交換するため会員制の集まりだ。

会を発足した長は表に出て来ない。不定期開催の会合は通信での参加だ。その下に、会長の手足となって倶楽部を動かす壮年の副会長が存在する。

淑女の秘密倶楽部だけで死んだ目をしていたシャルルだ。今紳士の秘密倶楽部の存在を知れば言葉をなくすこと請け合い。

無駄に動揺させることはない。いずれ本の存在を軽く流せるようになったら伝えよう。

最愛の天使の心の安寧のため、俺はもう一つの倶楽部の存在をしばらく秘匿することに決めた。

俺が会長という最大の秘密は墓まで持っていく。

＊

時が経ち、王太子妃出産の号外が各地に飛んだ。

次代である王太子の第一子誕生に国内は沸きに沸き、祝福の波に覆い尽くされた。

母子ともに健康で、生後ひと月を待って国民へのお披露目が決定している。慶事続きで国の雰囲気はいつになく明るく華やかになった。

王太子夫妻の第一子の名前はユリシーズ。

銀髪とアクアマリンの瞳を持った男児だった。

王都から遠く離れた土地にいる俺たちの元に、幸福の絶頂にある夫妻からガラス製の小さな小さな足形が届けられたのは、ここだけの話。

※　※　※

――最後の一文を書き入れ、静かにペンを置く。

まだ余韻が冷めない。心はまだ物語の中にある。

今作は以前発行した長編の続編となるもの。

初めて挑戦した長編は瞬く間に評判となり、代表作となるほどの人気を得て、続編希望を多く寄せられた。あの長編がきっかけとなり、彼女には多数の支援者（スポンサー）がついたのだ。支援者ももちろん同士である。

彼女が筆をとった頃は、恋愛小説といえば男女もの。同性婚が認められている国であっても、多数派ではないためか、同性の恋愛を題材とする作品はそう多くなかった。

だが、彼女は諦（あきら）めなかった。

需要も供給もないなら自ら生み出せばいい。

美しく耽美（たんび）な世界を、もっともっと多くの淑女たちに広めたい。

彼女は書いた。込み上げる衝動と燃えたぎる情熱のままに、ひたすら右手を動かした。

彼女の紡ぐ言葉には魂がこもっていた。きっといつか、誰かに届く――そう信じて、あわよくば彼女のように創作活動を始める淑女が誕生することを願って、己の情熱（萌え）を追求した恋物語を世に送り出した。

願いが叶（かな）い、彼女の薄い本（じょうねつ）は淑女たちの心を摑（つか）んだ。今では固定ファンもつき、新作を発表するたびに重版がかかる。

淑女が愛読するには少々過激な描写が含まれるからか、表立っては愛を叫べない。彼女の作品を愛する者たちはひっそりと秘密の倶楽部を結成し、楽しみを共有しているようだった。それもまたよし。

淑女たちの心をがっつりと摑んだ作品が、件（くだん）の長編だった。それだけでなく、舞台化の話も出ている。

そんな代表作の、満を持しての続編。

諸事情により前作より濡れ場の濃度は控えめになったが、その分美しくまとめられた。これならばきっと、前作を好いてくれたファンも納得してくれるはず。

　そう確信しながら、彼女は部屋の片隅に飾った帽子へ目をやった。

　あの帽子を見るだけで創作意欲が泉のように湧き出てくる。

　瞼の裏に、人生の転機となった光景がよみがえる。美しい殿方ふたりが愛し合う、あの光景が。

　心に焼きついて離れない彼らの姿を胸に、彼女はそっと目を伏せた。

「次はどんなお話を書こうかしら――」

あとがき

はじめまして、こんにちは。この度は『追放された元王子様を拾ったら懐かれて結婚して家族になりました』をお手に取ってくださり、誠にありがとうございます。

本作はムーンライトノベルズ様にて公開中の同名作に加筆修正した書籍版となります。Ｗｅｂ版既読の方にも違い探しを楽しんでいただければ幸いです。

好きと萌えを思う存分詰め込んだ結果、喧嘩やすれ違いがまったく想像できないカップルになりました。あの二人は十年後、二十年後も「可愛い」「好き」と言い合いながらイチャイチャしているのだと思います。しわくちゃになった手を重ねて櫂を漕いでほしいです。

素敵なイラストを手がけてくださった京一先生。シーツで結婚式ごっこをする表紙の二人が可愛すぎる……！　どのイラストも幸福感に満ち溢れていて眼福でした。お互いへ向ける眼差しがとても優しく、視線一つで気持ちが伝わってきます。京一先生、本当にありがとうございました！

お声がけくださった担当Ｉ様。的確なアドバイスに大変助けられました。ドツボに嵌まり、ご迷惑をおかけしてしまい申し訳ございません。調整の嵐の中、思わず笑ってしまうようなコメント、熱い京一先生愛に大変癒やされました。貴重な経験をさせていただきありがとうございました。

最後に、この本をお手に取ってくださった皆様、サイト掲載時より応援してくださった皆様、書籍化にあたり尽力してくださった皆様に心より御礼申し上げます。ありがとうございました。

二〇二四年　桜と菜の花が満開の頃に　萱森まや

追放された元王子様を拾ったら懐かれて結婚して家族になりました

2024年6月1日　初版発行

著者　萱森まや

発行者　山下直久

発行　株式会社KADOKAWA
〒102-8177
東京都千代田区富士見2-13-3
電話：0570-002-301（ナビダイヤル）
https://www.kadokawa.co.jp/

印刷所　株式会社暁印刷

製本所　本間製本株式会社

デザインフォーマット　内川たくや（UCHIKAWADESIGN Inc.）

イラスト　京一

初出：本作品は「ムーンライトノベルズ」（https://mnlt.syosetu.com/）掲載の作品を加筆修正したものです。

●お問い合わせ
https://www.kadokawa.co.jp/（「商品お問い合わせ」へお進みください）
※内容によっては、お答えできない場合があります。
※サポートは日本国内のみとさせていただきます。
※Japanese text only

ISBN：978-4-04-114991-1　C0093　　Printed in Japan